Az arany ember

MÓR JÓKAI

Az arany ember
Copyright © Jiahu Books 2013
First Published in Great Britain in 2013 by Jiahu Books – part of
Richardson-Prachai Solutions Ltd, 34 Egerton Gate, Milton Keynes,
MK5 7HH
ISBN: 978-1-909669-42-0
A CIP catalogue record for this book is available from the British
Library
Visit us at: jiahubooks.co.uk

A SZENT BORBÁLA

TIMÉA

A SENKI SZIGETE

NOÉMI

ATHALIE

A SZENT BORBÁLA

A VASKAPU

Egy hegylánc közepén keresztültörve tetejéről talapjáig, négymértföldnyi messzeségben; kétoldalt hatszáz lábtól háromezerig emelkedő magas, egyenes sziklafalak, közepett az óvilág óriás folyama, az Ister: a Duna.

A ránehezülő víztömeg törte-e magának e kaput, vagy a föld alatti tűz repeszté kétfelé a hegyláncot? Neptun alkotta-e ezt, vagy Volcán? Vagy ketten együtt? A mű Istené! Ahhoz hasonlót még a mai istenutánzó kor vaskezű emberei sem bírnak alkotni.

Az egyik isten keze nyomait hirdetik a Fruska Gora hegy tetején elszórt tengercsigák kövületei, a Veterani-barlang ásatag tengerlakó saurusai; a másik istenről beszélnek a bazaltok a Piatra Detonatán; a harmadikat, a vaskezű embert hirdeti a sziklába vágott hosszú padmalypart, egy országút, melynek boltozata is van; az óriási kőhíd oszlopmaradványai, az emléktábla a szikla oldalába domborműként vésve, s a meder közepébe vágott százlábnyi széles csatorna, melyen nagyobb hajók járhatnak.

A Vaskapunak kétezer éves históriája van, s négy nemzet nyelvén nevezik azt.

Mintha egy templom közelednék felénk, melyet óriások építettek, pillérekkel, melyek kőszálak, és oszlopokkal, melyek toronymagasak, csodálatos kolossz-alakokat emelve a felmagasló párkányokra, mikben a képzelem szentek szobrait látja, s e templom csarnoka négymértföldnyi távolba mélyed, fordul, kanyarodik, új templomot mutat, más falcsoportokkal, más csodaalakokkal; egyik fal sima, mint a csiszolt gránit, vörös és fehér erek cikáznak végig rajta: rejtelmes istenírás betűi; másutt rozsdavörös az egész hegylap, mintha igazán vasból volna, néhol a gránit rézsút dűlt rétegei mutogatják a titánok merész építkezésmódját; s az új fordulónál már egy gót templom porticusa jő elénk, hegyes toronycsúcsaival, karcsú, egymáshoz tömött bazaltpilléreivel, a kormos fal közepéből egy-egy aranysárga folt világít ki, mint a frigyláda lapja: ott a kén virágzik. Ércvirág az. De élő virággal is díszlenek a falak; párkányaikról, repedéseikben mintha kegyeletes kezek zöld koszorúi függnének alá. Azok óriási lombfák, fenyők, miknek komor tömegét az őszi dércsípte bokrok sárga és piros füzérei tarkítják.

Egyszer-egyszer megszakítja a végtelen, a szédületes kettős falazatot egy benyíló völgykebel, melyen keresztül egy rejtett, emberlaktalan paradicsomba látni. Itt a két sziklafal között mély, komor árny borong, s a nappali sötétbe, mint valami tündérvilág mosolyg be a napsütötte völgy képe, vadszőlő erdejével, melynek érett, apró, piros bogyói színt adnak a fáknak; tarka leveleik szőnyeget vonnak rájuk. Emberlak nem látszik a völgyben, keskeny patak kanyarog tisztásán végig, abból gyanútlan szarvasok isznak; a patak aztán mint egy ezüst sugár omlik alá a sziklamartról. Ezeren és ezeren elhaladnak e völgy előtt, s mindenki azt gondolja magában: vajon mi lakhatik ebben?

Aztán elmarad a völgy, s ismét más templomi kép következik, a többinél még nagyobb, még rettenetesebb: a két fal száznegyven ölnyire közeledik már egymáshoz s háromezer lábnyira az éghez: az a messze kiálló szikla a tetőn a Gropa lui Petro: a Szent Péter sírja, mellette kétfelől a másik két titáni kőalak két apostoltársa.

S e két fal között foly alant a kőmederben a Duna.

A nagy, fenséges folyam-ős, mely megszokta a magyar sík lapályon ezerölnyi mederben haladni méltóságos csenddel, partjain a belehajló fűzfákkal enyelegni, kilátogatni a szép virágos mezőkre s csendesen kelepelő malmokkal beszélgetni; itt összeszorítva száznegyven ölnyi sziklagátba, hah, mily haraggal tör rajta keresztül! Akik idáig jöttek vele, nem ismernek reá. Az ősz óriás szilaj hőssé ifjul, hullámai szökellnek a sziklás meder felett, egy-egy roppant bérctömeg ül ki néhol medre közepébe, mint valami rémoltár; az óriási Babagáj, a koronás Kaszán szikla; azokat fenséges haraggal ostromolja, rájuk zúdulva elöl, s mély forgatagokat örvényítve mögöttük, feneketlen árkot vájva a sziklamederben; s aztán csattogva, zúgva rohan alá a kőlépcsőkön, mik egyik sziklafaltól a másikig nyúlnak keresztül.

Néhol már legyőzte az útját álló torlaszt, s a széttört sziklákon keresztülomlik tajtékozva, másutt megtorlik a kanyarodó szoros bércfalánál, s a ráhajló szikla alá ásta magát örök habjaival. Néhol szigeteket rakott le a legyőzhetetlen sziklák mögé, új földalkotásokat, mik semmi régi térképen nincsenek; azokat benőtte vad fa és bokor, azok nem tartoznak semmi államhoz, sem magyarhoz, törökhöz, sem szerbhez; a senki országa az, adót nem fizető, urat nem ismerő, világon kívül eső, meg nem nevezett föld! Másunnan meg elhordta a kikezdett szigetet bokraival, erdőivel, kunyhóival együtt, s letörülte alakjaikat a térképről.

A sziklák, a szigetek több ágra osztják a folyamot, mely Ogradina és Plaviszovica között már óránkint tízmértföldnyi sebességgel rohan, s a szűk folyamágakat ismerni kell a hajósnak; mert az emberi vaskéz csak egy csatornát vágott a meder sziklapadjaiban, melyen nagyobb hajók járhatnak, a parthoz közel csak apró hajók számára van út.

Az apróbb szigetek mentében, a szűkebb Duna-ágak között sajátszerű emberi művek szakítják félbe a természet nagyszerű alkotását: kettős cölöpzetek erős fatörzsekből, mik V betű alakban mennek össze, nyílt öbleikkel víz mentének fordulva. Ezek a vizafogók. A tenger vendégei felfelé úsznak a folyón: fejüket vakartatják a vízzel, csiklandó parasytok miatt; aztán belejutnak a kelepcébe; visszafordulni nem szokásuk, mindig előbbre haladnak a szűkülő fogdában; míg a legvégén belejutnak a „halottas kamrába", ahonnan nincs menekülésük.

S e fenséges helynek hangja is oly isteni. Egy örökké tartó egyetemes zúgás, mely hasonlít a némasághoz, oly egyforma, s az Isten szavához: oly érthető. Amint az óriás folyam a kőzátonyokon végighömpölyög, ahogy a sziklafalakat korbácsolja, ahogy a szigetoltárokra harsogva rohan, ahogy az örvényekben fuldokolva elmerül, ahogy a zuhatagok hanglépcsőin végigjátszik, s ahogy ez örök hullámcsattogást az örök visszhang e kettős fal között a túlvilági zene felségéig emeli, mely csupa orgona és harangszó és elhaló mennydörgés, az ember elnémul, és saját szavát meghallani retteg e titáni zengés közepett. A hajósok csak jelekkel integetnek, a halászok babonás hite tiltja e helyt a szót: a veszély tudata mindenkit magában imádkozni készt.

Mert valóban, aki itt végighalad, amíg e sötét falakat látja itt maga mellett kétfelől, mintha saját kriptája falai között evezne végig.

Kivált mikor még a hajósok félelme, a bóra megjelen.

A kitartó hetes vihar. Ez járhatlanná teszi a Dunát a Vaskapu között.

Ha csak egy bércfal volna, az védene ellene; de a kettő között megszoruló légnyomás oly szeszélyessé válik, mint egy nagy város utcáiban kódorgó szél: majd elöl, majd hátul támad, minden kanyarodónál más irányból tör ki; egyszer-egyszer tökéletesen megszűnik, aztán megint egyszerre valamely völgyzugolyból, mint a lesből rohan elő, megkapja a hajót, kicsavarja a kormányt, dolgot ád minden kéznek, belerántja az egész vontató lócsapatot az alattságnál fogva a vízbe; aztán megint egyet fordul, s oly sebesen tolja előre a megkapott faalkotmányt, mintha az víz mentében úsznék; a hullám úgy porzik előtte, mint az országút, mikor végigsöpör rajta.

A templomi zengés oly ítéletnapi zajjá magasodik fel ilyenkor, hogy az elmerülő halálkiáltása nem hallik ki belőle.

A SZENT BORBÁLA ÉS UTASAI

Történetünk idejében még nem jártak a Dunán gőzhajók. Galactól elkezdve fel a Majna-csatornáig kilencezer ló járta a partokat, a hajók felvontatásával fáradva; a török Dunán a vitorlát is használták, a magyar Dunán nem. Azonkívül a csempészhajók egész raja járt-kelt a két ország közötti víz hátán, csupán izmos karú evezők által hajtatva. A sócsempészetnek volt ott divatja. Az állam eladta másfél forintért a török parton azt a sót, aminek az ára itthon hatodfél forint; a török partról visszahozta azt a csempész, s eladta a magyar parton negyedfél forintért. S így aztán mindenki nyert rajta, az állam is, a csempész is, a vevő is. Ennél barátságosabb viszonyt képzelni sem lehet.

Hanem aki legkevésbé volt megelégedve a nyereségével, az az állam volt, mely a saját védelmére a hosszú határparton végig őrházakat állított fel, azokba a közel falvak férfilakosságát állítá be puskával, hogy a határ fölött őrködjenek. Minden falu adott határőröket, s minden falunak voltak saját csempészei. Minélfogva csak aziránt volt szükséges intézkedni, hogy amely falu ifjai éppen az őrségen vannak, annak a falunak a vénei járjanak ugyanakkor a csempészhajókkal; ami ismét igen szép családi vonás. Azonban az államnak még egyéb magas céljai is voltak e szigorú határőrzéssel. A *pestis* meggátlása.

A rettenetes keleti pestis!

Mi ugyan meg nem tudjuk mondani, hogy mi az és milyen az, mert hazánkban éppen százötven esztendeje, hogy az utolsó hiú özvegyasszony felvette a pestises sált Zimonyban, s mire a templomba ment vele, szörnyethalt; de mivel minden esztendőben olvassuk a hírlapokból, hogy majd Syrában, majd Brussában, majd Perában kiütött a keleti pestis, el kell hinnünk, hogy az csakugyan létezik, s hálával viseltetnünk a kormány iránt, amiért ajtót, ablakot elzár előtte, hogy be ne jöhessen hozzánk.

Mert minden idegen néppel való érintkezésünk valami új, eddig ismeretlen ragállyal ajándékozott meg bennünket. Kínától kaptuk a vörhenyt, a szaracénoktól a himlőt, az oroszoktól a grippét, a dél-amerikaiaktól a sárgalázt, s a kelet-indusoktól a kolerát - a törököktől pedig a pestist.

Azért az egész part hosszában a vizaví lakozóknak csak elővigyázati rendszabályok mellett szabad és lehet egymással érintkezniök, ami nagyon érdekessé és mulatságossá teheti rájuk nézve az életet.

S e rendszabályok igen szigorúak. Mikor Brussában kiüt a pestis, a török-szerb parton minden élő és nem élő tárgy azonnal pestisesnek nyilváníttatik hivatalosan, s aki azokhoz hozzáér, az „kevert", az vándorol a vesztegintézetbe tíz, húsz, negyven napra. Ha egy bal parti hajó vontatókötele a fordulóknál hozzáér egy jobb parti hajó köteléhez, az egész hajó személyzete „kevert", s a Duna közepén marad tíz napig; mert az egyik hajókötélről a másikra elragadhatott a pestis, s arról az egész hajószemélyzetre.

S mindez szigorú felügyelet alá esik. Minden hajón ott ül egy hivatalos orgánum: a „tisztító". Rettenetes személy. Kinek kötelessége mindenkire felügyelni, mihez ér hozzá, kivel érintkezik, s aki az utazót, ha a török-szerb parton csak a köpenye szegletével érintett is egy idegent vagy egy szőrből, gyapjúból, kenderből készült tárgyat (ezek terjesztik a pestist), azonnal kevertnek nyilatkoztatja, s mihelyt Orsovára értek, kiszakítja családja karjai közül, s átadja a vesztegintézetnek. Ezért hívják a „tisztítónak".

S jaj a tisztítónak, ha egy ilyen esetet eltitkol. A legkisebb mulasztás büntetése tizenöt évi várfogság.

Hanem a csempészeken, úgy látszik, hogy nem fog a pestis, mert ők nem hordanak magukkal tisztítót, s akárhogy dúl Brussában a keleti dögvész, ők éjjel-nappal közlekednek a két part között. Jó lesz feljegyezni, hogy szent Prokop a patrónusuk.

Csupán a bóra szokta megzavarni a detailüzletet mert a Vaskapu közötti sebes árban kiveri a déli partra a hajókat, amiket csak evezők mozdítanak előre.

Igaz, hogy vontatóval haladó hajón is lehet csempészni, s ez már en gros üzlet; hanem ez azután többe is kerül, mint atyafiságos jó barátságba, s nem szegény embernek való. Ez már nem só. Dohány és kávé.

A bóra bizony tisztára fújja a Dunát a hajóktól, s három-négy napra úgy helyreállítja a jó erkölcsöket s az állam iránti hűséget, hogy semmi bűnbocsánatra nincsen szükség. A hajók iparkodtak előle révbe menekülni, vagy horgonyt vetni a Duna közepén, s a határőrök alhatnak nyugton, amíg ez a szél nyikorogtatja faházaik ereszeit. Hajó nem jár most.

Az ogradinai őrállomás káplárjának mégis úgy tetszik, mintha reggel óta többször áthangzanék a szélzúgáson s a folyam zengésén keresztül az a sajátságos tutuló bőgés, amit a hajóstülök kétmértföldnyi messzeségre elküld, s ami a mennydörgésből is kiválik. Valami különös, visszatetsző, szomorú üvöltés az egyik hosszú facsövön keresztül.

Hajó jön-e most, s vontatóinak ad jelt a tülökkel? Vagy szerencsétlenül járt a sziklák között, s segélyért üvölt?

Az a hajó „jön".

Egy tíz-tizenkétezer mérős tölgyfa hajó; mint látszik, egészen megterhelve, mert kétoldalt párkányain végigsöpör a hullám.

Az öblös jármű egészen feketére van festve; hanem az eleje ezüstszínű s magasra felnyúló csigafejű ormányban végződik, mely szép fényes bádoggal van kiverve. A tetőzet háztető alakú, kétoldalt lefelé vezető keskeny lépcsőkkel s fenn egy lapos járdával, mely egyik kormánytól a másikig vezet. Az ormány felőli része a tetőnek végződik a kettős kabineten, mely két szobácskából áll, jobbra-balra nyíló ajtókkal. A harmadik oldala a kabinetnek két-két zöldre festett redőnyű ablakot mutat, s e két ablak közötti téren látható a mártírhalált szenvedett Szent Borbála szűzi alakja életnagyságban lefestve; rózsaszínű köntösben, világoskék palástban s delipiros főtakaróval, körös-körül arany alapon, kezében fehér liliom.

Azon a kis téren pedig, ami a kabinet és a hajó orrát elfoglaló vastag kötéltekercsek között fennmaradt, van egy két láb széles és öt láb hosszú zöldre festett deszkaláda, abban fekete föld, s ez teleültetve a legszebb dupla szekfűkkel, teljes ibolyákkal. A képet és a kis kertet vasrács fedi három láb magasan, s e rács tele van aggatva mezeivirág-koszorúkkal, közepén gömbölyű piros üvegben ég egy mécses, s a mellé van feltűzve egy csomó rozmarin és szentelt fűzbarka.

A hajó első részére fel van emelve az árboc, s annak a derékkampójára van kifeszítve az alattság, a háromhüvelyknyi vastag hajókötél, melynél fogva a parton hetvenkét ló igyekszik a nehéz járművet víz ellenében vontatni. Más időben felényi is elég lett volna itt, s a felső Dunán tizenkét ló is elhúzza, de itt és a szél ellen küzdve a hetvenkettőnek is sok biztatás kell.

Az a kürtölés a lóhajcsárok vezetőjének szól.

Emberhangot hiába volna most itt vesztegetni. A hajóról a partig ha elhatna is az, a sokszerű visszhang úgy összezavarja azt, hogy ember meg nem érti.

Ellenben a tülök hangját a ló is megérti: annak a vontatott vagy megszaggatott, ijesztő vagy biztató üvöltéséből megtudja ember és állat, hogy no most sebesebben kell menni, most lassítani a lépést, most egyszerre megállni.

Mert a hajónak változatos sorsa van e sziklacsatornában: küzdenie kell a féloldalt verő széllel, a folyam rejtélyes folyásával, saját terhével, sziklák és örvények kerülgetésével.

Két ember kezében van a sorsa. Az egyik a kormányos, aki a timonrudat tartja; a másik a hajóbiztos, aki a tülökhanggal jelzi az elemek ordítása közepett a vontatók feladatát. Ha valamelyik rosszul érti a dolgát, a hajó vagy felfut valami sziklapadra, vagy belesikamlik a forgóba, vagy átverődik a túlpartra, vagy felakad valami zátonyon, s akkor el van veszve emberestül, egerestül.

Hanem ennek a két embernek az arcán nem látszik meg, hogy tudnának valamit a félelemről.

A kormányos ölnyi termetű kemény férfi volt, erősen rezes arcszínnel, a két orcáján a pirosság vékony hajszálerek szövevényében fejezte ki magát, miktől a szeme fehére is recés volt. Hangja örökösen rekedt, s csak kétféle változatot ismert: vagy erős kiabálást, vagy kopott dörmögést. Valószínűleg ez kényszeríti, hogy torkának kettős gondját viselje: előlegesen egy vastagon átpóláló veres gyapotkendővel, utólagosan a pálinkás butykossal, ami állandó helyén van a mándlija zsebében.

A hajóbiztos egy harminc év körüli férfi, szőke hajjal, mélázó kék szemekkel, hosszú bajusszal és másutt simára borotvált arccal, középszerű termet, első tekintetre gyönge alkatúnak látszó; a hangja is hozzá való, csaknem nőies, mikor halkan beszél.

A kormányost Fabula Jánosnak híják; a hajóbiztos neve Timár Mihály.

A hivatalos „tisztító" a kormányos timonpadlója szélén ül, fejére húzva daróckámzsáját; ennek csak az orrát látjuk meg a bajuszát, mind a kettő veres. Ennek a nevét nem jegyezte fel a történelem. Jelenleg éppen bagót rág.

A nehéz tölgyfa hajóhoz van kapcsolva a dereglye, abban ül hat hajóslegény, akik ütenyre eveznek; minden nyomásnál egyszerre felugranak helyeikről, két lépést felszaladnak egy zsámolyos emelvényre, akkor megkapják az evezőrudat, beleakasztják a Dunába a lapátot, s aztán hanyatt vetik magukat a padjaikra; a vontatón kívül ez is segíti a hajót, ahol erősebb a víznyomás.

Egy kisebb csónakforma a dereglyéhez kötve úszik.

A kettős kabinet ajtajában áll egy ötven év körüli férfi, s török dohányt szí csibukból. Keleties vonások; de inkább török, mint görög jelleggel, pedig külseje egészen görög szerbet akar mutatni, prémes kaftánjával, gömbölyű veres süvegével. A figyelmes szemlélőnek azonban fel fog tűnni, hogy arcának borotvált része a többihez nézve nagyon világos, mint szokott azoknál lenni, akik nemrég vágták le onnan a sűrű körszakállt.

Ez az úr Trikalisz Euthym név alatt van bejegyezve a hajókönyvbe, s a hajóteher tulajdonosa. A hajó maga Brazovics Athanáz, komáromi kereskedő sajátja.

A kabinet egyik ablakából végre egy fiatal leányarc tekint ki, s ezáltal szomszédjává lesz Szent Borbálának.

Mintha ez is szent volna.

Ez arc nem halavány, de fehér; a márvány, a kristály önerejű fehérsége az, olyan jogos sajátja a fehér szín, mint az abyssininak a fekete, a malájinak a sárga. Semmi idegen színvegyülettől nem háborított fehérség. Melyre nem idéz pírt sem a szemközt fúvó szél, sem a szemébe néző férfitekintet.

Igaz, hogy még gyermek, alig több tizenhárom évesnél; de magas, nyúlánk alak és komoly, szoborszerű arc, tökéletes antik vonásokkal, mintha anyja a milói Venusl arcán feledte volna szemeit valaha.

Sűrű, fekete haja valami érces fénnyel bír, minő a fekete hattyú tolla. De szemei sötétkékek. Két hosszú, vékonyan rajzolt szemölde csaknem összeér homlokán; az ilyen összeérő szemöldök valami varázshatalmat kölcsönöznek az arcnak. Ez a két vékony szemöld együtt mintha valami fekete aureole volna egy szentkép homlokán.

A leány neve Timéa.

Ezek a Szent Borbála utasai.

A hajóbiztos, mikor a tülköt leteszi a kezéből, mikor a fenékmérő ónnal megvizsgálta, hány lábnyi vízben haladnak most, időt vesz magának, hogy a szentkép rácsozatához fordulva, a leánykával beszélgessen.

Timéa csupán újgörögül ért, s a biztos azt a nyelvet is folyékonyan beszéli.

A táj szépségeit magyarázza a lánynak: az ijesztő, a borzalmas szépségeket.

A fehér arc, a sötétkék szemek mozdulatlanul figyelnek beszédére, de nagyon figyelnek.

A biztosnak mégis úgy tetszik, mintha ezek a szemek nem őrá figyelnének, hanem azokra a violákra, amik Szent Borbála lábai előtt illatoznak. Egyet leszakít közülök, s odanyújtja a gyermeknek, hadd hallgassa közelebbről, mint beszélnek a virágok.

A kormányos látja ezt mind onnan a timonállványról, s nem tetszik neki.

- Pedig jobb volna - hadarja ráspolyzegésű hangjával -, ahelyett, hogy a szent elől letépi a virágokat, s annak a gyereknek adogatja, ha egy szentelt barkát meggyújtana a lámpásnál; mert ha a Jézus nekivisz bennünket annak a kőbálványnak ott, a Krisztus sem ment meg bennünket. Jézus, segíts!

Ezt az áldást, ha maga lett volna is, elmondta volna Fabula János; de minthogy a tisztító éppen ott ült, az is hallotta, s párbeszéd lett belőle.

- De hát miért kell kegyelmeteknek éppen ilyen nagy viharban átkelni a Vaskapun?

- Miért hát? - felelt Fabula János, megtartva azt a jó szokását, hogy a kellő meggondolás végett előbb egyet húzzon a szalmás butykosból -, csak azért, mert sietős az utunk. Tízezer mérő tiszta búza van a hajónkon. A Bánátban nem termett, Oláhországban meg nagy volt a termés. Azt visszük fel Komáromig. Ma Szent Mihály napja van; ha nem sietünk, itt kap bennünket a november, s odafagyunk valahol az útban.

- S hogyan hiszi azt kegyelmed, hogy novemberben befagy a Duna?

- Nem hiszem, hanem tudom. Megmondja azt a komáromi kalendárium. Nézze csak meg a szobámban: ott van felakasztva az ágyam fölé.

A tisztító még mélyebben húzta be az orrát a kámzsájába, s nagyot köpött a Dunába a rágott bagótul.

- De pedig ne köpködjön a Dunába ilyenkor, mert azt a Duna nem szereti. Amit pedig a komáromi kalendárium mond, az szent. Most tíz esztendeje éppen így megjövendölte, hogy novemberben beáll a fagy. Én siettem is haza a hajómmal; akkor is a Szent Borbálán voltam. A többiek kinevettek. Aztán november huszonharmadikán egyszerre beállt a hideg, fele odafagyott a hajóknak, ki Apatinnál, ki Földvárnál, akkor aztán én nevettem. - Jézus, segíts! Szorítsd azt a lapátot, héééj!

A vihar ismét dühösen nekifeküdt a hajónak. A kormányos arcán kövér izzadságcseppek csorogtak végig, amint a kormányrudat visszatartani erőködött; de nem kellett neki segítség. Megjutalmazta magát érte egy korty pálinkával, amitől a szeme még veresebb lett.

- No csak a mellett a kőláb mellett segítsen el bennünket a Jézus! - fohászkodék nagy erőködés közben. - Feszítsd azt a lapátot, te gyerek! Csak ezt a követ elkerüljük szerencsésen.

- Aztán majd jön a másik.

- No meg a harmadik, meg a tizenharmadik, és mindig készen tarthatjuk a harangozópénzt a szánkban, mert minden órában hatszor esünk át a koporsó födelén.

- Hallja kegyelmed - szólal meg a tisztító, az egész rágdohánycsomaszt kivéve a szájábul -, én azt hiszem, hogy ez a kegyelmetek hajója nem csupán búzát szállít.

Fabula uram odanézett a csuklya alá, aztán vállat vont.

- Bánom is én. Ha dugáru van a hajónkon, legalább nem maradunk a vesztegzárban: hamar odább mehetünk.

- Hogyan?

A kormányos a markával egy kanyarító mozdulatot tett a háta mögé, amire aztán a tisztító nagyot röhögött. Megértette, mit jelent az.

- No most nézze, kend - szólt Fabula János -, amióta itt jártam, már megint változott a vízjárás; ha most szél hosszában nem eresztem a hajót, belekerülünk ebbe az új forgóba, ami a „szeretők sziklája" alatt támadt. Látja, hogy úszik itt a hajónk mellett ez a pokolbeli szörnyeteg folyvást. Egy öreg viza. Legalább van ötmázsás. Mikor ez a gonosz állat így versenyt úszik a hajóval, mindig valami szerencsétlenség támad. Jézus segíts! Csak olyan közel járna, hogy a szigonyt a hátába dobhatnám. Jézus segíts! Az a biztos meg egyre azzal a görög leánnyal kalatyol oda elöl, ahelyett, hogy a fullajtároknak tutulna. Azt a leányt is a veszedelem hozta ide. Amióta a hajómra lépett, mindig felszél fúj. Nem is lehet az valami jó. Olyan fehér, mint valami lélek, s összeérnek a szemöldökei, mint a boszorkánynak. Timár uram, tutuljon annak a fullajtárnak, hohooó!

Timár uram pedig nem nyúlt a tülökhöz, hanem a fehér leánynak mesélte a sziklák és zuhatagok tündérregéit.

Mert a Vaskaputól elkezdve föl egész Klisszuráig mind a két part minden sziklaormának, barlangjának, a meder minden sziklájának, szigetének, forgatagának van története, tündérregéje, népmondája vagy zsiványkalandja, mikről beszélnek a világtörténet könyvei, vagy a sziklákba vágott betűk, vagy népénekesek danái, vagy a hajósok szájhagyományai. Egy kővé vált könyvtár az; a sziklák nevei a kifelé fordított könyvek sarkai, aki azokat ki tudja nyitni, egy-egy regényt olvashat belőlük.

Timár Mihály nagyon jártas volt már ebben a könyvtárban, sokszor megjárta az utat a rá bízott hajóval a Vaskapun keresztül; minden kő és sziget ismeretes volt előtte.

Talán egyéb oka is lehetett az apró regék elbeszélésére az ismeretterjesztési vágynál? Talán az a jóakaratú törekvés vezette, hogy mikor egy gyönge szívű teremtésnek valami nagy veszélyen kell keresztülhatolni, mely még az erős férfiak edzett szívét is megremegteti, olyankor ezek, kik a borzasztóval már megbarátkoztak, az ismeretlen figyelmét a mesék világába félrecsalogassák.

13

Amíg Timéa azt a regét hallgatta, hogyan menekült fel a hős Mirkó kedvesével, a hű Milievával a Ljubigája szikla tetejére ott a Duna közepén; hogyan védelmezte ott menedéke nyaktörő feljárását egyedül egymaga az üldöző Asszán minden zsoldharcosa ellen; hogyan táplálta ott hosszú időn át mindkettőjüket egy kőszáli sas, mely fészkébe ott a sziklatetőn fiainak kecskegödölyéket hordott, s a martalékot a szeretők megosztották: ... azalatt a gyermek figyelmét kikerülte a tomboló zaj, mit a rohanó hullám a félelmesen közelítő Ljubigája szikla körül támaszt; nem ért rá előre borzadozni a fehér tajtékot túró hullámok felett, miket a megszorult folyam hány az örvény körül; a hajósok „kecskék"-nek híják a gyapjas hátú hullámokat.

„Pedig jobb volna, ha az orrunk elé nézegetnénk, nem hátrafelé!", dörmögé a kormányos, s egyszerre nagy hangú kiáltásra erőszakolta hangját.

- Hahooó! Biztos úr! Mi jön ott ránk szemközt?

A biztos hátratekintett, a hajó orra felé fordulva, s akkor ő is meglátta azt, amire a kormányos figyelmezteté.

A Tatalia-szoros közepett jártak éppen, ahol a Duna már csak kétszáz ölnyi széles, s a legmeredekebb esést képezi. Olyan ott a folyam, mint egy zuhogó patak; csakhogy a Duna van benne.

S még azt a folyamot is két részre osztja egy nagy sziklatömeg, melynek homloka felül mohos és cserjés; a nyugati oldalánál megtorlik a víz, s két ágra szakad, az egyik ága a szerb parthoz közel meredek sziklapadról rohan alá, a másik ágának van egy ötvenöles csatorna vágva a kőgerincbe, azon lehet föl és le közlekedni a nagyobb hajóknak. Jövőnek és menőnek itt ezen a helyen összetalálkozni nem tanácsos, mert a kikerülés sok veszedelemmel jár. Északnak számos szirtfok rejlik a víz tükre alatt, miken föl lehet akadni, délnek pedig képződik a nagy örvény, melyet a kőszigeten alul ismét összeömlő két folyamág képez, s ha az magához ragadja a hajót, nincs emberi hatalom, mely megszabadítsa.

Tehát az igen komoly veszély volt, amit a kormányos jelzett: „Mi jön reánk ott szemközt?"

Egy szemközt jövő jármű a Tatalia-szorosban ilyen magas vízállás mellett, s ekkora szélnyomás alatt.

Timár Mihály visszakérte távcsövét Timéa kezéből, melyet az imént adott át neki, hogy jobban megláthassa rajta, hol volt az a tanya, melyből Mirkó védelmezte a szép Milievát.

A Duna nyugati kanyarodásánál látszott egy fekete tömeg a víz közepén.

Timár Mihály szemügyre vette azt messzelátójával, s aztán visszakiáltott a kormányosra:

- Egy malom!

14

- Akkor megvert bennünket a Jézus!

Egy dunai malom jött a sebes árban szemközt, melyet a nagy vihar szakított le láncáról; tehát előreláthatólag egy olyan jármű, melynek se kormányosa, se legénysége nincs már, azok elmenekültek róla; az pedig rohan magára hagyva bomlottul, vaktában, s söpri el maga előtt sorszámra az útba akadó malmokat, s kergeti zátonyra a szemközt jövő terhes hajókat, amik nem tudnak előle elég gyorsan félreállni.

Itt pedig nincs hová félreállni. Kétfelől a Scylla és Charybdis.

Timár Mihály nem szólt semmit, visszaadta Timéának a távcsövet, utasítva őt, hogy hol láthatja meg vele legjobban a sasok fészkeit, miknek ősapja a szeretőket oly híven táplálta; aztán hirtelen levetette a kabátját, leugrott az evező legények közé a dereglyébe, s parancsot adott nekik, hogy öten szálljanak át vele a ladikba; vegyék fel a kis horgonyt és a vékony alattságot, s aztán eresszék el a ladikot.

Trikalisz és Timéa nem érthették rendeleteit, mert magyarul beszélt, s ők e nyelvet nem bírták. Így azt sem érthették, hogy a hajóbiztos minő rendeletet ád a kormányosnak.

- A vontató csak hadd menjen folyvást, a hajó ne térjen se jobbra, se balra!

Néhány perc múlva azonban Trikalisz már megérthette látásbul is, hogy minő veszélyben forognak. Az elszabadult malom sebesen közeledett aláfele a zúgó mederben, s ki lehetett venni puszta szemmel is kelepelő keréklapátjait, mellyel széltében elfoglalta a járható csatornát. Ha az összecsap a terhes hajóval, egyszerre el lesz süllyesztve mind a kettő.

A ladik a hat férfival nagy erőfeszítéssel igyekezett a rohanó ár ellenében haladni. Négyen eveztek, az ötödik kormányzott, a biztos a ladik orrában állt összefont karokkal.

Mire fognak ezek mehetni? Egy ladikkal egy malom ellen. Emberi izmokkal a folyam ellen, a vihar ellen?

Ha mind Sámsonok volnának is, a hydrostatica törvénye meghiúsítja erőködésüket. Amennyit fognak taszítani a malmon; annyit fognak lökni saját ladikjukon. Ha megragadják is a malmot, az fogja őket magával vinni. Olyan, mintha a pók el akarná fogni hálójával a szarvasbogarat.

A ladik azonban nem is tartotta magát a Duna közepén, hanem igyekezett a sziklasziget nyugati ormát elérni.

A folyam olyan hullámokat hányt e helyen, hogy az öt férfi el-eltűnt a hullámvölgyben, s a másik percben ismét fenn libegett a szilaj habgerinc tetején, ingatva, hányatva a megbomlott ár által, mely habzott alatta, mint a forró, bugyborékoló víz!

A FEHÉR MACSKA

Az öt hajóslegény a hullámhányta ladikban tanakodott, hogy mit kellene tenni.

Az egyik azt mondta, be kell ütni fejszével a malom oldalát vízszín alatt, hogy elsüllyedjen.

Ez nem menekülés. Azért a sebes ár az elsüllyesztett malmot is csak nekiviszi a terhes hajónak.

A másik azt mondta, bele kell fogózni csáklyákkal, s akkor aztán a ladikról adni a kormánnyal olyan irányt a malomnak, hogy az a forgóba belekerüljön.

Ez is rossz tanács, mert a forgó aztán a ladikot is magával ragadná.

Timár azt a parancsot adta a kormányosnak, hogy tartson a Perigrada-sziget orma felé, melynek koronáját képezi a „szeretők sziklája".

Mikor a zuhogóhoz közel értek, fölemelte a mázsányi horgonyt, s kilökte azt a vízbe, anélkül, hogy a ladikot megingatta volna. Ekkor tűnt ki, hogy vékony testalkatának szívós izmai vannak.

A horgony nagy tekercset rántott maga után a kötélből; ott mély a víz.

Akkor parancsot adott Timár a kormányosnak, hogy siessenek a malom felé.

Most már értették a szándékát. El akarja fogni a malmot a horgonnyal.

- Rossz gondolat! - mondák a hajósok. - Akkor éppen keresztbe fog feküdni a malom a járható csatornán, s elállja a hajó útját, a kötél pedig oly hosszú, hogy vékonysága mellett hamar el fogja szakítani az a nehéz jármű.

Trikalisz Euthym, amint a hajórul észrevette ezt a szándékát Timárnak, ijedten hajítá el kezéből a csibukot, s a hajógerincen végigfutva, rákiálta a kormányosra, hogy vágja el a vontatókötelet, s bocsássa vissza a hajót víz mentében.

A kormányos nem értett görögül; de a kézmozdulatokból megérté, hogy mit kívánnak tőle.

Nagy nyugalommal felelt, vállát a timonrúdnak vetve:

- Nem kell mozogni; tudja Timár, mit csinál!

Trikalisz a rémület dühével rántotta ki handzsárját öve mellől, hogy maga vágja el a kötelet; hanem a kormányos akkor a háta mögé mutatott. S amit Trikalisz Euthym ott látott, az megváltoztatta a szándékát.

Az Al-Duna felől a folyam közepén jött fel egy jármű. Mértföldnyi távolból is kiismeri a gyakorlott szem. Vitorlás árboca van, melyen a vitorla össze van most húzva, magas hátulja és huszonnégy evezője.

Ez török ágyúnaszád.

Amint ezt meglátta Trikalisz Euthym, visszadugta a handzsárt az övébe. Az első látványtól, mely a hajó orra előtt mutatkozott, veres lett az arca; a másodiktól elsárgult.

Odasietett Timéához.

Az a Perigrada sziklaormot nézte a távcsővel.

- Add ide a távcsövet! - szólt Euthym rémülettől rekedten.

- Ah! be kedves! - monda Timéa, mikor a távcsövet átadta.

- Mi az?

- Azon a sziklán apró marmotácskák laknak, s úgy játszanak egymással, mint a mókusok.

Euthym odairányzá a távcsövet az alulról jövő járműre, s szemöldei még jobban összehúzódtak, arca halálsápadt lett.

Timéa visszavette tőle a távcsövet, s újra fölkereste vele a sziklalakó marmotákat. Euthym átölelte jobb karjával a leány derekát.

- Hogy táncolnak, hogy ugrálnak! Egy kergeti a többit. Ah! be kedves.

És Timéa közel volt ahhoz, hogy az az ölelő kar hirtelen felkapja a levegőbe, s a hajómellvéden keresztül behajítsa a tajtékzó hullámba.

Hanem amit ezután a másik oldalon látott Euthym, az ismét visszaadá arcának eltűnt életszínét.

Timár, amint olyan közel jutott a malomhoz, hogy egy hajítással elérheté, egy hosszú tekercset fogott jobbjába a horgonykötélből. Annak végén volt egy vaskampó.

A kormánytalan malom jött sebesen közeledve, mint valami özönvízi szörnyeteg az áramlat közepén. Nagy lapátkereke forgott sebesen a rohanó árban, s az üres garad alatt kelepelve dolgozott a pitlén őrlő korong, mintha egész moltert járatna le.

Senki sem volt a veszendőbe menő alkotmányon; csak egy fehér macska ült a pirosra festett zsindelytetőn, s onnan nyávogott kétségbeesett hangon.

Timár, a malomhoz érve, hirtelen megcsóválta a feje fölött a vaskampós végű kötelet, s ráhajítá a lapátkerékre. Amint a vaskampó beleakadt az egyik lapátba, a víztől hajtott kerék elkezdte szépen felgombolyítani a horgonykötelet, s ennélfogva csendes eltérő irányt adott a malomnak a perigradai sziget felé; saját gépezetével hajtva végre azt az öngyilkos munkát, hogy a szirthez csapja magát.

- Mondtam, hogy tudja Timár, mit csinál! - dörmögé Fabula János, míg Euthym örömkitöréssel kiálta fel: „Jól van, fiam!" s oly erősen megszorítá Timéa kezét, hogy az felijedt, s abbahagyta a marmotákat.

- Nézd!

Timéa most már a malmot kezdte nézni. Ahhoz már nem kellett távcső, mert a malom és hajó oly közel jöttek már egymáshoz, hogy a szűk, ötvenöles csatornában alig tízölnyi távolság maradhatott köztük.

Éppen elég, hogy a hajó sértetlenül elmehessen veszedelmes pokolgépe mellett.

Timéa nem látta sem a veszélyt, sem a megmenekülést; csupán a magára hagyott fehér macskát.

Az a nyavalyás, most, hogy egy emberlakta hajót látott maga felé közeledni, felszökött helyéből, s elkezdett a tető párkányán végigszaladgálni, sírva, nyivákolva, s méregetve a tért a hajó és a malom között, ha át bírná-e ugrani?

- Ah! A szegény kis cica! - szepegett Timéa. - Bárcsak olyan közel jönne hozzánk, hogy átjöhetne a hajónkra.

Ettől a szerencsétől ugyan megőrizte a Szent Borbálát védszentje meg az a kötél, mely egyre rövidebbre húzódva a motolláló kerék lapátain, a malmot közelebb vontatta a sziklaszigethez, s távolabb a hajó útjától.

- Szegény szép fehér cica!

- Ne féltsd azt, gyermekem - vigasztalá őt Euthym -, ha a sziklához ér a malom, majd kiszökik a partra, s ha ott marmoták laknak, elélhet úri módon.

Csakhogy a fehér cica nem akarta meglátni a szigetet a malom túlsó oldala felől; folyvást az innenső párkányon szaladgált. Timéa integetett neki kendőjével, mikor hajójuk már szerencsésen elhaladt a megbűvölt malom mellett, s kiáltozott rá majd görögül, majd a minden macskák nyelvén; „eredj! fordulj meg! ki a partra! sicc! szaladj!" de a kétségbeesett állat csak nem értette azt meg.

Abban a pillanatban aztán, amint a hajó hátulja elhaladt a malom mellett, ezen egyet fordított a zuhogó, s ezáltal visszafelé tekerintve a lapátkereket, az arra felgombolyított kötél hirtelen leszaladt róla; mire az elszabadult malom vágtatva rohant előre a part melletti ártorlatban.

A fehér cica a rémülettől tüszkölve szaladt föl a tetőgerincre.

- Ah!

A malom pedig rohant a maga veszedelmébe.

A szikla mögött a forgó!

Egyike a legnevezetesebb örvényeknek, miket folyamóriások képeznek. Minden hajóstérképen meg van jelölve ez a hely, két, egymással szemközt irányzott meghajló nyíllal. Jaj a járműnek, amelyik e nyilak irányába beletéved: az óriási örvénytölcsér körül úgy habzik a vízár, mintha tűzkatlan forralná, s a rétes alakú körforgó ölnyi mélyedéssel tűnik ki a hullám közül. Ez örvény százhúsz lábnyi mélységet vájt a sziklában, s amit e mély sírba leragad magával, azt ember nem szedi többet össze, s ha ember volt, dolga lesz vele a feltámadásnak!

Az áradat most ennek az örvénynek vitte neki az elszabadult malmot.

Amíg odáig ért, fenekén törést kapott, féloldalt megmerült, a lapátkereke gerendelyével egyenesen állt az ég felé, a fehér cica annak a végére futott fel, s ott állt meg, felgörbített háttal; a forgó megkapta a deszkaalkotványt, egy nagyot lódított rajta széles körben, az négyszer-ötször megfordult saját maga körül, recsegett, ropogott minden gerendája, s aztán eltűnt a víz alatt.

A fehér cica is.

Timéa ideges borzadállyal takarta el arcát vékony sáljába.

Hanem a Szent Borbála meg volt mentve.

A visszatérő hajósoknak mind egyenkint megszorongatta a kezeit Euthym. Timárt meg is ölelte.

Timár azt hitte, hogy talán Timéa is fog neki mondani valamit.

Timéa azt kérdezé tőle:

- Most mi lesz abból a malomból?

S rémült képpel mutatott az örvényre.

- Forgács és pozdorja.

- S a szegény cicából?

A leány ajkai remegtek, és szemeibe könny gyűlt.

- Annak bizony vége.

- De hisz az a malom más szegény emberé volt! - szólt Timéa.

- Igaz; de nekünk a magunk hajóját s a magunk életét kellett megvédelmeznünk; különben mi süllyedünk el, s minket sodor le az örvény a mélységbe, s minket hány ki majd a partra szétszaggatva.

Timéa ránézett a szemeiben ülő könnyek prizmáján keresztül a férfira, aki ezt mondá.

Egy idegen, előtte érthetetlen világba pillantott be e könnyeken át:

„Hogy nekünk szabad a más szegény ember malmát az örvénynek taszítanunk azért, hogy a magunk hajóját megmentsük, s szabad egy macskát a vízbe fojtanunk azért, hogy magunk ne vesszünk a vízbe."

Ezt ő nem akarta megérteni.

S e perctől fogva nem hallgatott Timár tündérmeséire, hanem kikerülte őt, ha meglátta.

A SALTO MORTALE EGY MAMMUTTÓL

De nem is volt kedve Timárnak ezúttal a mesemondáshoz; mert még jóformán ki sem fújhatta magát a halálveszélyes küzdelemtől, midőn Euthym a kezébe adta a távcsövet, s mutatta neki a háta mögött, hogy hová nézzen vele.

Timár odanézett a távolban látott hajóra, s azt mondá csendesen, elmorzsolgatva szájában a szót:

- Ágyúnaszád... Huszonnégy evezős... „Szaloniki" a neve.

Azután le sem tette a távcsövet mindaddig, míg a Perigrada-sziget ormai egészen el nem takarták előle azt a másik hajót.

Akkor hirtelen letette a távcsövet, s a tülköt szájához illesztve, rövid taszító hangokban először hármat, azután hatot kürtölt vele, mire a hajcsárok elkezdték lovaikat gyorsabban hajtani.

A Perigrada sziklaszigetet két ágban folyja körül a Duna. A szerb part felőli ág az, melyen a terhes hajók fölfelé mehetnek a Dunán. Ez a kényelmesebb, biztosabb és olcsóbb út, mert itt még felényi vontatóerővel lehet a hajót előremozdítani. A román part mentében szintén van a parti sziklák hosszában egy oly keskeny sziklaárok vágva, hogy egy hajó éppen elfér benne; de már itt ökrökkel lehet csak a hajót vontatni, s néha százhúszat is eléje fognak. A Duna másik ága a Perigrada-sziget túlfelén meg egy éppen keresztben álló kisebb sziget által szoríttatik össze. Ennek a neve Reszkivál. (Jelenleg ez a sziget már félig fel van vettetve; történetünk idejében még egészen megvolt.) E két sziget okozta szoroson nyílsebességgel rohan át a folyam; e szoroson felül pedig szélesen elterülve, a két sziklafal közét mint egy nagy tó tölti be.

Csakhogy ennek a tónak nincsen *tükre;* az szüntelen hullámzik, s a legkeményebb télben sem fagy be soha. Ennek a tónak a feneke tele van sziklákkal; némelyik szikla egészen el van rejtőzve a víz alá, másik több ölnyire emeli ki idomtalan torzalakját, s igyekezik megérdemelni jó vagy rossz nevét a ferdeségével.

Ott néz farkasszemet egymással a Golubacska mare és mika vadgalamb lakta odúival; ott nyúlik ki előrehajolva a fenyegető Rasbojnik; a Horan Mare csak a fejét emeli ki, a két vállán átzuhan a hullám; hanem a Piatra Klimyere egészen visszafordulni kényszeríti a nekirohanó árt, s egy csoport meg nem nevezett szirt árulja el magát szerteszéjjel a csillámló víz által, mely rajta megtörik.

20

Ez a legveszélyesebb hely a világ minden hajósára nézve. Edzett tengerészek, angolok, törökök, olaszok, kik a tenger minden vészeit megszokták, remegve közelítenek e sziklameder felé még most is.

Itt ezen a helyen süllyed el a legtöbb hajó. Itt jutott tönkre a török kormány gyönyörű vas hadihajója is, a „Silistria", mely Belgrád alá volt rendelve, s mely talán egészen új korszakba rántotta volna a keleti ügyeket, ha a Reszkivál-sziget, egy békeszerető bölcs politikus szirthegye olyan élesen ki nem vágta volna az oldalát, hogy ott maradjon.

És e veszélyes szirtfenekű tavon keresztül mégis van egy átjárás, hanem azt kevés hajós ismeri, s még kevesebb merte valaha felhasználni.

Ez az átjárás arra való, hogy a szerb partról át lehessen menni a terhes hajóval a romániai part sziklacsatornájába.

Ezt az utóbbi csatornát egész hosszában folytonos sziklapad zárja el a nagy Dunától, s belemenni csak Szvinicánál lehet, kijönni belőle csak Szkela Gládovánál.

Hanem akik tudják a módját, ahol a Piatra Kalugera fölött a Duna nyugvót képez, ott azon a helyen, egy rézsút vonalon át tudnak vágni terhes hajóval a szerb csatornából a román csatornába.

Ez a salto mortale egy úszó mammuttal.

A tülök hármat kurjant, azután hatot, a hajcsárok tudják már, mit jelent ez; a fullajtár is leszáll a lováról, van oka rá, s akkor nagy lármával, ostorpattogással kezdik űzni a lovakat. A hajó sebesen nyomul a víz ellenében.

A tülök kilencet üvölt.

A hajcsárok ütik a lovakat egész a dühödésig, a szegény pára érti a szót, s érzi az ütést, vágtat előre a megszakadásig. Ötpercnyi ilyen munka több neki az egész napi húzásnál.

Most a kürt tizenkettőt bömböl. Amire ember és állat képes, előveszi most; a végső erőfeszítés az összerogyásig megy; a hajókötél, három ujjnyi vastag alattság megfeszült már, mint a felvont kézíj, s az a vashenger, amelyen a hajó orrán keresztül van vonva, oly forró tőle, mint a tűztől; a hajóbiztos ott áll a kötél előtt, kezében egy éles hajósszekerce.

S mikor legsebesebben vágtat előre a hajó, a szekercének egy csapásával kettévágja a hajó orrán a kötelet.

A kifeszített kötél mint valami óriási húr bőg végig a levegőben, magasan felcsapva; a vontató lovak mind rakásra esnek, a legelső lónak nyaka törik, azért szállt le róla a lovásza jó előre; a kötéléről elszabadult hajó pedig egyszerre sebesen megváltoztatja irányát, s orrával az északi partnak fordulva elkezd víz ellenében rézsút keresztülvágni a folyamon.

A hajósok „*átvádolás*"-nak nevezik ezt a merész műveletet.

A nehéz hajót akkor semmi sem hajtja; sem gőz, sem evező; a hullám is ellene jő: csak a kapott mozdulat folytonossága az, mely a túlsó partra átviszi.

Ezt a mozderőt kiszámítani, ezt arányba helyezni a távollal, az erőfogyasztó ellenerővel, bármely képzett gépésznek is becsületére válnék: a paraszt hajós megtanulta azt a tapasztalatból.

Attól a perctől fogva, amelyben Timár elvágta a hajókötelet, minden rajta levőnek az élete egyedül egy ember kezébe volt adva: a kormányoséba.

Fabula János ekkor mutatta meg, hogy mit tud.

- Segíts, Jézus! Uram Jézus! - dörmögé, hanem maga is hozzálátott. Eleinte a hajó sebesen vágtatott a Duna képezte tóba befelé; a kormányrúdhoz most két ember kellett, az is alig bírta a szaladásnak indult szörnyeteget fékezni.

Timár azalatt a hajó orrán állt, s a fenékmérő ónnal kémlelte a medret, fél kezével a zsineget tartva, másik kezét a levegőbe emelve, s ujjaival mutogatva percenkint a kormányosnak, hány láb víz van a hajófenék alatt még.

- Segíts, Jézus!

A kormányos úgy ismerte azokat a sziklákat, amik mellette elmaradoztak, hogy azt is meg tudta volna becsülni, hány lábnyit áradt körülöttük a Duna a múlt hét óta. Bizton van az ő kezében a kormányrúd; és ha csak egy arasznyi mozdulatot tévesztene, ha csak egy lökést kapna a hajója, csak annyit, amennyi annak rohamát egy percre megakasztja, a hajó és utazói mind utána mennének a perigradai húszöles örvénybe az eltűnt malomnak, s a szép fehér gyermek is a szép fehér cicának.

Már átfutottak szerencsésen a Reszkivál kataraktáit megelőző sekélyen is. Ez a leggonoszabb hely, a hajó futása már lassul, a mozderő hatását elfogyasztá az ellenár, s a vízfenék hegyes sziklacsúcsokkal van tele.

Timéa a mellvédről kihajolva nézett alá a vízbe. Az átlátszó hullám fénytörésében oly közel látszottak a sziklatömegek, szép eleven tarka színeikkel, zöld, sárga, vörös kődarabok, mint egy óriási mozaik; közöttük fürgén evickélt végig egy-egy ezüstfényű hal piros ússzárnyaival. Úgy gyönyörködött ebben!

Mély hallgatásnak való jelenet volt az; mindenki tudta, hogy most temetője fölött úszik; csak az Isten irgalma őrzi, ha sírkövét meg nem találja ott alant a sok között. Csak a gyermek nem félt még semmitől.

Most egy öbölszerű sziklakör közepébe jutottak. A hajósok, puskás szikláknak nevezik azokat, talán azért, mert a bennük megtörő hullám hangja hasonlít a folytonos fegyvertüzelés robajához.

Itt a fő Duna-ág megtorlik, s mély medencét képez. A fenék sziklái nem veszélyesek, mert mélyen feküsznek; a zöld homályban ott a fenéken látni az óriási lomha tömegeket, mik csak néha mozdulnak meg, a tenger vendégeit, a vizákat, s látni, amint a vizek farkasa, a mázsányi csuka szétriasztja megjelenésével a pihenő halak tarka seregét.

Timéa elbámult a víz alatt lakók játékain, olyan volt az, mint egy amfiteátrum - madártávlatból.

Egyszer aztán azon vette észre, hogy Timár megragadja karjánál fogva, elszakítja a mellvédtől, s betaszítja a kajütbe, erőszakosan rácsapva az ajtót.

- Vigyázz, hahóóó! - hangzik az egész hajósnép szava egyszerre.

Timéa nem tudta, mi történt, miért bánnak vele ilyen durván, s a kajüt ablakához futott, hogy kinézzen rajta. Csak az történt, hogy a hajó szerencsésen áthaladt a puskás sziklák öblén is, s készült a román csatornába befutni, hanem az öböl medencéjéből, kivált nagy szél mellett, a csatornába oly sebesen ömlik át a hullám, hogy valódi zuhatagot képez, s itt a salto mortale leghalálosabb pillanata.

Amint Timéa kitekintett a kis ablakon, csak annyit látott, hogy Timár a hajó orrán áll egy csáklyával kezében, s azután rettentő nagy harsogás támad, egy óriási hullámhegy fehér tajtékot túrva keresztülcsap a hajó orrán, odavágva az ablak üvegtábláihoz zöld kristálytömegét, mely egy percre Timéát elvakítja. A másik percben, amint kitekint, már nem látja a hajó orrán a biztost.

Künn nagy kiabálás van; Timéa kirohan az ajtón: ott atyjával találkozik.

- Elsüllyedünk-e? - kérdi tőle.

- Nem. A hajó megmenekült, hanem a biztos a vízbe esett.

Látta azt Timéa, hiszen a szeme előtt sodorta őt le a hajó orráról a hullám.

Hanem azért a szíve meg sem dobbant e szóra.

Csodálatos az!

Mikor a fehér cicát a hullámok közé veszni látta, akkor kétségbe volt esve, akkor nem tudta könnyeit visszatartóztatni, s most, mikor a hajóbiztost elnyelte a hullám, azt sem mondta rá, hogy „szegény"!

Igen, mert a fehér cica oly keservesen könyörgött mindenkinek, az az ember pedig úgy dacolt mindenkivel! Aztán a fehér cica egy kedves kis szeretni való állat volt, a hajóbiztos pedig egy csúf *férfi*. És mert elvégre a szegény kis fehér cica nem tudott magán segíteni, a hajóbiztos pedig erős, ügyes ember, bizonyosan kiszabadítja magát a bajból: hiszen azért férfi.

A hajó az utolsó salto mortale után meg volt mentve, s biztos helyen úszott a csatornában; a legénység csáklyákkal futott a dereglyéhez, az eltűnt biztost keresni. Euthym magasra emelt erszényét mutogatá nekik jutalmul, ha

Timárt megszabadítják. „Száz arany a jutalma annak, aki élve felhozza a vízből!"

- Csak tartsa ön meg a száz aranyát, uram! - hangzék a hajó túlsó oldalán a keresett férfi szava. - Itt vagyok magamtól is.

Ő a hajó hátulján a horgonykötélen felkapaszkodott a vízből. Nem kell azt félteni: nem vesz az el olyan könnyen.

S azzal, mintha semmi sem történt volna, hozzákezdett a rendelkezéshez.

- Le kell ereszteni a vasmacskákat.

A hárommázsás horgonyt bocsáták le a vízbe, s arra a hajó a csatorna közepén megállt, a Duna felől a sziklák által teljesen eltakarva.

- S most ki a ladikkal a partra! - parancsolá Timár három legénynek.

- Váltson ön száraz öltönyt! - tanácsolá neki Euthym.

- Nagy pazarlás volna! - mondá Timár. - Még ma többször is lesz ilyen keresztelő. Legalább már most vízmentes vagyok. Sietnünk kell.

Ez utóbbi szót súgva ejté Euthymhoz.

Annak helyeslően villantak a szemei.

S a hajóbiztos sietve szökött a ladikba, maga kormányzott, hogy gyorsabban jussanak a révházig, ahol a vontatókat lehet találni, ott nagyhamar összetoborzott nyolcvan igásbarmot, a hajón ezalatt felvonták az új alattságot, az ökröket hozzákötötték: nem telt bele másfél óra, hogy a Szent Borbála folytatta az útját a Vaskapun keresztül, mégpedig az ellenkező part mentében, mint amelyen megkezdé.

Mire Timár visszatért a hajóra, minden öltöny meg volt a testén száradva a nagy fáradságtól.

A hajó meg volt mentve, talán *kétszer* is megmentve, s vele együtt az egész hajóteher, Euthym és Timéa. Bizony Timár menté meg őket.

Pedig hát mi köze neki ezekhez? Miért így törnie magát? Hisz ő csak egy biztos a hajón, csak egy *„schreiber",* akinek évi fizetése jár, elég szűken, s akire nézve mindegy, akár búzával van tele a hajó, akár csempészett dohánnyal, akár igazgyönggyel: az ő díja csak egy marad.

Ilyenformát gondolt magában a „tisztító" is, mikor a román csatornába érve, újra megkezdé a beszélgetést a kormányossal, amire egy darab ideig nem volt jó idő.

- Vallja meg kegyelmed, hogy sohasem voltunk közelebb ahhoz, hogy együtt valamennyien a pokolra menjünk, mint a mai napon.

- Ami igaz, az igaz! - felelt rá Fabula János.

- De hát mi szükségünk volt nekünk megkísérlenünk, hogy vajon Szent

Mihály napján belefullad-e az ember a vízbe?

- Hm! - monda Fabula János, s egy rövidet szítt a butykosból. - Mi lénungja van kendnek egy napra?

- Húsz krajcár! - felelt a tisztító.

- Hát az ördög hozta kendet ide húsz krajcárért meghalni! Én nem híttam kendet ide. Nekem egy forintom van egy napra, meg a szabad koszt. Nekem negyven krajcárral több okom van a nyakamat kockáztatni, mint kendnek. Hát mi baja mármost?

A tisztító a fejét csóválta, s aztán letolta a sipkájáról a csuklyát, hogy jobban érthetővé tegye magát.

- Hallja kegyelmed, én azt hiszem, hogy ezt a kegyelmetek hajóját az a török hajó, ami ott a hátunk mögött jön, üldözőbe fogta, s most a Szent Borbála az elől menekül.

- Hm! - A kormányos nagyot dörmögött, s egyszerre úgy berekedt, hogy nem tudott hangot adni.

- No! Nekem semmi közöm hozzá - szólt vállvonva a tisztító -, én osztrák granicsár vagyok; semmi dolgom a törökökkel, hanem amit tudok, azt tudom.

- No hát tudja meg kend, amit még nem tud! - monda Fabula János - Persze hogy üldöz bennünket az a török hajó, persze hogy az elől vesztettünk most utat, mert hát az a baj van, hogy ezt a fehér képű leányt, ott ni, el akarták vinni a szultán háremébe; aztán az apja nem engedte, inkább elszökött vele Törökországból, s most az a dolgunk, hogy mentül elébb magyar földre léphessünk, ahol nem üldözheti őket többé a szultán. No mármost tud kend mindent, hát ne kérdezzen kend többet, hanem menjen oda a Szent Borbála dicsőséges szent képe elé, s ha a hullám el találta előtte oltani a lámpást, gyújtsa meg kend újra, s ne felejtsen el kend három szentelt barkát megégetni előtte, ha igazhitű katolikus ember kend.

A tisztító felcihelődött, s előkeresgélte a tűzszerszámát, lassú hangon dörmögve a kormányoshoz:

- Én csak igazhitű katolikus ember vagyok, de kendről azt beszélik, hogy csak a hajón pápista, amint a szárazföldre lép, mindjárt kálvinista, mikor a vízen van, akkor imádkozik, de alig várhatja, hogy amint a szárazra lép, kikáromkodhassa magát. Aztán meg azt is mondják, hogy a kend neve Fabula János, s hogy Fabula deákul azt jelenti, hogy mese. Hanem azért elhiszek mindent, amit kendtől hallottam, csak ne haragudjék.

- Azt bölcsen teszi. Mármost hát csak menjen, s addig ide ne jöjjön, amíg nem hívom.

....

A huszonnégy evezősnek három óráig tartott feljönni arról a pontról, ahol a Szent Borbáláról legelébb meglátták, a perigradai szigetig, ahol a Duna két ágra válik. Ennek a szigetnek a sziklatömegei eltakarták előle az egész Duna-öblöt, az ágyúnaszádról nem lehetett látni, mi történt a sziklák mögött.

A szigeten alul már találkozott a naszád egyes úszó hajóroncsokkal, miket az örvény sodra felhányt a víz színére. Ezek az elmerült malom töredékei voltak. Nem lehetett már felismerni, hogy malomhoz tartoznak-e vagy hajóhoz.

Amint a Perigradát elhagyta az ágyúnaszád, a Duna előtte állt másfél mértföldnyi hosszúságban, végig lehetett rajta tekinteni.

Egyetlenegy terhes hajó sem látszott sem a folyamon, sem a parthoz kötve. Amik a part mellett libegtek, apró halászladikok s kisszerű burdzsellák voltak.

Az ágyúnaszád még előbbre hatolt, s a Duna közepéig cirkált némely helyen, azután visszatért a parthoz. A török hajónagy a partőröktől tudakozódott az előtte haladt terhes hajó felől. Azok nem láttak semmit, odáig már nem jött a hajó.

Még feljebb haladva, utolérte a Szent Borbála vontató hajcsárait.

A hajónagy azokat is kérdezte.

Azok derék, jó szerbek voltak. Azok aztán jól felvilágosították a törököt, hogy hol keresse a Szent Borbála hajót.

„Elnyelte azt a perigradai örvény, zsákostul, emberestül, íme a hajókötél is elszakadt."

A török ágyúnaszád hagyta a szerb hajcsárokat nagy lamentával odább vonulni, hogy ki fizeti meg mármost az ő díjaikat? (Majd Orsovánál összetalálkoznak, s ők vontatják a hajót megint odább.) Maga pedig visszafordult, s víz mentében ereszkedett aláfelé.

Amint ismét a perigradai sziget elé ért, a hajósok egy szál deszkát láttak a hullámokon táncolni, mely nem haladt a vízzel odább. Azt kihorgászták, a deszkához egy kötél volt akasztva vaskampónál fogva: az a deszka pedig az elsüllyedt malom lapátkerekéből való volt.

A kötelet felvontatták, annak a végén meglelték a horgonyt, azt is felhúzták: annak a keresztdorongjára be volt égetve nagy betűkkel a Szent Borbála neve.

Világos volt az egész katasztrófa. A Szent Borbála vontatókötele elszakadt, azután horgonyt vetettek, az nem bírta meg a terhet, a hajó belekerült az örvénybe, s most annak a deszkái úsznak a víz színén, emberei ott hallgatnak a mély kősírban.

- Mash Allah! Oda nem mehetünk utánuk.

A SZIGORÚ VIZSGÁLAT

Két veszedelmét már kikerülte a Szent Borbála, a Vaskapu szikláit s a török ágyúnaszádot; még kettő hátravolt: az egyik a bóra, a másik az orsovai vesztegzár.

A Vaskapu öblén felül a két part sziklameredélye százölnyi szűk torkolatba szorítja össze az óriás folyót, a kettős fal között rohan alá a veszedelmes ár, néhol huszonnyolc lábnyi eséssel. A bércfalak rétegekre látszanak osztva, mik sárga, vörös, zöld színekben váltakoznak, s legfelső párkányaikon, mint bozontos zöld üstök, koronázza őket az őserdő minden fája.

Fenn, a háromezer lábnyi sziklafokon is felül, a bérci sasok fenségesen nyugodt körrepülése látszik a szűkre szorított égen, melynek tiszta kékje mint egy üvegboltozat tűnik fel a halotti mélységből. S a sziklák tömege odább még egyre emelkedik.

S valóban egy minden ördögöket bosszantó látvány az, hogy úszik előre e szűk sziklamederben egy tehetetlen hajó, egy túlterhelt dióhéj, melynek se keze, se lába, se uszánya nincsen, mégis halad víz ellen, és rajta egy csoport ember, aki eszére, kincsére, erejére, szépségére büszke.

S a bóra nem árthat nekik itten, mert a kettős sziklafal elfogja a szelet. Könnyebb a munkája most mind a kormányosnak, mind a vontatónak.

Hanem a bóra nem alszik!

Délután volt már az idő. A kormányos átadta a kormányrudat a másodkormányosnak; ő maga letelepedett a hajó hátulján rakott tűzhely mellé; tüzet rakott, s hozzákezdett a „zsiványpecsenye" készítéséhez, aminek a tudománya az, hogy egy hosszú fanyársra egy darab marhahús, egy darab szalonna, egy darab disznóhús s aztán megint ugyanez a sorrend szorosan felhúzatik, s mindaz együtt a szabadon lángoló tűzön forgattatik, míg megehetővé lesz. Ekkor egyszerre elsötétült az a szűk égboltozat odafenn a két összehajlani látszó szikla között.

A bóra nem hagyja magát kigúnyolni.

Egyszerre oly fergeteget támaszt maga előtt, mely egy pillanat alatt elfogja a két bércfal közti kék boltozatot, s éjjeli sötétség lesz idelenn a völgyben. Odafenn tolongó felhők, kétfelől sötét sziklák. Néha átcikázik a magasban a zöld fényű villám, hirtelen megdördülő s hirtelen kettészakadó csattanással, amint a szűk sziklaverem csak egy akkordot képes elfogni a szörnyű orgonahangból; egyszer aztán egyenesen lecsap a Dunába, a hajó orra előtt, iszonyú tűzsugarával pillanatra lángpokollá gyújtja fel az egész bérctemplomot, s csattanása mint a világomlás harsog végig a visszhangos titánfolyosón. A zápor szakad.

A hajónak pedig mégis előre kell menni.

Mennie kell, hogy az éjszaka Orsován ne találja többé.

Látni nem lehet, csak a villámlobbanásnál; a tülök szavával jelt adni nem szabad többé, mert azt nemcsak a román parton hallanák meg. Hanem a furfangos ember még itt is tud segíteni magán.

A hajóbiztos kiáll a hajó orrára, s elővéve a tűzkövet és acélt, elkezd vele csiholni.

Ezt a tüzet nem olthatja ki a zápor. Ezt a záporon keresztül is meglátják a vontatók, s ahányszor szikrát vet az acél, értik már a jelből, mit kell tenniök. A partról szintén hasonló tűzkőcsiholás villanásai adnak feleletet. Ez a Vaskapu hajósainak, csempészeinek titkos távírászata. A néma nyelvet a két egymástól különzárt part népei nagy tökélyre vitték.

Timéának tetszett ez a zivatar.

Török kámzsáját fejére húzva, kinézett kajütje ablakán, s megszólítá a hajóbiztost:

- Sírboltban járunk-e?

- Nem - monda Timár -, hanem sír előtt. Amott az a magas kőszál, ami a villámfénynél úgy ragyog, mint a tűzhegy, a Szent Péter sírja, a Gropa lui Petro. S az a két másik kőbálvány mellette a két vénasszony.

- Miféle vénasszony?

- A népmonda szerint egy magyar meg egy oláh asszony perlekedett azon, hogy melyiknek az országához tartozik Szent Péter sírja. Az apostol nem tudott tőlök aludni a sírban, s haragjában mind a kettőt kővé változtatta.

Timéa nem nevetett e tréfás adatán a népmítosznak. Hisz ő még azt sem tudta, hogy mi abban a tréfa.

- S honnan tudják, hogy az egy apostolnak a sírja? - kérdezé a leány.

- Mert azon a helyen számos gyógyfű terem, amit mindenféle betegség ellen szoktak gyűjteni, s messze földre elhordják.

- Tehát apostolnak nevezik azt, aki még a sírjában is jót tesz másokkal? - kérdezé Timéa.

- Timéa! - hangzott a kajütben Euthym parancsoló szava.

Erre a leány behúzta fejét az ablakból, s becsukta a kerek redőnyt. Mire Timár ismét hátranézett, már csak a szentképet látta egyedül.

A hajó haladt a zivatar dacára tovább.

S egyszer aztán kijutott a sötét sziklasírból.

S amint a kettős sziklafal széttágult, a sötét boltozat is eltűnt a magasból. A bóra, amily gyorsan hozta, oly gyorsan tovakorbácsolta a barna fergeteget, s az utazók előtt egyszerre kitárult a gyönyörű Cserna-völgy. A két part hegyei szőlőkkel, gyümölcsligetekkel fedve a tetőig; az alkonynap melegítette zöld távolban fehér házak, karcsú tornyok, pirosra festett tetőkkel, s átlátszó kristályesőcseppeken keresztül tündökölt a szivárvány.

A Duna megszűnt félelmes lenni; méltóságos terjedelmében foglalta el ismét a megillető medret, s a nyugat felé elterülő zafírkék víztükörben meglátszott az utazók előtt a szigetre épült Orsova.

...Ez volt rájuk nézve a negyedik, ez volt a *legnagyobb* rém!...

A nap lement már, mikor a Szent Borbála Orsova alá megérkezett.

- Holnap még nagyobb szél lesz, mint ma volt - dörmögé a kormányos, a vörös égre tekintve.

Odafenn olyan volt az alkonyati ég, mintha lávatömegek hömpölyögnének egymáson keresztül, minden színezeteiben a tűznek és vérnek, s ahogy középen az izzó felhőkárpit egy helyen szétbomlott, azon keresztül a derült ég nem kéknek, hanem smaragdzöldnek látszott. Alant aztán hegy, völgy, erdő és falu mind az ég tűzfényével volt kifestve: e kínzó ragyogvánnyal, mely árnyékot nem vet; középett a Duna, mint a lángoló Phlegeton, s annak a közepén egy sziget tornyokkal és nagy, tömör épületekkel, mik mind úgy izzanak, mintha csupa egyetlen olvasztókemencét képeznének, amin keresztül kell menni, mint a purgatóriumon, minden emberi teremtésnek, aki a dögvészes keletről a tiszta nyugat határvonalán átlép.

De ami e széljósló tűzfényben legbántóbban hatott az idegekre, az egy kis sárga-feketére festett csónak volt, mely a hajó felé közeledett a Szkela felől.

A Szkela az a kettős rostély, amelyen keresztül beszélhetnek, alkudhatnak, szerződhetnek egymással a Duna két partjáról egymást felkereső szomszédországi lakosok.

A Szent Borbála horgonyt vetett a sziget előtt, s várta a közeledő csónakot. Abban három fegyveres ember ült; kettő szuronyos puskával; azonkívül a két evezőlegény és a kormányos.

Euthym nyugtalanul járt alá s fel azon a kis téren, amit a kajüt eleje képez. Timár odalépett hozzá, s halkan jelenté:

- A vizsgáló őrség jön.

Euthym kivonta bőrtüszőjéből selyemszényét, s abból két göngyöleget adott át Timárnak.

Mindenik göngyölegben száz-száz arany volt.

A csónak nemsokára odaért a hajóhoz, s a három fegyveres férfi átlépett a hajópárkányra.

Az egyik a vámfelügyelő, az inspiciens, akinek feladata a hajóterhet átvizsgálni, nincs-e közte dugáru vagy tiltott fegyverszállítmány; a másik kettő pénzügyőr, akik fegyveres segélyül vannak, s egyúttal ellenőrzik az inspicienst, hogy rendben hajtotta-e végre a vizsgálatot; a tisztító a félhivatalos kém, aki leskelődik a két pénzügyőrre, hogy jól ellenőrizték-e az inspicienst. Amazok hárman viszont együtt a hivatalos tribunál, akik kivallatják a tisztítót, hogy nem találta-e az utasokat valami dögvészes keveredésben.

Nagyon rendszeresen van az elintézve: egyik hivatalbeli ember ellenőrzi a másikat, s valamennyien egymást.

E hivatalos eljárásért rendes illetmény az inspiciens számára száz váltókrajcár, a két pénzügyőrnek egyenkint huszonöt, a tisztítónak ötven - ami elég mérsékelt díj .

Mikor az inspiciens a hajópárkányra lép, a tisztító szemközt jő rá. Az inspiciens a fülét vakarja, a tisztító az orrát vakarja. Többet nem értekeznek egymással.

Az inspiciens ekkor a hajóbiztos felé fordul, a két pénzügyőr felplántálja szuronyait a puska végére. Még most háromlépésnyire a testtől! Nem tudhatni, hogy nem ragályos-e amaz ember.

Kezdődik a kikérdezés.

- Honnan? - Galacból. - Hajótulajdonos? - Brazovics Athanáz. - Hajóteher-birtokos? - Trikalisz Euthym. - Igazoló papírok?

Azoknak az átadása már aztán nagyobb elővigyázattal jár.

Szenes serpenyőt hoznak elő, s arra fenyőmagot és ürmöt hintenek; az előmutatott papírok azon a füstön elébb megforgattatnak, azután egy vascsíptetővel az inspiciens részéről átvétetnek, jó távolról elolvastatnak, és ismét visszaadatnak.

A hajópapírokra nem mondatik egyelőre semmi.

A serpenyőt elviszik, annak helyébe előhozzák a vizeskorsót.

Egy nagy cserépkanta az, akkora szájjal, hogy mindenféle ököl beleférjen.

Ez a felveendő járadék eszközlője.

Mivelhogy semmiről sem ragad el olyan könnyen a keleti pestis, mint az ércpénzről, annálfogva azt a keletről érkező hajósnak elébb bele kell tenni a vízzel telt korsóba, s a nyugati tisztaság őre onnan veszi azt ki már megtisztultan, éppen úgy, ahogy a Szkelánál szükséges minden adott pénzt a vízmedencéből kihalászni.

Timár beledugja az öklét a korsó vízbe, marokra fogva, s kihúzza szétnyílva.

Azután az inspiciens dugja bele a kezét a korsóba, s kihúzza belőle marokra szorítva, s onnan a zsebébe dugja.

Óh! nem kell azt neki a tüzes ég fényénél megnézni, hogy micsoda pénz. Érzi a fogásáról, érzi a súlyáról. A vak is megismeri az aranyat. Nem mozdul az arca.

Következnek a pénzügyőrök. Azok is kihalásszák hivatalos komolysággal a víz fenekén levő illetményt.

Most elősompolyog a tisztító. Arca szigorú és fenyegető. Egyetlen szavától függ, hogy a hajó tíz vagy húsz napra ott maradjon a vesztegzárban minden utasával együtt. Ennek sem mutat megváltozást az arca a korsóba menetel s a korsóból kijövet alatt.

Ezek mind hidegvérű emberek, kiket csak az eléjük írt kötelesség érdekel.

Az inspiciens fölöttébb szigorú hangon követeli, hogy a hajófödél bejárata előtte kinyittassék. E kívánatának elég tétetik. Bemennek hárman a hajó belsejébe; velük menni senkinek nem szabad a hajósnép közül. Mikor egyedül vannak, egymás szeme közé vigyorint a három szigorú férfi, a tisztító kinn marad, az csak a kámzsája alatt mosolyog magának.

Egy zsákot a sok közül kioldanak, abban bizony búza van.

- Elég konkolyos búza! - ez az észrevétele rá az inspiciensnek.

Valószínűleg a többiben is búza van, s elhihető, hogy a többi is mind olyan konkolyos.

A vizsgálatnál protokollum vétetik fel, az egyik fegyveres úrnál van a tintatartó és íróeszköz, a másiknál a jegyzőkönyv. Minden pontosan följegyeztetik. Azonkívül az inspiciens még egy cédulára ír valamit, azt összehajtja, és ostyával, hivatalos pecséttel lezárja, de címet nem ír rá.

Azután minden zeget-zugot jól megvizsgálva, ahol nem lehet semmi gyanús tárgyra találni, ismét napvilágra kerül a három vizsgáló.

Tulajdonképpen holdvilágra, mert a nap már leáldozott, s a rongyos felhőkön keresztül valami ferde képű hold világít alá, úgy tűnve fel, mintha ő szaladna legjobban a lomha felhők között el-elbújva meg kivilágítva.

Az inspiciens maga elé idézi a hajóbiztost, s kemény, hivatalos hangon tudtára adja, hogy a hajón semmi tiltott áru nem találtatott; hasonló feszes hangon szólítja fel a tisztítót, hogy nyilatkozzék a hajó egészségi ügyeiről.

A tisztító hivatalos esküjének felemlítése mellett bizonyítja, hogy a hajónak minden népe és egyéb rajtavalója tiszta.

Ekkor kiadatik a bizonyítvány afelől, hogy a papírok rendben találtattak. Együttal a nyugták is kiállíttatnak a felvett illetmények felől: száz krajcár az inspiciensnek, kétszer huszonöt a pénzügyőröknek, ötven a tisztítónak. Egy krajcár sem hiányzott. E nyugták beküldetnek a hajóteher-tulajdonosnak, aki ez idő alatt kabinetjéből elő sem jött. Éppen vacsorál. Őtőle viszont ellennyugták kívántatnak az átadott összegekről.

31

Nyugtából, ellennyugtából aztán megtudja a hajótulajdonos is meg az illető szigorú férfiak is, hogy a hajóbiztos valóban annyi krajcárt adott át, amennyi rá volt bízva; egy sem ragadt az ujjai közé.

Krajcárt hát - de aranyból!

Bizony fordult meg Timár agyában egyszer az a gondolat, hogy ha ő például abból az ötven aranyból, amit annak a szurtos granicsárnak kell kihalászni a korsóból (sok is az annak!), csak negyvenet tenne a korsóba, hát azt sohasem tudná meg senki, hogy tízet magának tartott. Felét is bízvást megtarthatná az egész összegnek, ki ellenőrzi azt? Akiknek szánva van, még a felével is jól meg vannak - - - jutalmazva.

Hanem aztán egy másik gondolat ezt felelte rá odabenn:

- Amit te most mívelsz, az bizony vesztegetés. Nem a magadéból vesztegetsz. Trikalisz pénze fogy, az ő érdeke parancsol. Te átadod a pénzt, s olyan ártatlan vagy benne, mint ez a vizeskorsó. Hogy miért veszteget meg a vizsgálókat Trikalisz? Te nem tudod. Dugáruval van-e rakva a hajó, vagy politikai menekült, vagy regényes kaland üldözött hőse az, aki a siettetett szabadulásért marokkal szórja a pénzt? Az nem a te gondod. Hanem ha egyetlenegy pénz ebből a kezedhez ragad, akkor részese vagy mindannak, ami teher netán a más lelkét nyomja. Ne tarts meg belőle semmit.

Az inspiciens kiadta az engedélyt a hajónak a továbbmehetésre, minek jeléül egy fehér-vörös zászló egy fekete sassal húzatott fel a hajó árbocára.

Akkor aztán, hivatalosan el levén ismerve, hogy a keletről jött hajó egészen ragálymentes, minden vízbemártás nélkül kezet szorított az inspiciens a hajóbiztossal, s azt mondá neki:

- Ön komáromi lakos. Ismerni fogja ott a seregellátási osztálynál működő főnököt, Kacsuka urat. Igen! Adja át neki ezt a levelet, ha hazaér. Nincs rajta a cím; az nem szükség. Ön nem felejti el a nevét. Olyan spanyoltánc-forma neve van. Csak vigye el azt hozzá, amint hazaér. Nem fogja ön megbánni.

És aztán nagyon kegyesen megveregette a hajóbiztos vállát, mintha az lenne örök hálára lekötelezve iránta, s azzal mind a négyen kotródtak a hajóról, visszatérve a sárga-fekete sávos csónakon a Szkelához.

A Szent Borbála haladhatott tovább, s ha fenekétől a padlásáig minden zsákja tömve volt is sóval, kávéval, török dohánnyal, s minden utazója a haja szálától a körme hegyéig meglepve fekete haláltól és bélpokoltól, többé senki sem tartóztatta fel őket a Dunán.

Hanem hát nem volt azon a hajón sem dugáru, sem dögvész, hanem - valami más.

Timár eltette tárcájába a címtelen levelet, s gondolta magában: vajon mi lehet benne írva? Abba pedig az volt írva:

„Sógor! Ajánlom e levél átadóját különös figyelmedbe. Ez egy *arany ember!*"

A „SENKI" SZIGETE

A szerb parton elhagyott hajcsárok vontatólovaikkal még azon az éjjel átkerültek a magyar partra a szállítókompokon az elvágott vontatókötéllel együtt, útközben mindenütt azt a hírt terjesztve, hogy a kötél a vontatásban magától szakadt el a perigradai veszélyes forgónál, s a vontatott hajó mindenestül odaveszett.

Reggelre aztán híre sem volt a Szent Borbálának az orsovai kikötőben. Ha történetesen a török ágyúnaszád parancsnoka arra a gondolatra jött volna, hogy a Vaskapu középcsatornáján egész Orsováig fölevezzen, itt már nem találta volna, amit keres, s Orsován túl Belgrádig már csak a fele Duna az övé; a magyar parton nem parancsol. Az új-orsovai sziget erőssége még a töröké.

A Szent Borbála éjfél után két órakor megindult Orsova alul. A szél éjfél után rendesen szünetet szokott tartani, használni kellett a kedvező időt. A legénység kettős adag pálinkát kapott, hogy jobb kedvvel dolgozzék, s Orsován felül megint hangzott a hajótülök melankolikus üvöltése a reggeli csendben.

A kiindulás egész csendben történt, az új-orsovai szigeterődben hangzottak a török őrszemek hosszan vont kiáltásai a sáncfalakról. A hajóstülök csak akkor adott jelt, mikor már az Allion-hegy csúcsa is eltűnt az új bércóriások mögött.

A kürtszóra Timéa előjött a kabinból, hol néhány óráig aludt, s magára véve fehér burnuszát, kijött a hajó orrára, Euthymot keresni, ki egész éjjel nem feküdt le, sem a kabinba be nem ment, és ami legkülönösebb volt, még nem is pipázott. Nem volt szabad éjjel semmi tűznek látszani a hajón, hogy az új-orsovai szigeten figyelmet ne keltsenek.

Timéa érezte, hogy valami hibáját jóvá kell tenni valaki ellenében, mert most maga szólítá meg Timárt, kérdezősködve a két part nevezetességei felől. A gyermekszív ösztöne megsúgta neki, hogy ő ennek az embernek valami hálával tartozik.

A szürkület Ogradina táján találta a hajót, ott figyelmezteté Timéát a biztos a tizennyolc százados történelmi emlékre. Traján táblája az, a meredek sziklafalba vágva, két szárnyas angyal tartja, s sarkait delfinek veszik körül, a táblán az isteni császár emberi művének emléksorai.

Timár odanyújtá Timéának a távcsövet, hogy olvassa el vele a sziklába vésett írást.

- Nem ismerem ezeket a betűket! - mondá Timéa.

Azok latin betűk.

Mikor a nagy Sterbec hegytető a szerb parton eltűnik, következik ismét egy új sziklafolyosó, mely a Dunát ötszáztíz lábnyi mederbe szorítja össze. E bércfolyosó neve a „Kaszán". Két-háromezer lábnyi meredek sziklafalak mind a két oldalon, miknek kanyarulatai opálszín ködökbe mélyednek el. Az egyik meredek fal oldalából ezerlábnyi magasról esik alá egy barlangból kilövellő patak, mint vékony ezüstsugár, mely köddé törve ér alá, mire a Dunába jut. A két sziklafal szakadatlan; csak egy helyen válik kétfelé a bérc, s az alpesi völgyborongásból e szakadékon át egy virányos táj dereng keresztül, a távolban egy karcsú fehér toronnyal. Az ott Dubova tornya, az ott Magyarország.

Timéa le nem vette a szemeit e látványról, míg a hajó el nem haladt előtte, s a bércek megint összecsukódtak a szép táj fölött, s ismét az alpesek árnya takarta be a mély szakadékot.

- Úgy képzelem - szólt Timéa a biztoshoz -, mintha egy hosszú-hosszú börtönfolyosón keresztül mennénk be egy országba, amelyből nem lehet visszajönni többé.

A két fal egyre magasabb, alant a Duna tükre egyre sötétebb lesz; s hogy a zord panorámát befejezze, az északi meredélyen előtűnik egy barlang, melynek szádához mellvédek vannak ragasztva; azokon lőrések ágyúk számára.

- Ez a Veterani-barlang! - mondja a biztos Timéának. - Itt harcolt száznegyven évvel ezelőtt háromszáz ember öt ágyúval egy egész török sereg ellen, s negyven napig védte magát.

Timéa a fejét rázta.

A biztos még többet is tudott pedig e barlangról felhozni.

- Most negyven éve, a miéink e barlangot véres harcban védték meg a törökök ellen. Az ozmanlik többet vesztettek kétezer embernél e sziklák alatt.

Timéa összevonta vékony szemöldeit, s oly jéghidegen nézett az elbeszélőre, hogy annak félbeszakadt a szájában a további dicsekedés. S azzal Timéa eltakarva száját a burnusszal, elfordult tőle, bement a kajütbe, és ki sem jött onnan estig.

Csak a kis kabin ablakából nézte, hogy vonulnak el egymás után a part mentében az omladozó vártornyok, az ódon, tömör, magányos őrlakok, a Klisszura-völgy erdős sziklái, hogy jönnek szembe a Duna közepén felmeredő sziklaóriások, a zuhatagképző treszkováci kő, a harmincöles Babagáj hasogatott oldalaival. Azt se kérdi, mi története van annak a nyolcszegű vártoronynak, három kisebb torony szomszédjában, miket párkányzatos bástyafal fut körül. Pedig meghallaná akkor a szép Rozgonyi Cicelle történetét, magyarok királya Zsigmond veszedelmét, magyarok romlását. Az ott a galambóci vár.

Végtül végig egy egész történet az a két sziklapart, két nemzet története, kiket a bolond sors arra választott ki, hogy egymást pusztítsák, s akiknek itt volt minden harc kezdetén a legelső találkozójuk. Az egy hosszú katakomba, mely száz- meg százezernyi hősnek csontját őrzi.

Timéa nem jött elő többé sem aznap, sem másnap a kabinból, hogy Timárral szóba álljon. Vázlatoskönyvébe rajzolgatott egyes képeket, amiket a csendesen haladó hajóról szépen levehetett.

Három nap telt bele, hogy a hajó eljutott odáig, ahol a Morava a Dunába szakad.

A folyam torkolatánál fekszik Szendrő. Ennek a harminchat tornyán is sokszor lobogott majd a Szűz Máriá-s, majd a félholdas zászló, s barna körfalait mindenféle nemzet vére festé.

A Morava másik torkolatánál már csak puszta falai korhadnak a régi Kulics várnak, s az osztrovai szigeten túl merednek föl egy hegytetőn Ráma várromjai. Csupa sírkő.

Hanem most ezeket bámulni nincs idő. Ma nem ér rá senki hanyatló nemzetek elmúlt dicsőségén borongani, mert nagyobb baj van annál.

A felszél, amint a magyar síkság nyílni kezd, oly erővel támadja meg a hajót, hogy a vontatók nem képesek azt többé fenntartani, a szél kiveri azt a túlsó partra.

Nem lehet előrehaladni. Ki van mondva.

Trikalisz nehány szót vált titokban Timárral, s azzal Timár a kormányoshoz megy.

Fabula uram megköti a kormányrudat kötéllel, s otthagyja.

Azután felhívja a legénységet a dereglyéből, s átkiált a partra a vontatókhoz, hogy álljanak meg. Nem segít itt most sem evezés, sem vontatás.

A hajó előtt áll az osztrovai sziget; abból egy hosszú, hegyes földnyelv nyúlik be a Dunába, északi oldala meredek és szakadékos, roppant, ős vénségű fűzfákkal benőve.

A feladat az, hogy annak a szigetnek arra a déli oldalára lehessen eljutni a hajóval, ahol azután a Szent Borbála mind az északi széltől ment kikötőben védve megpihenhet, mind az emberi kíváncsi szemektől eltakarva marad. Mert az a szélesebb ága a Dunának, mely Szerbia felé övezi a szigetet, nincs a hajójárás útjában, tele van az zátonyokkal és „kopaszokkal".

Most az a mesterség, hogy e sziget déli oldalára lehessen elkerülni.

Vontatni oda nem lehet: a szigetnek nincsen vontatók számára való parti útja, átvádolni sem lehet, mert a szél miatt a hajó nem mehet víz ellenében.

Egyedüli segítség a „gugarozás".

A hajó horgonyt vet a Duna közepén, s a vontatókötelet eloldják a lovakról, és behúzzák a hajóba.

Akkor a vontatókötél végére rákötik a második horgonyt; azt felveszik a dereglyére; az evezős legények elviszik azt az osztrovai sziget felé, s mikor a kötél véget ér, akkor kivetik a horgonyt a dereglyéből, s visszatérnek a hajóhoz.

Akkor aztán felveszik az első horgonyt, s az előrevitt horgony kötelét a csavarkorongra kötve, négy férfi elkezdi azt a korongon átdugott dorongokkal felcsavarni.

A kötél lassú tekerődéssel gombolyodik fel a korongra, s a hajó kezd előrehaladni a folyam medrébe kapaszkodott horgonya felé.

Emberkínzó munka!

Mikor a hajó elérte a kivetett horgonyt, akkor ismét a másik vasmacskát teszik dereglyére, azzal eveznek előre, azt vetik ki ismét a Dunába, s annak a kötelét csavarják fel újból a korongra. Így haladnak izzasztó fáradsággal nyomot nyom után, víz ellenében, vihar ellenében; ez a *gugarozás*.

Eltart fél napig, míg a Duna közepétől a nagy sziget orma mellé puszta emberi erőhatalommal elvontatják a nagy terhes hajót.

Ez a nap fáradságos lesz azoknak, akik dolgoznak, unalmas azoknak, akik nézik.

Ilyenkor a terhes hajó olyan vigasztalan hely.

A járt Duna-ágat elhagyta, ahol legalább ősromok jöttek eléje, ahol találkozott más hajókkal, ahol hosszú sorban álló malmok kelepeltek útjában, s ahelyett kitért a járatlan Duna-ág öblébe, ahol jobbról elfedi egy hosszú, kietlen sziget, melyet csupa nyár- és fűzfa látszik belepni; sehol egy emberi lak a partján, balról pedig a Duna vize egy sötét nádasban látszik elenyészni, melynek egy foltján emelkedik csak ki valami szárazföldet jelző növényzet: magasra felnyúlt ezüstlevelű nyárfák.

Ez emberlaktalan csend tanyáján pihent meg a Szent Borbála.

És aztán még egy új baj jelentkezett. Elfogyott minden élelmiszer. A kiindulásnál Galacról arra számítottak, hogy majd szokás szerint Orsovánál nagy pihenőt tartanak, s ott a friss élelmiszert bevásárolják. Onnan azonban éjszaka és hirtelen távozva, az osztrovai sziget mellett már nem volt a hajón más, mint valami kevés kávé és cukor, meg egy skatulya török dulcsásza Timéa birtokában, amit azonban ő nem akart felbontani, mert azt valakinek ajándékba szánta.

- Hiszen semmi baj - monda Timár -, valamerre a két parton csak lakik valami emberféle; birka vagy kecskegödölye mindenütt akad, pénzért itt is kapható lesz minden.

És még egy más baj is volt. Amint a hajó a horgonyhoz kötve maradt, a szél zúdította óriás folyam elkezdte azt úgy himbálni, hogy Timéa valóságos tengeribetegséget kapott, rosszul lett, és ijedezett.

Talán még hajlékot is lehet itt találni valahol, ahol Timéa atyjával együtt nyugodtan tölthesse az éjt. Timár éles szeme észrevette, hogy a nádas közül felmagasló fák teteje fölött valami vékony füst emelkedik ki. Ott emberi lakás van.

- Odamegyek, megnézem, mi lakik ott?

A hajón volt egy kicsiny lélekvesztő, amit a biztos vadászatra szokott használni, ha valahol vesztegelni kellett dologtalan, amikor ráért vadkacsákat lődözni a sás közt.

A csónakot vízbe ereszteté, vette a puskáját, vadásztarisznyáját és egy összefűzhető hálót; az ember nem tudja, hogy mit szerezhet, vadat-e vagy halat; s aztán egyedül nekiindult a nádasnak, egy lapáttal hajtva is, kormányozva is a csónakot.

Mint tapasztalt vadász és vízjáró hamar rátalált a törésre, amin keresztül a nádasba lehet hatolni, s ott azután a vízi növényzet megmondta neki mindig, hogy hol jár. Ahol a víz színén a nagy nymféa-levelek libegnek zöldesfehér teljes tulipánvirágaikkal, ott mély víz van, ott a talajt növénytörmelékkel hordja meg a víz sodroma; másutt a tórongy zöld szőnyeget képez a víz fölött, e libegő bársonyon guggol, mint a növényvilág boszorkánya, a „métely torzsa", alakja olyan, mint a kaláráb, kék, gömbölyű, puffadt; minden állatnak halálos méreg. Olyan, mint a pöfeteg; amint Timár egyet szétütött a lapátjával, abból mintha kék láng csapott volna elő, amint a mérges penészport szétlövellte egyszerre; ennek a gyökere bűzhödt iszapba mélyed le, mely embert és állatot elnyel, aki beletévedt. A növényvilág gyilkos varázslójának olyan helyet rendelt a természet, ahol legjobban rejtve van. Ahol pedig a vízi perkáta fut fel a nád buzogányos száraira, ahol az elecs (butomus) szép, ernyős virágai hajladoznak a gyékény zöldje között, ott már kavicsos talaj van, mely nem szokott mindig víz alatt lenni. Végre ahol a harmatkását termő cikkszár (polygonum) kezd sűrű bozótot képezni, melyen keresztültörve a hajós kalapkarimája megtelik azzal az apró növénymaggal, mely a szegények eledele, a pusztai manna, ott már emelkedő földegnek kell lenni, hol csak a növény lába van a vízben.

Ha a csónakos útmutató növényeit nem érti, úgy belebódulhat a nádberekbe, hogy egész nap sem talál ki belőle.

Amint e bozóton, mely testszín virágú fürteivel egész rengeteget képez, keresztülverhette magát, egyszerre maga előtt látta Timár, amit keresett, egy szigetet.

Az valóban új alluviális alkotás volt, melynek a legutóbb készült térképeken még nyoma sincsen.

A Duna jobb ágának medrében volt sok ideig egy sziklatömeg, melynek alsó felén a lomhán kanyarodó ár zátonyt rakott le. Egy nagy téli áradás alkalmával aztán nekiment a jeges zaj az Osztrova-szigetnek, s annak egy csúcsát leszakította, magával ragadva földet, követ, derékfákat erdőszámra; akkor azzal a jéggel, sziklával, faderékkal vegyes özönvízi gomollyal megtorlott a szikla mögötti zátonyon. A gomoly ott maradt. És aztán félszázadig évről évre az új áradás új iszapréteget hordott föléje, új kavicstorlattal terjeszté ki körületét, az elkorhadt fatörzsek földéből ősnövényzet burjánzott elő, gyors növéssel, minő az újvilági természet alkotása, s lett ott azon a helyen egy névtelen sziget. Mely senkié sem; melynek nincs sem földesura, sem királya, sem hatósága, sem papja, mely nem tartozik semmi országhoz, semmi vármegyéhez, semmi diöcoesishez. A török-szerb határon sok ilyen paradicsomi hely van, melyen nem szánt, nem kaszál, nem legeltet senki. Egyedül a vadvirágnak és a vadállatnak hazája. S ki tudja, még kinek?

A sziget északi partja nyilván tanúsítá annak keletkezését. A kavics egész torlaszokban volt mellette felhalmozva, emberfőnyi és hordó nagyságú darabokban néhol; aközt nádgyökér és korhatag fatörmelék; a sekélyebb zátony zöld és barna héjú dunai kagylókkal fedve, az iszapos partoldalban pedig katlanszerű lyukak vannak vájva, mikbe a közeledő léptek hangjára százai a teknősbékáknak sietnek elrejtőzni.

A partot egész hosszában a vörös fűz törpe bokrai lepik be. Azokat minden jéginduláskor tövig letarolja a zajló jég. Itt kihúzta csónakját Timár a partra, s megköté egy fűztörzshöz.

Beljebb haladva, óriási füzek és jegenyék irtatlan erdején kell áthatolni, miket sok helyütt halomra döntögetett a vihar, s ott tövises bozótot képez a szigetek gyümölcstermő folyondára, a földi szeder, a korhadó talajból magasra nőtt valeriana fűszerillatot vegyít a nyárfák gyógyszaga közé.

Egy mélyen fekvő lapályos térségen, hol nem tenyészik fa és bokor, tocsogó víz körül, melyet buja fű takar, kövér ernyős növények magaslanak föl, a baraboly és a fahéjillatú Sison Amomum; egy csoportban, mint egy különvált növényarisztokrácia, büszkélkednek a fekete zászpák (Veratrum), öles növények, tűzpiros virágokkal; a fű közt buján tenyész a nefelejcs s az orvosi nadálytő mézterhes piros virága. Nem csoda, ha a korhadt fűzfák odúiban annyi vadméh rajzik. S a virágok közt csodálatos zöld, barna, vörös gyümölcs alakú gumók emelkednek ki, miket nem is ismer minden ember; tavasszal virított hagymás növények érett magtokjai azok.

A virányon túl megint következik a bozót, de már a fűz és nyárfa vadalmával keverve, s az aljat galagonya lepi be. Itt már magasabb a sziget talaja.

Timár megállt és hallgatózott. Semmi nesz. Emlősállatja nincs a szigetnek. Az árvíz elpusztítja azt. Csak madár lakik rajta, és repülő rovar és hüllők.

A madarak közül sem jön ide a pacsirta, sem a vadgalamb; azok a szigeten nem élnek meg. Azoknak mind olyan hely kell, ahol ember lakik, magot vet.

Hanem két állat mégis van, mely a szigeten is elárulja az emberi lény közellétét. Az egyik a darázs, a másik a sárgarigó. Mind a kettőnek szenvedélye a nemesített gyümölcs.

Ahol ezek az óriási darázsfészkek függnek alá a fákról, ahol a sárgarigó hallatja a pagonyban hívogató füttyét, ott gyümölcsnek kell lenni.

Timár megindult a rigófütty után.

S amint keresztülvergődött a tüskés galagonya- és vörösgyűrűbozóton, amik hegyes tőreikkel összevissza szurkálták ruháin keresztül, egyszerre a bámulattól megigézve állt meg.

Amit maga előtt látott, az a paradicsom volt.

Egy rendezett kert, valami öt-hát holdra terjedő, nem sorba, de szabályosan csoportokba ültetett gyümölcsfákkal, amiknek ágait földig húzza édes terhük. Aranyló, pirosló gyümölccsel rakva alma- és körtefák; a szilvafák minden faja, mintha rózsa- vagy liliomcsokor volna a ragyogó gyümölcstől; a fűben a láb előtt terítve hever a lehullott fölösleg fölszedetlen. Közbe egész bozótot képez a málna, ribiszke és köszméte, s a terebély fák hézagait aranyszínű lecsüggő gyümölcságaival tölti be a cidoni alma, a birs.

Ösvény nincs a gyümölcsfa-labyrinthban; fűvel van a fák alja benőve egészen.

Hanem ahol a fák közül kilátni, ott egy virágos kert hívogat a közelebb jövésre, az is csodálatos mezei virágokból összegyűjtve, miket a szokott kertekben nem találni, a sötétkék csengettyűkék csoportjai, a selyemtermő krepin fényes gubanctokja, pettyes turbánliliomok; az alkermes vérfürtei, a gyönyörű ophrisok pillangótermő virágaikkal, valami csudálatos úton kerti virággá nemesítve, tanúskodnak emberi lény közellétéről. Elárulja azt végre maga a lakhely, amelyből a füst előjön.

Az is sajátszerű kis szeszélyes menedék. Hátul van egy óriási szikla; annak van egy mélyedése; ott áll bizonyosan a tűzhely, s onnan megy le egy másik odú, ahol a pince van. A szikla tetején van a kürtő, melyen a füst kijő. Azután a sziklához van ragasztva kőből, vályogból egy hajlék, annak van két ablaka, két szobája. Az egyik ablak kisebb, mint a másik, s az egyik szoba alacsonyabb, mint a másik, náddal van födve mind a kettő. Azután a kettőhöz oldalt van hozzátákolva egy tornác fából, mely nyílt folyosót képez, szeszélyesen diribdarab fákból összetákolt cifrázattal.

De sem a kő-, sem a vályog-, sem a faépületen nem látszik, hogy miből van építve, mert az olyan sűrűen be van futtatva dél felől szőlővel, aminek ezernyi piros és kék fürtei a dér festette levél közt mosolyognak, északra pedig komlóval, melynek érett tobozai, mint a zöld arany fedik még a magas szikla homlokát is, aminek legkopárabb teteje be van ültetve rózsás fülfűvel, hogy semmi se maradjon rajta, ami nem zöld.

Itt asszonyok laknak.

ALMIRA ÉS NARCISSZA

Timár a rejtett tanya felé irányozta lépteit. A virágoskerten keresztül már látszott valami út, mely a lakhoz vezet, csakhogy azt is úgy belepte a fű, hogy a rajta járó lépése nem okozott dobajt; egész nesztelenül juthatott el a kis verandáig.

Semmi emberi lényt nem látott se távol, se közel.

A veranda előtt azonban feküdt egy nagy fekete kutya. Abból a derék newfoundlandi fajból való, amely olyan okos és tekintélyes állat, hogy az ember nem meri tegezni, hanem első találkozásra per „ön" kénytelen szólítani.

A fent címzett négylábú úr még azonfelül egyike volt faja legszebb példányainak, óriási izmos állat; aki amint szétnyúlt a veranda előtt, termetével az egyik oszloptól a másikig teljesen elfogta a tért. A fekete őr méltóztatott úgy tenni, mint aki alszik, s sem a közeledő idegenről nem látszott tudomást venni, sem arról a másik állatról, mely vakmerőségében minden impertinenciát elkövetett, hogy a nagy állat méltóságos türelmét próbára tegye. Az pedig egy fehér cica volt, mely elég arcátlan volt a végignyúlt hatalmasságon keresztül-kasul bukfencezni, talpacskáival annak az orrát bosszantani, sőt utoljára hanyatt feküdt eléje, s a roppant állat széles úszhártyás első lábát négy macskatalpa közé fogva, azzal, mint valami bábuval, macska módjára játszott. A nagy fekete úrnak mikor nagyon csiklandott már a talpa, visszarántotta az egyiket, s odanyújtotta neki a másik lábát, játsszék azzal.

És Timárnak nem az jutott eszébe, hogy héj, ha ez a nagy fekete valaki megfogja a nyakamat, ugyan pórul járok vele, hanem az, hogy héj, ha Timéa meglátja majd azt a kis fehér cicát, hogy meg fog majd annak örülni!

Azonban a kutyától nem lehetett bemenni a hajlékba; egészen az útban feküdt. Timár köhögéssel akarta észrevétetni, hogy itt valaki jár. Arra a nagy állat fölemelte csendesen a fejét, végignézett a jövevényen azokkal a nagy dióbarna okos szemeivel, amik úgy néznek éppen, mint az emberi szem, tudnak sírni és nevetni, haragudni és hízelegni; s aztán megint letette a fejét a földre, mintha azt mondaná: csak „egy" ember! Azért fel se kelünk.

Timár pedig úgy okoskodott, hogy ahol a kémény füstöl, ott a konyhában tüzel valaki. Ő tehát onnan kívülről elkezdett sűrű jónapokat kívánni annak a nem látott valakinek odabenn, háromféle nyelven, magyarul, szerbül és románul.

40

Mire aztán egy női hang kiszólt onnan belülről magyarul:

- Jó napot! No hát jöjjön be! Ki az?

- Mennék, de a kutya itt fekszik az útban.

- Lépjen át rajta.

- Nem fog meg?

- Nem bántja az a jó embereket.

Timár bátorságot vett magának keresztüllépni az útban fekvő roppant állaton; az meg sem mozdult, csak a farkát emelintette meg egyszer, mintha üdvözlőleg csóválná.

Amint a veranda alá belépett, két ajtót látott maga előtt Timár, az egyik a kőből rakott, a másik a kőből vájt odúba vezetett. Ez az utóbbi volt a konyha. Ott látott a tűzhely előtt állni egy nőt, aki egy rostát tartott kezében, s azt a tűz fölött forgatta. Timár tudta már, hogy ez nem valami boszorkánymesterség bűvészi műtétele, hanem kukoricapattogtatás. Ezt bizony a jövevény kedvéért nem lehetett félbenhagyni.

Ez a pattogatott kukorica igen szépszerű eledel itt Magyarországon, s úgy hiszem, nálunk senkinek sem kell azt hosszasan magyarázni, hogy milyen; a New York-i világipartárlaton azonban néhány év előtt aranyérmet adtak annak a jenkinek, aki Amerikában a pattogtatott kukoricakészítést fölfedezte. Ezek az amerikaiak mindent is kitalálnak! Áldott jó eledel. Az ember igen jóízűt ehetik belőle, anélkül, hogy valaha jóllaknék vele; mert mire eleget evett belőle, már akkorra megint megéhezett.

A nő, aki a tűzhelynél a nagy szakácsművészettel foglalkozott, szikár termetű, barna, erős, ideges alak volt, kemény kifejezésű, összeszorított ajkakkal, de szelíd, biztató szemekkel. Napbarnította arca a harmincas évek elejét vallotta életkoráúl. Viselete nem volt olyan, mint az e vidékbeli pórasszonyoké; ment volt az minden tarkaságtól; hanem azért úrias sem volt.

- No jöjjön közelebb, uram, s üljön le! - szólt a nő sajátszerű rideg hangon, mely amellett egészen nyugodt volt; s aztán kiöntötte a hófehérre pattogtatott kukoricát egy fonott kosárkába, s megkínálta vele. Kóstolja meg. Azután egy kancsót vett fel a földről, s odanyújtá azt is: „Meggybor." Most készült az is frissiben.

Timár leült a székre, mellyel kínálva volt, az is sajátságos, mindenféle vesszőkből mesterségesen kanyargatott ülőhely volt, aminőt másutt nem látni. Arra a hatalmas fekete ajtónálló is felállt fektéből, s odament a jövevényhez, és leült vele szemközt.

A nő egy marokkal adott a fekete állatnak is a sült csemegéből, mit az egész műértéssel ropogtatott meg; amit a fehér cica is követni akart; hanem a legelső pattogatott málé úgy beleragadt a fogába, hogy nem kellett neki több belőle, csak az első lábát rázogatta tőle, mintha azzal hágott volna bele; fel is ugrott aztán a tűzhelyre, s nagy érdekeltséggel pislogott bele egy mázatlan fazékba, mely a tűz mellett pöfögött; abban nyilván valami ínye szerintibb étel főhetett.

- Pompás egy állat! - monda Timár a nagy kutyára. - Csodálom, hogy olyan szelíd, még csak rám sem mordult.

- Nem bántja az a jó embert soha, uram; ilyen szelíd az, mikor bárminő idegen jön ide, aki jó ember; megismeri, s nem ugatja meg; de próbáljon csak egy tolvaj jönni! Azt már a sziget túlsó végén megérzi, s jaj annak, ha a foga közé kerül. Borzasztó állat! A múlt télen egy ordas farkas jött át a jégen; a kecskéinkre éhezett. Ott van kiterítve a bőre a szobában. Azt neki egy perc volt megfojtani. Hanem a jó ember a hátára ülhet, mégsem bántja.

Timárnak nagy vigasztalására szolgált ily hitelesen bebizonyítva látni, hogy ő jó ember. Talán ha azokból a minapi aranyokból egypár a zsebében maradt volna, az a nagy kutya egészen más képpel fogadta volna.

- Nos hát, uram, honnan jött ön, és mit kíván tőlem?

- Hát legelőször is bocsánatot kérek öntől, asszonyom, hogy így tüskön-bokron keresztül idetörtem az ön kertjébe. A hajómat kiverte a nagy szél a túlsó partról, ide kellett menekülnöm vele az osztrovai sziget mellé.

- Igaz! A zúgásról hallom, hogy nagy szélnek kell lenni.

Ezt a helyet oly sűrűen fogta körül az ősrengeteg, hogy a szelet csak a hangjáról lehetett megtudni, ha fú.

- Most aztán itt kell vesztegelnünk, míg a szél odább ereszt. Az élelmiszereink pedig elfogytak, s annálfogva kénytelen vagyok a legelső tanyát felkeresni, ahol a kéményt füstölni látom, s szépen megkérni a ház gazdáját, hogy nem adhatna-e valami élelmiszert a hajósnépünknek, illő fizetésért.

- Igenis adhatok, uram; s a fizetést is elveszem, mert abból élek. Van kecskegödölyének, málélisztünk, sajtunk és gyümölcsünk. Amit kíván ön, azt választhat. Azért termesztjük. Innen rendesen el szokták hordani a terményeinket a szomszéd vidékből jövő kufárok hajóval. Mi kertészek vagyunk.

(Még ugyan az egy nőnél több embert nem látott Timár; de minthogy az többesben beszél, tehát többnek is kell itt lenni.)

- Először is nagyon köszönök mindent, és mindabból fogok kérni. A hajótól majd elküldöm a kormányost egypár legénnyel, hogy szállítsa el a holmit; ön pedig mondja meg, asszonyom, hogy mit fizessek. Hét emberemnek van szüksége háromnapi eledelre.

- Ne nyúljon ön a tárcájához, uram; nálam nem fizetnek pénzzel. Mit csinálnék én itt ezen a szigeten a pénzzel? Legfölebb zsiványok törnének rám, s megölnének érte; így pedig minden ember tudja, hogy ezen a szigeten egy félkrajcár sincsen soha, azért nyugton alszunk itten. Nálam cserevásár foly. Én adok gyümölcsöt, mézet, viaszkot, gyógyfüveket, s nekem hoznak érte búzát, sót, gúnyának való kelmét, edényt, vaseszközöket.

- Mint az ausztráliai szigeteken.

- Éppen úgy.

- Jól van, asszonyom, tehát a mi hajónkon van búza is, só is, bízza ön rám, majd én kiszámítom, mi ára van annak, amit ön ád, s mennyi ára annak, amit mi hozunk vissza. Nem fogom önt megcsalni.

- Elhiszem, uram!

- De most még egy kérésem van. A hajómon van egy utazó uraság is, fiatal leányával. A lányka nincs szokva a viharos hajón lételhez, s beteg lett bele. Nem adhatna ön utazóimnak szállást, míg a vihar megszűnik?

A nő e kívánatra sem jött zavarba.

- Azt is adhatok, uram! Nézzen ide, két szűk kis szobánk van: egyben magunk húzódunk meg, a másikban, ha jó ember kér szállást, megtalálja azt, amit keres: nyugalmat, bár nem sok kényelmet. Ön maga, ha szintén itt akar maradni, miután önre nézve idegen nő foglalja el mind az egyik, mind a másik szobát, a padlásra szorul majd fel; hanem ott jó friss széna van, s a hajósok nem kényes emberek.

Timár nem bírta kitalálni, miféle nő lehet az, aki szavait megválogatva, ily tisztes modorban adja elő nézeteit. Ez a félig barlang kunyhó, az a körül vadon sziget nem adott hozzá semmi tájékozó eszmét.

- Én igen köszönöm önnek, asszonyom, szíves készségét, s azonnal sietek vissza a hajóra, utasaimat idehozni.

- Igen jó lesz. Hanem hát most ne arra térjen ön vissza a csónakjához, amerről jött, ott a süppedékes semlyéken meg a tüskés bozótokon keresztül bajos volna önnek idevezetni egy úri kisasszonyt. Van itt egy járható ösvény végig a part mentében; biz az be van nőve fűvel, mert kevés ember tapossa, s az a föld mindjárt begyepesedik; hanem majd elvezettetem odáig, ahol ön a csónakjára rátalál, majd visszatéret aztán közelebb köthet ki, ha nagyobb ladikkal jön. Majd mindjárt elvezettetem önt. Almira!

Timár szétnézett, hogy melyik zugából a háznak, vagy melyik bokrából a kertnek jön elő az az Almira, aki őket a járt útra vezesse. A nagy fekete newfoundlandi pedig felállt, s elkezdte a farkát csóválni, olyanokat ütve vele a nyitott ajtón, mintha öreg dobot verne.

- No, Almira, vezesd el ezt az urat a partra! - mondá neki a nő; mire a megszólított valamit mormogott Timárnak kutyanyelven, s aztán megfogva a köpenye szegletét a fogaival, egyet rántott rajta, hogy no jöjjön hát.

- Ah! tehát ő az az Almira, aki engemet el fog vezetni! Nagyon le vagyok érte kötelezve, Almira kisasszony! - szólt Timár nevetve, s vette a kalapját és puskáját; Istennek ajánlá a ház asszonyát, s ment a kutya után.

Almira folyvást a köpenye szegleténél fogva vezette a vendég urat, egész finom barátsággal, keresztül a gyümölcsösön, ahol vigyázni kellett az embernek, hogy a sok lehullott szilvát agyon ne gázolja.

A fehér cica sem maradt el, annak is tudnia kellett, hogy Almira hova viszi az idegent. Hol előtte, hol utána szaladgált a puha fűben.

A gyümölcsös széléhez érve, valahonnan valami magasból egy csengő hang kiálta le:

„Narcissza!"

A hang leányé volt, benne valami szemrehányás, sok szeretet és igen sok félénkség. Rokonszenvteljes hang.

Timár széttekintett; először azt nézte, hogy ki szólt itten; azután meg azt, hogy kinek szóltak.

Azt, hogy kit szólítottak, mindjárt megtudhatta, mert a hívásra egyszerre félreugrott a fehér cica, s farkát gömbölyűvé borzolva szaladt fel egyenesen egy terebélyes körtefára, melynek sűrű lombjain keresztül valami fehér női ruhát látott Timár kivillanni; de tovább vizsgálódnia nem lehetett, hogy ki lehet az, aki Narcisszát magához hívta; mert Almira valami mély torokhangokat hallatott, amik négylábú nyelven annyit jelenthetnek, hogy „mi szükség önnek oda kémlelődni?", s követni volt kénytelen a vezetőjét, ha azt nem akarta, hogy a köpenyének egy darabja a foga közt maradjon.

Almira igen szép útifüves ösvényen vezette őt aztán a part mentében végig, míg arra a helyre rátalált, ahol csónakját elhagyta.

Abban a percben nagy süvítéssel húz végig a levegőn két mocsári szalonka a sziget felé.

Timárnál egy perc műve volt meggondolva, hogy az minő finom estebédet adna Timéának, aztán lekapni a válláról a puskáját, a két szalonkát két lövéssel leszedni a levegőből.

Hanem a másik percben ő maga sem állt többé a lábán.

Almira abban a pillanatban, amelyben a fegyverét kilőtte, megragadta a gallérjánál fogva, s mintha a villám csapta volna le, úgy vágta le a földre. Fel akart kelni; de tapasztalá, hogy túlnyomó ellenféllel van dolga, akivel nem lehet tréfálni. Nem bántotta őt Almira, csak fogta szépen a gallérját, s nem engedte felkelni.

Timár váltig iparkodott őt kiengesztelni, nevezte Almira kisasszonynak, jó barátnőjének, magyarázta neki, hogy hisz ez vadászat! Az ördög látott olyan kutyát, amelyik a vadászt apportírozza; jobb lenne, ha a szalonkát keresné elő a bokorból; de az nem hajlott semmi szóra.

Veszedelmes helyzetének azzal szakadt vége, hogy a szigetlakó nő futva jött oda a lövés hangjára, s messziről kiáltozta Almira nevét; mire aztán ereszté gallérját a furcsa jó barát.

- Jaj, uram! - sopánkodék a nő, árkon-bokron keresztültörve magát a veszedelem színhelyére. - Elfeledtem önnek megmondani, hogy ne lövöldözzön ám, mert akkor Almira lefogja. A lövésért borzasztóan haragszik. Ej, de ostoba voltam, hogy ezt önnel nem tudattam.

- Nem tesz semmit, asszonyom! - szólt Timár nevetve. - Ebből ugyan hatalmas erdőkerülő vált volna, mondhatom. De hát lássa ön, egy pár szalonkát lőttem, azt hiszem, jó lesz az estebédre a vendégeknek.

- Majd megkeresem őket; ön csak menjen már a ladikjába; és ha visszajön, a puskáját hagyja otthon; mert higgye el nekem, hogy már ezentúl, amint Almira meglátja önnek a kezében a fegyvert, rögtön el fogja azt öntől venni. Nem lehet vele tréfálni.

- Dejsz azt tapasztaltam. Hatalmas egy derék kutya! Mire meggondoltam, hogy védelmezzem magamat, már a földön voltam, jó, hogy a nyakamat le nem harapta.

- Óh, harapni embert sohasem szokott; hanem ha valaki védni akarja ellene magát, annak a karját úgy átfogja a fogaival, mintha vasbilincsbe volna téve, s aztán úgy tartja, míg érte nem jövünk. No, uram, a viszontlátásig!

Nem telt bele egy óra, hogy a nagyobbik csónak kikötött a sziget partján új vendégeivel.

Timár a hajótól a partig folyvást Almiráról és Narcisszáról beszélt Timéának, hogy feledtesse a gyermekkel testi szenvedését, s a hullámoktóli félelmét. Egyszerre vége lett mindkettőnek, amint a partra szálltak.

Timár előrement útmutatónak, Timéa Euthym karjába kapaszkodva követte; a két hajóslegény és a kormányos vitte utánuk a cserevásár megfelelő egyenértékét zsákokban, saraglyára téve.

Már messziről hallatszott Almira csaholása. Az az üdvözlő hang volt az, amivel az eb jó ismerős közeledtét szokta jelenteni. Olyankor eléje szalad a közeledőnek.

Almira feleúton érte a kiszállókat, először körülcsaholta az egész társaságot, azután egyenkint váltott szót a kormányossal, a hajóslegényekkel meg Timárral. Majd Timéához sompolygott, s szerét tette, hogy kezet csókoljon neki; hanem amint Euthymhoz ért, elcsendesült, elkezdte azt a lába száraitól felfelé végigszaglálni, és aztán el nem maradt a sarkából, egyre szimatolt, és közbe nagyokat rázott a fején, két fülét úgy verve össze, hogy csak úgy csattogott. Ennél a pontnál bizonyos észrevételei voltak.

A szigeti lak asszonya tornácába kiállva várta az érkezőket, s amint kibukkantak a fák közül, erőteljes hangon e nevet kiáltá:

„Noémi!"

E hívásra valaki közelített a kert belsejéből. Két sor sűrű magas málnabokor közül, mely mint zöld fal fölül szinte egymásba borult, jött ki egy fiatal leány. Gyermekarc, gyermekidomok a kifejlődés korszakában, fehér ing és szoknya rajta, a felső szoknyájának szélét felfogva tartja, s abban valami gyümölcsöt hoz, amit éppen a fáról szedett.

A zöld pagonyból előjövő alak olyan, mint egy idilli tünemény. Arcának finom incarnatja a fehér rózsa gyöngéd testszínét leste el, mikor komolyan néz, s a piros rózsáét veszi fel, mikor elpirul, s akkor aztán a homloka is elpirul. S az a gömbölyűen boltozott tiszta homlok kifejezése a jóság maga, összhangzó a finoman hajlott selyem szemöldökkel s a kifejezésteljes kék szemek ártatlan tekintetével, vékony ajkain figyelmezés és szemérmesség. Dús hajfonadékai az aranyozott diószín ritka pompájában természetes göndörséget árulnak el, s az egyik hátravetett fonadék a legparányibb kis fület engedi láttatni. Az egész arc kifejezése az öntudatlan szelídség. Talán az egyes vonások külön nem volnának a szobrász ideáljai, talán ha márványból volna, nem is találnák szépnek; de az egész főt és alakot, úgy, ahogy van, valami rokonszenves sugárzat derengi körül, mely első tekintetre megigéz, és mentől tovább nézik, annál jobban megnyer.

Egyik válláról le van csúszva az ing, de hogy az se maradjon fedetlen, egy fehér macska áll rajta, fejével odatörlészkedve a leány arcához.

A leány finom, kicsiny fehér lábai födetlenek; hiszen szőnyegen jár, a legpompásabb fejedelmi bársonyszőnyegen; az őszi pázsit ki van hímezve most kék veronikával és piros gerániummal.

Euthym, Timéa és Timár megálltak a málnalugas végén, hogy a közeledő alakot bevárják.

A gyermek azzal gondolta vendégeit legszívesebben üdvözölhetni, ha megkínálja őket az ölében hozott gyümölccsel. Szép piros csíkos bergamotte-körte volt az. Timárhoz fordult vele legelébb is.

Timár kiválasztotta a legérettebbet a gyümölcsök közől, s Timéának nyújtá azt.

Amiért aztán mind a két leány egyszerre bosszúsan vállat vont. Timéa azért, mert e percben a fehér cicát irigyelte annak a másik leánynak a vállán; Noémi pedig azért, mert ő nem Timéát kínálta a gyümölccsel.

- Ejh, te ügyetlen leány! - kiálta reá a kunyhó asszonya -, hát nem tudod elébb kosárba tenni a gyümölcsöt? Úgy kell kínálnod a ruhád aljából! Te balga, te!

Erre aztán a leány lángrózsává pirult, s odafutott az anyjához, ki suttogva, csendesen feddé meg, hogy mások ne hallják; aztán megcsókolta a homlokát, s ismét fennhangon mondá neki:

- Mármost eredj; vedd át a hajósoktól, amit hoztak, rakasd le a kamarába, azután töltsd meg a zsákjukat máléliszttel, a fazekaikat mézzel, a kosaraikat érett gyümölccsel; s válassz ki a számukra kettőt a kecskegödölyékből.

- Én nem választok - suttogá a leány -, válasszanak ők.

- Bohó leány! - monda nyájas neheztéléssel a nő. - Ez bizony valamennyi kecskegidót megtartana, soha egyet le nem engedve vágatni. No hát csak válasszanak ők. Ne legyen senkinek panasza. Addig én az estebéd után látok.

Noémi magával hívta a hajósokat, s felnyitogatá előttük a kamrát és gyümölcsraktárt. Ez mindenik egy külön odú volt a sziklában, külön ajtóval elzárva. Az a szikla, mely a sziget ormát képezte, egyike volt azon „jövevény" köveknek, miket a geologok „erraticus" (téveteg) szirteknek, az olaszok „trovanti"-knak (lelenceknek), a skandinávok ázárnak neveznek, messze fekvő hegyláncból letört rokontalan szikla; egy darab mészkő a dolomitsziklák völgyében, a kavicsok medrében. Ez a szikla tele volt apróbb-nagyobb üregekkel, miket az első elfoglaló leleményesen felhasznált: a legnagyobbat, a felfelé menő kürtővel konyhának, a legmélyebbet pincének, a legmagasbat galambháznak, a többit téli vagy nyári raktáraknak. Beköltözött az istentől ideküldött sziklába, mint a vadmadár, s fészket rakott benne magának.

A gyermek elvégezte a hajósokkal a cserevásárt okosan és igazságosan. Áldomásul még egy ital meggybort is adott mindenkinek, s jó szokás szerint felkérte őket, hogy ha megint erre járnak, megint őnáluk vásároljanak; azután visszatért a kunyhóhoz.

Nem is várt semmi utasítást, hozzálátott a terítéshez. A veranda alatti kis asztalra felteríté a finom szalmagyékényt, arra négy tányért tett kés, villa és cinkalánnal. Hát az ötödiknek?

Az a macskaasztalnál fog ülni. Igazán macskaasztalnál. A veranda lépcsője előtt van egy alacsony fapad; annak a közepére jön Noémi számára egy cseréptányér, pici kis kés, villa, kanál hozzá, a két végére pedig egy-egy fatányér Almirának és Narcisszának. Azok nem kapnak kést, villát hozzá. S mikor a három vendég a ház asszonyával együtt az asztalnál köröladta egymásnak a tálat, akkor a macskaasztalhoz kerül az le; Noémi igazságosan oszt a maga vendégeinek; a könnyebben elkölthető falatokat Narcissza tálára, a jobban megrágni valókat Almirának, utoljára vesz magának. És azoknak addig hozzányúlni nem szabad, míg ő meg nem fújja az ételüket, hogy meleg ne legyen; akárhogy emelgeti is a füleit Almira, s akárhogy törleszkedik is asszonya vállához Narcissza. A gyerekeknek szót kell fogadni.

A sziget asszonya, jó vagy rossz magyar szokásból, ki akart tenni magáért vendégei előtt, különösen Timárnak be akará bizonyítani, hogy nem volt rászorulva a konyha az ő vadászzsákmányára. A két szalonkát elkészíté nekik haricskával; de Timárnak előre megsúgá, hogy az csak kisasszonyoknak való eledel, a férfiak számára jó malacpörköltet készített.

Timár meg is felelt annak becsületesen; hanem Euthym nem nyúlt hozzá, azt állítá, hogy már jóllakott, s Timéa rögtön felkelt az asztaltól. De az olyan természetesen jött neki. Eddig is sokat nézegetett hátra arra a másik vendégeskedő társaságra nagy kíváncsisággal: semmi felötlő sem volt benne, hogy egyszer csak felkerekedett az asztaltul, s odakuporodott Noémi mellé a lépcsőre. Hiszen a gyermekleányok mindig könnyen barátkoznak.

Timéa ugyan nem értett magyarul, Noémi pedig nem értett görögül; hanem ott volt kettőjök között Narcissza; az értett magyarul is, görögül is.

A kis fehér cica megérté, hogy mit tesz az, mikor Timéa azt mondja, hogy „horaion gation!", s fehér kezével végigsimítja a hátát, s arra Noémi öléből áttörleszkedik Timéa ölébe; a fejét fölemeli Timéa arcához, s odadörzsölgeti gyöngéden fehér pofáját a fehér archoz, szép piros száját azokkal a hegyes fogaival felnyitva s hamis foszforfényű szemeivel felkacsingatva reá; azután fellép a vállára, körülkerüli a nyakát, s megint átvándorol Noémihoz, és onnét ismét vissza.

Noémi örül annak, hogy az idegen kisasszony úgy szereti az ő kedvencét.

Hanem ez a jó kedve keseredni indul, mikor arra a tudatra kezd jönni, hogy az idegen leány már nagyon is szereti az ő kedvencét; egészen megtartja magának, meg is csókolgatja; s hogy keserűsége még nagyobb legyen, azt is tapasztalni kénytelen, hogy Narcissza milyen könnyen hűtelen lesz; milyen hamar elfogadja az idegen leány gyügyögtetését, hogy hízeleg neki vissza, s mikor Noémi híja nevénél: Narcissza, még csak rá sem ügyel. Azt inkább érti, hogy horaion gation (szép cica).

Noémi megneheztelt Narcisszára, s megfogta a farkát, hogy visszahúzza őt magához. Ezért meg Narcissza éppen hozzákapott a körmével, s végigkarcolta a kezét.

Timéa kézcsuklóját egy kígyó alakú, kékre zománcolt arany karperec fonta körül. Mikor Narcissza megkarcolá Noémit, Timéa levonta kezén át azt a hajlós karperecet, s Noémi kezére akarta azt fonni, bizonyosan azért, hogy fájdalmát enyhítse vele.

Noémi pedig félreérté a dolgot, azt hitte, hogy az idegen kisasszony azért a karperecért meg akarja tőle venni a Narcisszát. Az pedig nem eladó.

- Nem kell a karperec! Nem adom érte a Narcisszát. Tartsa meg a karperecét. A Narcissza az enyém marad. Jer ide, Narcissza!

S hogy Narcissza mégsem akarta megérteni a hívást, Noémi hirtelen egy jó kis pofont adott neki a fejére, mire a felriadt cica keresztülugrott a padon, s tüszkölve, köpködve futott fel egy diófára, onnan morgott le aztán nagy neheszteléssel.

Timéa és Noémi e percben egymás szemébe tekintettek, s mind a ketten valami álomszerű sejtelmet láttak ki egymás szemeiből. Mint mikor az ember egy percre a szemét behunyja, s e rövid perc alatt éveket álmodik keresztül, s midőn fölébred, mindent elfelejtett, csak arra emlékezik, hogy álma hosszú volt.

A két leány e pillanatnyi összesugárzásából szemeiknek megérzé, hogy ők valaha egymás sorsának rejtelmes intézői lesznek, hogy lesz közöttük valami közös, vagy öröm, vagy fájdalom; és talán sohasem fognak arról többet tudni, mint egy elfeledett álomról, hogy ők okozták azt egymásnak.

Timéa felszökött Noémi mellől, s a lehúzott karperecet a házinőnek adta át, s aztán odaült Euthym mellé, annak vállára téve fejét.

Timár tolmácsolá az ajándékot.

A kisasszony adja azt emlékül a kisleánynak. Aranyból van.

Amint azt kimondta, hogy aranyból van, ijedten ejté azt ki kezéből a nő; mintha igazi kígyó volna, s zavarodottan tekinte Noémire, azt sem bírta neki mondani, hogy „köszönd meg szépen".

Ekkor egyszerre Almira vonta magára a figyelmet. Hirtelen felugrott fektéből, s elébb egy hosszat üvöltve, magasra felnyújtott fejjel elkezdett mély, dörgő hangon ugatni; volt hangjában valami az oroszlán ordításából, heves, taszítva adott hangok voltak azok, a támadás kihívó szavai, s eközben nem futott előre, hanem ott maradt a veranda előtt, első lábait előrefeszítve s a hátulsókkal a földet tépve.

A nő elsápadt. A gyalogút felől a fák közt egy alak közelített.

- Így csak egy embert szokott megugatni az eb! - dörmögé a nő. - Ott jön. Ő az!

AZ ÉJ HANGJAI

Az, aki a part felől közelített, egy fiatal korú férfi volt; bő zubbony és pantallon, vörös gyapot nyakkendő, vörös török fez volt a viselete.

Arca szép; ha nyugodtan állna a festő előtt, másolatára mindenki azt mondaná, hogy ez egy hős; de mikor elevenen jő eléje, mindenkinek a legelső gondolatja az, hogy ez egy kém! Szabályos vonások, nagy fekete szemek, sűrű göndör haj, szép ajkak; hanem azok a ráncok a szemek körül, az a bevágás az ajkszegleten, az a mindig izzadt homlok és tétova tekintetű szemek azt hirdetik, hogy ez nem más, mint egy rabszolga, ki csak saját érdekeit szolgálja.

Almira dühösen ugatott a közeledőre, ki lanyha hetykeséggel hányta előre kezeit-lábait, mint aki tudja jól, hogy másnak a gondja őt megvédelmezni. Noémi csitította az ebet, amire az nem akart hallgatni; akkor aztán megfogta az egyik kezével mind a két fülét, annál fogva húzta őt vissza; a kutya nyöszörgött, nyikorgott a kínpadra feszített fülei miatt; hanem azért csak mégsem hagyhatta abba az ugatást. Utoljára Noémi rátette a lábát a fejére, s úgy nyomta le az ebet a földre. Annak azután megadta magát, lefeküdt nagy morogva, s engedte a leányka lábát a nagy fekete fején nyugodni, mintha az valami lerázhatatlan teher volna rajta.

A jövevény pedig fütyörészve jött közelébb.

Már messziről elkezdett beszélni.

- Ah! Még most is megvan ez az átkozott nagy kutyátok? Hát mégsem emésztettétek el? Utóbb is én magam pusztítom el. Ostoba szelindek!

Mikor pedig Noémihez közel ért az ifjú ember, bizalmas mosollyal nyújtá kezét a lány arca felé, mintha egy csípcsókot akarna neki adni a két ujjával, amitől Noémi annál gyorsabban elkapta az arcát.

- No, hát te kis menyasszonyom, még mindig olyan vad vagy? Ejh, de megnőttél, amióta nem láttalak.

Noémi hátrahúzott fejjel nézett a megszólítóra. Olyan csúnya arcot tudott csinálni egyszerre! Szemöldeit összeráncolá, ajkait durcásan kicsücsöríté; szemeivel dacosan, szúrón nézett fölfelé, még az arcszíne is elváltozott. A rózsaszín egyszerre földfakóvá lett rajta. Valóban csúnya tudott lenni, mikor maga akarta.

A jövevény pedig azt mondá neki:

- Ah! be megszépültél azóta!

A leány a kutyának válaszolt:

- Sunyj le, Almira!

A jövevény otthonias biztonsággal lépett aztán be a veranda alá, ahol első dolga volt kezet csókolni a ház asszonyának, azután szíves leereszkedéssel üdvözölte Timárt, végre Euthym és Timéa előtt udvarias bókkal hajtotta meg magát, s azután folyt belőle a beszéd szakadatlanul.

- Jó estét, kedves napamasszony! Alásszolgája, biztos uram! Üdvözlöm önöket, uram és úrhölgyem. Én Krisztyán Tódor vagyok, lovag és kapitány, ennek a tisztelt asszonyságnak jövendőbeli veje. Az apáink testi-lelki jó barátok voltak; még éltükben eljegyeztek bennünket egymással: Noémit és engemet. Én minden évben meg szoktam látogatni az én kedveseimet a nyári mulató helyükön, hogy meglássam, mekkorát nőtt már a menyasszonyom. Nagyon örülök rajta, hogy önöket is itt találhatom. Uraságodhoz, akit úgy hiszem, hogy Timár úrnak hínak, már egyszer volt szerencsém. Úgy tetszik, mintha e másik úr...

- Csak görögül ért! - vágott a szavába Timár, s olyan mélyen dugta el zsebeibe a két kezét, mintha teljesen lehetetlenné akarná tenni a jövevényre nézve azt, hogy vele kezet szorítson az egyszeri találkozás öröme fejében. Biz ővele nem volt olyan nehéz találkozni: egy utazó kereskedelmi biztossal.

Nem is foglalkozott aztán ővele Krisztyán Tódor, hanem gyakorlatibb oldaláról fogta fel az életet.

- Ah! hisz itt mintha csak vártak volna! Pompás vacsora; negyedik teríték üresen. Malacpörkölt! Ez az én gyönge oldalam. Köszönöm, köszönöm, kedves jó mamácska, tisztelt uraim és kisasszony. Én becsületére fogok válni a vacsorának. Igen köszönöm!

Őt ugyan senki az elszámláltak közül egy szóval sem kínálta, hogy üljön le, és tartson velük; hanem ő mindent és mindenkinek megköszönt, s azzal leült Timéa üresen hagyott helyére, és hozzálátott a malacpörkölthöz, Euthymot is kínálva azzal egypárszor, s nagyon csodálkozva rajta, hogy lehet keresztyén ember a világon, aki azt nem szereti.

Timár fölkelt az asztaltól, s a ház asszonyának azt mondá:

- Az utas úr és kisasszonya el vannak törődve. Inkább nyugalomra, mint ételre van szükségük. Nem lenne ön szíves fekhelyüket elkészíteni?

- Mindjárt készen lesz! - mondá a nő. - Noémi! Segíts a kisasszonyt levetkőztetni.

Noémi fölkelt, s követte anyját és a két vendéget a hátulsó kis szobába. Timár is otthagyta az asztalt, ahol az egyedül maradt új vendég nagy mohósággal takarított el mindent, ami még az asztalon ennivaló volt, s aközben folyvást beszélt hátra Timárhoz, s hajigálta a vállán keresztül a leszopott csontokat Almirának.

- Átkozott útjok lehetett önöknek, uram, ebben a nagy szélben! Csodálom, hogy vergődhettek át a Demir-kapun meg a Tatalián? - Nesze, Almira! Aztán ne haragudjál rám, te ostoba! - Hát emlékezik ön még rá, uram, hogy egyszer Galacon találkoztunk? - No még ez is a tied, te fekete fenevad.

Egyszer aztán, amint hátranézett; úgy találta, hogy se Timár nincs ott, se Almira. Otthagyták mind a ketten. Timár felment a padlásra aludni, s ezóta megágyazott magának az illatos szénában; Almira pedig elbújt valami odújában a nagy vándorbércnek.

Akkor aztán ő is megfordította a székét; kiitta, ami a korsóban és a többi vendégek poharában maradt, az utolsó cseppig, s lehasítva egy forgácsot arról a székről, amelyen ült, elkezdé a fogait piszkálni, mint aki legjobban megérdemlé a mai vacsorát.

Este volt már; a sokat hányatott és kifáradt utasoknak talán nem is kellett ringatás.

Timár végigheveredett a legédesebb fűszerillatú szénában a padláson, s azt hitte, hogy ma nagyon jól fog aludni.

De csalódott. Sok fáradság, változatos küzdelem után legnehezebb az elalvás;

az egymást felváltó képek egyszerre rohanták meg agyát, mint egy zűrzavaros látvány, keverve üldöző alakokkal, fenyegető sziklákkal, vízesésekkel, váromladékokkal, idegen nőkkel, fekete kutyákkal, fehér macskákkal, a szél zúg, a tülök bömböl, az ostor pattog, az eb üvölt, arany esik, ember kacag, suttog, kiabál összevissza.

Hasztalan hunyta be a szemeit, annál többet látott és hallott.

S egyszer csak elkezdtek ott az alatta levő szobában beszélni.

Felismerte a hangokat. A ház asszonya és az utóbbi jövevény beszéltek.

A padlás deszkázata vékony volt, minden szót úgy meg kellett hallania, mintha a fülébe susogták volna. Halk, lefojtott hangon beszéltek, csak néha-néha emelte fel a férfi a szavát.

- Hát Teréza mama, van-e sok pénzed? - ezen kezdé a férfi.

- Tudod, hogy nincs. Tudod, hogy amit eladok, cserébe adom, pénzt nem fogadok el.

- Azt ostobául teszed. Az nekem nem tetszik. Azt én nem is hiszem.

- Bizony mondom. Aki hozzám jön gyümölcsért, egyúttal másvalami árut hoz, aminek meg én vehetem hasznát. Mit csinálnék én a pénzzel?

- Én tudnám, mit. Nekem adnád. Te nem gondolsz énrám soha. Pedig ha Noémit elveszem, hát akkor nem fizethetsz ki aszalt szilvával. Te rossz anya vagy. Nem gondolsz a leányod boldogságára. Te nem segítesz engem előre, hogy jó állást biztosíthassak magamnak. Most kaptam meg a kinevezést az első dragománi állomásra a követségnél; de útiköltségem nincs, hogy odáig utazhassak, mert a pénzemet kilopták a zsebemből, s most emiatt elvesztem a hivatalomat.

A nő nyugodt hangon felelt neki:

- Én nem hiszem, hogy tégedet valami hivatalba kineveztek volna, amit elveszíthetsz; hanem hogy valami hivatalban vagy, amit el nem veszíthetsz, azt elhiszem. Én elhiszem, hogy pénzed nincs; hanem hogy azt ellopta volna tőled valaki, azt nem hiszem.

- No hát ne higgy semmit. Én sem hiszem, hogy neked nincs pénzed. Kell lenni. Itt csempészek szoktak kikötni, s azok jól fizetnek.

- Csak hangosan beszélj! Igaz, hogy e szigeten csempészek is kötnek ki néha, hanem azok vagy nem jönnek a kunyhó tájára, vagy ha jönnek, gyümölcsöt vesznek, s adnak érte cserébe sót. Kell só?

- Ne bolondozzál velem. Hát az ilyen gazdag utazók, mint amilyenek most hálnak itten.

- Én nem tudom, hogy gazdagok-e.

- Kérj azoktól pénzt. Követelj! Ne csinálj nekem olyan szent képeket. Nekem pénzt teremts, akárhonnan! Nekem hagyj fel ezzel az ostoba ausztráliai cserevásárral. Szerezz aranyat, ha velem békében akarsz maradni. Különben ha egy szót szólok ott, ahol kell, akkor tudod, hogy semmivé vagy téve!

- Halkan szólj, te szerencsétlen!

- No ugye, kérsz már, hogy halkan beszéljek? No hát hallgattass el egészen. Légy jó hozzám, Teréza! Adj egy kis pénzt.

- Nincs a háznál. Ne kínozz! Egy fillérem sincs. Nem is akarom, hogy legyen. Átkozott előttem minden, ami pénz. Itt van, keresd össze minden ládámat, s ha találsz benne valamit, vidd el.

A férfi, úgy tetszik, hogy megfogadta a felhatalmazást, mert egy kis idő múlva felkiáltott:

- Ahá! Hát ez micsoda? Egy arany karperec.

- Az. Most ajándékozta amaz idegen kisasszony Noéminak. Ha kell, vidd el azt.

- Megér tíz aranyat! No ez is jobb a semminél. Ne félj, Noémi! Mikor nőül veszlek, ehelyett harminc aranyat nyomó karperecet veszek neked mind a két kezedre. Közepében lesz egy zafír. Nem, egy smaragd. Mit szeretsz jobban, a zafírt vagy a smaragdot?

Erre aztán nevetett magamagának a fiatalember. Senki sem felelt a kérdésére.

- Nos hát mármost kedves Teréza mama, vess ágyat a te kedves jövendőbeli vejecskédnek, a te drága kis Tódorkádnak, hadd álmodjék valami szépet az ő kedves Noémijáról.

- Én nem vethetek ágyat neked sehova. A mellékszobában, a padláson vendégeink vannak; itt velünk egy szobában nem alhatol. Én nem akarom. Noémi nem gyerek már. Eredj ki a tornác alá, ott a hárságy, aludjál azon.

- Ejh, te kegyetlen, rossz szívű Teréza! Te a kemény hárságyra száműzöd a te kedves egyetlen jövendőbeli vejedet.

- Noémi, add oda neki fejed alól a vánkost. Nesze! itt a saját pokrócom, takaróm. Aludjál jól.

- Igen. De odakinn az az átkozott nagy dög, az a csúf szelindek megesz.

- Ne félj tőle, majd láncra kötöm. Szegény pára! Soha sincs láncra kötve, csak mikor te a szigeten vagy.

Teréza asszony alig bírta előcsalogatni odújából Almirát. Szegény állat tudta már előre, hogy ilyenkor az következik, hogy az ő nyakára ráteszik a láncos örvöt; hanem hát hozzá volt szokva az engedelmeskedéshez, s meg hagyta magát asszonya által köttetni.

Az tette aztán még csak igazán elkeseredetté fogságának indító oka ellen.

Amint Teréza visszament a szobájába, s Tódor egyedül maradt künn a tornácon, elkezdett az eb bőszülten ugatni rá, s alá s fel táncolt azon a szűk téren, amit lánca átért, neki-nekirugaszkodva egyszer, hogy ha el tudná szakítani vagy az örvet, vagy a láncot, vagy azt a bodzafát kirántani gyökeréből, amihez a lánc karikája volt kötve.

Tódor pedig annál jobban ingerkedett vele. Tetszett neki, hogy egy állatot bosszanthat, mely őt el nem érheti, s mely amiatt a dühtől tajtékzik.

Odament hozzá közel, egy lábnyomnyira ahhoz a ponthoz, ameddig a kutyát a lánca ereszté, ott négykézlábra állt előtte, s elkezdett a kutyára torzképeket fintorgatni. Orrokat csinált neki, nyelvét öltögette rá, szeme közé köpködött, és utánozta a kutya ugatását.

- Hau, hau! Szeretnél, ugye, megkapni, ha lehetne? Hau, hau! No itt az orrom, harapd le. Ugye nem lehet? Hej, de szép kis kutya vagy. Te csúf dög. Hau, hau! Szakítsd el azt a láncot, no! Gyere birkózni. Kapd el az ujjamat, nézd, itt van az orrod előtt. Tessék!

Almira egyszerre a legnagyobb düh közepett megállt. Abbahagyta az ugatást. Eszére tért. Gondolta magában: az okosabb enged. Magasra fölemelte a fejét, mintha le akarná nézni azt a négykézláb álló másik állatot; azzal megfordult, s két hátulsó lábával, kutyák szokása szerint, kettőt nagyot rúgott hátrafelé, annak a másik állatnak szemét-száját teleszórva homokkal, amivel azt hozta abba a helyzetbe, hogy káromkodásra fakadjon, erre az „emberi ugatásra". Ő maga pedig visszament láncostól együtt a bodzafa tövében levő odújába, s onnan elő nem jött többet, és elhallgatott, csupán hideglelős nyöszörgését lehetett hallani még sokáig.

Timár is hallotta azt. Nem tudott aludni. A padlás ajtaját nyitva hagyta, hogy világosság legyen odabenn. Holdvilágos éjszaka volt, s azután, hogy a kutya elhallgatott, mély csendesség lett a vidéken. Csodálatos csend, melynek mélaságát az éjjel és a magány csendes hangjai még andalítóbbá teszik.

Kocsizörej, malomkelepelés, emberszó nem hallik itt. Mocsarak, szigetek, zátonyok országa ez. Egy-egy mély búgás kiált bele néha az égbe: a bölömbika hangja az, a mocsárlakó madáré. Éjjel járó szárnyasok röpte húz végig elhaló akkordokat a légben, s az elpihenő szél csinál eolhárfát a jegenyesudarakból, végig-végigfuvallva zengő ágaik között. A vízikutya sikolt egyet a nádasban, síró gyermek hangját utánozva, s a zúgó szarvasbogár koppan nagyokat a kunyhó fehér falán. Körül a rengeteg oly sötét; mélyében mintha tündérek tartanának fáklyatáncot, a sömlyéklakó lidérctűz ugrál a reves fák alatt csoportban, egymást kergetve; a virágoskertet pedig teljes ezüstfényével árasztja el a hold, s a magas mályvák rózsafüzéres jogarait ezüstszárnyú, pávaszemröpű éjpillangók csoportjai rajongják körül.

Milyen csodálatos otthon ez! Az álmatlan ember egészen elveszti benne a lelkét. Olyan fenséges, olyan isteni magány!

Csak emberhang ne vegyüljön az éj hangjai közé.

De az is vegyül.

Ott alant, a kunyhó két kis odújában szintén álmatlan emberek faküsznek, kiknek feje alól valami rossz szellem ellopta a nyugalmat, s az éj hangjai nehéz sóhajtásaikkal szaporodnak.

Az egyik szobából Timár e fohászt hallja elsusogni az éjben: „Édes Jézusom!"... a másik szobából e sóhaj nyög fel: „Óh! Allah!"

Nem lehet aludni itt!

Mi van oda alant, amitől nem lehet aludni?

Amint gondolatait egymás után fűzi Timár, egy eszmére ötlik, mely arra készteti, hogy elhagyja fekhelyét, s hirtelen felöltse maga alá terített kabátját, s leszálljon a padlásajtóhoz támasztott hágcsón a földre.

És ugyanaz a gondolatja támadt ugyanabban a percben valakinek másnak is odalenn az egyik szobában.

S amint Timár a ház szögletén megállva, lenyomott hangon e szót hallatá: „Almira?", ugyanakkor suttogá egy másik hang is Almira nevét a tornácra nyíló ajtóból, mintha egyik hang a másiknak kísértő visszhangja volna.

S erre mind a ketten meglepetve léptek egymás elé. A másik alak Teréza volt.

- Ön lejött fekhelyéről? - kérdé a nő.

- Nem tudok aludni.

- Mit akar Almirával?

- Megvallom igazán, az a gondolatom támadt, hogy vajon az az... ember nem mérgezte-e őt meg, hogy úgy elhallgatott egyszerre?

- Nézze ön, engem is ez a gondolat keltett fel. Almira!

A hívásra előjött odújából az eb, s a farkát csóválta.

- Nem. Semmi baja sincs! - szólt Teréza. - Az az ember nincs itt többé; ágya a tornác alatt leheveretlen. Jer, Almira, hadd oldjalak fel.

A nagy állat odalapult úrnője ölébe, s csendesen engedé lecsatoltatni bőrnyaklóját, s aztán nyakába ugrott, és nyelvével végignyalta az orcáját; majd meg Timárhoz fordult, s nagy toppancs lábát felemelve, kutyabecsülettudással szépen paccsot adott a markába. Ismerte barátait. Azután megrázta a bőrét, hanyatt heveredett; kétszer az egyik oldaláról a másikra átdobta magát, s aztán nyugodtan megágyazott magának a puha homokban. Nem ugatott többet.

Bizonyos lehet felőle mindenki, hogy nincs többé a szigeten az a gyűlölt jövevény.

Teréza közel lépett Timárhoz.

- Ismeri ön azt az embert?

- Egyszer találkoztam vele Galacon. A hajómra jött, s ott úgy viselte magát, hogy nem tudtam tisztába jönni felőle, hogy kém-e vagy csempész. Utoljára kilöktem a hajómból. Ebből áll az egész barátságunk.

- S honnan jött ön arra a gondolatra, hogy az az ember megmérgezhetné Almirát?

- Megmondom igazán. Minden szó, amit ide alant a szobákban beszélnek, felhangzik a padlásra, ahol feküdtem; én kénytelen voltam mindent hallani, ami szóváltás önök között oda alant végbement.

- Azt is hallotta ön, amivel engem az az ember fenyegetett? Hogy ha ki nem elégítem, akkor ő csak egy szót szól felőlünk, s akkor mi veszve vagyunk?

- Hallottam.

- És most mit gondol ön felőlünk? Ugyebár azt, hogy minket valami nagy, megnevezhetetlen bűn terhe száműzött erre a világból kieső szigetre? Vagy hogy mi itt valami napvilágot kerülő keresetet folytatunk, melynek szüksége van a hallgatásra és nem ismertetésre? Vagy hogy mi itt valami hírhedett név bujdokló örökösei vagyunk, kik rejtőzünk a hatalmasok szemei elől? Mit gondol ön felőlünk?

- Én bizony semmit sem, asszonyom! Nem töröm rajta a fejemet. Nekem vendégszerető hajlékot nyitott ön egy éjszakára. Ezért köszönettel tartozom. A szél megállt; holnap odább megyek, és soha többet nem gondolok arra, amit ezen a szigeten láttam és hallottam.

- De én nem akarom azt, hogy ön úgy menjen el innen. Ön akarata ellen meghallott olyan dolgokat, amik felől önnek felvilágosítatlan maradni nem szabad. Én, nem tudom okát adni, miért, de az első szembenézés óta valami kimondhatatlan becsülést éreztem ön iránt; engem kínozna az a gondolat, hogy ön mitőlünk gyanúval, megvetéssel távozik. Ezzel a gyanúval ön sem tud aludni e hajlék alatt, én sem. Az éj csendes, éppen arra való, hogy egy keserű élet titkai elmondassanak. Aztán gondolkozzék ön felőlünk. Én mindent elmondok önnek, ami igaz; és csak azt, ami igaz. És azután, ha meghallotta ön, hogy mi története van e puszta szigetnek, s e sárkunyhónak itten, akkor nem fogja ön azt mondani, hogy holnap odább megyek, s soha rájuk nem gondolok többet; hanem vissza fog jönni ide évről évre, mikor hivatása erre vezérli, és meg fog pihenni egy éjszakán át e csendes födél alatt. Tehát üljön ön le mellém a tornác lépcsőjére, és hallgassa meg a mi kunyhónk történetét.

A SZIGETLAKÓK TÖRTÉNETE

Ezelőtt tizenkét évvel Pancsován laktunk, hol férjem városi hivatalnok volt. Bellovárynak hívták. Jó, fiatal, szép, derék ember volt, s mi nagyon szerettük egymást. Én huszonkét éves voltam, ő harminc. Egy kisleányunk született, azt Noéminek kereszteltettük. Nem voltunk gazdagok; de tehetősek. Neki volt hivatala, szép háza, gyönyörű gyümölcsöskertje, szántóföldjei; én árva leány voltam, mikor elvett, s kész vagyont hoztam a házhoz, megélhettünk tisztességesen.

Férjemnek volt egy igen kedves barátja, Krisztyán Maxim. Ennek a fia az az ember, aki most itt volt. Akkor ez tizenhárom éves volt; szép, kedves, eleven fiú; olyan esze volt, mint a tűz. A két férfi, mikor én a kisleányomat ölben hordoztam, azt mondá: ezeket a gyermekeket összeházasítjuk. S én úgy örültem neki, mikor a fiú annak a kis ártatlannak parányi kezét kezébe vette, s azt kérdezé tőle: hát hozzám jössz-e? s erre a gyermek olyan vígan nevetett.

Krisztyán kereskedő volt. De nem olyan igazi kereskedő, aki érti a maga hivatását, hanem csak amolyan helyben ülő kisvárosi kereskedő, aki megy a nagyobbak után, kockáztat vaktában; ha nyer, jól járt vele, ha veszt, elbukik.

Ő folyvást nyert, s azért azt hitte, hogy ennél egyszerűbb tudomány nincsen. Tavasszal körülnézte a vidéket, hogyan állnak a vetések, s azután aszerint kötött szerződést a nagyban kereskedőkkel aratás után kiadandó gabonára.

Volt egy állandó megrendelője, Brazovics Athanáz nagykereskedő Komáromból. Ez tavasszal nagy összeg pénzeket előlegezett neki rendesen az ősszel átadandó gabonára, s azért Krisztyán kötelezve volt ugyanazt neki a megállapított árban hajóira szállítani. Ez az üzlet jól jövedelmezett Krisztyánnak; de én azóta is sokat gondolkoztam rajta, hogy ez nem kereskedés, hanem kockajáték, mikor valaki elad valamit, ami még nincs is a világon. Brazovics sok pénzt szokott előlegezni Krisztyánnak, s minthogy annak házán kívül semmi fekvő vagyona nem volt, kezességet kívánt érte. Férjem elvállalta a kezességet szívesen: ő birtokos volt, s Krisztyánnak jó barátja. Krisztyán nagyon könnyű életet élt; míg férjem szegény naphosszant az íróasztalnál görnyedett, ó egész nap a kávéház előtt pipázott, és feleselt a hozzá hasonló kalmárokkal. Hanem egyszer aztán jött az Isten ostora: az 1816-i rettenetes év. Tavasszal gyönyörűen állt országszerte minden vetés. Olcsó gabonaárakra lehetett számítani. A Bánátban boldog volt az a kereskedő, aki négyforintos búzára szerződést köthetett. Akkor nekijött egy esős nyár, esett szakadatlanul tizenhat hétig egyfolytában mindennap. Minden gabona lerohadt a lábán; éhínség állt be a Kánaánnak csúfolt vidéken, s ősszel húsz forint volt egy mérő búzának az ára; az sem volt kapható a kereskedésre, mert a földmívelők lefoglalták vetőmagnak.

- Emlékszem rá - szólt bele Timár -, akkor voltam kezdő kereskedőbiztos.

- Tehát abban az évben történt az, hogy Krisztyán Maxim nem bírt a szerződésnek megfelelni, amit Brazovics Athanázzal kötött. Iszonyú, kimondhatatlan összeg volt a különbség, amit meg kellett volna téritenie. És ekkor Krisztyán Maxim azt tette, hogy összeszedé, ami csak kinnlevő pénze volt másoknál, felvett jóhiszemű emberektől még kölcsön is sok pénzt, s egy éjjel hírmondatlanul megszökött Pancsováról, magával vitt minden pénzt, s itt hagyta még az egyetlenegy fiát is.

Tehette, mert minden értéke pénzben volt; s nem ragaszkodott semmihez, amit itt hágy.

De hát mire való akkor a pénz a világon, ha ilyen kárt lehet vele tenni egy embernek, aki nem szeret semmit, csak a pénzt?

Adósságai, kötelezettségei itt maradtak azoknak a vállára, akik jó barátai voltak, akik jótálltak érte. Azok között volt férjem is.

S akkor előjött Brazovics Athanáz, s követelte szerződése beváltását a kezesektől.

Hiszen igaz, hogy ő pénzt előlegezett a megszökött adósnak, s mi ajánlkoztunk, hogy a pénzét visszatérítjük. Felét jószágainknak eladtuk volna, s abból kitelhetett az adósság. De ő nem irgalmazott. Az egész szerződést akarta beváltani. Nem volt kérdés, hogy mennyi pénzt adott ő, hanem hogy mennyi pénzérőt tartoznak őneki adni. Ötszörös nyereséget követelt. S az írás jogot adott neki hozzá. Kértük, könyörögtünk előtte: elégedjék meg kisebb nyereséggel; hiszen csak arról van szó, hogy kevesebbet nyerjen. Hajthatatlan volt. Minden követelését ki akarta elégíttetni a kelepcébe jutott jótállókkal.

De hát mire való akkor a vallás, a hit, a keresztyének és zsidók minden hitágazata, ha ilyen követelést tenni szabad?

Törvényre ment a dolog; a bíró ítélt, s minekünk házunkat, földünket, utolsó falatunkat elfoglalták, lepecsételték, dobra ütötték.

De hát mire való akkor a törvény, az emberi társaság, ha szabad megtörténni annak, hogy valakit a koldustarisznyáig levetkőztessenek olyan tartozásért, mellyel ő maga soha adós nem volt? Hogy nyomorulttá tegyenek egy harmadik emberért, aki nevetve áll odább?

Mindent elkövettünk, hogy a végveszedelemtől megmentsük magunkat; férjem maga felment Budára, Bécsbe, kihallgatást kérni. Az álnok csaló, ki pénzével megszökött, itt élt Törökországban, kitudtuk; folyamodtunk, hogy tartóztassák le, és hozzák vissza; elégítse ő ki azt, ki ellene követeléssel fellép. És azt felelték mindenütt, hogy ez nincs hatalmukban.

De hát mire valók akkor a császárok, a miniszterek, a nagyhatalmak, ha egymás nyomorult jobbágyait meg nem bírják védelmezni?

E rettentő csapásra, mely mindnyájunkat koldusbotra juttatott, szegény férjem egy éjszaka szíven keresztüllőtte magát.

Nem akarta látni családja nyomorát, hitvese könnyeit, gyermeke ínségét, inkább elszökött előlük a föld alá.

Óh, a föld alá mielőlünk!

De hát mire való akkor a férfi a világon, ha nagy baj idején nem talál más segítséget, mint magára hagyni asszonyt és gyermeket s szétzúzni saját szívét?

S még mindig nem volt vége a borzalomnak. Koldussá, földönfutóvá voltam már téve, még istentagadóvá is akartak tenni. Az öngyilkos neje hasztalan könyörgött a papnak, hogy temesse el szerencsétlen férjét. Az esperes szigorú férfi, ő nagyon szent ember, ki a vallásra sokat ád; ő megtagadta férjemtől a tisztességes eltemetést, s nekem látnom kellett, hogy azt az alakot, akit a bálványozásig imádtam, hogy hurcolja ki a városi nyúzó a hullahordó szekéren, s hogy kaparja be a temetőárokba egy simára letaposott gödörbe.

De hát mire való akkor a pap a világon, ha ilyen szenvedést nem tud megorvosolni?

Mire való az egész világ?

Még egy volt hátra, hogy öngyilkossá és gyermekgyilkossá tegyenek. Egyszerre gyermekgyilkossá és öngyilkossá. Kendőmmel odaszorítám keblemhez kisgyermekemet, s kimentem vele a Duna-partra.

Egyedül voltam, semmi emberi teremtés nem kísért.

Végigmentem kétszer-háromszor a parton, azt nézve, hogy hol lesz legmélyebb a víz.

Ekkor valaki megfogta a ruhámat hátulról, és visszarántott.

Hátranéztem: ki az?

Ez a kutya volt az.

Utolsó jó barátom minden élő teremtés közül.

Az osztrovai sziget partja volt az, ahol ez történt velem. Azon a szigeten volt szép gyümölcsöskertünk, kis nyári mulató-lakkal. Ennek is minden szobája le volt már pecsételve bírói pecséttel, s nekem csak a konyhában és a fák között volt még szabad járnom.

Akkor leültem a Duna-partra, s gondolkozni kezdtem. Mi vagyok én? Ember? Nő? Rosszabb vagyok-e, mint egy állat? Látott már valaha valaki egy kutyát, mely kölykét a vízbe fojtja, s magát is elöli? Azért sem ölöm el magamat, azért sem ölöm meg a gyermekemet! Azért is élni fogok; azért is fölnevelem őt! Hogyan fogok élni? Ahogy megélnek a farkasok; meg a cigányasszonyok, akiknek se házuk, se kenyerük. Koldulni fogok a földtől, koldulni fogok a vízfenéktől, koldulni a fák ágaitól; de emberektől nem fogok koldulni soha!

Szegény férjem sokat beszélt egy kis szigetről, melyet ötven év óta alkotott a Duna az Osztrova-sziget melletti nádasban. Ő vadászni járt oda őszi napokban, s sokat emlegetett egy odvas sziklát, melyben zivatar elől meghúzta magát. Azt mondá, hogy ez a sziget senkié. A Duna építette - senkinek. Semmi kormánynak sincs még róla tudomása; egyik országnak sincs még joga azt a maga területéhez számítani. Ott nem szánt, nem vet senki. Föld, fa, fű senkié. Ha senkié, hát miért ne foglalhatnám én el? Elkérem azt az Istentől. Elkérem a Dunától. Miért ne adhatnák nekem? Termesztek rajta kenyeret. Hogyan termesztek? Miféle kenyeret? Azt még nem tudom. A szükség majd megtanít rá.

Egy csónakom maradt még. Ezt nem vette észre a bíró, hogy lefoglalhatta volna. Abba beleültünk, Noémi, én és Almira. Áteveztem a senki szigetére. Nem próbáltam soha az evezést; de megtanított rá a szükség.

Amint erre a földre kiléptem, csodálatos érzés fogott el. Mintha egyszerre elfeledtem volna mindent, ami künn a világban történt velem. Valami hívogató, megnyugtató csendesség fogadott itten. Amint bejártam a ligetet, a pagonyt, a mezőt, már tudtam, hogy mit fogok itt csinálni. A ligetben döngtek a méhek, a pagonyban virágzott a földimogyoró, a víz színén libegett a sulyom virága, a partoldalban teknősbékák sütkéreztek, a fák oldalait csigák lepték el, a mocsári bozótban a harmatkása érett. Uram, Istenem, ez a te terített asztalod! És a geszt teli volt fiatal gyümölcsvadoncokkal. Sárgarigók hordták át annak a magját a szomszéd szigetről, s a vadalma sárgult már a fákon, s a málnabokor még tartogatta elkésett gyümölcseit. Tudtam már, hogy mit csinálok ezen a szigeten. Paradicsomot csinálok belőle. Én, magam, egyedül. Olyan munkát teszek itten, amit egy ember keze, egy asszonykéz is bevégezhet. És aztán élni fogok itt, mint az ősember élt a paradicsomban.

Rátaláltam a sziklára, és annak természet alkotta odúira. A legnagyobb odvában szénahalmaz volt ágynak vetve. Ez szegény férjem nyughelye volt egykor. Jogos örököm. Özvegyi jogom ez. Ott megszoptattam kisgyermekemet, s azután elaltattam, és lefektettem a szénába, nagykendőmmel leterítve. Almírának azt mondtam: „Te itt maradsz, és őrt állsz Noémi fölött, míg visszatérek". Akkor újra áteveztem a nagy szigetre. Fölkerestem még egyszer kertünket. A nyári lak verandáját nagy ponyvaernyő födte; azt leoldottam. Ez jó lesz nekünk sátornak, takarónak, talán majd téli öltözetnek is. Abba azután becsomagoltam, ami szerteszét hevert még, konyha- és kertészeszköz, s egy nagy batyut kötöttem belőle, akkorát, hogy a hátamon el bírjam vinni. Gazdagon, négylovas hintón jöttem a férjem házához, s batyuval a hátamon megyek ki belőle; pedig nem voltam pazarló, nem voltam rossz. És meglehet, hogy ez a batyu is lopott jószág már; sajátom ugyan mind, ami benne van; de hogy elviszem azt magammal, mégis tolvajság. Nem tudom. Össze volt zavarva fejemben az igaz és nem igaz, a szabad és nem szabad felőli fogalom egészen. Menekültem a batyuval saját hajlékomból. A kerten végighaladva, gyönyörű szép gyümölcsfáimnak mindegyikéről vágtam le nehány ágat, és a fügefákról, a gyümölcstermő bokrokról sarjakat, felszedtem kötényembe az elhullott magvakat a földről, s aztán - megcsókoltam a szomorúfűz ágát, mely alatt annyiszor aludtam boldog álmokat. Vége volt. Soha többet arra a helyre nem tértem vissza. A csónak utoljára járta meg velem a Dunát. Míg ismét visszaeveztem, két dolog aggasztott. Egyik az, hogy a szigetnek nem szeretett lakói is vannak: a kígyók. Bizonyosan a kőodúban is laknak azok, s én irtózom tőlük, s féltem Noémit. A másik meg az, hogy ha én magam évekig meg tudok is élni vadmézzel, sulyommal és harmatkásával, s ha Noémit táplálja azalatt saját keblem: de mivel tartom el Almirát. Ez a hű nagy állat nem él azzal, ami engem táplál. Pedig nekem szükségem van rá; nála nélkül a félelem ölne meg e magányban. Mikor batyummal visszakerültem a sziklaodúhoz, a bejárat előtt egy nagy kígyófarkat láttam ugrálni, távolabb feküdt tőle a leharapott fej. Ami a fej és fark közül hiányzott, azt Almira ette meg. Az okos állat ott feküdt a gyermek előtt, farkát csóválva és száját nyalogatva, mintha mondaná: én már megebédeltem. Attól fogva folyvást kígyókra vadászott. Az volt mindennapi eledele. Télen kiásta őket a lyukaikból. Az én barátom - annak szoktam hívni - talált magának e szigeten életmódot, s engem megszabadított irtózatom tárgyaitól.

Óh! uram, az valami leírhatatlan érzés volt, mikor az első éjszakát itt töltöttük egyedül. Mikor nem volt velem más, mint egy Isten, egy gyermek és egy eb. Nem merem azt fájdalomnak nevezni: közelebb volt az a gyönyörhöz. Az elhozott ponyvával takaróztunk mind a hárman, s akkor ébredtünk fel, mikor a madarak elkezdtek szólni.

Kezdődik a munka. A vademberek munkája. Megtanított rá a szükség. Hajnal előtt kell szedni a harmatkását, ezért híják úgy. A szegény asszonyok kimennek az ingovány bozótjába, hol ez édes magot termő növény burjánzik; felsőruháikat fölemelik, két kézzel szétterjesztve, körülforognak a bozótban, s az érett mag belehull öltönyükbe. Az a manna! Az istenadta ingyenkenyér, amit a „senki cselédei" esznek.

Uram! Két évig éltem én e kenyérrel, s mindennap térden állva adtam hálát annak, aki gondoskodik a mezők madarairól!

Vad gyümölcs, erdei méhek méze, földimogyoró, tekenősbéka, vadkácsák tojása, télire eltett sulyom, csigabiga és aszalt gomba volt mindennapi eledelem. Áldassék Isten, ki a maga szegényeinek ilyen gazdag asztalt terített!

És azalatt éjjel-nappal küzdöttem föltett dolgommal. A geszt vadoncaiba beojtogattam a nemes gyümölcsök ágait, a feltört földbe gyümölcsbokrokat, szőlőt, hasznos növényeket ültettem. Gyapotnövényt és selyemkrepint vetettem a szikla déli oldala mellé; termékéből durva szövetet készítettem fűzfa szövőszéken, s azt viseltük. Gyékényből, sásból méhköpűket fontam, vad méhrajokat gyűjtöttem bele; s az első évben már volt méz és viaszk csereárum. Molnárok, dugárusok jöttek néha a szigetre; azok segítettek a nehezebb munkánál, s nem bántott senki. Tudták, hogy pénzem nincsen, s fizettek munkával, szükséges eszközökkel, tudták, hogy pénzt nem veszek el. Mikor aztán egyszer gyümölcsfáim elkezdtek teremni, ah! akkor már gazdag voltam. S e sziget televényföldében kétszeres buján nő minden fa. Vannak körtefáim, amik egy évben kétszer érlelnek gyümölcsöt; s minden fiatal fa újra hajt Szent Iván-nap után. És nálam minden évben teremnek a fák. Mindig az ő titkaikat tanultam, s rájöttem, hogy nem szabad a kertész keze alatt se túltermő, se meddő évnek lenni. Az állat megérti, ha úgy beszélünk hozzá, mint az emberhez, s én azt hiszem, hogy a fák is hallgatják és nézik azt, aki őket szeretve ápolja, s megértik titkos óhajtásait, és büszkék rá, ha ők is örömet szerezhetnek annak. Óh! a fák oly okos lények! Azokban lélek lakik. Én gyilkosnak tartom, aki egy nemes fát kivág.

Ezek az én barátaim itt!

Szeretem őket! bennük élek! és általuk élek!

Amit évről évre adnak, azért eljönnek szigetemre a szomszéd falvakból, a malmokból, s hoznak érte cserébe azt, amit az én háztartásomhoz kell. Pénzért nem adok semmit! Irtózom a pénztől. Az átkozott pénztől, mely engemet kiűzött a világból, és férjemet az életből. Nem akarok pénzt látni soha.

De azért nem vagyok oly ostoba, hogy készen ne legyek arra, hogy jöhetnek egyszer mostoha évek, mik minden emberi szorgalmat meghiúsítanak, jöhet késői fagy, jégverés; elpusztulhat az év áldása. Gondoskodtam a rossz időkről is. Sziklám pinceodújában és szellős rovátkái közt el van téve, ami eltartható árucikk, hordókban annyi bor, döbözökben viaszk, csomagokban gyapjú és gyapot, amennyi elég lenne arra, hogy egy ínséges évben, talán kettőig is, bennünket a szükségtől megszabadítson. - Tehát takaréktáram is van; de pénzem nincsen. Gazdagnak mondom magamat - és egy fillér nem volt a kezemben tizenkét év óta!

Mert tizenkét év óta lakom ezt a szigetet, uram: - egyedül, harmadmagammal. Almirát mindig emberszámba veszem. Noémi ugyan azt mondja, hogy négyen vagyunk. Nála Narcissza is számít. Bohó gyermek.

Tudnak igen sokan ittlétünk felől, de ezen a vidéken az árulkodást nem ismerik. Az a mesterséges zár, mely a két ország határán fenntartatik, valami örökös titkolózást honosít meg az itt lakó emberek között. Senki sem kutatja a más dolgát, s ösztönszerűleg rejti mindenki a titkot. Bécsbe, Budára, Sztambulba nem hat el innen semmi.

Aztán miért is jelentenének fel? Hiszen nem bántok semmit, nem ártok senkinek. Egy darab puszta földön gyümölcsöt termesztek, amely föld senkié. Az Úristen és a királyi Duna adták azt nekem, s én azt őnekik mindennap megköszönöm. Hála neked, én Istenem, hála neked, én királyom!

Nem is tudom, hogy van-e valami vallásom. Tizenkét év óta nem láttam sem papot, sem templomot. Noémi nem tud arról semmit. Én tanítottam olvasni, írni; én beszéltem neki Istenről, Jézusról, Mózesről, ahogy én ismerem őket.

Arról a jóságos, minden teremtését szerető, véghetetlen irgalmú, bűnbocsátó, mindenütt közel levő Istenről, arról az alázatosságában felséges, szenvedéseiben tündöklő, emberiségében isteni Jézusról, s arról a népszabadság vezéréről Mózesről, a pusztában éhen-szomjan bujdosó, de a szabadságot a kövér szolgálatért fel nem cserélő, a jótékonyságot, a testvérszeretetet hirdető Mózesről, akinek én ismerem őket; - de arról a kegyetlen, bosszúálló Istenről, arról a személyválogató Istenről, arról az áldozatot követelő, cifra templomokban lakó Istenről - és arról a kiváltságos Jézusról, arról a vakhitet követelő Jézusról, arról az adófizettető, testvérüldöztető Jézusról - és arról a pénzzsaroló Mózesről, arról a gyűlölethirdető Mózesről, arról az önző Mózesről, akiről a könyvek és a szószékek és a harangok és az énekek beszélnek, ő nem tud semmit!

Most már tudja ön, hogy kik vagyunk mi, és mit csinálunk itten. Tudja meg tehát azt is, hogy mi az, amivel bennünket ez az ember fenyeget.

Ez annak az embernek a fia, kiért férjem jótállt, aki miatt öngyilkossá lett, akiért a világot, az emberi társaságot elhagytuk.

Ő akkor tizenhárom éves gyermek volt, mikor így elpusztultunk, s a csapás őt is érte; mert apja őt is elhagyta.

Igazán nem csodálom, hogy e fiúból ilyen nyomorult ember lett.

Elhagyatva, kilökve a világba, a szemétre tulajdon apjától, idegen emberek kegyelemfalatjára szorulva, megcsalatva, meglopatva attól, akit fiúi tisztelettel bálványoznia kellett volna, gyönge növendék korában megbélyegezve, mint egy csaló fia; csoda-e, ha ő is arra volt kényszerülve, hogy azzá legyen, amivé lett?

Pedig egészen még én sem tudom, hogy mi ő; de tudok felőle sokat.

Akik itt a szigeten keresztülmennek, sokan tudnak felőle valamit!

Nem sok időre apja megszökése után ő is kiment Törökországba. Azt mondta, apját fölkeresni megy. Egyik ember azt állítja, hogy föltalálta, a másik azt, hogy nem jött nyomára soha. Némelyek azt mondják felőle, hogy apját is meglopta, pénzével elszökött, s azt hirtelen elprédálta. Ezt nem tudni bizonyosan. Őtőle hiába kérdezné valaki, mert ő nem mond igazat soha. Hol járt, mit tett? Arról csak meséket szokott mondani, miket oly leleményesen tud előadni, hogy aki szemeivel látta az ellenkezőt, még azt is zavarba hozza, hogy vajon nem igaz-e, amit mond. Ma itt látják, holnap amott. Találkoznak vele Törökországban, Oláhországban, Lengyelországban, Magyarországban, s nincs nevezetes embere ez országnak, akit ne ismerne, s akivel egyszer összejön, azt bizonyosan megcsalja, s akit egyszer megcsalt, bizonyos lehet felőle, hogy még egyszer visszajön hozzá, s újra megcsalja. Tízféle nyelven beszél, s amiféle nemzetbelinek kiadja magát, annak fogadják el. Egyszer előjön mint kereskedő, másszor mint katona, majd mint tengerész, ma török, holnap görög. Látták már lengyel grófnak is, orosz hercegasszony vőlegényének és német csodadoktornak, ki minden betegséget meggyógyító labdacsokat árult. Mi dolga van valóban a világon? Arra nem lehet rájönni. Hanem egy dolga bizonyos. Ő fizetett kém. Kinek a kéme? A töröknek? Az osztráknak? Az orosznak? Mind a háromnak! Talán még többnek is. Valamennyinek szolgál, s megcsalja valamennyit. Évenkint több ízben megfordul ezen a szigeten. Egy csónakkal jön át a török partról, s ugyanazzal megy át a magyar partra. Mi dolga van neki itt és amott? Azt én nem sejthetem. Hogy azt a keserűséget, amit megjelenésével nekem okoz, csak magánkedvtelésből idézi elő, azt nagyon hiszem. Azt is tudom felőle, hogy ínyenc és kéjsóvár. S nálam jóízű étel van, és fiatal, serdülő leány, kit ő szeret azzal bosszantani, hogy menyasszonyának nevezi. Noémi gyűlöli őt. Pedig nem is sejti, hogy gyűlölete milyen jogosult. De én nem hiszem, hogy Krisztyán Tódor csupán azért járna e szigetre. E szigetnek más titkai is lehetnek, amikhez nekem semmi közöm. Ő fizetett kém. Amellett rossz-szívű ember. A haja szálától a körme hegyéig meg van romolva. Minden rossz kitelik tőle. Ő tudja azt, hogy én leányommal együtt ezt a szigetet csak bitorlom: semmi emberi jogom nincsen hozzá. Ennek a titoknak a birtokában zsarol, bosszant, kínoz mind a kettőnket. Azzal fenyeget, hogy ha neki nem adunk és meg nem teszünk mindent, amit kíván, feljelent bennünket az osztrák kormánynál s a török kormánynál, s amint azok megtudják, hogy a Duna közepén támadt egy új terület, mely az eddigi békekötésekben nincs jelezve, azonnal országos vitát támasztanak belőle, s amíg az el nem dől, kiparancsolnak belőle minden rajta lakót, mint ahogy történt az Allion-hegy s a Cserna folyam közötti térrel, ami a „senki" földének van kinyilatkoztatva. Egy szavába kerül ennek az embernek, hogy mindazt, amit én a puszta szigeten tizenkét évi keserves fáradsággal létrehoztam, semmivé tegyen, hogy ezt az édent, melyben oly boldogok vagyunk, ismét vadonná alakítsa át, és bennünket ismét földönfutókká tegyen. És még több! Nekünk nemcsak a császárok hivatalszolgáinak felfedezésétől kell remegnünk, hanem még a papokétól is. Ha megtudják az érsekek, a pátriárkák, az archimandriták és az esperesek, hogy itt e szigeten egy leány növekedik, aki még templomot nem látott keresztelője óta, elveszik őt tőlem erővel, és beteszik valamely kolostorba. Érti ön már, uram, azt a keserves sóhajtást - ami önt aludni nem engedé ez éjjel?

Timár a hold tányérába bámult, mely a jegenyék sudarai között kezdett alászállni.

„Miért nem vagyok most hatalmas úr?" - gondolá magában.

- Ez az ember nyomorulttá tehet bennünket mindennap - folytatá Teréza. - Nem kell tőle egyéb, mint hírüladni vagy Bécsben, vagy Sztambulban, hogy itt egy új terület van a Dunán, s azzal mi semmivé vagyunk téve. Senki e vidéken el nem fog árulni bennünket soha, egyedül ő. De én el vagyok készülve mindenre. Hogy ez a sziget létezik, annak egyedüli oka ez a szikla itt a sziget ormán. Ez tartóztatja fel a Duna-ág kanyarulatát. - Egy évben, mikor a törökök verekedtek a szerb Milossal, szerb csempészek három láda lőport rejtettek el e sziget rekettyebokrai között. Azután sohasem jött azokért senki. Talán elfogták, meg is ölték azokat, akik a lőport ide rejték. Én rátaláltam. Idehoztam e nagy szikla legmélyebb üregébe. - Uram! - Ha e szigetből, mely most senkié, engem ki akarnak űzni, én e lőporba kanócot vetek, a sziklát mindnyájunkkal együtt a levegőbe röpítem, s a következő tavasszal, a jégzajlás után nem fogja senki e szigetnek még csak nyomát sem találni itten! - Mármost tudja ön, hogy miért nem bírt elaludni ezen a helyen?

Timár tenyerébe nyugtatá fejét, úgy bámult maga elé.

- Még egyet mondok önnek! - szólt Teréza asszony, közelebb hajolva Timárhoz, hogy suttogásig lenyomott hangját hallhatóvá tegye. - Én most is azt hiszem, hogy ez embernek más oka is volt e szigeten éppen ma megjelenni, s hirtelen megint eltűnni, mint az, hogy a legutolsó csárdában minden pénzét elkártyázta, s tőlem akart valamit zsarolni. Ez a látogatás vagy önnek szólt, vagy ennek a másik úrnak. Vigyázzon magára, akinek féltő titka van!

A hold letűnt a jegenyék mögé, s keleten derengni kezdett az ég. A sárgarigók füttye megszólalt a pagonyban. Reggeledett.

Az Osztrova-sziget mellől hosszan vontatott tülökhang üvöltött szét a tájon. Ébresztő a hajósoknak.

Léptek hangzottak a porondon. Egy hajóslegény jött a part felől, jelenteni, hogy a hajó indulásra készen áll már, a szél megállt, menni lehet.

A kis lakból előjött a vendég Trikalisz Euthym és leánya, a szép fehér arcú Timéa.

Noémi is készen volt már, s a konyhán friss kecsketejből főzött reggelit a vendégeknek, mihez pörkölt málé szolgáltatta a kávét s lépesméz a cukrot. Timéa nem ivott belőle. A maga részét Narcisszával itatta meg, s az elfogadta az idegen leány ajándékát, Noémi nagy bánatára.

Trikalisz Euthym azt kérdezé Timártól, hogy hát az a másik úr hová lett, aki az este érkezett ide? Timár értesíté, hogy az még az éjjel odább ment.

Erre Trikalisz Euthym arca még jobban elkomorodott.

Azután búcsút vettek háziasszonyuktól mindannyian. Timéa ízetlen volt; panaszkodott, hogy még most is rosszul érzi magát. Timár legutol maradt, s elváláskor egy török gyártmányú tarka selyemkendőt adott át Terézának, Noémi számára, mit az megköszönt neki, s megígérte, hogy azt Noémi viselni fogja.

- Visszajövök még ide! - monda Timár, megszorítva Teréza kezét.

Aztán eltávoztak a gyepes úton csónakjukhoz. Teréza és Almira a partig kísérték őket.

Noémi pedig felment a téveteg szikla tetejére, s ott leülve a sűrű mohvirágok, a kövér levelű szakák (sedum) közé, ábrándos kék szemeivel elbámulva merengett az eltávozó csónak után.

Narcissza odasompolygott hozzá, s az ölébe kuporodott, hajlékony nyakával kebléhez törlészkedve.

- Eredj, te hűtelen! hát így szeretsz te engem? Hát el kellett pártolnod tőlem ahhoz a másik leányhoz? Csak azért, mert az szép, én pedig nem vagyok az. Most aztán hozzám jössz megint, ugye, mikor az elment, most már én is jó vagyok neked? Menj! Nem szeretlek többet!

S azzal odaölelé mind a két karjával kebléhez a hízelgő kis bolond állatot, és sima állával magához szorítá annak hízelgő fehér fejét - s a csónak után nézett. Mind a két szemében ragyogott a könny.

ALI CSORBADZSI

Másnap a Szent Borbála kedvező idővel haladt egész nap a Duna magyar ágán fölfelé. Estig nem történt semmi nevezetes.

Este jókor feküdni ment mindenki. Abban mind megegyeztek, hogy a múlt éjjel keveset lehetett aludni.

De Timárnak még ez az éjszaka sem volt nyugalomra rendelve. A hajón csend volt, amint horgonyán pihent, csak az oldalaihoz verődő habok egyhangú loccsanása tartá ébren az éjt; hanem e csenden keresztül is úgy tetszék neki, mintha szomszédjai valami nagy, üdvtelen munkával volnának elfoglalva. A mellékkabinból, melyet csak egy deszkafal választott el az övétől, mindenféle hangok tévedeztek át hozzá, mint hogyha pénz csörög, mint mikor dugót húznak ki egy üvegből, mintha kalánnal forgatnak valamit egy pohárban, mint ha valaki a kezeit összecsapja, mint ha éjjel mosdani kezdenek; és aztán ismét ez a sóhaj a múlt éjről: „óh Allah!"

Végre halk kocogtatást hallott a szobáját elválasztó közfalon.

Trikalisz Euthym hívta őt.

- Uram, jöjj át hozzám!

Timár hirtelen felöltözött, s átsietett a szomszéd kabinba.

Abban két ágy volt, s a kettő között egy asztalka. Az egyik ágy függönnyel volt eltakarva, a másikon feküdt Euthym. Az asztalkán állt egy szekrény és két üvegcse.

- Parancsol, uram? - szólt Timár.

- Nem parancsolok: kérek.

- Valami baj van?

- Mindjárt nem lesz semmi. Én meghalok. - Magam akarom. Mérget vettem be. Ne csinálj zajt. Ülj le mellém, és hallgasd végig, amit beszélek. Timéa nem ébredhet fel; mákonyt itattam vele, hogy mélyen aludjék. Mert ebben az órában nem szabad neki ébren lenni. Ne szólj közbe. Annak, amit te mondasz nekem, én már egy óra múlva semmi hasznát sem veszem; neked pedig nagyon sokat kell elmondanom, s időm rövid, ez a méreg gyorsan öl. Ne kapkodj semmihez. Itt van kezemben az ellenméreg, ha megbántam volna, visszatérhetnék. De nem akarok. És igazam van. Tehát ülj le, és figyelj szavaimra.

Az én nevem nem Trikalisz Euthym, hanem Ali Csorbadzsi, egykor Kandia kormányzója, utóbb khazniár Sztambulban. Te tudod, mi történik most Törökországban. A szultán újít, s az ulémák, a dere-bégek és szandzsák-bégek lázonganak. Ilyenkor az emberélet olcsó. Az egyik fél ezerével öleti le azokat, akik nem értenek vele egyet, a másik fél ezerével gyújtogatja fel a hatalmon levők házait, s nincs olyan magasan álló fő, ki uralkodója kezétől és rabszolgája kezétől bizton nyughatnék. A sztambuli kajmakám nemrég hatszáz előkelő török urat fojtatott meg Sztambulban, s őt magát tulajdon rabszolgája gyilkolta le a Sofia-mecsetben. Magát a szultánt a galatai hídon megtámadta Sejk Szatsi dervis, és halállal fenyegeté. Minden újítás embervérbe kerül; a legelső angol gőzös megjelenését a Boszporuszon kétszáz kaikdzsi (csónakász) levágott feje üdvözölte. Mikor Edrenét meglátogatta a szultán, huszonhat előkelő férfit fogtak el, húszat lefejeztek, hatot kínpadra vontak; azok rémmeséket vallottak az ország nagyjai ellen. Aztán megfojtották őket. Akkor üldözőbe vétettek azok, akikre rávallottak: ulémák, főtisztek, basák, miniszterek; nem volt az üldözés nyilvános. A gyanús országnagyok eltűntek hírmondás nélkül. A szultán titkárja, Vaffát efendi elküldetett Szíriába, s útközben a drúzok agyonverték; Pertev basát az edrenei kormányzó, Emin basa ebédre hívta magához, s mikor az ebéd végén hozták a feketekávét, tudtára adá, hogy a szultán kívánatára neki a findzsában mérget kell meginni. Pertev csak azt kérte, hogy a saját magával hordott mérget keverhesse kávéjába, mert az biztosabban öl; azzal megáldotta a szultánt, megmosakodott, imádkozott, és meghalt. Mai nap minden török főúr ott hordja pecsétnyomó gyűrűjében a mérget, hogy mikor rákerül a sor, készen legyen.

Én jókor megtudtam, hogy most rajtam a sor.

Nem voltam összeesküvő; de volt két nagy okom rá, hogy a halálra meg legyek érve. Az egyik a pénzem, a másik a leányom.

A pénzem kellett a khaznénak, a leányom kellett a szerájnak.

Meghalni nem nehéz, arra kész vagyok; de leányomat nem adom a szerájnak, sem koldussá tenni nem engedem.

Elhatároztam magamat, hogy kijátszom ellenségeimet, s megszököm leányommal és vagyonommal.

A tenger felé nem szökhettem, mert ott az új kerekes hajókkal utolérnek. Készen tartottam útlevelemet Magyarországba; mint görög kereskedő, hosszú körszakállamat levágtam, s álutakon eljutottam Galacig. Ott lehetetlen volt szárazföldön tovább menekülnöm. Ezért fogadtam fel hajódat, s pénzemen búzát vásárolva, ily alakban hoztam azt magammal, így legkevésbé lophatták el tőlem. - Mikor hajótulajdonosod nevét megmondád, nagyon megörültem rajta. Brazovics Athanáz nekem rokonom; Timéa anyja görög leány volt, az ő családjából való. Sokszor tettem jó szolgálatokat ennek az embernek, s most azoknak viszonzását kérem. Allah nagy és bölcs! Sorsát senki ki nem kerülheti. Te sejtetted már, hogy én menekülő vagyok, bár nem voltál tisztában felőle, hogy gonosztevő-e vagy politikai üldözött; hanem azért kötelességedhez képest, mint hajóvezető a rábízott utast, elősegítél gyors menekülésemben. Csodamódon átjutottunk a Vaskapu szikláin és örvényein; vakmerően elmenekültünk az üldöző ágyúnaszád elől; játszva kerültük ki az orsovai vesztegzárt és vizsgálatot, s mikor már a rémek óriásai hátunk mögött voltak, akkor egy utamba akadt szalmaszálon át beleesem a sírba.

Az az ember, ki tegnap este utánunk jött a rejtett szigetre, a török kormány kéme. Én ismerem őt, s ő is rám ismert bizonnyal. Senki nem bírta nyomomat kiszaglászni, egyedül ő. Most elém került, s már Pancsovánál készen várnak rám. - Ne szólj közbe. Tudom, mit akarsz mondani. Azt, hogy ez már magyar föld, s egyik ország kormánya sem szolgáltatja ki a másiknak politikai menekültjét. Csakhogy engem nem úgy fognak üldözni, mint politikai menekültet; hanem mint tolvajt. Nincs igazuk. Csak a magamét hoztam el, s ha az államnak követelése van rajtam, ott hagytam huszonhét házamat Galatában, abból megveheti; de azért mégis azt fogják utánam kiáltani, hogy tolvaj vagyok, a khazné pénzét raboltam el, s a szökevény tolvajokat Ausztria is ki szokta adni Törökországnak, ha a török kémek rájuk akadhatnak. Ez az ember engem megismert, s azzal végem van.

(A beszélőnek nehéz veríték gyöngyözött elsárguló homlokán. Arca olyan volt, mint a viaszk.)

- Adj egy ital vizet, hogy tovább beszélhessek.

Még sok mondanivalóm van.

Magamat meg nem menthetem többé, de azáltal, hogy meghalok, megmentem leányomat és az ő vagyonát. Allah akarta így, s ki futhat ki az ő árnyékából?

Azért fogadd meg énnekem a te hitedre és becsületszavadra, hogy végrehajtod mindazt, amit rád bízok.

Legelőször is, mikor halva leszek, nem temettetsz el sehol a parton. Nem is kívánhatja muzulmán, hogy őt keresztényi módon temessék el; hanem eltemettetsz hajós szokás szerint, ponyvába varrva s nehéz köveket kötve lábamhoz és fejemhez, s ahol legmélyebb a Duna, oda lebocsátasz. Ezt cselekedd, fiam, velem.

És azután a hajót okosan vezéreld Komáromig. Timéának jól gondját viseld.

Itt e szekrénykében van készpénzem. Ezer arany az egész. A többi vagyonom a zsákokban fekszik, búza alakban. Egy írást hagytam asztalomon, melyet te tégy el; mert abban bizonyítom és elismerem először azt, hogy sok dinnyeevéstől dysenteriát kaptam, s abban halok meg, másodszor azt, hogy készpénzem csupán ezer arany; nehogy téged vádoljon valaki, vagy azzal, hogy halálomat okoztad, vagy hogy pénzemből eltettél.

Neked nem ajándékozok semmit. Te a magad jó szívéből cselekszel, s azért megjutalmaz téged a te Istened. Jobb adósnak nem hitelezhetnél.

S azután Timéát elviszed Brazovics Athanázhoz, és megkéred, hogy fogadja őt leányának. Egy leánya már van; hadd legyen ez annak testvére. Add át neki a pénzt, fordítsa a gyermek javára. És add át neki a hajóterhet, és kérd meg, hogy legyen ő maga jelen, mikor a zsákokat kiürítik, mert én jó tiszta búzát hoztam, hogy ki ne cseréljék. Érted?

(A haldokló égő szemekkel tekinte Timár szemeibe, és magában küzdött.)

- Mert...

(Megint elhallgatott.)

- Mondtam valamit? Valamit akartam mondani, de agyam zavarodik. Milyen vörös ez az éjszaka. Milyen vörös ez a hold az égen. Igen. A *„vörös félhold"*...

(Itt egy mély nyöszörgés ragadta meg figyelmét, mely Timéa ágya felől jött, s egyszerre másfelé ragadta gondolatait. Ijedten emelkedett fel ágyából, s valamit keresett vánkosa alatt reszkető kezekkel, és szemei üvegfényben ragyogva meredtek elő.)

- Ah! ezt majd elfeledém, Timéa! - Hiszen Timéának álomitalt adtam; ha fel nem ébreszted jókor, örökre elalszik. Itt ez üvegcsében valami ellenszer. Amint én meghalok, vedd ezt, és homlokát, halántékait és a szívgödrét dörzsöld be vele erősen, míg fölébred! Ah! szinte magammal vittem őt is. Pedig nem akarom. Neki élni kell. Ugye fogadod hitedre, becsületedre, hogy fölébreszted őt, hogy életre hozod, hogy nem hagyod örökre elaludni?

A haldokló görcsösen szorítá melléhez Timár kezét; a halálküzdelem látszott már eltorzult vonásain.

- Miről is szóltam az elébb? Mit akartam még mondani? Mi volt az utolsó szavam? Úgy? Igen, a *„veres félhold"!*

A nyitott ablakon át a fogyó hold féltányéra sütött be veresen a ködöktől, amikből kiemelkedék.

Vajon erről beszélt a haldokló deliriumában!

Vagy erről jutott valami eszébe?

- Igen: a *„veres félhold"!* - suttogá még egyszer, Timárt odavonva magához, s aztán a halálgörcs örökre becsukta ajkait; röviden kínlódott, és meghalt.

AZ ÉLŐ ALABÁSTROM

Timár egyedül maradt egy halottal, egy halálosan alvóval s egy eltemetett titokkal.

Mindnyájukat takarta a csendes éjszaka.

S az éjszaka árnyai így susogtak:

Nézd! Ha te most nem teszed azt, ami rád van bízva, ha e halottat a Dunába nem dobod; ha azt az alvót fel nem költöd, hanem engeded csendesen átaludni a másvilágra, mi lesz akkor? Az áruló már följelenté azóta Pancsován a szökevény Csorbadzsit; ha te megelőznéd, s Pancsova helyett Belgrádon kötnél ki, ott jelentenéd fel; a szökevény kincseinek egyharmada törvény szerint a tied lenne. Úgyis senkié az már, az apa meghalt, a leány, ha te fel nem ébreszted, alszik örökre. Egyszerre milyen gazdag ember lennél! A gazdag ember derék ember, a szegény ember pedig csak komisz ember!"

Timár azt felelé vissza az éj árnyainak: „tehát csak hadd legyek én ilyen komisz ember", s hogy elnémítsa a suttogó árnyakat, betette a kabin ablakát. Valami félelem fogta el, ha arra a vörös holdra tekintett. Azt hitte, ettől jönnek azok a rossz suttogások. Mintha az magyarázná meg a holt ember végszavait arról a „vörös holdról".

Félrehúzta a függönyt Timéa fekhelye felől.

Mint egy élő alabástrom szobor feküdt ott a leány, keble lassú pihegéssel szállt és emelkedett, ajkai félig nyílva, szemei lezárva, arcán a halál túlvilági komolysága.

Fél keze feje körül elomlott fürteihez volt emelve, a másikkal éji öltönye ráncait tartá keblén összeszorítva.

Timár remegve nyúlt hozzá, mintha egy elbűvölt tündéralakot tapintana, kinek érintésétől a szegény halandó életvesztő szívfájdalmakat kap. Az üvegcsében levő illó szesszel elkezdé az alvó halántékait bedörzsölni. És aközben folyvást figyelt arcára, és gondolá magában:

„Téged hagynálak én meghalni, te gyönyörű alak? Hát ha igazgyöngyökkel volna telve ez a hajó, s az mind az enyim lenne, ha te meghalnál, mégsem engedném, hogy örökre alva maradj. Nincs akkora gyémánt a világon, amit örömestebb lássak, mint a te két szemedet, mikor az fel fog nyílni."

Az alvó arc pedig semmit sem változott a homlokán és halántékain tett bedörzsölésre; két összeérő vékony szemöldöke ráncot sem vont homlokán, midőn az idegen férfi kezei érinték.

Az utasítás azt mondá, hogy szívgödrét is be kell az ellenszerrel dörzsölni.

Timár kénytelen volt a leány kezéhez nyúlni, hogy azt kebléről elvonja.

A kéz legkisebb ellenállást nem tett. Zsibbadt volt az és hideg.

Olyan hideg volt az egész alak. Szép és hideg, mint az alabástrom.

Az éjszaka árnyai ezt susogták:

„Nézd, minő gyönyörű idomok! Ajk nem érintett ezeknél szebbeket soha. Ki tudná meg, ha megcsókolnád?"

De Timár azt felelé az éj árnyai közt saját magának: „Nem, te nem loptál még életedben soha semmit: ez a csók pedig tolvajság volna." S azzal odavonta a perzsa szőnyegtakarót, mit a leány álmában lehajított magáról, s azzal válláig betakargatva az egész alakot, a szőnyeg alatt dörzsölé be ujjaival a szeszt az alvó alak szívgödrébe, s hogy ment legyen minden kísértettől, folyvást a lány arcát nézte azalatt. Olyan volt az, mintha egy oltárképet nézne, melyről a hideg sugárzik.

Egyszer aztán felnyíltak a sötét szempillák, s a két szem sötéten, ragyogástalanul tekintett elő. Az álomlihegés megszűnt, s Timár érzé, hogy a szív keze alatt erősebben ver.

Akkor visszahúzta kezét.

Az erős szeszt az üvegben odatartá a leánynak, hogy szagolja.

Timéa ébredezett, mert fejét elfordítá az üvegtől, és szemöldeit összevonta.

Timár halkan szólítá őt nevén.

Arra hirtelen felszökött fektéből a leány; s felkiáltva: atyám! ágya szélén ülve maradt. És azután maga elé bámult mereven.

A szőnyegtakaró ölébe lecsúszott, s az éji öltöny lehullott vállairól; olyan volt, mint egy antik mellszobor.

- Timéa! - szólítá őt Timár, s felhúzta meztelen vállaira a lecsúszott csalánszövetet. A leány nem vette azt észre.

- Timéa, önnek az atyja meghalt! - monda neki Timár, s a leány arca, alakja nem mozdult sem ettől a szótól, sem attól, hogy öltönye fedetlenül hagyta keblét. Nem érezett semmit.

Timár átfutott kabinjába, s rögtön sietett vissza kávéfőző gépével; lázas sietséggel erős feketekávét főzött; össze is égette a kezeit vele, s mikor az készen volt, odament vele a leányhoz, karjával magához szorította a fejét, ujjaival erőszakosan kinyitotta a száját, s fejét hátravonva, kényszeríté őt a kávét lenyelni.

Addig csak a merevség ellenállásával volt küzdelme; de amint a leány a keserű, meleg italt lenyelte, egyszerre oly erővel taszítá el magától, hogy a csésze is kihullott kezéből, s akkor ágyára veté magát a leány, magára rántá takaróját, s elkezdtek a fogai hangosan vacogni.

- No, hála Istennek, most már él, mert a hideg leli! - fohászkodék Timár. - Most már lássunk hozzá a hajóstemetéshez.

A HAJÓSTEMETÉS

Az óceánon ez természtesen megy. Aki meghal, ponyvába varrják, golyót kötnek a lábára, s kidobják a vízbe. A korallok majd benövik sírját.

Hanem a dunai hajón meghalt embert kidobni a Dunába egy kis felelősséggel jár. Hiszen ott van a part; a parton falvak, városok, azokban pap és harang arra való, hogy a megholtat szentelt földbe eltemessék, elharangozzák; azt nem szabad csak úgy saját kívánsága szerint a vízbe vetni.

Pedig Timár értette azt nagyon jól, hogy miért kell annak mégis úgy történni.

Nem jött miatta zavarba.

Mielőtt a hajó fölszedte volna a horgonyt, tudatta kormányosával, hogy halott van a hajón. Trikalisz meghalt.

- Tudtam, hogy valami veszedelem jön - monda Fabula János -, amint a viza versenyt úszott a hajónkkal, az halált jelent.

- Szálljunk ki itt a falu alatt a partra, s kérjük meg a papot, hogy temesse el. A holtat tovább nem vihetjük a hajón, mert úgyis pestises hírben állunk.

Fabula uram nagyot köhintett rá, s azt mondta, hogy meg lehet próbálni.

Az a falu ottan Pleszkovác, amelyet a hajóról legközelebb érnek, gazdag helység; esperese van és kéttornyú temploma. Az esperes szép, deli termetes férfi, hosszú rengő fekete szakállal, ujjnyi vastag szemöldökkel s igen szép éneklő hanggal.

Ez is ismerte Timárt. Sokszor járt hozzá búzát vásárlani; az esperesnek sok eladó terméke volt.

- No fiam, most rosszkor jöttél! - kiálta rá az esperes, mikor az udvaron meglátta. - Rossz termés volt, s azt is mind eladtam régen. (Pedig akkor is ott csépeltek még az udvaron és szérűn.)

- Ezúttal én hozom a termést! - monda Timár. - Halottunk van a hajón; kérjük főtisztelendőségedet, hogy jöjjön oda, s temesse el szokott szertartással.

- Hja fiam, az nem addig van! - veté ellen az esperes. - Meggyónt-e az a keresztyén ember? Fölvette-e az utolsó szentségeket? Bizonyos vagy-e róla, hogy nem volt unitus? Mert én különben el nem temetem.

- Ezekből bizony mind semmi sincs. A hajón mi nem hordunk gyóntató papot; meghalt a jámbor csak úgy a maga emberségéből, minden segítség nélkül, ahogy a hajósok szoktak. Hanem hát ha nem akarja egész szertartással eltemetni főtisztelendőséged, hát legalább adja ki azt nekem írásban, hogy én igazolhassam magamat az elhunyt rokonai előtt, hogy miért nem adtam meg neki a kellő végtisztességet; mi aztán majd eltemetjük magunk itt valahol a parton.

Az esperes kiadta neki a bizonyítványt a temetés megtagadásról; hanem erre meg aztán a cséplő és nyomtató parasztok fogtak neszt.

„Micsoda? Eltemetni egy beszenteletlen halottat itt az ő határukban? Hisz olyan bizonyos, hogy azt a határt elveri akkor a jégeső, mint a tízparancsolat. De iszen halottat ne próbáljon valaki más falunak ajándékozni, akárhonnan hozta, mert az senkinek sem kell. Először jégesőt hoz az idénre, pedig éppen most közelget a szüret, ez az utolsó reménysége a gazdának; másodszor jövő esztendőre vámpír lesz az ily módon eltemetettből, aki mind magához szívja az esőt és a harmatot."

De még azzal biztatták Timárt, hogy agyonverik, ha kihozza a halottját abból a hajóból.

S nehogy orozva eltemesse valahol a parton, négy markos legényt kiválasztottak, hogy üljenek fel a hajójára, s kísérjék el egynapi járóföldig, míg a határukon túl lesz, ott azután csináljon a maga halottjával, amit akar.

Timár úgy tett, mint aki dühösködik, s engedte a négy kísérőt hajójára felszállni.

Az ott maradt hajóslegények azalatt már összeácsoltak egy koporsót, s a halottat belefektették; csak a födelet kellett rászegezni.

Timárnak első dolga volt Timéát megtekinteni. Azon egészen kitört a láz; forró volt a homloka, de arca még akkor is fehér. Nem volt öntudatánál. Az egész temetkezési előkészületekből nem tudott semmit.

- Így már jól van! - monda Timár, s azzal fogta a festékesbögrét, és nekiállt a koporsófödélnek, ráfesteni Trikalisz Euthym nevét és halála napját szép cirill betűkkel. A négy szerb legény ott állt a háta mögött, és szótagolta, amit ír.

- No, fess rá te is egy betűt, míg én dolgom után látok! - kínálá a pamacsot az egyik bámészkodónak. Az kapott rajta, hogy tudományát bebizonyíthatja, s olyan X-et pingált a deszkára; amilyent csak valaha S-nek olvastak a szerbek.

- Látod, milyen szépen tudsz - magasztalá a betűfestőt Timár, s aztán egy másikat kínált meg vele. - Derék fiú vagy te is. Mi a neved?

- Berkics Józó.

- Hát téged hogy hínak?

- Jaksics Mirko.

- No, isten éltessen sokáig. Igyunk együtt egy pohár sligovicát.

Az megtörtént akadály nélkül.

- Engem pedig Mihálynak hínak, a másik nevem hozzá „Timár". Jó név, ha akarom, magyar, ha akarom, török, ha akarom, görög. Csak híjatok Mihálynak.

- Zbogom Mihály!

Tehát Mihály minden percben befutott a kajütbe, megnézni, hogy Timéa hogy van. Annak láza volt, önkívületben volt. Timárt ez nem ejté kétségbe; azt tartá, hogy aki a Dunán jár, az egész patikát magával hordja, mert a hideg víz mindent meggyógyít. Egyszerű tudománya abból állt, hogy hideg vizes kendőket rakott a leány homlokára s lábszáraira, szorgalmatosan felváltva azokat, mikor átmelegedtek. Már Priessnitz előtt tudták azt a hajósok.

A Szent Borbála aztán haladt csendesen fölfelé a magyar part mentében egész naphosszant. A szerb legények hamar megbarátkoztak a hajóslegényekkel, segítettek nekik az evezőt húzni, ezek viszont sütöttek nekik a hajó tűzhelyén zsiványpecsenyét.

A halott kinn feküdt a födözeten, leterítve egy tiszta lepedővel; ez volt a szemfödél.

Estefelé azt mondá Mihály az embereinek, hogy ő most feküdni megy, mert már két éjjel nem aludt; a hajót csak vontassák, amíg tökéletesen be nem sötétedik, akkor vessenek horgonyt.

Pedig még ezen az éjszakán sem aludt; ahelyett, hogy saját kabinjába ment volna, Timéa lakrekeszébe lopózott, s az éji lámpát elrejtve egy üres ládába, hogy a világa ki ne lássék, egész éjjel ott ült a leány ágya mellett, és leste annak lázálmait, s az előre elkészített hideg vízzel borongatá forró tagjait. A szemeit le nem hunyta egy percre.

Jól hallotta, mikor a horgonyt levetették, s a hajó megállt, s azután elkezdett a hullám ismét locsogni a hajó párkányai körül. A födélzeten még sokáig dödörögtek a férfiak, s aztán lassankint lefeküdtek aludni.

Hanem éjféltájon hallá, mintha valami tompa tárgyat ütnének kalapáccsal.

- Ez egy szeg feje, amire egy darab posztót tettek! - mondá magában.

Aztán egy nehéz zuhanás következett, valami vízbe hulló nagy tárgy loccsanása.

Azután elcsendesült minden.

Mihály megvárta ébren, míg megreggeledett, s a hajó ismét megindult. Mikor egy órányira haladtak, akkor előjött a kabinból. A leány csendesen aludt, s forrósága megszűnt.

- Hová lett a koporsó? - ez volt Mihály első szava, amint kilépett.

A szerb legények dacosan léptek eléje.

- Azt megterheltük kővel, s a halottal együtt a vízbe dobtuk, hogy nekünk azt sehol a mi partunkon el ne temethessétek, senkit szerencsétlenné ne tegyetek.

- Mit tettetek, gonosztevők! Hisz ezért most engemet majd előfog a vármegye; számon kérik az eltűnt utazót; még rám fogják, hogy én sikkasztottam el. Most nekem erről adjatok írást, hogy ti tettétek. Melyiketek tud írni?

Persze hogy egyik sem tudott írni.

- Hiszen te, Berkics meg te, Jaksics, még segítettetek is nekem a koporsófödélre betűket írni.

Kiderült az önvallomásokból, hogy ki-ki csak éppen azt az egy betűt tudja leírni, azt is csak éppen deszkára és pamaccsal.

- No jól van. Akkor elviszlek benneteket magammal Pancsovára, s majd ott az óbester előtt élőszóval tanúskodhattok mellettem. Az majd kivallat, ne féljetek!

Erre a fenyegetésre rögtön megtanult írni nemcsak ez a kettő, de még a másik kettő is. Azt mondták, hogy inkább adnak bizonyítványt, csak ne vigye őket Pancsovára.

Mihály tintát, tollat, papírt hozott elő, s a hajófödélnek nekihasaltatva az egyik írástudót, tollába mondta a bizonyítványt, melyben elismerik, hogy ők a meghalt Trikalisz Euthymot éjjel, mikor a hajósszemélyzet aludt, annak tudta és hozzájárulása nélkül, a jégesőtől féltükben, a Dunába vetették.

- Írjátok alá a neveiteket. S ki hol lakik? Hogy ha bírói vizsgát küldenek ki, rátok találhasson a hadnagy.

Az egyik tanú odaírta, hogy ő „Karakaszalovics Ixa", lakik „Gunerovácon"; a másik, hogy ő „Stiriopica Nyego", lakik „Medvelincen".

S azzal nagy komolysággal elváltak egymástól; Mihály is megállta, meg az a négy is, hogy egymás szeme közé nem nevettek.

Azzal kitétette őket Mihály a partra.

...Ali Csorbadzsi ott nyugodott már a Duna fenekén, ahova maga kívánkozott.

A NEVETNI VALÓ TRÉFA

Reggel, mikor Timéa felébredt, nem érzett az elmúlt betegségből semmit. Az ifjú természet győzelmes maradt.

Felöltözött magában, s aztán kijött a kabinból, s Timárt ott találva a hajó orrán, azt kérdezé tőle:

- Hol van az atyám?

- Kisasszony, önnek az atyja meghalt.

Timéa rábámult nagy, méla szemeivel; arca nem lehetett már fehérebb, mint addig volt.

- És hová tették?

- Kisasszony, önnek az atyja itt fekszik a Duna fenekén.

Ekkor Timéa leült a hajómellvéd mellé, s elkezdett némán a vízbe bámulni. Nem szólt, nem sírt, csak nézett mereven a vízbe.

Timár azt hitte, hogy jót tesz vele, ha vigasztalja.

- Míg ön beteg volt, öntudatlanul feküdt, addig önnek az atyját hirtelen magához szólítá az Isten. Én voltam nála utolsó órájában. Önről beszélt nekem; önnek küldé általam utolsó áldását. Az ő kívánatára én önt el fogom vinni atyjának egy régi barátjához, ki önhöz anyjáról rokon. Az leányának fogadja önt, s lesz önnek atyja. Van egy szép fiatal leánya, önnél kevéssel idősebb, az lesz önnek testvére. Ott igen jól fognak önnel bánni. És ami itt ezen a hajón van, az mind önnek a vagyona, amit az atyja önnek hagyott; ön gazdag lesz, és mindig hálával fog ön emlékezni arról a jó atyáról, aki önről ilyen jól gondoskodott.

Timárnak megszorult a torka, mikor arra gondolt: „és aki meghalt azért, hogy téged megszabadítson, aki halált vett magának, hogy teneked odaadhassa az egész életet!"

És aztán bámulva nézett a leány arcára. Az nem mozdult meg az egész beszéd alatt, még csak egy könnye sem fakadt. Mihály azt hitte, hogy szégyell sírni idegen előtt, s félrevonult tőle; de a leány azután sem sírt, hogy egyedül maradt.

Különös ez! Mikor a fehér macskát a vízbe fulladni látta, hogy omlottak utána a könnyei, s most, mikor azt mondják neki, hogy az apja ott fekszik a Duna fenekén, egy könnye sem ered?

Vagy tán úgy van az, hogy akik apró érzékenykedésnél könnyen tudnak sírni, azok valami nagy fájdalomnál nem tudnak mást, csak hallgatni és bámulni.

Meglehet. Timárnak most más dolga akadt, mint lélektani feladványokon törni a fejét. Pancsova tornyai kezdtek északnyugat felől kiemelkedni, s a folyamon egy cs. kir. sajka úszott alá, egyenesen a Szent Borbála felé, rajta nyolc fegyveres csajkás meg egy csajkás kapitány és egy porkoláb.

Azok a hajóhoz érve, minden kínálás nélkül csáklyát akasztottak a hajópárkányba, s felugráltak rá a csónakból.

A kapitány Timárhoz sietett, ki a kabinajtó előtt várt rá.

- Ön a hajóbiztos?

- Szolgálatjára önnek.

- E hajón utazik egy Trikalisz Euthym álnév alatt menekülő török khazniár basa, lopott kincseivel.

- E hajón utazott egy Trikalisz Euthym nevű görög búzakereskedő, semmi lopott kincsekkel, hanem tiszta búzával, ahogy ez Orsován megvizsgáltatott hivatalosan, amiről bizonyítványaim szólnak, itt ez az első írás, tessék elolvasni. Török basáról nem tudok semmit.

- Hol van ő?

- Ha görög volt, Ábrahámnál; ha török volt, Mahomednél.

- Csak nem halt meg?

- Biz azt tette. Itt ez a második írás a végrendelete, melyben utolsó akaratát megírja; dysenteriában halt meg.

A kapitány végigolvasta az írást, oldalpillantásokat vetve Timéára, ki csak ült azon az egy helyen, ahol atyja halálhírét maghallá. Nem érté, hogy miről beszélnek; az idegen nyelv volt előtte.

- Hat hajóslegényem és a kormányosom tanúk rá, hogy meghalt.

- No az baj neki; de nem nekünk. Ha meghalt, eltemették. Ön meg fogja mondani, hová; mi felásatjuk a hullát. Itt van azon ember, ki rá fog ismerni, s az azonosságot bebizonyítandja Trikalisz és Ali Csorbadzsi között, s legalább a lopott kincseit lefoglalhatjuk. Hová temették el őt?

- A Duna fenekére.

- Ah! Ez erős dolog! És miért oda?

- Csak csendesen! Itt a harmadik írás, ez a pleszkovácai esperestől van, akinek határában történt Trikalisz kimúlása, s aki nemcsak megtagadta a tisztességes eltakarítást, de meg is tiltotta a hulla kihozatalát a partra; a nép azt mondta, hogy vessük a vízbe.

A kapitány mérgesen csapott a kardja markolatára.

- Teringettét! Átkozott papok! Ezekkel örökösen baj van. De azt legalább tudni fogja ön, hogy mely tájon vetették a vízbe?

- Tartsunk rendet, kapitány úr. A pleszkováciak négy őrt küldtek a hajómra, akik megakadályozzanak, hogy a hullát szárazföldre találjam kitenni, s azok éjjel, mikor mindnyájan aludtunk, a hajószemélyzet tudta nélkül a Dunába veték a koporsót, kövekkel megterhelve. Itt van az írott bizonyítványuk maguknak a tetteseknek, vegye ön át, keresse fel őket, vallassa ki, és büntesse meg, ahogy megérdemlik.

A kapitány toporzékolt, és kolerikus kacagással köhögött dühében, mikor azt az írást elolvasta, visszadobva azt Timárnak.

- No ez átkozottul szép dolog! A felfedezett szökevény meghalt, azzal beszélni nem lehet; a pap nem engedi földbe tenni; a parasztok belelökik a vízbe, s akkor adnak egy bizonyítványt, aláírva két olyan nevet, amit soha ember nem viselt, két olyan falu nevével, ami soha nem volt a világon. A szökevény elvész a Duna fenekén, s most én akár nekiálljak Pancsovától Szendrőig egy gereblyével végigkaparászni az egész Dunát, akár elinduljak keresni két gazembert, akik közül az egyiket Karakaszalovicsnak, a másikat Stiriopicának csúfolják. A hajóterhet pedig a szökevény azonosságának bebizonyítása nélkül le nem foglalhatom. No, ezt jól adta ön, biztos úr! Ezt jól csinálta ön ki! És mindenről írást hozott. Egy, kettő, három, négy. Fogadom, hogy ha annak a kisasszonynak a keresztlevelét kérném, még azt is elő tudná adni!

- Ha parancsolni fogja.

Azt ugyan nem tudta volna előadni Timár; de tudott egy olyan bamba birkapofát csinálni a kapitány előtt, hogy a kapitány nagyot csóvált a fején; kegyetlenül felkacagott, s aztán megveregette Timár vállát.

- Arany ember ön, biztos úr! Ennek a kisasszonynak megmentette a vagyonát; mert az apja nélkül sem őt, sem a jószágot le nem tartóztathatom. Mehetnek önök útjokra. Arany ember ön!

Azzal megfordult, a leghátulsó csajkást, aki nem fordult eléggé gyorsan, úgy ütötte pofon, hogy majd a vízbe esett, s parancsolá, hogy mindenki takarodjék a hajóról.

Hanem amint a csónakba leszállt, még egyszer visszatekintett nagy figyelemmel.

A hajóbiztos még mindig azzal a semmit nem értő birkapofával tekintett utána.

A Szent Borbála hajóterhe most már meg volt mentve.

A SZENT BORBÁLA VÉGZETE

A Szent Borbála most már akadálytalanul haladt a maga útján fölfelé, s Timárnak nem volt egyéb baja a mindennapi vesződségen kívül a vontatókkal.

A dunai út az alföldi magyar rónán egészen unalmassá válik; nincsenek már sem sziklái, sem vízesései, sem történelmi romjai; semmi egyéb, mint folyton-folyvást a fűzfa, nyárfa lepte partok mind a két oldalon.

Ezekről nem sok érdekest lehetett mondani Timéának.

A leány néha egész nap sem jött ki kabinjából, s szavát nem lehetett venni. Ott elült egyedül; s néha az ételt olyan érintetlenül hozták ki szobájából, mint ahogy bevitték hozzá.

Az esték is hosszúk kezdtek már lenni, s október vége felé a derült őszi idő átcsapott az esősbe; a leány egészen bezárkózott magányos szobájába, s Mihály nem tudott róla többet, mint azt, hogy éjszakánként a vékony deszka közfalon áthangzik nehéz sóhajtozása. De sírni nem hallotta soha.

Az a nagy csapás talán örökre megfagyasztotta szívét.

Vajon mekkora melegségnek kellene annak lenni, mely azt megolvadásra bírja?

Ejh, szegény barátom, minek neked arra gondolnod?

Mit álmodol ébren és behunyt szemmel erről a fehér arcról? Ha olyan szép nem volna is, de olyan gazdag; te pedig szegény ördög vagy. Mire való egy ilyen fickónak, mint te vagy, egy olyan gazdag úrleány arcával megtölteni minden gondolatját?

Ha mégis megfordítva volna, s te volnál olyan gazdag, mint ő, s ő volna szegény.

- Milyen gazdag lehet Timéa? - számítgatja a hajóbiztos, hogy saját magát kétségbe ejtse, s elszoktassa hiú ábrándozásáról.

Hagyott neki az atyja ezer arany készpénzt és a hajóterhet, ami megér mostani világban tízezer aranyat. Talán ékszerei is vannak, s így a leány váltópénzben értve a százezresek közé tartozik. Ezek már a gazdag eladó leányok sorába tartoznak magyar kisvárosban.

Itt azután egy talány jött Timár elé, melyet nem tudott megfejteni.

Ha Ali Csorbadzsi megmentett vagyona tizenegyezer arany volt, az súlyra nézve nem több hatvanhat fontnál: az arany tériméje minden érc között a legkisebb. Hatvanhat font aranyat el lehet dugni egy iszákba, azt egy ember a vállára vetve gyalog is elviheti. Mi szükség volt Ali Csorbadzsinak ezt búzára felváltani, aminek egy egész tölgyfa hajó kell, s amivel másfél hónapig kell utazni, amit szél, örvény, szikla, zátony fenyeget; vesztegzár, motozó őrség feltartóztat; holott ugyanezzel a kinccsel egy tarisznyába téve, hegyen, folyón keresztül két hét alatt bízvást Magyarországba lehetett volna jutni?

Ennek a kérdésnek nem bírt a kulcsára akadni.

Azután ezzel még egy másik talány is függött össze.

Ha Ali Csorbadzsi kincse (s már akár igaz keresménye az, akár nem) mindössze tizenegy-tizenkétezer aranyat tesz, ugyan mit csap abból ilyen nagy hajtóvadászatot a török kormány? Hogy nem röstell azért egy huszonnégy evezős ágyúnaszádot a Dunán végigfuttatni, kémeket, futárokat nyargaltatni a nyomába? Hiszen ami egy szegény hajóbiztosra nézve nagy pénz, az a fényes padisának csak alamizsna; ha azt a tízezer arany értéket mindjárt elkobozták volna is, amíg az a feladók, lefoglalók s mindenféle hivatalos zsebmetszők kezén keresztül visszakerül, nem marad abból a szultánnak egy pipa dohányra való.

Hogyan nem röstelltek ilyen kevés prédáért olyan nagy gépezetet mozgásba hozni?

Vagy talán Timéa lett volna a fő cél? Timárban volt annyi hajlam a regényességre, hogy ezt a nézetet elfogadja; bár a hajóbiztos kétszerkettője mindig kimutatta a számtani lehetetlenséget.

Egy este elverte a szél a felhőket, s amint Timár kabinja ablakából kitekintett, meglátta a nyugati láthatáron az újholdat.

A „vörös holdat".

Az izzó fénysarló a Duna tükrét érte.

Timárnak úgy tetszék, mintha az a hold valóban emberi arc volna, mint ahogy a naptárakban festik, s ferde szájával valamit beszélne hozzá.

Csakhogy a hold beszédét még mindig nem lehet érteni; az idegen nyelv.

A holdkórosak már értik, mert utána mennek, csakhogy mikor fölébrednek, ők is elfelejtik, hogy mit beszéltek vele.

Timár mintha válaszokat kapna kérdéseire. Melyikre? Valamennyire. A szívdobogására-e vagy a kiszámítására? Mindenikre.

Csakhogy nem lehet még a feleleteket kibetűzni.

A vörös félhold lassankint alámerült a Duna tükrébe, egész a hajó orráig elküldve a hullámban tükröző visszfényét, mintha mondaná: mégsem értesz?

Lassan a végső fénycsúcsát is lehúzta a víz alá, mintha mondaná: holnap visszajövök, akkor majd megértesz.

A kormányos azon a véleményen volt, hogy fel kell használni a naplement utáni derült időt, s előrehaladni, míg beesteledik. Hiszen Komáromhoz közel jártak már, Almáson túl. Ezen a tájon olyan ismerős volt már előtte a Duna, hogy bekötött szemmel is elkormányozhatta volna a hajót. Egész a „győri Duna"-ágig nincs már semmi félelmes tárgy az útban.

De van!

Füzitőn alul egy gyenge kis roppanás hangzott a víz alatt; de erre a roppanásra rémülten ordíta a kormányos a vontatóknak: „megállj!"

Timár is elhalaványodott, és megmeredve állt egy percig. A rémület először tükröződött az útban arcvonásain.

- Tőkére mentünk! - kiálta a kormányosnak.

A nagy erős ember, a kormányos, eszét veszítve hagyta ott a kormányt, s sírva, mint egy gyermek, futott végig a hajófödözeten a kabin felé.

- Tőkére mentünk!

Igenis, az történt. A Duna, mikor megárad, elszaggatja a partjait, s az onnan letépett nagy fákat behömpölygeti a medrébe; azokat a gyökereikhez tapadt földtömegek a víz alá húzzák, s a felfelé vontatott terhes hajó nekimegy a tuskónak, s kilyukasztja a fenekét.

A szikláktól, a zátonyoktól megőrizheti hajóját a kormányos; de a víz alatt ólálkodó tőkétől se tudomány, se tapasztalat, se ügyesség meg nem oltalmaz: a legtöbb dunai hajó az ilyen lappangó fatuskók miatt vész el.

- Végünk van! - ordítá kormányos, hajóslegény egyszerre valamennyi; s mindannyi elhagyta a helyét, s futott batyuját, ládáját a dereglyébe menteni.

A hajó keresztbe fordult ár ellenében, s elkezdett az elejénél lefelé süllyedni.

Mentésre gondolni sem lehetett. Az tiszta képtelenség. A hajó zsákokkal van tele, mire azokat odáig felszednék, ahol a fenéken a lék támadt, hogy azt betömjék, akkorra rég elsüllyedt az egész.

Timár felszakítá Timéa kabinjának ajtaját.

- Kisasszony! vegye fel gyorsan öltönyét, nyalábolja fel azt a ládikót ott az asztalon; hajónk elsüllyed. Menekülni kell.

Azzal a megrettent leányra ő maga felsegíté meleg kaftánját, s utasítá, hogy szálljon le a dereglyébe, majd a kormányos segélyére leend.

Ő maga futott saját kabinjába, a hajóokmányokat s hajópénztárt tartalmazó ládát megmenteni.

Hanem Fabula János ugyan nem volt segélyére Timéának. Inkább nagyon dühös lett, mikor a leányt meglátta.

- Mondtam, hogy ez a fehér képű, összenőtt szemöldökű boszorkány hoz ránk minden veszedelmet. Ezt kellett volna legelébb is a vízbe dobni.

Timéa nem értette a kormányos szavait, de annak vérben forgó szemeitől úgy megrettent, hogy inkább visszament a kabinba, s ott felfeküdt az ágyára, és nézte, hogy jön be a víz a kabin ajtaján, hogy emelkedik lassankint ágya széléig, s aztán arra gondolt, hogy ha most őt a víz innen elviszi, addig viszi majd lefelé, míg oda eljut, ahol az atyja fekszik a Duna fenekén, s akkor aztán megint együtt lesznek.

Timár maga is térdig gázolta már a vizet, mire kabinjából minden szükséges tárgyat egy ládába összeszedett, s aztán azt vállára kapva, a dereglyéhez sietett.

- Hát Timéa hol van? - kiálta, midőn a leány távollétét észrevette.

- Tudja a pokol! - hörgé a kormányos. - Bár a világon se lett volna!

Timár visszarohant Timéa kabinjához az övig érő vízben, s felnyalábolta őt mindenestől az ölébe.

- Hozza ön a ládikót?

- Igen! - rebegé a leány.

Azzal nem kérdezett tőle többet, hanem rohant vele ki a födözetre, onnan ölébe vitte le a dereglyébe, s a középpadra leülteté.

A Szent Borbála végzete iszonyú gyorsan tölt be.

A hajó orrával lefelé elmerült, s néhány perc múlva csak a födélzete meg az árbocfa a lelankadt vontatókötéllel látszott ki a vízből.

- Induljunk! - parancsolá Timár az evezőknek, s a dereglye elkezdett a part felé haladni.

- Hol van önnek a ládikója? - kérdé Timár a leánytól, mikor már jót haladtak.

- Itt van! - mutatá Timéa a magával hozott dobozt.

- Szerencsétlen! Hisz ez a török dulcsászás doboz, nem a ládikó.

Timéa bizony azt a csemegés dobozt menté meg, amit új testvérének, annak a másik leánynak hozott ajándékba, s ott hagyta helyette a ládikót, melyben minden vagyona volt. Az ott maradt az elmerült kabinban.

- Vissza a hajóhoz! - kiálta Timár a kormányosra.

- Csak nem bolondult meg valaki, hogy a víz alá menjen valamit keresni? - morgá Fabula János.

- Fordíts! ne szólj! én parancsolok!

A dereglye visszatért az elsüllyedt hajóhoz.

Timár nem biztatgatott senkit, kiugrott maga a hajófödélzetre, s annak hágcsóin lement a víz alá merült kajütba.

Timéa nagy, sötét szemeit utána mereszté, amint a hullám alatt eltűnt, mintha mondaná:

- Hát már te is a víz alá mégy előlem?

Timár elérte a víz alatt a hajópárkányt, de nagyon vigyáznia kellett, mert a hajó féloldalt volt dűlve s arrafelé hajolva, amerre Timéa kabinja nyílt; kapaszkodnia kellett a födélzet deszkáiba, hogy le ne csússzék a sima párkányzatról.

Megtalálta a kabin ajtaját; jó szerencse, hogy nem csukta be azt a hullám, mert kinyitásával sok idő veszett volna.

Benn sötét volt. A víztömeg a padlásig állt. Tapogatózva közelített az asztalhoz. Ott nem lelte a ládikát. Talán az ágyon felejtette azt a leány? Az ágy fel volt már emelve a víz által a padlásig. Azt le kellett húznia. A ládikó nem volt benne. Talán a hajó félredűlésével lecsúszott? Kezei nem találták sehol. Végre megtalálták a lábai. Belebotlott. Csakugyan a földre esett az le. Azt nyalábra fogta, s igyekezett az ellenkező oldalon a hajópárkányra kerülni, ahol nem kellett megkapaszkodnia.

Timéa egy örökkévalóságnak hitte azt a percet, melyet Timár a víz alatt töltött. Egy egész percig volt ott. Ő is visszatartá lélegzetét azalatt, mintha meg akarná tudni, meddig állhatni ki lélegzetvétel nélkül.

Akkor aztán nagyot sóhajtott, mikor Mihály fejét ismét kiemelkedni látta a vízből.

És arca elmosolyodott, mikor Timár odanyújtá neki a megmentett szekrénykét. Nem a szekrénykeért.

- No biztos úr - kiálta a kormányos, mikor Timárt felsegíté a dereglyébe -, ön már háromszor ázott el ezekért az összenőtt szemöldökökért! Háromszor!

Timéa azt kérdé Mihálytól halkan: mit jelent görögül az a szó, „háromszor"?

Mihály megmondta neki görögül.

És akkor Timéa ránézett hosszan, és ismétlé halkan e szót:

„háromszor".

A dereglye haladt a part felé, Almásnak tartva. Az esti fénytől acélszínű folyam tükrén egy hosszú fekete vonal látszott; egy jajszó felkiáltójele vagy egy élethossziglan való gondolatjel - az elsüllyedt Szent Borbála tetőgerince...

TIMÉA

A FOGADOTT APA

Este hat óra tájon hagyták el a Szent Borbála hajósai az elsüllyedt járművet, s már fél nyolcra Timár Komáromban volt Timéával. Az almási gyorsparaszt jól ismerte a Brazovics-házat, s kegyetlen ostorpattogással vágtatott végig a Rác utcán csengős négy lovával a piacig, nagy borravaló levén neki ígérve a sietségért.

Mihály leemelte a leányt a parasztszekérből, s mondá neki, hogy itthon vannak.

Azzal a pénzes szekrénykét köpenye alá véve, felvezeté a leányt a lépcsőkön.

Brazovics Athanáznak emeletes háza volt; ami nagy ritkaság Komáromban, hol a múlt századbeli pusztító földrengés emléke miatt csak földszinti házakat építenek.

A földszintet egy nagy kávéház foglalta el; ott volt a gyűldéje a helybeli kereskedőknek, az emeletet egészen a kereskedő családja lakta; két külön bejárat volt a lépcsőről, s egy harmadik a konyha felől.

Brazovics Athanáz ez órában nem szokott otthon lenni, amit Timár jól tudott; azért Timéát egyenesen a jobb oldali ajtón vezette be, melyből az úrhölgyek termeibe lehetett jutni.

Ezekben a szobákban mindenütt divatos pompa uralgott, s az előszobában inas ácsorgott. Azt felkérte Timár, hogy híja fel a nagyurat a kávéházból.

Tudni való, hogy ez a szó: „nagyúr" címezésre használtatik Komáromban, valamint hogy Sztambulban is, csakhogy amíg az utóbbi helyen kizárólag a szultánt részeltetik abban, addig nálunk és a mi időnkben ez a kereskedők s mindazon honoratiorok címzete szokott lenni, akiket a „tekintetes" cím meg nem illet.

Timár addig bevezette a leányt a hölgyekhez.

Ő maga ugyan nem volt valami nagyon szalonképes öltözetben, ha elgondoljuk, hogy milyen vízen-sáron gázolt keresztül, hanem ő a házhoz tartozó személy volt, akit minden időben és alakban el szoktak fogadni, s nem tekintik másnak, mint fizetett emberüknek. Ennél nem járják az etikett-szabályok.

A bejelentést pótolja az a jó szokása a háziasszonyságnak, hogy amint a külső ajtót nyílni hallja, a belső szoba ajtaján rögtön kidugja a fejét, megnézni, hogy ki jött.

Zófia asszony ehhez hozzászokott szobaleány korában. (Bocsánat! ez bizony kiszaladt a tollunkból!) No igenis. Őt alacsony sorsból emelte föl magához Athanáz úr: hajlamházasság volt. Nem kell azért senkit megszólni.

Nem is emberszólásképpen, csak jellemzés végett hozzuk fel, hogy Zófia asszony még úrnő korában sem bírt korábbi modorairól leszokni. A ruhája mindig úgy állt rajta, mintha az asszonyától ajándékba kapottat viselne, a hajából elöl is, hátul is lógott ki egy elszabadult tincs, a legdíszesebb ruha mellett is kellett rajta valami gyűrődöttnek lenni; s ha egyébbel nem, legalább egy pár rossz papuccsal kellett neki hajlamait kielégítve látni. Kíváncsiság és pletykálkodás volt társalgásának alapja, keverve olyan rosszul alkalmazott idegen szavakkal, hogy mikor azokat nagy társaságban közrebocsátá, a vendégek majd lefordultak székeikről (már akik ti. ültek) a nevetésvágytól. S amellett az a jó szokása volt, hogy nem tudott halkan beszélni; amit mondott, az nem is kiabálás, de folytonos sikoltás volt, mintha késekkel hasogatnák, s segítségért kiáltana.

- Jaj, maga az, Mihály? - sikolta az úrnő, pedig még csak a feje volt kinn az ajtón. - Hát azt a szép kisasszonyt hol vette? Hát az a hóna alatt micsoda szekrény? No, jöjjön be a szobába. Nézd, csak nézd, te Athalie, miket hozott a Timár!

Mihály előrebocsátá Timéát, és ő is belépett utána, illedelmesen jó estét kívánva a bennlevőknek.

Timéa az első találkozás félénk remegésével tekinte körül.

A háziasszonyon kívül volt a szobában még egy leány és egy férfi.

A leány kifejlett idomú, büszke szépség, kinek karcsúságát még előbbre segíti a vállfűző; magas cipősark és hajdísz emelik termetét, kezein félkesztyűket visel, s körmei hosszúra és hegyesre vannak eresztve. Arca a rendbe szedett báj, piros, felvetett élveteg ajkak, rózsás arcszín, szívesen mutogatott fehér fogsorok, mosolygó gödröcskék az állon és orcákon, hajlott, finom orr, fekete szemöldök és villogó szemek, amiknek ragyogását még emeli az, hogy erősen kiülnek, mintegy támadólag. A szép alak oly büszkén tudja magát tartani hátravetett fejével s dacoló keblével.

Ez Athalie kisasszony.

A férfi pedig egy fiatal katonatiszt, a harmincas évek elején, vidám, nyílt arccal, tüzes fekete szemekkel; akkori katonai szabályzat szerint egész arca simára borotválva, egy kis félhold alakú pofaszakáll kivételével. A hadfi violaszín frakkot visel, rózsaszín bársonygallérral és karhajtókával. Ez a geniecorps egyenruhája.

Ezt is ismeri Timár. Kacsuka úr, főhadnagy a fortificatiónál és élelmezési közeg is egyúttal. Kissé szokatlan hybridum, de úgy van.

A főhadnagy azzal a kellemes mulatsággal foglalkozik, hogy az előtte ülő szép kisasszonyt arcképezi pasztellrajzban. Már egy arcképét elkészítette reggeli világításban, most lámpafénynél kísérli meg újra.

Timéa belépte megzavarja a művészi foglalkozást.

A karcsú, nyúlánk gyermek arca és alakja valami lélekjelenésszerű e pillanatban. Mintha valami szellem, valami jóslat, valami álomlátás lépett volna elő a sötétből.

Amint Kacsuka úr hátratekinte rá a rajztáblája mellől, a sárkányvér-pasztellal olyat húzott az arckép homlokán keresztül, hogy lesz dolga a lágy kenyérnek, míg azt onnan ki tudja venni. S aztán ő is önkénytelenül felállt Timéa előtt.

Mindenki felállt a leány láttára, még Athalie is.

De hát ki ez?

Timár görögül súgott Timéa fülébe, mire a leány Zófia asszonynak készséggel csókolt kezet, s amiért azután Zófia asszony összevissza csókolá az arcát.

Azután ismét mondott neki valamit Timár, mire a leány félénk engedelmeskedéssel közelített Athalie felé, és figyelmesen tekinte fel annak arcára. Vajon megcsókolja-e azt? Vajon nyakába boruljon-e ennek az új testvérnek? Athalie még magasabbra látszott emelni fejét; Timéa aztán lehajolt kezéhez, és megcsókolá azt. Az ellenszenves szarvasbőrt a kezén. Athalie engedé azt, szemei egyet villámlottak Timéa arcára, másikat a katonatisztre, s ajkait még jobban kipittyeszté. Kacsuka úr egészen el volt veszve Timéa bámulatában.

Hanem Timéa arca sem a bámulattól, sem a villámoktól nem lett melegebb. Fehér maradt az, mintha lélek volna.

Timár volt pedig legjobban megakadva. Hogyan mutassa most be ezen leányt, s hogy mondja el, miként jutott hozzá, ez előtt a katonatiszt előtt?

Segített rajta Brazovics úr.

Nagy robajjal törte magát be a szobába.

Mert éppen akkor olvasta odalenn a kávéházban, fennhangon, valamennyi törzsvendég bámulatára az „Allgemeine Zeitung"-ból azt a hírt, miszerint a megszökött Ali Csorbadzsi basa és khazniár, leányával együtt a Szent Borbála című gabonahajóra menekülve kijátszotta a török üldözők figyelmét, s bemenekült Magyarországba.

A Szent Borbála az ő hajója! Ali Csorbadzsi az ő régi jó ismerőse; sőt női ágon rokona. Ez nevezetes esemény a világban!

El lehet gondolni, hogy rúgta ki maga alul a széket Athanáz úr, mikor az inas azzal a jelentéssel jött le hozzá, hogy éppen most érkezett meg Timár úr egy szép kisasszonnyal meg egy rézládával.

- Csakugyan igaz! - rikkantott fel Athanáz úr, s azzal rohant haza, egypár útban eső kártyázót feldöntve székestül.

Brazovics úr kövér, túlhízott ember volt, potroha mindig előtte járt fél lépéssel; arca, mikor halavány volt, akkor rézvörös volt, és mikor piros volt, akkor kék volt; borotvált szakálla estefelé már borostát vert rajta, bozontos bajusza pedig nyirkos volt dohánytól, burnóttól és változatos spirituosumoktól, szemöldei kiálló sövényt képeztek mindig véres kiülő szemei fölött. (Borzasztó gondolat, hogy szép Athalie-nak a szemei is éppen ilyenek lesznek, ha megvénül!)

Ha aztán Brazovics urat beszélni hallotta az ember, akkor tökéletesen megértette, hogy miért sikoltoz oly hangosan Zófia asszony. Ez sem tudott másként beszélni, mint kiabálva. Csakhogy az ő hangja mély volt, mint a víziló szava. Természetes, hogy Zófia asszonynak, ha e hang mellett a saját magáét érvényesíteni akarta, a sikoltozásig fel kellett azt fokoznia. Úgy volt ez a két ember egymással, mintha fogadást tettek volna, hogy melyik bírja elébb a másikat gégecsősorvadásba belekiabálni vagy a gutával megüttetni? A harc kimenetele kétes. Hanem Brazovics úr fülei szüntelen be vannak dugva gyapottal. Zófia asszony nyaka pedig mindig körül van csavarva vászonkendővel.

Brazovics úr sietségtől lihegve tört be az asszonyok szobájába, s dörgő ordítását messziről küldé előre.

- Itt van Mihály a kisasszonnyal? Hol van a kisasszony? Hol van Mihály?

Mihály eléje sietett, hogy feltartóztassa az ajtóban. Talán magát Brazovics urat el is foghatta volna; de azt a hast, mely előtte megy, azt lehetetlen feltartóztatni, ha az egyszer megindult valahová.

Mihály aztán a szemével intett neki, hogy itt mások is vannak.

- Ah, nem tesz semmit! - mondta Brazovics úr. - Az előtt beszélhetsz. Mind egy família vagyunk. A főhadnagy úr is a családunkhoz tartozik. Haha! No ne haragudj, Athalie. Hisz tudja már az egész világ. Beszélhetsz, Mihály! Benne van már az újságban.

- Mi van benne? - kiálta ingerülten Athalie.

- No, nem te vagy benne; hanem az, hogy Ali Csorbadzsi basa barátom, testi-lelki atyámfia, a khazniár az én hajómon, a Szent Borbálán menekült Magyarországra leányával, kincseivel! Ugye, ez a leánya? Ez a gyönyörű teremtés!

Azzal Brazovics úr hirtelen átnyalábolta Timéát, két csókot nyomott fehér orcáira: hangos, bűzös és nyirkos csókot, amin a leány nagyon elcsodálkozott.

- Derék gyerek vagy, Mihály, hogy el tudtad hozni baj nélkül! Adtatok-e már neki egy pohár bort? Zófia, szaladj egy pohár borért!

Zófia asszony nem hallotta ezt a parancsot, Brazovics úr pedig leveté magát egy karszékbe, s odavonta térdei közé Timéát, mindig zsíros tenyereivel nyájasan simogatva ennek haját.

- Hát az én kedves barátom, a derék khazniár basa, hol van?

- Az meghalt útközben - felelt halkan Timár.

- Mi? Ez már baj! - szólt Brazovics úr, s igyekezett gömbölyű arcát ötszegletűre húzni, s hirtelen levette a kezét a gyermek fejéről. - De csak nem történt valami egyéb baja is?

Furcsa kérdés!

Hanem Timár elértette azt.

- Vagyonát rám bízta, hogy adjam át önnek leányával együtt; legyen fogadott apja leányának, s gondnoka vagyonának.

E szóra ismét elérzékenyült Brazovics úr, mindkét kezével megfogta Timéa fejét, és kebléhez szorítá.

- Mintha saját gyermekem lenne! Tulajdon édes leányomnak fogom tekinteni.

S azzal cupp, cupp! megint agyba-főbe csókolta az ártatlan áldozatot.

- S mi van abban a szekrényben?

- A rám bízott készpénz, amit át kell adnom.

- Ah! Mihály, ez nagyon jól van. Mennyi van benne?

- Ezer arany.

- Micsoda? - kiálta Brazovics úr, s eltolta térdei közül Timéát - csak ezer arany? Mihály, te elloptad a többit!

Timár arcán valami vonaglott végig.

- Itt van a meghalt saját kezűleg írt végintézkedése. Maga megírja, hogy ezer arany készpénzt ad át, a többi vagyona a hajóteherben volt, s ez tízezer mérő tiszta búza.

- Ah! Az már más! Tízezer mérő tiszta búza tizenkét forint harminc krajcárjával: százhuszonötezer forint. Gyere ide, kisleányom, ülj a térdemre szépen, elfáradtál, ugye? Parancsolt nekem valamit az én kedves, felejthetetlen jó barátom?

- Azt bízta rám, hogy mondjam meg önnek, hogy a zsákok kiürítésénél személyesen legyen jelen, hogy el ne cseréljék a gabonát, mert ő tiszta búzát hozott.

- Óh, ott leszek, személyesen; magam! Hogyne lennék! S hol van a hajó a búzával?

- Almás alatt, a Duna fenekén.

- Micsoda? Mit beszélsz te? Mihály! Te?

- A hajó tőkére ment, és elsüllyedt.

Most már eltaszítá Timéát magától Brazovics úr, s dühösen ugrott fel a székről.

- Az én szép hajóm elsüllyedt a tízezer mérő tiszta búzával! Óh! ti akasztófáravalók, óh! ti gazemberek! Részegek voltatok bizonyosan mind! Elcsaplak benneteket mind! A kormányost vasra veretem! Benn fogom a bérit valamennyinek. Teneked pedig elkobzom a tízezer forint biztosítékodat; nem kapod meg, ha nem perelsz!

Timár nyugodtan felelt neki:

- Önnek a hajója ugyan csak hatezer forintot ért, s teljes értékeig biztosítva volt a trieszti biztosító társulatnál. Ön nem károsult.

- Az nem a kutyák gondja! Azért én mégis kárpótlást követelek rajtad a lucrum cessans miatt! Tudod, mi az a lucrum cessans? No ha tudod, hát majd megérted, hogy a tízezer forint biztosítékod egy krajcárig felmegy rá.

- No, ez hát az én bajom! - szólt Timár nyugodtan. - Erről majd máskor beszéljünk. Ráérünk vele. De az meg sietős dolog, hogy mi történjék az elsüllyedt hajóteherrel, mert az mentül tovább a víz alatt marad, annál inkább semmivé lesz.

- Hát bánom is én, akármi lesz belőle!

- Tehát nem akarja ön átvenni? Nem akar ön személyesen jelen lenni a kiürítésénél?

- Akar az ördög! Kell a frányának! Mit csináljak én tízezer mérő nedves búzával? Csak nem állhatok be keményítőt csinálni tízezer mérő búzából, vagy csíramálét köleszteni belőle! Add az ördögnek, akinek kell.

- Annak bajosan kell; hanem a búzát mindenesetre el kell árverezni; a közeli molnárok, gyárosok, hizlalók s a parasztok vetőmagnak valami áron csak megveszik, a hajót úgyis ki kell üríttetni. S legalább valami pénz hajlik belőle vissza.

- Pénz! (Ez a szó mégiscsak áthatott a gyapotdugaszon a kalmár fülébe.) Jól van. Én adok neked meghatalmazást holnap reggel, hogy árvereztesd el az egészet egy csomóban.

- Még ma kell; holnapig is romlik az áru.

- Én este az apád lelkének sem írok.

- Itt van nálam a kész meghatalmazás; gondoskodtam előre; csak alá kell írni. Van nálam tinta is, toll is.

Ennél a szónál már Zófia asszony is közbesikoltott:

- Itt az én szobámat be nem tintázzátok! Itt szőnyeg van a padlón! Eredj a magad szobájába, ha írni akarsz! Az én szobámban ne veszekedjél a cselédeiddel. Én itt cselédveszekedést nem tűrök. Ez az én szobám.

- De ez az én házam! - ordíta rá a nagyúr. - „De az én szobám!" - „Itt én vagyok az úr!" - „De én vagyok az asszony!"

Az ordításnak és sikoltozásnak az a haszna lett Timárra nézve, hogy Brazovics úr, most dühében, csak azért, hogy megmutassa, mennyire ő az úr a háznál, fogta a kalamust, s aláírta az árverezési meghatalmazást.

Hanem akkor aztán, mikor ezt megkapta Timár, mind a ketten nekiestek, s egyik mély, másik magas hangon annyi szitkot-mocskot vertek árva fejéhez, hogy akár újra visszamehetett a Dunába megmosdani.

Zófia asszony ugyan csak közvetve szidta Timárt, mintha a férjére perelne, hogyan tud meghatalmazást adni egy ilyen piszkos, rongyos embernek? egy ilyen részegesnek, korhelynek, koldusnak? Miért nem küldi a másik vagy harmadik biztosát? Hisz ez elszökik majd a behajtott pénzzel, beissza, elkártyázza, hogy tudja rábízni?

Timár pedig éppen olyan nyugodt arccal állt ott e zivatar közepett, mint mikor a Vaskapunál dacolt a sikoltozó széllel s a bömbölő hullámmal.

Egyszer aztán megszólalt ő is:

- Akarja-e az úr átvenni a készpénzt, ami az árva leányt illeti, avagy átadjam a városi gyámhivatalnak? (Ettől megijedt Brazovics úr.) No ha akarja, hát jöjjön velem a hivatalszobájába, végezzünk ott; - mert én sem szeretem a *cselédveszekedést.*

E százhatvan fontos gorombaságra egyszerre elnémult az úr is, meg az asszonyság is. Az ilyen nagyon lármázó embereknél rendesen teljes sikerrel működő gyógyhatású szer az, ha valami nagyon nagy gorombaságot adnak be nekik. Egyszerre elcsendesült mind a kettő. Brazovics fogott egy gyertyatartót, s azt mondá Timárnak: „No jól van, hozd utánam azt a pénzt." Zófia asszony pedig úgy akart tenni, mint akit nagyon jó kedvében találtak, s azt mondá Timárnak: „No hát, Mihály, nem iszik elébb egy pohár bort?"

Timéa ámolyogva nézte ezen jelenetet, melynek társalgási nyelvét nem értette; a hozzá való taglejtéseket és arckifejezéseket aztán meg éppen nem volt képes magának megmagyarázni.

Hogy öleli, csókolja egy percben fogadott apja őt, az árvát? s hogy taszítja el a másik percben? hogy vonja megint az ölébe? hogy löki félre ismét? Hogy ordítanak ketten együtt arra az emberre, kit ő vészben, viharban éppen ily nyugodtan látott állni, s aki aztán csak egyet szól: azt is harag nélkül, csendesen, s a két dühös ember egyszerre megszelídül és elhallgat, nem bántja őt, mint nem bántották az örvények, a sziklák s a fegyveres katona urak.

És ő mindabból, amit beszélnek, nem ért semmit. És mármost az az ember, aki hónapok óta oly hű kísérője volt, aki „háromszor" megjárta érte a víz mélyét, akivel egyedül tudott saját nyelvén beszélni, végképp el fog távozni, és ő bizonyosan a szavát sem hallja többé.

De még egyszer meghallotta.

Timár, mielőtt az ajtó küszöbét átlépte volna, visszafordult Timéához, s megszólítá görögül:

- Timéa kisasszony. Ez még az ön hozománya.

S azzal köpenye zsebéből elővonta a dulcsászás dobozkát.

Timéa odafutott hozzá, s átvevé a dobozt; s aztán odasietett Athalie-hoz, kedves mosolygással nyújtva neki az ajándékot, mit számára messze földről hozott.

Athalie felnyitá a dobozt, s azt mondá rá:

- Fi donc! hisz ennek rózsavízszaga van; éppen olyan szagú, mint mikor a szolgálók vasárnap templomba menetelkor a zsebkendőiket megrózsavizezik.

A szavakat nem értette Timéa; hanem az ajkpittyesztést, az orrfintorítást, azt megértette - s aztán nagyon elszomorodott. Zófia asszonyt próbálta megkínálni a török csemegével. Az meg azt mondá neki, hogy rosszak a fogai, nem eheti az édességet. Ekkor aztán egészen elszomorodva fordult a főhadnagyhoz a csemegével. Ah! az pompásnak találta ezt, s három kockát három falatra lenyelt belőle; amiért aztán Timéa olyan háladatosan mosolygott a szemébe.

Timár pedig ott állt az ajtóban, s nézte, hogy Timéa hogy mosolyog.

Egyszer aztán Timéának eszébe jutott, hogy Timárt is meg kellene kínálnia török édeskéjével. De már akkor Timár nem állt többé az ajtóban.

Azután nemsokára a főhadnagy is búcsút vett, és eltávozott.

Ügyes, udvarias ember lévén, Timéa előtt is maghajtá magát, ami annak nagyon jólesett.

Nemsokára visszajött Brazovics úr, s négyen voltak a szobában.

Brazovics úr Zófia asszonnyal valami görögforma nyelven kezdett el feleselni. Értett abból Timéa néha egy-egy szót; de az egész még idegenebb volt rá nézve, mint azok a nyelvek, amiknek egy szavához sem hajazott.

Arról beszéltek egymás közt, hogy mármost mit csináljanak ezzel a nyakukra hozott leánnyal. Az egész öröksége tesz tizenkétezer forintot aranyban, meg ha valamit még a nedves hajóáruért be lehet kapni. Ez nem elég arra, hogy valakit olyan kisasszonynak neveljenek, mint Athalie. Zófia asszony azt véleményezte, hogy egészen cseléd módjára kell szoktatni; szokjék a konyhához, a söpréshez, a mosáshoz, vasaláshoz: annak veszi hasznát. Úgysem veheti el más olyan kevés pénz mellett, mint valami „schreiber", egy hajóbiztos; arra nézve pedig sokkal jobb, ha a felesége szolgálónak volt szoktatva, mint kisasszonynak. De Brazovics úr ebbe nem egyezett, mert mit mondana a világ? Utoljára megegyeztek abban a középútban, hogy Timéa nem fog ugyan a közönséges cselédek sorába számíttatni, hanem megáll a fogadott leány ranglépcsőjén. Az asztalnál a családdal fog együtt enni, de a felszolgálásnál segíteni fog. Nem állítják oda a mosóteknő mellé, de a saját ruháit meg Athalie finom fehér hímzéseit ő fogja gondozni. Varrni fog, ami a háznál szükséges, hanem az úri szobákban, nem a szobaleányéban. Athalie-nak segít a toalettjénél; hisz azt még mulatságból is megteheti. És nem fog a cselédszobában hálni, hanem Athalieval egy szobában. Úgyis szüksége van Athalie-nak valakire, akivel bizalmasabban rendelkezhessék. Ezért aztán azokat az öltönyöket, amiket nem akar már Athalie viselni, Timéa fogja megkapni.

Tizenkétezer forintos leány bizony adjon hálákat az egeknek, ha ilyen jó sorba juthatott.

S Timéa meg volt elégedve sorsával.

Mint magára hagyott gyermek, azon nagy, előtte érthetetlen katasztrófa után, mely őt ez idegen földre vetette, úgy ragaszkodott mindenkihez, akinek közelébe jutott. Gyanútlan volt és szolgálatkész. A török leányok sorsa ez.

Nagyon meg volt elégedve azzal, hogy vacsoránál Athalie mellé lehetett ülnie, s nem volt szükség őt szólítani: magától is felkelt, hogy tányért váltson, evőeszközt tisztogasson; s tette azt jó kedvvel, nyájas figyelemmel. Tartózkodott tőle fogadott családját valahogy megbántani azzal, hogy szomorú arcot mutasson, pedig oka lehetett volna rá elég. S különösen igyekezett Athalie-nak kedvében járni. Minden pillantásával elárulta azt az őszinte bámulatot, amivel egy gyermekleány egy kifejlett női szépség iránt viseltetni szokott. Hogy ott feledte tekintetét Athalie rózsás arcán, ragyogó szemein!

Ezek a gyermekleányok azt képzelik, hogy aki olyan nagyon szép, az aztán nagyon jó is.

Szavait még nem értheté, mert Athalie nem beszélt semmiféle görögöt; hanem igyekezett intéséből, szemjárásából ellesni, hogy mire van szüksége.

A vacsora után, melynél Timéa alig evett egyebet, mint kenyeret és gyümölcsöt, a zsíros ételekhez nem volt szokva, átmentek a szalonba, ott Athalie leült zongorázni. Timéa odakuporodott mellé a lábzsámolyra, s oly áhítattal bámult fel annak sebesen mozgó ujjaira.

Azután megmutatá neki Athalie az arcképet, melyet a főhadnagy festett. Timéa összecsapta kezeit, úgy bámult rajta.

- Te még sohasem láttál ilyet?

Brazovics úr felelt rá:

- Már hogy látott volna? Törököknek vallásuk tiltja valakinek az arcát lefesteni. Hisz éppen amiatt lázadtak fel most, mert a szultán lefestette magát, s arcképét felakasztatta a dívánban. Szegény Ali Csorbadzsi is azért keveredett a lázadásba; azért kellett neki megszökni. Hej, de nagy bolond voltál, szegény Ali Csorbadzsi!

Timéa apja nevét hallva, háladatosan csókolá meg Brazovics úr kezét. Azt hitte, valami jámbor búcsúszót mondott a meghalt után.

Athalie aztán aludni ment, Timéa vitte előtte a gyertyát.

Athalie leült pipereasztala elé, s tükrébe nézve egy nagyot sóhajtott, és arca elkomorult, fáradtan, hanyagul dűlt végig karszékében. Timéa úgy szerette volna tudni, hogy miért lehet ez a szép arc szomorú.

Kivette Athalie fésűjét a hajából, s hajfonadékait ügyes kezekkel szétbontá, s aztán a szétbontott sűrű gesztenyeszín hajat egész gyönyörűséggel fonta újra éjszakára hármas fonadékba. Kikapcsolá füleiből a függőket, s közben saját arca oly közel jutott Athalie arcához, hogy annak meg kellett látnia a tükörből ezt a két ellentétes képet. Az egyik oly ragyogó, oly rózsás, oly hódító; a másik oly halavány, oly szelíd. És mégis Athalie bosszúsan ugrott fel székéből, s lábával félretaszítá tükrét. „Menjünk feküdni!" - Ez a fehér arc árnyékot vetett az övére. Timéa szépen felszedte Athalie leszórt öltönydarabjait, és ösztönszerű csínnal rendbe rakta.

Azután letérdelt eléje, hogy lehúzza a harisnyáit.

Athalie engedte azt tenni.

És mikor Timéa a finom selyemharisnyát lefordította, s a szobrász remekének illő hófehér lábat ölében tartá, odahajolt hozzá az arcával, és megcsókolta ezt a szép lábat.

...És Athalie engedte azt tenni.

A JÓ TANÁCS

Kacsuka főhadnagy a kávéházon ment keresztül, s ott találta Timárt, amint egy csésze feketekávét szürcsölt.

- Át vagyok ázva, fázva, s még ma nagy utat kell tennem! - monda Timár, kezet szorítva a tiszttel, ki szívélyesen sietett oda hozzá.

- Hát jer el hozzám egy pohár puncsra.

- Köszönöm, nem érek rá, mert rögtön sietnem kell a biztosító társasághoz, hogy küldjenek segítséget a hajóterhet kihordatnom; mert annál nagyobb az ő káruk, mentől tovább van víz alatt a hajó. Onnan el kell szaladnom a főbíróhoz, hogy korán reggel küldjön ki valakit Almásra az árverés megtételére, azután szaladhatok a disznókereskedőkhöz meg a szekeresgazdákhoz, hogy jöjjenek el árverezni, s még az éjjel gyorsparaszttal vágtatok Tatára a keményítőgyároshoz; az legtöbb hasznát veheti az ázott búzának; hogy legalább ennek a szegény leánynak a vagyonából valami töredéket megmenthessek. Neked pedig egy levelet kell átadnom, amit Orsován adtak a kezembe.

Kacsuka úr átolvasta a levelet, s aztán azt mondá Timárnak:

- Jól van, pajtás! Hát csak járd el a városban, ami dolgod van; hanem azért eljöhetsz hozzám egy félórára, ha itt elvégeztél mindent; itt lakom az „Anglia" mellett; egy nagy kétfejű sas van kifestve a kapumra. Amíg a gyorsparaszt etet, addig iszunk egy pohár puncsot, s beszélünk valami okos dologról; de okvetlen eljöjj!

Timár megígérte, hogy elmegy hozzá, s aztán sietett dolgára.

Tizenegy óra felé lehetett az idő, mikor a városi sétakert mellett, amit Komáromban Angliának neveznek, a kétfejű sasos kapun benyitott.

Kacsuka úr várt reá, a privatdiener vezette egyenesen a szobájába.

- Hát én már azt hittem, hogy te régen el is vetted Athalie kisasszonyt, amíg én odajártam! - kezdé Timár.

- Tudja kő, pajtás, nem megy össze a dolog. Hol az egyikünk, hol a másikunk halasztja. Úgy tetszik, mintha valakinek közülünk nem volna egész kedve hozzá.

- Óh! Athalie kisasszonynak van, arról bizonyos lehetsz.

- Semmi sem bizonyos a világon, legkevésbé az asszonyszív. Én csak azt mondom, hogy nem jó az embernek sokáig jegyben járni, mert nemhogy közelednék, hanem jobban eltávozik egymástól. Az ember kiismeri egymásnak az apró hibáit, amiket ha a házasság után ismer meg, azt mondja rá, hogy isten neki; már benne vagyunk! Azt tanácsolom, pajtás, hogy ha valaha házasodni akarsz, s belebotlasz valakibe, ne studírozd sokáig a dolgot, mert ha kalkulálni kezdesz, csupa törtszámokon végzed.

- De itt, úgy hiszem, hogy a kalkulálás sem háládatlan dolog, ahol olyan gazdag leányról van szó.

- Gazdagság, barátom, az egészen relatív dolog. Hidd el, hogy minden asszony el tudja költeni annak a kamatját, amit a férjéhez hozott. Aztán Brazovics úr gazdagságával nincsen az ember tisztában. Ő folytonosan olyan vállalatokat tart, amikhez nem ért, s amiknek utána nem néz. Iszonyú sok pénz jön a kezébe, hanem hogy ő év végén rendes kereskedői mérlegben ki tudná mutatni, hogy nyert-e vagy vesztett az összes vállalatain, arra nem képes.

- Én azt hiszem, hogy ő nagyon jól áll. S Athalie igen szép és művelt hölgy.

- Jó, jó; de mi szükség itt most teneked Athalie-t úgy rám dicsérned, mint az eladó lovat? Beszéljünk inkább a te dolgodról.

Hiszen csak láthatott volna Kacsuka úr Timár szívébe; majd megtudta volna, hogy ez is az ő dolga. Azért beszélt ő Athalie-ról, mert - Timéa arcáról irigylette azt a mosolyt a tiszt úrtól. Ne mosolyogjon terád Timéa! Vedd el Athalie-t, az a tied!

- Hanem hát beszéljünk okosabb dologról! Nekem az írja a pajtásom Orsováról, hogy vegyelek pártfogásom alá. Jól van. Megkísérlem. Te most meglehetősen kellemetlen helyzetben vagy. A rád bízott hajó elsüllyedt; nem a te hibád, de a te szerencsétlenséged, mert most mindenki félni fog más hajót rád bízni. A főnököd lefoglalja a biztosítékodat, s ki tudja, hogy pörölöd ki a kezéből? Ezen a szegény árva leányon is szeretnél segíteni. Látom a szemedből, hogy azért fáj legjobban a szíved, hogy ez annyi vagyonát elveszté. No hát hogy lehetne ezen a sok bajon egyszerre segíteni?

- Azt én sem tudom.

- De tudom én. Hát ide hallgass. A jövő héten kezdődik a szokott évi hadsereg-összpontosítás itt Komárom alatt. Valami húszezer ember tart hadműveleteket három hétig. A kenyérszállításra árlejtő csőd van kihirdetve. Nagy összegek fizettetnek, s okos ember szépen takaríthat meg rajtuk valamit. Minden írásbeli ajánlat az én kezemen megy keresztül, s előre meg tudom mondani, hogy ki kapja meg a vállalatot; mert az, nem attól függ, ami írva van, hanem attól, ami nincs írva. Eddigelé Brazovicsnak az ajánlata a legkevesebb. Ő ígérkezik a kenyérszállítást elvállalni száznegyvenezer forintért, s az „illető" személyzetnek ígér húszezer forintot.

- Patvar! Az illető személyzetnek?

- No hát természetes. Ilyen nagy vállalatnál, aki azt megkapja, illő, hogy valamit adjon annak, aki neki megszerzi. Ez, amióta a világ áll, mindig így volt. Hát miből élnénk? Tudod te azt jól.

- Tudom. De magam javára nem próbáltam.

- Hát hisz ez a bolondság. Te másnak a kedvéért feketíted be a körmeidet, holott egyúttal magad számára kaparhatnád ki a gesztenyét, ha már az útját tudod. Adj be te most egy offertet, amelyben vállald el a kenyérszállítást százharmincezer forintért, s ígérj az „illetőknek" harmincezer forint nyereményosztalékot.

- Azt én több oknál fogva nem tehetem. Először nincs bánatpénzem, amit ajánlatomhoz mellékeljek, sem tőkém, amin annyi gabonát, lisztet vásároljak, sem kedvem a vesztegetéshez, sem eléggé rossz számító nem vagyok, hogy százharmincezer forintból a felvállalt szállítást és a harmincezer forintnyi barátságos osztalékot is fedezni hihessem.

Kacsuka úr nevette azt a dolgot.

- Jaj, Miska, milyen rossz kereskedő lesz belőled! Nem megy az minálunk másképpen. Nyomorúság itt úgy akarni kereskedni, hogy az ember a maga forintján az egy garasát megnyerje. Ez csak szatócskodás. Protekció a fődolog, s ez neked lesz. Arról jótállok én. Jó pajtások voltunk iskolás diák korunktól fogva. Bízd rám magadat. Hogyne volna bánatpénzed? Mellékeld a nyugtádat a Brazovicsnál letett tízezer forintodról. Az biztosítékul elfogadtatik. Azután megmondom, hogy mit csinálj. Nyargalj vissza Almásra, s árverezz magad az elsüllyedt hajó gabonájára. Az a százezer forint értékű búza bizonyosan rajtad marad tízezer forintban. Akkor van tízezer mérő búzád. Brazovicsot kifizeted azzal a saját letartóztatott tízezer forintoddal, s ezzel perpatvar nélkül quittel tél vele. Akkor dupla vámot ígérsz az almási, neszmélyi, füzitői, izsai molnároknak, hogy a búzádat siessenek megőrölni rögtön. Azalatt kemencéket állíttatsz fel, amikben a lisztet azonnal prófuntnak sütik. Három hét alatt elfogyott az egész, ha itt-ott egy-egy csomó selejtesebb lesz a többi között, azt elsimítani a jó barátok dolga. S három hét múlva hetvenezer forint tiszta nyereséged marad legalább a vállalaton. Hidd el, hogy ha ezt a főnöködnek mondanám el, hát két kézzel kapna rajta. Csodálom, hogy magától odáig nem terjed az esze.

Timár elgondolkozott a dolgon.

Ez bizony kecsegtető egy ajánlat.

Három hét alatt hatvan-hetvenezer forintot nyerni, nagy fáradság nélkül, egész biztonsággal. Az első héten egy kicsit édesebb volna a prófunt íze, mint a szokotté, a másodikon egy kicsit keserűbb, a harmadikon egy kicsit dohosabb; de hát ki veszi azt olyan szigorúan a katonáknál? Hozzá vannak azok már ahhoz szokva.

Mégiscsak összerázkódott ettől a keserű pohártól.

- Óh, Imre - szólt, kezét hajdani iskolatársa kezére téve. - Hol tanultad te ezt a tudományt?

- Hm! - szólt az elkomolyodva - ott, ahol tanítják. Csudálkozol rajtam, ugye? Én már mindent természetesnek találok. Mikor a katonai pályára léptem, tele voltam ábrándos illúziókkal. Azoknak most hamva sincs már. Azt hittem, hogy a hőstettek, a lovagiasság pályája az, ami lelkemet fölhevíté; s aztán láttam, hogy csupa spekulációból áll a világ, s minden országos dolgot valami magányérdek mozgat. A mérnökkarnál végeztem tanulmányaimat, fényes, kitűnő sikerrel. Mikor Komáromba áttettek, a keblem dagadt a büszkeségtől, minő tere fog itt nyílni hadépítészeti tudományomnak. Az ám: a spekulációnak. A legelső tervemet, melyet az erődítésre nézve felterjesztettem, a szakértők remekműnek mondták, hanem azért nem az lett elfogadva, hanem tudtomra adatott, hogy készítsek olyat, mely a város egyes utcáinak kisajátítását igényli. Hát én azt is elkészítettem. Emlékezhetel arra a városrészre, amelyiknek a helyén nagy puszta tér van. Az egy félmillióba került. Főnöködnek is voltak ott rozzant házai, miket úgy adott el, mintha paloták lettek volna. S ezt nevezik fortificatiónak! Ezért tanultam én a hadmérnökséget! Az ember lassan kiábrándul, s hozzászokik a helyzetéhez. Talán hallottad már azt az adomát, közszájon forog, hogy mikor a múlt évben őfensége Ferdinánd trónörökös meglátogatott bennünket, azt mondá a várkormányzónak: „Én azt hittem, hogy ez a vár *fekete!*" - „Miért kellene ennek a várnak feketének lennie, fenség?" - „Azért, mert a fortificatio költségvetésében évenkint tízezer forint van föltéve - *tintára.* Én azt hittem, hogy tintával meszelik a várfalakat!" - Nevetett mindenki. Ez a vége a dolognak. Ha ki nem sül, hallgatnak róla; ha kisül, nevetnek rajta. - Hát miért ne nevetnék én is? - Nevess te is! - Vagy jobb szereted szidni a világot a szatócsbolt ajtajából s taplót árulni két krajcár nyereségért naponkint? Én már megjöttem az ábrándok világából. Eredj, pajtás, Almásra, s vedd meg az elsüllyedt búzát. Holnap este tíz óráig ráérsz beadni a vállalat iránti ajánlatodat. No, a gyorsparaszt pattog, készülj, eredj. S aztán siess vissza.

- Majd meggondolom - szólt Timár elgondolkozva.

- Te! Lásd, azzal a szegény leánnyal is jót fogsz tenni, ha a kárba veszett vagyonáért tízezer forintot fordítasz neki vissza. Máskülönben annyi száz forintja sem marad belőle, ha a kihordás költségeit levonják.

Ez a gondolat megmaradt Timár fülében.

Valami kéz tolta előre. Fata nolentem trahunt. (A nem akarót húzza a végzet.)

Nemsokára ismét köpenyébe burkoltan ült a parasztszekeren, melyet sebes vágtatva vitt négy nyergesújfalusi paripa a döcögős utcán végig. Minden jó lélek aludt már a városban. Csak az éji őr kiáltása hangzott a városház előtt: „Nincsen írva homlokodra, mire virradsz fel holnapra!" S a bástyákon kiáltoztak sorban az őszi esőben előőrsön álló katonák: „Ki vagy? Őrjárat! Haladj!"

Vajon milyen kenyeret kaphattak ma?

A VÖRÖS FÉLHOLD

Másnap Timár csakugyan együtt árverezett az elsüllyedt gabonára a többi kupecekkel és molnárokkal.

Azok potom árakat ígértek: néhány garast mérőnként. Timár megunta a garasozást, belekiáltott, hogy tízezer forintot megád az egész hajóteherért; arra a szóra aztán úgy szétfutottak a többi kótyavetyélők, hogy vissza sem lehetett volna híni őket többet. Az árverező bíró elütötte Timárra a vételt, s átadta neki az egész hajóterhet mint tulajdonát.

Minden ember azt mondta Timárra, hogy bolond; mit fog ő kezdeni annyi nagy tömeg ázott gabonával.

Ő pedig aztán két dereglyét egymáshoz köttetve s azokat az elsüllyedt hajó tetőzetéhez kapcsokkal megerősítve, hozzákezdett a hajóteher kihordatásához.

A hajó helyzetében tegnap óta az a változás történt, hogy a hátulja lejjebb süllyedt, s ezáltal az eleje kiemelkedett a vízből; a két kabin közül az egyik egészen szárazon áll most.

Timár beleköltözött abba a kabinba, és aztán hozzálátott a nehéz munkához.

A hajó födelét felszakíták, s az emelődaru segélyével egyenkint húzgálták fel a zsákokat, miket elébb a kabin mellé leraktak, hogy a víz kicsorogjon belőlük, s azután onnan egy harmadik dereglyébe rakták azokat, kiszállították a partra, ott gyékényeket terítettek széjjel, azokra a búzát kiöntötték, széthárították. Timár azalatt alkudozott a molnárokkal a rögtöni őrlés iránt.

Az idő kedvezett, szél fújt, a búza hamar száradt. Csak elég gyorsan menne a munka.

És azután számolgatott magában. Ami kevés készpénze volt, azt most mind abba öli bele, hogy a munkásokat fizesse, és azután ha nem sikerül a vállalat, akkor igazán koldussá van téve.

Fabula János meg is mondta előre, hogy nem vár a biztosra egyéb, mint ilyen bolond vásár után az utolsó zsákot a fejére rántani s aztán beleugrani a Dunába.

Timárnak mindenféle gondolatok jártak keresztül-kasul az agyában. Ezerféle nyugtalan gondolat, melynek se kezdete, se vége.

Elnézte napestig, hogy egyik zsákot a másik után hogy támogatják a kabin falához. Minden zsáknak egyforma bélyege van. Egy kerék, öt küllővel, fekete festékkel a zsákra nyomva.

Mégis okosabb lett volna annak a menekvőnek ennyi búzaértéket a táskájába rejteni aranyképpen. De hát valóban ennyiért üldözték volna őt oly szívósan? Érdemes volt ezért szökni, mérget venni?

Késő délutánig folyt így a munka, s még nem volt több szárazra mentve háromezer zsáknál.

Timár kettős bért ígérgetett a munkásoknak, ha megtoldják a napot. Ami búza még éjszaka a víz alatt hál, abból már alig lesz kenyér. Azok megfeszített buzgalommal láttak a munkához.

A szél elsöpörte a felhőket, s a félhold megint ott állt az alkonyégen. Vörös volt az ég is, a hold is.

Mit kísértesz te engem? - mondá magában Timár, s hátat fordított a holdnak, hogy ne lássa.

S amint a holdnak háttal fordulva, a víz alul kihúzott zsákokat számlálja, ismét megjelenik előtte a vörös hold.

Ezúttal a vörös félhold, egy zsák oldalára festve.

Ahol a többinél az a kerék volt az öt küllővel, ott volt ezen a kereskedelmi billog: a félhold, cinóberral festve.

Timárnak egész teste összeborzadt. Lelke, teste, szíve fázott.

Ez volt az!

Ezt értette a haldokló utolsó szavával.

De nem volt vagy bizalma, vagy ideje végig elmondani, amit akart.

Mi van hát ez alatt a félhold alatt?

Timár, mikor a teherhordók odább mentek, megfogta azt a zsákot, s bevitte azt a kabinba.

Senki sem vette észre.

És azután bezárta a kabin ajtaját.

A munkások még két óra hosszat dolgoztak, de már akkor ki voltak fáradva, átázva, fázva víztől, széltől; nem győzték tovább a munkát. A többi marad holnapra.

A fáradt emberek siettek a közel fekvő csárdába, ahol meleget és ételt-italt kapni. Timár egyedül maradt a hajón. Azt mondá, összeszámolja a partra mentett zsákokat; a kis ladikon majd kievez egyedül.

A hold ismét elérte már a víz színét alsó szarvával, s besütött a kabin ablakán.

Timárnak a keze reszketett a láztól.

Midőn kését kinyitotta, saját kezét metszette meg vele legelőször is, s akkor aztán saját vérével még vörös csillagokat is festett a vörös félhold mellé a zsákra.

Felvágta a zsák kötőjét a nyílásnál; - mélyen belemarkolt; szép tiszta búza volt benne.

Aztán kifejté az alsó szegleteit. Szép tiszta búza ömlött ki belőle. Akkor végighasítá az egész zsákot; s a szétomló búza közül egy hosszúkás bőrzacskó esett lábai elé.

A zacskón lakat volt. Azt letörte.

És aztán kiönté annak tartalmát az ágyra. Ugyanazon ágyra, melyen amaz élő alabástromszobor feküdt előtte egyszer.

Minő látvány volt az a hold világossága mellett!

Egész füzérek szíjra húzott gyűrűkből, miknek kövei brilliantok, zafirok, smaragdok; - karperecek opállal, türkizzel rakva; gyöngyfüzérek mogyoró nagyságú szemekből, egy nyaklánc csupa gyémánt-solitairekből, és azután egy achátszelence, melyet midőn felnyitott, egy egész halmaz gyémánt és rubin villogott eléje; boglárok, lánckötő csatok egész halommal s azokba foglaltan az ékszerészet ritkaságai, amiket a műszeretők egymásra árvereznek, a macskaszemfényű *syderitek,* kameának faragott *plasmák,* tűzopálok, *keleti aquamarinok* sötétkék fénnyel, vörös topázok, a ritka *rózsaszín pyrop,* a *napkőnek* nevezett gyöngyházfényű *adulár,* a színváltoztató *labrador,* a karmazsinpiros *spinel,* antik remek vésművek, korall, borostyánkő, s pietra d'Egittóból. Fejedelmi gyűjtemény! Egy kristálydobozban voltak példányai azoknak a ritkán mutogatott platinatalléroknak, miket az orosz cár az Unkiars Skellesz-i békekötéskor küldött Sztambulba. Végül négy tekercs gördült ki a zsák fenekéről; egyet felnyitott Timár; ötszáz louis d'or volt egyben.

Egy kincs volt ott. Egymilliónyi érték!

Ezért már érdemes volt ágyúnaszádokat, szagláló kémeket utána futtatni a menekvőnek! Ezért már érdemes volt annak a Duna fenekére menekülni, hogy üldözői kezére ne jusson az!

Ezért lehetett vihar közepett átvándorolni a Vaskapun.

Egymilliót vitt magával a Szent Borbála.

Ez nem káprázat, nem álom; ez való. Ali Csorbadzsi kincsei ott hevernek a nedves szőnyegen, mellyel egykor Timéa takaródzott. Aki ismeri gyöngynek, drágakőnek értékét, az hozzávethet, hogy Ali Csorbadzsi nem volt hiába Kandia kormányzója s a khazné őre!

Timár elkábultan ült le az ágy szélére, reszkető kezében tartva az achátszelencét, melynek gyémánthalmaza a holdsugárban villogott.

Mereven bámult ki az ablakon besütő holdra.

Annak ismét mintha szeme, szája volna, ahogy a naptárban festik, s mintha beszélgetésbe elegyednék a halandó emberrel.

„Kié most ez a sok kincs?"

„Hát kié volna, mint a tied? Megvetted az elsüllyedt hajóterhet úgy, ahogy áll, zsákostól, búzástól. Kockáztattad, hogy nyakadon vesz, s lesz belőle rothadt szemét, bűzhödt trágya. Lett belőle arany és drágakő."

„Amit megvettél, az a tied. Te jóhiszeműleg árvereztél. Te nem tudhattad, hogy mit rejt még magában az a hajó."

„Beszélt neked ugyan valamit a haldokló a vörös félholdról, s te találgattad, mi az; magad is töprengtél rajta, hogy mint lehet csak ennyi vagyona az üldözöttnek, amennyi látható. Most már érted is az összefüggést sejtelmeid között; de hisz akkor, mikor a hajóterhet megvetted, még nem értetted azt. Egészen más célból vetted meg azt a sok ázott búzát. Szegény katonáknak akartál belőle édes és keserű kenyeret süttetni. A sors másra fordította a dolgot. Látod, hogy ez a sors intése? A sors nem akarta engedni, hogy húszezer szegény katona rovására nyomorúságos nyereségen kapkodj; mást hozott eléd. Tehát amidőn a rosszat a sors megakadályozta, akkor okvetlenül jó az, amit előidézett."

„Kié is lehetnének ezek a kincsek?"

„A szultán bizonyosan sanyargató hadjáratokban rabolta azokat össze."

„A kincstárnok hihetőleg elrabolta azokat a szultántól."

„A Duna elrabolta mind a kettőtől."

„Most a »senkié« azok."

„A tieid."

„Csak olyan jogon a te kincseid, mint a szultáné, a khazniáré, meg a Dunáé."

„Hát Timéáé?"

Ennél a kérdésnél egy fekete hosszú vékony felhő állt a hold előtt keresztül, mintha kétfelé vágta volna azt.

Timár sokáig elgondolkozott.

A hold kibújt a felhővonal alul.

„Annál jobb rád nézve!"

„Ugye, hogy a szegény ember milyen komisz ember?"

„Azt leszidják, ha kötelességét végezte, azt gazembernek nevezik, ha szerencsétlenség éri; annak engedik, hogy magát a fára kösse, ha élni nem tud; azt nem gyógyítják meg a szép leányok, ha fáj a szíve. A szegény ember komisz ember."

„S milyen dicső a gazdag ember. Hogy áldják! hogy keresik a barátságát! hogy kérnek tanácsot az eszétől! hogy bízzák rá az ország sorsát, hogy bolondulnak utána a nők!"

„Ugye, hogy egy »köszönöm szépen«-t sem hallottál az ajkairól soha?"

„Mi lenne abból, ha most te ezt a kincset, ahogy megtaláltad, odavinnéd, letennéd a lábaihoz, s azt mondanád neki: íme ez a tied, most hoztam a víz fenekéről neked!"

„Legelőször is nem értené meg, hogy mi ez. Mit tud ő arról, hogy egy doboz gyémánt ér-e többet, vagy egy doboz cukros sütemény? Hiszen gyermek."

„Azután nem is jutna az ő kezébe, mert azt rögtön lefoglalná a gyámapja, az majd elharácsolná, elsikkasztaná kilenctized részét, hiszen senki sem ellenőrizheti, titokban értékesíthető kincs ez."

„S végre ha mind Timéa kapná is meg, mi lenne a vége? Ő gazdag úrhölgy lenne, aki téged a maga fényes polcáról még csak meg sem fog látni soha; te pedig maradsz szegény, kopott hajós-schreiber, akinek még csak álmodnod is őrültség lenne őfelőle."

„Most pedig megfordítva lesz a dolog. Te fogsz gazdag ember lenni, és ő lesz a szegény."

„Nem így kívántad-e magad is a sorstul?"

„No hát így történt."

„Te hoztad a hajó útjába a veszedelmes tőkét, amitől az elsüllyedt?"

„Nem."

„Rosszat akarsz-e te Timéával?"

„Nem!"

„Hiszen nem akarod te megtartani a kincseket magadnak, amikre rátaláltál. Értékesíteni akarod azokat, szaporítani, még többre növelni, s majd mikor ezeknek alapján a második, a harmadik milliót is megszerezted, akkor odaléphetsz a szegény leányhoz, s azt mondod neki: legyen ez mind a tied - és én is vele!"

„Hát rosszat akarsz-e te ezzel?"

„Csak azért akarsz gazdaggá lenni, hogy őt boldoggá tehesd."

„Alhatol nyugodt lelkiismerettel ezen a jó szándékodon."

A hold félig alásüllyedt már a Dunába, csak az egyik ága állt ki a vízből, mint egy tűztorony; sugár képe a habokban egész a hajó orráig elnyúlt, s minden sugár, minden hullám Timárhoz beszélt.

És mind azt beszélte neki, hogy „itt a szerencse a kezedben, ragadd meg; tedd el. Senki nem tud erről semmit. Az egyetlen ember, aki tudta, fekszik a Duna fenekén."

Timár hallgatá a hold szavait, a habok beszédét s azt a titkos szózatot, ami odabenn dobog - és homlokán a hideg veríték csurgott alá.

A hold utolsó tűzcsúcsát is lehúzta a víztükör alá, s végsugarával ezt mondá Timárnak:

„Gazdag vagy! Úr vagy!"

Hanem amint egészen sötét lett, egy hang a hallgató sötétség közepett, egy hang onnan belül e szót súgá fülébe:

„Tolvaj vagy!"

....

Egy óra múlva a négylovas gyorsszekér vágtatott lóhalálában végig a szőnyi országúton, s mikor a Szent András tornya a tizenegyet verte, a gyorsszekér ott állt meg az „Anglia" mellett a kétfejű sasos kapu előtt. Timár sebesen ugrott le róla, s sietett be a házba.

Várták.

AZ ARANYBÁNYA

...Egyszer voltam a Csetátye Máréban.

Ha rágondolok e látványra, a keblem elszorul annál az eszménél, hogy leírjam, amit láttam. A fantázia összeroskad, mikor mindazt fel akarja emelni, amit az élő látás hozott eléje, s felakad a kifejezés, mikor érthetővé készül tenni azt, ami valóság.

Csak egy hasonlatot találok reá a fogalmak terén.

Képzeljük magunkat egyikébe azoknak az óriási hegyüregeknek, amiket a hold felszíne mutat elénk, miknek nagy távcsöveken keresztül mély, éles árnyakkal körülgyűrűzött aknáiba letekinthetünk. Ezekbe a kietlen, lakhatlan éjszakai puszta várakba. Képzeljük, hogy a Plutarch fenekén vagyunk, melyről azt hiszik, hogy valaha tűzhányó volt.

A Csetátye Máre egy ilyen óriási üres hegy. Egy rettenetes dóm, melynek csak kupolája hiányzik. A sziklák, mik körfalait képezik, titáni tömegekben egymásnak támogatva, mintha tornyok volnának keresztül-kasul döntve egymásra. Az iszonytató kráter egész fel a száz- meg százölnyi párkányáig, s le az ezeröles kerületű fenekéig egyetlen fűnek vagy bokornak nem ad helyet; nincs ott egyéb, mint kő. Kolosszok és obeliszkok, gúlák és kockák. Egy-egy kőszál egyenesen függ alá a meredélyről, mintha minden percben leszakadni készülne; századok óta függ ott már. Egy-egy tátongó szakadék végighasítja a falat, s alant mélységes üregben vész el. S az egyik oldalán e szörnyű szikladómnak van egy félredűlt kapunyílás; méltó bejárat a gigászok palotatermébe. Ezen a kapun kitekintve látunk az alant mélyedő völgyből kiemelkedni egy csúcsos hegyet, melyen szinte nincs semmi zöld, csupa kő. De ez a kő mind olyan apróra megtörött darabokból áll, hogy legnagyobb közöttük a felcsillámló ametiszt.

Ez a Csetátye Máre.

S ez a tűz nélküli vulkán, ez a hold körhegyeit utánzó sziklaüreg nem a természet munkája: ez egy emberi alkotás. A rómaiak műve ez. Ez a hegy aranyat tartalmazott; a római hódítók nekihajták a leigázott dák jobbágyokat, s ilyen üreggé vágatták ki a hegyet. A bejáratnál még most is látszanak a véső és kalapács művei, s látszanak a falakon a tűz nyomai. Még akkor lőpor nem volt, a sziklákat megtüzesíték, s aztán ecettel locsolták meg, így repeszték széjjel.

Az a csúcsos hegy, ami ott a völgyből kiemelkedik, mind a széttört kövekből támadt, mikből az aranyat kiszedték. Egy porrá tört hegy.

Egyszer aztán beszakadt a Csetátye Máre csúcsa, s eltemette a bányát. Azt mondják, hogy alant még egyszer olyan mélyre terjed az, mint amennyit a napvilág bejár belőle.

Az eltemetett sziklafolyosókban most is találnak római emlékeket. Az aranyásó rabszolga szabadon bocsátásáról szóló tabula ceramicát, melynek két viaszlapja közé odaszorítva volt még a rabszolga kedvesének hat ágra font emlékhajfürtje.

A körül lakó nép most is aranyat ás, aranyat tör a kőből.

Rettenetes munka az!

Az arany: király! nagyon megszolgáltatja magát. A szikla maga „süket kő", s csak egyes rétegét híják „érnek"; abban az arany úgy van beszórva, mint a porszem, mint a csillám. Néha évekig kell a süket kőben vágni, míg az ér fel hagyja magát találni, s néha elvész az, nincsen folytatása, s újra kell kezdeni a munkát. Az arany bújósdit játszik: a kereső törhet utána - a sziklán keresztül.

Az ér követ aztán különválogatják, osztályozzák, a dúsabb a száraz kallóba kerül, a soványabb a nedves kallóba; azt lisztté törik, rostálják, szitálják; egész Verespatak hosszában ott kótognak a víz hajtotta gépek, mik az aranyat a kőtől elválasztják; hosszú teknők, válúk fenekén marad lenn a drága érc, a tört iszapot vermekbe csalogatják; „csapda", „tűzhely", „színpad" a neveik, amiken keresztül kell mennie; még ekkor sem hisznek neki, higany közé bocsátják, nagy hordókban aranyőrlő malmok azt a higannyal összekeverik, míg a higany az utolsó aranyporszemet is felveszi magába. Akkor a higanyt nagy szarvasbőr zacskóba töltik, kipréselik, a higany keresztülhatol a bőr pórusain, s az arany ott marad a zacskó fenekén, mint fénytelen sárga por. Azt viszi minden szombaton beváltani Gyula-Fehérvárra a Csetátye Máre körül aranyásó munkás.

Ezt nevezik tehát aranybányának.

De ne higgyetek a szónak! Nem aranybánya; az éhség tornya ez. Akik itt törik az aranyért a követ, rongydarócban járnak, málékenyeret esznek, fakunyhókban laknak, korán elhalnak; a világ legszegényebb emberei azok.

Másutt van az aranybánya!

....

A komáromi hadsereg-összpontosítás után Timár egyszerre tehetős ember lett, házat is vett a komáromi kereskedők cityjében, a Rác utcán.

Senki sem találta ezt különösnek.

Dicsőült I. Ferenc császárunk arany szavai, úgy hiszem, minden liferáns emlékkönyvébe fel lesznek jegyezve, miket őfelsége egy szegényen maradt élelmezési biztosnak mondott: „az ökör a jászolhoz volt kötve, miért nem evett?"

Hogy mennyit nyert Timár az élelmezésen? azt nem tudhatni, hanem hogy egyszerre nagy úrrá lett, azt látni rajta. Mindenhez hozzáfog, s van pénze elég.

Kereskedőnél, vállalkozónál ez nem tűnik fel. Itt csak az első alapkő letétele nehéz. Az első százezer forintot nehéz megszerezni, ha az megvan, a többi önkényt kínálkozik. Van hitele.

Hanem Brazovics úr egy dologban mégis hitetlen volt.

Azt jól sejté, hogy Timár busásabb osztalékot adott a nyereményből az „illetőknek", mint amennyit ő szokott, azért nyerte el a szállítmányi kövér vállalatot, amin rendesen ő szokott gazdagodni. De olyan nagyon sokat mégis hogy nyerhetett?

Brazovics úr azóta, hogy Timár felkapott, s önálló úr lett, kereste hajdani hajóbiztosa barátságát, elhívta magához estélyekre, miken Timár igen szívesen szokott megjelenni. Olyankor láthatta Timeát is, ki már néhány szót értett a társalgási nyelvből.

Most már Zófia asszony is szívesen látta Timárt, sőt egyszer félig súgva, félig sikoltva azt mondá Athalie-nak, hogy bizony nem ártana, ha ő is nyájasabb képeket fintorgatna Timárra; mert ez most már gazdag úr, nem megvetendő parti; többet ér három katonatisztnél, akinek semmije egyebe, mint a cifra uniformisa meg az adóssága. Amire aztán Athalie kisasszony azt felelte, hogy „...még nem következik, hogy az apám szolgájához menjek férjhez". Érthette belőle Zófia asszony a mondat elejét: „abból, hogy az apám a szolgálóját vette el!", ami jól megérdemlett szemrehányás volt Zófia asszonyra nézve: hogyan mert ilyen előkelő kisasszony édesanyjává feltolakodni?

Brazovics úr aztán vacsora végén, mikor egyedül maradtak az asztalnál, elkezdett Timárral poharazgatni. Brazovics úr virtuóz volt az ivásban, ez a szegény fickó pedig sohasem látott még eleget a borból.

Mikor aztán jól benne voltak a barátkozásban, akkor előhozta neki a dolgot nagy mulatságosan.

- Ugyan te, Miska, csak mondd meg igaz lelkedre, hogy tudtál annyit nyerni ezen a prófuntszállításon? Hiszen én is csak próbáltam, és tudom, hogy mit lehet belőle kifacsarni. Én is közé kevertettem a lisztnek a dercét, korpát, malomport; magam is tudom, hogyan kell az ocsút tiszta búza helyett megőröltetni; azt is értem, hogy mi különbség van a rozsliszt meg a búzaliszt között, hanem ennyit, mint te, mégsem tudtam nyerni soha. Micsoda ördögséged volt? Valld meg! Hiszen már megvan.

Timár mélyeket pislantott, mint mikor már az ittas embernek hat lóerő kell,

105

hogy a szeme pilláit fel tudja emelni, s tréfásan, akadozó nyelvvel válaszolt:

- Hát tudja az úr...

- Tegezz már, ha mondom, híjj a keresztnevemen.

- Hát, tudod, Tanaszi, a bizony nem volt ördögség. Emlékezel rá, hogy megvettem a Szent Borbála ázott búzaterhét, potom áron, egy forintért mérőjét. Azt biz én akkor nem osztottam szét garasos nyereséggel molnároknak, hizlalóknak, parasztoknak, ahogy a világ hitte, hanem megőröltettem hirtelen, kisüttettem hirtelen, nem került fele pénzembe, mintha a legolcsóbb, legkomiszabb gabonát használtam volna fel hozzá.

- Ejnye, de derék! Mit nem tanulok vénségemre tőled! Te Miska! De hát aztán nem volt rossz az a prófunt a katonáknak?

Mihály nevetett, majd szétprüsszentette a szájába vett bort.

- Hát persze hogy rossz volt, mint a vesztés! A bizony átkozott rossz volt.

- Hát aztán nem tettek panaszt a Verpflegscommissiónál?

- Mi haszna tettek? Az egész Verpflegscommissio mind a zsebemben volt.

- Hát a várkommendánsnál, a Feldzeugmeisternél?

- Az is mind a zsebemben volt - szólt Mihály, kevélyen ütve zsebeire, amikben annyi nagy úr elfér.

Brazovics úr szemei különös módon szikráztak. Mintha most még veresebbek volnának, mint máskor.

- S az ázott búzából készült kenyeret megetetted a katonákkal?

- Az ám. S a lenyelt kenyér nem beszél!

- Jól van, Miska, jól van; hanem mármost te se beszélj ám; mert még énnekem csak elmondhattad ezt a dolgot, én jóakaród vagyok, hanem ha valami ellenséged meg találja tudni, ugyan megütheted a talpadat érette. Utánamegy ám annak a Rác utcai házad is. Hát erről senki másnak ne beszélj!

Erre Timár, mint a hirtelen felijedt részeg ember, elkezdett rimánkodni Brazovics úrnak, még a kezét is megcsókolta, hogy el ne árulja a titkát, ne tegye szerencsétlenné. Brazovics megnyugtatta szépen, ő nem fog szólni senkinek, felőle nyugodt lehet, csak másnak is el ne mondja a titkát.

Azután előhívta az inasát, rábízta, hogy Timár urat vezesse haza lámpással; ügyeljen rá, hogy valami baja ne történjék az úton, fogja meg a karját, ha szédülni talál.

Az inas azzal jött vissza, hogy Timár urat alig tudta hazavinni, nem ismert rá a maga ajtajára, egy kicsit danolni is kezdett az úton. Otthon aztán lefektették szépen az ágyába, s rögtön elaludt a jó úr.

Timár pedig, amint Brazovics inasa elhagyta, felkelt az ágyból, s egész reggelig leveleket írt. Nem volt ő ittas.

Olyan bizonyos volt afelől Timár, mint a kalendáriomban következő napról, hogy Brazovics nyomban fel fogja adni ezt az egész történetet, s azt is előre tudta, hogy kinek.

Abban az időben, talán most már nem, az volt az államgazdászati főelv, hogy „stehlen und stehlen lassen". Lopni és lopni hagyni.

Nyugodalmas, békeszerető irányelv.

Hanem ennek a jó szisztémának is volt egy ellensége, egy francia irányelv. Hiába, az a francia csak mindenben ellensége a németnek.

Ez pedig az, hogy „ôte toi, que je m'y mette".

Szabadon fordítva: „Eredj onnan, hadd lopok már én is!"

Az egyes kormányzati udvari rangok versenytársai voltak egymásnak, s aszerint, amint egyik-másik a fejőstehenet maga felé fordítá, iparkodtak annak a szarvaival a fejőt megökleltetni s visszavitatni a bona vaccát a maguk reszortjának.

Ott volt a három udvari kancellária - azután az allgemeine Hofkammer für Finanz- und Handelsangelegenheiten, azután az oberste Justizstelle, azután a Hofkriegsrath, azután a Censur- und Polizeihofstelle, azután a geheime Haus-, Hof- und Staatskanzlei, végül a Generalrechnungsdirectorium.

Mármost azután csak az volt a bölcsek köve, kitudni, hogy az egymásba bonyolult maschineriának melyik kerekét kell megmozdítani, hogy az a láda felnyíljék, amelyikbe bele szabad markolni a becsületes állampolgárnak. Mi van kapni való? és hol? és kinél? és mi segítséggel, és mi oknál fogva, és mi módon és mikor? És hogy ki barátja és ki ellensége ott a másiknak? és hogy kinek mi szenvedélye van? és hogy ki az, akin egyben meg másban minden megfordul.

Ez a fő-fő tudomány.

Az sem volt tehát Timárra nézve meglepetés, midőn néhány nap múlva a Brazovicsnál töltött estélyezés után felhívatták a várba, s ott egy úr, aki magát Oberstfinanzgeheimrathnak címezte, azt adá tudtára, hogy itt fog maradni egyelőre szigorú vizsgálati fogságban, a kulcsait pedig adja át, hogy iratai és könyvei lefoglaltassanak.

Nagy esemény lett ebből.

Timár titka az allgemeine Hofkammer für Finanzennek lett beárulva. Ez mindig versengésben volt a Hofkriegsrath vezetőivel. Most csatányos alkalom kínálkozott felderíteni a titkos borzalmakat, amik e testület keblében elkövettetnek, s elragadni tőle az egész katonaélelmezési reszortot. Pártolta a támadást a három udvari kancellária is, a Hofkriegsrathot csak a Polizeihofstelle védelmezte, végre eldönté ellene az ügyet a Staatskanzlei, s rögtön ki lett küldve egy commissio, melynek utasításul adatott, senkit nem kímélni, az egész Verpflegscommisiót felfüggeszteni, kommendánst, tábornagyot maga elé idézni, liferánst elfogatni, kriminál-inquirálni és mindent kideríteni. Hiszen a följelentésben olyan világosan adatolva volt minden körülmény.

Ha csak egy harapás dohos kenyér kisül Timárra, jaj neki örökre.

De nem sült ám ki semmi.

Nyolc napig dolgozott a commissio éjjel-nappal. Tanúkat hallgattak ki, esküdtettek, vallattak, segítségül hívták a vármegyét; senki sem vallott Timár ellen.

Minden vizsgálatból az derült ki, hogy Timár az egész ázott hajóterhet szétosztotta a molnároknak, a földészeknek, gyárosoknak, hizlalóknak; hogy egy kanálnyi abból a katonák számára készült kenyérbe nem keveredett. Elővették magukat a katonákat, azok is mind azt vallották, hogy soha jobb kenyeret nem kaptak, mint amivel Timár tartotta őket két hétig. Egyetlenegy vádoló, egy terhelő tanú nem állt elő ellene, annál kevésbé lehetett azután a katonai hatóságokat megvesztegetéssel gyanúsítani. Hisz ők annak adták a vállalatot, ki legolcsóbb áron legjobbat adott. Utóbb még ezeknek állt följebb. Sértve érezték magukat e vizsgálat által, fenyegetőztek, kardjaikkal csörömpöltek, utoljára a kelepcébe jutott commissio ijedtében revocált, rehabilitált, és szökve szökött Komáromból; Timárt pedig nagy bocsánatkéréssel eresztélk szabadon, s kimondták rá, hogy hiszen ez arany ember!

Mikor szabadon bocsáták, Kacsuka úr volt a legelső, aki sietett őt üdvözölni, s mindenki előtt nagy tüntetéssel szoríta vele kezet.

- Barátom! Most ezt a dolgot nem szabad abbahagynod! Ezért neked fényes elégtételt kell nyerned. Képzeld, még engem is gyanúsítottak, hogy meg voltam vesztegetve. Eredj fel Bécsbe, s követelj elégtételt. A feladót példásan meg kell büntetni. - S ezentúl (ezt már súgva mondá) biztos lehetsz felőle, hogy minálunk ugyan senki többet ki nem fog ütni a nyeregből. Most üsd a vasat!

Timár azt mondta, hogy fogja tenni.

És mikor Brazovics úrral összejött, annak is azt mondta.

Brazovics úr szörnyen sopánkodott azon a méltatlanságon, ami Miska barátját érte. Ugyan ki lehetett az a gonosz ember, aki őt így bevádolta?

- Már hiszen akárki volt - fenyegetőzék Timár -, az meg fogja ütni a talpát! S fogadom, hogy ha háza van Komáromban, az utána megy ennek a tréfának. Holnapután megyek fel magam Bécsbe, s elégtételt követelek az udvari kancelláriánál.

- Eredj, eredj! - monda neki Brazovics, s utána gondolá: - én is ott leszek!

S egy nappal hamarább felment Bécsbe, mint Timár.

S ott aztán régi összeköttetéseinél fogva úgy elkészítette számára az utat (igaz, hogy pogány pénzébe került!), hogy Timárnak csak bele kellett lépni a labirintusba, és soha ki nem találni belőle többet. Az udvari kancelláriától fogják utasítani a Hofkammerbe, onnan átteszik a dolgát az oberste Justizstellehez, az belekeveri a Polizeihofstellet, az belekergeti a geheime Staatskanzleibe; a vigyázatlan ember lassankint dühbe jön, meggondolatlan szavakat ejteget el; még majd talán ki is nyomatja az esetet, akkor nyakon csípi a Hof-Censurstelle; elvégre ő fog könyörögni, hogy eresszék el, és soha többet egyik Hofstellenek is az ajtókilincséhez ez életben hozzá nem nyúl.

Hát csak hadd menjen a maga igazságát keresni, ha bolond.

De Timár nem volt már bolond.

Rég túljárt ő már tanácsadóinak az eszén. Mind a kettőén.

Az első lépéssel fel volt szabadítva a kedélyében rejlő furfang.

Ravasz lett, amióta azt az első lépést magára hagyta erőltetni, s tudta már, hogy sohasem azt kell mondania, amit tenni akar.

Olyan az, mint a női szemérem. Az első bukásig tiszta, tudatlan, ártatlan az egész kedélye mind fenékig; hanem amint azon általesett, akkor egyszerre megelevenül benne a kristály átlátszó kedély, s nem kell neki többé tanító; tud már mindent; sőt újakat is tud kitalálni.

Timár akkor is engedé már sejtetni, hogy milyen talentum lakik kedélyében, midőn a hivatalos üldözést kijátszotta Pancsovánál; csakhogy ez még akkor egy más ember érdekében történt, neki semmi haszna nem kínálkozott abból. Tette, ami rá volt bízva. Rászedte az üldözőket.

Most már saját érdekében tett.

A talált kincsek birtokában, kellett magának jogcímeket szereznie, amik mellett a világ előtt mint gazdag ember megjelenhessen. Azt kellett színlelnie, hogy ő szerencsés vállalkozó.

Az első vállalatánál már roppant pénzösszeget nyert.

Ha a világ azt hiszi, hogy csempészet volt a nyeresége: az a kisebbik baj. Bebizonyítani nem lehet, mert nem igaz. Ő annyit költött az élelmezési vállalatra, hogy alig maradt rajta haszna. De házakat, hajókat vehetett, s arannyal fizethetett: és mindenki azt hitte, a vállalatán nyeré azokat.

Neki ürügy, cím, látszat kellett arra, hogy Ali Csorbadzsi kincseivel lassankint a világ elé jöhessen.

Mit tett tehát, mikor Bécsbe felment?

Timárnak elégtételt kelle követelni a Hofkammeren; s e tekintetben számíthatott a Hofkriegsrath gyámolítására. Komáromi pártfogóitól voltak ajánlólevelei a legbefolyásosabb urakhoz.

Ő tehát azt tette, hogy a ládája fenekén hagyta az ajánlóleveleket mind, s elment egyenesen a Hofkammer főnökéhez, attól kért kihallgatást.

A miniszternek tetszett az, hogy ez az ember nem kerül az ablakra, hanem mindjárt az ajtón jön be. Bebocsáttatá.

A miniszter úr simára borotvált arcú, magas férfi volt, tiszteletgerjesztő kettős állal, szigorú szemöldökkel és kopasz tarkóval; mellén nagyszámú érdemjelek voltak; két kezét hátratette a frakkja szárnyai alá, mikor azt a halandó embert azzal a hosszú bajusszal maga elé bocsátá. Timár egyszerű fekete magyar ruhát viselt.

Az első kérdése őexcellenciájának Timárhoz ez volt:

- Miért nem köt az úr kardot, mikor audienciára jön?

- Nem vagyok nemesember, kegyelmes uram.

- Úgy? - Ön azért jött hozzám ugyebár, hogy az ön ellen elrendelt befogatás és vizsgálat miatt elégtételt kérjen?

- Távol van tőlem, kegyelmes uram - felelt Timár. - A kormány kötelességét teljesítette, amidőn egy alaposnak látszó feladás miatt egész szigorával lépett fel nemcsak énellenem, hanem nálamnál nagyobb urak ellen is. Minthogy nemesember nem vagyok, még a primae nonus megsértése miatt sincs okom gravaminálni. Ellenben nagy köszönettel tartozom mind a feladónak, mind a vizsgáló bíróságnak azért, hogy e szigorú vizsgálat által kiderítette azt, hogy tiszta kézzel bántam a rám bízott vállalattal.

- Ah! tehát ön nem szándékozik elégtételt keresni feladója ellenében?

- Sőt károsnak tartanám azt, mert ezáltal elriasztatnék más igaz ember is, ki valódi visszaéléseket jelent föl. Az én becsületem helyre van állítva; a bosszúállás nem természetem. Azonfelül is se időm, se kedvem hozzá. Ami megtörtént, az legyen elfeledve.

Már erre a szóra az egyik kezét elővette az excellenciás úr a frakkszárny alul, hogy Timár vállát megveregesse vele.

- No, hallja ön, ez öntől igen praktikus nézet. Ön azt tartja, hogy nincs ideje megtorlási processzusokban ide-oda szaladgálni. Egészen okos felfogás. Tehát mi célból jött ön hozzám?

- Egy ajánlattal.

- Ah, egy ajánlattal?

- Melyhez kegyelmes uram pártfogása szükséges rám nézve.

A kegyelmes úr ismét eldugta a kezét a frakkszárny alá.

- Van a koronának egy uradalma az illír határőrvidéken, Levetincen.

- Ah; hum! - hápogott a magas úr, s nagyon összeráncolta a homlokát. - Mit akar ön ezzel?

- Azon a tájon szoktam járni mint gabonabevásárló biztos, s így jutottam a helyzet ismeretéhez. Az uradalom áll harmincezer holdból, melyet holdankint negyven krajcár haszonbérért Silbermann bécsi bankár bérelt ki a kormánytól. A szerződés kötése a Hofkammer jogaihoz tartozik, a befolyó haszonbérrel pedig a Hofkriegsrath rendelkezik. Ez húszezer forint. Silbermann az uradalmat három részre osztva albérlőknek adta ki, akik holdankint egy forintot fizettek neki.

- No igen. Hiszen őneki is kellett nyerni valamit.

- Természetes. Az albérlők viszont a környékbeli lakosoknak osztották ki apróbb részletekben a földeket természetben fizetett osztalékért. Most azonban két egymás után következett rossz évben, különösen az ideiben a nagy aszály miatt a bánáti föld nem adta meg a vetőmagot. A földészeknek nem termett semmi; azok az albérlőknek nem adhattak semmit, az albérlők a főbérlőnek nem fizettek semmit, s a főbérlő, hogy szerződésétől meneküljön, kridát mondott, s az idei bérlettel adós maradt.

Már erre a szóra mind a két keze előjött a kegyelmes úrnak a frakkszárny alul, elkezdett magyarázni a tíz ujján.

- Igen, mert olyan fényt űzött, mint egy fejedelem, a semmirekellő! Kérem, nyolcezer forintos lovakat tartott, azokon kucsírozott. Most licitálják őket. Én excellenciás úr vagyok, de nem vagyok képes nyolcezer forintos lovakat tartani.

Timár úgy tett, mintha nem jegyzett volna meg semmit. Folytatá:

- A Hofkammer most nem kapja meg a haszonbért, mert nincs miből egzekválni; bérlőnek, albérlőknek feleségeik vannak, s minden vagyonuk az asszonyuk hozománya. A hiányzó húszezer forint pedig a Hofkriegsrath pénztárából hiányzik. S úgy tudom, hogy a Hofkriegsrath most azt a Hofkammerrel akarja megfizettetni.

Őexcellenciája most a burnótszelencéjét nyitá fel, s amíg két ujja hegyével belenyúlt, fél szemmel a beszélőn igyekezett keresztülnézni.

- Az én legalázatosabb ajánlatom tehát ez - folytatá Timár, elővonva zsebéből egy összehajtott iratot. - Én kibérelem tíz évre a levetinci uradalmat azért az árért, amit az albérlők fizettek a főbérlőnek, tehát egy forintért holdanként.

- Hm! Ez szép.

- Az új bérlet, mivelhogy most november végén vagyunk, már egy évet elvesztett; a földek mind ugaron maradtak. Én azonban ajánlkozom nemcsak azt a kárba veszett évet felvenni a bérletidőbe, hanem kötelezem magamat az elmúlt év behajthatlan bérletösszegét is megtéríteni.

A kegyelmes úr kettőt peccentett két ujjával arany burnótszelencéje

111

födelére, s ajkait erősen összeszorítá.

„Hm! - gondolá magában - ez arany ember! Ez többet tud, mint amennyit az ostoba képe elárul. Ez sejti azt, hogy a Hofkammer ki akarja venni a Hofkriegsrath kezéből a katonaélelmezés reszortját, s a komáromi vizsgálat erre volt célozva. Hogy az csúful megbukott, a Hofkriegsrath s annak a kardcsörtető úri pártfogói kerültek felül, s most meg azok akarják a Hofkammer kezéből kiásni a katonai határőrvidéki haszonbérletek kezelését. Az is bona vacca! S erre ismét igen jó ürügy a levetinci uradalom bukott haszonbérlője által okozott hiány. És most ez az ember, aki a Hofkammer által üldöztetett, aztán megmenekült, nem a Hofkammer ellenségéhez szegődik, hanem éppen ahhoz fordul, hogy kisegítse azt a zavarból, s megerősítse a helyzetét. Arany ember! Ezt meg kell becsülni!"

- Jól van! - monda a kegyelmes úr. - Ön derék ember, azt látom; ön meg volt általunk sértve, sérelmét feláldozta; tapasztalni fogja, hogy ez a helyes út, melyet egy okos állampolgárnak követnie kell. Csupán azért, hogy megmutassam, miszerint az állam az ilyen józan eszű állampolgárait meg tudja jutalmazni, biztosítom önt, hogy ajánlata el lesz fogadva. Jöjjön ön vissza még ma estefelé a hivatalomba. Biztosítom önt az eredmény felől.

Timár átadta a kegyelmes úrnak az írott ajánlatot, s mély főhajtással ajánlá magát, és eltávozott.

A kegyelmes úrnak megtetszett ez ember.

Legelőször is egy nagy méltatlanságot, ami nagy kellemetlenkedést vonhatott volna maga után, ha tovább űzik-fűzik, odaajándékoz és megbocsát a kormánynak. Másodszor az államnak előnyös szerződést ajánl, mely ötven százalékkal jobb az eddiginél. Harmadszor nagylelkű áldozattal segítségére jön a zavarba hozott Hofkammernek, s képessé teszi azt a Hofkriegsrath támadását diadalmasan visszautasítani. Háromszor arany ember!

De még negyedszer is az! Ezt nem tudhatá a kegyelmes úr. Ezt csak akkor tudta meg, mikor palotájába hazatért ebédelni, s a lovásza tudósítá, hogy az a bizonyos magyar ember, akire őkegyelmessége rábízta, hogy Silbermann nyolcezer forintos lovaira árverezzen őhelyette, a lovakat elhozta, s az ár iránt majd személyesen fog előterjesztést tenni.

Négyszeresen arany ember!

Mikor estefelé Timár a kegyelmes urat hivatalszobájában felkereste, már minden szemközt jövő arcán észreveheté a nyájas mosolygást. Az arany visszfénye az!

S őkegyelmessége az ajtóig eléje jött, és ott fogadta.

Íróasztalához vezeté. Ott volt kiterítve a szerződés, készen, minden aláírással, hivatalbélyeggel, nagy pecséttel ellátva.

- Olvassa el ön, hogy tetszeni fog-e önnek?

Az első, ami meglepé Timárt, az volt, hogy nem tíz évre, de húszra volt téve a szerződés ideje.

- Tetszik önnek ez az időtartam?

Hogyne tetszett volna?

A másik, ami meglepte Timárt, a saját neve volt, mely ekként hangzott: „Nemes *Levetinczy* Timár Mihály".

- Tetszik önnek ez a predikátum?

„Nemes Levetinczy Timár Mihály." Ez bizony elég szépen hangzik.

- Az armális majd utána fog önnek küldetni! - szólt kegyragyogású arccal a magas úr.

Timár a predikátummal együtt jegyzé alá a nevét a szerződésnek.

- Ne siessen ön még - szólt az excellenciás úr, midőn az is megvolt -, még egyet akarok önnek mondani. A kormánynak kötelessége az oly derék polgárokat, kik magukat a haza iránti kötelességek teljesítésében érdemesekké tették, kitüntetni. Fő figyelem fordíttatik e tekintetben azokra, kik nemzetgazdászati és kereskedelmi téren a közbecsülést kivívták. Nem tudna-e ön nekem valakit megnevezni, akit például a vaskoronarend általi feldíszíttetésre legmagasabb helyen felterjeszthetnék?

Őexcellenciája semmit sem tartott bizonyosabbnak, mint azt a feleletet, hogy: „Itt a saját gomblyukam, kegyelmes uram, nem találsz annál jobb helyet az érdemrended számára. Ha csak derék ember kell, az vagyok én".

Hát hiszen így is volt értve a felszólítás.

Annál nagyobb volt tehát a magas úr bámulata, midőn Levetinczy Timár Mihály rövid gondolkozás után ezt felelé kérdésére:

- Igenis, kegyelmes uram, bátor leszek egy ilyen derék emberre ujjal mutatni, ki régóta köztiszteletben részesül, ki titokban jóltevője a környékbeli népnek - ez pedig a pleszkováci esperes, Sándorovics Cyrill, aki fölöttébb megérdemelné e kitüntetést.

A miniszter hátrahőkölt. Még ilyen ember nem került a szeme elé, aki arra a kérdésre, hogy „kinek adjuk ezt az érdemrendet?", ne a tükörnek forduljon, s rámutasson saját magára: „ennek a derék embernek ni!" - hanem ahelyett lemenjen a mappa szélére, s ott a legszélső faluban fedezzen fel egy papot, ki neki se sógora, se komája, még csak nem is hitbeli papja, s azt mondja, hogy „ezt tartom én még magamnál is derekabb embernek".

No ez már nagyon is arany ember! E közé legalábbis három karát ezüstöt kell vegyíteni az ötvösnek, hogy feldolgozható legyen.

Hanem a felszólítás már meg volt téve, s azt komolyan kellett venni.

- Jó, jó - monda a magas úr -; csakhogy az érdemrenddel való feldíszíttetésnek némi szertartásos előzményei vannak. A korona nem teheti ki magát a visszautasítás esélyének; annálfogva annak, aki ily kitüntetésben részesíttetik, előleges formalitásból saját kezűleg kell azért folyamodnia.

- A főtisztelendő úr fölöttébb szerény ember, ő azt csak akkor fogná tenni, ha magasabb helyről buzdítást kap rá.

- Úgy? értem. Tehát néhány sor saját kezűleg tőlem kielégítő lenne. Jól van. Minthogy ön ajánlotta, megteszem. Az államnak fel kell ismerni a titokban rejtező érdemet.

S a főúr saját kezűleg megírta a néhány buzdító sort Sándorovics Cyrill esperes úrnak, biztosítva arról, hogy eddigi kitűnő érdemeiért, ha kívánni fogja, a vaskoronarenddel fog feldíszíttetni.

Timár mélyen megköszönte a kegyet a magas úrnak, ki viszont biztosítá őt mindenkorra kiterjedő magas pártfogása felől.

És végig valamennyi hivatalszobán, ahol még tízféle expeditionalis tortúra várakozik a halandó emberre, mindenki sietett Timárnak azonnal szolgálatára lenni, s amit más hetekig nem bírna keresztülkergetni a hivatallabyrinthon: ő átrepült vele egy óra alatt.

Az orsovai tisztító vizeskorsó ott volt láthatatlan alakban.

Este volt, mire a rendbe hozott szerződési okiratokat mind a bőrtáskájába csomagolta.

És ekkor sietett.

De nem vacsorálni, se nem aludni; hanem vágtatott az „Arany Bárány"-hoz, ahol a nyergesújfalusi gyorsszekerészek szoktak állomásozni. A korcsmában vett egy zsemlyét meg egy knakkwurstot, s azt a zsebébe dugta; majd előveszi az úton.

S azzal előkiáltá a fuvarost.

- Rögtön indulunk. Nem kímélsz se ostort, se lovat. Egy forint borravaló minden mérföldre. Dupla fuvarbér a sietésért.

A fuvaros értette a többit.

Két perc múlva nagy ostorcsattogással vágtatott végig a szekér Bécs utcáin. Kiabálhatott utána a policei, hogy nem szabad Bécsben az ostorral pattogatni!

A gyors közlekedést akkoriban a gyorsparasztok rendszere tartá fenn, mely láncolatot képezett Bécstől Zimonyig. A fuvarosgazdák lovai éjjel-nappal készen álltak a befogásra, s mikor a falu végén hangzott az ostorkongás, már hozta ki a pihent négy lovat a felváltó gazda, s két perc alatt a megérkező szekér elé új fogat lett csatolva, s robogott a vonat tovább, esőben-sárban egyformán vágtatva, hegynek fel, hegynek alá, sohasem lassítva; ha két

114

gyorsszekér összetalálkozott az út felén, mind a kettő kifogott, lovaikat átcserélték, s így csak fele utat tett mindegyik. A gyorsaság minőségét a fizetés mennyisége határozta meg.

Timár két nap, két éjjel ült a szekéren, soha enni sem szállt le, s aludni lehetett a kocsiban is, akárhogy verte a fejét a saraglyához, lőcshöz, szekér oldalához. Megszokta ő azt már.

A másodnap estéjén már, Zimonyban volt Timár, onnan éjszaka áthajtatott a levetinci uradalom legelső falujába.

Szép, enyhe idők jártak. És aznap már december elseje volt.

Timár a helység házához hajtatott, s odahívatta a bírót. Elmondta neki, hogy ő az uradalom új bérlője, megbízta, hogy hirdesse ki a gazdák között, hogy a földeket jövő évre is megkapják felébe. Két éven át nem volt termés: annyi, mintha ugarolt volna a földre; jövő évre dús aratásnak kell következni. Az idő kedvez, az ősz hosszúra nyúlik, még el lehet szántani-vetni, ha szorgalmasan hozzálátnak. - Ez mind jó volna, mondák neki, a szántással csak elkészülnének, de a fődolog az, hogy nincsen vetőmag. Drága pénzért sincsen. A gazdanép a saját földeit is tíl-túl vetette el őszivel. A köznép málén fog az idén kitelelni. - Lesz vetőmag is, biztatá a földészeket Timár, ő fog gondoskodni arról. - S így járta végig a többi falvakat is, amikben a felesgazdák laktak, s biztatására rögtön nekiakasztották az ekét az ugarnak, s elkezdték széltében-hosszában szántani a roppant területet, mely már arra volt szánva, hogy egy egész évig parlagon maradjon, s ne teremjen mást, mint bogácskórót.

De hát a vetőmag honnan kerül elő? Oláhországból hajóval fölhozni már késő; itt a közelben nem kapható.

De Timár tudta azt, hogy kapható az valahol.

December másodikán este érkezett meg Pleszkovácra, ahol kora ősszel még agyon akarták verni. Ott felkereste főtisztelendő Sándorovics Cyrill urat, aki ugyanakkor kikergette a házából.

- No, fiam, hát megint itt vagy? - e szókkal fogadá őt a főtisztelendő úr, ki oly nagy barátja és jóltevője a népnek, hogy rég megérdemlette volna a vaskoronarendet, ha olyan szerény nem volna. - Mit akarsz megint? Búzát akarsz tőlem venni? Mondtam már ezelőtt két hónappal, hogy nincs; nem adok; mit akarsz mondani? Ne hazudj, mert nem hiszek semmit. Görög neved van, hosszú bajuszod van; nem hiszek a pofádnak.

Timár mosolygott.

- No, ezúttal igazmondással jövök.

- Nem lehet az! ti felsővidéki kereskedők mindig megcsaltok bennünket, elhitetitek, hogy bő termés volt odafenn, hogy a búza árát leverjétek. Mikor zabot akartok venni tőlünk, elhíresztelitek, hogy a kormány minden lovát eladja. Hamis a lelketek.

- Most pedig igazat mondok. Én a kormány megbízásából jöttem, s annak a nevében instálom meg főtisztelendőségedet, hogy nyissa meg számunkra magtárát. A kormány megtudva, hogy a vidékbeli népnek nincsen vetőmagja, kölcsönképp akar azt nekik kiosztani. Szent cél és nagy jótékonyság a népre nézve, s jó szolgálat a kormány előtt, aki abban segítségére lesz. A búzát nem én veszem által, hanem maguk a parasztgazdák, akik azt vetőmagnak kapják.

- Hja, fiam, ez mind igaz, én magam is sajnálom szegény népet, de hát nekem sincs. Honnan vettem volna? Magamnak sem termett. Itt a nagy bolond kontignációs magazin, de üres mind a három emelete.

- Nem üres az, főtisztelendő atyám, tudom én, hogy még a harmadévi termés is benne van, kapok én ott még legalább tízezer mérő búzát.

- Kapsz kutyát! Biz oda nem mégy. Öt forintért sem adom. Tavaszra hét forint lesz az ára, akkor majd odadom. Hazudsz, nem a kormány keresteti. Te akarod magad elcsípni. Egy szemet sem adok. Tud is a kormány arról valamit, hogy te vagy a világon, meg hogy én vagyok a világon. Békák vagyunk mi annak mind a ketten.

A bástya állta keményen a kis ágyútüzet. Timár a zsebébe nyúlt, s előhúzta a huszonnégy fontost, a miniszter levelét.

A főtisztelendő úr, mikor azt a levelet elolvasá, nem tudta egyhirtelen, hogy szemeinek ne higgyen-e, vagy Timárnak.

Azonban a nagy kétfejű sasos pecsét kívül, belül pedig a Hofkammer hivatalos stampigliája tökéletesen meggyőzték afelől, hogy ez nem csalás, ez élő valóság.

Ez volt pedig az ő álmainak netovábbja. Egy olyan fényes keresztet viselhetni a mellén. Ismerte ezt az ő gyengéjét Timár jól; mert sokszor hallotta tőle, mikor megkötött alku után együtt maradtak poharazgatni, azokat a keserves panaszokat, hogy milyen helytelenül cselekszik a kormány, midőn a karlócai pátriárka mellére annyi érdemrendet felaggat; minek egy embernek olyan sok, másnak meg semmi?

Ez volt a főtisztelendő úr legmagasabb vágya. Feltűzhetni azt az érdemrendet, hadd bámuljon el rajta a paraszt, s hadd irigykedjék a csajkás őrnagy, akinek még olyan nincsen. A pátriárka is mindjárt egy fokkal nyájasabb leend iránta.

De egészen át is változott egyszerre minden indulata Timár iránt.

- Ülj le, kedves öcsém! (Eddig még székkel sem kínálta.) Hát mondd meg, hogy jutottál te ilyen excellenciás úrnak az ismeretségéhez? Hogy bízták rád ezt a levelet?

Timár aztán mondott neki egy mesét, mintha nyomtatásban olvasta volna. Hogy ő elhagyta Brazovicsot, s kormányszolgálatba állott, a miniszter úrnál nagy befolyása van; e kitüntetésre is ő ajánlotta régi derék ismerősét, a főtisztelendő urat.

- Mindjárt tudtam én, hogy nem vagy te olyan bolond ember, mint amilyennek látszol! Ezért szerettelek mindig olyan nagyon. No, fiam, minthogy olyan görögforma neved van, meg hogy olyan jó, becsületes képed van, hát adok búzát. Mennyi kell? Tízezer, tizenkétezer mérő? Amennyi van, mind odadom. Nem a miniszternek a kedvéért, azt ne hidd, hanem a te jó képedért; meg hogy a szegény néppel jót tegyek. Mit mondtam? Öt forintért adom? No teneked odadom négy forintért és tizenkilenc garasért. De kifizeted mindjárt? Vagy fölmenjek érte Bécsbe? Egyúttal azt is elvégezhetem. Mert magam is felmegyek, személyesen megköszönöm ezt a gráciát őexcellenciájának. Te is eljössz velem, ugye? elviszesz odáig? No te kívül maradsz a pitvarban. Mondsza csak, milyen ember a miniszter úr? Magas? Alacsony? Nyájas? Haragos? Mindjárt ideadja azt a keresztet? Szereti-e a jó karlócai ürmös bort? No azt te is megkóstolod mindjárt.

Hasztalan volt Timárnak minden szabadkozása, hogy ő még az éjjel vissza akar menni Levetincre, utasítani a sáfárokat, hogy küldjék a felesbérlőket a vetőmagért rögtön; nem eresztette a szíves házigazda, inkább maga állított elé lovas legényeket, kik által Timár mindenfelé elküldözte az üzeneteket, s Miskának ott kellett nála maradni éjszakára.

A főtisztelendő úrnak voltak olyan gömbölyű, talpatlan poharai, amiket nem lehet a kézből letenni, hacsak ki nem itta belőlük az ember a bort, mert feldűlnek. Azokból egyet odaadott Timár kezébe, másikat fogta a magáéba, s reggelig elbeszélgettek ilyenformán. Timáron meg sem látszott, hogy bort ivott. Tudott ő már ahhoz. Sokat járt ő a Bácskában.

Másnap már jöttek a parasztgazdák szekereikkel az esperes udvarára.

Mikor meglátták, hogy csakugyan ki vannak nyitva a háromemeletes gabonatár kapui, akkor azt mondták Timárnak, hogy de már ezentúl ő lesz a csodatevő szent. Volt abban a magtárban annyi harmadévi gabona, amennyit csak őszi alá el bírtak vetni.

Timár addig el nem mozdult a bérlett uradalomból, míg a kemény fagyok be nem következtek, amik az őszi búzavetésnek aztán határt szabtak. De elég volt ez az idénre. A többi marad tavaszi alá, vagy ugarnak, kaszálónak. A harmincezer holdas birtokban alig volt néhány száz hold legelő, a többi mind első osztályú búzatermő televény sík föld. Ha itt a jövő év áldást hoz, irtóztató lesz a termés. A vetés pedig éppen jókor történt. Az egész ősz október végéig száraz volt és szeles; akik azalatt vetettek, azoknak megint rossz termésük lesz jövő évre is, mert a százezernyi vándor hörcsök kiette a ki nem kelt gabonát. Akik novemberben vetettek, sárba, azoknak viszont ártott a korán leesett hó, mert a kikelt vetés kipállott a hó alatt a lágy földben; hanem amint ez a hó hirtelen elolvadt, hosszú enyhe idő jött, ami eltartott egész karácsonyig, akik azalatt vetettek, igen jól jártak: a hörcsök elpusztult már, a fagy elébb jött, mint a hó, s ez a szép fehér takaró aztán elfödte a kincseiket minden pusztító ellenség elől a tavaszig.

Nagy hazárdjáték a földmívelés! Vagy hatot, vagy vakot!

Timárnak hatot vetett.

Olyan áldott év következett, hogy aki szerencsésen vethetett el, annak a Bánátban húsz magot fizetett az aratás.

A levetinci földészek áldották az új bérlőt, aki nem engedte elveszni ezt az évet. A saját földeik rossz, gazos, üszögös terményt adtak, a feles földek pedig ontották a tiszta búzát.

És abban az évben Timár harminc hajóval vontatta fel Komáromba, Győrbe a legszebb gabonaneműeket, s a harminc hajó terhe annyi pénzében volt neki, mint másnak három.

Tőle függött meghatározni, hogy félmilliót nyerjen-e abban az egy évben, vagy megtoldja azt még százezerrel? vagy leengedjen egy százezeret abból a félmillióból? talán azért, hogy a szegény népnek olcsóbbá tegye a kenyeret? vagy talán azért, hogy a szegény versenytársaknak a torkukra tegye a kést?

Hiszen úgy játszhatott velük, mint a macska az egérrel. Úgy lenyomhatta a gabona árát, ahogy neki tetszett.

A Brazovics-kávéházban minden este dühös jelenetek folytak az egybegyűlt gabonakereskedők között. Ez az egy év óta felcseperedett Timár minden kereskedőt letipor. Nincs mód mellette megállhatni a piacon. Annyi a pénze, mint a polyva, s úgy vesztegeti az áruját, mintha lopta volna. Bizony torkon ragadnák, ha odamenne közéjük.

De sohasem megy.

Nem látja azt soha senki, hogy valakivel ismeretségkötés végett szóba állna. Senkivel sem közli, amihez kezdeni akar. És akármihez kezd, az mind arannyá válik a kezében. Új meg új vállalatok indulnak meg általa, amiket más ember is kitalálhatott volna; amik ott feküdtek a tenyerén minden embernek, csak a markát kellett volna összeszorítania; de csak akkor vették észre, mikor már ez az ember felmarkolta előlük. És sohasem nyugszik; mindig kocsin ül, utazik, jön-megy; az a csoda, hogy minek lakik még ebben a városban? Miért nem megy Bécsbe? Minek ilyen gazdag embernek Komáromban tartani főüzletét? (Bárha akkor fontos kereskedelmi piac volt az.)

Timár tudta, hogy mi köti őt oda. Ő tudta, hogy miért lakik abban a városban, ahol minden kereskedőtársa halálos ellensége, ahol a Brazovics-kávéház ajtaja előtt, mikor végighajtat, mindig az az áldás hangzik utána: „törjön ki a nyakad!" Ennek a háznak is az ő markába kell még kerülni minden benne levővel együtt!

Ez tartotta őt Komáromhoz kötve, mikor már másfél milliomos volt; mégis ott maradt, ahol őt még mindig Timárnak hítták, s nehezen akartak hozzászokni az új nemesi névhez: „Levetinczy".

Pedig a nemesi névhez nemesi tetteket is tudott csatolni. A város szegényei számára kórházat alapított, a protestáns tanodában ösztöndíjakat tűzött ki, még az áldozó kehely is arannyá vált a kezében; a régi ezüst helyett aranyat csináltatott az egyháznak. Kapuja mindig nyitva volt a szegénynek, s péntek napon utca hosszat állt házáig a koldusnép, aki a maga pénzeért jött, a legnagyobb rézpénzért a világon, amit vargatallérnak neveznek. S nagy híre járt, hogy amely hajóslegénye a vízbe fulladt, annak az árváit ő nevelteti fel, s özvegyének évdíjt fizet. Arany ember! arany ember!

Csak egy hang odabenn mondta mindig: „Ez nem igaz! Ez mind nem igaz!"

LEÁNYTRÉFA

Brazovics úr ebéd után a feketekávéját a felesége szobájában szokta meginni, irgalmatlan latakia-dohányfüstöt árasztva maga körül.

Kacsuka úr Athalie-val sugdosott egy kis asztal mellett ülve, melynek egyik szögleténél Zófia asszony tett úgy, mintha varrna valamit. (Már egy év óta folyvást nagy tüntetéssel volt annál a kis asztalnál varrás, hímzés kiterítve, hogy lássa minden látogató, hogy a stafírungot készítik.)

Kacsuka úr most már csaknem ott lakott a háznál; délelőtt jött, ebédre ott marasztották, s a késő est vetette haza.

Úgy látszik, hogy nagyon meg lehetett már erősítve Komárom vára, hogy a mérnöktisztnek egész nap Athalie kisasszonnyal lehetett foglalkozni.

Hanem annál inkább roskadoztak Kacsuka úr saját várának erődítményei. Itt volt az idő, hogy megházasodjék. Pedig úgy védte magát, mint egy Zrínyi. Ha elősáncaiból kiszorították, bevonult a fellegvárba. Mindig volt valami elfogadható ürügye, amivel a házasságot elnapolja. De már az utolsó aknákat is felrobbantották ellene; már a kauciót is betábláztatták a Brazovics-házra, s a Hofkriegsrath elfogadta azt készpénz helyett: már szállást is találtak az új pár számára, s jött az utolsó csapás: Kacsuka úr megkapta a kapitányi előléptetést. Ez volt a véghatár. Az utolsó mentség tölténye is ki volt lőve, nem volt hátra más, mint kapitulálni s elvenni a szép, gazdag leányt.

Brazovics úr pedig napról napra mérgesebb lett, mikor a feketekávéját itta a nők szobájában, és aki ezt a mérget itatta vele, az mindig Timár volt.

Ez volt az ő mindennapi Karthágója!

- Már micsoda istentelenséget gondol ki megint ez az ember? Más becsületes gabonakereskedő, ha beáll a tél, örül, hogy megpihenhet: ez meg nekifog olyan dolognak, aminek soha más ember nem hallotta a hírét. Kibérli a Balatont, s télen a jég alatt halásztat benne! A múltkor egyetlenegy fogásra

119

háromszáz mázsa halat húztak ki neki a kenesei foknál. Hisz ez valóságos rablás! Tavaszra úgy kipusztítja a Balatont, hogy nem marad abban egy bökle, egy babaj, egy sügér, egy garda, egy őn, egy kűsz sem, nemhogy fogas. S aztán mind viszi fel Bécsbe. Hát azért terem a Balaton fogast, hogy azt a német egye meg? Átkozott veszekedett ember! Ezt igazán közköltségen kellene elpusztíttatni. Én előbb-utóbb is megölöm ezt az embert, az bizonyos. Mikor a hídon átjön, megfogom két hajóslegénnyel, s beledobatom a Dunába. Adok egy silbaknak száz forintot, hogy mikor éjjel elmegy a várta előtt, véletlenségből lője agyon. Bedobok az udvarára egy veszett kutyát, hogy mikor reggel kijön, harapja meg. Hiszen megérdemli az, hogy fölakasszák! Jobban megérdemli, mint Angyal Bandi meg Zöld Marci. Mert Zöld Marci csak azt a pénzt veszi el tőlem, amit nálam talál, de ez a tolvaj még a házamat is ellopja a fejem fölül. Rágyújtatom egyszer a házát, hogy beleégjen! S még nemesemberré teszik! S még a vármegyegyűlésen kinevezik assessornak, s ott ül a gézengúz velem egy sorban. Velem, akinek tősgyökeres magyar nemes volt az öregapám is, egy ilyen jöttment! De iszen jöjjön csak még egyszer a restauráció, s merje odahozni a pofáját, felbiztatok egy csoport gibernyúzi nemest, kidobatom velük az ablakon, hogy a nyaka kitörik! Csak egyszer valami ebéden összejönnék vele, tudom, hogy megpaprikáznám a levesét úgy gebulával, hogy hanyatt fordulna tőle, mint a döglött hal. S még azt hallom, hogy úri kisasszonyokhoz is eljár látogatóba a semmiházi. Ez a Timár! Ez a hajós-schreiber! Akinek csak „iszaptaposó" a címe. Ej, de szeretném, ha egyszer valami olyan házhoz vetődnék, ahova valami derék vitéz katonatiszt jár, s az kihíná duellumra, s aztán felspékelné, mint a békát, így ni!

Brazovics úr világos célzással tekintett Kacsuka úrra, az azonban úgy tett, mintha nem is hallgatott volna rá.

Hallgatott biz az; de amit Brazovics úr beszédéből megértett, az volt, hogy ez a felcseperedett milliomos itt a városban Brazovics úr gazdagságán aligha nagy csorbát nem ejtett, s ez a düh ellene nemcsak Brazovics urat, hanem emeletes házát is rázkódtatja, s ennek a meggondolása nemigen szaporítá Kacsuka örömét a közeledő menyegzői nap vártában.

- Dejszen nem várom én azt, hogy valaki más ölje meg ezt a fickót! - szólt végre Brazovics úr, fölkelve kávéja mellől, s letéve a csibukját, s előkeresve cukornád botját a szegletből. - Van nekem egy stilétes botom. Azóta vettem, hogy ez az ember itten grasszál; egyenesen őérte vettem. (S hogy valóban elhiggyék, ki is húzta a cukornádból a hegyes pálcatőrt.) Itt van ni! Amint egyszer összetalálkozom vele, csak egyszer magunk legyünk ketten! Ezt a gyilkot idáig verem a testébe, ni! Odaszegezem vele a falhoz, mint a bőregeret, azt fogadom!

S fogadását véres szemei forgatásával igyekezett nyomatékossá tenni.

Azután kiitta a kávémaradékot, s felöltve télikabátját, azt mondá, hogy mármost megy a gschäftbe. Igen: ferblizni. Majd megjön jókor. Azaz, hogy jókor reggel.

Hagyta menni mindenki.

Amint aztán Brazovics úr házának szűk csigalépcsőjén alálépegetne: nagy óvatossággal, mert nehéz termetének nem volt rendeltetése a lépcsőn alászaladva sietni, ki jön rá alulról szemközt? Timár...

No most itt van a keze között! Egy késdöfésnyire egymás közelében. Egy szűk, sötét helyen, ahol senki sem látja őket. A legtöbb orgyilkosságot lépcsőkön hajtották véghez. Timárnál semmi fegyver, még csak egy pálca sincs, Athanáz úrnál pedig két láb hosszú pálcakard.

Athanáz úr, amint Timárt megpillantja, a jobbjában levő tőrbotot csapja a hóna alá, s nagy lármás hangon kiált eléje, kalapját levéve: „Alászolgája, jó napot kívánok, tekintetes Levetinczy úr!"

Mire Timár azzal viszonz, hogy: „szervusz, Tanaszi! hát már mégy a gschäftbe?"

- Hehehe! - nevet kedélyesen Athanáz úr, mint a tréfás csínyen kapott gyermek. - Hát te, Miska, nem jössz egyszer oda közénk?

- Nem biz én. Ha parancsoljátok, hogy egypár száz forintot elveszítsek, azt inkább előre kifizetem: de hogy én egész éjjel ott lessem a „sántát", s izzadjak mellette, az nem nekem való mulatság.

- Hehehe! No hát csak eredj fel az asszonyokhoz, odafenn vannak. Jó mulatást! Én már nem látlak ma.

Azzal szívélyes kézszorítással elváltak egymástól.

Mert nem kell ám Athanáz úr fenyegetéseit komolyan venni. Csak a hangja rettenetes annak, meg a termete. Nem is igen fél tőle senki. Még a felesége sem. Az meg éppen nem.

Tudja azt Athanáz úr nagyon jól, hogy Mihály sokat jár az ő házához; és úgy csinálja ki a dolgot, hogy olyankor ő már ne legyen otthon. Azt is sejteti vele Zófia asszony, hogy alighanem Athalie szép szemeiért jár oda. Ez Kacsuka úr dolga. Ha Kacsuka úr nem spékeli fel Timárt, mint a békát, ez az ő hibája. Az avisót megkapta rá. És úgy látszik, hogy mégsem spékeli fel; pedig Timárral elégszer találkozik Athalie-nál.

Dehogy hítta ki párbajra Timárt a kapitány! Olyan jó barátok voltak, mint valaha.

Soha olyan egymást szerető társaságot a világ nem látott, mint ennek a háznak a lakói és látogatói.

Brazovics úr sejtette azt, sőt összeköttetéseinél fogva bizonyos lehetett felőle, hogy aki Timárnak a legelső ajtót kinyitotta a mostani nagy uraságához, az senki sem más, mint Kacsuka kapitány. Azt is kiészlelhette, hogy ezt miért tevé. Mert menekülni szeretne Athalie-val kötött viszonyától.

Milyen jó volna neki, ha Brazovics úr beleveszne, s kitiltaná a házából. Mármost hát csak azért is szereti a kapitányt, mint édes fiát, egész atyai szívével; most már el kell annak venni Athalie-t; nincs menekülése.

Kacsuka kapitány régi vőlegénye Athalie kisasszonynak, s ahogy mindennap látja, annak egy veszélyes vetélytárs udvarol. Egy gazdag ember, akit neki már azért is gyűlölnie kellene, mert jól tudja, hogy a Hofkriegsrath vitájában a Hofkammerrel hogyan hagyta cserben előbbi pártolóit, és azért mégis úgy szereti a kapitány régi jó pajtását, hogy képes volna neki megbocsátani, ha az menyasszonyát elhódítaná a kezéről.

Athalie lenézi Timárt, apjának hajdani írnokát, hanem azért nyájasan bánik vele; a kapitányt szenvedélyesen szereti, hanem azért az ő jelenlétében Timárt tünteti ki, hogy kedvesét féltékennyé tegye.

Zófia asszony gyűlöli Timárt, s azért oly édeskés arccal fogadja, mintha azt kívánná, hogy bárcsak napaasszonya lehetne neki egyszer, s aztán laknának csak egy födél alatt!

Timár pedig vesztére esküdt mind valamennyinek. Nagyurat, vénasszonyt, szép leányt, vőlegényt, mind ki akarja tenni ebből a házból; mégis ellátogat oda, kezet csókol a hölgyeknek, kezet szorít a férfiakkal, és igyekezik kellemes társalgó lenni.

Azok is mind igen szívesen fogadják; Athalie kisasszony zongorához ül a kedvéért, Zófia asszony pedig ozsonnára marasztja; kávé és befőtt gyümölcs járja. És Timár megissza a kávét azzal a gondolattal, hogy ebben patkányméreg is lehet.

Mikor az ozsonnaasztalt terítik, olyankor Timéa is megjelenik, és segít a rendezésnél. Olyankor aztán Timár nem hallja, hogy Athalie kisasszony miről beszél, mi nótát ver; csak őt látja.

De van is rajta mit megnézni.

A leány már a tizenötödik évében jár, s egész kifejlett hajadon. Hanem tekintete, naiv ügyetlensége még a gyermekről tanúskodnak.

Beszél már magyarul, hanem idegenszerű kiejtéssel, s néha elferdíti vagy rosszul alkalmazza a szót, amiért nálunk rettenetesen kinevetik az embert. (Még az országgyűlésen is, a legkomolyabb viták alkalmával.)

Athalie jól járt Timéával nagyon. Van neki, akiből bolondot űzzön.

Szegény gyermek egész tréfa tárgya rá nézve.

Athalie odaadja neki viselni saját ruháit, amik négy év előtt voltak divatban. S a divatnak minálunk, művelt nemzeteknél őrült változandósága van; milyen kacaj támadna ma az utcán, ha valaki egy terjedelmes krinolinban jelenne meg fényes nappal; pedig az nemrég uralkodó divat volt.

Egy időben pedig a krinolint nem a csípőre, hanem a vállra kötötték. A szoknyaujjak voltak olyan bőre szabva, hogy azokat széles abroncsok tartották széjjel, mint a kast, s hogy az öltöny ráncot ne vessen, kitöltötték azt fosztott tollal, mint a vánkost; a ruha pedig bokán felül ért, fodrokkal szegélyezve; s kiegészíté e divatot egy magasra felnyúló s onnan megint aláhajló fésű, melyre a hajat felfeszítették, s a kontyra óriási széles szalagcsokrot tűztek.

Az ilyen viselet nagyon szép volt, amikor divat volt, hanem négy év múlva, amikor már senki sem viselte, tiszta maskara volt, aki még felvette.

Hát Athalie-nak tetszett az, hogy ő ilyen maskarát csináljon Timéából.

Ez a szegény leány, ki soha európai divatot nem látott, úgy volt a piperével, mint minden vad nép nőneme: a felötlő tetszett neki. Úgy megörült, mikor Athalie felöltözteté divatból kiment rikító selyemruháiba; hát még, mikor azt a nagy fésűt a hajába dugta, s a tarka szalagcsokrot a kontyába tűzte. Azt hitte, hogy ő most attól nagyon szép lett. S mikor minden ember mosolygott rá, aki meglátta, azt annak vette, hogy őt most minden ember nagyon csodálja; aztán úgy futott az utcán, hogy ne csodálják. Nem is hítták másnak, mint „a bolond török leány"-nak.

Aztán minden bolondot lehetett vele csinálni, nem neheztelt érte. Nagyon gyermeteg volt még arra, hogy észrevegye, amiért neheztelni kell. A legérthetőbb gúnyt is komolyan vette.

És Athalie különösen szerette gúny tárgyává tenni a gyermeket, kivált férfiak előtt. Ha fiatal látogatók voltak a háznál, azokat biztatta, hogy udvaroljanak Timéának. Nagyon mulattatta őt az, hogy Timéa az udvarlást milyen komolyan veszi, hogy tetszik neki az, ha őt kisasszonynak nézik; ha táncestélyek alkalmával őt is előkeresik valahonnan, s a táncba beviszik; ha bohó udvarlók óriási virágcsokrokat nyújtanak neki összeválogatott, de nem viselni való kerti virágokból, s ha aztán valami furcsát mondatnak vele, amin az egész társaság kacajra fakad. Ah! hogy hangzik ki a kacagás közül magasan Athalie gyönyörű csengő hangja.

Zófia asszony pedig komolyabb szempontból indul ki Timéa irányában. Ő mindig szidja.

Akármit tesz-vesz a leány, azért megkorholja. Az pedig, növendék leánykák szokása szerint, már magától is ügyetlen, s mentül jobban szidják, annál több ügyetlenséget követ el.

- Így kell ezt a csészét feladni, felfordítva? Te bárgyú! Még most sem ismered meg Athalie kanalát? Hát ebből a cukorsüteményből ki torkoskodott? Nem te? Csak próbálj nyalánkodni! Mivel piszkoltad már megint össze a ruhádat? Azt gondolod, mindennap újat kapsz? Így kellett ezt a kést megtörülgetni, he? Ki törte le ennek az ibriknek a fülét? Te, ugye? Csak azért mondod magadra, hogy le ne húzzam a cselédnek a béréből; a tiedből meg nem húzhatom le, mert neked nincs béred.

Athalie kisasszony aztán védelmére kél Timéának.

- De ugyan, mama, ne veszekedj mindig azzal a leánnyal! Te úgy bánsz vele, mintha cseléd volna; tudod pedig, hogy Timéa nem cseléd; azt én nem szeretem, hogy így lármázol reá.

Timéa aztán kezet csókol Zófia asszonynak, hogy ne haragudjék rá, s Athalienak, amiért védelmébe vette, azután ismét mind a kettőnek, hogy őmiatta össze ne vesszenek.

Olyan alázatos, olyan háladatos kedély.

Zófia asszony pedig csak azt várja, hogy Timéa egy percre kimenjen a szobából, s ő elmondhassa, ami a nyelvén van, leányának; de hogy a vendégek is hallják: Timár és Kacsuka kapitány.

- De bizony jó lesz őtet úgy szoktatni, mintha cseléd volna. Tudod, hogy milyen szerencsétlenség érte. Ami pénzt Timár... akarom mondani Levetinczy úr megmentett a számára, kivette kamatra egy földesuraság, az pedig megbukott, minden pénze odaveszett; most egyebe sincs, mint a rajtavalója.

(Ah! tehát már egészen szegénnyé tették! - gondolá utána Timár, s olyan könnyebbülést érzett, mintha egyesztendei tanfolyamot elengedtek volna a tanpályájából.)

- Engem csak az bosszant - mondá Athalie -, hogy mindenre olyan érzéketlen marad. Ha szidják, ha kinevetik, az arca el nem pirulna soha.

- Ez a görög fajnak a sajátsága! - jegyzé meg Timár.

- Ah! bizony nem az! - szólt fitymálva Athalie. - Az betegség jele. Ilyen erőtetett fehér arcszínt, mikor a nevelőben voltunk, akárhány leány tudott produkálni, aki krétát evett és nyers pörkölt kávét.

Athalie Timárhoz beszélt, de szemeivel Kacsuka úrra nézett.

Kacsuka úr pedig egy nagy falitükörbe nézett, ahonnan meg lehetett látni, mikor Timéa ismét bejön az ajtón. Athalie észrevette azt.

És Timár is azt vette észre.

Timéa újra bejött, egy tálcát hozva tele csörömpölő poharakkal, s egész figyelme arra volt fordítva, hogy valahogy azokból egyet el ne ejtsen. Minélfogva aztán, amint Zófia asszony rásikoltott: „vigyázz, el ne ejts valamit!", csakugyan kiejtette kezéből az egész tálcát; szerencsére puha szőnyegre estek a poharak, egy sem tört el, de mind szétgurult.

Zófia asszony sárkánykígyóvá akart lenni rögtön; de Athalie bevágta az útját: „Most ennek te vagy az oka! minek kiáltottál rá? Timéa idebenn marad nálam; hordja fel az ozsonnát a cseléd!"

Ezért aztán Zófia asszony elkeseredett, kiment maga a konyhába, s ő maga hordott fel azután mindent.

Kacsuka úr pedig abban a pillanatban, amidőn Timéa elejté a poharakat, katonai ügyességgel szökött oda, s egy perc alatt összeszedte a poharakat, s felrakta a tálcára, mit Timéa reszkető kezeiben tartott.

A leány nagy, sötét szemeinek hálás tekintete nem kerülé ki sem Athalie, sem Timár figyelmét.

- Ugyan, kapitány úr - súgá Athalie vőlegényének -, csináljon egy kis tréfát; bolondítsa el egy kicsit ezt a gyereket. Kezdjen el neki udvarolni. Az sok mulatságra fog alkalmat adni nekünk. Timéa, te velünk ozsonnázol; ide ülsz a kapitány úr mellé.

Ez lehetett keserű tréfa, lehetett gúnyos kötődés, lehetett hiú féltékenység, lehetett gonoszság. Meglátjuk, mi lesz belőle?

Lázas félénkséggel s rosszul rejtett örömmel ült le az asztalhoz a gyermek, szemközt a hódító szép Athalie-val, ki, midőn azt mondá vőlegényének, hogy vessen oda egy bókot Timéának is, úgy tett, mint mikor egy királynő egy koldusgyermeknek egy aranyat ád. Ez boldog lesz vele - egy napra, ő pedig meg sem érzi.

A kapitány cukorral kínálta Timéát; az ezüstcsíptető nem akart szót fogadni Timéa kezében.

- Vegyen szép kis fehér kezével! - biztatá őt a kapitány.

Mire aztán Timéa olyan zavarba jött, hogy a kivett cukrot a kávésfindzsa helyett a vizespoharába tette.

Azt még sohasem mondta neki senki, hogy szép fehér keze van.

Pedig meglehet, hogy nem is udvarlási szándékból mondta neki azt a kapitány, csak hogy éppen felszabadítsa rá, hogy vegyen az ujjaival a cukorból, hiszen nem anaesthetikus dolog az, ha ilyen tiszta gyermekkéz nyúl hozzá.

Hanem a gyermek fejében megmaradt ez a szó, s gyakran nézegetett lopva a kezeire; ha csakugyan olyan szépek és fehérek-e azok?

Athalie alig tudta visszafojtani nevetését. Élvezetet talált benne, a kötődést folytatni a gyermekkel.

- Timéa, kínáld meg a kapitány urat azzal a cukorsüteménnyel.

A leány leemelte az ezüstállványról a kristálytálcát, s odanyújtá azt Kacsuka úrnak.

- No, válassz ki a számára valamit.

Timéa történetesen valami szív alakú cukorsüteményt választott. Ez a gyermek bizony még azt sem tudta, hogy azt szívnek hívják, sem azt, hogy hát mi az a szív valósággal?

- Ah! ez nekem nagyon sok lesz! - tréfálkozék a kapitány. - Hanem ha ön, szép Timéa kisasszony, meg akarja azt velem osztani?

S azzal kétfelé törte a cukorszívet, s felét visszanyújtá Timéának.

A gyermek otthagyta azt a tányérján, s a világért meg nem ette volna. Ott őrzé féltékenyen a szemeivel, s nem várt, míg Zófia asszony vagy a szobaleány bejön tányért váltani; ő maga sietett összeszedni a csemegés tányérkákat, s eltűnni velük a szobából. Azt a fél szívet bizonyosan meg fogják nála találni. Milyen nagy nevetés lesz abból!

Hiszen semmi sem könnyebb, mint egy tizenöt éves leányt elbolondítani.

Az még mindent elhisz, és hisz a legelső embernek, aki azt mondja neki: de szép fehér kezei vannak!

Kacsuka úr pedig éppen az az ember volt, aki nem bocsáthatná meg magának, ha egy szép leány közelébe jut, annak valami bókot ne mondana. Még az öreg asszonyságoknak is szokott udvarolni. No hisz azoknak már udvarolhat. De nem engedi el magának, hogy még a lépcsőn levilágító szobaleánynak is ne mondjon valami lekötelezőt. Ambícióját találja benne, hogy az ő kék egyenruhájának láttára minden leányszív sebesebben dobogjon. Azért Athalie bizonyos lehet felőle, hogy ő az uralkodó planéta. Hanem Timéával foglalkozni sem kárba veszett fáradság. Most még gyermek ugyan, de előreláthatólag igen szép alak lesz belőle. Aztán árva gyermek, aztán török leány, még meg sincs keresztelve, aztán egy kicsit hóbortos is; ami mind ok arra, hogy az ember lelkiismeret-mardosás nélkül mondjon neki szépeket.

Kacsuka úr nem mulasztott el semmi alkalmat. S menyasszonyának nagy gyönyörűséget okozott vele.

Egyszer azt mondá Athalie Timéának, mikor aludni akart menni:

- Te Timéa, tégedet a kapitány megkért nőül. Hozzámégy-e?

A gyermek ijedten tekinte Athalie-ra, s azzal az ágyához futott, és takaróját a fejére rántá; úgy elbújt, hogy ne lássa senki.

Athalie aztán sokáig gyönyörködött benne, hogy a gyermek nem tud elaludni attól a szótól, amit neki mondott, hogy forog nyugtalanul fekhelyén, és sóhajtoz álmatlanul fél éjen át.

Ez a leánytréfa sikerült.

Másnap Timéa szokatlanul komoly volt, a gyermeteg szeleskedést elhagyta modorából; valami gondolkodó mélaság látszott meg arcán, s egyszerre nagyon kevés szavú lett.

Az arcanum jól hatott.

Athalie az egész háznépet beavatta a tréfába. Timéával úgy bánjanak ezentúl, mint leendő menyasszonnyal, Kacsuka úr jegyesével. A cselédek, a nagyasszony mind kezére játszottak.

De ne mondja senki, hogy ez pogány tréfa volt. Ellenkezőleg. Ez keresztyén tréfa volt.

Athalie azt mondá Timéának:

- No lássad, a jegygyűrűt is elküldé számodra a kapitány. De ezt nem húzhatod az ujjadra, amíg pogány vagy. Elébb keresztyénné kell lenned. Akarod-e, hogy megkereszteljenek?

Timéa keblére tette kezeit, és lehajtá fejét.

- Tehát meg fognak elébb keresztelni. Hanem ahhoz megint szükséges, hogy elébb meg kell tanulnod a vallás hitágazatait, s katekizmust és a bibliai történeteket, meg a zsoltárokat és az imádságokat; el kell járnod a paphoz meg a kántorhoz, aki tanítani fog. Akarod-e?

Timéa csak a fejével inte.

És azután eljárt mindennap a paphoz meg a kántorhoz, és hordta a hóna alatt az énekes- és imádságoskönyveket, mint a kis iskolás leányok, s este későn, mikor már mindenki lefeküdt, kivette magát az üres előszobába, ott tanulta fél éjszakákon át az egyiptomi tíz csapást, a Sámson és Delila, a József és Putifárné. Istent dicsérő és szívnemesítő történeteit fennhangon. Nehezen tanult, mert sohasem volt hozzászoktatva. Rettenetes munka volt neki az absztrakt, érthetetlen katecheticus tételeket betanulnia. De hát mit meg nem tett volna azért, hogy meg lehessen keresztelve.

- No lássák! - mondta Athalie, olyankor, mikor Timár is ott volt. - E nélkül a biztatás nélkül soha rá nem lehetett volna venni, hogy megtérjen, s tanuljon valamit, s hogy megkeresztelhessék. Így pedig hogy iparkodik mentül hamarább készen lenni.

Tehát még egészen kegyes munka volt a gyermek fejét így elkábítani azzal, hogy ő már menyasszony.

És Timár látta azt, hogy milyen kegyetlen játékot űznek a szegény gyermekből, és nem szólhatott neki. Mit is mondhatott volna? Nem értette volna az azt meg.

Még rontott a dolgán az, hogy ő a házhoz járt, mert Timéa előtt kiegészíté a mesét. A gyermek mindenkitől azt hallá, még a komoly öreg Athanáz úr is elejtett néha egy olyan példálózást, hogy ez a gazdag Levetinczy úr Athalie miatt jár a házhoz. És azt igen természetesnek is találta. A gazdag úr gazdag leányt keres. Hozzá is illik mindkettő egymáshoz. Hát akkor a szegény magyar katonatiszthez ki illenék más jobban, mint egy éppen olyan szegény leánya egy török katonának? Ezt így tartotta ő legtermészetesebbnek.

Tehát tanult éjjel-nappal.

Káté, zsoltár, biblia végit járta már; ekkor egy új tréfát találtak ki számára.

127

Elmondták neki, hogy ki van tűzve már a menyegző napja; hanem addig a napig el kell készülni sok-sok köntösnek. A sok fehérnemű, a sok pipere, cicoma hátráltatja a napokat. Hát még a menyasszonyi köntös, amiben esküvőre fog menni! Azt magának a menyasszonynak kell saját kezűleg kihímezni. Ezt már értette Timéa: ez törökül is így van. És gyönyörűen tudott hímezni selyemmel, ezüsttel és arannyal. Arra tanították meg otthon a háremben legjobban.

Hát aztán odaadták neki Athalie menyasszonyruháját, hogy varrjon rá oly pompás hímet, aminőre otthon tanították. Azt mondták, hogy ez az ő saját menyasszonyi köntöse lesz. Timéa telides-tele rajzolta annak uszályát, széleit gyönyörű arabeszkekkel, s aztán hozzáfogott azoknak kihímezéséhez. Remekmű készült ujjai alatt. Korán reggeltől késő estig dolgozott rajta; mikor a látogatók jöttek is, nem tette le kezéből a munkát; dolgozva beszélgetett velük, s jó volt, hogy szemeit örökösen a hímzésre lesütve tarthatá; nem kellett senkinek a szemébe néznie.

És azért is jó volt, hogy nem láthatta, hogy kigúnyolják a háta mögött. A némberek integetnek egymásnak s a látogatóba jött férfiaknak, hogy ez most azért siet oly szorgalmasan a hímzéssel, mert azt hiszi, hogy a saját köntösét varrja. A kis bolond! Timár látta ezt mind.

Óh! hányszor távozott el e háztól oly keserűséggel szívében, hogy mikor a lépcső alján azt a két márványoszlopot két kezével megfogta, Sámson jutott eszébe, aki magára dönti a filiszteusok házát.

Mikor dönti hát már?

Az a nap pedig, amelynek közeledtét oly titokteljes remegéssel várta Timéa, csakugyan Kacsuka úr esküvőjének napja volt, de Athalie kisasszonnyal.

Hanem annak a napnak sajátságos akadályai voltak még a világon. Nem az égi aspektusokban, nem is a szeretők szíveiben (mert hiszen szeretik azok egymást, amennyire éppen szükséges), hanem - Brazovics úr pénzviszonyaiban.

Kacsuka úr, mikor Brazovics úr leánya kezét megkérte, igen őszintén feltárta előtte a sorsát. Ő szegény legény, ami jövedelme van, az éppen arra elég, hogy mint magános ember, katonai rangjához illően megjelenhessen a világ előtt; de egy nőt abból eltartani nem lehet, s különösen egy nőt, aki minden kényelemhez és fényűzéshez van szokva; azért tisztán és világosan megmondta az apának, hogy ő csak azon esetben nősülhet, ha feleségének hozománya azt képessé teszi a háztartás fedezésére. No, ez ellen Brazovics úrnak sem volt semmi kifogása. Ő nem fukarkodik ily kérdésben. Ő leányával a menyegző napján százezer forintot ád készpénzben nászhozományul, s azzal tehetnek, amit akarnak.

És akkor, amikor ezt megígérte Brazovics úr, képes is volt azt teljesíteni. Hanem azóta közbejött ez a Timár. Ez mindenféle hallatlan utakon és módokon annyi zavart csinált Brazovics úr spekulációiban, úgy megrontotta legbiztosabb számításait, úgy megtörte a gabonapiacon, úgy kitúrta a versenyzéseknél, úgy betette előtte az ajtót a hajdani befolyásos köröknél, hogy Brazovics úr ez idő szerint lehetetlenségnek találta akárhonnan is százezer forintot előteremteni.

Az is igaz volt, amit Kacsuka úr Timárnak mondott, hogy Brazovics úr maga sohasem tudja, hogyan áll az üzlete; vajon víz fölött úszik-e vagy víz alatt? Úgy össze vannak abban bonyolítva új vállalatok a régiekkel, hasznosak a károsakkal, úgy másznak egymás hátára abban a képzelt nyereségek, behajthatlan követelések az önmagától eltitkolt tartozásokkal, a lerázhatatlan szerződésekkel, per alatt levő kétséges ügyekkel, hogy Brazovics úrról senki sem tudhatja, ő maga legkevésbé, hogy mikor Krőzus, mikor Irus. Azért akinek igénybe vehető százezer forintja van nála, az okos ember lesz, ha ezt inkább ma akarja látni, mint holnap.

És Kacsuka úr volt ennyire okos ember.

Athanáz úr egypárszor elővette, hogy megközelítse a hadmérnök sáncait; tett neki kedvezőbb ajánlatokat: minek az ő kezébe az a százezer forint, az asszony majd eltékozolja azt; annak a kamatja csak hatezer forint. Nem jobb lenne-e, ha Athanáz úr évenkénti nyolcezer forint segéllyel váltaná fel azt, s a tőke maradna nála? Nem jobb lenne-e, ha egy fekvő birtokát engedné át az új párnak, mely hétezer forintot jövedelmez? De a hadmérnök nem engedte az utolsó redoute-ját bevétetni. Rögtön betömte a viárkokat, s azzal fenyegetőzött, hogy a levegőbe röpíti az egész házassági citadellát, ha őneki a százezer forintot esküvő előtt le nem fizetik.

Brazovics úr tehát nagyon meg volt akadva, s ha volt valaki, aki még nagyobb elkeseredéssel nézte a Timéa ujjai alatt készülő nászruhát, mint Timár, úgy az bizonyosan Brazovics úr volt.

De ad vocem Timár! Egy mentő gondolat támadt Brazovics úr fejében.

Ezt a Timárt ő gyűlöli nagyon. Elvesztené egy kanál vízben. Vajon nem jó volna, ha a leányát hozzá adná feleségül?

Hiszen nincsen ő Kacsuka úrhoz hozzávarrva. Ha nem akar a kapitány házasodni, hát menjen sáncot ásatni; itt az a kérdés, hogy Athalie férjhez menjen.

És a csere nem volna rossz. Ez a Timár ugyan egy megvetésre méltó gézengúz, egy felakasztani való rabló, de mindjárt nem lenne az, mihelyt Athalie-t nőül venné. Lám, még az is egyszerre becsületes emberré lenne általa. Megszűnnék az ellenségeskedés, a versenyzés; társ lenne az üzletben; minden újra rendben lenne.

És a dolog egészen valószínű. Timár sokat jár a házhoz. Csak nem a szolgálók kedvéért jár? Csak az a hiba nála, hogy olyan szemérmetes. Nem mer nyilatkozni, hogy hajdani főnöke kisasszonyáig merte légyen emelni a szemeit. Meg ettől a katonatiszttől is tart; fél, hogy levágja a nyakát. No, ezen a félénk emberen segíteni kell.

Egy délután Athanáz úr dupla porció ánizsszeszt töltött a feketekávéja közé (ami a bátorságot növeli), azt saját szobájába vitette, meghagyva az asszonyoknak, hogy ha Timár jön, küldjék át hozzá egy szóra.

Azzal rágyújtott szobájában a török dohányra, s olyan ötödik elementumot csinált maga körül füstből, hogy amint abban alá s fel járkált, el-eltűnt benne, s megint úgy merült ki belőle kiülő nagy vörös szemeivel, mint az óriás tintahal, aki lesi a tengerbe eső prédát, hogy kiszíja a vérét.

Nemsokára jött a préda.

Timár, amint megérté Zófia asszonytól, hogy Athanáz úr akar vele beszélni, sietett át hozzá.

A nagy tintahal odaúszott eléje a füsttengeren keresztül, rámeresztve polypusi két ijesztő szemét, s a tengerbeli szörnyeteg módjára rögtön megrohanta ragadmányát, s egyenesen a szájába kiáltott:

- Hallja az úr! Miért jár az úr ehhez a házhoz? Mi célja van az úrnak az én leányommal?

Ez a legjobb mód az ilyen gyáva legényt nyilatkozatra bírni. Az ilyen szótul az ember megijed: forogni kezd vele a világ; mire észreveszi, elesett, s hova esett? bele a szent házasságba!

Borzasztó dolog az ilyen kérdésre megfelelni.

Timár legelőször is azt tudta meg Athanáz úr szavából, hogy az most nagyon sok anisette-et ivott. Attól ilyen vitéz.

- Uram - monda neki nyugodt hangon -, énnekem az ön kisasszonyával semmi célom sincsen. S annál kevésbé is lehetne, minthogy a kisasszonynak már vőlegénye van, s az nekem jó barátom. Hogy miért járok én önnek a házához, azt megmondom. Ha nem kérdezte volna ön, nem szóltam volna; de mert kérdezte, hát tudja meg. Én azért járok ide, mert megfogadtam az ön szerencsétlenül elhalt barátjának és rokonának, hogy árva gyermekére ügyelni fogok. Én jártam ide azért, hogy meglássam, mint bánnak önök a kezükre bízott szegény gyermekkel. Cudarul bánnak önök vele, Brazovics uram, cudarul! Ezt én önnek szemébe mondom, és a saját házánál. Ön elsinkófálta az árvának minden vagyonát! Igenis! elsinkófálta: ez rá az igazi szó. S önnek az egész családja átkozott gúnyt űz a szegény gyermekből. Megmérgezik a lelkét egész életére. Megveri önöket az Isten! És most utoljára találkoztunk ketten együtt ennél a háznál, Brazovics uram, s ne kívánja ön megérni azt az órát, amikor még egyszer ide visszajövök!

Timár megfordult a sarkán, s becsapta az ajtót. A tintahal pedig visszasüllyedt dohányfüst iszapja homályos mélyébe, s kihörpentve a harmadik pohár anisette-et, gondolá magában, hogy erre ugyan kellett volna valamit mondani, de mit?

Timár pedig visszament a látogatási terembe. Nemcsak a kalapjáért, amit otthagyott, hanem egyébért is.

A teremben nem volt más, mint Timéa. Athalie és vőlegénye a mellékszobában voltak.

Timár kigyulladt arcán Timéa észrevette a nagy változást. A mindig szelíd, alázatos arc most büszke volt és indulattól átszellemült, ami azt egyszerre széppé tette. Sok arc megszépül, ha a szenvedély átlobog rajta.

Egyenesen odament Timéához, ki a nászruhára aranyrózsákat hímzett ezüstlevelekkel.

- Timéa kisasszony! - szólt forró, mély hangon. - Én most kegyedtől búcsút veszek. Legyen ön boldog: legyen ön még sokáig gyermek. De ha egyszer eljön egy olyan óra, amelyben ön boldogtalannak fogja magát érezni, gondoljon rá, hogy van egy jó ember, aki önért...

Nem tudta tovább kimondani. Hangja elakadt, szíve elszorult.

Timéa kiegészíté az elakadt szót.

- Háromszor...

Timár megszorítá kezét, s súgva rebegé:

- Örökké.

Azzal meghajtá magát, s eltávozott, anélkül, hogy a mellékszobában levőknek alkalmatlankodott volna.

Nem jött ki a száján a szó, hogy „Isten önökkel!". Óh! hisz e percben arra gondolt: hogy Isten elvegye a kezét erről a házról.

Timéa kiejté kezéből a hímzést, s mereven nézett maga elé, még egyszer sóhajtva: „háromszor". Az aranyfonál kicsúszott a tű fokából.

Mikor Timár lement a lépcsőn, megint elhaladt ama két márványoszlop mellett, amik a lépcsőpadmalyt tartották.

Minő dühvel ütött rá az oszlopra öklével!

Vajon megérezték-e azok odafenn azt az ütést? Nem mondta meg nekik a megrázkódó épület, hogy siessenek imádkozni, mert a fejükre szakad a tető? Azok nevetnek a megtréfált gyermek fölött, ki oly sietve hímzi menyasszonyi köntösét.

EZ IS EGY TRÉFA

Az új nemes Levetinczynek nagy híre volt már nemcsak Magyarországon, de Bécsben is.

Azt mondták róla, hogy „arany ember"! Amihez hozzányúl, az arannyá válik! amit ő megkezd, az aranybánya. Itt van az aranybánya, nem a Csetátye Máréban, nem Selmec alatt, nem Vöröspatakon.

Fő tudomány az, hogy „előbb" megtudja az aranybányász, mint üzlettársai, hogy a magas kormány minő nagy vállalathoz szándékozik hozzákezdeni. Ebben a tudományban volt Timár tökéletes.

Ha Timár valami vállalkozáshoz kezdett, mint a raj, tódult utána az üzérek serege, azt tudta mindenki, hogy ott arany van, csak fel kell venni.

De nemcsak ezért hítták Timárt arany embernek, hanem még másért is.

Azért, hogy sohasem csalt, nem csempészett.

Nagy vállalatoknál elég nagy a tisztességes nyereség is; aki lop, csal még azon felül, az bolond ember, mert bevágja az aranytermő bánya útját, s elveszti a kirabolt eret. Aki egy garas nyereséggel beéri egy forint után, az derék, becsületes ember; de egymilliónál az ötvenezer forint, s hozza maga után a másik milliót. Csak nem kell vele csúnyául bánni. A szerencse istennője úgyis elég decolletirozva jön elénk, nem kell még azt az utolsó kis tunique-t is lehúzni róla, mert akkor megapprehendál.

S ebben volt Timárnak a helyes tapintata. Nagy pénzeket nyert, mert nagyokra vállalkozott; de nem csalt, nem lopott soha, mert nem is kockáztatott soha. Nyereségéből azoknak is bő részt juttatott, akiktől függött, hogy egy vállalatot megkapjon, és jutányos föltételeket kapjon, s ezáltal nyitva tartá maga előtt folytonosan az aranybányát.

Sőt néha valóságos nyereséget is hozott az államnak olyan cselszövények által, mikben az állam pénztára ellen összeesküvő versenytársai lettek kijátszva. Ebben aztán a versenytársak romlása is egyik haszon volt. No azok nem is mondták arany embernek; de a kormánykörökben az volt a neve, s a szegény köznépnél szintén.

Egyszer elkezdett szőlőket vásárolni a Monostoron.

A Monostor egy magas domb Új-Szőny fölött, melyet az újabb kori német hadászok „Sandhügel"-nek neveznek: homokdomb. Innen is sejtheti mindenki, hogy nem valami pompás bor teremhet rajta. Valami közönséges bort termő szőlő pedig úrfélének nem való, mert nem fizeti ki a munkáltatást. És Timár mégis összevásárolt belőle valami tíz holdat.

Az üzletvilágban ez szemet szúrt. Mit akar ez ott? Ott valami aranybánya lesz?

Brazovics úr azt hitte, hogy helyes nyomra akadt; megrohanta Kacsuka urat saját odújában.

- No, fiamuram, most mutassa meg, hogy igazán hű emberem, hogy igazán apjának tekint. Vallja meg, hogy a kormány a Monostoron várat akar építeni. No, ne ellenkezzék. Én tudom, hogy ön a hivatalát kockáztatja, ha ilyen titkokat elárul. Én tudom, hogy ez becsületbeli dolog. De én becsületem szentségére esküszöm, hogy el nem árulok senkinek semmit. Csak nekem mondja meg igazán. Tüzes harapófogóval sem hagyom kicsikartatni magamból a titkot. Látja, ez a gazember Timár most ott vásárol telkeket nyakra-főre, ennek már elárulta valaki. Ne engedjük neki oda egészen a kövér falatot. No, ugye, hogy várat fognak építeni a Monostorra?

Kacsuka úr aztán csak ki hagyta magából szorongattatni, hogy hát igen. El van határozva a Hofkriegsrathban, hogy Komárom erődítéseit odáig kiterjesztik.

Óh! be kedves tudomány volt ez Athanáz úrnak. De sok szép százezer forintot besöpört ő hasonló alkalommal, mikor előre összevásárolta a kisajátítandó vityillókat, s eladta őket a kormánynak mint palotákat.

Csak még az erődítési tervet szerette volna látni; azért könyörgött nagyon szépen leendő veje urának, csak azt mutassa meg, csak egy pillanatra.

No hát meg hagyta neki nézni azt is Kacsuka úr.

Athanáz úr mindent megtudott aztán abból. Milyen darabot fog kisajátítani a kormány? mely telkek esnek az erődítési vonalba? Ez a gézengúz Timár csakugyan kikereste magának azt a helyet, ahová a fellegvár jön.

„És minő kulcs van megállapítva a kisajátítási árra nézve?"

Ez ám a fő kérdés.

De már ennek az elárulása Kacsuka úrtól csakugyan kriminalitás volt. Azt is elmondta Athanáz úrnak.

Az van megállapítva kulcs gyanánt, hogy a legutolsó vételárnak kétszeres összegét fizeti a kormány.

- Elég! - kiálta Athanáz úr, megcsókolva leendő veje urát. - Elég! A többi az én dolgom! A százezer forint itt lesz az asztalon esküvő napján. Elég!

Azzal rohant a munkának.

Pedig nem volt „elég", amit megtudott, még valamit jó lett volna megtudakolnia Kacsuka úrtól; s azt a valamit Kacsuka úr el is mondta volna neki, ha már ennyit elmondott; de hát Athanáz úr nem kérdezte tőle, s így tudatlan maradt felőle, s aztán úgy járt, mint a vak légy, amelyik az ablaknak repül. A Kacsuka úr pedig nem kívánta már a százezer forintot sem, és ami vele jár sem. Ha meglesz, nem bánja, de ha nem lesz, sem bánja.

Brazovics úr azonnal vágtatott Új-Szőnybe, s járta sorba a szőlősgazdákat, hogy ki adja el a szőlőjét? Vette tőlük, ahogy adták, aki nem akarta adni, annak háromszoros árakat ígért. Hiszen annál jobb rá nézve, mentül drágábban veszi; a kisajátítási kulcs szerint ugyanannyi a saját nyeresége.

Hanem ez azután a többi spekulánsok figyelmét is megragadta. Jöttek a versenytársak is a szőlőkért árverezni; a szegény monostori sárfehér és juhfarkú soha el nem tudta gondolni, hogy lett őbelőle olyan híres bor, hogy még szüret előtt lefoglalózzák? A szőlőárfolyam végre ott állt meg, hogy amely telkekért a terv elárulása előtt legfeljebb százezer forintot fizetett volna a kormány, az új bevásárlók kezéből azokat most már ötszázezerért kaphatta meg. Maga Brazovics úr százezer forintig vásárolt belőle, pedig ugyan nagy kínnal szerezte a pénzt: potom árért adta a gabonáját; hajóin túladott, nagy kamatot fizetett, rábízott idegen pénzekhez hozzányúlt. Hanem hiszen ezúttal bizonyosra játszott. Timár is benne van a dologban! Az ugyan legrosszabbul járt, mert még ő nagyon olcsón vásárolt; keveset fog nyerni. De, mivel ő is benne van, a dolog bizonyos, s a spekulánsok még ez évben megkapják az egész nyereséget. Hisz az állam fizeti, annak pedig mi adjuk a pénzt; tehát tulajdonképpen csak a magunk pénzét vesszük vissza.

Timár pedig ezúttal is ravaszkodott. Ez egy kimért csapás volt tőle Brazovics Athanáz fejére.

Timár azt is tudta, amit Athanáz úr elmulasztott Kacsuka úrtól megkérdezni.

Mert az mind igaz volt, hogy a kormány a komáromi várerődítést nagy mérvben szándékozik kiterjeszteni, s ahhoz még ez évben hozzáfognak. Csak az volt a nagy kérdés, hogy hol kezdik el.

Mert az harmincévi munka!

Timár nagyon gonoszul tréfálta fel a versenytársait. Azok ugyan meg fogják átkozni.

Hanem mint jó kereskedőnek mindig gondja volt rá, hogy mikor valami olyan dolgot mível, amiért sokan elátkozzák, ugyanakkor egy másik olyant kövessen el, amiért még többen áldani fogják, úgy, hogy az átok és áldás mérlegének egyenlősítése után még mindig maradjon a részére egy kis „Saldo-Vortrag" az „áldás"-táblázatra.

Timár odahívatta magához Fabula Jánost.

- János! - monda neki - kend öreg legény már, meg van törve a sok fáradságtól; nem jó volna-e már valami pihenésre gondolni?

Fabula János egészen rekedt volt már, úgy beszélt, mintha a súgólyukból valami darabot súgna a színészeknek.

- Bizony, nagyuram, magam is azon gondolkozom már, hogy odahagyom a vizet, s valami földi foglalatossághoz látok. Nem jók már a szemeim. Legjobb szeretném, ha betenne nagyuram az uradalmába valami sáfárnak vagy kulcsárnak.

- Én jobbat tudok annál kend részére, János! Nem él kend meg már abban a rác világban odalenn. Itt meg hozzá van szokva a komáromi fehér cipóhoz. Legyen kend szekeresgazda.

- Az volna nekem jó; hanem hát kettő hiányzik belőle: a szekér meg a gazdaság.

- Majd megjön mind a kettő. Valami jutott eszembe. A város most árverezteti a Vág-Duna melletti régi marhalegelőt. Menjen oda kend, és vegye meg az egészet.

- Hohó! nagyuram! - szólt rekedt nevetéssel Fabula János. - Hiszen ha én azt megvenném, soha akkora kétszarvú állat azon a legelőn nem járt, mint amekkora én lennék. Hiszen puszta föld az, nem terem azon más, mint széki fű, herbaté; én pedig azt a patikában nem árulom; aztán meg iszonyú darab föld az; sok ezer forint kell ahhoz.

- No csak ne okoskodjék kend, hanem tegye azt, amit én mondok. Menjen oda. Itt van kétezer forint bánatpénz; ezt tegye le az árverésnél; aztán ígérjen rá, míg rajta marad; de senkinek másnak azt a darab földet át ne engedje; amennyiért rajta hagyják, annyiért tartsa meg; senkivel meg ne ossza, akárki ajánlkozik hozzá társnak. Amit majd fizetni kell érte, azt én kölcsönadom kendnek; megadhatja nekem, majd ha lesz, nem kérek tőle kamatot, sem a kölcsönről nem kérek írást; becsületre megy az egész alku. No hát csapjon a tenyerembe.

Fabula János nagyon csóválta a fejét.

- Semmi kamat; semmi írás; tenger sok pénz, rossz parlag föld! Mégiscsak az lesz ennek a vége, hogy engem elébb-utóbb becsuknak, s lehúzzák a lábamról a csizmát.

- Ne féljen kend semmit, János. Egy esztendeig kendé lesz az a föld, ami haszon lesz rajta azalatt, az minden bizonnyal a kendé marad.

- De hát mivel szántsam fel, s mit vessek bele?

- Sehogy sem szántja fel, s nem vet bele semmit; hanem most menjen, és végezze, amit mondtam. Azért lesz azon aratás. De ezt ne mondja senkinek.

Fabula János hozzá volt szokva, hogy Timárnak minden tettét és mondását a legnagyobb ostobaságnak tartsa a priori; de amellett mindent végrehajtson föltétlen engedelmeskedéssel, mivelhogy a posteriori arról kell meggyőződnie, hogy ezek a hallatlan ostobaságok mind válogatott bölcsesség következményeit szülik magukból. Azért ugyan ostobaságok maradnak; hanem hát ennek az embernek valami spiritusa van.

Annálfogva cselekedett úgy, ahogy Timár tanácsolta.

S mármost nyissunk tért e sajátságos eljárás magyarázatának.

Az egész erődítési terv a komáromi vár körül igaz és való volt.

Az udvari haditanács elhatározá e várnak nagyszerű táborhellyé átalakítását. S e célból kimerítő tervek készültek, amik magukban foglalák a monostori fellegvár építését, s azt a hosszú erődvonalat, mely a Vág-Dunát a győri Duna-ággal összekötendő volt, amit most Nádor-vonalnak hínak, s melynek homlokzata a monostori körönd ágyúival összeműködve, az egész várat és várost egy erődített gyűrűbe foglalná bele.

A munka bevégzése harminc-negyven évi időre lett kiszámítva. A költség ugyanannyi millióra.

A terv létesítése minden bizonnyal el lett már határozva az összes kormánytanácsban. Erre föltétlenül lehetett már számítani.

Csak egy esély forgott fenn, amit a Hofkammernek adott a szájába valami besúgó.

Az, hogy ha nem egyszerre fognak hozzá az erődítés minden szakaszához, akkor fölösleges lesz egyszerre kisajátítani a tervbe eső valamennyi telket. Elég lesz egyelőre a két Duna-ág közötti Nádor-vonal számára szükséges helyek kisajátítása, a monostori kisajátítás maradhat még húsz esztendeig is.

Csakhogy az üzérek, akik ez új erődítéseknek neszét vették, éppen a monostori homokdombra vetették minden iparkodásukat, a két Duna közötti térre nem gondolt senki; ott egy roppant területet, melyet a város árvereztetett, Fabula János uram vehetett meg húszezer forintért.

Mármost ha a monostori kisajátítás elmarad, akkor majd csak húsz év múlva kerül rá a sor, s ez idő alatt a semmi hasznot nem hajtó szőlőkbe vert pénzük a spekulálóknak másfélszer föleszi magát kárba veszett kamatokban.

Ezt a tréfát szerezte meg Timár versenytársainak s azok között a legdühösebbnek, Brazovics Athanáznak; mert amint ő a monostori telkeket megvette, azonnal elkezdett minden eszközt megmozgatni, hogy a bécsi kormányban érvényre ne jusson a Hofkriegsrathnak az a szándoka, hogy az erődítési tervet egyszerre minden ponton megkezdjék.

Így állt ez az ügy három nappal Athalie menyegzőjének határnapja előtt.

. . . .

Két nappal a menyegzői nap előtt Fabula János uram röpült be Timár úr folyosójára.

Igenis, röpült. Köpönyeg volt rajta, ami röptében beillett neki szárnynak.

„Tízezer! Húszezer! Negyvenezer! Commissio! Fizetés! A császár, a király! Puszta legelő! Aratás!"

Ez így dűlt belőle; összefüggés nélküli szavak, miket végre Timár ekként szedett neki rendbe:

- Jól van, János. Tudom, mit akar mondani. Ma volt kinn a bizottság megszabni a földek értékét, amik az új erődítési vonalba esnek. A kend birtokát, amit vett húszezer forinton, kisajátították negyvenezer forintért. Most a fölösleg a kend haszna. Ez volt az aratás. Ugye, így mondtam?

- Így mondtad, uram, eszem azt az „Aranyszájú Szent János-i" beszélődet. Hiszen így van ez, mármost látom. Húszezer forintot kapok most ingyen, azt is látom; soha életemben annyi pénzt nem kerestem a két tenyeremmel. Húszezer forint! Meg vagyok bolondulva! Az eszem tótágast áll bennem.

Engedje meg nagyuram, hogy egy cigánykereket vessek.

Timár megengedte.

Fabula János vetett aztán nem egy cigánykereket, hanem hármat, végig a folyosón. Aztán vissza megint három cigánykereket, mely után ismét talpra állt egyenesen Timár előtt.

- Így ni! Mármost értem a dolgot. Tehát az a sok pénz most az enyim! Megyek. Megveszem a zsidó templomot.

(S nehogy valaki azt higgye, hogy ez utóbbi mondat valami rossz élc volt Fabula Jánostól, meg kell mondanunk, hogy az akkori viszonyok között az Izrael vallását követő lakosok egy új imaházat kényszerülvén építeni a gróf Zichy-féle *nemesi* telken, a régibb héber imaház csakugyan árverés alá volt bocsátva, s az Fabula Jánosnak különösen megtetszett.)

De minekelőtte azt megvette volna, még aznap hatszor ellátogatott Timár úrhoz; egyszer a feleségét hozta el, másodszor az eladó leányát, harmadszor a menyecske leányát, negyedszer az iskolából kikerült fiát, ötödször az iskolába járó fiát; a felesége hozott Timár úrnak pompás domború barnapiros hátú komáromi fehér cipót, mosolygó aranyszín gyürkével az oldalán, a menyecske leánya hozott neki egy tál felséges mézédes csíramálét; az eladó leánya egy mézeskalácsból, piros tojásból, aranyfüstös diókból s különféle cifra papirosokból mesterségesen összeállított „mátkatálat"; a nagy suhanc híres madarász volt, az hozott neki egy kalickát, tele stigliccel meg vörösbeggyel, az iskolás gyerek pedig hozott neki egy verses köszöntőt. Egész nap ott hálálkodtak neki, s este későn mind a hatan odajöttek az ablaka alá elénekelni: „óh! mely boldog az oly ember éltében!"

...De hát még majd a versenytársak - és azok közt Brazovics úr - mit fognak neki hozni és énekelni, ha megtudják, hogy mibe mártotta őket bele a monostori vásárlással!

A MENYASSZONYKÖNTÖS

Csak három nap volt még hátra a menyegzőig.

Vasárnap délután Athalie kisasszony elment sorba látogatni leánykori barátnőit. Ilyenkor az a kiváltságuk van a kisasszonyoknak, hogy egyedül tehetnek látogatást, anyai kíséret nélkül; hisz annyi titkos mondanivalójuk lehet egymás között - utoljára leánykorukban.

Tehát Zófia asszony is otthon maradhatott. Ő örült annak legjobban, hogy van valahára egy nap az esztendőben, amikor nem kell látogatóba menni, látogatást várni, leányt strázsálni, német társalgást hallgatni, amiből ő egy szót sem értett, hanem otthon lehet maradni, s visszagondolni boldog szobaleány korára, mikor egy ilyen szabad vasárnapi délután teleszedte kötényét főtt kukoricával, aztán kiült a lócára, s egész estig hámozta a kukoricát, és eszegette szemenkint, s közben pletykázott vidám cselédpajtásnőkkel.

A szabad nap, a főtt kukorica most is csak megvolna, csupán a cselédpajtás hiányzik a konyhalócáról. Zófia asszony még a szobaleányt és a szakácsnőt is elbocsátotta sétálni, hogy egyedül maradhasson a konyhában; mert főtt kukoricát szobában enni nem lehet, az elszórandó héjak miatt.

Aztán csak került rangjához illő társaság is. Odasompolygott hozzá Timéa. Annak sem volt már semmi dolga; a hímzet elkészült a menyasszonyi ruhán, most már a szabónál van az, aki azt bizonyosan el fogja készíteni az utolsó napnak az utolsó órájára.

Timéa éppen odaillett Zófia asszony mellé a lócára. Ez is olyan eltűrt lény a háznál, mint ő. A különbség kettőjük között csak az, hogy Timéa azt hiszi magáról, hogy ő kisasszony, míg mindenki tudja róla, hogy ő csak cseléd; Zófia asszonyról pedig mindenki tudja, hogy ő úrasszony; de ő maga azt hiszi magáról, hogy ő csak cseléd.

Tehát Timéa odabújt Zófia asszony mellé a kis padra, mint ahogy szoktak pesztonka és szakácsnő, akik egész héten mindig teszik és tűrik a veszekedést, vasárnap aztán egymás mellé ülnek, és pletykáznak.

Csak három nap volt még hátra a menyegzőig.

Timéa széttekintett félénk figyelemmel, ha nem hallgatózik-e valaki?, s aztán azt kérdé súgva Zófia asszonytól:

- Zófia mama, mondja meg nekem: *milyen az az esküvő?*

Zófia asszony vállai közé húzta a fejét, döncölő rázogatással, mint mikor valaki *befelé* nevet, s ravasz szemeivel a kérdő gyermekre sandított. Igazi vén cselédi rosszalkodással kapott a kis cseléd nevetséges gyöngéjén, hogy azt azután megtódítsa.

- Hjaj, te Timéa - kezdé mesemondó ájtatossággal -, az nagyon szép dolog; hiszen majd meglátod.

- Egyszer már meg akartam lesni a templomajtóból - gyóná meg őszintén a leány -, odalopóztam, mikor egy olyan esküvő készült odabenn; de nem láthattam többet, mint mikor a vőlegény meg a menyasszony odamentek egy szép aranyos almáriom elé.

- Az az oltár!

- Akkor egy rossz gyerek észrevett, s kikergetett a templomból: „Kimégy innen, te török leány!" Én aztán elszaladtam.

- Hát tudod - kezdé a magyarázatot Zófia asszony, szemenkint hámozgatva s rakva a szájába a főtt kukoricát -, azután azt csinálják, hogy előjön a tisztelendő úr, a pópa, a fején van egy aranysüveg, a vállán nagy aranycsatos hímzett köpönyeg selyemből; kezében egy nagy kapcsos könyv. Abból olvas és énekel gyönyörűségesen. A vőlegény meg a menyasszony letérdelnek az oltár zsámolyára. Akkor aztán megkérdi a vőlegénytől meg a menyasszonytól, hogy szeretik-e egymást.

- S azután felelni kell?

- Hát persze! Nemcsak azt kell megmondani, hogy szeretem, hanem azután még abból a könyvből felolvassa a pap először a vőlegény előtt, azután a menyasszony előtt az esküvést, hogy ők egymást ezután is mindig szeretni fogják, soha el nem hagyják, holtig egymáséi maradnak, s megesküsznek az atya-, fiú-, szentlélekre, a boldogságos szűzre és minden szentekre, örökkön-örökké Amen. Az egész kórus énekli utána az Ament.

Timéa fázósan borzongott össze.

- Akkor azután a pap előveszi egy ezüsttálcáról a két jegygyűrűt, s az egyiket a menyasszonynak, a másikat a vőlegénynek az ujjára húzza, s azután a kezeiket egymásba teszi, azokat egy aranyos övvel bepólálja. Azalatt a kántor meg a kórus orgonaszó mellett éneklik, hogy „Goszpodi Pomiluj, Goszpodi Pomiluj".

Ah! milyen bűbájosan hangzó szónak tetszett ez Timéa előtt! Goszpodi Pomiluj! ez bizonyosan valami áldást hozó bűvige lehet.

- Azután leterítik a vőlegényt is, a menyasszonyt is egy vég nehéz virágos selyemmel, tetőtől talpig, s azalatt, míg a pap rájuk olvassa az áldást, a két násznagy két ezüstkoronát tart a fejük fölött.

- Ah!

Zófia asszony kapott a gyermek érdekeltségén, s hozzálátott annak a képzeletét felgyújtogatni - az oltári gyertyákkal.

- Ezalatt folyvást énekli a kórus a „Goszpodi Pomiluj"-t. Akkor a pópa kezébe veszi az egyik ezüstkoronát, s odanyújtja azt a vőlegénynek, hogy csókolja meg. Mikor azt megcsókolta, szépen a fejére teszi, s ezt mondja hozzá: „Én tégedet, Istennek szolgáját megkoronázlak ezen Isten szolgálójának urává!" Azután pedig veszi a másik ezüstkoronát, s azt megcsókoltatja a menyasszonnyal.

- Azt is megkoronázza?

- Azt is.

- Hát annak mit mond?

- Annak meg azt mondja: „Én tégedet, Istennek szolgálóját megkoronázlak ezen Isten szolgájának asszonyává."

- Nagyon szép! Az igen szép!

- Akkor azután a diakónus elkezd imádkozni az új párért, s azalatt a pópa megfogja a kezeiket, s háromszor körülkerüli velük az oltárt. Mikor az megvan, akkor a násznagyok leveszik róluk a selyemterítőt, amivel le voltak takarva mind a ketten. A tenger sokaság ott a templomban ezt mind nézi, s úgy suttogják az emberek: „Jaj, de drágalátos szép menyasszony! Jaj, de gyönyörű egy pár!"

Timéa szűzies ábránddal bólingatta fejét, mintha úgy találná, hogy ez jól is van így, s nagyon szép lehet.

Zófia asszony nagy lélegzetet vett a tovább mondandókhoz.

- Akkor aztán a pópa egy aranypoharat hoz elő, abban bor van. A vőlegény és a menyasszony isznak abból egymás után.

- Igazi bor van abban? - kérdé Timéa ijedten. A hajadoni irtózat a bortól, összekerült a mohamedán bortilalom emlékével egyszerre.

- Hát persze, igazi bor. Azt ki kell nekik inniok. A vőfélyek és nyoszolyólányok azalatt mézben főtt búzát hintenek reájuk. Abban van az áldás. Jaj, hallod-e, nagyon szép ez!

Timéa szemei a delejes álom látnoki tüzével ragyogtak. Végigképzelte ezt a titokteljes jelenetet, mely félig vallási misztérium, félig szívbeli talány, s egész alakja remegett tőle.

Zófia asszony pedig úgy nevetett magába befelé, s fojtogatta a nevetés vágyát főtt kukoricával.

Jó mulatság volt ez nagyon.

Kár, hogy félbeszakítást szenvedett. A konyhaajtóhoz férfiléptek közeledtek, s egyenesen benyitott valaki.

Minő rémület! Ez a valaki Kacsuka úr volt.

Huh, be megijedt Zófia asszony. Merthogy csak papucs volt a lábán, s a köténye tele kukoricával. Mit rejtsen el hamarább?

De jobban megijedt Timéa; pedig neki nem kellett semmit elrejteni.

- Bocsánat! - szólt Kacsuka úr családias otthonossággal -, oda elöl minden ajtót zárva találtam, azért kerültem a konyha felé.

- Igen ám! - sikoltozék Zófia asszony -, a leányom elment vizitába a barátnéihoz. A cselédeket eleresztettem a templomba; csak magunk vagyunk itthon ketten. Azért ülünk itt a konyhában, amíg a cselédek visszajönnek. Engedelmet kérünk a kapitány úrtól, hogy ilyen negligében vagyunk.

- Nem tesz semmit, Zófi mama - szólt a kapitány nyájasan -; hát akkor én is itt maradok a konyhában.

- Óh! kérem, azt meg nem engedhetem. Itt a konyhában! Az sincs, ahová leültessük a kapitány urat...

Zófia asszony igazán nagy zavarban volt. A vizitszobába nem vezetheti a kapitányt, mert ő maga nagyon konyhához van öltözve, Timéát nem küldheti be vele, amíg maga átöltözködik, mert az nem illenék; hanem a kapitány ügyes hadfi volt, minden helyzetbe beletalálta magát.

- Sohase ceremóniázzon velem, Zófi mama, itt van, leülök erre a kannára, nagyon jó hely ez.

S leült a kannára Timéával szemközt.

De mármost még a kukorica volt a nagy baj. Abból is kisegítette Zófia asszonyt a kapitány.

- Zófi mama tán bizony kukoricát majszol? So'hse restellje. Jó az vasárnap délután. Adjon nekem is ide a sipkámba egy marokkal, én is szeretem.

Zófia asszony tökéletesen le volt főzve a kapitány által, mikor azt látta, hogy ez a sipkájába töltött népies csemegét csakugyan megeszi, mégpedig hámozatlan és egész marokszámra. Ez egészen népszerűvé tette a kapitányt a nagyasszony előtt.

- Hát éppen arról beszéltem Timéának - kezdé a társalgást Zófia asszony -, hogy Timéa azt akarta tőlem megtudni, hogy vajon milyen lehet az a - keresztelés.

Timéa már futni akart, ha Zófia asszony az igazat megmondja; hanem Zófia asszony nem azért volt eladó leány mamája, hogy a véletlenül belépő látogató előtt ex tempore másra ne bírja fordítani a beszédet.

- Azt magyaráztam neki, hogy milyen az a keresztelés. Attól van most megijedve. Nézze, hogy remeg! Mert azzal ijesztgettem, hogy bepólálják őtet is egészen, mint a kisbabákat, mikor keresztelni viszik, s azután sírni kell neki is. No ne félj no, nem úgy lesz. Csak tréfából mondtam. Azért van legjobban megijedve, mert azt tudja, hogy a kereszteléssel egészen elrontják a frizuráját.

Jó lesz egy szóval megemlékezni Timéa frizurájáról is.

Gyönyörű haja volt, hosszú és tömött. Athalie-nak az a tréfás mulatsága volt ezzel a szép hajjal, hogy a fodrásznőjével mindenféle csodásnál csodásabb csavarítmányokat készíttetett belőle. Egyszer magasra felfeszíttette az egész haját Timéának, simára kent halántékokkal, s felül tornyot építtetett belőle; másszor széthúzatta kétfelől, szárnyformára, denevéralakra, majd meg kétfelől kosszarvakat csavartatott hajából, hátul kuszán hagyva a fejét s minden haját a füleire tapasztva; hordatott a gyermekkel olyan hajdivatokat, aminőket soha senki sem viselt, nevetséges, furcsa, felötlő ékítményeket, és ezeknek létrehozásában nem kímélték a forró vasat, a sodronytekercset, a papillot-kart, a kefét, a viaszkenőcsöt. Ez mind rokoni szeretet fejében ment, s a gyermek nem tudta azt, hogy ez neki mind rosszul illik.

Kacsuka úr felvilágosította őt róla.

- Ugyan, Timéa kisasszony, ne féltse olyan nagyon ezt a frizurát. Sokkal szebben illenék kegyednek, ha egészen egyszerűen viselné a haját. Kegyednek olyan szép haja van, hogy Isten ellen való vétek azt vassal sütögetni, viasszal feldudorítani. Ne engedje azt többet. Kár ennek a szép hajnak minden száláért, ami elvész. Pedig ettől a hajkínzástól, amit kegyetek piperének neveznek, csak romlik a haj. Elveszti fényét, a haj a hegyén meghasadozik, könnyen elszakad, és hamar hullani kezd. Mind nincs erre a mesterséges fonadékra kegyednek szüksége. Hisz olyan gyönyörű tömött hajzata van, hogy ha azt egész egyszerű fonadékban tűzi föl a fejére, annál szebb fejdíszt nem kívánhat magának.

Meglehet, hogy Kacsuka úr mindezt csupán egy kínzott szép hajzat iránti emberbaráti rokonszenvből mondta, s semmi egyéb szándoka nem volt vele, mint Timéa gyönyörű haját megszabadítani a ráerőszakolt furcsaságoktól, hanem a hatás, amit szavai előidéztek, mélyebb volt, mint ő maga hitte.

E perctől fogva Timéa úgy érezte, mintha ez a fejébe dugott fésű az egész fejét akarná kiszakítani a helyéből, s alig várhatta, hogy Kacsuka úr eltávozzék.

A kapitány nem is időzött ott sokáig; könyörületes volt Zófia asszony iránt, ki ottléte alatt folyvást küzdött azzal a nehéz feladattal, hogy rongyos papucsokba bújtatott lábait ide-amoda eldugdossa; Kacsuka úr megígérte, hogy még ma egyszer el fog jönni, és aztán búcsút vett, és eltávozott. Zófi mamának kezet csókolt, Timéa előtt pedig mélyen meghajtá magát.

Alig húzta ki lábát a kapitány a konyhából, Timéa leszakítá fejéről a magas fésűt, letépte a feltornyozott hajfonadékokat, egy perc alatt szétbontotta egész frizuráját, s azzal nekiállt a vizesdézsának, s elkezdte haját és egész fejét tisztára mosni.

- Mit csinálsz, te leány? - sikoltozott rá Zófia asszony. - Abbahagyod mindjárt. Úgy hagyod a hajadat, ahogy van! Hogy meg fog haragudni Athalie, ha hazajön, és meglátja.

- Hát haragudjék! - szólt a gyermek dacosan, kifacsarva áztatott haját, s azután leült a padra Zófia asszony mögé, s elkezdte szétzilált hajzatát egyszerű hármas fonatba idomítani.

A dac már megszületett szívében. Kezdett nem félni. A kapitány szavai erőt költöttek lelkében. Az ő kívánsága, az ő ízlése törvény volt rá nézve. Összefonta egyszerű tekercsbe a haját, s úgy akasztotta azt fel természetes kontyban a fejére, ahogy az mondta.

Zófia asszony kacagott magában, befelé fordított nevetéssel. Ez a leánygyermek egészen bolonddá van téve!

Amíg az a haját fonta, Zófia asszony közelebb simult hozzája, s iparkodott kedvét keresni.

- No hát hadd mondom el végig, milyen az az esküvő. Hol szakította félbe az a bohó Kacsuka? Hej, ha tudná, hogy miről beszéltünk! No hát ott hagytam el, hogy a menyasszony és a vőlegény egy pohárból isznak. A kórus meg a diakón ezalatt folyvást éneklik, hogy „Goszpodi Pomiluj!". Akkor a pópa felolvassa az evangéliumot, s azalatt a násznagyok tartják a koronát az új házaspár feje fölött. Akkor azután a pópa átveszi a koronákat, visszateszi az ezüsttálcára, s így szól a vőlegényhez: „Légy dicsőítve, mint Ábrahám, megáldva, mint Izsák, és megszaporodva, mint Jákob!" Azután a menyasszonyhoz fordul, s azt mondja: „Légy magasztalva, mint Sára, örvendj, mint Rebeka, és szaporodjál, mint Ráchel!" S ez áldás után a menyasszony és a vőlegény egymást a násznép előtt s az oltár előtt háromszor megcsókolják...

Timéa lehunyta szemeit, hogy ne lássa azt a jelenetet.

. . . .

Athalie csak elbámult, mikor hazaérkezett, s meglátta Timéát lebontott hajával.

- Hát teneked ki engedte meg, hogy a hajadat lebontsd? Hol a giraff fésűd? Hol a csokrod? Feltűzöd mindjárt!

Timéa összeszorítá az ajkait, s megrázta a fejét.

- Teszed mindjárt, amit mondok?

- Nem!

Athalie elbámult e szokatlan makacsságon. Ez valami hallatlan volt előtte, hogy ellent merjen valaki mondani! És még hozzá ez a kegyelemkenyérre fogadott gyermek, aki olyan alázatos volt mindig, aki a lábát csókolta egyszer.

- Nem? - kérdezé odalépve Timéa elé, s dühtől kikelt arcát annak fehér arcához közelítve, mintha el akarná azt égetni.

Zófia asszony egy szögletből nézte azt nagy kárörömmel.

- Mondtam ugye, hogy majd kikapsz, ha Athalie megjön?

Timéa pedig odanézett Athalie szikrázó szemeibe, s még egyszer ismétlé:

- Nem!

- Miért nem? - kiálta Athalie (most már az anyjához hasonlított a hangja, s az apjáéhoz a szemei).

- Mert így szebb vagyok! - felelt Timéa.

- Ki mondta azt neked?

- Ő...

Athalie két kezének minden ujja saskörömmé görbült, összeszorított fogai kivillantak szép ajkai közül. Most mindjárt széttépi ezt a leányt!

143

Akkor aztán elnevette magát.

Gúnyos kacajba csapott át féktelen dühe. Otthagyta Timéát, s eltávozott a szobájába.

Még aznap este ellátogatott a házhoz Kacsuka úr. Ott maraszták vacsorára. Az asztalnál Athalie szokatlan nyájassággal halmozta el Timéát.

- Nem látja, kapitány úr, mennyivel szebb így lebontott hajjal Timéa?

- Igaz! - erősíté a kapitány.

Athalie mosolygott.

Most már nem tréfa, de fenyítés volt az, amit a gyermeken ki kellett elégítenie.

Csak két nap volt hátra a menyegzőig.

E két nap alatt Athalie csupa figyelmesség és gyöngédség volt Timéa irányában. Nem bocsátotta ki a cselédekhez, s a szolgálóknak meg volt hagyva, hogy mikor bejönnek a szobába, Timéának is kezet csókoljanak.

Zófia asszony többször nevezte őt úgy, hogy kis menyasszony.

A szabó is hazahozta a menyasszonyi köntöst.

Minő gyermekes öröme volt Timéának, mikor azt meglátta!

Hogy táncolt, hogy tapsolt a tenyereivel!

- No jer, próbáld fel a menyasszonyi köntösödet! - monda Athalie kegyetlen mosolygással.

A lányka fel hagyta magára adni a pompás menyasszonyi köntöst, saját keze hímezte azt. Ő nem viselt vállfűzőt, s termete korához képest eléggé ki volt fejlődve; az öltöny egészen ráillett.

Minő szemérmes önelégültséggel nézte magát körül a nagy állótükörben. Ah! minő szép fog lenni a menyasszonyruhában. Talán még arra is gondolt, hogy szeretni fogják? Talán dobogott is a szíve. Talán égett is ott valami láng, ami kéjt és fájdalmat ád?

Óh! erre nem gondoltak azok, akik játékot űztek vele.

A szobaleány, aki öltöztette, az ajkát harapta, hogy el ne nevesse magát.

Athalie pedig kegyetlen színleléssel piperézte az örömét rejteni nem tudó gyermeket, ki meg volt lepve új érzelmektől, s azok meglátszottak márványfehér arcán.

Athalie előhozta a menyasszonykoszorút is, azt is felpróbálta Timéa fejére. A mirtusz és a fehér jázmin olyan szépen illett arra.

- Ah be szép fogsz lenni holnapután!

Aztán levetették Timéával a menyasszonyruhát.

- Most már én próbálom fel - szólt Athalie -, hát énrám hogyan illenék?

Nála már vállfűző segélyével ment a vállderék felillesztése, s büszke szép alakján határozottabb kifejezést nyert az öltönyidom. Az ő fejére is feltették a menyasszonykoszorút; ő is körülnézte magát az állótükör előtt.

Timéa nagyot sóhajtott, és a hazudatlan bámulat hangján súgá Athalie-nak:

- Óh! te nagyon szép vagy! Igen szép vagy!

Talán be is lehetett volna már fejezni a tréfát?

Nem! Egészen meg kell neki lakolnia; azért, hogy olyan vakmerő, azért, hogy olyan ostoba, meg kell neki büntetve lennie.

A gúnyos ámítást egész nap folytatta vele mindenki. A gyermek egészen meg volt már háborodva a sok példálózás által. Az ajtóban leste Kacsuka urat, s elfutott előle, ha jönni látta. Reszketett, ha a nevét kimondták előtte, s visszás feleleteket adott a kérdésekre. Mindenki mulatta magát a rovására.

Sejtett ebből Kacsuka úr valamit?

Talán sejtett.

Bánta azt? Talán nem is bánta.

Talán sejtett ő még olyan dolgokat is, amiket a nevetők nem álmodtak meg, s nagyon hidegvérrel várta azt a végzetes napot.

Az utolsó napon, mely a menyegzőt megelőzte, azt mondá Athalie Timéának:

- A mai napon böjtöt kell tartanod. Holnap szent és ünnepélyes napod lesz. Oltár elé visznek; megkeresztelnek, aztán megesketnek. Azért előtte való nap böjtöt kell tartanod, hogy tisztán lépj az oltár elé.

Timéa megfogadta az utasítást, s egész nap nem evett egy falatot.

Pedig az ilyen növendék leánynak igen jó étvágya van. A működő természet követeli jogait: a jól evés nála az egyedüli ismeretes vágy, aminek kielégítéséről tud már valamit. És Timéa leküzdte azt a vágyat. Végignézte az asztalnál az ebédet, a vacsorát. Pedig szándékosan olyan ételeket hordtak fel, amiket ő nagyon szeretett. Az előszobában a szolgálók, a szakácsnő ingerelték, hogy titokban egyék a számára félretett jókból; hiszen meg szabad csalni a böjtöt; nem tudja azt meg senki. Nem engedte magát megejtetni; kiállta a koplalást. A holnapi lakodalomra ott segíté ő is készíteni a tortákat, kocsonyákat, az étvágyingerlő, csábító csemegék egész halmaza hevert előtte, bele sem kóstolt egybe is. Pedig láthatta Athalie-ról, ki maga is részt vett a lakoma előkészületeiben, hogy ilyenkor nyalánkodni szabad. Neki böjtölni kellett! Este jókor lefeküdt, azt mondta, hogy fázik. Igaz volt. Reszketett, didergett a takaró alatt is, s nem bírt elaludni. Athalie hallá, mikor aludni ment, mint remeg, mint vacognak össze fogai, s még elég kegyetlen volt azt súgni fülébe: „Holnap ilyenkor hol fogsz már lenni".

Szegény gyermek! Hogy tudott volna elaludni, mikor minden alvó érzés, ami ily időben még bábálmát alussza, idő előtti ébredésre volt felriasztva gyermekszívében?

Óra hosszat nem találta nyugtát fekhelyén; félelmek, amik hasonlítanak az örömhöz; vágyak, melyek a titkos irtózat álarcát hordozzák, kísértének lehunyt szemei előtt. Imádkozni akart, s kétségbeestében a sok szent könyvből nem tudta kiválasztani, hogy melyik az igazi imádság, mert arról senki sem világosította fel (hiszen ez is csak tréfa volt), hanem elkezdte fennhangon mondani az egyiptomi tíz istencsapásról írott verset, mely rettentő költemény kezdődik azon, hogy „Elsőbben a vizek vérré változának", s végződik azzal, hogy „Végre mind meghala, ki elöl született"!

És Athalie elég szívtelen volt magában kacagni a gyermeken; és elég szívtelen volt nem igazítani helyre tévedését, hogy megmondta volna neki: „Nem ez az imádság, hanem az a másik, mely e szóval kezdődik: »Atyánk«, jer, imádkozzuk el azt együtt!" és imádkozta volna azt végig a gyermekkel együtt, odáig, hogy „szabadíts meg a gonosztól". Mert bizonyára az „ő" menyegzőjének előestéje volt ma, és olyankor felfér az imádság, ha még olyan szép és gazdag menyasszony is valaki.

Timéának egész hajnalig lázban volt minden idege; nem jött szemére álom; hajnal felé aztán annál mélyebben elaludt, dermesztő mély álom szállt idegeire; nem ébredt fel a reggeli neszre sem, mely körüle támadt.

Pedig ez volt a menyegző napja!

Athalie azt parancsolá a cselédeknek, hogy hagyják Timéát aludni, még a függönyöket is lehúzatá az ablakra, hogy a hálószobában sötét legyen; ne ébresszék fel őt hamarább, mint mikor már Athalie készen lesz a menyasszonyi öltözékével.

Az pedig jó időt vett igénybe. Athalie ma szépsége egész hadfelszerelésével akart megjelenni. Erre a napra messze földről jött össze a tömérdek rokon, üzletbarát, hogy a gazdag Brazovics egyetlen leányának esküvőjén együtt ünnepeljen: a legszebb leányén hét vármegyében.

A násznép seregleni kezdett már a lakodalmas házhoz. Az örömanya, Zófia asszony is új ruhába volt már préselve, s ami nagyobb baj, új cipőkbe is, amik növelték azt az óhajtását, hogy bárcsak vége volna már ennek a mai napnak!

A vőlegény is előjött már; derült arccal, udvariasan, mint mindig, de amely derült arc sohasem tanúsított semmit; s az udvariasság csak kifejezési modor volt nála.

Elhozta magával a menyasszonyi virágbokrétát is. Még akkor a kamélia nem volt ismeretes: a menyasszonyi bokréta sokszínű rózsákból volt összeállítva. Kacsuka úr azt mondá, hogy rózsákat hozott a rózsának; miért jutalmul egy büszke mosolyt kapott e ragyogó arctól.

Csak ketten hiányzottak még: Timéa és Brazovics úr.

Timéát senki sem sürgette, utána nem kérdezősködtek; de annál nyugtalanabbul várta mindenki Brazovics urat.

Azt mondták, hogy a várba kocsizott a kormányzóhoz, még korán reggel, s türelmetlenül várták visszatértét. Még a menyasszony is többször az ablakhoz lépett, kitekinteni, ha nem jön-e még a hintó atyjával?

Csak a vőlegény nem látszott nyugtalannak.

De hová is lehetett Brazovics úr?

Tegnap este igen jó kedve volt. Együtt mulatott barátaival, s minden ismerősét meghítta a lakodalomra; még késő este bezörgetett Kacsuka úr ablakán, s azt kiáltotta be neki az üvegen át „jó éjszaka" fejében: „a százezer forint holnap készen áll!"

És nem volt jókedve alaptalan.

A várkormányzó tudatá vele, hogy az erődítési terv a minisztertanács által egészben elfogadtatott, a kisajátítások el vannak rendelve; sőt a csallóközi részre esőkért már ki is vannak fizetve az összegek; a többi is utalványozva van már, az éjjel vissza kell érkezni az utalványoknak a miniszter aláírásával. Ez annyi, mintha zsebben volna a pénz.

Reggel Brazovics úr alig várhatta a szabályszerű látogatási órát, még valamivel korábban is megjelent a kormányzó előszobájában, nehogy mások lefoglalják annak idejét.

A kormányzó nem váratta sokáig, azonnal maga elé hívatta.

- Egy kis baj van - monda a belépőnek.

- No csak nagy ne legyen.

- Hallotta ön valaha hírét a Staatsrathnak?

- Nem én soha.

- Magam sem. Tizenöt év óta nem hallottam, hogy beszélt volna róla valaki. Hanem hát ez a valami mindennek a dacára létezik, és éppen most adja lételének jelét. Mint mondám, a minisztertanács már elhatározá az összes erődítések foganatba vételét s a vele együtt járó kisajátításokat. Ekkor egy feljelentés érkezett ismeretlen kútfőből, mely az államra nézve káros körülményeket fedezett fel. A minisztertanácsot már kompromittálni nem lehetett. Tehát összehívatott a Staatsrath, amiről már tizenöt év óta nem tudott senki többet, mint hogy tagjai megkapják az évdíjukat s az irodai átalányt. Ehhez lett utasítva a kérdéses ügy. S az olyan bölcsen oldá azt meg, hogy elvben meghagyta a kormány határozatát, hanem gyakorlatban kétfelé osztá azt. A csallóközi erődítmények telkei rögtön kisajátíttatnak, a monostori erődítmények telkei pedig csak akkor, ha az az első elkészül; az pedig tizennyolc-húsz évig eltart. Tehát a birtokosok addig várhatnak az utalványaikra. Jó reggelt, Brazovics úr.

Brazovics úr egy szót sem tudott szólni erre. Ugyan kinek juthatott volna eszébe, hogy mikor már minden miniszter meg van hódítva, még egy Staatsrath is legyen a világon; s mikor mindenkinek érdekében van az államon eret vágni, egyvalaki lehessen, aki a saját érdeke ellen vádaskodjék?

Ez ellen nem volt semmi segedelem!

A bizonyosra várt százezer forint odavan; de oda még azonkívül a másik százezer forint is, amely haszontalan, keresetlen parlag szőlőföldekbe lett belepocsékolva, amik ez órában érdektelenné váltak. S e remény füstté váltára Brazovics úr minden fellegépítményét összeroskadni látta. A pompás emeletes úri lak, a Dunán evező terhes hajók, a kivilágított templom a fényes násznéppel, mind, mind délibáb csak, mely a monostori vár ködképével együtt csak egy szellőre vár, mely az szétfújja, csak egy felhőre, mely a napot eltakarja, s semmi sincs belőle többé!

Brazovics úrnak úgy tetszett, mikor a kormányzó szobájából kilépett, mintha az őrt álló silbaknak két csákó volna a fejében, két puska a karján, mintha a pavilon ablakai táncolnának, s az a hosszú folyó ott meredek hegyi lejtőnek magasodnék fel előtte, s a falak rá akarnának dűlni...

....

Ah! itt, jön Timéa!

Végre-valahára kialudta magát; a lefüggönyözött szoba félhomályában nagy sokára fölébredt, s mint aki mély lázálomtól ittas még, gondatlanul felszedte ruháit, s azután, hogy senkit nem talált a közel levő szobákban, kitámolygott abba a terembe, ahol Athalie-t öltöztették.

Mikor a fényes szobába belépett, mely teli volt virágedényekkel, nászajándékokkal, akkor tért egyszerre magához, hogy hisz ma van az esküvő napja.

Mikor Kacsuka urat megpillantá a menyasszonyi bokrétával kezében, akkor villant át szívén, hogy hisz ez a vőlegény.

És aztán mikor Athalie-re tekintett, azt gondolá, hogy íme az az ő menyasszonyi köntöse.

Elbámulásában, nyitva feledt szemei, ajkai kifejezésében volt valami kinevetni- s valami megsiratnivaló.

A cselédek, a vendégek, Zófia asszony nem bírták visszafojtani jókedvüket.

Athalie pedig tündérnői fölénnyel lépett eléje, s a kisleány finom állát megfogta fehér kesztyűs kezével, azt mondá neki mosolyogva:

- Már mai nap, kedves kicsikém, majd csak én leszek az, aki az esküvőre megy, te pedig még járhatsz iskolába, s várhatsz még öt esztendeig, s akkor majd férjhez mehetsz, ha valaki elvesz.

De már e szónál a nők nem bírták visszatartani a kacajt. Hogy vihogott ifja, véne a rászedett bohó gyermeken, ki így meg hagyta tréfálni magát!

Timéa pedig ott állt elzsibbadtan, s két kezét összefonva ölébe csüggeszté. Se nem pirult, se halványabb nem lett. Nevét sem tudta annak, amit most érez.

Athalie érzett olyasmit, hogy nem válik szépségének emelésére ez a kegyetlen tréfa; most már enyhíteni akarta azt.

- No jer ide, Timéa! - szólt a gyermekhez. - Látod, rád vártam. Jer, tűzd fel a fátyolomat a fejemre.

A menyasszonyi fátyolt!

Timéa megfogá zsibbatag kezével a fátyolt, s odalépett vele Athalie-hoz. Egy aranynyíllal kellett azt odatűzni Athalie kontyán keresztül.

Timéának reszketett a keze: a nyíl maga is ügyetlen szerszám volt. Nem akart a kontyon keresztülmenni. Egy türelmetlen mozdulatánál Athalie-nak a nyíl tompa hegyével könnyedén meg találta szúrni Timéa a szép menyasszony fejét.

- *Ejh, te ügyetlen!* - kiáltott izgatott kedéllyel Athalie, s hirtelenkedő kézzel ráütött Timéa kezére.

Timéa szemöldei e percben összehúzódtak. Megszidatni, megüttetni ezen a mai napon, és éppen ez előtt az ember előtt! Két nehéz könnycsepp tolult szemébe. A könnycsepp végiggördült fehér arcán.

És bizonyára ez a két csepp könny alányomta azt a mérlegserpenyőt, melyet egy igazságosztó kéz tart, és méri rajta a boldogságot és a szerencsétlenséget.

Athalie heveskedését lázas izgatottságával akarta érthetővé tenni. Az utolsó órában a menyasszony lehet szeszélyes, ingerült. Íme a násznagyok, a nyoszolyók már itt vannak, és az örömapa még késik.

Mindenki nyugtalan már, csak a vőlegény bír elég önmérséklettel.

A templomból is ideüzentek már, hogy a pópa készen várja az esküvőket; be is harangoztak már, mint szokták nagy patrónus tiszteletére. Athalie keble liheg az ingerültségtől, hogy atyja mégsem érkezik. Egyik futárt a másik után küldik a várba Brazovics úrért.

Végre meglátják az ablakból közeledni üveges hintaját. Itt van végre.

A menyasszony még egyszer a tükör elé áll, megtekinteni, jól állanak-e fátyola redői; megigazítja karpereceit, a gyöngysorokat junói nyakán. Azalatt a lépcsőkön sajátszerű dübörgés támad, mintha sok ember jönne fel egyszerre nehéz tappogással. Arra odakinn a teremben ijedelmes hangok hallatszanak, minőkben az elfojtott elszörnyedés hal el, mielőtt kitört volna; az emberek nyugtalanul tódulnak kifelé.

Athalie szobájából is kisietnek a nyoszolyók, a barátnők, megtekinteni, mi van odakünn. És csodálatos, hogy egy sem jön vissza hírt mondani.

Athalie sikoltozni hallja Zófia asszonyt odakünn. No de hisz ez mindig sikoltozik, mikor csendesen beszél is.

- Nézze meg ön, mi baj van? - szól Athalie vőlegényének.

A kapitány is kimegy, s a menyasszony egyedül marad a szobájában Timéával.

A titkolt, fojtott rémsuttogás odakinn egyre növekedik. Athalie-t nyugtalanítja ez már.

A vőlegény visszaérkezik.

A kinyitott ajtóban megáll, és onnan szól a menyasszonyának:

- Brazovics úr meghalt!...

A menyasszony rémülten kap kezeivel a légbe, s azzal eszméletlenül vágja magát hanyatt. Ha Timéa fel nem fogja estében, fejét szétzúzza a márvány mozaik asztalon.

A büszke szép menyasszony arca most fehérebb, mint Timéáé.

És Timéa, midőn Athalie fejét ölében tartja, azt gondolja: „No lám, a menyasszonyköntös hogy hever a porban!"

A vőlegény ott marad az ajtóban állva, és nézi sokáig Timéa arcát, s aztán megfordul, s a támadt zűrzavarban elhagyja a házat.

Még csak fel sem emelte menyasszonyát a földről.

TIMÉA

„Hogy hever a porban a menyasszonyi köntös!..."

A menyegző helyett következett a halotti tor.

S a menyasszonyi hímzett öltöny helyett jött a gyászruha.

Az a fekete szín, amiben a szegény és a gazdag egyenlővé lesz. Athalie és Timéa egyforma ruhát kapnak: feketét.

S ha még a fekete ruha viseléséből állna a gyász!

De Athanáz rögtöni halálával a balsors egész vészmadárserege lepte meg a házat, mint ahogy nagy téli zivatar előestéjén végig ülnek a háztetőn a fekete varjak...

A legelső hollókárogás az volt, hogy a vőlegény visszaküldte a jegygyűrűt;

még csak a temetési szertartáson sem jelent meg, hogy az ájuldozó menyasszonynak karját nyújtotta volna, mikor az a koporsót a temetőig kíséri; mert ebben a kis városban megkívánják a gyászolóktól, hogy akár úr, akár szegény: alázatos, fedetlen fővel kísérje gyalog a temetőig a maga halottját.

Akadtak is, akik ezért Kacsuka urat nagyon megrótták, és nem tartották golyómentes mentségnek azt a praktikus indokolást, miszerint Brazovics úr nem tartván meg a maga feltételét, a százezer forintnyi hozomány előre átadását, a vőlegény is jogosan föloldva érezheté magát kötelezettségei alul. Az emberek elég szűklelkűek ilyen visszalépésre nem fogadni el semminemű mentséget.

A hollók pedig egyre jöttek a Brazovics-ház tetejére. Hitelezők követelték vissza kölcsöneiket.

S akkor az egész kártyavár összeomlott.

A legelső hitelező szavára, aki a per útjára vetemedett, semmivé volt téve az egész Brazovics-ház. A hógörgeteg megindult, és meg nem állt a lejtő aljáig. Kiderült, hogy igaz volt, amit a menekülő vőlegény sejtett: Brazovics úr üzlete úgy össze volt bonyolítva hasznosnak látszó s kárt vető vállalatokkal, hibás számításokkal, titkolt tartozásokkal és képzelt nyereségekkel, hogy a rendbe szedés alkalmával nemcsak elégtelen volt az összes vagyona az igények kielégítésére, de kiderült, hogy még olyan összegeket is elköltött, amik hitbuzgalmára, becsületére voltak bízva: árvák vagyonát, eklézsia alapítványtőkéit, kórházak pénzét, biztosai kaucióösszegét, községi hitbizományokat; még a ház tetején is túlcsapott az ár, s ez az ár tele volt sárral, iszappal - gyalázattal.

Timéa is elveszté minden vagyonát. Az árva bizománya nem volt betáblázva semmi fekvő birtokra.

Akkor aztán jöttek mindennap a prókátorok, a szenátorok, a foglaló bírák; lepecsételtek minden szekrényt, bútort a háznál, és nem kérdezősködtek a finnyás úrhölgyektől, mikor szabad látogatást tenni, hanem berontottak a napnak minden órájában, keresztül-kasul gázoltak a szobában, és szidták, átkozták az elhunytat a gyászoló hölgyek hallatára, nem kérdezve, hogy szabad-e itt fennhangon beszélni. És sorba vették, amit a háznál találtak, becsülgették, mit ér ez meg amaz: a képek rámástól vagy ráma nélkül, s a menyasszonyruha a menyasszony nélkül.

És aztán kitűzték a határidőt, még a kapura is kiragasztták, amikor hatóságilag el fognak árverezni mindent, bizony mindent, még azt a szép hímzett menyasszonyi ruhát is. És aztán a házat magát, s mikor az el lesz adva, akkor az eddigi lakók mehetnek, amerre látnak, és a szép Athalie nézhet fel az égre, és kérdezheti, hogy hová fogja ő ezentúl a fejét lehajtani.

De hová is hajtsa le a fejét Athalie?

Egy bukott csalónak az árva leánya, akinek mindenét elvették, még a jó hírnevét is, s akinek nem maradt egy jóakarója a világon; még saját maga sem.

Mindabból, ami kincse volt, csak két becses értéke maradt meg, miket elrejtett a lefoglalás elől: egy kalcedonszelence és a visszaküldött jegygyűrű.

Azt a kalcedonszelencét eldugta öltönye zsebébe, s aztán éjszaka, mikor egyedül maradt, elővette azt, és nézegette a benne levő kincseket.

Azok a kincsek mindenféle mérgek voltak. Az egész gyűjteményt egyszer olaszországi útjában szerezte Athalie, bizarr szeszélyből. E kincs birtokában dacos lett. Azt képzelte magában, hogy a legkisebb megkeserítésre képes volna magát megölni. Ez a képzelet zsarnokká tette szülői és szeretője irányában. Ha mindent kedvére nem tesznek, itt a méregszelence, csak válogatni kell belőle, melyik öl hamarább; őt halva fogják találni.

Most azután itt volt a nagy kísértet! Előtte állt a kétségbeejtő élet egész vigasztalan sivatagával. Az apa koldussá tette gyermekét, s a szerető elhagyá menyasszonyát.

Athalie ágyából fölkelve nézegeté a fölnyitott szelencét, s válogatott a különféle mérgekben.

És akkor tudta meg magáról, hogy fél meghalni!

Nincs még szívében az az erő, ami a sírba elvezet.

Elnézi magát merengve a tükörben. Milyen szép! Nincsen bátorsága annyi szépséget elpusztítani.

Becsukja a szelencét, s eldugja újra. Nem képes ő azon mérgek közül egyet is bevenni.

Előveszi a másik drágaságot: a jegygyűrűt. És abban is méreg van.

Még pusztítóbb méreg. Ez lelkét öli meg. És azt a mérget az ittasságig meri felszívni. Ő szerette azt az embert, akinek ezt a gyűrűt adta. Nemcsak szerette: szerelmes volt bele.

A méregszelence rossz tanácsokat ád, a gyűrű még rosszabbakat.

Athalie elkezdi öltönyeit fölszedni. Senki sincs már, aki segítsen öltözködésében, minden cseléd otthagyta már a házat. Zófia asszony és Timéa a cselédszobában alusznak; a dísztermek ajtaján a bíróság pecsétje van. Az alvókat nem költi fel Athalie, hanem felöltözik egyedül.

Mennyire haladhatott az éj, nem tudja; a pompás állóórákat senki sem húzza már fel, amióta tudva van, hogy azokat is árverezni fogják. Ki reggelt, ki délutánt mutat.

Mindegy, akárhány az óra, Athalie megkeresi a kapukulcsot, s kilopózik egyedül a házból; nyitva hágy maga után minden ajtót. Kit lopnak meg?

És azután nekiindul egyedül a sötét utcának. Pedig a komáromi utca akkori időben becsületesen sötét utca. A Szentháromság szobra előtt pislog egy lámpa, a másik meg a városháza kapujában, harmadik a főőrhelyen: több nincs.

Athalie az „Anglia" felé siet. Az pedig rossz hírben álló hely. Egy sötét liget a város és a vár között, hol éjente hajléktalan némberek festett arccal, kuszált hajjal bujdokolnak, ha a „kis piaci" lebujokból kiverték őket. Athalie bizonyosan fog ilyen némberekkel találkozni, ha az „Anglia" mellett elhalad. Nem irtózik ő most azoktól. Az a méreg, amit abból az aranykarikából átszítt, félelmetlenné tette a találkozást e tisztátalan alakokkal. A sártól csak addig fél az ember, amíg *egyszer* bele nem lépett.

Az „Anglia" szögleténél katona őr áll. Annak a figyelmét ki kell kerülni, hogy rá ne kiáltson a közeledőre: ki vagy?

A szögletháznak oszlopos folyosója van a piac felől; az ott nappal a kenyéráruló kofák helye. E folyosó oltalmában halad végig Athalie. Siettében megbotlott valamiben. Egy rongyos némber feküdt keresztben a folyosón: részeg volt. A megrúgott félállat csúnya káromkodással fogadta Athalie-t. Ő pedig keresztüllépett rajta, s nem törődött vele.

Könnyebben érezte magát, mikor a szögleten bekanyarodott az „Angliá"-ba, s eltűnt előle a főőrhely lámpája is, s a fák sötétjében találta magát.

Az orgonabokrok közül egy ablak világa csillámlott elő. Athalie-t e csillám vezette. Az volt a kapitány lakása.

Athalie megragadta az oroszlánfejű kopogtatót a kétfejű sasos kapu kisajtaján; reszketett a keze, mielőtt halk koccintást tett volna vele. Megtette.

A zörgetésre előjött a tiszt szolgája, s kinyitá az ajtót.

- Itthon a kapitány? - kérdé Athalie.

A fickó vigyorogva inte, hogy odabenn van. Sokszor látta ő Athalie-t. Sok szép húszas érte a tenyerét e szép kezekből, mikor ura nevében virágcsokrot, korai gyümölcsöt vitt ajándékba a szép kisasszonynak.

A kapitány fenn volt még, és dolgozott.

Szerény bútorzatú szobája volt, semmi fényűzés benne. A falakon térképek, asztalain könyvek és mérnöki eszközök; rideg katonás egyszerűség lepi meg a belépőt, s azonfelül az a pipafüstillat, ami bevette már magát bútorba, könyvekbe, még a padlóba is, s akkor is kesereg, mikor már nem pipáznak.

Athalie sohasem látta még a kapitány szobáját. Az a szállás, amelybe a menyegző napján kellett volna őt a vőlegénynek vinnie, az bizony másképpen volt berendezve, de azt még aznap lefoglalták a benne levő bútorral együtt a hitelezők. Ide csak néha az ablakon át tekintett be Athalie, mikor délutánonkint a Platzmusik alatt anyja kíséretében ezen végigsétált.

Kacsuka úr nagyon meg volt lepetve. Nem várt női látogatást; ibolyaszín egyenruháján fölül három gomb a katonai szabályok ellenére ki volt gombolva, sőt még lószőr kravátliját is levetette, úgy dolgozott.

Athalie megállt az ajtóban, és lecsüggeszté karjait, és aláhajtá fejét.

A kapitány odasietett hozzá.

- Az istenért, kisasszony! Mit tesz ön? Hogy jön ide?

Athalie nem tudott szólni; hanem odaborult a keblére, és zokogott keservesen.

A kapitány pedig nem ölelte őt meg.

- Üljön le, kisasszony - szólt, Athalie-t az egyszerű bőrpamlaghoz vezetve, s azután legelső gondja volt a kapitánynak a levetett lószőr kravátlit felkötni nyakára, s a nyitva maradt egyenruhát állig begombolni. Azután egy széket vont a pamlag elé, arra ült le Athalie-val szemközt.

- Mit tesz ön, kisasszony?

Athalie letörlé könnyeit, s ragyogó szemeivel hosszasan nézett a kapitány szemeibe, mintha előbb azt kísérlené meg, hogy szemeivel mondja el neki, miért jött ide. Vajon nem érti-e meg?

Nem, az nem értette meg.

S mikor aztán meg kellett szólalnia, olyan reszketés fogta elő, hogy alig lehetett megkülönböztetni hangján, mi a nyögés, mi a szó.

- Uram! Míg boldog voltam, ön nagyon jó volt hozzám. Maradt még önnél e jóságból valami?

- Igen, kisasszony - szólt Kacsuka hideg udvariassággal. - Én önnek örökké tisztelője, barátja maradok. A szerencsétlenség, mely önt érte, engem is ért, mert együtt vesztettünk el mindent. Én is kétségbe vagyok esve amiatt, mert nem találok egy mentő gondolatot, mely porrá lett reményeim újra megvalósultához elvezessen. Életpályám, melyen előmenetelemet várom, olyan szigorú föltételeket ír elém, amiket teljesíteni nem tudok. Nálunk szegény embereknek nősülni nem szabad.

- Tudom - szólt Athalie -, nem is arra akartam önt emlékeztetni. Mi most nagyon szegények vagyunk, de sorsunk fordulhat még jobbra. Atyámnak van egy gazdag nagybátyja Belgrádban, akit örökölni fogunk, s akkor ismét gazdagok leszünk. Én várni fogok önre addig, várjon ön is énrám. Vegye vissza jegygyűrűjét, vigyen el az anyjához, hagyjon nála mint jegyesét; én várni fogok önre, amíg ön értem jöhet, s addig engedelmes leánya leszek az ön anyjának.

Kacsuka úr akkorát fohászkodott, majd elfújta a gyertyát, s az asztalra letett cirkalmat vette kezébe.

- Hja, kisasszony, az lehetetlen. Ön az én anyámat nem ismeri. Az egy nagyravágyó nő, összeférhetetlen természet. Maga is szűk nyugdíjából él, és nem szeret senkit. Ön nem is sejti, mennyi viszálykodásom volt nekem az anyámmal szívviszonyom miatt. Ő egy született baronesse, s ez összeköttetésbe nem egyezett soha. Esküvőnk napjára sem jött el. Őhozzá én kegyedet nem vihetem. Én kegyed miatt dacoltam az anyámmal.

Athalie keble lázasan lihegett; arca ki volt gyulladva; most mindkét kezével megragadá hűtlen vőlegénye bal kezét, melyről a jegygyűrű hiányzott, s ezt súgá neki, nehogy a falak meghallják, s a könyvek tovább susogják:

- Ha ön dacolt énmiattam az anyjával, dacolok én ön miatt az egész világgal.

Kacsuka úr nem nézett a szép hölgy mindent mondó szemeibe; hanem a kezébe vett cirkalommal csinált mértani ábrákat az asztalon, mintha a sinusok és cosinusok feladványaiból akarná megtudni, mi különbség van az őrültség és a szerelem között.

A leány tovább suttogott:

- Én már oly mélyen vagyok megalázva, hogy semmi gyalázat nem süllyeszthet alább. Nincs semmi vesztenivalóm többé a világon, egyedül ön. Már megöltem volna magamat, ha ön nem volna. Nem vagyok a magamé, az öné vagyok. Parancsoljon velem, hogy mi legyek önre nézve. Elvesztettem az eszemet, és nem bánom. Öljön meg, ha akar, és én nem fogok szisszenni.

Kacsuka úr e szenvedélyes szavak alatt kicirkalmozta, hogy mit feleljen.

- Athalie kisasszony, én egy őszinte szót fogok kegyednek mondani. Ön tudja, hogy én becsületes ember vagyok.

Ezt nem kérdezte tőle Athalie.

- Becsületes, lovagias ember egy hölgy balsorsát nem használhatja fel alacsony szenvedélyek kielégítésére. Én kész vagyok kegyednek egy jó tanácsot adni, mint jó barátja, mint véghetetlen tisztelője. Kegyed azt mondá, hogy van Belgrádban egy nagybátyja. Menjen le ahhoz. A vér szerinti rokona kell hogy szívesen fogadja. Én lovagi szavamat adom, hogy nősülni nem fogok, s ha ismét találkozni fogok kegyeddel, mindig azt az érzelmet fogom kegyed iránt táplálni keblemben, amit most és évek óta.

Kacsuka úr nem hazudott, amikor ezt a fogadást tette.

Hanem abból, amit az arca mutatott e percben, Athalie azt olvasá ki, amit nem mondott el: azt, hogy most és évek óta nem szereti őt a kapitány, hanem valaki mást szeret; s ha az a más is szegény, koldussá tett leány, akkor a kapitánynak elég oka van lovagi szavát adni, hogy nem nősül meg.

Ezt olvasá ki Athalie egykori vőlegénye hideg tekintetéből.

És akkor valami villant át agyán. A szemei is villámlottak, hozzá. Azt kérdezé a férfitól:

- El fog ön holnap jönni hozzám, hogy elkísérjen Belgrádig nagybátyámhoz?

Kacsuka úr sietett válaszolni:

- Elmegyek. De most távozzék ön haza. Kísérte önt idáig valaki?

- Egyedül jöttem.

- Minő merészség! Ki fogja visszakísérni?

- Ön nem teheti azt! - szólt Athalie keserűen. - Ha valaki meglátna bennünket ez órában együtt, minő gyalázat volna az - önre nézve! Nem félek. Hiszen nincs már semmim, amit elvegyenek tőlem.

- Inasom fogja követni.

- Ne tegye. Az őrjárat elfoghatná szegényt, közkatona nem járhat a takarodó után az utcán. Majd hazatalálok egyedül. Tehát holnap!

- Reggel nyolc órakor ott leszek.

Athalie magára burkolta fekete köpenyét, s elsietett, mielőtt Kacsuka úr kinyithatta volna előtte az ajtót.

Úgy tetszett neki, mintha a kapitány, azután, hogy ő az ajtón kilépett, kardját felkötni sietett volna; talán messziről akarja kísérni? Az Anglia szögletén megállt; nem jött utána senki.

Sietett a sötétben hazafelé.

És siettében egy tervet főzött agyában. Csak egyszer egy kocsin üljön vele a kapitány, csak egyszer Belgrádig elmenjen vele, akkor azután látni fogja, hogy semmi hatalom meg nem szabadítja őt többé.

Az oszlopos ház hosszú folyosóján végighaladva ismét megbotlott abban a némberben, aki ott feküdt a kövön. Most már fel sem ébredt az rá, nem is káromkodott. Milyen jó álma van a nyomorultnak.

Hanem amint házuk ajtajához ért Athalie, ott az a gondolat zsibbasztá meg egyszerre lángoló lelkét, hogy hátha a kapitány csak azért sietett megígérni a Belgrádba kísérést, hogy meneküljön jelenlététől; hátha el sem fog jönni holnap, se nyolc órakor, se később?

E gondolat denevérei röpködtek feje körül, amint a sötét lépcsőn felbotorkázott, amint a sötét tornácon végigtapogatózott. „Hátha nem jön el!"

Kínzó féltés izgatta idegeit.

Az előszobába érve keresé a sötétben az asztalon hagyott gyertyát és gyújtószert. Ahelyett egy kés akadt a kezébe.

Egy csontnyelű, éles konyhakés.

Az is jó világosság a sötétben.

A kést szorította marokra, s úgy ment végig a sötét szobákban.

Fogai összeverődtek.

Az járt a fejében, hogy ha ő most azt a kést annak a fehér arcú leánynak, amint az ott alszik mellette a másik ágyban, a szívébe verné, akkor aztán otthon volnának mind a ketten. Őt is kivégeznék, s megtalálná a kijárást a világból.

Ah! csak egy döfés kellene azzal a késsel, oda, ahol az a fehér alak azon a fehér vánkoson alszik.

Csakhogy az nem alszik ott.

Athalie akkor tért magához, mikor hálószobájába lépve, Timéa ágyához lépett, s eszébe jutott, hogy hisz az kinn alszik most a cselédszobában Zófia asszonnyal együtt.

Ekkor aztán kiejté a kést kezéből, és utolérte a rettegés.

Most kezdé érezni, hogy milyen egyedül van; és milyen sötét van köröskörül, és lelkében is olyan sötétség.

Leveté magát ruhástól az ágyára, és azt akarta, hogy imádkozzék.

De az imádság helyett az az egyiptomi istencsapásokról írt vers jutott eszébe, melyet a gyermek mondott el félelmében a menyegzőnap előtti éjszakán, s melyért őt úgy kinevette. Annak a versei csengtek a fülében: vértavak, hideg békák, sáskasereg, kőeső, dögvész, fekélyek!

„Sűrű sötétséggel ég, föld befedetett."

„Végre mind meghala, ki elöl született."

S ha behunyta is a szemeit, ugyanazok a képek jöttek eléje, s mikor elnyomta is a kábító álom, ugyanazok az álomképek gomolyogtak körülötte: vértavak, hideg békák, sáskafelhők, kőeső, dögvész, fekélyek, nyúló, tapadó, ólomnehéz sötétség, elsőszülöttek legyilkoltatása!...

A mély, bágyasztó álomból dobpörgés ébreszté fel Athalie-t.

Éppen az volt az álma, hogy egy ifjú hölgyet, ki vágytársnőjét meggyilkolta, a vesztőhelyre visznek, ott térdel már a vérpadon, a pallos ki van már húzva ellene, a bíró az ítéletet olvassa fel: „Istennél a kegyelem!", s aztán pördül a dob... Erre fölébredt.

Az árverési dobszó volt az.

Kezdődött a hivatalos kótyavetye.

Ah! ez még a pallosütésre jelt adó hangnál is szomorúbb.

Hallani azt, hogy kiáltják ki utca hallatára egymás után az ismerős, a megszokott, a megszeretett tárgyakat, miket még tegnap sajátjának nevezett: „először, másodszor! ki ád többet érte?". S aztán „harmadszor!" a dob rápördül, s már leütött a pallos!

S újra következik a másik: „Először, másodszor! ki ád többet érte?"

Athalie felvette gyászruháját, csak azt az egyet hagyták meg neki, s ment - valakit keresni. Az egész háznál csak anyja és Timéa voltak még, akiket fölkereshetett. Azok a konyhában lehettek most.

Azok rég ébren voltak, rég felöltöztek már.

Zófia asszony vastag volt, mint egy kád.

Azt tudva, hogy a rajta levő ruháját senkitől sem kobozzák el, felvett magára valami tizenkét öltözetet, egynehány szalvétát és ezüstkanalat is eldugott a zsebébe. Alig tudott tőle mozogni. Timéa mindennapos öltözetében volt, egyszerű, de szegényes viseletben. Tejet és kávét forralt a tűzhelyen a család számára.

Zófia asszony, mikor meglátta Athalie-t, nagy sikoltozásra fakadt, és nyakába borult.

- Jaj, édes kedves szép leányom! Mivé lettünk, mi lesz belőlünk! Bárcsak soha meg ne értük volna ezt a napot! Ugye, erre a csúnya dobszóra ébredtél fel?

- Nincs még nyolc óra? - kérdezé Athalie. A konyhaóra még járt.

- Dehogy nincs, dehogy nincs! Hiszen kilenc órakor kezdődik a licitáció; hát nem hallod?

- Nem keresett bennünket valaki?

- Dehogy keresett, dehogy keresett! Ugyan ki keresne bennünket ilyenkor?

Akkor aztán Athalie leült a konyhapadra. Ugyanarra a kis falócára, amelyiken Zófia asszony mesélt Timéának a szép menyegzői szertartásról.

Timéa elkészítette a reggelit, megpirította parázsnál a zsemlyeszeletkéket, s megterített a konyhaasztalon a két úrnő számára.

Athalie rá sem hallgatott a kínálásra, pedig Zófia asszony ugyan szívesen kínálta.

- Igyál, kedves egyetlen szép leányom! Ki tudja, holnap ki ád nekünk kávét? Minden ember ellenségünk lett; minden ismerősünk szid, átkoz bennünket. Hová leszünk, hová leszünk?

Hanem azért ő csak megitta a maga csésze kávéját.

Athalie pedig a belgrádi útra gondolt s a várt útitársra.

Zófia asszonynak sajátszerű öngyilkolási és könnyen meghalási gondolatai voltak.

„Bárcsak ennek a kávénak a fenekén egy gombostű volna, az a torkomon fennakadna, s megfulladnék bele."

Majd meg az a kívánsága jött, hogy bárcsak az a vasaló onnan a polcról leesnék, mikor ő éppen alatta megy, s éppen az ő feje búbjára esnék. Azt is igen szívesen vette volna, ha most jönne az a híres földindulás, hogy a ház összeomlana, s minden embert, akit ott kap, agyoncsapna.

De miután ezek a halál nemei nem következtek be, s Athalie sem volt megszólalásra bírható, kénytelen volt abban állapodni meg, hogy Timéán töltse ki bosszúságát.

- Ez csak könnyen veszi a dolgot! A háládatlan. Még csak nem is sír. Persze, neki könnyű. Elmehet szolgálni, s abból megél. Be is állhat masamódnénak. Még örül neki, hogy innen megszabadul, maga kényére jut, s vígan élheti világát! No, no! Majd megemlegetsz te még minket, csak várj! Majd megbánod te még azt. Majd megbánod te még azt egytül egyig.

Timéa ugyan még semmit sem tett, amit meg kellene bánnia, hanem Zófia asszony előre látta azt már mind, s ezen való elbúsulását csak Athalie fölötti keserve múlta fölül.

- De mi lesz tebelőled, édes gyönyörű szép leányom? Ki fog téged pártul? Mi lesz a te szép fehér kezeidből?

- Eredj, hagyj békét! - szólt Athalie, lerázva a nyakáról sopánkodó anyját. - Nézz ki inkább az ablakon, nem keres-e bennünket valaki?

- Senki, senki. Ugyan ki keresne minket?

Az idő pedig egyre telt, és a dobszó és a kikiáltás egymást váltogatták; a konyhaóra minden ütésénél felrezzent Athalie, s aztán ismét tenyerébe hajtá arcát, és a semmibe bámult. A szép arc pírja szederjesre vált, és ajkai elkékültek; zöldes, ónfakó, epés szín homályosítá el ragyogó szépségét, a merev szemek ónkarikáikkal, a duzmadt ajkak, a kígyóvá görbülő szemöldök, mik mély ráncokat vontak a sápadt homlokon, fenyegető torzképpé ferdíték az eszményi szépet. Úgy ült ott, mint egy bukott angyal, kit az égből a pusztába kiűztek.

Az idő dél felé járt már, és akit várt, mégsem jött el.

A szomorú kótyavetyélő hangok pedig egyre közelebb jöttek. Az árverezés szobáról szobára ment. Elkezdték az utcai szobákon, s úgy jöttek az udvari szobák felé, amiknek a sorát bezárta a konyha.

Zófia asszonynak minden kétségbeesése mellett volt annyi figyelő érzéke, hogy észrevegye, milyen gyorsan megy az árverezés. Alig kiáltanak ki valamit, már ráütik a dobot: „senki többet?". Az árverezésre csődült emberek csoportokba állva lármáznak: „Hisz itt nem lehet semmit venni, hisz ez bolond ember!"

De ki lehet az a bolond ember?

Most már csak a konyhafelszerelés van hátra; oda be sem nyitnak. Az előszobában ráütik a dobot. „Senki többet?" Azt megvette látatlanban - valami bolond ember.

És az is felötlik Zófia asszonynak, hogy a megvett tárgyakat nem sietnek a szobákból elvitetni, ahogy az más árverésnél szokás, hogy amint egy ágyat megvett valaki, rögtön szedik széjjel, s futnak vele odább. Itt semmi sem mozdul még a helyéből.

Most következik a fő dolog. Lemennek az udvarra mind. A házat árverezik. A venni kívánók oda tolongnak az árverező tanácsnok asztalához. A kikiáltási ár hangzék. Arra valaki csendesen egy ajánlatot mond. Arra a tömeg között szörnyűködés, kacagás, szitkozódás zűrzavaros zsibaja támad; az emberek futnak széjjel, s megint azt kiabálják: „hisz ez bolond ember!", s azzal menekül mindenki nagy zúgolódások közt. „Először! Másodszor! Senki többet? Harmadszor!" A dob rápördül utoljára; a ház is vevőjére akadt.

- No édes szép leányom, most már mehetünk innen. Nézzünk ki utoljára az ablakunkból, mert sohasem nézünk ki innen többet. Bárcsak a Szent János templomának a tornya most éppen ledűlne, s idecsapna mindnyájunkat, amíg itt vagyunk.

Athalie pedig csak ott ült a falócán, és még várt, és nézte a faliórát. Pedig az már tizenkettőt mutatott.

Még egy halavány reménysugár csábította az egyiptomi sötétségben. Lehet, hogy a kapitány nem akart, szégyenlett az árverező tömeg között átfurakodni; megvárta, míg vége lesz a szomorú temetkezésnek; s talán most jön majd, mikor kiürült az udvar.

- Nem hallod, hogy valaki közelít?

- Nem hallok én semmit, édes szép leányom.

- De igen. A folyosó felől. Csendesen, lábhegyen lépve jön valaki, én hallom.

Csakugyan halk léptek közelednek, s valaki kopogtatni kezd a konyhaajtón, udvariasan, ahogy vendég szokta, aki engedelmet kér a bennlevőktől jeladásával, s megvárja, míg odabenn azt mondják neki, hogy „tessék!", s csak azután nyit ajtót csendesen, s belép, előre levett kalappal és tiszteletadó főhajtással - Levetinczy Timár Mihály.

Timár Mihály tisztelettel hajtá meg magát a hölgyek előtt, s az ajtónál megállt.

Athalie a csalódás és a gyűlölet rossz tekintetével állt fel előtte, Zófia asszony kezeit tördelve nézett rá félelemmel és tétova reménykedéssel, Timéa nyugodtan, szelíden tekinte szemébe.

- Én - kezdé Timár, előre bocsátva az „én"-t, mint valami római pápa a bullában -, én most a bírói árverésen megvettem ezt a házat és mindent, ami benne eladó volt. Nem azért vettem, hogy magamnak tartsam, hanem azért, hogy odaadjam annak, aki e házban egyedül nem megvehető, nekem pedig egyedüli kincs a világon. Timéa kisasszony, kegyed mától fogva ennek a háznak az úrnője. Minden az öné, ahogy áll. Ruhák, ékszerek a szekrényekben, a lovak az istállóban, értékpapírok a pénztárban, ahogy a bírói lefoglalás itt találta. Minden az ön nevére van írva, s a Brazovics-ház hitelezői ki vannak elégítve mind. Mától fogva ön e ház úrnője. Fogadja el ön azt tőlem... S ha volna e házban egy kicsiny kis hely, amelyben egy olyan csendes ember, mint én, elfér, ki önnek csak bámulatával, csak tiszteletével alkalmatlankodik, s azt a helyet ön nekem engedné; s ha volna az ön szívében számomra egy kis menedék, s ha kezemet ön meg nem vetné, úgy én végtelenül boldog lennék, s fogadom, hogy egész életemnek nem volna más célja, mint hogy önt oly boldoggá tegyem, mint ön engem.

Timéa arca e szavak alatt sugárzott a szűzi dicsfénytől.

A mondhatatlan fájdalom, a hajadoni szemérem, a nemes hálaérzet, a szentséges áldozatra készség minden szép sugára egyesült ez arcon.

„Háromszor... háromszor..." rebegék ajkai, de hangtalanul, csak belül értették meg azt a visszhangzó idegek, mit mondott magában. Ez az ember volt annyiszor megszabadítója. Ez mindig olyan jó volt hozzá. Ez nem űzött belőle csúfot soha. Nem is hízelgett soha. És most mindent odaád neki, amit a szív óhajt.

Mindent? Óh! csak egyet nem.

De hisz az úgyis el van veszve. Az a másé.

Timár nyugodtan várt szavai után, Timéa hosszasan hallgatott.

- Ne siessen ön válaszával, Timéa kisasszony! - monda Timár. - Én várni fogok, míg ön elhatározza magát. Eljövök holnap vagy egy hét múlva, amikor ön megengedi, hogy kérésemre választ nyerjek. Ön úrnője marad mindannak, amit önnek átadtam; nem kötöttem hozzá semmi föltételt, már az mind az ön nevére van átírva. Ön szabad, és senkitől nem függ többé. Ha nem akar engem e házban többé látni, csak egy szavába kerül. Gondolja ön meg, ha kívánja, egy hétig, egy hónapig, vagy akár egy évig, hogy mit válaszoljon nekem.

Most Timéa határozott tekintettel előlépett a tűzhely mellől, hová eddig a másik két nő szorította, s közelebb jött Mihályhoz. Tekintetében volt valami érett komolyság, mely arcának női méltóságot adott. Ama végzetes menyegzői nap óta megszűnt gyermek lenni. Komoly és hallgatag lett, odanézett nyugodtan Mihály szemébe, és azt mondá:

- Már meggondoltam.

Zófia asszony irigy kárvággyal leste Timéa szavait. Hejh, ha azt mondaná Timárnak: „nem kellesz, elmehetsz"! Pedig kitelik az ilyen szó az efféle bolond leánytól, akinek egy más szép férfival telebeszélték a fejét! S ha akkor Timár egyszerre azt mondaná bosszúból: „No hát akkor maradj magadnak, se a ház, se a kezem nem a tied; adom mind a kettőt Athalie kisasszonynak!" S nőül venné Athalie-t. Hiszen történt ilyen eset akárhányszor, hogy a derék kérőt elutasítá a fennhéjázó kisasszony, s arra az bosszúból rögtön megkérte a gouvernante vagy a komorna kezét, s azt vette nőül.

Ez a reménye azonban nem teljesült Zófia asszonynak.

Timéa odanyújtá Mihálynak a kezét, és ezt mondá halkan, de biztos hangon:

- Én nőül megyek önhöz.

Mihály megragadá a neki nyújtott kezet, nem egy ifjú szerelmes hevével, hanem egy férfi hódolatával, és hosszasan nézett a leány túlvilágian szép szemeibe. A leány engedé őt lelkébe nézni.

Timéa ismétlé szavait:

- Én nőül megyek önhöz, és leszek önnek hűséges, engedelmes felesége. Csupán egyet kérek öntől. Igen kérem, ne tagadja azt meg.

Mihályt önfeledtté tette a boldogság; elfeledé, hogy kereskedőnek nem szabad fehér papiros alá írni a nevét.

- Óh szóljon ön! Amit kigondolt, már teljesítve van.

- Én arra kérem önt - szólt Timéa -, hogy ha engemet elvesz ön nejének, s ez lesz az ön háza, s én leszek az ön házában a nő: engedje ön, hogy az én nevelőanyám, ki engem, árvát, eddig ápolt, és fogadott testvérem, ki mellett felnőttem, itt maradjanak velünk. Tekintse ön őket az én anyámnak és az én testvéremnek, s bánjék velük jól...

Timárnak önkénytelenül szemébe szökött a könny erre a szóra.

Timéa észrevette az áruló könnyet, s mindkét kezével megfogta Timár kezét, hevesen ostromolta annak meglepett szívét.

- Ugye ön megteszi azt, amire kértem? És visszaadja Athalie-nak, ami az övé? A szép ruhákat, az ékszereket? És együtt fog ő velünk lakni, és ön olyan jó lesz őhozzá, mint édes testvéremhez? És Zófi mamát is úgy fogja ön nevezni, ahogy én?

Zófia asszony erre a szóra elkezdett hangosan sivalkodni, s térdre borulva Timéa előtt, megakadályozhatatlanul végigcsókolá annak ruháját, térdeit, le egészen a lábáig, érthetlen, szótagolatlan kiabálással.

Timár letörlé szeméből a könnyet, s a másik percben már helyén volt józan esze, az a messze belátó, előre vigyázó, óvakodó tekintet, mely őt minden válságos fordulatnál vezérelte és versenytársai fölé emelte. Segélyére jött az a gyors leleményesség, mely egy pillanat alatt megsúgja, mit kell tenni messze idők megelőzésére.

Összefogta két kezével Timéa kezét.

- Ön nemes szívű, Timéa! Engedje, hogy röviden nevén hívjam ezentúl; jól lesz? Én nem akarok az ön szívének szégyenére válni. Keljen fel, Zófi mama; ne sírjon; szóljon Athalie-nak, hogy jöjjön hozzám közelebb. Én még többet akarok tenni, mint amit Timéa kívánt, őérte és önökért. Én nem *menedéket,* de boldog *otthont* akarok szerezni Athalie-nak. Én leteszem a házassági biztosítékot vőlegénye számára, s amit néhai atyja nászhozományul ígért neki, én megadom. Legyenek egymással boldogok!

Timár a láthatáron is alul eső tájakat látott be tekintetével, és arra gondolt, hogy semmi áldozat nem lesz részéről elég nagy azért, hogy ez a két némber házától és Timéától eltávozzék, s hogy *a daliás kapitány a szép Athalie-t nőül vegye!*

Most azután őrajta volt a sor, hogy Zófia asszony tetőtül talpig végigárassza hálakitörése csókjaival.

- Óh! Levetinczy úr, óh! drága, kedves, nagylelkű Levetinczy úr, hadd csókoljam meg a kezét, a lábát, azt az okos fejét! - És meg is tette, amit programjában ígért, még a vállát, a gallérját, a hátát is megcsókolá Timárnak, utoljára egymáshoz ölelte Mihályt és Timéát, rájuk adva forró áldását: „Legyetek boldogok!"

Lehetetlen volt el nem mosolyodni szegény asszony örömkitörésein.

Hanem Athalie elrontotta valamennyinek az örömét.

Büszkén, mint egy megtérésre hívott rossz angyal, aki inkább választja a kárhozatot, mint büszkesége megtörését, fordult el Timártól, s indulattól elfojtott hangon így szólt:

- Köszönöm, uram. De énnekem Kacsuka úr sem ez életben, sem a másvilágon nem kell többé! Én hozzá nőül nem megyek; hanem itt maradok Timéánál - cselédnek.

A SENKI SZIGETE

AZ ALABÁSTROMSZOBOR MENYEGZŐJE

Timár túl boldog volt, hogy Timéát eljegyezheté.

A leány tündéri szépsége az első találkozás óta meghódítva tartá lelkét. Bámulta őt. A szelíd kedély, melyet később ismerni tanult nála, megnyerte tiszteletét. A gúnyos játék, melyet Brazovicsék űztek a leány szívével, lovagias rokonszenvét költé fel. S a szép kapitánynak könnyelmű udvarlása szította féltékenységét. Ez mind hozzátartozik a szerelemhez.

Most végre eljutott vágyai céljához. A szép leány az övé. Neje lesz.

És még egy nagy tehertől menekül meg lelke: az önvádtól.

Mert attól a naptól kezdve, amidőn Timár az elsüllyedt hajóban megtalálta Ali Csorbadzsi kincseit, odavolt lelkének nyugalma; minden fényes siker után, mely vállalatait kísérte, felemelte szavát a belső vádló: ez mind nem a tied! Ez egy árva leánynak a vagyona volt, amit te bitorolsz. Szerencsés ember vagy? Nem igaz! Szegények jóltevője vagy? Nem igaz! Arany ember vagy? Nem igaz! - Tolvaj vagy!

Most ez a per el van döntve. A belső bíró kimondja felmentő ítéletét. A meglopott árva visszakapja vagyonát. Megkétszerezve kapja vissza. Ami férjeé, az az övé is. Nem fogja soha megtudni, hogy ennek a nagy vagyonnak az alapja valaha az övé volt; csak azt tudja, hogy most már az övé. És ezzel ki van engesztelve a fátum.

De vajon ki van-e engesztelve?

A szofizmára nem gondolt Timár. Hogy a Timéának visszaadott kincsekre ráadást is kínált: saját magát; s cserét kért értük: a leány szívét. S hogy ez csalás, ez erőszak.

Timár siettetni akarta az összekelést. Nála nem volt azon időfogyasztó akadály, hogy még a kiházasítási készleteket kell beszerezni. Ő készen vett mindent Bécsben, s Timéa menyasszonyi köntösét a leghíresebb párizsi divatművész állítá ki, nem kellett azon magának a menyasszonynak hat hétig hímezni - mint azon a másikon. Az a másik, kétszeresen szerencsétlen araköntös el lett téve egy olyan falszekrénybe, amelyet sohasem nyitogat senki. Azt onnan sohasem fogja elővenni senki.

Hanem más szent akadályok álltak megint elő.

Timéa még mindig nem volt megkeresztelve.

Timár igen természetesen kívánta, hogy ha már Timéa a török vallásból a keresztyénbe tér át, hát egyúttal legyen protestáns, mint férje, hogy egy templomba járjanak.

Hanem most meg a protestáns lelkész állt elő, hogy az áttéréshez múlhatatlanul megkívántatik, hogy a neofita megismerkedjék azzal a confessióval, amelynek keblébe felvétetni óhajt. S miután itt nem elég, mint a görög egyháznál, a látás és hallás, hanem ezt meg is kell érteni, mert ez a vallás az értelmen, az okoskodáson alapul, tehát szükségképpen kell a hajadonnak egy ideig tanításokat kapni a megismerendő tanokból: hogy meggyőződhessék felőle, mennyivel okosabb, rationabilisabb és elfogadhatóbb dogmák azok, amiket ezentúl fog követni, mint aminőkön eddig tévedezett.

Hanem itt egy nagy baj volt. Az, hogy a mohamedán vallás a nők számára semmiféle dogmákat sem készített. A mohamedán nők nem tagjai az eklézsiának; jelen sem szabad lenniök a férfiak istentiszteletén, számukra nincs értelme a Mekkát mutató Mehráb-táblának, őket nem kötelezik sem az „Abdésztán", sem a „Güzül", sem a „Thüharet" mosakodásai; sem a Ramazan-böjt, sem a Bejrám-ünnep; ők nem zarándokolnak Mekkába a Kábához, nem csókolják a bűnbocsátó követ, nem isznak a Zenzemet-kútból, őket a pap nem esketi, nem tanítja, nem konfirmálja, nem gyóntatja, nekik még csak lélek sincsen adva; számukra nincsen másvilág; őértük nem jön el a halál órájan a lelket a testtől elválasztó Azrael angyal, őket nem vallatja ki a halál után a Monkár és Nakir angyal, mi jót, mi rosszat tettek e testi életben; őket nem fürösztik meg az Izmail kútjában, nem lökik be a Morhut vermébe, őket nem támasztja fel a halálból az Izrafil angyal trombitája; az ő homlokukra nincs írva e szó: „múmem" (hívő), ők nem futnak át az Alsirát-hídon, nem is esnek le róla a hétféle pokolba, mik közül legemberségesebb temperatúrájú pokol még a „Gyehenna", az utána következők pedig: a Ladhána, Hotáma, Száir, Szakár, Jahim és Al-Haviját fokozatosan melegebbek. Ettől a nőknek mind nincs miért félni, de viszont nem is jutnak el a paradicsomba a nagy Tubafa árnyéka alá, mert ott a férfiaknak őrájuk semmi szükségük nincs: azokra ott az örök ifjúságú „hurik" várnak, minden férfira hetvenhét. A mohamedán nő semmi sem, csak egy virág, lehull és elmúlik, lelke virágillat, elfújja a szél, és nincs többé.

Azért a nagytiszteletű úrnak fölöttébb megnehezült a feladata, amidőn Timéát az ésszerű vallás felfogására akarta bírni. Zsidót, pápistát eleget convertált ő már, de török leánnyal még nem próbálkozott.

Az első nap, mikor a másvilág gyönyörűségét magyarázta a nagytiszteletű úr Timéának, elmondva, hogy ott az égben majdan mindazok, kik egymáséi voltak, és egymást szerették ide alant, ismét találkozni fognak, s egymáséi lesznek - a leány ezt a kérdést intézte hozzá:

- Vajon azt fogja-e a másvilágon minden ember újra feltalálni, akit szeretett, vagy azt, akivel a pap összeeskette?

Ez fogas kérdés volt; de a nagytiszteletű úr puritán állást foglalván el, igen jól megfelelt rá: „miután nem lehető, hogy valaki mást szeressen, mint akivel a pap összeeskette, s viszont nem lehető, hogy akivel a pap összeeskette, azt ne szeresse, annálfogva az ígéret tana egészen korrekt".

Hanem ezt a kérdést nem közölte a nagytiszteletű úr Timárral.

A másodnapi tanításon megint azt kérdezte tőle Timéa, vajon Ali Csorbadzsi, az ő apja, szintén oda jut-e a másvilágon, ahova ő?

A nagytiszteletű úr erre a kényes kérdésre bizony nem bírt kielégítő választ adni.

- De ugye, én ott megint Levetinczy úr neje leszek? - kérdezé Timéa mohó kíváncsisággal.

Már erre a kérdésre kegyes örvendezéssel viszonzá az esperes úr, hogy minden bizonnyal úgy lesz.

- Akkor én meg fogom kérni Levetinczy urat, hogy ha együtt leszünk a mennyországban, akkor az én szegény apámnak is adjon egy kis helyet, hogy az is velünk legyen; s ő azt nekem nem fogja megtagadhatni, ugye?

Az esperes úr szörnyen vakarta a füle környékét erre a kérdésre, s azt mondta, hogy ezt a skrupulózus dolgot az egyetemes egyházi zsinat elé fogja terjeszteni.

Harmadnap azután azt mondta Timárnak, hogy jó lesz már a kisasszonyt megkeresztelni s megesketni, a további dogmákról világosítsa fel majd a férje.

Végbe is ment a legközelebbi vasárnapon a szent szertartás. Timéa akkor került először protestáns templomba.

Ez az egyszerű épület fehérre meszelt falaival, aranyozatlan szószékével, egészen más hatást gyakorolt kedélyére, mint az a másik templom, melyből a rossz gyerekek kikergették, mikor egyszer beleskelődött. Ott aranyos oltár volt, nagy viaszgyertyák égtek ezüst kartartókban, képekkel voltak tele a falak, tömjénillat párolgott, titokteljes éneklés hangzott, csengettyűszóra térdre hullott a nép; képzelmet izgató képek és hangok. Itt pedig leülnek hosszú padokba külön a férfiak, külön az asszonyok, zsoltárt vesz ki-ki maga elé, s mikor a kántor elkezdi, ráriad az egész gyülekezet, és végigénekli az egész zsoltárt.

És akkor elhallgat minden ember; a magas szószékre fellépdel a lelkész, és elkezd beszélni minden ceremónia nélkül, sem énekel, sem iszik, se nem mutogat semmit, csak egyre beszél. Timéa nem ért abból semmit. Csak azon bámul, hogy amint abban a templomban három sűrű padnégyszög tömve van asszonynéppel, az az ezernyi asszonynép két óra hosszat meg nem szólal, ki nem nyitja a száját, még csak szomszédjához, suttogni sem fordul. Rettenetes szertartás! Három légió asszony, aki két óráig meg van némulva. Bárcsak legalább egy „amen"-t volna szabad kiáltaniok, mikor a prédikációnak vége van.

Timéa a szószék melletti első sorban ül a főkurátorné mellett, ki neki keresztanyja fog lenni: az vezeti őt ki a keresztelő medencéig, keresztapa pedig a főkurátor úr.

Ismét semmi képzelemizgató szertartás: a nagytiszteletű úr beszél okos dolgokat a vízmedence előtt; egyszer annak is csak vége szakad; a neofita meghajtja a fejét a vízmedence előtt, a lelkész a Szentháromság nevében megkereszteli őt „Zsuzsánnának". Ezt a nevet választották neki a keresztszülők.

Azután tart egy intést az esperes úr a keresztszülőknek, elszámlálva az ő kötelességeiket, s akkor a keresztanya ismét visszavezeti a felavatott hajadont a padjába, akkor minden ember feláll és imádkozik; de csak a pap fennhangon, a többi némán, Timéa pedig azon gondolkozik, hogy miért keresztelték őtet éppen Zsuzsánnának, mikor az eddigi nevével úgy meg volt elégedve?

Az imádkozás után megint leülnek, s a kántor ez alkalomra nekizendíti a LXXXIII. zsoltárt: „Óh! Izraelnek Istene!" amiből Timéának az a gyenge kétsége támad, hogy őtet most talán izraelitának keresztelték meg.

Minden aggodalmát eloszlatja végre az a másik tiszteletes úr; ez már fiatalabb, aki másodiknak jő fel a katedrára, s igen szép szónoklatot tartván, elvégre egy írást vesz ki a könyvéből, s abból felolvassa, hogy ezennel kihirdettetik, miszerint tekintetes nemes, nemzetes és vitézlő Levetinczy Timár Mihály úr, helvéciai hitvallású keresztyén atyánkfia eljegyezte magának hitvestársul néhai tekintetes, nemes, nemzetes és vitézlett Csorbaffy Ali úrnak árva hajadon leányát, nemes Csorbaffy Timéa Zsuzsánna kisasszonyt, helvéciai hitvallású keresztyén leányzót.

És az a három légió asszony még erre sem szól egy szót is.

Timéa megnyugodott a történtekben.

Az első kihirdetéstől a menyegzőig két hetet kellett elvárni, azalatt Mihály mindennapos volt Timéánál. A leány őszinte nyájassággal fogadta mindig. Mihály boldog volt a jövendő előérzetében.

Valahányszor Timéát látogatni jött, menyasszonyát Athalie társaságában lelte. Athalie rendesen ürügyet talált, hogy a szobát elhagyhassa, s őhelyette azután Zófia asszony jelent meg.

Zófi mama aztán tartotta Mihályt válogatott magasztalásokkal, hogy milyen kedves leány az ő menyasszonya; hogy mennyit emlegeti a kedves jó Mihályt, aki őróla olyan jól gondoskodott, mikor a Szent Borbálán jöttek, hogy mentette meg a hajótöréstől, a törökök általi elfogatástól; hogy esett miatta a vízbe, hogy vitte ki a süllyedő hajóból, hogy ment vissza a víz alá az ott feledt vagyonért; hogy tartotta tündér mesemondással, mikor a veszélyes helyeken jártak, s hogy keresett számára nyughelyet egy puszta szigeten.

Aztán hogy ápolta betegségében a hajón! Nélküle bizonyosan meghalt volna.

Zófi mama a legapróbb körülményekről is értesülve volt, miket nem tudhatott más, csak Timéa, s Mihály boldog volt, hogy Timéa azokra még emlékezik. Hitte, hogy a leány, ki ezeket Zófia asszonynak elmondja, ezáltal tanúsítja, hogy őt mégis szereti.

- Óh! ha tudná, kedves Levetinczy, mennyire ragaszkodik önhöz ez a leány!

S Timéa nem jött zavarba, mikor ezt hallá mondani. Nem szenvelgett szemérmetes tiltakozással, de nem is bizonyított az állítás mellett szemérmes elpirulással. Szerény, komoly és engedelmes volt Mihály iránt. Engedte kezét kezébe venni; engedte hosszasan szemeibe nézni, s ha jött, ha távozott, megszorítá kezét, és mosolygott rá.

És Zófi asszony mindennap tudott valami új dolgot mondani Mihálynak, amit Timéa regélt el neki felőle.

Timár elhitte, hogy ő az a boldog ember, akit e nő szeretni fog.

A menyegzői nap is eljött.

Messze földről összecsődült vendégsereg hosszú hintósora állt végig az utcán, miként ama boldogtalan napon; de ezúttal semmi szerencsétlenség nem történt.

A menyasszonyt a hajdani Brazovics-háztól, mely most már sajátja volt, vitte el a vőlegény a templomba; a menyegzői lakoma pedig a vőlegény házánál volt rendezve. Zófi mama el nem engedé, hogy a lakoma rendezésére ő ügyeljen fel. Athalie pedig otthon maradt, egyedül, a hajdani apai háznál, s ugyanabból az ablakból nézte, elrejtőzve egy függöny mögé, hogy indul meg a hintók hosszú sora a nyoszolyókkal, násznagyokkal, a vőfélyekkel, a menyasszonnyal, a vőlegénnyel egymás után, amely ablakból ama végzetes napon várta saját vőlegénye megérkeztét.

És azután ott várt, míg a hintók visszarobogtak, el a Brazovics-ház előtt, most már vőlegény és menyasszony egy kocsiban, s nézett utánuk. S ha imádkozott ez idő alatt az új párért az egész gyülekezet, óh! bizonyosan ő is imádkozott valamit rájuk!

Timéa nem találta olyan gyönyörűségesnek az esküvőt, mint ahogy azt Zófi mama leírta előtte. A lelkészen nem volt semmi aranyköntös, aranysüveg; nem is hozott az új pár elé ezüstkoronákat, hogy megkoronázza őket egymás urává, asszonyává; nem is énekeltek nekik semmit. A vőlegény nemesi bársonyruhát viselt boglárokkal, hattyúprémmel, s elég délceg alak volt, csakhogy a fejét mindig meghajtva tartá; nem tudta azt olyan büszkén fenn hordani, ahogy kell a nemesi díszruha mellé.

Az a bűbájos szertartás sem következett be, mikor a vőlegényt és menyasszonyt letakarják együtt egy selyemleplel, s legelőször e szentséges árnyban találkoznak egyedül, s a pap megfogja kezeiket, és az oltár körül vezeti őket háromszor. Ez is elmaradt most. El a közös pohárból ivás és a szent csók az oltár előtt: oltár sincs itt. Semmi sincs itt, csak egy fekete ruhás pap, aki beszél igen okos dolgokat, de miknél mind igézetesebben hangzik az, hogy „goszpodi pomiluj". Még csak le sem térdepelnek egymás mellé, úgy esküsznek. A felizgató keleti képzelmet nagyon hidegen hagyta a szertartás nélküli protestáns esküvő. Hiszen Timéa az egészből nem értett még egyebet, mint a szertartást.

Talán idővel?

A fényes lakodalom véget ért, a vendégek hazamentek, a menyasszony ott maradt vőlegénye házánál.

Mikor Mihály végre egyedül maradt Timéával, mikor leült melléje, és kezét kezébe vette, úgy érzé, hogy szíve reszket, s ez a remegés elterjed egész valóján.

Az a véghetetlen kincs, amit bírni úgy óhajtott, most már birtokában van. Csak karját kell kitárnia, hogy őt keblére vonja. Nem meri. Varázs alatt van.

A nő, a feleség - nem tud az ő közellétéről semmit. Nem remeg, és nem hevül.

Ha csak egyszer lesütné szemeit ijedten, midőn Mihály ujjai vállát érintik, ha egy szemérmes elpirulás tűzárnya futna egyszer végig fehér arcán, meg volna törve a varázs, mely a közeledőt megdermeszti; de ő hideg marad és nyugodt és szenvtelen, mint egy álomjáró.

Mihály ugyanazt az alakot látja maga előtt, akit ama végzetes éjszakán a halálból felébresztett, aki ott ült előtte ágya szélén, mint egy oltárkép, melyről a ránézőre hideg sugárzik; akinek arca nem változik el sem akkor, midőn éji öltönye válláról lecsúszik, sem akkor, midőn azt mondják neki, hogy atyja meghalt.

És most sem, midőn azt súgják fülébe: „kedvesem".

Egy alabástromszobor az. Egy szobor, mely hajlik, simul, enged, de nem él. Néz, de nem biztat, és nem tilt. Teheti vele, amit akar, tűr mindent. Lebonthatja szép fényes haját, s elszórhatja vállain; megközelítheti ajkaival fehér arcát, s tüzet lehelhet rá, nem gyújtja meg vele.

Mihály azt hiszi, hogy ha keblére fogja vonni e jéghideg alakot, akkor meg lesz törve a varázs; de akkor még nagyobb reszketés fogja el. Úgy rémlik, mintha valami bűnt követne el, amely ellen természet, őrangyal és minden érző ideg fellázad.

- Timéa! - szól hozzá hízelgő suttogással. - Tudod-e, hogy te az én nőm vagy?

Timéa szemébe néz, és nyugodtan felel:

- Az vagyok.

- Szeretsz-e engem?

Ekkor bámulva nyitja fel nagy, sötétkék szemét reá a hölgy, s e szemek tekintetéből annyit tanul meg a kérdező, mintha a csillagos ég minden titkaiba adatott volna meg egy pillanatot vethetnie. Azután bezárja szemeit hosszú selyem szempilláival a hölgy.

- Nem érzesz hozzám szerelmet? - eseng a férj epedő sóhajjal.

Még egyszer e tekintet! A fehér arcú nő azt kérdezi:

- Mi az?

Mi az? Mi az? Világ minden bölcse meg nem tudja azt magyarázni annak, aki azt nem érti.

Mi az? Mi az? Egy szó nem kell annak ahhoz, aki azt meg tudja magyarázni.

- Óh, te gyermek! - sóhajta Timár, felállva neje mellől. Timéa is felállt.

- Nem, uram, én nem vagyok gyermek. Én tudom, hogy mi vagyok: önnek neje. Önnek fogadtam ezt, s Istennek megesküdtem rá. Hűséges, engedelmes neje leszek önnek. Ez a sorsom. Ön velem annyi jót tett, hogy egész életem önnek van lekötve. Ön nekem uram. És én mindig tenni fogom azt, amit ön kíván, amit ön parancsol.

Mihály félrefordult, és eltakarta arcát.

Ez a minden fájdalmát eltagadó, lemondásteljes tekintet megfagyasztá vérének minden vágyát. Kinek volna bátorsága megölelni egy mártírnőt? a szentkép szobrát a pálmaággal és a töviskoszorúval? kinek a vére forrna fel egy visszatérő halott menyasszonyért?

„Tenni fogom, amit ön parancsol!"

Mihály most kezdé sejteni, hogy minő rossz diadalt szerzett!

Nőül vett egy csodaszép alabástromszobrot.

A VÉDÖRDÖG

Talán máskor is megtörtént az, hogy egy férj nem találta meg a neje szívét?

S talán más is úgy tett azzal, hogy bízta az időre az orvoslatot. Mit lehet tenni a tél ellen? várni kell a tavaszt.

A mohamedán szülők leánya úgy volt már nevelve odahaza, hogy aki nőül fogja venni, annak az arcát se lássa a menyegzőnapig. Azt nem is kérdezik tőle: szeret-e, nem szeret-e? Se szülők, se pap, se férj. Engedelmeskedés a dolga. A férj meg fogja becsülni, s ha hűtlenségen kapja, megöli. Fő dolog, hogy szép arca, eleven szemei, tömött haja s egészséges lehelete legyen; a szíve után nem kérdezősködik senki.

Fogadott apja házánál aztán mást tanult a leány. Azt, hogy a keresztyéneknél az ábrándozás meg van ugyan engedve, sőt arra minden alkalom meg van adva; hanem azért aki abba beleesik, azt nem úgy gyógyítják, mint egy beteget, de úgy büntetik, mint egy bűnöst. Ő kiszenvedett ezért.

Timéa úgy ment nőül Timárhoz, mint aki minden csepp vérét tilalom alá vetette, hogy másról beszéljen neki, mint a női kötelességekről; mert ha megengedte volna, hogy ábrándjairól beszéljen, akkor minden csepp vére azt mondta volna, hogy - azon az úton menjen, amelyen az a másik leány sötét éjjel kétszer megbotlott az útjában alvó örömleány testén - az ő botlása halála lett volna lelkének. Eltemette, megfagyasztá azt az érzést. S nőül ment egy férjhez, kit tisztelt, kinek hálával tartozott, s kinek hű társa akart maradni.

Mindennapi történet ez. S akiken megtörténik, azzal biztatják magukat, hogy majd jön a tavasz, s az a szíveket átmelegíti.

Mihály a menyegzői nap után elvitte ifjú nejét magával utazni. Bejárták Svájcot, Olaszországot. Úgy jöttek vissza, ahogy elmentek. Se Helvécia andalító völgyei, se Itália fűszeres ligetei nem termettek az ő számára írt.

Elhalmozá ifjú nejét mindazzal, amin asszonyok kapni szoktak, piperével, ékszerekkel; megismerteté a nagy városok mulatságaival. Hatástalan volt rá minden. A holdsugár nem ad meleget a gyújtótükörben sem.

A nő szelíd volt, gyöngéd, figyelmes, háladatos, engedelmes, de szívét nem találta sehol; se otthon, se útban, se örömben, se szomorúságban. A szíve el volt temetve.

Timár egy holt nőt vett feleségül.

Ezzel a tudattal jött vissza külföldi útjából.

Egy ideig azon gondolkozott, hogy Komáromot végképp elhagyja, s elköltözzék Bécsbe. Talán ott más élet kezdődik.

Hanem azután mást gondolt.

Elhatárzá, hogy ott fog maradni Komáromban, s lakásul a Brazovics-házat rendezi be. Ott fog nejével együtt lakni, Saját házát pedig berendezi üzleti ügyei számára, hogy abba a házba, hol neje lakik, semmi se jöjjön azokból. Így azután egész nap távol lehet hazulról, s nem tűnik fel senkinek, hogy neje egyedül van.

A világ előtt mindig együtt jelennek meg. Társaságokba a nő férjével együtt jár; ő figyelmezteti férjét, ha már itt az idő, hogy haza kell menni, s karjába öltve kezét, távozik el. Mindenki magasztalja a férj sorsát, milyen boldog ember! Mi szép és mi hű neje van!

S bár olyan hű ne volna, bár olyan jó ne volna. Bárcsak gyűlölni lehetne!

De nem férhet hozzá semmi rágalom.

És a tavasz mégsem olvasztja fel a szív jegeit. A napok csak magasabbra emelik a jéghegyeket.

Mihály átkozza a sorsot.

Minden kincseinek árán nem képes megvenni saját neje szerelmét. Még rosszabb rá nézve, hogy gazdag. A pompa, a birtok még tágítja a távolt közöttük. A szegény ember szűk négy fala jobban összeszorítja azokat, akik egymáshoz tartoznak. A napszámos, a hajóslegény, akinek egy szobája, egy ágya, egy asztala van: boldogabb ember. A favágó, aki mikor fűrészel, az egyik végét a fűrésznek a feleség fogja, az boldog ember; azok, mikor elvégezték a munkát, leülnek a földre, s esznek egy szilkéből bablevest, s megcsókolják egymást utána.

Tehát legyünk szegény emberek.

Timár meggyűlölte a gazdagságát, s hozzáfogott, hogy túladjon rajta. Ha szerencsétlen lesz, ha elszegényül, akkor közelebb fog jutni nejéhez. Azt képzelte.

Nem sikerült neki az elszegényedés. A szerencse hódol annak, aki őt megveti. Akármihez fogott hozzá, amibe más ember bizton belebukott volna, az fényes sikerrel végződött; minden képtelenség lehetővé és valóvá lett a kezében: a kocka mindig hatot fordult; s ha szerencsejátékban akarta elveszteni a pénzét, szétrobbantotta a bankot. A pénz özönlött oda, ahol ő megállt, s ha elfutott, ha elbújt előle, utána ment, és fölkereste.

És azt mind odaadta volna nejének egy édes csókjáért.

Pedig hiszen a pénz mindenható. Mennyi szerelmet lehetne kapni érte! Hamis, hazudott szerelmet, mosolygó arcok ragyogását, kik azt nem érzik; tiltott, bűnös szerelmet, kik azt titkolják; csak ennek az egynek a szerelmét nem, aki igazán, híven, boldogan szerethet.

Timár óhajtotta volna már, ha gyűlölhetné inkább nejét. Ha elhitethetné szívével, hogy az mást szeret, hogy hűtelen, hogy női kötelességeit megtöri.

De nem talál a gyűlöletre okot. Soha senki sem látja a nőt másként, mint férje karján megjelenni. Társaságokban oly méltóságteljes állást tud foglalni, mely minden merész közeledést visszatilt. Vigalmakban nem táncol. Meg is mondja az okát, miért nem. Nem tanították táncolni, s asszonyfejjel már nem akar tanulni. Csak az éltes asszonyságok társaságát keresi. S ha férje egy hétig távol van a várostól, akkor ő egy hétig nem hagyja el a házat.

Igen, de benn a házban? Mert hisz a világ átlátszó, de a ház falai nem!

Óh! erre a kérdésre volt még Mihálynak legsúlyosabb felelete.

Abban a házban együtt lakott Timéával Athalie.

Athalie, az ő becsületének nem védangyala, hanem védördöge.

Hiszen annak a nőnek minden léptét, szavát, tettét, minden gondolatját, minden sóhajtását, minden könnyhullatását, de még álomlátásainak téveteg hangjait is folyton kíséri egy másik nő, aki gyűlöli a férjet is, a nőt is, s aki bizony sietne mind a kettőt szerencsétlenné tenni, ha egy árnyékát a bűnnek elleshetné e falak között.

Ha Timéa abban a percben, amidőn Mihályt felkérte, hogy engedje Athalie-t és Zófiát vele ezentúl is együtt egy házban lakni, az érzelmes jó szív sugallatán kívül még egyébre is hallgathatott volna: akkor sem gondolhatott volna ki önvédelmére tökéletesebbet, mint azt, hogy maga mellett tartá azt a leányt, aki menyasszonya volt annak a férfinak, akivel őneki találkozni sem szabad soha.

Ez a két kegyetlen gyűlölő szem őt mindenüvé kíséri.

Amíg a védördög hallgat, addig Timéát az Isten sem ítéli meg.

Athalie pedig hallgat.

Athalie valódi házi ördöge volt Timéának nemcsak nagyban, hanem kicsinyben is.

Semmi aprólékos körülmény ki nem kerülte figyelmét, hogy a kínálkozó alkalmat felhasználja Timéának valamit ellenére tenni.

Kitalálta, hogy Timéa ragyogni akar azzal a nagylelkűségével, hogy ő a ház egykori kisasszonyát most is testvéreként, mint úrhölgyet tartja a háznál. Athalie csak azért is azt akarta mindenki előtt kitüntetni, hogy ő csak cseléd.

Timéa mindennap erővel vette ki a kezéből a seprőt, mikor szobáját takarítani jött, s mire körülnézett, már megint azon kapta, hogy az úrnő ruháit tisztogatja, s különösen, ha vendégek jöttek a házhoz ebédre, nem győzte őt a konyhából előidézni.

Athalie minden piperéhez és öltözékhez tartozó egész hajdani arzenálját visszakapta Timéától: voltak thübet, merino, gros de Neaples ruhái szekrényszámra, hanem ő azok közül kiválasztotta a legkopottabb, a legpiszkosabb öltözékét, amit hajdan csak fésülködéshez vett fel, s abban járt; s azon is, könnyebb volt a lelkének, mikor egy lyukat égethetett a konyhában, vagy egy olajpecsétet ejthetett a lámpaelkészítésnél. Tudta, hogy Timéa mennyire bosszankodik ezért. Visszakapta ékszereit is, amik ezreket értek; de ő azokat nem viselte, hanem vett magának tíz krajcárért egy üveg mellboglárt, azt tűzte fel.

Timéa aztán azt tette, hogy ellopta tőle a boglárt, üveg helyett nemes opált tétetett bele; a piszkos, kopott öltözeteket pedig egyszer mind a tűzbe dobta, s ugyanazon kelméből varratott öltönyt Athalie-nak, amit maga viselt.

Óh! Timéát lehetett megkeseríteni, de haragba hozni nem.

És társalgási modorában is valami olyan kiállhatatlan alázatosságot tüntetett Timéa előtt Athalie, amilyenről tudta, hogy azt bántani fogja. Ha az valamit kért tőle, oly szolgálatkészséggel ugrott a parancsot teljesíteni, mint egy néger rabnő, akit korbáccsal kergetnek. Még a hangját is elváltoztatta, mikor Timéával beszélt. Nem szólt a maga természetes hangján soha; hanem valami vékony, magas kappanhanggal, mely mindig tele van alázatossággal és hízelkedéssel, kínozta Timéát, s kényeztető gyöngédséggel selypített, mikor Timéával beszélt: „s"-nek ejtve az „sz" betűt „Sép Timéa!" „Serelmem Timéa." „Sívem Timéa!"

Arra nem volt rávehető, hogy tegezze valaha Timéát.

S ami legfinomultabb neme volt a bosszantásnak, az, hogy kifogyhatatlan volt a házastársaknak egymás előtt való magasztalásában.

Mikor Timéával volt egyedül, nagyokat sóhajtott: „óh! milyen boldog ön, Timéa; milyen derék férje van; mennyire szereti önt". Ha pedig Timár jött meg, annak tett naiv szemrehányásokat: „olyan soká el kell maradni? Timéa már kétségbe van esve, óh! milyen epedve várja önt. Lassan menjen be hozzá, lepje meg. Fogja be a szemét kezével, vajon kitalálja-e, ki jött?"

És azoknak tűrniök kellett a gúnyt, mely alázatosság, hízelkedés, gyöngédség álarca alatt sérté őket szívig. Hisz ők nem voltak boldogok. És Athalie-nak tudnia kellett azt legjobban.

Ez a szembe hízelgő arc mint egy irónia találkozott velük saját házukban mindenütt, s odalépett eléjük legbensőbb rejtekükbe, tolakodó hízelkedéssel, bosszantó alázatossággal, gúnyolódó szolgálatkészséggel.

És ők tűrték azt.

Mikor pedig aztán magára maradt Athalie, mikor letehette a magát és másokat kínzó álarcot, hah! minő elégtételt engedett visszafojtott dühének!

Mikor egyedül maradt saját szobájában, hogy verte a földhöz azt a seprűt, amit Timéától nem engedett kivenni a kezéből; s aztán nekiállt a seprű nyelével ütni a székeket és pamlagokat; azt mondta: porol, pedig a dühét töltötte rajtuk. Mikor valami ajtón ki- vagy bement, vagy az uszálya szorult az ajtó alá, vagy a ruhaujja akadt a kilincsbe, akkor fogcsikorgatva rántott egyet rajta, s vagy ruha szakadt, vagy kilincs törött bele, s az neki jólesett. Tört edények, csorba poharak, sánta bútorok seregestől tanúskodtak azon szerencsétlen órákról, amelyekben egyedül találkoztak össze Athalie-val.

S volt különösen egy néma tárgya, kire cseppenkint összegyűjtött dühét egyszerre ki szokta önteni; nem azért néma, mintha nem tudna beszélni, hanem azért, mert édesanyja. Szegény Zófi mama bújt a leánya elől, s rettegett négyszemközt maradni vele. Egyedül ő volt az, aki Athelie-nak igazi hangját hallá a háznál, akinek Athalie mindennap meg merte mutatni, mily feneketlen örvény az, amit az ő gyűlölete képez. Zófi asszony rettegett egy szobában hálni a leányával, s a hűséges szakácsnőnek egy bizalmas órában megmutogatá a kék és zöld foltokat karjain, amik a szép Athalie kezének a nyomai. Mikor Athalie elfojtott dühével estenden Zófi asszonyhoz került, nagyokat csípett rajta, fülébe súgva: „Miért szültél a világra!"

Hah! milyen jólesett neki, ha egy kutyát megrúghatott, ami asszonyának kedvence volt!

És milyen jólesett neki, ha Timéának hírt hordhatott, milyen rosszak a cselédei, mi kárt tettek ma megint, mi pletykát csináltak újra? Ebből Timéa mindennap kapott.

És aztán, mikor a napot bevégezé Athalie nyílt hízelkedéssel, titkos dühöngéssel, végre aludni ment; nem kellett neki, hogy segítsen valaki a vetkőztetésnél, letépte magáról a ruhákat; csombókra akadt zsinórnak szakadni kellett, szétbontott haj fonadékainak szenvedni kellett, tépte fésűvel, cibálta marokkal a szegény hajat, mintha a másé volna, vagy mintha oka volna ez valaminek; aztán nagyot rúgott földre vetett ruháin; elfújta a gyertyáját, bűzölni hagyva az izzó faggyús kanócot, hadd töltse be az fojtó zsírfüsttel az egész szobáját, s aztán ágyába vetve magát, beleharapott a vánkosba, azt tépte a fogaival, és gondolkozott pokolbeli kínszenvedésekről. S csak akkor érte utol az álom, mikor az éj csendében egy ajtót hallott csukódni a háznál. A férj megy magányos szobájába aludni. Ennek örült. Ezen elaludt.

Neki tudnia kellett azt jól, hogy az ifjú férj és az ifjú nő - nem boldogok.

Várta kárörömmel, mi fejlődik ki e boldogtalanságból.

Egyik fél sem árulja el magát.

Nincsenek közöttük heves szóváltások; semmi civódás. Még csak egy meg nem óvott sóhaj sem hangzik el.

Timéa állandóan az, aki volt: csupán a férj kezd napról napra jobban elkomorodni. Óra hosszant elül neje mellett, néha a kezét is kezében tartja; de szemébe nem néz, s fölkel, eltávozik anélkül, hogy valamit szólt volna. A férfiak utoljára is nem tudnak annyira uralkodni titkaik fölött, mint a nők.

Egy időben Timár azt a szokást veszi fel, hogy útra távozik, megmondja, mikorra várják, és aztán a mondott napnál hamarább hazajön. Máskor szokatlan órákban lepi meg nejét, mikor éppen nem várt rá senki. Úgy tesz, mintha a véletlen hozta volna haza, s nem akarja mutatni, mit keres. De a homlokára van írva. Gyanakodik. Félt.

Egy napon azt mondta Mihály odahaza, hogy le kell mennie Levetincre, ahonnan csak egy hónap múlva kerül majd elő. Minden úti készület úgy volt intézve, hogy hosszú időre távol marad.

Mikor a házastársak búcsúcsókot váltottak egymással: hideg, látszólagos, szerződéses csókot, Athalie is jelen volt.

Athalie mosolygott.

Más talán észre se vette volna e mosolyt, más talán nem is érezte volna ki belőle azt a gúnyt, amit Mihály megérzett.

A káröröm, a bolondul járt embert lenéző gúny volt abban.

Ez a mosoly volt az, mely azt mondja: „csak te eredj!"

Mihály magával vitte e kárvágyó gúnymosoly fullánkját az útra.

Délig utazott e fullánkkal Levetinc felé, délben visszafordítá a kocsiját, s éjszakára hazakerült Komáromba.

Lakásának külön bejárása volt az ő szobájába, s annak a kulcsát mindig zsebében hordá. Bemehetett anélkül, hogy valakivel tudatta volna visszaérkeztét. Saját szobájából aztán egy közös előszobán keresztül eljuthatott Timéa hálószobájába.

Neje sohasem szokta zárva tartani hálószobája ajtaját. Sokáig szokott olvasni lefekvés után, s a komornának rendesen be kellett hozzá nézni, hogy nem maradt-e égve a gyertyája.

Timéa hálószobáján túl volt Athalie és Zófia asszonyé.

Mihály nesztelenül közelített az ajtóhoz, s óvatosan nyitá fel azt.

Csend volt, aludtak.

Az éji lámpa tejfehér ernyője mögül halavány világot derengetett a szobában.

Mihály félrevonta az ágy függönyét: ugyanaz az alvó szent szobra feküdt előtte, akit a Szent Borbála kajütjében oly nehéz szívdobogások között keltett életre egykor. Most is olyan mélyen látszott aludni. Nem érezte meg, hogy Mihály közel van; nem látta őt meg lecsukott szempilláin keresztül. Pedig az alvó nő meglátja álmában is, zárt szemmel is azt, akit szeret.

Mihály odahajolt keble fölé, s számlálta szívdobbanásait. Nyugodtan, rendesen vert a szív.

Semmi áruló jelenség... Semmi tápszer annak az éhes szörnyetegnek, aki martalékát keresi.

Sokáig állt ott, és nézte az alvó alakot.

Egyszer aztán felrezzent - s Athalie-t látta maga előtt.

Athalie fel volt öltözve, s egy viasztekercs volt a kezében.

Megint az a bántó gúnymosoly az arcán.

- Ön itthon feledt valamit? - kérdé suttogva Mihálytól.

Mihály reszketett, mint a tetten kapott tolvaj .

- Pszt! - inte Athalie-nak, az alvóra mutatva, s elsietett az ágy mellől. - Irataimat feledtem itthon.

- Felköltsem Timéát, hogy adja elő?

Timár bosszús volt, hogy először életében rajta hagyta magát kapatni alakoskodáson. Hiszen iratai nem álltak Timéánál, hanem saját szobájában.

- Ne költse fel. Nálam vannak. Csak kulcsaimat kerestem itt.

- S már megtalálta? - kérdé gúnyosan Athalie, s aztán meggyújtá a viasztekercset, s szolgálatkészen világított Mihálynak a szobájáig, ott letette a viasztekercset az asztalra, és - nem távozott el.

Mihály zavarodott tekintettel hányt-vetett iratai között, nem találta, amit keresett; - hiszen nem is tudta, hogy mit keres. Utoljára bezárta íróasztalát, anélkül, hogy kivett volna belőle valamit.

Ismét találkozott azzal a gúnymosollyal, mely Athalie ajkain koronkint elvonaglott.

- Parancsol ön valamit? - kérdezé Athalie, felfogva a rászögezett kérdő tekintetet.

Mihály nem szólt semmit.

- Akarja ön, hogy beszéljek valamit?

Mihály körül zúgott a világ erre a szóra. Nem tudott szólni.

- Akarja ön, hogy Timéáról beszéljek? - súgá Athalie, közelebb hajolva hozzá, szép kígyószemeivel igézete bűvkörébe hódítva a kábult férfit.

- Mit tud ön? - kérdé hevesen Mihály.

- Mindent. Akarja ön, hogy beszéljek?

Mihály habozott.

- De előre mondom, hogy ön akkor nagyon szerencsétlen lesz, ha azt megtudja, amit én tudok.

- Beszéljen!

- Jó. Tehát hallja meg tőlem. Én olyan jól tudom, mint ön maga, hogy Timéa önt nem szereti. S ön olyan jól tudja, mint én, hogy Timéa kit szeret. De egyet nem tud ön, csupán én: azt, hogy Timéa olyan hű önhöz, mint egy angyal.

Timár összerezzent e szóra.

- Ugye, mást várt ön tőlem? Ugye, jólesett volna hallania tőlem, hogy neje megvetésre méltó, hogy azt gyűlölheti, eltaszíthatja magától? Nem, uram. Ön egy alabástromszobrot vett el, aki önt nem szereti, de aki önt meg nem csalja. Ezt csak én tudom, de én jól tudom. Óh! önnek a férji becsülete jól meg van őrizve. Ha a mesék százszemű Árgusát fogadta volna ön meg, nem volna jobban megőrizve, mint általam. Amit ez a nő tesz, szól, kigondol: én mind megtudom azt, és nem érezhet a szíve mélységében olyan titkos érzést, amit én ott meg ne találjak. Ön jót tett a becsületével, mikor engem a házához fogadott. És ön nem fog innen engem elűzni, pedig gyűlöl, mert jól tudja, hogy amíg én itt vagyok, az az ember, aki önre nézve rettegés, az ön családi kincseihez nem fog közelíthetni. Én vagyok a gyémántzár az ön házán. Tudjon ön meg mindent. Mikor ön elmegy a városból, addig az ideig, amíg ön ismét visszatér, az ön háza egy kolostor. Semmi látogatást itt el nem fogadnak, se férfit, se asszonyt. Ami levelek az asszonyhoz érkeznek, azokat ön ott találhatja íróasztalán - felbontatlanul. Elolvashatja vagy tűzbe vetheti, ahogy tetszik. Önnek neje az utcára ki nem megy azalatt, míg ön távol van, csupán kocsin és velem. Egyedüli sétája a sziget, s ott én mindig vele vagyok. Én látom őt szenvedni, de nem hallom panaszkodni. Hogy is panaszkodhatnék nekem? Nekem, aki ugyanazt a poklot szenvedem, amit ő. És őmiatta szenvedem. Mert amióta az ő szellemarca e házban megjelent, azóta vagyok szerencsétlen. Addig boldog voltam. Szerettek. Ne féljen ön, nem fakadok sírva. Nem szeretek már, csak gyűlölök, nagyon gyűlölök. Rám bízhatja a házát. És ön járhat e világba szerteszét, és nyugodt lehet: itthon hagyott engem. És amíg ön visszatértében nejét élve találja, addig tudhatja, hogy az önhöz hű maradt. Mert én, uram, ha azzal az emberrel csak egy édes szót váltana valaha, ha csak egy nyájas mosolygást viszonozna neki, ha csak egy levelét elolvasná: nem várnék önre, hanem megölném őt magam, s ön csak a temetésére jönne haza. Mármost tudja ön, hogy mit hágy idehaza. A kifent gyilkot, melyet a szerelemféltő düh az ön felesége szívének tart szegezve. S ön e gyiloknak az árnyékában fogja mégis mindennap a fejét nyugalomra hajtani, s ugyanakkor, mikor irtózik tőlem, kénytelen hozzám kétségbeesetten ragaszkodni.

Timár lelkének minden erélyét zsibbadni érzé e baljóslatú szenvedély kitörése alatt.

- Én elmondtam önnek mindent, amit Timéáról és önről és magamról tudok. Még egyszer elmondom. Ön nőül vett egy leányt, aki mást szeret; az a más az enyém volt. Ön elvette tőlem ezt a házat, apám, vagyonom mind az ön keze alatt hullott a porba; s aztán úrnővé tette ön e házban Timéát. És most láthatja, hogy mit tett; önnek a neje nem nő, hanem mártír. És önnek nem elég az, hogy maga szenved, hanem még amellett azt is kell tudnia, hogy akinek elnyeréséért annyit küzdött, azt is szerencsétlenné tette, hogy Timéa boldogtalan fog lenni addig, amíg ön él. Ezzel a fullánkkal hagyhatja ön el a házát, Levetinczy úr, és nem fog e fájdalmára írt találni sehol; és ennek én örülök, szívemből örülök.

A hölgy lángoló arccal, csikorgatott fogakkal, villogó szemekkel hajolt a férfi fölé, ki lankadtan roskadt egy karszékbe, s a leány összeszorított ökle mintha egy láthatatlan tőrt döfne annak szívébe.

- És most... űzzön el ön házából, ha tud.

A leány arcáról eltűnt minden nőiség. Az álcázott alázatosság helyett a féktelen indulat kihívó dölyfe uralgott azon.

„Űzzön el ön innen, ha tud!"

S büszkén, mint egy győzelmes démon, hagyta el Mihály szobáját. Még az égő viasztekercset is fölvette az asztalról, és elvitte magával, otthagyva a sötétben a lesújtott férjet. Hiszen megmondta már neki, hogy ő nem alázatos szolgálója, hanem védördöge ennek a háznak.

És Mihálynak úgy súgta valami, mikor azt a leányt az égő viasztekerccsel kezében Timéa hálószobájának ajtaja felé közeledni látta, hogy felugorjék helyéből, megragadja a hölgy karját, keresztbe tegye a lábát azon ajtó előtt és azt mondja neki:

„Tehát maradjon ön magára itt ez elátkozott házban, ahogy ígéretem kötelez; de nem együtt velünk!"

S aztán berohanjon Timéához, miként ama végzetes estén, midőn a hajó elsüllyedt, s felkarolva őt fekhelyéről e rémkiáltással: „süllyed a ház! meneküljünk!" fusson vele ki e házból, és vigye őt olyan helyre, ahol nem őrzi senki...

Ez a gondolat zúgott agyában... Így kellene most tenni.

A hálószoba ajtaja felnyílt, Athalie még egyszer visszatekintett reá; ezután belépett a hálószobába, az ajtó bezárult, s Mihály ott maradt a sötétben.

Óh milyen nagy sötétben!

Aztán hallá, hogy a hálószoba zárában kettőt fordul a kulcs.

Az ő sorsa el volt ítélve.

A sötétben fölállt. Tapogatózva kereste össze útiszereit, nem gyújtott világot, nem csinált nagy neszezést, hogy föl ne ébresszen még valakit a háznál, meg ne tudják, hogy itthon járt. Mikor a sötétben mindent összeszedett, csendesen kilopózott az ajtaján, halkan zárt a kulccsal, mint a tolvaj, mint a szökevény, s nesztelenül osonva hagyta el a házat. Kiűzte őt abból az a leány!

Künn az utcán az áprilisi zivatar hózáporral fogadta. Jó idő az olyan embernek, aki nem akar észrevétetni.

A szél süvöltött az utcákon, a hó szemközt vágott, s Timár Mihály útra kelt egy födetlen szekéren, olyan időben, amikor egy jó kutyát nem kellene kiverni a házból.

TAVASZVIRÁNY

A zord utótéli idő egész Bajáig kísérte az utazót. Néhol még frissen hullott hó lepte a mezőket, s az erdők még kopárak voltak.

A viharos hideg időhöz hozzáillett az is, amiről gondolkozott.

Annak a kegyetlen leánynak igaza volt.

Nemcsak a férj szerencsétlen, hanem az asszony is.

Csakhogy a férj kétszeresen az, mert ő szerezte azt a balsorsot mindkettőjüknek.

Az első megbotlás követeli bűnhődését.

Mikor ő Timéa kincseit meglelte, azzal a szándékkal tartotta azokat magánál, hogy majd egyszer megnyeri velük Timéát.

Megnyerte, s most abban bűnhődik.

A szegény ember komisz ember; hanem azért a szegény ember lehet boldog; a gazdag ember dicső ember, hanem azért a gazdag ember boldogtalan.

De hát miért kell neki boldogtalannak lenni?

Hát nincs őrajta mit szeretni? Nincsenek meg azok a nemes tulajdonok benne, amikért egy férfit szerethet a nő? Arcának összhangzatos vonásai, kifejezésteljes szemei, ép, erőteljes termete, egészséges vére, szeretni képes szíve? Nem szerethetné-e őt egy asszony még akkor is, ha földhözragadt szegény volna, egyedül önmagáért?

Mégsem szereti.

Ez az örökké visszatérő válasz.

A legkeserűbb önvád egy férfi lelkében, még a bűntudatnál is súlyosabb: „Engem nem tud a nő szeretni!"

De hát mire való akkor az élet? Mi célja van a napok sorának még azután?

Szántani, vetni, üzérkedni, pénzt halomra gyűjteni? S aztán megint kezdeni szántást, vetést, üzérkedést, pénzgarmadolást?

Talán emberekkel is jót tenni?

Hm! Ez az utolsó menedék.

Akit nem szeretnek otthon, az keresi, hogy szeressék az utcán.

Akit már nem szeretnek otthon, az fákat ültet, pomológ lesz. Ez az első stádium.

A második stádium aztán, hogy tyúkot, baromfit nemesít.

Az utolsó stádium pedig, hogy emberbaráti, jótékonysági vállalatokba mélyed.

S mit nyer vele? Érdemes valakivel jót tenni?

Egész Bajáig e keserű, e sivár, ez önkínzó gondolatok üldözték Mihályt, ott pihenőt tartott.

Baján is volt üzleti állomása, s mikor az Alföldön járt, leveleit ide utasíttatá a kereskedelmi telepére. Már ott várt reá egy csomó.

Nagy fásultan bontotta fel azokat; bizony bánta is ő, ha kifagyott vagy nem fagyott a repce; ha fölemelték is a vámot az angol határon; ha emelkedtek is a metalique-ok.

De talált mégis az érkezett levelek között kettőt, ami megörvendezteté. Egyiket bécsi, másikat sztambuli ügynöke küldé.

E levelek tartalmának nagyon megörült. Mind a kettőt zsebébe tette, s azontúl idáig hozott szenvtelensége múlni kezdett. Ismét szokott gyors erélyességével adta ki rendeleteit ügynökeinek, figyelemmel jegyezte fel a tudósításokat, s amint végzett, sietett továbbutazni.

Volt már valami célja az útjának.

Csekély cél; nem is valami magas, de legalább cél. Egypár szegény embernek az öröme. De igazi öröm.

Az idő megváltozott, egyszerre derült ég jött, meleg nappal, ahogy nálunk szokott, ahol a telet mindjárt a nyár váltja fel. S Baján alul megváltozott már a táj is.

Amint Mihály váltott gyorslovakon haladt délirányban, mintha egy nap alatt heteket sietett volna a természet, már Mohácsnál világoszöld erdők fogadták, Zombor körül már sötétzöld bársonnyal volt bevonva a mező; Újvidéknél már tarka volt a vidék a tavasz virágaitól, s Pancsova tájékán a repcevetések arany táblái mosolyogtak a síkon, s a halmokat mintha rózsaszínű hó fedné, a mandula és barack virágzik. Olyan az a kétnapi út, mint egy álomkép. Még tegnapelőtt Komáromban a hófehér mező, s ma már az Al-Dunán a virágzó erdők!

Mihály éjszakára levetinci kastélyában szállt meg, ahol még aznap kiadta rendeleteit tiszttartójának, s másnap korán hajnalban fölkelt, kocsira ült, hogy a Dunán rakodó hajóit megtekintse.

Ott mindent rendben talált. Fabula János uram volt az összes hajóraj felügyelője; nem volt ott semmi baj.

- Mehet a tekintetes úr kacsázni!

El is ment Levetinczy úr kacsázni, ahogy Fabula uram utasítá. Előhozatá a kis ladikot, belerakatott egy hétre való eleséget; egy kétcsövű puskát, elégséges lőszert; senki sem fogja megcsodálni, ha egy hétig elő nem kerül a nádasból, ami tele van ilyenkor drága szárnyas vaddal; seregestől jár a vadruca, kapóra jön a mocsári szalonka, a gójzer szalonka, a kócsag, amit csak a tolláért lőnek; még pelikán is akad, sőt egyiptomi íbiszt is lőttek már e nádasban; hátha flamingó is akad benne! Szenvedélyes vadász ha egyszer oda beveheti magát, ugyan várhatnak rá, amíg visszakerül! S Timár Mihály szeretett vadászni, hajós embernek ez a mulatsága.

Hanem Mihály ezúttal meg sem töltötte azt a puskát.

Csendesen leeresztette a ladikját víz mentében, míg az Osztrova-sziget farkáig elért; ott aztán marokra kapta a kettős evezőt, s átvágott a Dunán.

Amint a sziget végét megkerülte, gyorsan tájékozta magát.

A délnek elterülő nádas közepéből magasan tűntek ki az ismerős nyárfák hegyei, arra tartott.

A nádas között járt út volt már törve, girbegurba, ahogy szükséges; de hozzáértő embernek az a jó. Ahol egyszer már volt Mihály, sötétben is odatalál.

...Vajon mit csinál most Almira és Narcissza?

Hát mit csinálnának ilyen szép tavaszi időben? Aki úr, az vadászik.

Csakhogy a vadászatnak korlátai is vannak. Az egér éjszakai vadászatra való, s abban Almira nem vehet részt; a madarakra vadászni szigorúan meg van tiltva Narcisszának; viszont Almirára nézve a marmoták vannak tilalom alá vetve, mik harmadéve honosultak meg a szigeten, mikor a Duna befagyott, s a jégen átjöttek. Azokra nem szabad vadászni.

No hát vadásznak a víziállatokra. Az is szép sport!

Almira begázol a szép tiszta vízbe, a halomban fekvő nagy kavicsok közé, s nagy óvatosan bedugja az egyik lábát egy olyan üregbe, ahol valami sötétlik. Egyszer aztán nagyot ugrik, kikapja a bedugott lábát, s három lábon, szűkölve, nyihogva ugrál ki a vízből, a negyedik lábára egy fekete rák csimpajkozik, keményen odacsípve ollójánál fogva. Almira kétségbeesetten szűköl, míg kinn a parton le tudja rázni a lábáról a félelmes szörnyeteget, akkor aztán közrekapják ketten Narcisszával, s elkezdik a rákot vallatni, hogy mennyiért engedné a csontjábul kiszedetni a húsát. A retrográd fenevad persze nem alkuszik, hanem mindenáron vissza akar hátrálni a vízbe. A két vadász aztán előre-hátra pofozza a talpaival, míg egyszer hanyatt fordítják, s akkor aztán mind a hárman meg vannak akadva, hogy mit csináljanak mármost? Almira is, Narcissza is, meg a rák is.

Most Almira figyelme egyszerre másfelé fordul, valami neszt hall, s valakit érez. Ismerős közelít a vízen.

Nem ugat eléje, csak mélyen dörmög. Valami kedélyes, öreguras kacagásforma az nála. Megismeri a csónakászt.

Mihály kiszökik csónakából a partra, s megköti a fűzcölöphöz a csónakot, azután megcirógatja Almira fejét, s azt kérdi tőle: „No hát hogy vagytok idehaza? nincs semmi baj?"

Felel neki arra a kutya mindenfélét, csakhogy persze newfoundlandi kutyanyelven. A hangzásából ítélve a válasz megnyugtató.

Most egyszerre rémületes jajveszékelés zavarja meg a kedélyes találkozási jelenetet. Az előre látható katasztrófa bekövetkezett. Narcissza olyan közel ment a hanyatt fekve kalimpáló szörnyeteghez, hogy az az egyik ollójával belekapott a fülébe, aztán a hat horgas lábával meg a pofájába.

Timár rögtön a vész színhelyén termett, s szokott lélekjelenlétével azonnal felfogva a veszély nagyságát, ott ragadá meg a páncélos gonosztevőt, ahová annak fegyverei el nem érnek, s erős ujjaival összenyomva annak a fejét, kényszeríté őt áldozatának szabadon bocsátására, azután pedig úgy vágta a szörnyet a parthoz, hogy rögtön elterült, átadva fekete lelkét a pokolnak. Mire Narcissza hálateljesen szökött fel lovagias megmentőjének vállára, még onnan is mérgesen kurrogva le megölt ellenfelére.

E bevezető hőstett után, mely úgy hiszem, minden regényben előfordul, Timár hozzálátott, hogy a ladikban hozott holmikat kiszállítsa. Hiszen az mind tarisznyába van csomagolva. Könnyen vállára veheti. De a puska, a puska! Azt Almira nem szereti a kézben látni. Itt hagyni pedig nem lehet, mert valaki erre jár, s elviszi.

Hát a puskával azt gondolta ki Timár, hogy odaadta Almira szájába, s az aztán keresztbe fogva azt oroszláni nagy állkapcájával, vitte előre, mint valami diadaljelt, mint a kis pudli a gazdája pálcáját.

A Narcissza csak maradt Mihály vállán, s dorombolt a fülébe.

Mihály haladt Almira vezetése után.

Mintha kicserélték volna lelkét, mikor e sziget pázsitos útjára lépett! Méla nyugalom van itt, andalító egyedüllét.

A paradicsom gyümölcsfái most virágoznak, fehér és rózsaszín virágpyramidok, köztük virágbarlangok, földig hajló csipkerózsákból, s a fűszőnyeg pompás zöldje kihímezve ibolyakékkel, szironták arannyal; az arany napsugár kihívja a virág szerelmét, az illatot, attól terhes a lég; az ember minden lélegzetvételnél aranyat és szerelmet lehel be. A virágok erdejét mély zsongás zúgja át, s e titokszerű zsongásban, a virágok szemeiben Isten beszél, Isten néz...

Templom ez...

S hogy énekese is legyen a templomnak, a fülemile énekli Szent Dávid zsoltáraiból a panaszt, a pacsirta a dicséretet; csakhogy szebben, mint Dávid király!

Mikor a sűrű orgonabokrok lila színnel koszorúzott lombjai egy helyütt szétnyílnak, s meglátszik a kis szigeti lak, Mihály önkénytelenül megáll, mintegy leigézve.

A kis lak lángban áll; de nem tűzlángban, hanem rózsalángban; felfutó rózsa borítja egész tetejéig, s körülötte kétholdnyi területen csupa rózsa minden. Ezernyi bokor, öles fa, gúla, sövény, lugas, csupa rózsából. Liget az, berek, labyrinth, rózsafákból, miknek pompája elvakít, s már messziről terjed üdítő illatárja, mint egy túlvilági légkör.

Alig lépett be e rózsaliget tekervényes útjába Mihály, midőn egy hangos örömkiáltás hangzott eléje; nevét kiálták.

- Ah, Timár úr!

S aki nevét kiáltá, eléje futott. Timár a hangjáról is ráismere: Noémi volt az.

A kis Noémi, akit már harmadfél év óta nem látott.

Azóta milyen szépen megnőtt, kifejlett, átalakult. Arcán egészséges pír ragyog át, szemei mélyében szelíd oltártűz lobog. Viselete nem pongyola többé, de otthonosan csinos; aranyszínű gazdag hajzatába egy fejlő rózsabimbó tűzve.

- Ah, Timár úr! - kiált, a lyánka az érkező elé szaladva, s messziről nyújtja eléje kezét, és aztán őszintén, igazán, meleg kézszorítással üdvözli az érkezőt.

Mihály viszonozza a kézszorítást, és szemeit egy percig ott feledi a leány arcán.

Íme egy arc, amelyen öröm sugárzik akkor, ha őt jönni látja.

- Milyen régen láttuk önt - szól a leány.

- Mint megszépült ön azóta! - szól Timár, s nyilatkozatában éppoly természetes a gyöngédség, mint a durvaság.

A leány valóban sokat nyert az elmúlt évek alatt.

Sajátszerű fiziológiája az a leányarcoknak, hogy némely ideálszép gyermeknek, mikor a hajadoni átalakuláson átmegy, vonásai elszélesednek, elvastagodnak, tömör kifejezést nyernek, míg más arc ugyanazon idő alatt az észrevétlen bájakat nem sejtett tökélyre fejti, s ideálszéppé lesz.

Talán van ennek egy természetes magyarázata? Talán a fejlő érzelmek idomítják át a fejlő arcot, s a tartós jó és rossz indulat, a bánat és az öröm, a nyugtalanság és a béke idomítja át a vonásokat, mint a tengeri csiga a csigaházat.

Noémi arcáról sugárzott a rokonszenv.

- Hát emlékezik ön még rám? - kérdezé Timár, kezében felejtve az odanyújtott kis kezet.

- Mi önt nagyon sokat emlegettük.

- Teréza mama egészséges?

- Ott jön elénk.

Teréza asszonyt Almira idézte elő a házikóból, hová előreszaladt a rábízott puskával, amiről Teréza megtudta azt, hogy valami kedves vendég érkezett, s aztán ő is elősietett a házból.

Amint Mihályt meglátta, kettőzteté sietését, messziről ráismert a hajdani hajóbiztosra, ki most is egy szürke kabátban, vállára vetett tarisznyával közelített kunyhójához, miként hajdan.

- Hozta Isten! De rég vártuk! - kiálta a nő vendége elé. - Mégis megemlékezett ön rólunk! - S azzal minden ceremónia nélkül megölelte Mihályt, miközben szemébe tűnt a dobasz tarisznya. - Almira! - kiálta az utána sompolygó kutyának -, fogd ezt a táskát, és vidd be a házba.

- Holmi sültféle van benne! - jegyzé meg Mihály.

- Az-é? Hát akkor jól vigyázz rá, Almira, hogy a Narcissza ne bántsa.

Ezért megint Noémi duzmadt fel.

- Ah bizony, Narcissza nem oly neveletlen.

Teréza asszony aztán megcsókolgatta a leányát, hogy megengesztelje. Az meg hagyta magát engesztelni.

- No mármost jerünk be hozzánk! - monda Teréza, bizalmasan megfogva Mihály karját. - Jöjj, Noémi, te is.

- Mindjárt, a kosaramat is beviszem, már teli van.

Egy óriási nagy, csónaknyi, fehér vesszőkosár volt az útban, fehér lepedővel leterítve az, ami benne tetézve állt. Noémi annak állt neki, hogy majd két fülénél fogva fölemeli.

Mihály odaugrott hozzá.

- Majd én segítek bevinni, hisz az nehéz lesz.

Noémi kacagott; vidám, gyermeteg, csattogó kacaj volt az, s aztán felhajtá a fehér lepelt a kosár tartalmáról. Tele volt az rózsalevéllel.

Hanem azért Mihály mégiscsak megfogta a kosár egyik fülét, s úgy vitték együtt a nagy kosarat, tetézve rózsalevéllel, a levendulával szegélyezett úton végig.

- Önök rózsavizet főznek ebből? - kérdezé Timár.

Teréza odavágott a szemével Noémi szemébe.

- Lám, hogy kitalál mindent.

- Nálunk Komáromban is nagy divatja van a rózsavízfőzésnek. Sok szegény asszonynak az a keresete.

- No ugye? Hát másutt is Isten áldása a rózsa? Ez a drága szép virág, ami maga elég arra, hogy az emberrel a világot megszerettesse. Aztán nemcsak gyönyörűséget ád, hanem még kenyeret is. Lássa ön, tavaly rossz esztendőnk volt; a késői fagy elvett gyümölcsöt, szőlőt, mindent; a nedves, hideg nyár megrontotta a méhekét; baromfi, lábasjószág elhullott; a kész megtakarítotthoz kellett volna nyúlnunk, ha ki nem segített volna bennünket a rózsa. De a rózsa minden évben virágzik, az mindig hű marad hozzánk.

Nekünk tavaly a rózsafáink adtak enni. Háromszáz itce rózsavizet főztünk, mind elvitték Szerbiába, búzát adtak érte. Óh, ti áldott szép rózsáim, életadó virágaim!

A kis házikó megszaporodott azóta, hogy Timár utoljára itt járt, egy aszaló lett hozzá toldva, azután meg egy rózsavízfőző konyha. Abban volt a tűzhely a rézüsttel, melyből csendesen hullott cseppenkint az első főzet, a tűzhely mellett nagy kádban a már összecsomaszolt rózsatörköly, egy széles padon pedig a friss rózsaszüret, melynek elébb meg kell fülledni ott.

Mihály segíté Noéminak kidönteni a nagy öblös kosár tartalmát a padra; ah az részegeskedés, az dobzódás volt az illatárban.

Noémi letette a fejét e puha rózsahalomra, s azt mondá:

- Ah! milyen jó volna egy ilyen rózsalevél ágyban egyszer aludni.

- Te bohó ! - feddé őt Teréza -, sohasem ébrednél fel többé, a rózsaillat megölne.

- Hát az szép halál volna.

Erre aztán Teréza szemrehányást tett neki.

- Hát te meg akarnál halni? Hát te itt hagynál engem, te rossz leány!

Akkor aztán Noémi átkarolta az anyját, és csókolá, kérlelé.

- Nem, nem, te drágám, te szerelmem. Nem téged soha. Te egyetlenem!

- No hát minek tréfálsz velem így? Ugye Timár úr, nem illik egy kisleánynak így tréfálni az anyjával? Egy ilyen kicsi kis leánynak, aki még tegnap bubával játszott.

Mihály igazat adott Terézának, hogy az bizony semmi körülmény között nem menthető, ha egy fiatal leány azt mondja az anyjának, hogy valami halál nemét szépnek találja.

- No mármost te maradj itten, és őrizd a lombikot; vigyázz szépen, hogy kozmát ne kapjon a zucsma; én megyek a konyhába vendégünknek jó lakomát főzni. Ugye, itt marad ön nálunk ma egész nap?

- Itt maradok ma is, holnap is, ha adnak valami dolgot, amiben segítsek. Amíg dolgot adnak, addig itt maradok.

- Óh! akkor itt marad ön egy hétig - szólt bele Noémi -, mert én önnek annyi dolgot adok.

- Óh! ugyan mi dolgot tudnál te adni Timár úrnak, te bohó? - szólt nevetve Teréza asszony.

- Hát a rózsaleveleket összetörni a kölyűben!

- Ah! Talán nem is tudja, hogyan kell.

- Hogyne tudnám? - monda Timár. - Sokszor végeztem azt odahaza az anyám házánál.

- Ugye, az ön anyja is olyan jó asszony volt? - kérdé Noémi.

- Nagyon jó.

- Ön is nagyon szerette?

- Igen nagyon.

- Él még?

- Régen meghalt.

- Hát már most önnek senkije sincs?

Timár elgondolkozott, s aztán szomorúan lecsüggeszté fejét.

- Senkim...

...Igazat mondott...

Noémi részvevő szánalommal tekinte Mihály szemébe e szókra: „senkim sincs". - Veszedelmes szó az!

Mihály észrevette, hogy Teréza asszony megáll az ajtóban, s látszik rajta, hogy menne is, nem is. Valamit gondolt ki hirtelen.

- Tudja mit, Teréza mama? Ne menjen most a konyhába az én kedvemért friss estebédet főzni; hoztam én a tarisznyámban annyi mindenfélét, hogy csak fel kell hozzá teríteni, mindannyian megelégszünk vele.

- De hát ki gondoskodott önről? - kérdezé Noémi. - Ki látta el útravalóval?

- Fabula János uram biz az.

- Ah! az a derék kormányos! Ő is itt van?

- A hajót tölteti a túlsó parton.

Teréza asszony is észrevette, hová gondolt Timár; de ő sem maradt mögötte a jó szív kimutatásában. Be akarta bizonyítani, hogy ő meg nem félti tőle Noémit.

- Nem úgy lesz az. Majd én ügyelek a konyhára is, a kazánra is, te pedig, Noémi, addig vezesd körül a szigeten Timár urat, hadd lássa meg, minő változások történtek azóta itten!

Noémi szófogadó leány volt; ellenmondás nélkül szokta tenni, amit az anyja mondott neki. Feje körül köté tarka török selyemkendőjét, ami olyan kedves keretül szolgál az arcának. Timár megismerte benne egykori ajándékát.

- A viszontlátásig, kedves! - A viszontlátásig! - mondák egymásnak az anya és leány, egymást megcsókolva. Úgy látszik, hogy ők, valahányszor valamelyik a házból kimegy, mindig úgy szoktak egymástól búcsút venni, mint akik messze földre távoznak, s mikor egy óra múlva összejönnek, megint úgy ölelkeznek, csókolóznak, mint akik esztendők óta nem látták egymást. De hiszen szegényeknek senkijük sincsen, csak ők ketten egymásnak.

Noémi még egy kérdő tekintetet vetett anyjára, Teréza a fejével inte neki, amivel azt mondta, hogy „menj!".

Azzal megindult Noémi és Timár a szigetet végigjárni.

Az út olyan szűk, hogy közel kellett egymáshoz maradniok; hanem Almírának volt annyi esze, hogy a nagy fejével odafurakodjék közéjük, s természetes válaszfalat képezzen közöttük. A kis szigeten három év óta ismét nagyot haladt a tenyészet. A mívelő kéz nyomai végigterjedtek egész a csúcsáig. Járható út volt vágva a sűrű geszten keresztül; az ősbozót ki volt irtva a szálas pagony alul, melynek jegenyés fái oly vastagra nőttek már, hogy két ember át nem érte; a vad csemeték mind be voltak már ojtogatva nemes gyümölcsökkel; a törpe alanyból mesterséges sövényeket alakított a műértő kéz; ahol a gyümölcsös végződött, összefont eleven sövény zárta el a ligetet, s azon túl volt elkerítve a füves rét, hol kecskék és bárányok legelésztek; egy kis fehér báránykának piros szalag volt a nyakára kötve, az bizonyosan Noémi választottja.

Mikor meglátták a legelésző állatok a leányt, odaszaladtak eléje, s valami üdvözlést bégettek, amit ő megértett; s aztán elkísérték, míg a mező túlsó széléig haladt Timárral, hol egy másik eleven sövény következett.

Azon túl látszott egy gyönyörű diófaliget, roppant vastag, ép terebély fákból; miknek félöles átmérőjük mellett oly sima volt a héjuk, mint a selyem.

- Nézze ön - szólt Noémi -, ezek a diófák anyámnak legnagyobb büszkesége. Csak tizenöt évesek. Egy évvel fiatalabbak, mint én.

És az oly természetesen volt mondva.

A diófapagonytól jobbra süppedékes volt a sziget talaja. Emlékezett arra Timár, hogy mikor legelőször itt járt, ezen történetett keresztül; most vízinövények, sárga liliom s nagy gyöngyvirág alakú fehér virágok lepték el azt a lapályt, s a közepén két gólya állt csendesen elmerülve a természet szemléletében.

Timár kinyitá a sövényen túl vezető ajtót is; kedves emlék volt neki e félvadont újra láthatni. Azonban úgy vette észre, mintha vezetőnője valami félelmet árulna el e helyen.

- Önök is oly egyedül vannak még mindig e szigeten? - kérdé Timár.

- Ketten egyedül. Rendes időkben, vásárok alkalmával eljönnek, akik cserélni akarnak; s télen át favágók jönnek ide, kik nekünk az irtásnál segítenek; fizetésbe veszik át azt a fát, amit kivágnak. Más egyéb munkát könnyen meggyőzünk magunk.

- Pedig a gyümölcstermelés sok fáradsággal jár, különösen a hernyók miatt.

- Óh, azzal minekünk nincsen nagy bajunk, azt a munkát megkönnyítik nekünk ezek a mi barátaink, akik idefenn énekelnek a fákon. Látja ön a bokrokban azt a sok fészket? Azok mind a mi napszámosainkkal vannak tele. Itt nem bántja őket senki, s ők azt nekünk nagyon jól megszolgálják. Hallja ön, hogy énekelnek?

A liget valóban zengett a paradicsomi hangversenytől: estefelé minden madár siet a fészkére, s akkor legbeszédesebb; közbe a kakukk nem győzi az erdők óráját verni, s a rigó görög verseket fütyöl.

Egyszerre nagyot sikoltott Noémi, s ideges rémülettel kapott a szívéhez: elsápadva tántorodott vissza, úgyhogy Timár kötelességének tartotta kezét megfogni, hogy el ne essék.

- Mi az?

Noémi eltakarta az arcát, s mint egy gyermek, félig nevetve, félig sírva az undor és a panasz hangján mondá:

- Nézze ön, ott jön...

- Mi jön?

- Az ott ni!

Hát biz az egy tekintélyes nagy varangyos béka volt, aki csendesen lépegetve mászott végig a fűben; fél szemével a közeledőket kémlelve, s készen tartva magát akkorát ugrani szükség esetén, hogy a legközelebb levő vízárokban eltűnhessen.

Noémi szaladni sem bírt előle, úgy meg volt rémülve.

- Hát ön fél a békától? - kérdezé tőle Timár.

- Irtózom tőle. Meghalok, ha egy rám talál ugrani.

- Ilyenek a leányok. A cicát szeretik, mert az szépen tud hízelkedni, a békától pedig irtóznak, mert az olyan rút. Pedig lássa ön, ezek minekünk éppen olyan jó barátaink, mint a madarak. Ez a megvetett, ez az irtózott állat a kertészeknek a legfőbb szövetségese. Ön tudja azt, hogy olyan lepkék, bogarak, hernyók is vannak, amik éjjel jönnek elő. Éjjel minden énekesmadár alszik, s nem véd minket. De előjön földhasadékaiból az undok béka, s a sötétben harcol a mi ellenségeinkkel. Ez emészti el az éjjel járó hernyókat, lepkéket, az esőférget, a cserebogár bábjait, a gyümölcsfapusztító csigákat. Gyönyörű azt elnézni, ahogy a béka vadászik a bogarakra. Maradjon ön csendesen - nézze csak, ez a rút varangy nem azért csúszik ott a fűben, hogy önt megrémítse. Távol van tőle. Szelíd, jó lelkiismeretű állat ez, aki önt nem tekinti ellenségének. Nézze ön, amott legyez a szárnyaival egy kék bogár, a legveszedelmesebb rovar a pagonyban, ez a fafúró, aminek egyetlen hernyója elég egy fiatal fát megölni. Ez a mi ripacsos barátunk azt szemelte ki magának. Ne zavarjuk meg. Nézze, most összehúzza magát, ugráshoz készül; vigyázzon oda. Most nagyot ugrik, hosszú nyelvét sebesen kiölti: a fadarázs el van nyelve, csak a szárnyai állnak ki a varangy szájából. No, ugye, hogy nem megutálni való állat ez a mi jó barátunk azért, hogy a csuhája olyan kopott?

Noémi kedvtelten csapta össze a kezeit, s már nem borzadt a varangytól annyira. Engedte Mihálynak, hogy megfogja a kezét, s odavezesse a vízpartra, és magyarázza neki, milyen elmés állatok azok a békák, mennyi tréfa lakik bennük, milyen rendkívüliségeik vannak. Beszélt neki az égszínkék szurinámi békáról, minőt a porosz király egyet négyezerötszáz talléron vett meg; azután a világító békáról, mely éjjel villó fényt terjeszt maga körül, szeret a házakba belopózni, a gerendák közé elbújik, s éjjel kegyetlenül énekel; Brazíliában sokszor az operaházban elnyomja az énekeseket és a zenekart, mikor rákezdi a sok világító béka a színházban a maga nótáját.

Noémi most már nevetett a borzasztó ellenség fölött. A nevetés már fele út a gyűlölés és megszeretés között.

- Csak olyan rútul ne kiáltanának!

- De lássa ön, ez az ő kiáltásuk az ő hízelkedő szavuk hölgyeikhez: a békának csak a hímje tud szólni, a nője néma. A békahím egész éjen át azt mondja a maga párjának: óh mi szép vagy! óh! mi bájos vagy! Hát lehet-e gyöngédebb lényt képzelni a világon, mint a béka?

Noémi már kezdte érzékenyül venni a dolgot.

- Azután a béka tudós állat is. Lássa ön, a levelibéka megérzi az időjárást; mikor esős idő jön, azt előre sejti; olyankor hangot ád, s feljön a vízből; ha szárazságot érez, akkor lemegy a vízbe.

- Ah! - Noémi kíváncsi kezdett lenni.

- Mindjárt fogok egyet! - ajánlkozék Timár. - Itt hallok egyet brekegni a mogyoróbokron. - S nemsokára visszatért, két tenyere között fogva a foglyul esett martalékot.

Noémi reszketett és hevült; arca hol elpirult, hol elhalványult.

- No nézzen ön ide! - szólt hozzá Timár, tenyereit félig szétnyitva. - Hát lehet ennél kedvesebb állatot képzelni? Olyan szép zöld, mint a fű, apró lábacskái olyanok, mint egy miniatűr emberkéz. - Hogy piheg a szíve! Hogy néz ránk azokkal az okos fekete szép szemeivel, amiket aranykarika fog körül. Ő nem fél tőlünk.

Noémi a kíváncsiság és félelem tétovázásával nyújtá felé repeső kezét, s meg csak visszakapta.

- No fogja meg ön. Nyúljon hozzá. Ez a legártatlanabb lény a világon. Tartsa a tenyerét.

Noémi félve is, nevetve is tartá oda a tenyerét, de nem a békára nézett, hanem Mihály szemeibe, s megrezzent, midőn az a hideg állat legelőször érintkezett visszaborzadó idegeivel. Hanem azután egyszerre jókedvűen nevetett, mint a gyermek, aki sokáig fél a vízbe menni. S aztán úgy örül, ha benne van.

- No lássa ön, hogy meg sem mozdul a kezében: egészen jól találja ott magát. Majd elvigyük haza, egy befőttesüvegbe vizet teszünk, abba kis lajtorját faragunk, a fogoly békát beleeresztjük, s az feljön a létrafokon, ha esőt érez. Adja ide, majd én viszem.

- Nem, nem! - mondá Noémi. - Nálam marad. Én viszem haza.

- De hát akkor szorítsa össze a markát, hogy el ne ugorjék. Hanem gyöngéden. S mármost térjünk vissza, mert harmatos kezd lenni a fű.

Azzal visszatértek a házhoz; Noémi előreszaladt, s messziről kiabált az anyjának:

- Anyám, anyám! Nézd, mit fogtunk. Szép madarat.

Teréza mama bölcs szigorral feddé a lyánt.

- Te tudod, hogy a madarat nem szabad elfogni.

- De ez igen szép madár; Timár úr fogta; nekem adta; nézd csak, nézz csak ide a markomba.

Teréza asszony összecsapta a kezeit, mikor a zöld levelibékát meglátta Noémi kezében.

- Nézd, hogy pislog a szép szemeivel! - szólt Noémi ragyogó arccal. - Eltesszük üvegbe, majd fogunk neki legyeket, s ő nekünk időt fog jóslani. Óh! te kedves, óh! te kedves kis jószágom!

S gyöngéden arcához simogatá a kis levelibékát.

Teréza ámulva fordult Timárhoz.

- Uram, ön bűvész. Még tegnap ezt a leányt ki lehetett volna kergetni a világból egy ilyen állattal...

Noémi pedig egészen enthuziálva volt a békák iránt; amíg az asztalt a verandán az estebédhez megteríté, egész batrachológiai értekezést tartott Teréza mamának azokból a tudományokból, amiket Timártól hallott, hogy a békák milyen hasznos állatok; milyen okos, tréfás, mulatságos teremtések; nem igaz, amit rájuk fognak, hogy mérget fecskendenek magukból, hogy az alvó embernek a szájába másznak, hogy a teheneket kiszopják, hogy ha pókot tartanak föléjük, mérgükben szétpukkadnak: ez mind paraszt rágalom. Ők a mi leghívebb barátaink, akik éjszaka körülöttünk virrasztanak; azok a sűrű apró lábnyomocskák, amikkel tele van a simára sepert porond a ház körül, mind az ő éjjeli patrolírozásuknak megnyugtató tanújele; azoktól hát félni hálátlanság.

Timár azalatt fűzvesszőkből pici hágcsót faragott a zöld hátú meteorolog számára, akit egy széles szájú, félig vízzel telt üvegbe helyezett el, felül lekötve papírral az üveg száját, s a papíron egy szellentyűt szakítva, amin keresztül legyeket lehessen bebocsátani a fogoly próféta számára. Az természetesen lehúzta magát a víz fenekére, s nem kellett neki se légy, se énekszó; Noémi pedig örült neki, hogy eszerint tartós jó idő lesz.

- No uram - monda Teréza asszony, midőn az estebédet kihozta a kis asztalkára, mely mellett hárman helyet foglaltak -, ön nemcsak nagy csodát követett el Noémivel, hanem nagy jót is tett vele. Paradicsom volna a szigetünk, ha Noémi úgy nem félt volna a békáktól; de ha egyet meglátott, elsápadt, s a hideg lelte féltében. Arra pedig, hogy a kerített sövényen túlmenjen, ahol az ingoványban az a tömérdek béka kuruttyol, semmi emberi hatalom rá nem bírta volna venni. Most ön új embert csinált belőle, s visszaadta őt az otthonának.

- Kedves otthon - jegyzé meg Timár.

Teréza nagyot sóhajtott.

- Miért sóhajtottál olyan nagyot? - kérdezé Noémi.

- Tudod te azt jól.

Tudta azt Timár is jól, kinek szólt az a sóhaj.

Noémi vissza akarta vinni a beszélgetést a mulatságosabb tárgyra.

- Azóta borzadtam én oly nagyon a békáktól, amikor egy rettenetes nagy kenyérhéjszínű békát vert föl egyszer előttem egy rossz fiú. Aztán azt mondta, hogy ezt ökörbékának híják; ha ennek árvacsalánnal megverik a hátát, úgy bömböl, mint az ökör. És aztán megverte árvacsalánnal azt a szegény állatot; és arra az elkezdett oly kínosan bőgni, hogy én azt soha el nem felejtem, mintha egész nemzetségét bosszúra hívta volna fel ellenünk, és egész alakját belepte a fehér tajték. Azóta azt képzeltem mindig, hogy az egész nemzetsége azért csúsz, mász, ólálkodik körülöttem, hogy mérgével lefecskendjen. Az a rossz fiú pedig úgy nevetett, mikor az állat ezt a kísértetes jajgatást hallatá.

- Ki volt az a rossz fiú? - kérdezé Mihály.

Noémi némán intett a kezével elvetőleg. Timár kitalálta a nevet; Teréza asszonyra nézett; az helyeslőleg inte fejével. Ők már ki tudták találni egymás gondolatait.

- Nem volt itt azóta? - kérdezé Mihály.

- Óh! Minden évben eljön, és egyre gyötör. Most már kitalálta a módját, hogyan fosztogasson ki. Dereglyét hoz magával, s hogy pénzt nem tudok neki adni, elvisz mézet, viaszkot, gyapjút, aztán eladja. Én odaadom neki, csak hogy meneküljek tőle.

- Az idén még nem volt itt - monda Noémi.

- Óh! ez az ember nem vész el. Mindennap várom, hogy itt lesz.

- Bárcsak most jönne el! - monda Noémi.

- Miért? te kis bohó.

Noémi arca egy percre kigyulladt.

- Csak. Én szeretném.

Timár pedig azt gondolá magában, hogy ezt a két embert milyen boldoggá lehetne tenni egyetlenegy szóval.

Ő még fösvénykedett azzal a szóval, mint a gyermek, aki valamely kedvenc ételéhez jutott, s elébb csak a morzsákat szedegeti fel belőle.

Valami arra ösztönzé; hogy egészen élje bele magát ezeknek a szigetlakóknak az örömeibe és bajaiba.

Az estebéd el lett költve, a nap lealkonyodott, gyönyörű, csendes, meleg tavaszi est szállt alá. Az egész ég egy átlátszó aranyharang. Egy levél sem mozdul a fákon.

A két hölgy vendégével egy falépcsőn fölment a téveteg szikla tetejére. Onnan messze ellehetett látni: a fák tetején, a nádason túl, ki a Dunára.

A sziget úgy terült el alant, mint egy tündér tengerfolt, melynek minden hulláma más színű: rózsapiros az almafa, vérvörös a barack új sarjaitól, aranysárga a nyár, fehér a körtefa és rézzöld a szilvafák hullámzó teteje; közülök, mint egy égő kúp, emelkedik ki a lángrózsával befuttatott szikla, melynek tetején sűrű bozótot képezett a cserjévé aggott levendula.

- Gyönyörű! - szólt Timár elragadtatva a méla tájképtől.

- De akkor lássa ön majd meg - szólt Noémi hévvel -, mikor nyáron a rózsa helyett a sarkantyúvirág futja be végig ezt a sziklát, mintha aranyba volna öltöztetve; ez a levendula pedig itt fenn virágzik fölötte, mint egy kék koszorú.

- Eljövök, és látni fogom! - monda Timár.

- Igazán? - A leány örömtelten nyújtá kezét Mihálynak, s ez érezé a forró szorítást, minőt még nő kezétől soha nem érezett.

Azután odaborult Noémi Teréza vállára, karjait nyaka körül fonva.

Mély, emberhangtalan nyugalom volt a természetben. Csak a millió béka egyhangú zenéje tartá ébren a leszálló árnyékos éjt. Az eget két, keletről szétsugárzó küllő két részre osztá. Az egyik része mélykék volt, a másik opálszínű. Még a derült ég is meg tud hasonlani önmagával.

- Hallod, mit zengnek a békák? - suttogá Noémi Terézának. - Tudod, mit mondanak ilyenkor? „Óh, mi kedves vagy! Óh, mi édes vagy!" Ezt mondják egész éjjel. Óh, te kedves! Óh, te édes!

És ugyanannyiszor megcsókolá anyját.

Mihály elfeledve önmagát és az egész világot, állt ott a sziklatetőn, két kezét egymásba fogva. Az újhold ott csillámlott a jegenyefák rezgő levelei között. Most tiszta ezüst volt a színe.

Valami csodaszerű új érzés lepte el a férfi szívét. Vágy volt-e az vagy félelem? Emlékezés-e, mely riaszt, vagy remény, mely csalogat? Keletkező öröm vagy haldokló bánat? Istenhez, emberhez vagy állathoz közelítő érzés? Ösztön vagy sejtelem? Holdkór vagy tavaszi gerjelem, ami meglep fát, füvet, meleg és hideg vérű állatot?

Így bámult akkor is a lehanyatló holdba, mikor az az elsüllyedt hajóig veté hullámzó visszfényét. Öntudatlan gondolatai beszéltek a delejárasztó kísértetfénnyel, és az vissza hozzájuk.

„Mégsem értesz? Majd holnap visszajövök, akkor megértesz!"

A PÓK A RÓZSÁK KÖZÖTT

Hanem hát dolog után élő embereknek nem sok idejük van onnan a sziklatetőről a holdvilágba bámulni s a természet szépségeiről elmélkedni; hazatérő birkák, kecskék várják, hogy tejüket átadják a gazdasszonynak; a fejés Teréza asszony dolga; füvet sarlózni a tejelőknek Noémi kötelessége. Timár aztán az akolajtónak vetve vállát, folytatja a beszélgetést, rágyújtva a pipára, mint mikor parasztlegény udvarol parasztleánynak.

Végre még éjszakára egyszer feltöltik a lefőtt rózsavizet az üstbe; s azután nyugodni mennek.

Timár a méhest kérte magának alvóhelyül, oda Teréza asszony friss szénából vetett neki fekhelyet, Noémi igazította a feje alját, nem is kellett neki sok ringatás. Amint letette a fejét, elnyomta az álom, s egész éjjel arról álmodott, hogy kertészlegénynek állt be, s rózsavizet főz tengerszámra.

Mikor fölébredt, már bizony magasan járt a nap. Jól elalhatott. A méhek teljes munkájukban zsongtak már körülötte. Hogy valaki járt itt már reggel, azt tapasztalá abból, hogy fekhelye mellé oda volt készítve a reggeli férfitoaletthez való minden szerszám, amit táskájában magával hozott. Mert a szegény szánandó férfi, ki az állát borotválni szokta, szerencsétlenné van téve arra a napra, amelyen nem borotválkozhatott meg. Azért nagy figyelem, ha rossz sorsát gyöngéd gondoskodással enyhíteni törekszenek, mikor idegen háznál száll meg, s aztán reggelre kelve nyugtalanul keresi, hogy hol kaphatna egy falatnyi szappant, egy maroknyi meleg vizet meg egy csipetnyi tükröt, amiből saját magára torzképeket hunyorgasson; mert az az átkozott szakálltarló, mint ezer lelkiismeret-szúrás, nyugtalanítja a kedélyét. Milyen boldog aztán, ha áteshetett rajta, s állát gyöngéden végigsimíthatja.

Mire elkészült, a hölgyek már kész reggelivel várták, friss tejjel és vajjal, s azután kezdődött a napi munka, a rózsaszüret.

Mihály kívánságához képest a rózsatörő külyűhöz jutott, Noémi a letépett rózsafejekről szedte le a leveleket, Teréza asszony az üsttel foglalkozott.

Timár beszélt Noéminak a rózsákról. Nem azt beszélte neki a rózsákról, hogy azok milyen nagyon hasonlítanak az ő piros orcáihoz, amiért Noémi bizonyosan kinevette volna, hanem elmondta neki, amit utazásaiban tapasztalt a rózsák felől; tanulságos dolgokat, amikre Noémi nagyon figyelt, s amikért Timárt még magasabbra kezdte becsülni. Fiatal, ártatlan lyányoknál még a tudós, okos embernek nagy előnye van.

- Törökországban a rózsavizet az ételhez, italhoz is használják. Ott is egész erdőszámra termesztik a rózsát. Olvasót is készítenek belőle. Az összetört leveleket golyómintában összesajtolják. Ezért nevezik az olvasót rózsakoszorúnak. De van a keleten egy igen szép rózsafaj, amiből a rózsaolajat nyerik: ez a balzsamrózsa; magas, kétöles fának nevelik ott, aminek ágait egész csoportokban vonják alá a hófehér virágok. Ezeknek az illata felülmúlja a rózsáét; mikor a leveleit vízbe vetik, s a napra kiteszik, rövid idő múlva a víz színe szivárványos lesz az olajtól, amit a levelek kibocsátottak. Éppen ilyen az örökzöld rózsa is, mely télen át sem hullatja el a leveleit. A ceyloni rózsa, a Rose del Rio sárgára festi a hajat és szakállt, mégpedig oly tartósan, hogy évekig el nem veszti a színét; ezért egész kereskedést űznek a keleten a szárított leveleivel. A moggori rózsa levele pedig mámorít, az illatától oly ittassá lesz az ember, mintha bort ivott volna. A vilmorin rózsának van egy bogara, mely ha azt megszúrja, ökölnyi nagyságú bozontok nőnek tőle a virágai helyén. Az ilyen rózsagubancokról azt tartják, hogy a síró gyermek feje alá téve, azt édesen elaltatja.

- Ön mind járt azokon a helyeken, ahol ezek otthon vannak? - kérdezé Noémi.

- Óh! igen, én sok messze földet beutaztam. Voltam Bécsben, Párizsban, Konstantinápolyban.

- Messze vannak azok ide?

- Ha az ember elindulna gyalog, harminc nap alatt érne Bécsbe, negyven nap alatt Konstantinápolyba.

- De ön hajóval járt ott.

- Az még hosszabb út, mert útközben terhet kellett felszedni.

- Kinek a számára?

- A gazdámnak, aki küldött.

- Önnek most is Brazovics úr a gazdája?

- Ki mondta azt önnek?

- A kormányos, mikor itt jártak.

- Már nem az, mert meghalt.ű

Most Teréza kiálta közbe hevesen.

- Meghalt! Tehát meghalt! És felesége? És leánya?

- Minden vagyonukat elveszték az ő halálával.

- Ah! Igazságos Isten! Hát beteljesítéd rajtuk?

- Anyám! Jó anyám! - szólt szelíd, kérlelő hangon Noémi.

- Uram! Amit már önnek elmondtam, ahhoz még tudja meg azt is, hogy mikor bennünket az a végveszedelem ért, mikor hiába könyörögtem Brazovicsnak, hogy ne tegyen bennünket végképpen koldusokká, akkor azt gondoltam, hogy ennek az embernek van neje, gyermeke, odamegyek, könyörögni fogok a nőnek: az megért, az megszán. Karomra vettem gyermekemet, s égető hőségben felutaztam Komáromba. Felkerestem az ő pompás emeletes házukat. Ott vártam künn a folyosón, nem eresztettek be. Végre előjött az asszony ötesztendős leányával. Én lábaihoz borultam, Isten nevére kértem, szánjon meg, és legyen szószólóm férje előtt. És akkor amaz asszony megfogta a karomat, és letaszított a lépcsőn. Én két karommal gyermekemet védtem, hogy estemben őneki ne legyen baja; és amellett saját fejemet beleütöttem abba az oszlopba, ami a lépcsőboltot tartja. Itt a sebhely a homlokomon most is. És az ötéves gyermek odafenn úgy kacagott utánunk, mikor sántikálva odább menni látott, és gyermekemet sírni hallotta. Azért most azt mondom, hogy hozsánna! És áldott legyen a kéz, mely őket is letaszította azon a lépcsőn, amelyen engem levertek!

- Óh! anyám, ne beszélj így!

- Nyomorúságra jutottak hát? A szemétre kerültek hát? A cifra, dölyfös had! Rongyban járnak, ugye? És hiába koldulnak régi ismerőseik ajtaján, ugye?

- Nem, asszonyom - szólt Mihály -, akadt, ki pártul fogta őket, ki gondoskodik róluk.

- Az őrült! - kiálta fel, indulattól felgerjedten, Teréza. - Mit áll útjába a sorsnak? Hogy meri házába fogadni az átkot, mely őtet is megrontja?

Noémi odaszökött anyjához, s mindkét kezével befogta a száját. Azután meg odaborult a keblére, s csókjaival zárta le ajkait.

- Nem, te! Nem, te kedves! Ne szólj úgy! Ne átkozódjál! Én nem szeretem azt tőled hallani. Vond vissza. Hadd csókolom le szádról ezeket a rossz szavakat.

Teréza magához tért Noémi csókjaitól.

- Ne félj! ne félj, te kis bohó! - szólt fejét megsimogatva. - Üres beszéd az átkozódás. Csak régi rossz babonás szokás az nálunk vénasszonyoknál.

Nincs arra gondja az Istennek, hogy a megtaposott férgek átkait feljegyezgesse, s tartogassa bosszúállás napjáig. Nem fog meg az én átkom senkit.

Timár gondolá magában: „engem már meg is fogott; én vagyok az az őrült, ki őket házamhoz fogadtam".

Noémi vissza akarta vinni a beszédet a rózsákra.

- Mondja ön nekem, hogyan lehetne kapni olyan moggori rózsát, aminek az illata mámorít?

- Ha akarja ön, én hozok önnek olyat.

- Hol terem az?

- Brazíliában.

- Messze van az?

- A földnek a túlsó oldalán.

- Oda tengeren kell menni.

- Hat hónapig folyvást tengeren.

- S miért kell önnek odamenni?

- Üzlet miatt, meg hogy önnek moggori rózsát hozzak.

- Inkább ne hozzon ön nekem moggori rózsát.

Noémi elhagyta a konyhát, s Mihály észrevette, hogy a leány szemei könnyeznek.

Noémi azután nem is jött vissza a szeszfőzdébe, csak mikor a kosara megtelt rózsalevéllel; azt mindannyiszor kiönté a gyékényre, hol az egész halmot képezett.

Délig a tegnap megérett rózsazucsma ki lett főzve, ebéd után Teréza asszony azt mondá vendégének, hogy ma nem lesz több dolog, ráérnek a szigetet körüljárni. Az ilyen messze földet bejárt utazó tán tanácsot is adhat a szigetlakóknak, mi növényeket lehetne haszonnal meghonosítaniok kis édenükben.

Almirának megparancsolta Teréza asszony, hogy „te itthon maradsz addig, s őrzöd a házat, ide lefekszel a veranda elé, és innen meg nem mozdulsz".

Almira megértette azt, és akként cselekedék. Mihály a két hölggyel a sziget pagonyaiba távozott. Alig tűntek el, midőn Almira nyugtalanul kezdte a füleit emelgetni, s bosszúsan mormogott magában. Valamit érzett.

Kedvetlenül rázta a fejét. Fel-felállt, meg csak lefeküdt.

Valami férfihang kezdett egy német nótára, aminek ez volt a refrénje: „Sie trägt, wenn ich nicht irre, ein schwarzes Camisol."

Az, aki a part felől közelít, bizonyosan azért énekel, hogy a házlakókat figyelmeztesse. Fél a nagy kutyától.

Az pedig még csak nem is ugat.

A közeledő kibukkan az utat árnyazó rózsalugasok közül.

Ő az. Krisztyán Tódor.

Ezúttal divaturacsnak van öltözve, sötétkék frakkja van sárga gombokkal; felsőkabátja a karjára vetve.

Almira meg sem moccan közeledtére. Almira philosoph. Így okoskodik: mikor én ezt az embert nagyon megtámadom, akkor mindig az következik, hogy engem kötnek meg, nem ezt az embert. Jobb lesz tehát, ha a véleményemet felőle magamnak tartom, és fegyveres semlegességben maradva, nézem, hogy mit csinál.

Tódor bizalmasan fütyörészve közelít a nagy fekete ellenséghez.

- Szervusz! Almira, kedves Almira. Ide, ide, kedves kutyácskám. Hát hol vannak az asszonyaid? Ugass egyet a kedvemért, kérlek! Hol van a kedves Teréza mama?

Almira nem volt feleletre bírható.

- Szép kis Almira, nézd, mit hoztam neked. Egy darab sültet. Nesze, vedd el. No hát nem kell? Azt hiszed, meg van mérgezve. Ah! de bohó vagy. No edd meg, szép Almira.

Almira pedig oda sem szagolt a lába elé vetett sülthöz, amíg egyszer Narcissza oda nem sompolygott (a macska nem bír oly erős karakterrel). Akkor aztán megharagudott Almira, nekiállt egy nagy lyukat kaparni a földben; abba beletemette a sültet, ahogy szokták előre gondoskodó ebek a megmaradt fölösleget szűkebb napokra eltakarítani.

- Héj, milyen gyanakodó ez a fenevad! - mormogá magában Tódor. - No hát szabad bemennem a házba?

De már az nem volt szabad.

Azt sem adta tudtul szóval Almira, csak az ínyét húzta fel egy kicsit, s megmutatta Tódornak, hogy milyen szép fehér fogakkal rendelkezik.

- Ejh, te bolond. Csak meg ne harapj. Hát hol vannak az asszonyok? Talán a szeszfőzdében?

Tódor oda is elment, benézett; nem talált senkit. A párolgó rózsavízbe belemosta az arcát meg a kezeit; jólesett neki, hogy összepiszkolhatta egy egész napi fáradság terményét.

Hanem aztán mikor ki akart jönni a szeszfőzdéből, úgy találta, hogy el van állva az útja. Almira most már a főzde ajtaja elé feküdt, s onnan vicsorgatá fogait a kijönni akaróra.

- No, most meg már nem eresztesz ki? Ejnye, de goromba vagy. Jól van hát, no. Megvárom itten, míg előjönnek az asszonyok. Én is ráérek pihenni.

Azzal végigfeküdt a Noémi által szedett friss rózsalevélhalmazban.

- Ejh, de jó ágyra tettem most szert! Lucullusi egy fekhely. Hahaha!

A hölgyek visszatértek Mihállyal a sziget belsejéből.

Teréza meglepetve látta, hogy Almira nem a veranda előtt fekszik, hanem a szeszfőzde ajtaját őrzi.

- Mi van ott, Almira?

Tódor, amint Teréza hangját meghallotta, egy jó tréfát gondolt ki, eltemette magát egészen a tömérdek rózsalevél közé, hogy nem látszott ki belőle; s mikor aztán Noémi betekintett a konyha ajtaján e szóval: „mi van itt, Almira?", akkor kiemelkedék vigyorgó arcával a rózsahalmaz közül.

- A te kedves egyetlen vőlegényed van itt, szép Noémi!

Noémi nagyot sikoltva tántorodott vissza.

- Na mi az? - kérdé az odasiető anya.

- A rózsa közt... - hebegé Noémi.

- Mi van a rózsa közt? Egy pók?

- Igen. Egy pók...

Tódor nevetve ugrott ki rózsás fekhelyéből, s mint aki egy igen jó tréfával lepte meg kedveseit, amin kacagni kell mindenkinek, nagy hahotával rohant Teréza mama nyakába, nem törődve annak haragos tekintetével, sem Noémi ijedt arcával, összevissza csókolá Terézát.

- Hahaha! Ugye megleptelek benneteket! Te kedves Teréza mama. Szerelmes, édes, drága jó mama. Itt van a te vejecskéd. Hahaha! Mint egy tündér a rózsatengerből merülök fel. Hahaha!

Azután Noémihez fordult; de az hirtelen félresiklott ölelése elől, s Krisztyán Tódor akkor vette észre, hogy még egy harmadik valaki is van itt: Timár Mihály.

Ez a találkozás kissé lehűtötte erőtetett jókedvét, ami ugyan csak kicsinált bolondozás volt nála; de éppen azért nem szerette azt az embert látni maga előtt, akivel olyan kellemetlen emlékei voltak összekötve.

- Ah! Szervusz, schreiber uram! - köszönté Timárt. - Megint itt találkozunk össze. Talán csak nincs önnek a hajóján megint egy török basa? Hehehe! Ne féljen semmit, schreiber uram.

Timár vállat vont, s nem szólt neki semmit.

Akkor aztán Noémihez fordult Tódor, nyájas barátsággal ölelve át a leány derekát, amit az úgy viszonzott, hogy eltolta magától, s félrefordította tőle az arcát.

- No hagyj békét annak a leánynak! - szólítá őt meg rideg, száraz hangon Teréza. - Miért jöttél megint?

- Jól van, jól no. Csak ne kergess ki, még le sem szálltam. Mintha bizony nem volna szabad nekem Noémit megölelnem? Az én egyetlenegy kis mátkámat. Tán biz eltörik tőle, ha ránézek? Hogy féltek tőlem!

- Van okunk rá - szólt Teréza mogorván.

- No ne haragudjál, Teréza mama. Ezúttal nem azért jöttem, hogy kérjek tőled valamit. Ellenkezőleg. Én hozok neked sok-sok pénzt. Hohó! Iszonyú sok pénzt. Annyit, hogy visszaszerezheted rajta hajdani szép házadat, jószágodat, kertedet az Osztrován, mindent, amit elvesztettél. Azt mind visszanyered azért a sok pénzért. Hiszen tudod, énnekem fiúi kötelességem azt a hibát helyrehozni, amit szegény atyám vétett teellened.

Most meg már a könnyhullatásig elérzékenyedett Krisztyán Tódor, hanem ez is hidegen hagyta a jelenlevőket; nem hittek se nevetésének, se sírásának.

- No de gyerünk be innen, gyerünk be a szobába - monda Tódor -, mert amiket közölni akarok veletek, azt nem lehet az egész világ előtt elmondani.

- Óh, te bolond! - monda Teréza asszony. - Hát hisz hol itt az egész világ, ezen a puszta szigeten? Timár úr előtt pedig beszélhetsz akármit, ő nekünk régi jó ismerősünk. Hanem hát gyere be no. Tudom, hogy éhes vagy: ez a vége a dolognak.

- Hahaha! Te kedves, okos mama! Milyen jól ismered a Tódorkádnak a gyengéjét, hogy mindig kitűnő étvágyam van. Aztán amilyen pompás rác béleseket te tudsz készíteni! Az ember szeretne egészen gyomorrá válni, mikor azt meglátja. Nincs olyan gazdasszony a világon több, mint te vagy. Én ültem a török szultán asztalánál is, de olyan szakácsa annak sincs, mint te vagy.

Teréza asszonynak most is gyönge oldala volt, ha vendégszeretetét magasztalták. Az ennivalót nem kímélte semmi jövevénytől, s még halálos ellenségét sem bocsátotta el éhen.

Krisztyán Tódornak divatos figaró volt a fején, azt ő kiszámított hetykeséggel úgy intézte, hogy mikor belép a kis kunyhó ajtaján, az ajtóragasztó leüsse a fejéről, hogy aztán elmondhassa:

- Ah! Az átkozott divatos kalap! Mikor az ember olyan magas ajtókhoz van szokva. Az új szállásomon csupa szárnyajtók vannak. Gyönyörű kilátás a tengerre!

- Hát van neked igazán valahol lakásod? - kérdezé Teréza, felterítve az étkezéshez az asztalt a kis lakszobában.

- Meghiszem azt! Triesztben, a legszebb palotában. A legelső hajóépítőnek az ügynöke vagyok...

- Triesztben? - szólt bele Timár. - Hogy híják?

- Tengeri hajókat épít - szólt lenéző arcfintorulattal Tódor -, nem holmi „Schuper", nem burdzsellákat készít... Egyébiránt signore Scaramelli a neve.

Timár elhallgatott. Nem tartá szükségesnek elárulni, hogy signore Scaramellinál ő is éppen egy tengeri hajót építtet.

- Hja, most én csak úgy vájkálok a pénzben! - hencegett Tódor. - Milliók meg milliók fordulnak meg a kezemen. Ha olyan tisztakezű ember nem volnék, ezereket tehetnék félre. El is hoztam az én kedves Noémimnek, amit ígértem. Nos, mit ígértem? Egy gyűrűt. Micsoda kő legyen benne? Rubin? Smaragd? - Brilliánt van benne, három és fél karátos brilliánt. Ez lesz az én kis Noémimnek a jegygyűrűje. Itt van ni.

Tódor belenyúlt a pantallon zsebébe, sokáig kotorászott benne, utoljára ijedt arcot csinált, elmeresztette a szemeit, „elveszett!", hörgé csinált rémülettel, s kifordítva a zsebjét, láthatóvá tette azon a perfid lyukat, melyen keresztül a jegygyűrű a három karátos brilliánttal elveszett.

Noémi erre hangos kacajban tört ki. Olyan gyönyörű csengő hangja volt, mikor kacagott, s olyan ritkaság volt ezt az ő kacagó hangját hallani!

- No hát azért sem veszett el! - kiálta Tódor -, sohase tessék kacagni, szép menyasszonykám! - S azzal hozzáfogott a csizmáját lehúzni; valóban a megrázott csizmaszárból kihullott az asztalra a szökevény gyűrű. - Itt van! Igaz jószág nem vész el. Az én Noémim jegygyűrűje nem hagy el engem. Itt van. No nézd, Teréza mama. Ezt hozta a te jövendőbeli vejed a menyasszonyának. Nos, mit szólsz hozzá? Hát maga, schreiber úr, ha tud hozzá, mire becsüli ezt a brilliántot?

Timár megnézte a drágaságot, s azt mondá:

- Pierre de Strass; testvérek között is megér öt garast.

- Hallgasson! Maga schreiber! Mit ért maga ahhoz? Maga csak kukoricához ért, meg zabhoz; látott is maga gyémántot valaha.

S azzal a diffamált gyűrűt, miután Noémi semmiképpen sem engedte az ujjára felvonni, saját kisujjára húzta fel Tódor, s evés-ivás közben mindig gondja volt rá, hogy azt a gyűrűs ujját magasan felemelve tartsa.

Étvágya jó volt az ifjúnak.

Evés közben hosszat beszélt arról, hogy milyen szörnyű vállalat a hajóépítés; elmondta, hány millió kubik láb fát fogyaszt el a gyár évenkint. Hogy a közelben már nincs olyan erdő, melyből hajóépítéshez alkalmas fát lehetne vágatni. Idestova Amerikából kell azt is hozatni. Csak Szlavóniában kaphatni még.

Végre jóllakott. Akkor aztán rátért a dolognak az érdemére.

- No de mármost, kedves édes jó Teréza mama, elmondom hát, hogy miért jöttem ide.

Teréza gyanakodó aggállyal tekinte Tódorra.

- Most egyszerre boldoggá teszlek tégedet is, Noémit is, magamat is; s azonfelül signore Scaramellinél egyszerre „felcsapom az égót". Hát hallgass csak ide! Múltkor egy ízben Scaramelli úr azt mondja nekem: „Hallja ön, Krisztyán barátom, önnek el kell menni Brazíliába."

- Bárcsak elmentél volna! - sóhajtja Teréza asszony.

Tódor megértette azt, és mosolygott.

- Mert tudod, onnan hozzák a hajóépítéshez legszükségesebb fákat, a macayát és murumurut, amiből a hajófenék készül; a paripou-t, meg a patavouát, amit az oldalpalánkokhoz használnak, a mangrove-, a royocmeg a gratgalfákat, amik a vízben sohasem rohadnak el, a „mort aux rats"-fát, aminek a szagát a patkányok ki nem állhatják, a vasfát, amiből a kormányt készítik, s a sourgum-tree-fát, amiből az evezőlapátok lesznek, a fernambucfát, meg a manchinelfát, meg a sárkányvérfát, meg a casuárfát, meg az ördögkávéfát, aztán a teák-fát, a santálfát, a mahagónifát, amit a finom hajóbútorzathoz használnak, meg a cascarillát, a tacamahacát, a voladort, amibe nem esik a szú, meg a maoufát, amit nem fúrnak ki a teredo navalisok.

- Hagyd el már, kérlek, a sok bolond indus nevet! - szakítá félbe Teréza asszony. - Azt gondolod, hogy majd engem bolonddá teszesz, ha egy egész botanikai lajstromot elmondasz előttem, s majd én a sok fától nem látom meg az erdőt? Mondd el hát, hogy ha ilyen sok szép fa terem Brazíliában, miért nem mentél oda?

- Hja! Éppen ez a felséges ötlet tőlem. Micsoda, mondék signore Scaramellinek; minek mennénk mi Brazíliába, mikor az ott termő fáknál itt a mi közelünkben sokkal jobb fák találhatók? Tudok én egy szigetet a Duna közepén, ami egy ősrengeteggel van benőve, ott vannak szebbnél szebb fák, amik a dél-amerikaiakkal versenyeznek.

- Gondoltam! - dörmögött közbe Teréza.

- A jegenyék tökéletesen pótolják a patavouát, a diófák levetik a nyeregből a mahagónit. S ilyenek százával vannak a mi szigetünkön.

- Az én diófáim?

- A cascarillánál sokkal jobb az almafa.

- Hát az almafákról is gondoskodtál?

- A szilvafák pedig a legjobb teákfával vetekednek.

202

- S te ezeket mind kivágatod, és eladod Scaramelli úrnak? - szólt nyugodt hangon Teréza asszony.

- Rengeteg pénzt fogunk érte kapni. Legalább tíz forintot minden fáért. Signore Scaramelli carte blanche-t adott nekem. Szabadon köthetem meg veled a szerződést; itt van a zsebemben készen, csak alá kell írnod, s gazdaggá vagyunk téve. S ha egyszer az a sok haszontalan fa ki lesz innen pusztítva, akkor magunk úgysem maradunk itten, elmegyünk Triesztbe lakni; ezt a szigetet pedig beültetjük mind prunus mahalebbel; tudod, abból készülnek azok a híres jó szagú török meggyfa pipaszárak. Annak mívelés sem kell, csak egy számtartót kell itten tartanunk, aki a várnai kereskedőknek eladja az évenkint levágott meggyfa pipaszárakat; és mi holdankint ötszáz aranyat fogunk bevenni meggyfa pipaszárból: tíz holdtól ötezer aranyat.

Timár nem állhatta meg, hogy ne mosolyogjon. Ilyen merész spekulációknak még ő sem hallotta hírét.

- No hát mit mosolyog az úr? - förmedt rá Tódor. - Én értem a dolgot.

Teréza felelt neki.

- Én is értem. Valahányszor téged idehoz a balsors, olyan vagy nekem, mint a halálmadár: tudom, hogy valami kétségbeejtő terved van ellenem. Azt te tudod, hogy nekem pénzem nincs, nem is lesz soha. Jól van. Eddig azt tetted, hogy dereglyével jöttél, s amit kettőnk számára megtakarítottam, azt elcipelted, eladtad. Odaadtam, az Isten áldjon meg érte. Most már nem éred be a gyümölccsel, amiből gonoszabb dézsmát szedesz tőlem, mintha török basa sarcolna meg; hanem magukat a fákat akarod a fejem fölül eladni. Az én kedves, egyedüli jó barátaimat, amiket magam ültettem, magam ápoltam, amikből élek, amik alatt nyugszom. Eredj, szégyelld magadat. Ilyen meséket mondani énnekem! Hogy te kincseket kapnál a fákért, amikből valaki tengeri hajókat építtetne. Igen bizony, kivágatnád őket, hogy elprédáld potom árért, a legközelebbi mészégetőnek, ez a te furfangos terved. Kit akarsz vele bolonddá tenni? Engem, te? Elmenj az ilyen ostoba tréfákkal, mert majd én is megtanítom neked, hogy mire jó még a török meggyfának a szára!

- No, no, Teréza mama, én nem tréfálok. Ok nélkül nem jöttem ide, azt gondolhatod. Gondold meg, hogy micsoda ünnepélyes nap van ma. Ma van az én nevem napja. Ezen a napon született az én kedves kis Noémim. Tudod, hogy szegény megboldogult szülőink bennünket még hajdan eljegyeztek, s azt hagyták meg, hogy mikor Noémi tizenhat esztendős lesz, akkor belőlünk egy pár legyen. Én eljöttem volna a világ végéről is e napra tihozzátok. Itt vagyok, szívem egész forró hevével. Hanem a szerelmen kívül egyéb is kell az embernek. Nagy fizetésem van, az igaz, signore Scaramellinél; de azt kiadtam pompás bútorzatra. Hát csak neked is kell valamit adnod Noémivel, hogy rangjához illően léphessen a világba. Csak kell menyasszonyi készlet neki is. Ezt joga van tőled követelni. Ő a te egyetlen leányod. Követelheti tőled, hogy őt kiházasítsd.

Noémi haragosan ült le a szögletbe; s hátat fordított az egész társaságnak, homlokát a falnak támasztva.

- Igen! Teneked kell valamit adnod a Noémi számára. Ne légy oly önző. Nem bánom hát, tartsd meg fáid felét, de a másik felét add át nekem, majd azután az én gondom lesz, hogy kinek és hogyan tudom eladni. Add ide Noémi hozományául a diófákat, azoknak komolyan mondom, hogy van szilárd vevőjük.

Teréza türelmének fogytára jutott.

- Hallod-e Tódor; én nem tudom, hogy van-e neked neved napja ma, vagy nincs; hanem hogy Noémi nem ezen a napon született, azt tudom... De még jobban tudom azt, hogy Noémi téged, ha egyedül volnál férfi a világon, még akkor sem választana férjeül.

- Hahaha! Azt már csak bízzad te rám. Az már az én gondom.

- Hát legyen a te gondod. - Hanem mármost igen röviden végzek veled. Én az én kedves gyönyörű diófáimat neked nem adom, ha mindjárt a Noé bárkáját kellene is azokból építeni. Egyetlenegy fát adhatok neked, s azt használhatod arra a célra, amit elébb-utóbb el fogsz érni; ma éppen neved napja van, ez jó nap hozzá.

Erre a szóra Krisztyán Tódor felállt a székről, de nem azért, hogy elmenjen, hanem azért, hogy a széket keresztbe fordítsa, s aztán úgy üljön rá, mint a lóra, két könyökét a szék támlájára téve s kötekedő hetykeséggel nézve Teréza szemébe.

- Nagyon kedves vagy hozzám, Teréza mama. Hanem jut-e eszedbe, hogy ha csak egy szót szólok...

- Hát szólj. Ez előtt az úr előtt szólhatsz, ő már mindent tud.

- Hogy ez a sziget nem a tied.

- Igaz.

- S nekem csak egy följelentésbe kerül akár Bécsben, akár Sztambulban.

- Hogy minket koldusokká és földönfutókká tégy.

- Igenis, azt tehetem! - szólt most, igazi arcát megmutatva, Krisztyán Tódor; és kapzsi, villogó szemeivel Teréza arcába nézve, elővonta zsebéből a papírt, aminek túlfelére egy szerződés kezdete volt írva, s odamutatott a másik oldalon levő keletre. - És azt meg is fogom tenni, ha a neved ide nem írod rögtön. Én azt tehetem, és meg is fogom tenni!

Teréza reszketett.

Ekkor Timár Mihály a kezével csöndesen megnyomta Tódor vállát.

- Ön azt nem teheti, uram.

- Mit? - kérdezé az, vadul hátravetve fejét.

- Azt, hogy följelentse valahol e sziget létezését és azt, hogy azt önkényt elfoglalta valaki.

- Miért ne tehetném?

- Mert már följelentette valaki más.

- Kicsoda?

- Én jelentettem fel.

- Ön? - kiálta fel Tódor, öklét Mihályra emelve.

- Ön! - sikolta fel Teréza, két összekulcsolt kezét fájdalmasan feszítve feje fölé.

- Igenis, én följelentém mind Bécsben, mind Sztambulban, hogy itt egy névtelen puszta sziget van az Osztrova-sziget mellett, mely ötven év óta alakult! - szólt Timár csendesen, szilárdan. - És egyúttal fölkértem mind a bécsi, mind a sztambuli kormányt, hogy e szigetet nekem kilencven évre használatul engedjék által; a hűbériség elismeréseül a magyar kormánynak évenként egy zsák dió, a sztambuli kormánynak egy doboz aszalt gyümölcs fizettetik. Most kaptam meg a pátenst és a fermánt mind a két helyről.

Timár elővonta zsebéből azt a két levelet, amiket bajai telepén kapott, s amiknek úgy megörült. Mikor nagy úrrá lett, gondja volt rá e szegény sors üldözte családnak megszerezni a nyugalmat. Sok pénzébe került neki az a zsák diós és aszalt gyümölcsös bérlet.

- Én pedig rögtön átírattam a legmagasabb engedélyek által nekem adott jogot e sziget mostani lakóira és telepítőire. Íme, itt a hivatalos átengedési okmány.

Teréza csak úgy odaesett Mihály lábaihoz szótlanul. Csak zokogni tudott és kezeit csókolni a férfinak, ki az élő kárhozatból őt kiszabadítá, ki éjjeli, nappali kísértetét örökre elenyészteté.

Noémi két kezét szívére szorítva tartá, mintha attól félne, hogy ha szája hallgat, a szíve fog megszólalni.

- Mármost uram, Krisztyán Tódor úr - szólt Mihály -, láthatja ön, hogy kilencven esztendeig önnek ezen a szigeten semmi keresnivalója nincsen.

Krisztyán Tódor a dühtől elsápadtan, tajtékzó ajakkal rikácsolt fel:

- De hát kicsoda ön? Mi joga van önnek magát ezen háznép ügyeibe beleártani?

- *Az, hogy én őt szeretem!* - kiálta föl Noémi egész kitörő szenvedéllyel, s odaveté magát Mihály keblére, és átfonta nyakát karjaival.

Tódor nem szólt többet. Néma dühében megfenyegeté Timárt öklével, s ezzel kirohant a szobából. De néma tekintetében minden fenyegetés benne volt, ami fegyver után nyúl, és mérget kever.

A leány pedig még azután is ott maradt Mihály kebléhez tapadva.

A VILÁGON KÍVÜL

A leány még azután is ott maradt a férfi kebléhez tapadva, mikor már az eltávozott, akitől őt öntestével védnie kellett.

Miért tette azt, hogy keblére vesse magát, hogy azt mondja: „én szeretem őt"?

El akarta ezzel űzni végképpen azt az embert, kinek jelenlététől iszonyodott? Lehetetlenné akarta tenni, hogy az őt még nejének óhajtsa?

Nem voltak-e a vadonban nevelt gyermeknek fogalmai arról, hogy mi a világi illem, mi a jó erkölcs, s titoktartó szemérem? mik a társadalmi szabályok? a nő és férfi viszonya egymáshoz, miket állam és egyház erős törvényekkel rendeztek?

Összetévesztette-e a szerelmet a hálaérzettel szívében azon ember iránt, ki őt és anyját örök aggodalmaiktól megszabadítá; ki ezt a kis paradicsomot holtig tartó lakhelyül megszerezte, ki evégett bizonyosan sokat fáradt értük, s aközben sokat gondolkozott róluk?

Megrémült-e, mikor üldözőjüket fegyvere után keblébe nyúlni látta, s ösztönszerű volt nála a védett jóltevő keblére rohanni, s azt a megtámadás ellen megvédeni?

Azt gondolta-e: hisz e szegény hajóbiztos, akinek az anyja éppen olyan szegény asszony volt, mint az én anyám, maga mondta azt, hogy neki nincs senkije, miért ne lehetnék én rá nézve „valaki"? Miért jött volna vissza ide erre a puszta szigetre, ha nem vonzotta volna őt ide valami? S ha ő szeret engem, miért ne szerethetném én őtet?

Nem, nem, nincs itt semmi magyarázat, semmi okoskodás, semmi mentség. Nincs itt semmi, csak puszta merő szeretet.

Nem tudta ő, miért, mi oka van rá? csak szeretett.

Nem tudta, szabad-e? istenek, emberek engedik-e? öröm vagy bánat lesz-e belőle? csak szeretett.

Nem kívánt boldog lenni, büszke lenni, az ő urának úrnője lenni, ezüstkoronával megkoronáztatni, megáldatni mind a három isten nevében, csak szeretett.

Nem készült magát védeni világ és ítélőbírák előtt; nem gondolt mentségére alázattal meghajtott fejének; nem kérte a férfi védelmét, az emberek kegyelmét, az Isten irgalmazását, csak szeretett.

Ez volt Noémi.

Szegény Noémi! Mennyit kell majd ezért szenvednie!

...Mihály először hallotta életében azt a szót, hogy őt szereti valaki.

Szereti szerelemből; szereti mint szegény, másnak szolgáló hajóbiztost, érdektelenül, megérdemeletlenül: szereti önmagáért!

Valami csodatevő melegség járta át idegeit.

Az a melegség, ami a halottat fölkelti örök álmából, s feltámadásra bírja.

Félve, tétovázva emelte kezét a leány vállaihoz, hogy magához szorítsa őt, és halk, suttogó szóval kérdezé tőle:

- De hát igaz-e ez?

A leány keblére nyugtatott fejét ingatva, inte, hogy való az.

Mihály Terézára tekintett.

Teréza odalépett hozzájuk, s kezét Noémi fejére tette, mintha mondaná: „hát szeresd".

Egy hosszú, néma, hallgató jelenet volt az, melyben mindenki egymás szívdobbanásainak beszédét hallhatá.

Teréza törte meg a hallgatást. Leánya helyett beszélt.

- Óh! Ha tudná ön, mennyi könnye hullott e leánynak ön miatt! Ha látta volna őt esténkint a sziklára fölmenni s órákig elnézni a csendes tájat, mely önt szemei elől eltakarta! Ha hallotta volna álmában nevének suttogva kiejtését!

Noémi tiltó mozdulattal nyújtá kezét anyja felé, mintha kérné, hogy ne árulja el jobban.

Mihály pedig azon vette észre magát, hogy egyre erősebben szorítja őt magához.

Íme egy lény valahára a széles világon, aki őt szeretni tudja.

Akinek az „arany ember"-ből nem kell az arany, csak az ember!

Ő is úgy érezte magát, mint aki addig bujdosott, amíg kívül ment a világ határán, s most egy új földet, új eget lát maga előtt, s abban új életet.

Lehajolt a leány homlokához, hogy azt megcsókolja. És érzé annak szívét dobogni keblén.

És körös-körül az egész világon nem volt más körülöttük, mint nyíló virágok, illatlehelő bokrok, döngő méhek, zengő madarak, amik mind azt taníták: „Szeretni kell!"

A szótlan, ámuló gyönyör kivitte őket a szabadba: oda is egymást átölelve mentek, s ha egymás szemébe néztek hosszasan, mindkettő arra gondolt: „neked is olyan színű szemed van éppen, mint nekem!".

S ha a ragyogó ég, az illatozó föld összeesküdött, hogy őket elbűvölje, a kelő érzelem kiegészíté a varázst: egy gyermek, ki soha nem szeretett senkit, s egy férfi, kit soha nem szeretett senki, mi lesz azokból, ha egymást föltalálják?

A nap letelt, és ők még egymás örömével nem tudtak betelni.

Az est leszállt, a hold feljött; Noémi fölvezette magával Mihályt a téveteg szikla ormára, ahonnan könnyes szemekkel nézett egykor az eltávozó után.

Timár leült a gyopárfödte sziklára, az illatos levendulabokrok közé; Noémi odaült melléje, s dús aranyfürtű fejét odanyugtatá a férfi karjára, átszellemült arcát az ég felé emelve.

Teréza ott állt fölöttük, és mosolyogva tekinte le rájuk.

Az ezüst hold ragyogva világolt alá az aranyhomályú égről.

S a csába égi kísértet így beszélt:

Nézd: ez a kincs mind a tied. Találtad; önkényt adta magát neked: tiéd lett. Mindent megnyertél már: csak a szerelem nem volt még számodra sehol; most azt is megtaláltad. - Vedd el. - Élvezd. - Ürítsd fenékig. - Neked termett az. - Új ember léssz! - Félisten az, akit a nő szeret! - Boldog vagy. - Szeretve vagy.

...Csak egy hang suttogta ott belül: „Tolvaj vagy!"

. . . .

Az első csók egy új világot teremtett Mihály előtt.

Fölébreszté szívében mindazt az ifjúkori ábrándot, azt a hajlamot a regényesség után, amit hosszas, magános üzleti utazásaiban mindenütt magával hordott, s amiket később a pénzszerző pálya rideg üzelmei száraz számítások, mindennapi gondok alá eltakartak; amik vágyait egy óhajtott boldogság paradicsoma felé vezették; amelybe midőn eljutott, akkor látta, hogy e paradicsom fáin számára csak zúzmaráz van virág helyett. Megfagyasztva, elfásulva, meg nem értve, az élet minden célját elvesztve maga felől, a véletlen egy oázt hoz eléje a pusztában. Az oázon megtalálja azt, amit hasztalan keresett az egész világban: egy szívet, mely őt szereti!

Csodálatos átalakulás történt lelkében.

Legelső érzése, ami idegein úrrá lett, valami titokszerű borzalom volt: félelem a boldogságtól. Elfogadja-e azt, vagy fusson előle? Jó-e az, vagy rossz? Élet-e az, vagy halál? Mi jő mögötte? Mi lesz utána? Hol az Isten, aki e kérdésre felel? Felel ő a virágnak, mely kelyhét kitárja; felel a rovarnak, mely szárnyaival zönög; felel a madárnak, mely fészkét rakja; csak az embernek nem, mikor azt kérdezi: hát én üdvömet találom-e vagy kárhozatomat, ha szívem dobogására hallgatok?

Aztán hallgatott szíve dobogására.

Az a szívdobogás pedig azt mondta neki: nézz a szemébe! Hiszen abban semmi vétek nincsen: egy szem sugarától megittasodni.

Csakhogy ez ittasság mámora hosszan tartó. Akik úgy egymás szemeibe néznek, ott marad a lelkük fogva, ott marad kicserélve egymás szemeiben.

Mihály elfeledte az egész világot, mikor e szemekbe nézett, s egy másik világot látott megteremtve azokban, tele gyönyörrel, kéjjel, földi üdvösséggel.

Elkábítá ez a mámorító előérzet.

Ifjúkora óta nem szerette senki. Egyszer mert boldogságot remélni, azért sokat fáradt, küzdött, s mikor eljutott hozzá, egy semmivé zúzó csalódás hamuvá tette várt életüdvét.

S most itt szemébe mondják, hogy szeretve van. Mindenki mondja, a fák virága, mely fejére hull, az állatok, mik kezét nyalják, az ajk, mely a szív titkát elárulja, s a pirulás s a szemsugár, mely többet árul el, mint az ajk.

Még az is, akinek félteni, rejteni kellene e titkot, a szerető leány anyja, még az is elárulja őt: „nagyon szeret, úgy szeret, hogy meg fog halni bele".

...Ne haljon meg...

Timár egy olyan napot töltött a szigeten, mely felért egy örökkévalósággal. Tele volt az érzelmekkel, amiknek nincsen vége.

Az önfeledés, az ébren álmodás napja volt az. Olyan álom, melyben amit megkíván az álmodó, már előtte áll.

Hanem aztán mikor a harmadik éjt tölté e szigeten, s egy gyönyörteljes, ábrándos együttlét után a csábító holdvilágról sötét fekhelyére tért, akkor elővette az, aki nem alszik soha, egy hang odabenn, egy el nem hallgató vád.

„Mit teszesz te most itt? Tudod-e, hogy mit csinálsz te most? Lopsz, gyújtogatsz, gyilkolsz. Egy szegény asszonyt kiüldöztek a világból; mindenét elvették, száműzték egy puszta szigetre kicsi gyermekével, ifjú férjét eltemették az öngyilkosok gödrébe, embergyűlölővé, istentagadóvá tették. S te most ide lopod magadat, elrablod tőle utolsó, egyetlen, legdrágább kincsét; halált, gyászt, kárhozatot hozasz a nyomorultaknak utolsó menhelyére. Rosszabb vagy mindazoknál, akik a megtiport féreg átkával szétfutottak a világba, s akiket egytől egyig utolért az átok. Te a lélek nyugalmát gyilkolod meg itten. Te ellopod az ártatlan szívet, s cserében nem hagyod érte a magadét. Te őrült vagy, vagy őrültté fogsz lenni! Menekülj innen!"

Az üldöző szó nem hagyta magát elaltatni. Egész éje nyugtalan volt. A hajnal már ott találta őt a fák alatt.

El volt határozva. El fog innen távozni, és aztán - sokáig nem fog visszatérni ide. Amíg majd elfelejtik. Amíg majd ő is elfelejté, hogy három napig azt hitte, hogy neki is szabad boldognak lenni a világon.

Ő már körül is járta a szigetet, mire a nap fölkelt, s visszatérve bolyongásaiból, a kis lak előtt ott találta Teréza asszonyt és leányát, kik a reggelihez készíték az asztalt.

- Nekem el kell ma innen mennem! - monda Mihály Terézának.

- Ilyen hamar! - súgá Noémi.

- Neki sok dolga van! - szólt Teréza asszony leányához.

- Vissza kell mennem a hajókhoz! - monda Mihály.

Hisz az olyan természetes volt. A hajóbiztos csak egy cseléd. Akinek olyan szorgos dolga van, nem lophatja az időt, melyet gazdája bérbe vett tőle.

Nem is unszolták, hogy maradjon; egészen rendén volt, hogy búcsút vegyen már; hiszen majd visszajön ismét; ráérnek rá várni egy évig, két évig - halál órájáig - örökké...

De Noémi nem tudta megízlelni a csészét a friss tejjel, amióta azt meghallá.

Nem volt szabad Mihályt marasztani. Ha dolga van, hadd menjen utána.

Teréza maga előhozta neki fegyverét, táskáját, amit eltett idejövetelekor.

- Meg van-e a puska töltve? - kérdezé a gondos anya.

- Nincs biz az! - monda Mihály.

- Jó lesz, ha megtölti ön - unszolá Teréza -, mégpedig öreg göbecsre, a berek túlsó parton nem biztos, ott farkasok járnak, és talán még rosszabb állatok is.

És addig nem hagyott Mihálynak békét, míg fegyverét meg nem töltötte szatymára; ő maga porozta fel a serpenyőket; még akkor a gyutacsot nem ismerték.

S azután azt mondta Teréza Noéminek:

- Vidd magaddal a fegyverét, hogy Almira meg ne támadja érte. Eredj, kísérd el a csónakáig.

Ő biztatta még, hogy kísérje el Mihályt a csónakáig.

Nem ment velük, hagyta őket egyedül menni a rózsák útján.

Timár szótlanul ment Noémi mellett; a leány keze ott nyugodott kezében.

Egyszer csak megállt a leány menés közben. Mihály is megállt vele, és szemébe nézett.

- Akarsz nekem valamit mondani? - kérdé tőle.

A leány hosszan elgondolkozott, s ezután azt mondá:

- Nem, semmit.

És Timár tudott már a leány szemeiből olvasni. Kitalálta gondolatját is.

Noémi azt akarta tőle kérdezni:

„Ugyan mondd meg nekem én kedvesem, szerelmem, üdvöm, boldogságom, mi lett abból a fehér arcú leányból, aki egyszer itt járt veled, akinek neve Timéa?"

Csak nem szólt semmit, csak ment hallgatva, és Mihály kezét kezében tartá.

Mikor el kellett tőle válni, olyan nehéz volt Mihálynak a szíve!

Mikor átadta neki a leány a fegyvert, azt súgá:

- Vigyázzon magára, valami baj ne érje.

És mikor megszorította kezét, még egyszer szemébe nézett azokkal a lelket kicserélő égvilágú szemeivel, s azt mondá neki édesen könyörgő hangon:

- Vissza fog ön térni ismét?

Mihály meg volt bűvölve ez esdő hang által.

Még egyszer keblére szorítá a gyermeket, s azt súgá neki:

- Mért nem mondod: „vissza fogsz-e térni?", mért nem mondod nekem, hogy „te"?

A leány lesüté szempilláit, és fejét szelíden tagadólag ingatta.

- Mondd nekem, hogy „te!" - súgá Mihály.

A leány elrejté arcát Mihály keblére, és nem mondta azt.

- Hát nem tudod, nem akarod nekem azt mondani, hogy „te"? Egyetlen szótag az. Nem tudod kimondani? Félsz azt mondani?

A leány eltakarta kezével arcát, és nem mondta azt.

- Noémi, kérlek, mondd nekem e kis szót, s én boldog leszek tőle. Ne félj nekem azt mondani. Mondd suttogva, titokban. Ne bocsáss el anélkül.

A leány némán ingatta fejét, és nem tudta neki azt mondani, hogy „te".

- No hát Isten *önnel*, kedves Noémi! - rebegé Mihály, s csónakába ugrott. A mocsár nádasa nemsokára eltakarta előle a kis szigetet. De amíg annak bokrait látta, ott látta egy ákácfához támaszkodni a gyermeket, ki tenyerébe hajtott fejjel nézett utána bánatosan, de mégsem kiáltotta utána ezt a szót: „te!"

TROPICUS CAPRICORNI

A túlpartra átevezve, egy halásznak átadta csónakját Mihály, hogy viselje gondját addig, amíg ő visszatér.

211

De fog-e még egyszer visszatérni?

Gyalog szándékozott a révtanyáig eljutni, hol Fabula uram fáradozik hajói teherrakodásával. Víz ellenében csónakázni fáradságos mulatság, s neki most nem az a kedélyállapota volt, hogy a tornázást óhajtsa.

Erősebb hullámáradat volt az, ami ellen most egész erejével küzdenie kellett.

A vidék, melyen át kellett haladni, nagy messzeségben egyike a legújabb Duna-áradás alkotásainak, minők az Al-Duna vidékén láthatók. A szeszélyes folyam valahol egy gátat elszakít, s akkor meg-megváltoztatja kanyarulását, egyik partját évről évre odább tépi, a másik parton megint évről évre új területet rak le, amikben a vele hordott jegenyékből új csalit nő. Minden újabb év alkotását meg lehet ismerni a jegenyékről, amik lépcsőzetesen következnek egymás után.

Ez irtatlan, gazdátlan bozóton keresztül téveteg gyalogösvények bujdosnak át, rőzsét vágó szegény emberek, halászok útjai. Néhol egy-egy elhagyott kunyhó is terpeszkedik a bozótban, aminek kontyát félrecsapta a zivatar, oldalai befutva szederindával és földi tökkel. Lehet az ilyen kunyhó szalonkaleső vadász, bujdosó zsivány vagy fiadzó farkas tanyája.

Timár gondolataiban elmélyedve ballagott végig e hosszú bozóton, fegyverét szíjánál fogva vállára akasztva.

...Nem szabad, nem lehet teneked ide többé visszajönnöd. „Egy" hazugságot is nehéz következetesen keresztülvinni az életen, hát még kettőt. Két egymásnak ellenmondó hazugságot. Térj eszedre! Nem vagy már gyermek, hogy szenvedélyeid játsszanak veled. S talán nem is szenvedély az, amit érzesz? Múló vágy, vagy ami még annál is rosszabb: hiúság. Hízeleg férfiúi hiúságodnak az, hogy van egy ifjú leány, kit amidőn egy fiatal szép, deli férfi nőül kér, az ezt eltaszítja magától, s kebledre veti magát, és azt mondja: én ezt szeretem! Csillapítsd hiúságodat: a leány nem szereti azt a szép ifjút, mert az egy silány ember; téged imád, mert félistennek képzel. De hát ha tudná, amit te magad tudsz, hogy te is csak egy csaló vagy. Csakhogy szerencsésebb csaló, mint a másik. Vajon szeretne-e akkor?

...És hátha csakugyan halálosan szeretne? Mi lesz a te életed, s mi lesz az ő élete, ha te e szerelmet elfogadod? Nem válhatsz meg tőle soha többé. Kétfelé kell osztanod életedet. Hazugsággal töltened meg mind a kettőt. Két helyre akarod-e lekötni a sorsodat? Akárhonnan eltávozol, a féltékenységet hordani magaddal? Egyik helyen félteni a szerelmedet, másik helyen félteni a becsületedet.

...Nőd nem szeret, de hű hozzád, mint egy angyal; s ha szenvedsz te, szenved ő is; ha egymás miatt szenvedtek mindketten, nem az ő hibája, egyedül a tied. Elloptad tőle a kincseit, elloptad tőle a szabadságát, most el akarod tőle lopni zálogba tett hűségedet?

...Ő nem tudja meg azt soha, neki nem fog az fájni. Hiszen az év felét házadtól távol töltötted eddig is; kereskedő sorsa: üzlete érdekében más országrész, más világrész tájain bujdokolni. Tavasztól őszig itt lehetsz, senkinek sem tűnik az fel. Hol jártál? Kereskedni voltál?... De mi lesz ezzel a leánnyal?

...Ez nem az a könnyelmű teremtés, akit ma vágyaidnak feláldozol, s ha holnapután meguntad, nagylelkűen megjutalmazod, s ő keres magának másutt vigasztalást. Ennek az apja már mint öngyilkos halt meg. Ennek a szívével nem jó játszani.

...És hátha az az áldás, amit a szerető párok várnak az égtől, rád nézve ott száll le, ahova nem hívtad! Mi lesz a nőből, mi lesz a *családból,* melyhez nincsen jogod, melynek nincsen joga tehozzád - emberi törvények szerint?

...Ez a leány nem közönséges lélek; nem játszhatol vele kényed szerint. Ez magának foglalja a lelkedet, s neked adja az egész lelkét; hogy felelsz meg róla? - Hogy hozod ki őt azon balsorsból, melybe beleviszed?

...Egy *gyermekgyilkosnak* vagy egy öngyilkosnak kísértő rémét akarod-e megszerezni álmaid számára?

...És még egy akadályt hogy fogsz elhárítani az utadból: a megvetett vőlegényt? Az egy agyafúrt kalandor, akinél egy bajjal több vagy kevesebb nem jön számba. Az téged képes lesz a világ végére is elüldözni. Az utadba fog állni, mikor életpályádon fölfelé törekszel. Az titkaidnak utána fog járni; az üldözni, az gyötörni, az fenyegetni fog egész életeden keresztül. Attól meg nem szabadulsz semmi áron, semmi áldozattal. Az hűségesebb lesz hozzád az üldözésben, mint akit a templomban megeskettek veled, a szeretetben. Hogy menekülsz meg tőle? Vagy te ölöd meg, vagy ő öl meg téged. Szép atyafiság, ami a vesztőhelynél végződik! És te, az arany ember, akit mindenki tisztel, kitüntet, az erény és jótékonyság apostolának nevez, szerzesz magadnak egy olyan helyzetet, melyben a törvényszék előtt mint egy bűnvádi per részesének kell majd helyet foglalnod.

Timár izzadt homlokát törülgeté. A kalap lekívánkozott fejéről; jobban esett halántékainak, ha a tavaszi langy szellő lehízelegheté róluk a kínos verítéket.

Menteni próbálta magát a súlyos vádszózat alul.

...Hát nekem nem szabad az életnek örülnöm soha? Közel negyven éve, hogy egyebet nem teszek, mint korán kelek, későn fekszem, egész nap fáradok... miért? Hogy másoknak nyugalmuk legyen, mikor lefekszenek, egyedül nekem ne legyen?

...Miért vagyok én saját házamban boldogtalan?

...Érdemetlen vagyok-e arra, hogy egy nő szeretni tudjon? Nem forró szerelmet hoztam-e én az elé, kit nőül vettem? Nem imádtam-e nőmet? Nem lettem-e kétségbeejtve hidegsége által? Nem szeret!

...Vagyonát vettem el? Nem igaz. Megmentettem azt számára. Ha gyámjának átadom akkor, midőn megtaláltam, most az is mind veszve van, s ő mehet koldulni. Most pedig minden az övé, ami az övé volt. Hisz magamnak nem tartottam meg egyebet, mint a ruhát, mely testemet fedi. Hát mért volnék én tolvaj?!

...Noémi szeret engem. Ezt már megváltoztatni nem lehet. Szeret azóta, hogy legelőször meglátott.

...Boldog lesz-e, ha többé nem jövök el hozzá?

...Nem akkor ölöm-e meg, ha tőle örökre eltávozom? Nem azzal teszem-e őt öngyilkossá, ha soha nem jövök hozzá többet?

...Itt, e világtól különvált szigeten, ahol nem uralkodnak a társadalmi törvények, a vallásos fogalmak, egyedül a természet igaz, meleg érzelmei, nem lakik-e az igaz boldogság, melyet a balga világ száműzött?

...És ez az ostoba fickó, aki közöttünk áll, mit háborít ez engem? Nem kell ennek egyéb, csak pénz; - az pedig nekem van. Megfizetem, és eltűnik előlem. Mit félek én ettől?

A tavaszi szellő végigsuhogott az ifjú jegenyefák sudarai között.

A kanyargó ösvény mellett egy rőzsekötegekből összeállított kunyhó állt, melynek nyílását a keresztülomló szederindák takarták.

Timár megtörülte homlokát, s föltette fejére a kalapját.

Békítő nemtője megszólalt újra:

...Igaz, hogy most semmi örömed nincsen a földön. Rideg, sivár az életed. Hanem nyugodt. Mikor estenkint lehajtod a fejedet fekhelyedre, azt gondolod: „íme, egy örömtelen nap múlt", de utána gondolod: „csendes nap volt." „Nem vétettem senkinek". Odaadod-e e nyugalmat cserébe álmatlan örömekért?

Az ellenmondás nemtője visszafelelt:

...De hát ki mondja azt, hogy szeretni vétek, s hogy szenvedni erény? Ki látta azt a két angyalt, akiknek egyike az Isten jobbján ül, s jegyzi azoknak a neveit, akik szenvedtek és elhervadtak, a másik pedig bal felől írja a fekete könyvbe azokat, kik szerettek, és el merték fogadni a boldogságot?

Két lövés dördült el a közelből, s két golyó süvöltött el Mihály feje fölött, azzal a balhangzatú döngéssel, mely olyan, mint a közeledő darázs zöngése, mint a halálhárfa hangja, s Mihály fejéről a kalap, két golyótul átfúrva, repült le a bokrok közé.

Mind a két lövés a rozzant kunyhóból jött.

Az első pillanatban az ijedség zsibbasztá meg Mihály tagjait; úgy jött rá ez a két lövés, mint két felelet titkos gondolataira. Egész teste végigborzadt; hanem a következő percben felváltotta a rémületet a kitörő düh: lekapta fegyverét válláról, felrántotta sárkányait, s bőszülten rohant a kunyhónak, melyből még szűrődött ki a lövés füstje.

Egy reszkető ember állt fegyverének csöve előtt: Krisztyán Tódor. A kilőtt dupla pisztoly még kezében volt, azt most védelmül tartá, feje elé, s úgy remegett, hogy minden tagja rázkódott bele.

- Te vagy az? - rivallt rá Mihály - Te!

- Kegyelem! - rebegé az ember, elejtve kezéből a fegyvert s mind a két kezét könyörgésre kulcsolva tartá Mihály felé; térdei összeverődtek, lábai alig akarták tartani, arca halálsápadt volt, és szemeinek nem volt már fénye; félholt volt.

Timár magához tért. Elmúlt idegeiről a rémület is, a düh is. Leereszté fegyverét.

- Jöjj közelebb! - monda nyugodtan az orgyilkosnak.

- Nem merek - rebegé az, a kunyhó rőzsekötegeihez lapulva. - Ön megöl engem.

- Ne félj, nem öllek meg! - Azzal kilőtte fegyverét a levegőbe. - Most már én is fegyvertelen vagyok. Nem félhetsz.

Tódor elővánszorgott a kunyhóból.

- Te engem meg akartál ölni! - monda neki Mihály. - Szerencsétlen ember! Én szánlak.

A fiatal gonosztevő nem mert rá fölnézni.

- Krisztyán Tódor! Te még fiatal vagy, s már gyilkos akartál lenni. Nem sikerült. Fordulj vissza. Te nem születtél rossz embernek: azzá mérgesítettek el. Én ismerem életed történetét, én mentelek. Neked szép tehetségeid vannak, amiket rosszul használsz. Csavargó, országcsaló vagy. Tetszik neked ez az élet? Az lehetetlen! Kezdj másikat. Akarod-e, hogy én számodra szerezzek valami olyan állomást, ahol tehetségeid által becsületesen megélhess? Nekem sok összeköttetésem van, tehetem azt. Kezet reá!

A gyilkos térdre esett az előtt, kit meg akart gyilkolni, s a felé nyújtott kezet két kézzel ragadá meg, és csókjaival halmozá el, hevesen zokogva.

- Óh! uram, ön az első ember, ki hozzám így beszél. Engedje, hadd térdeljek itten. Engem gyermekkoromtól fogva, mint gazdátlan kutyát, kergetnek egyik ajtótól a másikhoz; minden falatomat csalva, lopva, hízelkedve kellett megszereznem; nem adta kezét nekem soha senki más, csak aki nálamnál is rosszabb volt, s rossz útra vezetett. Gyalázatos, undok életmódot folytattam; tele csalással, árulással, s rettegnem kell minden ismerős arctól. És ön kezét nyújtja nekem; ön, akire napok óta leskelődöm, mint orgyilkos! Ön meg akar engem szabadítani önmagamtól. Engedjen lábainál térdelnem, és úgy hallgatnom parancsait.

- Álljon ön fel! Nem szeretek semmi érzelgést. A férfikönny gyanús előttem.

- Igaza van! - szólt Krisztyán Tódor. - Különösen az én könnyem. Hisz én híres komédiás vagyok, akinek ha azt mondták, nesze egy garas, sírj érte egyet: megtettem. Nem hiszik már, ha igazán teszem is. El fogom fojtani.

- Annyival inkább, mert én sem szándékozom önnek semmiféle erkölcsi prédikációt tartani itten, hanem egy igen száraz üzleti ügyről fogok beszélni. Ön Scaramelli bankárházzal való összeköttetéseiről s brazíliai útról beszélt.

- Uram, abból egy szó sem igaz.

- Tudom. Önnek nincsenek azzal összeköttetései.

- Voltak, de, megszakadtak.

- Elszökött ön, vagy elkergették?

- Az előbbi.

- Rábízott pénzzel?

- Három-négyszáz forinttal.

- Mondjuk, hogy ötszáz forint volt. Volna önnek kedve ezt visszavinni Scaramelliékhez? Nekem igazán vannak velük összeköttetéseim.

- Náluk maradni nem akarok.

- És a brazíliai út?

- Egy szó sem igaz belőle; onnan nem hoznak ide hajóépítéshez fákat.

- Kivált olyanokat, amiket ön előszámlált; azok között orvosi és festőfák is vannak.

Tódor elmosolyodott.

- Igaz. Én csak egy mészégetőnek akartam eladni a senki szigetéről a fákat, hogy pénzt kapjak. Teréza kitalálta a gondolatomat.

- Tehát nem Noémi kedvéért jött ön a szigetre?

- Óh! Hiszen minden országban van már egy feleségem.

- Hm! Én tudok egy igen jó állomást az ön számára Brazíliában. Ügynökség egy keletkező vállalatnál, melyhez szükséges a magyar, német, olasz, angol, francia és spanyol nyelvek ismerete.

- Azokon én mind írok és beszélek.

- Tudom. És görögül és törökül és lengyelül, oroszul. Ön lángeszű ember. Hát én önnek megszerzem azt az állomást, ahol tehetségeit meg fogják jutalmazni. Az ügynökség, melyet önnek említék, jár háromezer dollár rendes fizetéssel és esetleges százalékkal a nyereményből. Öntől függ, hogy az mentül több legyen.

Krisztyán Tódor elámult e szókra. De már annyira hozzá volt szokva a komédiajátszáshoz, hogy mikor igazán meglepte a hálaérzet, azt nem bírta kifejezni; félt, hogy azt is komédiának veszik.

- Uram! Nem tréfa ez, amit ön mond?

- Semmi okom sincs rá, hogy itt és most és önnel tréfáljak. Ön meg akart engem ölni - nekem biztosítanom kell az életemet. Meg nem ölhetem önt, mert azt nem veszi a lelkem magára. Jó embert kell önből csinálnom. Ez az önvédelmem. Ha ön boldog ember lesz, én is nyugodtan járhatok az erdőben. Mármost ért ön engem. Hogy komolyan tettem önnek ez ajánlatot, azt bebizonyítom. Itt a tárcám. Vegye ön el. Benne találja útiköltségét Triesztig és valószínűleg még annyi összeget, amennyivel Scaramellit kárpótolhatja. Mire ön Triesztbe ér, már akkorra ott lesz az én levelem Scaramellinél, s az majd tudatni fogja önnel további teendőit. S mármost egyikünk jobbra, másikunk balra mehet.

Tódor kezében reszketett az átvett pénzes tárca.

Mihály felvette átlőtt kalapját a földről.

- És most vegye ön ezt a két lövést úgy, ahogy önnek tetszik. Ha ezek egy orgyilkos lövései voltak, akkor önnek nagy okai vannak velem nem találkozni többé olyan helyen, ahol törvények uralkodnak; ha pedig egy sértett lovag lövései voltak, akkor tudnia kell önnek, hogy a legelső találkozásnál a lövés sora rajtam van...

Krisztyán Tódor felszakítá mellén ruháit két kezével, s heves kitöréssel kiálta:

- Ide lőjön ön, ha még egyszer szeme elé kerülök önnek! Lőjön agyon, mint egy veszett ebet! - Azzal felkapta kilőtt pisztolyát a földről, s odaerőteté azt Mihály kezébe. - Tulajdon pisztolyommal lőjön főbe, ha még egyszer valahol útjában talál bárhol a világon. Ne is kérdezzen, ne is szóljon semmit, csak lőjön agyon!

És nem hagyott békét addig, míg az el nem fogadta a pisztolyt, s vadásztáskája zsebébe nem tette.

- Isten önnel! - monda neki Timár, s azzal otthagyta őt, és odább ment.

Tódor ott állt egy ideig, és utána nézett; aztán utána szaladt, és megállítá.

- Uram! Még egy szóra. Ön engem új emberré teremtett. Engedje nekem, hogy ha önnek valaha levelet írok, e szóval kezdhessem: „Atyám!" Borzalom és undorodás volt eddig előttem ez a szó; hadd legyen ezután gyönyörűség és bizalom. Atyám! Atyám!

Tódor megcsókolá Mihály kezét hevesen, s azzal elrohant tőle, s a legelső bokornál, mely őt eltakarta előle, hogy nem láthatá többé, leveté magát arccal a fűbe, és sírt. Igazán sírt.

....

Szegény kis Noémi csak ott állt óra hosszat az akácfa alatt, ahol Mihálytól búcsút vett. Teréza utána ment már, hogy fölkeresse, aztán ő is leült leánya mellé a fűbe, s elővette kötését, hogy dolgozzék valamit.

Egyszer Noémi felriadt.

- Hallottad, anyám?... Két lövés a túlsó parton!

Hallgatóztak. Nagy csend volt a rekkenő melegben.

- Most újra két lövés! Anyám, mi volt ez?

Teréza megnyugtatólag biztatá:

- Vadászok lövöldöznek odaát, gyermekem.

De Noémi sápadt lett, mint az ákácvirágok ott feje fölött, s kezeit nyugtalan szívére szorítva, rebegé:

- Óh nem! Óh nem! Ő nem fog visszatérni soha.

És aztán olyan nagyon fájt a szívének, hogy mért nem mondta neki azt a rövid kis szócskát: „te!", mikor olyan nagyon kérte?

. . . .

- Fabula uram! - mondá Timár hűséges sáfárjának - az idén nem viszik fel a búzát se Győrbe, se Komáromba.

- Hát mit csinálunk vele?

- Megőröltetjük itt helyben lisztnek. Van két patakmalom az uradalomban; ehhez kibérlünk még harminc dunai malmot, azok meggyőzik a dolgot.

- De iszonyú nagy lisztes bolt kell ahhoz, ahol annyi lisztet eladjunk.

- Az is meglesz. Kis hajókra fogjuk rakni a terhet zsákokban, azokat felvontatjuk Károlyvárig. Ott ökrösszekerekre rakjuk, s elszállítjuk Triesztbe. Triesztben készen áll a hajóm, mely a lisztet tonnákra rakva elviszi Brazíliába.

- Brazíliába? - kiálta felijedten Fabula. - De már oda nem megyek.

- Nem is szándékozom odaküldeni Fabula uramat; oda más ember fog menni. Ön csak azt hajtja végre, ami Triesztig tart; az őrletést és a szállítást. A kasznároknak, molnároknak még ma kiadom a rendeletet, s ön távollétemben úgy fog intézkedni, mintha én magam volnék jelen.

- Köszönöm alássan! - monda Fabula uram, s nagyon lógott a feje, mikor Levetinczy úr irodájából eltávozott.

- Ez most megint valami óriási nagy bolondság lesz! - mondogatá magában, de úgy, hogy más is meghallhatta - Brazíliába lisztet küldeni Magyarországból. Hiszen tudom én, hogy mi az a Brazília! Tiszteletes Ónody uram alatt tanultam én geográfiát. Brazília fővárosa Rio-Janeiro. Onnan hozzák a gyapotot meg a dohányt, a cukrot meg a kávét; ott vannak a leghíresebb gyémántbányák. Lakosai indusok, portugallok, hollandusok, anglusok meg németek. Most tessék ennyi furfangos nép közé még egy magyarnak is elegyedni. És méghozzá lisztet vinni oda! Egy olyan országba, ahol erdőszámra teremnek az olyan fák, amiket csak ki kell vágni, s a belseje tele van kész liszttel meg darával. A másik erdőben meg már a kész kenyerek függnek a fákon, csak le kell szedni az érett cipókat az ágról és megsütni. S ilyen országba lisztet küldeni a tengeren keresztül! Először is: mind megdohosodik, mire odaér. Másodszor: nem veszi azt ott meg senki. Harmadszor: sohase látja az a pénzét, akinek Brazíliából kell azt megkapni! Nem megy oda se fiskális, se vicispán. Egyszóval ez most megint valami hallatlan nagy bolondság Levetinczy uramtól, hanem azért meglássa mindenki, ez is valami csodálatos jóra fog fordulni, mint minden bolondság, amihez Levetinczy uram eddig hozzáfogott, s az a lisztes hajó aranyporral megterhelve fog visszatérni Brazíliából. Hanem azért mégiscsak nagy bolondság biz az!...

Tökéletes igaza volt Fabula uramnak. Timár maga is körülbelül egy véleményen volt vele.

Ő ezzel a szállítmánnyal mintegy százezer forint árú vagyont kockáztat.

Nem új ötlet ez nála. Rég küzdött ő azzal a vággyal, hogy miért ne lehetne egy magyar kereskedőnek valami nagyobb feladatot is választani, mint örökösen hajót vontatni, búzára alkudni, kedvezőbb alkalom esetén a magas minisztériumok megbízásait elnyerni, országos kiadások csatornáját a maga telkére vezetni, potom árért kamarai jószágokat bérelni, s úgy mellékesen, nobel passzióból, megszorult mágnás uraknak ötven percentre pénzt kölcsönözgetni s ilyenformán egyik nyomorult milliócskát a másik után koldusmódra összekapargatni? Hátha egy merészebb, nagyobb, szabadabb pálya is volna egy magyar kereskedőre nézve e kisszerű kalmárkodásnál? Hátha lehetne valami hazai nevezetes árucikknek, amiben iparunk kiállja a versenyt, piacot nyitni a világkereskedelem nagy bazárjában?

Ez a külkereskedés már régi terve volt. Előre tökéletesítteté műmalmait, s építtetett Triesztben egy kereskedelmi hajót. De a gyors elhatározásnak mégiscsak Noémi volt az oka. Arra, hogy rögtön hozzákezdjen a tervéhez, Krisztyán Tódorral találkozása dönté el határozatát.

A lisztkivitel mellékes volt már; fő dolog volt az, hogy Timár az egész földtekét tegye maga és ez ember közé.

Akik látták, hogy heteken át micsoda sietséges munkát végzetett Timár, hogy utazott egyik malomtól a másikig, onnan megint a hajóihoz, hogy sietteté azokat, amint meg voltak terhelve, rögtön a továbbmenetelre, hogy ügyelt fel saját maga minden szállítmányra, azt mondák: ez aztán a mintaképe egy kereskedőnek! Milyen gazdag úr! Vannak igazgatói, ügynökei, biztosai, sáfárjai, felügyelői, ispánjai, és ő mégis mindenütt maga lát a dologhoz, mint a legközönségesebb vállalkozó. Ez érti aztán a kereskedést!

(Tudták volna csak, hogy miben kereskedik!)

Három hét telt bele, hogy az első hajó, tonnára vert magyar liszttel megrakodva, készen állt a trieszti kikötőben, horgonyait felszedni. A hajó neve volt „Pannonia".

Szép, háromárbocos galliote volt. Még Fabula uram is magasztalta, mert ő ott volt a hajórakodásnál.

De Timár nem látta azt a hajót. Még csak el sem ment Triesztbe, hogy megnézze a hajóját, mikor az útnak indul. E néhány hét alatt folyvást Pancsován vagy Levetincen tartózkodott. Az egész vállalat a Scaramelli-cég neve alatt indult meg. Timárnak oka volt saját nevét nem kötni hozzá.

Csak levélben értekezett a megbízott Scaramelli-céggel.

Egy napon aztán levelet kapott Krisztyán Tódortól, melynek fölbontásakor legelőször is az lepte meg, hogy a levélben pénz van. Egy százas bankjegy. Az írott tartalom pedig ez volt:

> *Atyám!*
>
> *Midőn ön e levelemet olvassa, én már a magas tengeren vagyok, a gyönyörű Pannonia födözetén, mint a Scaramelli-ház brazíliai ügynöke. Hálás köszönetemet küldöm önnek szíves ajánlatáért. A bankárház kéthavi fizetésemet előre kiadta. Ebből én száz forintot küldök önnek azon szíves kéréssel: legyen szíves ez összeget a pancsovai vendéglősnek a „Fehér Hajó"-hoz átadni. E szegény becsületes embernek ottjártamban adósa maradtam ezzel, most köszönettel megfizetem. Az ég áldja meg önt, amiért hozzám ilyen jó volt!*

Timár könnyebbülten lélegzett fel. Ez az ember megjavult. Visszaemlékezik régi adósságaira, s azokat megtakarított pénzéből fizeti.

Milyen jó érzés egy elveszett embert megszabadíthatni!

Megmenteni az ellenséget, ki életedre tört. Visszaadni őt az életnek, a világnak, a becsületnek. Egy világcsalóból becsületes embert alakítani át, a sárba esett gyöngyszemet megtisztítani. Az őskeresztyének korszakába illő erény ez. Nemes lélek vagy!

Csak az a vádló szó odabenn mást ne mondana:

„Gyilkos vagy!"

„Nem annak örülsz te most, hogy egy embert megszabadítottál, hanem hogy egy embertől megszabadultál! És ha annak fogod hírét venni, hogy hajódat az óceánon előfogta egy tavaszutói tornádó, és pozdorjává törve lisztestől, emberestől a tenger fenekére süllyesztette, annak fognál még csak szörnyen örülni. Nem gondolsz te most a lisztiparra, nem a nyereségre és veszteségre, hanem arra gondolsz, hogy ott a La Plata és az Amazon folyók mocsáraiból minden nyáron elővánszorog a rettenetes pusztító rém, a sárgaláz, mely mint a tigris leskelődik az újon érkező idegenre; száz közül hatvan áldozatul esik neki. Hátha ez is közöttük lesz?"

„Gyilkos vagy!"

„Vagy még inkább megtörténhetik az vele, hogy a könnyelmű, heves vérű ember, abban az országban, ahol a szenvedélyek oly uralkodók, a játékbarlangoknak s a kreol nők szép szemeinek áldozatául esik, meglopja, elvesztegeti a rábízott sok pénzt, bűnös lesz, szökni fog, s akkor is meg van halva rád nézve, meg az egész ismeretes világra nézve. Ez az, aminek te előre örülsz!"

„Gyilkos vagy!"

Timár olyan örömet érzett, mint akinek sikerült valakit megölni. Önvádaktól, távol aggodalmaktól izgatóan nyugtalanított örömet.

....

Attól a naptól fogva mintha kicserélték volna Timárt; alig lehetett ráismerni.

A máskor oly higgadt kedélyű ember minden tettében elárult valami nem szokott nyugtalanságot; egymással ellenkező rendeleteket adott ki, s elfeledte egy óra múlva, amit elrendelt; ha valahová elindult, fele útról visszatért; majd meg kerülni kezdte az üzletét, s úgy tett, mint aki nem törődik semmi nagy dologgal; máskor megint oly ingerült volt, hogy mindenkibe beleveszett a legcsekélyebb mulasztásért.

Sokszor látták őt a Duna-parton fél napon át fejét lecsüggesztve sétálni, mint mikor valaki az őrüléshez közelít, s azon kezdi, hogy házától elfut. Máskor meg *egész* nap bezárkózott szobájába, s nem eresztett magához senkit.

Levelei pedig, amiket az ország minden részéből küldöztek utána, ott hevertek halommal az asztalán - felbontatlanul.

Az okos ember nem tudott egyébről gondolkozni, mint arról az aranyhajú leányról, akit ott látott a szigetparton utoljára, karját egy fatörzsre támasztva s fejét karjára csüggesztve.

Egyik nap azt határozta el, hogy visszamegy hozzá; a másik nap megint azt, hogy el fogja őt felejteni örökre.

Babonás kezdett lenni. Jeleket várt az égtől, az álomlátásból, amik elhatározzák, mit tegyen. Óh az álomlátások mindig azt az alakot hozzák eléje: boldogan és szenvedve, átadva és elveszítve; azoktól csak még őrültebb lett. Az égből pedig nem jött semmi jel számára.

Egy napon aztán rávette magát, hogy megtér okos embernek, dolgai, üzletei után lát, majd azok lecsillapítják lelke háborgását.

Odaült levelei halmazához, s elkezdte azokat egyenként felbontogatni.

Az lett belőle, hogy mire végigolvasott egyet, elfelejtette, hogy mi volt az elején.

Mindig csak azokból a kék szemekbül akarta olvasni, hogy mi van azokba írva.

Egyszer aztán nagyot dobbant a szíve, mikor egy levél akadt a kezébe, mely súlyosabb volt a többinél. Annak a címiratán megismerte a kéz írását.

Az *Timéa* írása volt...

Valami józan hidegség futott át erein.

Ez az égből jött jeladás!

Ez a levél eldönti lelke harcát.

Timéa ír, az angyali jóságú teremtés, a tiszta, hű nő. Egyetlen gyöngéd szava úgy fog hatni a férfi kedélyére, mint az ébresztő szózat a mámorálomban alvóra. Ez ismerős vonások eléje fogják idézni a tündöklő mártírarcot, s megtérítik őt újra.

Valami súlyos van a levélben. Az valami gyöngéd meglepetés lesz, valami emlék? Igen, igen! Holnap lesz a férj születésnapja. Óh! ez kedves levél, kedves emlék fog lenni.

Mihály gyöngéden nyitá fel a borítékot, felvágta a pecsétet rajta.

Legelőször is az lepte meg, hogy íróasztala kulcsa hullott ki belőle. Ez volt az a súlyos tárgy benne.

A levélben pedig ez volt:

> *Kedves uram!*
>
> *Ön íróasztala fiókjában feledte a kulcsot. Nehogy nyugtalankodjék miatta, utána küldöm. Isten áldja önt!*
>
> > *Timéa*

Semmi egyéb.

Timár ezt a kulcsot akkor feledte íróasztala fiókjában, mikor éjjel titokban hazatért, s Athalie szavai úgy megzavarták agyát.

Tehát semmi egyéb, csak ez a kulcs! Semmi más hozzá, csak e néhány hideg szó!

Timár lehangoltan tette maga elé a levelet.

Most egyszerre valami rémületes eszme villant az agyán keresztül.

Ha Timéa ott találta íróasztala fiókjában azt a kulcsot, akkor meglehet, hogy kutatott is a fiókban. A nők kíváncsiak, s szokták ezt tenni!... És ha kutatott, akkor talált ott valamit, amit ismernie kell... Mikor Timár Ali Csorbadzsi kincseit értékesíté, oly előrevigyázó volt, hogy egyes műremekeket nem bocsátott áruba, amik ha a piacra kerülnek, nyomra vezethetnek. Leginkább a gyémántokat adta el foglalat nélkül. Volt a kincsek közt egy gyémántokkal kirakott medaillon, ami egy miniatűrképet rejtett magában. E kép egy fiatal hölgy arca volt, kinek vonásai feltűnően hasonlítottak Timéa vonásaihoz. Ez bizonyosan az ő anyja, ki görög nő volt. Ha Timéa e medaillont megtalálta férje fiókjában, akkor megtudott mindent. Megismerte anyja arcképét; abból megtudta, hogy ez ékszer az apjáé volt; arról rájött, hogy apja kincsei Timár kezébe kerültek, s arról aztán az egész történetet legombolyíthatá: hogy lett Timár gazdag emberré, s hogy vette meg Timéát a saját kincsei árán.

Ha kíváncsi volt Timéa, akkor mindent tud - s akkor megveti férjét.

S nem azt bizonyítják-e a levél szavai? Nem azt mutatja-e maga a kulcs elküldése? Nem azt akarta-e a nő ezáltal tudatni férjével: „ismerlek".

Ez a gondolat határozott Mihálynál: fölfelé induljon-e vagy lefelé a lejtőn? - Lefelé!

Mindegy már. Azt hitte. A nő előtt már le van álcázva. Ott többé az „arany ember" játszani nem lehet. A nagylelkűt, a bőkezűt, a jóltevőt! Ott már el van árulva, hogy kicsoda.

- Mármost lehet rohanni lefelé.

Most már el volt határozva, hogy vissza fog menni a szigetre.

De mégsem úgy akart elvonulni, mint vert fél.

Levelet írt Timéának, melyben fölkérte őt, hogy minden levelét, mely hosszas távollétében komáromi házához lesz utasítva ezentúl, vegye át, bontsa fel, közölje ügyvédjével vagy biztosával, ha szükségét látja, s ahol intézkedni kell, rendelkezzék teljhatalommal férje nevében: utalványozzon, vegyen át és adjon ki pénzeket saját belátása szerint; egyúttal visszaküldte neki íróasztala kulcsát, hogy ha okmányokat, szerződéseket kell kikeresni, kéznél legyen az.

Ez volt a tromf.

Mikor azt érezte, hogy titkához közel járnak, sietett egészen rávezetni a titokra; így talán nem fog az kiderülni. A gyanú szemének homály kell és sötétség, mint a bagoly szemének; az a világosságban nem jól lát.

Azzal kiadta utasításait telepbiztosainak, mindegyiknek megmondva, hogy hosszú időre el fog utazni, de azt nem, hogy hová. Minden őt érdeklő levelet intézzenek Komáromba a nejéhez.

Levetincről késő délután indult el egy fogadott parasztszekéren. Azt akarta, hogy nyomát veszítsék, azért nem utazott saját lovain.

Még néhány nap előtt babonás volt; az égtől, az elemektől várt titkos jeleket, amik megtérítsék. Most már azokra sem ügyelt; el volt határozva, hogy a szigetre átmegy.

Pedig az égi jelek, az elementumok nagyon is siettek őt baljóslataikkal visszariasztani, sőt erőhatalommal megakadályozni.

Estefelé, amint a Duna-part hosszú jegenyecsalitja már látható volt, egyszerre valami fakóvörös felhőfolt támad az égen, s jön sebesen gomolyogva errefelé. A fuvaros bunyevác eleintén csak imádkozik nagyokat sóhajtva; de amint közeledik a füstfellegforma, káromkodásra fordítja az áhítatos szót.

„A galambóci szúnyogok jőnek!"

Azok az ördög teremtményei, amiknek száma trillió, amik ott laknak a galambóci sziklák odúiban; egyszer-egyszer fölkerekednek, felhőszámra lecsapnak a síkságra, s jaj akkor minden baromnak, melyet a szabadban találnak.

A szúnyogfelhő elborítá a síkságot, melyen Timárnak át kellett volna utazni; az apró, fullánkos szörnyek meglepték mind a két lovat, füleikbe, szemeikbe, orrlyukaikba tódulva. A megriadt állatok nem voltak fékezhetők többé, bőszülten fordultak vissza a szekérrel, s vágtattak feltartóztathatlanul északnyugat felé. Timár kockáztatta a szekérből kiugrást, ügyes is volt és szerencsés, nem törött sem keze, sem lába; a lovak a szekérrel elfutottak a világba.

Ha adott volna valamit az előjelekre, ez már elég ok lett volna arra, hogy visszaforduljon maga is.

De most már makacs volt. Hiszen olyan úton járt, amelyre az ember nem kéri többé az Isten segítségét. Most már akart menni. Noémi arra vonta, Timéa arra taszította előre. Az indulat éjsarka és délsarka s az akarat vitte most már előre.

Hogy lemaradt szekeréről, megindult gyalog a Dunaparti jegenyés felé. Pedig fegyvere is ott maradt a szekéren, ő puszta kézzel menekült meg róla. Egy vastag fűzhusángot metszett magának a csalitban, ez volt a fegyvere. Azzal elkezdett utat keresni a bozótban. Ott aztán eltévedt. Az éjszaka ott lepte; mentül tovább bolyongott, annál kevésbé talált ki a bozótból, utoljára rábukkant egy rőzsekunyhóra, s elhatározta, hogy ott megmarad éjszakára. Tüzet rakott a szerteszét heverő rőzsekévékből, szerencséjére vadásztáskája a nyakában volt, mikor a szekérről leszökött, abban volt kenyér, szalonna; azt elővette, s a parázsnál kenyeret, szalonnát pirított.

Még valami mást is talált vadásztáskájában: azt a dupla pisztolyt, amellyel Tódor reálőtt a kunyhóból. Talán éppen ez a kunyhó volt az. Az bizony meglehet.

Hasznát nem vehette a pisztolynak, mert lőporszaruját is a kocsin hagyta. Hanem arra mégis szolgált az a pisztoly, hogy fatalizmusában megerősítse. Akire hasztalan lövöldöznek, annak kell még valami dolgának lenni a világban.

Erre a biztatásra nagy szüksége is volt, mert amint az éj leszállt, elkezdett a bozót félelmes tanyává lenni. A farkasok vonítottak a közelben. Timár láthatá zöld fényű szemeiket villogni a sűrű berek közül. Egy-egy vén ordas a kunyhó hátáig lopózkodott, s ott ordítá el magát rémségesen.

Timárnak egész éjjel nem volt szabad a tüzet el hagyni aludni. Ez tartá csak a fenevadakat vissza.

Ha a kunyhóba bement, ott meg olyan borzadályos sziszegés hangjai riaszták, aminőkkel a kígyók fogadják az embert, s lomha tömegek mozdultak meg a lába alatt; tán valami teknősbékára lépett.

Timár egész éjjel éleszté a tüzet, s a hosszú rőzsekaró tüzes végével képzelmes ábrákat rajzolt a levegőbe. Talán saját gondolatainak tűzhieroglifjai voltak azok.

Milyen szomorú éj! Akinek nyugalmas házai vannak, kényelmes fekhelye otthon; fiatal, szép nő a háznál, akit feleségének nevezhet; aztán most egy dohos, gomba benőtte kunyhóban tölti az éjszakát, egyedül! A farkasok vonítnak körülötte, s feje fölött a rőzsében lomhán csúszik végig a vízikígyó.

Pedig ez a nap születésnapja.

Kedélyes családi ünnepély ez itten.

És akarja, hogy így legyen; most már akarja.

Mihálynak kegyes, ájtatos kedélye volt. Gyermekkorától ahhoz volt szokva, hogy minden reggel, minden este magában imádkozzék. Ezt a szokást el nem hagyta soha, s minden veszélyben, nyomorúságban, amin küzdelmes életében annyiszor keresztülment, az volt a menedéke, hogy imádkozott. Hitt az Istenben, és megmenekült, és amihez kezdett, az sikerült.

És ezen a félelmes estén nem tudott imádkozni. Nem akart beszélni Istennel. „Ne láss meg, hol járok!"

Ezen a születésnapján túl nem tudott imádkozni többé. Dacolt a sorssal.

Mikor a hajnal szürkülni kezdett, az éjszaka fenevadai behúzódtak berkeik mélyébe; Timár fölkerekedett éjjeli tanyájáról, s nemsokára rátalált az ösvényre, mely egyenesen a Duna-partra vezetett.

Itt várt azután reá az új rémület.

A Duna szertelenül meg volt áradva.

A tavaszutói hóolvadások ideje volt ez; a folyamős sárga iszapos hullámai nádgyökérrel, elsodort fűzfákkal voltak tele; a halászkunyhó, melyet Timár keresett, máskor magas dombtetőn állt, most a küszöbéig ért a víz, s a csónak, mit hátrahagyott, a kunyhó melletti vén fűzfa törzséhez volt kötve.

A kunyhóban nem talált senkit. Ilyen áradás mellett halászni nem lehet. A halászeszközöket is mind elvitték az elmenekült halászok.

Ha kellett égi jel, ha kellett isteni nyilatkozat: ez már az volt. A megáradt folyam állt az útjában egész fenséges erőhatalmával.

Senki sem jár ilyenkor a folyón.

Itt a csodaszerű intés - vissza kell innen fordulni.

„Nem többé!" monda Timár. „Elindultam, odamegyek."

A kunyhó ajtaja be volt zárva, azt betörte, hogy hozzájusson az evezőihez és csáklyájához. Látta a hasadékon át, hogy azok oda vannak betéve.

Azután beleült a csónakjába; zsebkendőivel hozzákötözte a lábszárait a kormánypadhoz, eloldotta a csónak kötelét, s betaszította azt egy lökéssel a hullám közé.

Akkor azután elkapta az ár, és vitte magával.

A Duna rettenetes úr volt akkor, ki haragjában erdőket szaggatott ki gyökereikből; a hátára szállott ember csak egy féreg, mely egy szalmaszálon úszik. Hanem ez a féreg dacolt vele.

Egymaga evezett két evezővel, az volt egyúttal a kormány. A sebesen rohanó ár táncoltatta ladikját, mint egy dióhéjat, az ellenkező szél is azt akarta, hogy visszakergesse a partra, ahonnan elindult. De már nem engedett sem szélnek, sem hullámnak.

Fövegét ledobta lábaihoz, izzadságtól csapzott haját lobogtatta a szél, a csónakja orrán átcsapó hullám hideg zuhannyal csapkodta arcát, de az sem hűtötte le. Melege volt. Melege volt attól a gondolattól, hogy talán Noémi most veszélyben van a kis szigeten. Ez a gondolat nem engedte karjait kifáradni.

A Duna, a szél erőszakos két hatalom, hanem az emberi szenvedély és akarat még erősebb. Timár itt ismert magára. Mennyi akaraterő lakik szívében, milyen szívósság karjaiban. Emberfölötti munka volt, amit végzett: ár ellenében eljutni az Osztrova-sziget végcsúcsáig.

Itt aztán megpihenhetett.

Az Osztrova-szigetet egészen elborította az ár, a fák között foly a víz. Most már csáklyával könnyebb volt a csónakot előrehajtani a fák között. Magasra fel kellett hatolnia, hogy onnan azután víz mentében ereszkedve juthasson a „senki szigetére".

Mikor aztán kellő messzeségre felvontatta csónakját, s azután kihatolt a sziget pagonyából, egy új, meglepő látvány állt előtte.

Máskor a senki szigete el volt takarva egy széles nádas által, s csak a fák koronái látszottak ki; most pedig a nádas nem volt sehol, s a sziget egész alakjában szabadon állt a Duna-ág közepén. Az áradat a nádas felett hömpölygött, s a sziget fái úsztak benne; csak a téveteg szikla és környéke zöldült ki egy folton.

Timár lázas türelmetlenséggel bocsátá az árnak csónakját. Minden evezőnyomás közelebb hozta hozzá a téveteg sziklát, melynek koronája égszínkék volt a virító levendulától, oldala aranyos a sarkantyúvirág felfutó lugosától.

S mentül közelebb látszott a szikla, annál türelmetlenebb volt a közelítő.

Már láthatta a gyümölcsöst, melynek fái derékig vízben álltak; de a rózsakert szárazon maradt, a kecskék, juhok oda szorultak fel.

Most hallhatja Almira örvendő ugatását. A fekete állat kirohan a partra, ismét visszafut, megint előjön, beleveti magát a vízbe, s eléje úszik a közeledőnek, onnan megint vissza.

Hát azt a rózsaszínű alakot látja-e Mihály ott egy virító jázminbokor aljában, ki egész a lábai alatt hömpölygő víz széléig eléje jő?

Még egy evezőnyomás: a csónak partot ér. Mihály kiszökik belőle, a csónakot elviszi a hullám: nincs rá szükség többé, nem ügyel rá senki, hogy kivonja a partra. Ők csak egymást látják.

Körös-körül az ős paradicsom; gyümölcstermő fák, virágzó föld, szelíd állatok, körülzárva hullámkerítéssel és abban - Ádám és Éva.

A leány remegve, sápadva áll a közelítő előtt, s midőn az odarohan eléje, midőn maga előtt látja, akkor egyszerre kitörő indulattal veti magát keblére, s önfeledő örömmel kiált:

- Visszajöttél! Te! Te! Te! - És ajkai, midőn megnémulnak is, még akkor is mondják, hogy „te, te, te!".

Körül az ősparadicsom. Fejeikre a jázminbokor hullatja ezüstkoronáját, s a sárgarigók és fülemilék kórusa énekli a „goszpodi pomiluj"-t...

AZ ÉDES OTTHON

A csónakot elragadta a hullám; a szigetlakók ladikja, melyen ide jöttek, rég elkorhadt már, újat nem szereztek: a jövevénynek nem lehetett e szigetről eltávozni, míg a legelső gyümölcsvásárlók meg nem érkeznek; abba pedig hetek és hónapok fognak telni.

Boldog hetek és boldog hónapok!

Számlálatlan napjai a panasztalan örömnek.

A senki szigete Timárnak otthona lett. Ott talált magának munkát és nyugalmat.

Az árvíz leapadta után nagy munkája lett a sziget lapályain megrekedt vizek lecsapolásával. Egész nap levezető árkokat ásott; a két tenyere úgy felkérgesedett, mint egy napszámosé; hanem aztán mikor este későn a vállára vetett ásóval, kapával visszatért a kis tanyához, messziről várták, szeretve fogadták.

Eleintén az asszonyok is segíteni akartak neki e fáradságos munkában, de Mihály gyöngéden elutasította őket: lássanak inkább a gazdaság után; a földtúrás férfinak való munka.

És mikor készen volt a csatornával, melyen át a szigeten rekedt mocsár vizét lebocsátotta, olyan büszkén nézett végig munkáján, mintha ez volna az egyedüli és egyetlen műve egész életének, melyet jónak nevezhet, amelyre belső bírája előtt hivatkozhatik. A csatorna megnyitásának napja ünnep volt a kis szigeten. Nekik nem voltak sátoros ünnepeik, ők nem számították a vasárnapokat; ünnep volt náluk az, mikor az Isten elhozta rájuk az ő örömeiket.

S a szigetlakók nagyon kevés beszédű emberek voltak. Amit Szent Dávid százötven zsoltárban mondott el, azt őnáluk egy fohász fejezte ki, s ami szerelemvallomást a költők versbe szedtek, azt őnáluk elmondta egy szembenézés. Megtanulták egymás arcáról leolvasni a gondolatokat, megtanulták egymás gondolatait követni, együtt eszmélni.

Mihály napról napra jobban bámulta Noémit. Hűséges, háladatos kedély volt az, szeszély, követelés nélkül. Nem ismert bánatot, aggodalmat a jövendő miatt. Boldog volt, és boldogított. S nem kérdezte tőle soha: „Mi lesz belőlem, ha te elmégy? Itt hagysz-e vagy elviszesz magaddal? Áldás lesz-e rajtam azért, hogy téged szeretlek? Micsoda vallás papja az, aki téged megáld? Enyém lehetsz-e? Nincs-e másnak joga hozzád? Mi vagy te odakinn a világban? Micsoda világ az, amiben te élsz?" Még arcáról, még szemeiből sem olvashatta ki e kétségeket soha; csupán csak azt az egyetlen örök kérdést: „Szeretsz-e?"

Teréza asszony néhanapján fölemlíté Timár előtt, hogy sok dolga múlhatik most; de Mihály megnyugtatá őt afelől: elvégzi azt mind Fabula János uram; s ha azután Teréza Noémire tekintett, ki szelídkék szemeivel, mint a napraforgó a napot, úgy kereste Timár arcát, akkor nagyot sóhajtott: „Mennyire szereti őt!"

Timárnak nagy szüksége volt arra, hogy egész nap árkot ásson, cölöpöket verjen le, rőzseburkolatokat fonjon; a nehéz testi munka küzdött lelke még nehezebb munkájával.

Mi történik ezalatt odakinn a világban?

Harminc hajója úszik a Dunán, egy gályája a tengeren, egész gazdasága, milliókra menő vagyona egy asszony kezében.

S ha most ez asszony könnyelmű szeszélyében ezt az egész vagyont szélnek szórja, szétzilálja, csapodár kedvtelésben férjét, házát, tönkrejuttatja, fog-e valakinek a férj szemrehányást tehetni érte? Nem így következett-e?

Boldog volt itthon, és szerette volna tudni, mi történik otthon.

Két helyen élt a lelke, kétfelé volt szakítva: ott vagyona, becsülete, világi állása, itt szerelme tartóztatta le.

Hiszen mehetett volna innen. A Duna nem tenger, ő jó úszó volt, akármikor átúszhatott volna a túlsó partra, s senki sem mondta volna neki itten, hogy ne menjen el; hiszen tudták, hogy dolga van odakünn a világban; de mikor aztán Noémivel találkozott, akkor megint elfelejtett mindent, ami köröskörül van a világon, akkor csak szeretett, csak boldog volt, elveszett mámorában. - „Óh! ne szeress olyan nagyon!" - súgá a lyány.

S így telt nap nap után.

A gyümölcstermő időszak is eljött, a sziget fáinak gallyait földig húzta az édes teher. Gyönyörűség azt mindennap nézni. A gyümölcsöt, mely fejlődik. Mindennap előbbre halad. Körték, almák családi jelszíneiket kezdik fölvenni; a zöld szín bőrfakóra barnul, vagy sárga és piros sávokat vesz föl; a barna alapszín napos oldalán bíbor színezetet kap, az aranyszínbe kárminpettyek, a karmazsinpirosba zöld pontocskák vegyülnek; és minden gyümölcs úgy mosolyog az emberre, mint egy nevető gyermekarc.

Timár segített a nőknek gyümölcsöt szedni. Nagy kosarak teltek meg az istenadta drágasággal. Ő számlálta darabonkint, amiket a kosarakba rakott: hány száz, hány ezer darab? Mennyi kincs! Igazi arany!

Egy délután aztán, mikor a telt kosarat segített Noéminek a tanyára vinni, idegen embereket látott a kunyhó előtt. A gyümölcskufárok érkeztek meg.

Hónapok óta az első emberarcok, mik a külvilágból hírt mondani jöttek.

Éppen a gyümölcs felett alkudtak Teréza asszonnyal.

A szokott cserekereskedés volt az.

Teréza asszony szokás szerint búzát akart kapni a gyümölcsökért; hanem a kufárok az idén sokkal kevesebbet akartak neki adni cserébe, mint más évben. Azt mondták, megdrágult a búza nagyon. Komáromi kereskedők nagyon vásárolják, felverték az árát; mind lisztet őrletnek belőle, úgy viszik a tengerre.

Ezt persze Teréza nem akarta elhinni; ez csak olyan kufárbeszéd.

Hanem Timár annál jobban figyelt rá. Ez az ő ötlete volt. Vajon mi következett belőle annyi ismeretlen idő óta?

Most már nem volt nyugta; az üzlet, a birtok gondolatai háborgatni kezdték. Olyan volt neki ez a tudósítás, mint a nyugalomra tért katonának a trombitaszó: visszavágyik a harcmezőre még szeretője karjai közül is.

A szigetlakók természetesnek találták, hogy Mihály elkészüljön már a szigetről. Hiszen hivatala hívja. Hiszen vissza fog jőni jövő tavasszal ismét. Noémi csak arra kérte, hogy azokat a ruhákat, amiket ő maga szőtt, maga varrt Mihály számára, s amiket Mihály e szigeten viselt, ha innen elmegy, el ne dobja.

- Ereklyének fogom őket, tartogatni.

- Aztán a szegény Noémire néha visszaemlékezzék.

Erre nem tudott neki szavakkal felelni.

Megvesztegette a gyümölcskufárokat, hogy maradjanak ott még egy napig.

Ezen a napon egyebet sem tett, mint Noémivel karöltve bejárta a sziget minden boldog csalitját, mely tündérörömeiknek tanúja volt; itt egy falevelet, ott egy virágszirmot tett el emlékül; falevélre, virágsziromra egész tündérregék voltak írva, miket csak két ember tudott elolvasni.

- Fogsz-e szeretni, ha soká nem látsz?

Az az utolsó nap olyan gyorsan elmúlt! A dereglyések este akartak elindulni, hogy hűssel utazhassanak odább. Mihálynak búcsúzni kellett.

Noémi okos volt; nem sírt. Hiszen tudta, hogy Mihály visszajő. Inkább arra volt gondja, hogy eleséget készítsen számára az útra, s azzal útitáskáját megrakja.

- Éjszaka lesz, mire a túlsó partra átérsz - monda Mihálynak gyöngéd aggodalommal. - Nincs fegyvered?

- Nincs. Nem bánt engem senki.

- De igen: itt egy pisztoly van táskádban - monda Noémi, s kíváncsian elővonta a fegyvert.

És akkor elsápadt.

Ráismert Tódor pisztolyára, amit az ittjártában gyakran fitogtatott előtte, azzal fenyegetve Almirát, hogy meglövi.

- Ez az ő fegyvere!

Timár megdöbbent ez arckifejezéstől.

- Mikor innen elmentél - szólt a leány heveskedve -, ő rád lesett a túlparton, s rád lőtt e fegyverrel.

- Hogy hiszed azt?

- Hallottam a két lövést s utána a te lövéseidet. Úgy van, ezt tőle vetted el!

Timár elbámult. Hogy akik szeretnek, a láthatatlant is meglátják! Nem tudta tagadni.

- Megölted őt? - kérdé a leány.

- Nem.

- Hát hová tetted?

230

- Ne félj tőle többé. Ő Brazíliába ment. Az egész földteke van közöttünk.

- Jobb szeretném, ha háromlábnyi föld volna közöttünk! - kiálta indulatosan Noémi, megragadva Mihály kezét.

Mihály csodálkozva tekinte Noémi arcába.

- Te? Te? Ily gyilkos gondolattal; ki egy háziállatot nem tudsz megölni, ki egy pókot nem tudsz eltaposni, sem egy lepkét tűre szúrni.

- De aki téged el akar tőlem venni, azt meg tudnám ölni: ha ember, ha ördög, ha tündér!...

És aztán szenvedélyesen ölelé mind a két karjával magához a férfit. Az reszketett, és hevült.

A CSALÁDI ÉKSZER

A túlparton ismét fölkereste Mihály a halászkunyhót.

Két dologgal volt tele a feje; az egyik az a kép, ami az est ködében szemei elől eltűnt, a lomb övezte szikla a Duna közepén s a karcsú alak a sziklatetőn, ki kendőjével búcsúköszöntést lobogtat utána, míg láthatja; a másik a képzelet alkotta kép, mi van odahaza a komáromi háznál? No hiszen ezt ráér kirajzolni hosszú útjában az Al-Dunától hazáig.

Amint az öreg halász meglátta Timárt, elkezdett sopánkodni (a halászok nem káromkodnak soha).

- Nézze, uram, az árvíz alatt valami gaz tolvaj ellopta önnek a csónakját innen; még a kunyhót is feltörte, s az evezőket is elrabolta. Óh! milyen nagy tolvajok vannak a világon.

Timárnak olyan jólesett, hogy valahára szemtől szembe tolvajnak nevezik. Igaz az. S ha még csak csónakot lopott volna!

- De mindamellett is ne átkozzuk azt az embert! - monda a halásznak. - Ki tudja, milyen nagy szüksége lehetett a csónakomra abban a veszedelemben? Majd szerezzünk más csónakot. Most pedig, jó öreg, üljünk bele a kend ladikjába, s igyekezzünk az éjjel a révig eljutni.

A halász jó fizetésért rászánta magát az utazásra. Hajnalra a révig jutottak, hol a hajók szoktak rakodni. Az idő nagyon korán volt még, s Timár nem akarta senkivel tudatni, hogy honnan és milyen úton érkezett meg. A révcsárdában fuvarosok voltak, azok közül egyet felfogadott, hogy szállítsa el Levetincre. Az volt az eszmejárása, hogy Levetincen tiszttartójától felvilágosításokat fog nyerni az öt hónap óta történtekről (annyi időt töltött a szigeten!); semmi sem lesz rá nézve új és meglepő, ha Komáromba hazajut.

Levetincen volt egy emeletes úri lak, melynek egyik szárnyát az öreg tiszttartó és felesége lakta, a másik szárnya Timár számára volt berendezve, annak egyik lépcsőzete a hajdani vadaskertbe vezetett le, e lépcsőn lehetett feljutni abba a szobába, melyet Timár irodájául választott ki.

Mihály figyelmének minden aprólékos körülményre ki kellett terjedni, hogy egy hosszú hazugságot következetesen keresztül tudjon vinni.

Öt hónap óta távol van: tehát hosszú utat tett. Azonban semmi úti poggyásza nincsen. Vadásztáskájában semmi egyéb, mint az a csíkos vászonöltöny, amit Noémi varrt a számára; mert ami öltözetben odaérkezett, az még a hűsebb időszaknak volt szánva, s az is tépett, kopott volt már; csizmái foltosak. Külsejét nehéz volna igazolnia.

Ha a vadaskerten s a külön lépcsőn keresztül irodájába juthat, melynek kulcsát magával hordá, ott majd hirtelen átöltözik, előveszi úti bőröndjét, s miután a látszatot előkészíté, mintha nagy útról érkezett volna, akkor fogja behívni a tiszttartót.

Egész terve sikerült; senki sem vette észre; a lépcsőn feljutott írószobája ajtajáig.

Hanem amint azt fel akarta nyitni a kulccsal, megdöbbenve észlelé, hogy belülről a zárban már van egy másik kulcs.

Itt valaki van a szobában.

Pedig ebben állnak irományai, üzleti könyvei; ide senkinek nem szabad belépni. Ki az a vakmerő?

Hevesen nyitá fel az ajtót, és betoppant a szobába.

És akkor rajta volt a sor, hogy megrémüljön.

Íróasztala előtt ült valaki, akit nem gondolt itt találni.

Az Timéa volt.

A túlvilágról megjelent lélek nem lett volna rettentőbb rá nézve, mint ez a szelíd alak, fehér arcával, nyugodt tekintetével, midőn jöttére felállt az íróasztal mellől, s a tollat letette kezéből.

A nagy kereskedelmi mérlegkönyv állt előtte, abban *dolgozott.*

Mihályt egyszerre rohanta meg az érzések minden ellentéte. Az ijedelem, hogy titkos útja végén éppen nejét találja legelőször; az öröm, hogy őt itt találja egyedül, s a bámulat, hogy ez a nő itt dolgozik!

Timéa elébb nagy szemeit bámulatra nyitá fel, midőn Mihályt belépni látta, azután eléje sietett, s kezét nyújtá neki - szótlanul.

Ez a fehér arc még mindig talány volt férje előtt; nem olvashatá ki belőle, tud-e mindent ez a nő? sejt-e valamit? vagy semmit sem? mi rejlik e hideg közöny mögött? az elhallgatott megvetés-e vagy a feláldozott, eltemetett szerelem? vagy csak a lymphatikus véralkat élő dermedtsége az?

Ő sem tudott Timéának mit mondani.

A nő úgy tett, mintha észre sem venné Mihály öltözetének szakadozott voltát; a nők tudnak látni, anélkül, hogy odanéznének.

- Örülök, hogy megjött ön már! - szólt halkan Timéa. - Mindennap vártam. A másik szobában találja öltözékeit. Azután majd kérem, jöjjön vissza. Addig én is készen leszek.

És azzal keresztbe fogta szájában a tollat.

Mihály megcsókolta Timéá kezét. Az a keresztbe fogott toll nem invitálta őt, hogy még az ajkát is csókolja meg.

Átment a másik szobába. Az öltözőszobája volt.

Ott találta elkészítve mosdótálát friss vízzel, tiszta ingét, öltönydarabjait, fénymázas csizmáit, ahogy otthon. Mivelhogy föl nem teheté, hogy megérkezése napját tudhatta volna Timéa, azt kellett sejtenie, hogy a nő mindennap így várta őt - és ki tudja, mióta?

De hogy jön ez a nő ide? De mit csinál ez itt?

Sietett átöltözni. Levetett ruháit elrejté ruhatára fenekébe. Valaki még megkérdezhetné: de miben szakadhatott ki ennek a kabátnak a könyöke? Hát még azok a vászonöltönydarabok, azokkal a tarka hímzetekkel! Nem kitalálna-e azokból valamit egy asszony? A nők a hímzésöltések hieroglifjait tudják olvasni. El kell dugni azokat.

Volt dolga a szappannak, hogy kezeit lemossa. Vajon nem fogja-e valaki megkérdezni: mit dolgozott ön ezekkel a kezekkel, hogy így megbarnultak, megkérgesedtek?

Mikor készen volt, s ismét átment írószobájába, már az ajtóban várta Timéa. Kezét karjába ölté, s azt mondá neki:

- Menjünk reggelizni.

Az írószobából az öltözőn keresztül kellett az étkezőbe átmenni. Mihályra ott is meglepetés várt. A kerek asztal fel volt terítve, és azon három teríték. Kire vár ez mind?

Timéa csengetett, s arra a terem egyik ajtaján bejött a komorna, a másik ajtón pedig belépett Athalie.

Ezé volt a harmadik teríték.

Athalie arcán eltitkolhatlan harag gyulladt ki, amint Timárt meglátta.

- Ah! Levetinczy úr, mégiscsak hazakerült ön valahára. Ez igazán szeretetre méltó ötlet öntől! Azt mondani a feleségének: „Itt a kulcsaim, a könyveim, asszony, vezesd helyettem az üzletet", s aztán öt hónapig még csak azt sem tudatni, hogy hol jár!

- Kérlek, Athalie! - csitítá őt Timéa.

- Hiszen én nem azért veszekedem Levetinczy úrral, hogy olyan soká távol volt. Az igen szeretetreméltó dolog egy férjtől. Azt más is megteszi, hogy az egyik elmegy Karlsbadba, a másik Emsbe, s nem zavarja egymás mulatságát. De köszönjük mi az ilyen mulatságot! Tavasztól őszig itt ülni Levetincen, ahol paraszton meg szúnyogon kívül más élő állat nincsen; reggeltől estig molnárokkal, hajósokkal perlekedni; bezárkózni az irodába s nagy könyveket számokkal írni tele, a világ minden részébe leveleket küldözni, éjszaka késő éjfélig angol, spanyol nyelvtant magolni, hogy az angol, spanyol ügynökökkel tudjon az ember értekezni, ez, uram, nem fiatal nőknek való mulatság!

- Athalie! - szólt szigorúan Timéa.

Mihály némán ült le a terítékhez, melynél ismerős étszerei és szokott pohara voltak föltéve. Itt őt mindennap várták. Itt az asztal mindennap meg volt számára terítve.

Alig várta, hogy a villásreggelinek vége legyen. Athalie nem szólt többet; de valahányszor rátekintett, mindannyiszor a legőszintébb neheztelést olvashatá ki szemeiből Timár.

Ez biztató előjel volt rá nézve.

Mikor készen voltak az étkezéssel, akkor Timéa ismét felkérte Timárt, hogy menjen át vele az irodába. Mihály azon gondolkozott, hogy minő mesét gondoljon ki, ha azt fogja tőle kérdezni, hol utazott?

Egy olyan mesét, amilyet Krisztyán Tódor szokott közrebocsátani, nemde?

De Timéa egy szóval sem kérdezte azt.

Két széket húzott az íróasztalhoz, s leülve férje mellé, a felnyitott üzletkönyvre tette kezét.

- Itt van, uram, az ön üzletének állása azon idő óta, hogy ön annak vezetését rám bízta.

- S ön azt maga vezette?

- Én úgy értettem, hogy ön ezt kívánta tőlem. Megértettem önnek a leveléből, hogy ön egy nagyszerű új vállalatot indított meg: a magyar liszttel való kereskedést külföldre. Úgy láttam, hogy itt önnek nemcsak a vagyona, de kereskedői hitele és becsülete is kockára van téve; sőt e vállalat jó sikerétől egy nevezetes iparág felemelése is függ. Én nem értettem az üzlethez; hanem azt gondoltam, hogy itt minden tudománynál többet ér a hű felügyelés. Ezt tehát nem bízhattam másra. Rögtön lejöttem Levetincre az ön levelének vétele után. Ahogy ön meghagyta, magam vettem kezembe az üzlet vezetését. Tanulmányoztam a kereskedelmi könyveket, beletanultam a számadásokba. Ezeket, úgy hiszem, rendben fogja ön találni. A könyvek és a pénztár állapota pontosan összeegyeznek.

Mihály bámulva nézte ezt a nőt, ki a kezén megfordult milliókat oly hideg nyugalommal tudta rendeltetésük helyére juttatni, bevenni, újra kiadni; a veszélyben forgó pénzt gyors kézzel megmenteni, és még többet is tudott annál!

- A szerencse kedvezett az idén - folytatá Timéa -, s ami nálam kellő tudományban hiányzott, azt helyrepótolta. A tiszta jövedelem ez öt hónap alatt ötszázezer forintra megy. Ez összeg nem hever; én azt az ön meghatalmazása szerint beruházásokra fordítottam.

Vajon mi beruházások tudnak egy asszonynak eszébe jutni?

- Önnek az első kísérlete a Brazíliába küldött liszttel tökéletesen sikerült. A magyarországi liszt egyszerre kedvence lett a dél-amerikai piacnak. Ezt írják önnek a bizományosai Rio-Janeiróból, s mindannyian egyhangúlag elismerik az ön főügynökének, Krisztyán Tódornak ügyességét és becsületességét.

Timár gondolá magában: hát már én akármi rosszat teszek, abból mind jó lesz, s akármi esztelenséget gondolok ki, abból mind bölcsesség válik? Hol végződik ez egyszer?

- E tudósítások után én azt gondoltam, hogy ön ezt tenné. Meg kell ragadni a feltalált alkalmat, s el kell foglalni teljes erővel a megnyílt piacot. Én rögtön több malmot béreltem ki, új hajókat szereztem, azokat megrakattam, s jelenleg félmillió forint ára lisztszállítmánya megy önnek Dél-Amerikába, amivel minden versenyt le fog egyszerre szorítani.

Mihály elbámult. Ebben az asszonyban több merészség lakik, mint egy férfiban. Más asszony bezárta volna azt a megnyert nagy pénzt, hogy el ne szökjék tőle, s ez meri folytatni a férje által megkezdett vállalatot, megtízszerezve.

- Én azt hittem, hogy ön is így cselekedett volna! - szólt Timéa.

- Igen, igen - susogá Mihály.

- Különben az is igazolja intézkedésem helyességét, hogy amint mi e vállalathoz nagyobb erővel hozzáfogtunk, azonnal egész serege a versenytársaknak tódult utánunk, s most nyakra-főre őrletik a lisztet, és tömik vele a tonnákat, s jönnek utánunk mind Brazíliába. Hanem azért ne legyen önnek aggodalma. Mi azokat mind meg fogjuk verni. Azok közül egyik sem érti a magyar liszt előnyének a titkát.

- Hogyan?

- Talán ha valamelyik megkérdezte volna a feleségétől, az meg tudta volna neki mondani. Én ezt így találtam ki. Az amerikai gabonapiac árjegyzékében sehol sem találok olyan nehézségű búzát, mint a magyarországi, tehát nekünk itt a nehéz búzából kell készítenünk a lisztet, hogy az amerikait legyőzzük. Én a legnehezebb árut használtattam hozzá. Itteni versenytársaink pedig mind a legkönnyebbet használják; ezért ők csalódni fognak, és mi maradunk felül.

Mihály egyik bámulatból a másikba esett. Míg ő hónapokon át a paradicsom tiltott gyümölcseinek érését leste, azalatt ez a gyönge nő éjt-napot áldozott, hogy roppant üzletének terhével megküzdjön; foglalkozott a száraz, lélekfárasztó munkával, férje nevének új hírt, fényt, becsületet szerzett, vagyonát gyarapítá, magától minden élvet megtagadott; fiatal, szép alakját elrejté a mocsárvidék gabonatermő pusztáiba; tűrt, fáradt, tanult; új nyelveket sajátított el, levelezett, alkudott, felügyelt; - még annál is többet tett: az üzlet titkaiba mélyeszté női lelkét, melynek csak az élet örömeit kellene keresni, és - most nem kérdezi a hazatérő férjtől: „hát te mit tettél azalatt?".

Mihály azzal a félelemmel csókolta meg Timéa kezét, amivel egy kedves halottat csókolnak meg, aki már másé, a földé, aki már nem érzi a csókot.

Azalatt, míg ő a szigeten mámoros önfeledésben tölté a napokat, ha Timéára gondolt, azt képzelé: ő most keres magának mulatságot, utazhatik, tán fürdőre ment; pénz van kezében elég, azt teheti vele, amit akar; most azután látta, hogy miből állt Timéának a mulatsága. Számlákat vezetni, irodában ülni, levelezni és két idegen nyelvet megtanulni nyelvmester nélkül; - és mindezt a férjétől kapott utasítás lélek szerinti fölfogása következtében.

A nő egymás után értesíté őt a nagy kiterjedésű üzlet minden ágazatáról. Kiterjedt az a börzeüzletre, a földiparra, a szállítmányüzletre, a gyáriparra, a leszámítolásra, és ezeknek minden fejlődményeiről rendes és pontos számadást tárt a nő férje elé. Consol, rente, metallique papírok árapálya, bérlet, albérlet, felesföld, regále, dézsma és robot, nehéz áru, könnyű áru, usance búza, speditőrköltség, calo, manco, tara, hajóteher, tonnasúly, külföldi mértékek és pénznemek rettenetes tömkelegében olyan biztosan járt-kelt, mint aki mindig azt tanulta. Gyakran pereket is kellett folytatnia, terhes szerződéseket kötnie, mik nagy tanulmányozást követeltek. Az mind a legrendesebben történt. - Mikor végiggondolt ezen a munkán Timár, akkor meggyőződött róla, hogy ha őneki magának kellett volna azt végeznie öt hónap alatt, reggeltől estig minden órája igénybe lett volna véve: mibe kerülhetett hát még ez a munka egy fiatal nőnek, akinek még elébb mindent tanulnia kellett? Hisz annak nem lehetett arra ideje, hogy kinyugodhassa magát.

- De hisz az borzasztó munka, amit ön helyettem végzett, Timéa.

- Igaz, hogy a kezdet nehezen ment, hanem azután belejöttem, s nem volt terhemre. A munka jólesik.

Milyen szomorú szemrehányás. Egy fiatal nő, kinek a munka a vigasz.

Mihály magához vonta Timéa kezét. Arcát mély szomorúság árnyékozá. Szíve olyan nehéz volt. - Csak azt lehetne tudni, mit gondol most Timéa?

236

Az a fiókkulcs nem ment ki Timár fejéből.

Ha Timéa titkát fölfedezte, akkor mostani magaviselete férje iránt nem egyéb, mint egy rettenetes ítélőszék, mely megmutatja a különbséget a vádló és a vádlott között.

- Hát Komáromban nem volt ön azóta? - kérdé Timéától.

- Csupán egyszer, amidőn önnek a szerződését Scaramellivel kellett előkeresnem íróasztalából.

Timár a vért érzé zsibbadni ereiben.

Timéa arca nem árult el semmit.

- Most vissza fogunk menni Komáromba - monda Timár -, a lisztüzlet rendben van; a lengő áru sorsáról be kell várnunk a tudósítást, s az nem jön meg a télnél hamarább.

- Jó lesz.

- Vagy talán jobb szeretne ön egy utazást tenni Svájcba, Olaszországba? Ahhoz ez az idő legkedvezőbb.

- Nem, Mihály; elég sokáig voltunk egymástól távol; most már maradjunk együtt.

Hanem egy kézszorítás sem magyarázta, hogy „minek maradjunk együtt?".

Mihálynak nem volt bátorsága egy hízelgő szót mondani Timéának. Még hazudni is!

Pedig mennyit kellett előtte hazudnia! Reggeltől estig. Még maga a hallgatás is hazugság volt tőle, mikor Timéával szemközt állt.

Az üzleti iratok áttekintése a késő ebéd idejéig tartott.

Az ebédhez két vendég is volt hivatalos: a tiszttartó és a nagytiszteletű esperes úr.

Az esperes úr régen kikérte magának azt a szerencsét, hogy amint Levetinczy úr megérkezik, őt rögtön értesítsék róla, hogy tiszteletét tehesse nála. Sietett a kastélyba az értesítés vétele után. Az érdemrendje is fel volt tűzve a mellére.

Amint belépett; azonnal rágyújtott egy ünnepélyes szónoklatra, melynek folyamában felmagasztalá Timárt mint az egész környék jóltevőjét. Megtette őt Noénak, ki a bárkát építteté, Józsefnek, ki a népet az éhhaláltól megmenté, és Mózesnek, ki mannát imádkozott le az égből; elmondá, hogy ez a lisztüzlet, amit ő ily nagyban megindított, nagyobbszerű vállalat mindennél, ami valaha Európából kiindult. Éljen a lánglisztből keletkezett lángész!

Timárnak meg kellett köszönnie az üdvözletet. Nagyon akadozva beszélt, és sületlenségeket. Valami úgy csiklandá belül, hogy nevessen fel hangosan, s mondja ezt a felköszöntő úrnak: „Hahaha! hiszen nem azért jöttem én erre az ötletre, hogy titeket boldoggá tegyelek, hanem hogy egy ostoba fickót eltávolítsak egy szép kisleány mellől, s ha e bolondságból valami okos dolog lett, ez ennek az asszonynak az érdeme itt mellettem. Nevessünk egy nagyot!"

Az ebéd fölött aztán megjött a jókedv. Az esperes úr és a tiszttartó egyformán szerette a jó bort. Az esperes úr kalugyer volt, özvegy pópa, hanem azért szerette a szépet, s nem volt fukar a bókokban Timéa és Athalie iránt, emiatt az élces tiszttartó gúnynyilainak téve ki magát céltáblául.

A két jókedvű öregúr élcelése, adomázása megnevetteté Timárt is; de mindannyiszor, midőn Timéa jéghideg arcára tévedt tekintete, félbeszakadt ajkán a kacaj.

Ő zálogban hagyta a jókedvét valahol másutt.

Bealkonyodott, mire az ebédnek vége volt; a két öregúr csintalan célzással sürgeté egymást, hogy ideje lesz már elmenni: a férj most érkezett meg hosszú útról, a feleség fiatal, vajmi sok beszélnivalójuk lehet egymással.

- Bizony jól teszik már, ha elmennek! - súgá Athalie Timárnak. - Timéának esténkint olyan erős főfájása szokott lenni, hogy fél éjszakán át nem alhatik bele. Nézze ön, milyen halavány.

- Timéa, ön beteg? - szólt Timár gyöngéden.

- Nincs semmi bajom! - felelt Timéa.

- Ne higgyen ön neki. Amióta Levetincen vagyunk, borzasztó főfájásai vannak. Idegbaj. A feszült agymunkától van, meg az itteni rossz levegőtől. A minap már ősz hajszálakat találtam a fején. Hanem ő tagadja a baját, míg össze nem roskad, s akkor sem panaszkodik senkinek.

Timár a kínpadra vont bűnös tortúráját érzé lelkében.

És nem volt bátorsága azt mondani nejének: „Ha szenvedsz, engedd, hogy ott háljak szobádban, hogy melletted legyek, hogy ápolhassalak!"

Nem, nem! Attól félt, hogy álmában ezt a nevet találja kimondani: „Noémi!", s azt meghallja az a nő, ki fél éjszakán át nem alszik eltagadott gyötrelmek miatt.

Neki kerülnie kellett nászágyát...

Másnap útra keltek haza Komárom felé. Postakocsival utaztak. Első nap Mihály benn ült a két hölggyel szemközt a hintóban. Unalmas utazás volt: az egész Bánátban minden le volt már aratva, csak a tengeri zöldült még meg az éktelen hosszú nádasok. Az egész úton senki sem szólt a másikhoz egy szót is. Mind a hárman úgy vigyáztak magukra, hogy le ne találják álomra hunyni a szemeiket.

Délután már nem tudta kiállni Timár neje néma tekintetét, ezt a titokrejtő, semmit el nem áruló arcot; azt mondta: dohányozni akar, s kiült a kalauz mellé a nyitott szakaszba. Azontúl mindig ott maradt.

Ha valahol megszálltak, volt mit hallgatnia Athalie-től a rossz utak, a rekkenő hőség, a számtalan sok légy, a nagy por s egyéb úti kellemetlenségek leckéjéből. A csárda ronda, az ételek csömörletesek, az ágyak kényelmetlenek, a bor ecetes, a víz szemetes, az emberarcok ijesztők, ő az egész úton halálos beteg, émelyeg, láza van, a feje majd szétszakad; hát még Timéának mit kell szenvednie, aki olyan ideges?

Ezt az egész úton kellett Timárnak hallani. De Timéától nem hallott egy panaszhangot.

Mikor hazaértek Komáromba, Zófi asszony azzal fogadta őket, hogy ő már megőszült az egyedüllétben. Pedig dehogy őszült meg; inkább nagyon jó dolga volt: egész nap járhatott házalni, pletykázni.

Timár olyan szorongást érzett, mikor házába lépett. Az az otthon vagy pokol, vagy mennyország. Most mindjárt meg fogja tudni, mit rejt ez a hallgató arc márványhidegsége alatt.

Mikor nejét szobájába kísérte, Timéa átadá neki íróasztala fiókjának kulcsát.

Azt már tudta Mihály, hogy Timéa a fiókot felnyitotta, hogy egy szerződést kikeressen iratai közül.

Az íróasztal egy régi művű bútordarab volt, melynek felső részét egy gömbölyű redőnyszerű födél zárta le, amit fel lehetett tolni, s ez alatt voltak a kisebb és nagyobb fiókok. A nagyobbakban álltak a szerződések, a kisebbekben az értékpapírok és ékszerek. Az egész szekrény mahagóni színre festett vasból készült, s zárának volt egy titka, mely abból állt, hogy a kulcsot jobbra is, balra is lehetett benne forgatni, nem nyitott, ha csak azt nem tudta a kezelő, hogy mely ponton kell a nyitást félbehagyni. Timéának meg volt magyarázva ez a fogás: ő tehát szabadon járhatott minden fiókba, s azokat nem volt mesterség kinyitni.

Timár nyugtalanul dobogó szívvel húzta ki ékszeres fiókját, melyben azok a drágaságok álltak, amiket nem volt tanácsos piacra vinni. Ilyen ékszereknek ismerőik vannak; egész tudomány az, melynek tanárai, tanítványai vannak, akik ráismernek a rendkívüliségekre: ez a kő, ez a kámea erről a helyről való! S aztán következik a kérdés: hogy jutottál hozzá? Azt a „megszerzőnek" csak a harmadik ivadéka veheti elő, akinek mindegy már, a nagyapja akárhogy jutott hozzá.

Ha Timéa kíváncsi volt e fiókot is kihúzni, akkor ő is meglátta az ékszereket. Ha meglátta, akkor egyre bizonyosan ráismert közülök: arra a gyémántos ékszerre, melybe az ő arcához annyira hasonló kép van foglalva. Az anyja képe lehet. És akkor tudni fog mindent.

Tudni fogja azt, hogy Timár az ő apjának kincseit megkapta. Akárhogy jutott hozzá, az nem volt igaz út. S e homályos, talán bűnös út vezette őt a mesés gazdagsághoz, mely által Timéa kezét megnyerte, játszva a nagylelkűt azzal szemközt, akit megfosztott.

Talán még rosszabbat is fog gondolni a valónál. Atyjának titokszerű halála, rejtélyes eltemetése még azt a gyanút is költheti lelkében, hogy itt is Timár keze működött.

És ha ily tudattal, ily gyanúval töltötte el lelkét, akkor mint jelent az az önfeláldozó hűség, az a szorgalom, az a féltékenység a férj hitelére, becsületére, amit Timéa tanúsít? Egy fennkölt léleknek mély megvetését egy porban csúszó ember irányában, kinek nevét viseli, akinek kezére esküdött, s esküjét megtartani, nevét megbecsülni büszke!

Ez elviselhetetlen volna a férjre nézve.

Bizonyosságot kellett magának szereznie efelől.

Még egy hazugságot kellett segítségül hívni.

Kivette fiókjából a gyémántkeretes arcképet, s átment vele Timéához.

- Kedves Timéa! - szólt Mihály, neje mellé leülve. - Én e hosszú idő alatt Törökországban jártam. Hogy mit tettem ott, azt majd megtudja ön később. Mikor Scutariban voltam, egy örmény ékszerész egy gyémántos foglalványú arcképpel kínált meg engem, mely nagyon hasonlít önhöz; én ezt az ékszert megszereztem, és elhoztam önnek.

Minden kockára volt téve.

Ha Timéa arca ez ékszer láttára is a régi hideg egykedvűségben marad, ha feddő, sötét szemei szárazon villannak az ékszerről a férj arcára vissza, akkor ez azt fogja olvashatni azokból: „Te nem vetted az ékszert Scutariban - itt hever az fiókodban régen; ki tudja, hol vetted? ki tudja, hol jártál; ki tudja, mely sötétség vesz téged körül?"

És akkor Timár el van veszve...

De nem az történt.

Amint Timéa meglátta azt az arcképet, egyszerre átváltozott az arca. Oly indulat, minőt nem lehet tettetni, de nem lehet eltitkolni sem, jelent meg márványvonásain; két kézzel kapott az arcképhez, s azt hévvel szorítá ajkaihoz, és mind a két szeme megtelt könnyel. Ez érzelem volt, mely elárulá magát. Timéa arca elkezdett *élni!*

Mihály meg volt mentve.

Timéa kebléből kitört a rég fojtva tartott érzelem, elkezdett hevesen zokogni.

Athalie belépett a mellékszobából a zokogásra; bámult; sohasem hallotta ő azt Timéától.

Ez pedig, amint meglátta azt a másik nőt, önfeledten, mint egy gyermek futott oda hozzá, és sírással, kacagással vegyült hangon mondá neki:

- Nézd, nézd! Az én anyám! Ez az én anyám... Ő megszerezte ezt nekem!

És azzal visszasietett Mihályhoz, s két karját annak nyaka körül fonva, forró hangon suttogá:

- Köszönöm... Óh! nagyon köszönöm.

És Timárnak úgy jött, mintha itt volna az idő, hogy ezt a hálarebegő ajkat megcsókolja, és aztán örökké csókolja.

Hanem a szívdobogás azt mondá neki; „Ne lopj!"

Most már rablás volna ez ajkról a csók. A „senki szigetén" történtek után.

Mást gondolt.

Visszament szobájába, s mindazon rejtett ékszereket, amik még fiókjában voltak, előszedte.

(Csodálatos egy asszony ez, hogy mikor kezében volt a kulcs, mely minden rejteket feltárt előtte, nem kutatott azokban; nem keresett fel mást, mint az iratot, melyre szüksége volt!)

Aztán mindazon ékszereket belerakta abba a vadásztáskába, melyet Levetincre érkeztében viselt. Azzal visszament nejéhez.

- Még nem mondtam el mindent! - szólt Timéához. - Ugyanott, ahol az arcképet találtam, fedeztem fel még ez ékszereket is. Mind megszereztem azokat az ön számára. Fogadja el tőlem.

És ezzel egyenkint ölébe rakta Timéának a szemvakító drágaságokat, miknek villogó halmaza egészen elborítá a hímzett köténykét. Ezeregyéjszakai tündérajándék volt az.

Athalie az irigységtől sápadtan állt ott, bosszúállásra szorított öklökkel. (Mindez az övé lehetett volna tán!) Timéa pedig elkomorult; arca ismét márványhideg lett, egykedvűen tekintett az ölébe halmozott drágakövekre: gyémántok, rubintok tüze nem melegítette azt fel!

NOÉMI

EGY ÚJ VENDÉG

A hosszú télszakot ismét az üzleti ügyek töltötték be. Legalább a gazdag üzérek úgy nevezik azt egymás között, hogy üzleti ügy.

Levetinczy úr kezdte magát beletalálni helyzetébe. A nagy vagyon igen jó álmokat ád. Sokat járt Bécsbe, s részt vett a nagy pénzemberek mulatságaiban. Sok jó példát látott maga előtt. Aki egyszer milliók ura, az megengedheti magának, hogy mikor az ékszerárusboltba megy újévi ajándékot vásárolni, egyszerre két darabot vegyen mindenből, mert két szívet kell az embernek megörvendeztetni: egyiket azét a nőét, aki otthon ül, a vendégeket elfogadja, mikor az uraság estélyt ád, máskor pedig a család bajával foglalkozik; a másikat pedig a másik nőét, aki táncol vagy énekel, de mindenesetre pompás hotelt, úri fogatot, ékszereket és csipkéket vesz igénybe. Timárnak volt szerencséje azokon az estélyeken is jelen lehetni, miket üzletbarátai, a pénzbárók odahaza adtak, hol komoly asszonyságok töltögetik a teát, s kérdezősködnek az embernek az otthon maradt családjáról; aztán meg azokon a másforma estélyeken is, hol igen szabadelvű hölgytársaság kitűnő kedvvel fogyasztja a pezsgőt, s hol a jó Timárt mindenki azzal faggatja, hogy hát neki van-e már valami ismerősnője az operaháztól?

A jó Timár elpiruló arccal fogadja e célzásokat, amin aztán mindenki kacag. Óh, dehogy! Levetinczy úr példánya az erényes férjeknek!, mond az egyik milliomos komoly arccal. És méltán, mond a másik, oly szép és szellemdús neje van, amilyen nincs egész Bécsben, könnyű neki hű férjnek lenni. Fösvény biz az, mondja a harmadik a háta mögött; borsózik a háta attól, ha felszámítja, micsoda pénzbe kerül egy ilyen selyem- és csipkefogyasztó szép állat a földön. Némelyek azután összesúgnak, s tovább adják a titkot, hogy Timár azon szerencsétlen férfiak közé tartozik, akiknek a szíve hidegen marad: tegye őt bárki próbára. Tesznek is vele kísérletet szép és szellemdús hölgyek, kiknek tudomány és művészet a hódítás; de Timáron nem fog a csáb; meg nem hódol semmi bájnak. Érzéketlen marad.

- Példánya a hű férjeknek! - kiáltják róla magasztalói. - Élhetetlen ember! - dörmögik ócsárlói.

Ő pedig hallgat, és - Noémira gondol.

Milyen hosszú idő: hat hónapig nem látni őtet! És mindennap róla gondolkodni. És mindabból, amit róla gondol, senkinek egy szót el nem mondhatni.

242

Gyakran azon kapja rajta magát, hogy szinte elárulta, miről gondolkozik. Mikor ebédnél ül odahaza, az a szó akar kiszaladni a száján: nézd, éppen ilyen almák teremnek a szigeten, hol Noémi lakik. Mikor Timéa szemei elárulják, hogy főfájásban szenved, azt akarja neki mondani: lásd, Noémi főfájása elmúlt, ha kezemet homlokára tettem, s mikor Timéa kedvencét, a kis fehér cicát meglátja, szinte megszólítja: ah, Narcissza, hol hagytad asszonyodat?

Pedig nagyon vigyáznia kell magára: van egy lény a házánál, aki nemcsak Timéát kísérte figyelemmel, hanem őt is.

Athalie előtt nem maradhat észrevétlen az, hogy Timár, amióta visszaérkezett, nem olyan búskomor, mint azelőtt volt. Mindenkinek feltűnik, hogy milyen jó színben van. Ennek valami titkának kell lenni. És Athalie nem tűrheti azt, hogy valaki boldog legyen ennél a háznál. Hol lopta azt a boldogságot? Mért nem szenved úgy, ahogy ő akarná?

Az üzlet igen jól megy. Új év első havában megérkezik a tudósítás a tengerentúlról. Az elküldött lisztszállítmány szerencsésen megérkezett, és most már a siker tökéletes. A magyar liszt annyira kivívta magának a jó hírnevet Dél-Amerikában, hogy most még a benn termelt lisztet is magyar liszt cége alatt árulják. A brazíliai osztrák konzul is sietett e fontos vívmányról értesíteni kormányát, mely által a külkereskedelem egy igen fontos kiviteli cikkel gyarapodott. Ennek a következése megint az lett, hogy Timár megkapta a királyi tanácsosi címet, és egyúttal a Szent István-rend kiskeresztjét, a kereskedelmi és nemzetgazdászati téren hazájának tett szolgálatokért.

Hogy nevetett az a gúnyolódó démon ott belül, mikor az érdemkeresztet mellére akaszták, s „nagyságos úr"-nak szólíták: „te ezt két asszonynak köszönheted: Noéminek és Timéának!"

No de mindegy! a bíbort is úgy találták fel, hogy egy szerelmes pásztor kedvesének kiskutyája megette a bíborcsigát, s azzal veresre festette az állát, azért mégis világhírű árucikk lett a bíbor.

Most aztán már Komáromban is igen nagyra becsülték Levetinczy urat. Gazdagnak lenni még nem elég. Hanem ha valaki királyi tanácsos, már akkor nem tagadhatjuk meg tőle hódolatunkat.

Mindenki sietett hozzá gratulálni: tisztviselők, céhek, magisztrátus, presbyterium, papi méltóságok. Ő fogadta mindazokat kegyes alázatossággal.

Eljött hozzá üdvözölni Fabula János uram is mint a hajóscéh szónoka. Rangjához illő díszben jelent meg, sötétkék selyemposztó kurta dolmány volt rajta, azon három sor dió nagyságú, csiga alakú ezüstgomb, s egyik vállától a másikig érő tenyérnyi széles ezüstlánc verte mellét, melynek közepén az összefoglaló nagy medaillonra Julius Caesar mellképét verte ki a komáromi ezüstműves. A küldöttség többi tagja is mind hasonlóul voltak öltözve. A komáromi hajósok ezüstben jártak akkor. A felköszöntőket szokás szerint ott marasztották ebédre is. Fabula uramat is e nagy megtiszteltetés érte.

Fabula uram igen őszinte, egyenes lelkű ember volt. Amint a bor feloldotta a nyelvét, nem állhatá meg, hogy el ne mondja a nagyságos asszonynak, hogy biz ő, mikor legelőször látta mint kisasszonyt, sohase hitte volna, hogy ilyen derék asszonyság váljék belőle, s még valaha Levetinczy úr neje legyen. Sőt inkább rettegett tőle. S íme, milyen csodálatos az isteni gondviselés, s milyen véges az emberi elme! Hogy jóra fordult minden! Milyen boldogság van a háznál! Csak már még a mennyei gondviselés azoknak a fohászkodásait is meghallgatná, akik a véghetetlen jóságú Levetinczy úrra azt a legnagyobb boldogságot imádkozzák alá az égből, hogy számára valami új vendéget küldjön alá az égből, egy kis angyalka képében!

Timár ijedten takarta le tenyerével a poharát. Ha ez a bor olyan bor, amitől az ember mindent kibeszél, amit elgondolt: akkor ő egy cseppet se igyék abból! Valami villámlott a lelkén keresztül.

„Egy ilyen imádság nem várt meghallgattatást is nyerhetne!"

Fabula uram pedig nem találta elégnek a jó kívánságot, még gyakorlati tanácsokat is óhajtott hozzá adni.

- Hja bizony, a nagyságos úr nagyon sokat strapacírozza magát. Az nem ér semmit. Az ember csak egyszer él, és aztán minek él? Én bizony nem hagynék el olyan hosszú időre egy ilyen gyönyörű szép, finom feleséget. Hanem hát ki tehet róla, hogy a nagyságos úrnak tűz van a sarkában? Mindig valami új dolgon töri a fejét, s mindenütt maga szeret ott lenni. Azért is van igaz láttatja mindennek, amit megindít. Már ki jött volna arra a gondolatra, hogy Brazíliába lisztet küldjön Magyarországról? Én bizony megvallom az igazat, mikor azt meghallottam, már engedelmet kérek a gorombaságért, de csak kimondom, azt mondtam magamban: de már megbolondult ez a mi urunk, hogy lisztet küld a föld túlsó oldalára; hiszen mind csiriz lesz abból odáig; aholott pedig erdőszámra terem a kenyér a nagy fákon, a kis fákon persze zsemlye. S ihol van ni! Micsoda dicsőség lett belőle! Hanem hát persze, aminek az ember maga lát utána!

De ez már olyan önkénytelen irónia volt Mihály számára, hogy nem hagyhatta szó nélkül.

- Akkor az asszonyt illeti meg minden magasztalás, édes Jánosom, mert bizonnyal ő látott az egész üzlet után.

- Megtisztelem és elismerem őnagysága méltó virtusait - monda János -, de már megkövetem a nagyságos urat, én is tudom, amit tudok. Én tudom jól, hogy a nagyságos úr hol volt az egész nyáron azalatt, amíg nem láttuk.

Mihálynak egyszerre a körmei hegyéig nyilallt az ijedség. Tudná ez az ember, hogy ő hol volt? Az rettenetes volna!

János fél szemével hamisan hunyorgatva nézett feléje fölemelt pohara szélén át.

- Nos, hát megmondjam a nagyságos asszonynak, hogy hol volt a nyáron a nagyságos úr? Eláruljam?

Timár ájító zsibbadást érzett minden tagjában. Athalie szemei oda voltak szegődve arcához, annak egy vonásával nem volt szabad elárulnia, hogy őt az ittas fecsegő szavai zavarba hozták.

- Hát mondja meg, hol voltam, János! - szólt teljes nyugalmat erőszakolva.

- Hát megmondom, s bevádolom a nagyságos asszony előtt! - kiálta Fabula János, letéve a poharat az asztalra. - Megszökött a nagyságos úr tőlünk, nem szólt senkinek semmit. Titokban hajóra ült, s átkelt Brazíliába! - Igenis; maga járta meg Amerikát, maga hagyott ott mindent rendben. Azért megy a dolog olyan jól.

Timár nagyot lélegzett.

- Nagy bolond maga, János barátom! Kérem Athalie, adjon Fabula úrnak feketekávét.

- De úgy van az, ahogy én mondom! - erősködék János -, tudom én, amit tudok. Kitaláltam én ezt, akármilyen titokban volt főzve. A nagyságos úr megjárta Brazíliát, háromezer mérföldet tett a tengeren. Hány tengeri vihart állt ki! Mennyi emberevő vademberrel harcolt, azt csak az Isten tudná elmondani! De mi mindnyájan tudjuk ezt jól. Én nem bánom. Elárultam a nagyságos asszonynak a nagyságos urat, mármost büntesse meg a dezentort, és máskor ne engedje neki, hogy akkora vargabetűt tegyen az átlanti óceánuson.

Timár a két nő arcára nézett. Timéa vonásai az őszinte ijedséget és bámulatot tanúsítják; Athalie arca a bosszús elízetlenedést árulá el. Ezek éppúgy elhitték Fabula uram meséjét, mint ahogy ő maga szentül hitte azt, és a fejét merte volna rátenni, hogy igaz.

Ekkor aztán Timár is mosolygott a meséhez, titokrejtegető arccal.

Most aztán már ő hazudott, nem Fabula János.

Az arany embernek hazudni kellett, mindig hazudni.

Timárnak jó segítségére jött Fabula uramnak ez a meséje. Szokása a magyar köznépnek a maga nagy embereiről, akiket oka volt bámulni, mintha nem elégelné meg a bámulat rendes okait, még meséket is költeni, amiket a kigondoló maga is elhisz, s végül a közhit a valószínűség vonalára emel.

Már ezentúlra volt Timárnak ürügye a titokteljes eltűnésre; s ha ez elrejtőzés alatti idejéről netaláni kérdezősködésekre olynemű ámításokkal áll majd elő, amiknek valótlansága kiderülhet, mindenki oda fogja magyarázni titkolózását, hogy a kegyes hazugságok egy gyöngédséget takarnak el: nem akarja Timéát búsítani azzal, hogy ő oly veszélyes útra vállalkozik, minő a gőzhajózás első korszakában volt még az Amerikába átrándulás.

A mesét lehetett olyan valószínűvé tenni, hogy még Athalie is higgyen benne.

Senkit jobban meg nem csalt Timár, mint Athalie-t.

Ez a nő ismerte a női szívet. Tudta jól, hogy Timéa mit érez, mivel küzd ott belül. És folyton figyelte e lélekharc fejlődéseit. A nő ezzel a fájó szívvel elbujdosik annak a közeléből, aki miatt a szíve fáj, olyan helyre, ahol egy rokonszenves alak nincs körülötte, ahol nincs minek örülni, ahol nem ébreszti fel semmi a szenvedélyt, az alföldi pusztára. Ott rideg számvető könyvek közé temeti kedélyét, száraz üzlettel öli el érzelmeit; olyan munkába fog, mely minden szenvedélyt leront, a pénzszerzésbe. Így tesz a nő, hogy szerencsétlen szenvedélyét elkábítsa.

Ha a nő képes erre, hogyne tenne hasonlót a férfi? Nem sokkal inkább illik-e ahhoz, hogy fájó szívével ő is egy másik pusztára menjen, a tengerre - s ő is a pénzszerzés jégvermébe temesse el mindazt, ami lelkének meleget ád?

Hogy jöhetett volna Athalie arra a vakmerő gondolatra, hogy éppen a férfi volt az, ki szíve halálos betegségének már gyógyszerére talált, s mikor itthon nincs, akkor boldog.

Mit adott volna érte Athalie, ha ezt a titkot tudhatta volna!

Hanem hát a senki szigete körüli nádas nem beszél, mint Midás király borbélyának nádja.

Athalie-t a sárga irigység epeszté, mikor e megoldhatlan talányon évődött.

Timár és Timéa otthon is a világpéldányai voltak a boldog házastársaknak.

Timár kincseket érő drága ékszerekkel halmozta el Timéát, és Timéa felrakta azokat, mikor a világ előtt megjelentek; akart ragyogni velük.

Mi hirdetheti fényesebben a férj szerelmét, mint a nő gyémántjai?

Athalie elmerengett rajta.

Vajon valóban azon emberek közé tartoznának Timár és Timéa, akiknél abból áll a szerelem, hogy gyémántokat adnak, s azokat elfogadják? Vagy vannak emberek a világon, akik tudnak nem szeretni s mégis boldogok lenni?

Athalie még folyvást Timéára gyanakodott, és nem Timárra.

Timár pedig alig várta már, hogy a tél elmúljék, s nyíljék a tavasz.

No természetesen, hogy a malmok ismét megkezdhessék működésüket; hisz az üzlet emberének mindig ezen jár az esze.

A lisztüzlet az első évi siker után még nagyobb erővel lesz folytatva.

Hanem ez évben már rábeszélte Mihály Timéát, hogy ne rontsa az egészségét az üzlet vezetésével; azt majd ügynökeire fogja bízni, Timéa pedig menjen el a nyári idény alatt valami tengeri fürdőbe, ahol idegbántalmai enyhülni fognak.

Hát ő hova megy? azt nem kérdezte tőle senki. Hihető volt, hogy ismét átmegy Dél-Amerikába, s ismét valami olyan kegyes hazugságot fog mondani, hogy Egyiptomban vagy Oroszországban volt.

Ő pedig sietett le az Al-Dunára.

Amint a nyárfák hímvirágai fakadni kezdtek, már nem volt otthon maradása; a csábító kép minden álmát betöltötte, minden gondolatját fogva tartá.

Meg sem pihent Levetincen, ügynökének, tiszttartójának adott olyan általános utasításokat, amik felől azok tehettek, amit akartak. Éjszakára lement Golovácra, hol érdemrend díszítette esperesje lakott; ahhoz szállásolta be magát.

Késő este érkezett meg az esperes lakához; a konyhán keresztül ment be hozzá; a konyhában a pattogó tűz mellett csinos fiatal hölgyalak sütött-főzött, a szobában pedig, hol a kalugyert egyedül találta, két teríték volt föltéve az asztalra.

A tisztelendő úr nagyon barátságosan fogadta úri vendégét, s sietett neki legelőször is az érdemrendéhez gratulálni; azután engedelmet kért tőle, hogy kinézhessen a konyhába, s érdemes vendége kedveért intézkedéseket tehessen.

- Mert „mi" különben igen takarékosan élünk.

- „Mi?" - kérdezé Timár tréfásan.

- Ej, ej, ej, ej, ej! - monda a kalugyer, megfenyegetve ujjával vendégét. Ne légy hát olyan gonosz ember.

A házigazda megtette intézkedéseit, visszajött; hozott jóféle szerémi bort vendégének, s addig is, míg a vacsora elkészül, biztatta a kvaterkázásra.

De csak minden kvaterkánál újból megfenyegette őt az ujjával, mintha valami arcáról leolvasott gondolatáért feddené meg.

- Hej, hej, hej; ilyen rossz a világ! Mindjárt szót tesznek mindenért. Pedig hát az ember csak ember! Az ember nem tuskó, nem kődarab, nem kapubálvány.

Timár menté magát, hogy ő egy szóval sem állította az ellenkezőt.

De a házigazda csak egyre csóválta a fejét; s mentül többet ivott, pedig a jó vacsora közben nagyon sokat ivott, annál beszédesebb lett.

A jó, ízletes vacsorát a csinos fiatal hölgy hordogatá fel, s valahányszor Timár rápillantott, a házigazda mindannyiszor megfenyegeté, és azt mondá, hogy rossz a világ.

- Pedig hát mutassa meg énnekem valaki a bibliából, hogy a rossz világnak igaza van.

Timár egy püspökségért sem vállalkozott volna rá, hogy azt kimutassa.

- Nem volt-e Ábrahám a legkegyesebb és tiszteletreméltóbb patriarcha a világon? Nem volt-e az ő Sárájának hűséges férje? No mondd! És mégis ismerjük Hágár történetét, ugyebár? No már pedig csak Ábrahám szent ember volt.

Mihály is bizonyítá, hogy az volt.

- Vagy vegyük Jákób patriarchát. Először elveszi Leát, akkor beleszeret Rachelbe, azt is feleségül veszi, s kinek jutott valaha eszébe őt bigámiáért beperelni? Menjünk tovább! Lássuk Szent Dávid királyt. Hány felesége volt neki? Hat. Mind egyszerre. Az sem volt neki elég; elválasztotta Mikhált Paltieltől, még azt is elvette; beleszeretett Bethsabéba, akinek már férje volt, Uriás, ezt megölette, az asszonyt elvette! s mind succedált neki! Pedig hát százötven zsoltáron keresztül énekli, hogy ő milyen szent ember! Hát még bölcs Salamon! Az meg éppen négyszáz feleséget tartott. Hát aztán ki kívánhatja azt, hogy valaki bölcsebb legyen bölcs Salamonnál, és szentebb legyen Szent Dávidnál?

A jószívű kalugyer éppen nem sejtette azt, hogy ő most útleveleket oszt vendégének, amikkel az - átúszhatja a Dunát.

Timár csak félnapi járásra volt már Noémihoz.

Fél éve múlt, hogy nem látta őt.

Minden gondolatja el volt telve a viszonttalálkozás képzelmeivel. Égő vágyak üldözték ébren és álmában.

Alig várta, hogy megvirradjon, felkelt már szürkületkor, fegyverét, vadásztáskáját vállára vetette, nem várta meg, míg vendégszerető gazdája felébred; elhagyta a paplakot búcsúzatlanul, s sietett a Duna-parti pagony felé.

Az nagyon jó munka a Dunától, hogy ezt a pagonyt úgy szélesíti évről évre, messze hagyva régi partját; mert ezáltal az elhagyott parttal együtt a huszonöt év előtt odaépített határőrkunyhók is hátul maradtak. Az olyan ember, aki útlevél nélkül akar a Dunán átkelni, az új ligetben barátságos neutrális államra talál.

Timár előreküldé új sandolinját az ismerős halászkunyhóig, ahová gyalog szokott leballagni; ott megtalálta azt, s aztán mint szoká, egyedül megindult a nádas felé.

A sandolin, mint a viza, úgy sikamlott a víz fölött, s ha oly gyorsan röpült, az nem a sandolin hibája volt.

Aprilban járt az idő, tavasz volt már, a fák zöldültek, virágoztak az Osztrova-szigeten. Annál jobban megdöbbenté Mihályt az a látvány, mely az Osztrova-szigeten túl közeledett felé. A senki szigete úgy tetszett, mintha nem volna zöld; mintha le volna égve.

Mentül jobban közeledett felé, annál világosabban láthatta. A sziget északi oldalán rőtbarna volt minden fa.

A sandolin sietve nyomult a nádason keresztül; mikor a parthoz ért, akkor világosan látta Mihály, hogy ott egy egész hosszú facsoport ki van száradva. A diófák azok; éppen Teréza asszony kedvencei. Egytül egyig kiszáradva mind.

Mihályt lehangolta e látvány. Tavaly ilyenkor virágzó erdő, rózsaberek fogadta itten, most egy kiszáradt erdő. Ez baljós jel!

Megindult a sziget belseje felé, s várta az üdvözlő kutyaugatást. Semmi nesz nem volt.

Aggó kedéllyel bandukolt előre. Az utak el voltak hanyagolva, tele őszi hullott lombbal, s úgy tetszett, mintha madár sem szólna már a szigeten.

Mikor a kunyhó közelébe érkezett, szorongó érzés fogta el szívét. Mi történt az itt lakókkal? Őfelőle történhetett velük akármi. Meg is halhattak, temetetlen is maradhattak; neki fél évig másutt volt dolga; országos ügyeket végezni, szép feleségével ragyogni, pénzt halmozni. A szigetlakókat őrizte addig az ég, ha tetszett őriznie.

Amint a tornác alá lépett, kinyílt az ajtó, s kijött rajta Teréza asszony.

Első tekintete komor volt, ijedség látszott rajta, azután valami keserű mosoly jelent meg arcán.

- Ah! megérkezett ön már? - monda Mihálynak, és eléje sietett kezét megszorítani. S még azután ő kérdezé, hogy miért hozza magával ezt a komor arcot.

- Nincs semmi baj? - sietett viszont Timár kérdezni.

- Semmi sincs! - szólt jámbor mosolygással Teréza.

- Olyan rosszul esett, mikor azokat a kiszáradt diófákat megláttam! - szólt Mihály, hogy komorságát igazolja.

- A tavalyi nyári árvíz ölte ki őket - felelt Teréza -, a diófa attól elvész.

- Hát önök jól vannak mind a ketten? - kérdezé Mihály nyugtalanul.

Teréza szelíden felelt:

- Mi jól vagyunk - mind a hárman.

- Micsoda?

Teréza mosolygott, sóhajtott, és ismét mosolygott. Aztán Mihály vállára tette kezét, s azt mondá neki:

- Egy szegény csempésznek a felesége itt betegedett le nálunk. A nő meghalt, a gyermek itt maradt. Ez a harmadik.

Timár rohant be a házba.

A szoba hátuljában volt egy vesszőből font bölcső, amellett ült az egyik oldalon Almira, a másikon Noémi. Noémi ringatta a bölcsőt, és megvárta, hogy Timár odasiessen.

A bölcsőben feküdt egy kisgyermek; két arca oly piros, hogy cseresznyeajkait középen összecsücsöríti; alszik, de csak félig behunyt szemmel, két kis kezét arcához emelve.

Mihály mint a megbűvölt, állt meg a bölcső előtt. Noémire tekintett; talányoldás volt nézésében, s a talány Noémi arca volt. Valami édes boldogság, valami mennyei öröm látszott ez arcon, felmagasztalva egymással kibékült szeméremtől és szerelemtől. Mosolygott, és lesüté szemeit.

Mihály azt hitte, hogy most mindjárt megőrül.

Teréza karjára tette kezét.

- Nos, nem haragszik ön érte, hogy a szegény csempésznő árváját felfogadtuk? Az Isten küldte őt nekünk.

Hogy haragszik-e érte? De leveté magát a földre; odatérdelt a bölcső mellé; átkarolta azt mind a két karjával, s bölcsőstől együtt szorítá magához a benne lakót, s elkezdett hevesen sírni, zokogni, ahogy csak egy férfi könnye omolhat, aki egy tengerét tartogatta szívében a fájdalomnak, s az most egyszerre gátját törte! És ahol érte, összecsókolá az ég küldte jövevényt; kis kezeit, kis lábait; ruhácskája szegleteit, két piros orcáját. A gyermek angyaltorzképet csinált a csókok miatt, de nem akart fölébredni; egyszer aztán mégis felnyitá szemeit, nagy kék szemeit, s akkor egy percig odabámult a férfi szemei közé, mintha azt mondaná: „hogy kérdez tőlem ez ember valamit!", aztán egyet kacagott, nagyot kiáltva; tán azt mondá: „ugyan mit kérded azt?", s aztán megint lehunyta a szemeit, s aludt tovább, és mosolygott tovább, és nem bánta a zápor csókokat arcán.

Teréza nevetve mondá:

- Szegény csempésznő árvája! Még ez sem hitte volna ezt!

És aztán félrefordult a szemeit törülni.

- Nos, hát énnekem már nem is jut? - szólt Noémi boldog neheszteléssel.

Mihály a térdein csúszott oda hozzá. Nem szólt neki semmit, csak a kezét szorítá ajkához, és arcát odanyugtatá ölébe, és hallgatott.

Olyan hosszan hallgatott, amint a gyermek aludt.

Mikor aztán fölébredt a kis lélek, elkezdett a maga nyelvén beszélni. Biz azt sírásnak nevezik. Szerencse, hogy vannak, akik megértik azt a beszédet is.

Megéhezett.

Akkor aztán azt mondta Noémi Mihálynak, hogy most már menjen ki a szobából, mert neki nem szabad megtudnia, hogy a szegény csempésznő árvája mivel él.

Mihály kiment a ház elé. Egész lelke el volt kábulva a mámortól. Egy új csillagzatban képzelte magát, ahonnan az ember, mint egy idegen világgömböt, látja maga alatt az elhagyott földet.

Mindaz, amije ezen a földgömbön volt, ott van már elhagyva, s nem is érzi már a szédületet, mely őt oda visszavonja.

Az az egész kör, melyben eddig életpályája forgott, ki van ütve a sarkából; más központ ragadta azt magához.

Új cél, új élet áll előtte; - csak azt az egyet nem tudja, hogy lehetne a régi világból kihalni. Egy más világba átjutni, mielőtt ezt az élő földet elhagyta volna; egyszerre két külön planétán lakni, feljárni a földről az égbe, s az égből visszajárni a földre, ott angyalokkal édelegni, emitt pénzt számlálni. Ah! ez nem emberi idegek számára való feladat.

Ebben meg kell tébolyodni!

A kisgyermeket nemhiába nevezik angyalkának. „Angelosz" eredetiben azt teszi, hogy „küldött". Egy más világ küldötte az. Egy más világé, melynek ismeretlen delejes hatása sugárzik a gyermekarcból, gyermekszemből, azokra, akikhez küldve lett. A gyermekek szemében van néha bizonyos kék sugárzat, amely bűvölő erővel bír; mely beszélni tud; s azt a színt elveszti a szem, mikor beszélni megtanult az ajk; ez a sajátszerű kék szivárvány csak a gyermekszemekben észlelhető.

Óh! mennyi hosszú órán át elbámulta e kék szivárványokat Mihály, mikor a gyermeket a fűbe leterített kecskebőrre lefektetve maga is odaheveredett mellé, s nézte annak első játékait, leszakított neki egy-egy virágot, ami után esengett: „nesze: virág!", s aztán volt dolga, míg visszakönyöröghette tőle; mert a gyermek mindent a szájába akar tenni, amit megszeret. És találgatta az első szótagokat, amiket az új ember ajka kimond, mit jelentenek azok? És hagyta neki a bajuszát tépni. És dalolta neki a dajkaéneket, mikor elaltatá.

Egészen mást érzett Noémi iránt most, mint mikor idejött.

Ennek az érzelemnek nem voltak vágyai, csak boldogsága. A szenvedély hevét valami édes, hűs nyugalom váltotta fel. Olyan az, mint a láz után a meggyógyulás gyönyörérzete.

Maga Noémi is egészen megváltozott, mióta legutóbb látta. Más kifejezése volt arcán a gyöngédségnek, a vonzalomnak; valami türelmes szelídség volt kedélyében, amit nem lehet sem eltanulni, sem eltagadni; valami méltóság, mely a szemérmes tartózkodással párosul, s a nőt mint egy tiszteletet parancsoló bűvkör sugározza körül.

Timár nem tudott betelni örömével. Napok kellettek neki hozzá, míg elhitte, hogy ez nem álom. Hogy ez a kis kunyhó, félig fából, félig sárból, és benne az a mosolygó nő azzal a gagyogó angyalkával ölében, mind valóság és nem álom!

És azután gondolkozott róla, hogy mi lesz ebből.

Körüljárta az egész szigetet, és töprengett magában a jövendő felől.

„Mit adhatsz te ennek a gyermeknek? - Sok pénzt? - A pénzt itt nem ismerik. - Nagy földeket, uradalmakat? - Ehhez a szigethez semmi földet nem toldhatsz hozzá. - Elviszed magaddal, nagy urat, nevezetes embert fogsz belőle neveltetni? - De nem adják oda ezek a nők. - Őket is elviszed magaddal? - Ha mennének, sem tehetnéd. - Hisz akkor megtudnák, hogy ki vagy, s megvetnének érte. - Ezek csak itt lehetnek boldogok; ez a gyermek csak itt járhat fölemelt fővel, ahol senki sem kérdi a nevét.

A nők egy nevet adtak neki: Adeodat (Istenadta), több neve nincs. Hát te mit adsz neki?"

Egy nap, mikor így töprengve járt céltalan bolyongással a szigeten, bozóton, vadvirágon keresztülgázolva, egyszer egy olyan helyre jutott, ahol a targally recsegett léptei alatt. Körülnézett. A kiszáradt diófák szomorú erdejében találta magát. A szép nemes szálfák meg voltak halva, s a tavasz egyetlen lombot nem hozott ágaikra; azok száraz hulladékkal lepték el a földet.

Mihálynak egy eszméje támadt a halott fák sírkertjében.

Rögtön sietett vissza a kunyhóhoz.

- Teréza, megvannak-e még az ácsszerszámok, amiket a házépítéshez használtatok?

- Itt vannak a kamrában.

- Add elő. Egyet gondoltam. Kivágom a kiszáradt diófákat; és azokból építek egy szép házat Dódi számára.

Teréza bámulva csapta össze a kezeit; Noémi pedig azzal felelt, hogy összecsókolta a kis Dódi arcát, mintha mondaná neki: „Hallod ezt?"

Mihály Teréza arcán a bámulat kifejezését csendes kétkedésnek magyarázta.

- Igen, igen! - erősíté szavait - magam egyes-egyedül fogom ezt a házat felépíteni, senki segítsége nélkül; ahogy a székelyek, az oláhok építenek szép tölgyfákból olyan házakat, mint egy skatulya; a miénk diófából lesz; fejedelmi kastély; az utolsó szeget is magam fogom készíteni, s az lesz majd a Dódi háza, ha megnő.

Teréza csak mosolygott.

- Jól van, Mihály, jól van; hiszen én is próbáltam kunyhót rakni egyedül, mint a fecske. Magam vertem össze a falat sárból; magam tetőztem be náddal; hanem már az ácsmunka nem egy embernek való: tudja, hogy az öreg fűrésznek két nyele van, azzal ön egymaga nem tud bánni.

- Hát nem vagyunk-e hozzá ketten? - kiálta föl hévvel Noémi. - Hát nem segíthetek-e én neki? Azt hiszitek, hogy nekem nincs erős karom?

S azzal feltűrte inge ujját egész vállig, hogy karjával eldicsekedhessék. Szép, gömbölyű Diána-kar volt az, domború, idegteljes izmokkal.

Mihály végigcsókolta azt vállától körme hegyéig, s aztán azt mondta, hogy „jó lesz".

- Óh! mi együtt fogunk dolgozni - monda Noémi, kinek eleven képzelme egyszerre megragadta a Mihálytól adott eszmét. Noémi lelkében Mihály gondolatja egyszerre megfogamzott. - Kimegyünk majd együtt az erdőre; a kis Dódinak csinálunk függőágyat egy fa ágára; egész nap fogunk dolgozni, te, anyám, kihozod utánunk szilkében az ebédet, s ott eszünk a faragott fára leülve egy szilkéből. Milyen jól fog az esni!

És úgy lett.

Mihály rögtön vette a fejszét, s ment ki a diósba, s hozzákezdett a munkához. Mire egy diófát ledöntött, s azt az ágaitól letisztogatta, csupa hólyag lett tőle a tenyere. Noémi azzal vigasztalta, hogy az asszonyoknak sohasem törik fel a tenyerük.

Amint aztán három fa le volt vágva, hogy egyiket a más kettőre lehetett tenni, akkor már szüksége volt Noémi segítségére. Noémi nem vette tréfára, amit ígért. Hozzálátott a nehéz dologhoz; karcsú termetében el nem pazarolt erő volt és kitartó szívósság. A nagy fűrészt olyan ügyesen tartotta, mintha tanították volna rá.

Mihály megérte hát, hogy megtanulja, mi sorsa van a favágónak és a favágónénak, akik korán reggel egymásnak segítenek a fát fűrészelni, s mikor a nap delel, akkor kihozzák számukra a szilkében az ételt; a fatörzsre egymás mellé telepednek, a drága jó bablevest az utolsó cseppig elköltik; egy közös korsóból jó friss vizet isznak utána, aztán egy órai pihenést engednek maguknak; a favágóné letelepedik a puha forgácshalomra, a favágó végigheveredik a földön, a favágóné letakarja a férj arcát kötényével, hogy a legyek ne háborgassák, amíg alszik, s addig ölébe veszi a kisgyermeket, s mindenféle csodadolgot elkövet vele, mivel kieszközli nála, hogy ne sírjon addig, míg a favágó szunnyad...

S este együtt mennek haza; a favágó viszi a vállán a szerszámjait, a favágóné viszi a gyermeket az ölében haza. Otthon már lobog a tűz a konyhában, a rántásszag messziről üdvözli őket. A gyermeket lefektetik, a napszámosné előkeresi a favágó pipáját, tüzet is hoz rá a konyhából; mikor a gőzölgő tálat behozzák, mellé ülnek, fenekéig iparkodnak, hogy jó idő legyen holnap, s aztán elbeszélik egymásnak, hogy mit csinált ma egész nap a gyerek.

S aztán - nem kérdezik egymástól, hogy „szeretsz-e?".

Mihály belejött lassanként a diófa gerendák kifaragásába. Jól szolgált kezében az ácsszekerce.

Noémi bámulta ezt nagyon.

- Ugyan Mihály - kérdé egyszer -, mondd meg nekem, nem voltál te valamikor ácslegény?

- De az voltam, mégpedig hajóács.

- S ugyan mondd meg, hogyan lett belőled ilyen nagy úr, hogy nyaratszaka elmaradhatsz a munkádtól, s úgy töltöd az időt másutt? Mert most a magad ura vagy, ugye? Nem parancsol veled senki?

- Majd elmesélem azt neked egyszer! - monda rá Mihály. De nem mesélte el neki aztán, hogy mi módon lett őbelőle olyan nagy úr, hogy itt most fát fűrészelhet hétszámra.

Mesélt Noéminek tapasztalatteljes utazásairól szerteszét a világban; de odáig nem ment a mesemondásban soha, hogy saját magáról beszélt volna neki valamit. Elütötte a sürgetőbb kíváncsiságot azzal, hogy a dologhoz látott, s ha egyszer lefeküdt, akkor nem lehetett őt kikérdezni, ahogy asszonyszokás, a menekülni nem tudót ilyenkor kérdőre vonni. Szerencsére a férfinak is adott a Gondviselés ez ellen védelmet, azt, hogy ha lefeküdt, elalszik, s nem hagyja magát kivallatni.

Timár a hosszú idő alatt, amit a névtelen szigeten töltött, lassankint rájött, hogy az még sincsen annyira elrejtve az emberek elől, hogy senki se tudna róla.

Egy egész osztálya a társadalomnak ismeri annak létezését; de az nem fedezi azt fel a világnak.

Ez osztály a civilizáció vadembereinek osztálya.

Status extra statum!

Melynek határainál elszakadnak a társadalom törvényeinek, az egyház szabályainak fonalai.

Lakhelyük a két országnak egymástól elzárt határa, Magyarország és Szerbia végvidéke. Kedvező tér. Egy szabályozatlan ősfolyam, bozótos szigeteivel, annak a két partja nagy messzeségben ős rengeteggel szegélyezve, melynek törzsei a folyam medrébe düledeznek. Szabad átjárás, csinált országút csak nagy távolban egymástól; a falvak messze elszórva, semmi nagyváros a közelben. A felszínen katonai fegyelem, a fenéken ős szabadság. A lakosság feladata érthetetlen; egy intézmény, melynek indoka századok óta elmúlt: a határ őrzése. Ki ellen? Az ellenség, a török rég messze tűnt már onnan. Most aztán csak a határvámnak szolgál még a fegyver. Azért aztán a csempészet valódi polgári életmódot képez. Van saját rendszere, iskolája, titkos kormánya: állam az államon kívül.

Timárt gyakran meglepé, hogy egy-egy csónakot, dereglyét talált a sziget fűzfabokrai menedékében kikötve, amit senki sem őrzött. Ha fél nap múlva visszakerült arra a helyre, a jármű már nem volt ott. Máskor egész málha csomagokra bukkant a rekettye között; azok is eltűntek, mire más ízben oda visszatévedt. De mindazok a rejtélyes emberek, akik e szigetet pihenőül választották, szándékosan kerülni látszottak a kunyhó környékét. Jöttek és mentek, anélkül, hogy ösvényt tapostak volna a fűben.

De voltak mégis bizonyos esetek, amikor ellátogattak a kunyhóhoz. Olyankor egyenesen Terézát keresték.

Mikor Almira jelt adott, hogy idegen közelít, olyankor Timár félbehagyta a munkát, sietett a kunyhóhoz, bevonult a belső szobába: idegennek nem volt szabad őt meglátni. Szakállt növelt ugyan, mi arcát elváltoztatá, de mégis jöhetett volna valaki, ki őt már látta a világban.

A társadalom vademberei olyankor látogatták meg Terézát, mikor valami bajuk volt.

Ezek az emberek gyakran járnak olyan helyeken, ahol sebeket lehet kapni: gonosz, mély, fegyver ejtette sebeket. Azokkal nem mehetnek az ezredorvosokhoz, mert vallatás lenne a vége. A sziget asszonya pedig ért azokhoz a szerekhez, amik sebeket gyógyítanak, össze tudja illeszteni a törött csontokat, a tátongó sebeket, s ad rájuk hegesztő írt. Azon a vidéken, kivált a török oldalon, nagyon uralkodnak a rosszindulatú fekélyek, pokolvarok; azokat Teréza egyszerű füvekkel tudja orvosolni, miknek titkát a szükség fedezte fel előtte. Ezért felkeresik gyakran a szenvedők, s megőrzik titkát, mert tudják, hogy a tábororvos, gyógyszerész a kuruzslókat üldözni szereti.

A társadalom vadembereinek gyakran peres ügyeik is vannak egymással. Azzal ők nem mehetnek a bíróhoz. Tudják jól, hogy ott vádlót, vádlottat kalodába tennék. Eljönnek peres ügyeikkel a sziget bölcs asszonyához, előadják neki az ügyöket: s amit az mond benne, az rájuk nézve ítélet, abban megnyugosznak. Legtöbbször vérbosszú a perpatvar tárgya. Teréza ki tudja békíteni a dühöngő pártfeleket, s azok megtartják a kezébe letett békeszövetséget.

Néha egy-egy marcona alak vetődik kunyhójába, emberarckerülő vad tekintettel. Bűnös, kit lelki mardosás üldöz, de aki retteg a papjához menni lelki malasztért, mert fél a pokoltól, s fél a börtöntől. A sziget asszonya azt is meg tudja gyógyítani. Ád szívére olyan hűsítő balzsamot, az istenirgalom gyógyító tudatát, hogy kibékíti őt önmagával.

Néha jön küszöbére üldözött, kifáradt ember, szomjtól, éhségtől tikkadtan: ő nem kérdi tőle, honnan jön, hová megy. Jóltartja, pihenten, üdülten odább bocsátja eleséggel megrakva iszákját.

Sok ember ismeri őt, akinek hitvallása a hallgatás, s nincs az a titkos szövetség, mely erősebben fűzné mesteréhez a tanítványokat, mint ezeket őhozzá.

Azt is tudja mindenki, hogy pénzt nem talál nála, még a kapzsiságnak sincs oka rá, hogy ellensége legyen.

Timár meggyőződött róla, hogy olyan helyre jutott, mely körül századoknak kell lejárni, új eszméket ültető munkáikkal, amíg annak és a rajta lakóknak története bele lesz vonva abba a nagy káoszba, aminek világ a neve.

Ő folytathatta faragómunkáját, nem tartva attól, hogy egyszer megtudja valaki odakünn, hogy Levetinczy Timár Mihály, a királyi tanácsos, a földesúr, a milliomos üzér ácsmunkával kontárkodik valami ismeretlen szigeten, s mikor nagy munkájában pihenést tart, akkor meg tollkését veszi elő, hogy fűzvesszőből ernyőt faragjon egy kis féreg számára, egy árva gyermek számára, akinek se apja, se anyja, még csak igazi neve sincsen.

S micsoda örömei vannak itten! Hogy lesi el a legelső szót, amit a gyermek megtanul kimondani. Mint illesztgeti hozzá a parányi ember kicsi kis ügyetlen ajkait, hogy ezt a szót eltalálja:

„Apa!"

Persze hogy ezt a szót tanulja meg leghamarább.

Azt gondolja, hogy ennek úgy kell lenni. Hogy ez az ember, aki őrá mosolyog, nem is lehet más.

Mit tudhat ő arról, hogy ő szegény csempésznek fia, szegény árva, kinek apja, anyja meghalt?

Azután kezdi a gyermek az életet megismerni a szomorúbb oldaláról is. Kezdődnek a gyermekszenvedések. Mikor a foga jön, mennyi aggodalom, mennyi álmatlan éjszaka van miatta! Noémi otthon marad vele a szobában, s Mihály minden órában odavágja a tuskóba a fejszét, s fut haza megnézni, nem lett-e nagyobb baja a kis Dódinak. Aztán kiveszi Noémi kezéből, s eljárkál vele óra hosszant, és danol neki altató dajkadalt:

> Az én babám kis kunyhója
> Többet ér, mint Buda vára...

S ha elaltatta, ha meggyógyította, micsoda nagy diadal ez aztán!

Egyszer aztán annyira volt Mihály a vállalatával, hogy a diófa gerendákat öregéből mind kifaragta már. Eddig csak értette a dolgot; de tovább már nem. Hja biz az ácsmesterség is tudomány, s ő nem mondott igazat, mikor Noéminek azt válaszolta, hogy ért hozzá. Nem tudta, hogy mit csináljon tovább.

Az ősz közelgett. Teréza és Noémi már egészen természetes dolognak találták, hogy ilyenkor Timárnak őket el kell hagynia. Hiszen neki is kenyérkeresete után kell látni. Olyan üzlete van, ami nyáron át megy magától, vagy pihen; télen pedig ugyan utána kell látni teljes erővel. Hiszen más kereskedőnél is megszokták már azt. Aztán meg más háznál is megszokták már Timárt így képzelni. Timéa is azt hitte, hogy Mihálynak olyan üzlete van, mely nyáron át távol lenni kényszeríti, akkor lát teljes tudományával az ipar, gazdászat, üzérkedés, kereskedelem után.

Ősztől tavaszig ámította Timéát, tavasztól őszig Noémit. Azzal nem vádolhatta magát, hogy ne lett volna következetes.

Az idén még korábban elhagyta a szigetet, mint tavaly. Sietett haza Komáromba.

Távolléte alatt ismét reményen felül sikerült minden üzlete. Még egy nagy államsorsjátékban is neki kellett megkapnia az első nyereményt. Valahol ott hevert a fiókja fenekén a rég elfeledett sorsjegy, s ő csak három hónappal a húzás után jött elő vele, hogy a véletlen százezeret felvegye, mint aki ilyen csekélységeket számba sem vesz; ami ismét növelte a világ bámulatát. Ennek nem is kell már a pénz, olyan sok van neki.

Mit is kezdjen vele?

Azt kezdte, hogy hozatott a Székelyföldről meg Zaránd vidékéről híres faragó mestereket, akik azokat a gyönyörű faházakat tudják készíteni keményfából, amik századokig tartanak; paloták! Olyanokban laknak a székely és oláh nemes birtokos urak; a belsejük gyönyörűen kifaragva. Ház, bútor, székek, szekrények mind ugyanazon faragómester munkája, tölgyfából, diófából, gyertyánfából; csupa fa minden; egyetlen darab vas nincsen az egészben.

A FARAGÓEMBER

Mihály Timéát kissé szenvedőnek találta, mikor hazaérkezett.

Ez alkalmat adott neki arra, hogy egypár híres bécsi orvost lehívasson, s neje egészsége fölött orvosi tanácskozást tartasson velük.

Azok a diagnózis nyomán abban állapodtak meg, hogy itt éghajlat-változtatásra lesz szükség, s tanácsolák, hogy Timéa a telet Meránban töltse.

Mihály maga kísérte el nejét Athalie-val együtt odáig. Az enyhe, szélmentes völgykebelben egy olyan lakházat keresett ki Timéa számára, amelynek kertjében egy csinos svájci modorú mulatólak volt. Tudta, hogy az ilyenekben Timéának öröme telik.

A tél folytán is többször meglátogatta Timéát, többnyire egy koros ember kíséretében, s csakugyan úgy találta, hogy Timéának legkedvencebb helye volt a kerti mulatólak.

Mikor aztán Mihály Komáromba visszatért, akkor hozzáfogott, hogy a télen át egy éppen olyan mulatólakot készíttessen, mint aminő a meráni. A magával hordott székely műfaragó nagy mester volt az ilyenekben. Lerajzolta a legapróbb részletekig azt a meráni faházat, külső-belső szerkezetével; azután Timárnak Rác utcai földszinti házában egy nagy műhelyt alakított, s ott hozzáfogott a munkához. De nem volt szabad azt senkinek elárulni, hogy meglepetés legyen belőle. Ámde a faragóembernek legény is kell, aki segítsen a munkában. Titoktartó legényt pedig nem lehet kapni. Hogyan segítettek hát a bajon? Odaállt mellé maga Timár faragólegénynek, s reggeltől estig fúrt, faragott, vésett, gyalult, esztergályozott versenyt a mesterrel.

A faragómester azután, ha mindjárt Salamon király pecsétjével lett volna is lezárva a szája, nem állta volna a titok, hogy ő azt vasárnap esténkint bizalmas embereinek el ne beszélgesse, micsoda meglepetést készít Levetinczy úr a maga hitvese számára. Elébb minden darabot megfaragnak, összeillesztenek; az egészet, amint elkészül, a monostori szép nagy kertben fogják felállítani. És aztán ő maga, a dúsgazdag nem restell naphosszant dolgozni, mint egy faragólegény, úgy illik a kezébe minden szerszám, hogy beválnék öreg legénynek. Nem törődik az most üzletével; azt intézik az ügynökei, ő egész nap a műhelyben van, gyalul, fűrészel, farag. És mindezt azért, hogy a feleségét meglepje vele. El ne mondja senki, hadd legyen meglepetés a szép asszonynak, ha hazajön.

Annálfogva meg is tudta azt az egész város, s eszerint megtudta Zófia asszony is, az pedig megírta Athalienak, Athalie meg elbeszélte Timéának, úgyhogy Timéa előre tudta már, hogy mikor haza fog érkezni Komáromba, Mihály a legelső szép napon kikocsikáztatja őt a monostori dombra, hol szép gyümölcsöskertjük van, s ő ott fogja találni a Dunára néző domboldalban a meráni kis kedves lakot, hű utánzatban, kis asztalát a hímzőkosárral az ablaknál, kedvenc olvasmányait a gyertyánfa állványon, nyírágakból összetákolt karosszékét a veranda alatt, és mindennek rá nézve majd meglepetésnek kell lenni, és azután majd mosolyognia kell, mint aki ennek nagyon örül, és majd mikor a faragómestert meg fogja dicsérni, hogy ez milyen derék, mennyire meglepő, akkor attól azt fogja hallani: „De ne engem dicsérjen a nagyságos asszony, hanem a legényemet, aki a házon a legszebb faragásokat mívelte. Ezt a párkányzatot, ezt a cifra korlátot, ezeket az oszlopfőket ki csinálta? A legényem. S ki volt a legényem? Maga a nagyságos Levetinczy úr! Az ő munkája itt a legtöbb, nagyságos asszonyom."

És ezért ismét mosolyogni kell majd Timéának, és keresni a szavakat, amikkel háláját kifejezze.

Csak szavakat! Mert hiszen minden hiába. Ha kincsekkel halmozza is el a nőt, vagy fekete kenyeret ád neki, amit napszámmal keresett számára - szerelmet nem vehet azon.

Úgy is történt minden. Tavasszal Timéa hazakerült; a monostori meglepetés egész tervszerűen volt rendezve, pompás lakomával vendégsereg mellett, megvolt Timéa arcán a szomorú mosolygás, Timárén az alázatos nagylelkűség s a vendégekén az üdvrivalgó irigység.

A nővendégek azt mondták, hogy ilyen férjet, mint Timár, nem lehet nőnek megérdemelni; ez ideálja a férjeknek; a férfiak pedig azt mondták, hogy nem jó jel az, mikor egy férj ajándékokkal, hízelkedésekkel keresi kedvét az asszonyának. Nem jó jel az, mikor a férj esztergályozni kezd.

Csak Athalie hallgatott. Ő kereste a titok Ariadne-fonalát - és nem találta.

Timéával tisztában volt. Az állhatatosan szenved, és haldoklik. Az a méreg öli lassan, mely nem a testen, hanem a lelken kezdi el a gyilkolást. Soká öl meg, de bizonyosan. De mi történt Mihállyal? Ennek az arca valami boldogságot árul el. Hol lopta azt? Hízelkedik, mindenütt keresi Timéa kedvét. Mit titkol ezáltal? A világ előtt a leggyöngédebb, a legboldogabb férjnek mutatja magát. Mi érdeke van ebben? A társaságokban tréfás, jókedvű; és Athalie irányában egész a jószívűségig közönyös; mintha már el is feledte volna mindazt, amit hallott tőle, ami akkor szívéig sérté, mintha nem fájna neki többé Athalie gúnymosolygása. Még azt is megteszi, hogy a cotillonban elviszi Athalie-t táncolni.

Boldog-e ez most? Vagy hazudja a boldogságot? Vagy elfásult már? Vagy erőszakolni akarja a lehetetlent? Meg akarja nyerni Timéa szívét? De hisz ez képtelenség! Athalie magáról tudja azt. Hiszen őneki is akadt már kérője több is, jámbor kisvárosi emberek, kik el tudnának tartani egy asszonyt; de ő nem fogadja el senki kezét. Közönyös rá nézve minden férfi; szeretni csak azt az egyet tudná, akit gyűlöl. Timéát csak Athalie érti.

És ha ezt érti, akkor Mihályt nem érti. Ezen ember előtte talány marad mosolygó arcával, hízelgő szavával, jóltevő kedélyével. Arany ember, akin rozsdafoltot nem lehet találni.

Mihály sokszor vette észre a titokkereső szemek tekintetét, s olyankor valami úgy kacagott belül lelke sötétében.

„Keresheted azt! Sohasem tudod meg azt, se te, se más, hogy amit a télen csináltam, faragómunkát, azt azért tettem, hogy megtanuljam, hogyan kell egy ismeretlen rejtekén a földnek, egy névtelen teremtés számára hasonló kunyhót faragnom. Ott van egy lény, akinek a kedvéért két tenyerem ilyen kérges lett. Találd ki, hogy híják azt, te védördöge ennek a háznak!"

Timár ismét összehívatta az orvosi nevezetességeket, hogy Timéa egészsége fölött tanácskozzanak. Azok ezúttal a biarritzi fürdőket hozták javaslatba. Mihály oda is maga kísérte el Timéát, lakását a legnagyobb kényelemmel berendezé; gondoskodott róla, hogy Timéa toalettje és úri fogata az angol ladyk és orosz hercegasszonyokéval versenyezzen, s telt pénztárt hagyott kezében, arra kérve, hogy azt üresen hozza haza. Athalie iránt is bőkezű volt. A vendégkönyvbe mint unokatestvér volt Athalie bejegyezve, s neki is naponkint háromszor kellett öltözni, mint Timéának.

Lehet-e ennél hívebben teljesíteni a családfői kötelességeket?

Akkor aztán sietett, nem is haza, hanem Bécsbe. Ott egy egész ács-, asztalosműhelyt összevásárolt, ládákba pakoltatta, és leküldte Pancsovára.

Most még egy furfangot kellett kigondolnia: hogy ezeket a ládákat a senki szigetére hogyan juttassa át.

Különben is óvatosnak kellett lennie. Azok a halászok a Duna bal partján, kik többször látták őt az Osztrova-sziget felé csónakkal elindulni és aztán csak hónapok múlva visszakerülni, rég tanakodhatnak magukban: ki ez az ember? s miért jár ez itt annyiszor?

Mikor a ládái leérkeztek Pancsovára, szekérre rakatta azokat, s elszállíttatá a Duna-parti jegenyésbe, ott lerakatta. Akkor azután odahívta a halászokat, s azt mondá nekik, hogy szállítsák ezeket át a puszta szigetre. Fegyver van azokban.

Ezzel a szóval el volt a tenger fenekére temetve a titka.

Járhatott, kelhetett azontúl nappal és holdvilágnál: senki nem is suttogott felőle. Mindenki tudta már, hogy ez a szerb és a cernagorca szabadsághősök ügynöke, s azontúl semmi kínzással nem lehetett volna egy szót kivenni felőle azokból, akikkel találkozott. Szent ember lett rájuk nézve.

Megcsalt ő minden embert, akivel csak egy szót váltott, hogy maga körül homályt borítson.

Éjszaka szállították át deszkamálháit a halászok, ő is velük volt. A szigethez érve, azok, mintha legjobban értenék a dolgot, kikerestek egy partszakadékot, ahol legsűrűbb volt a bozót, oda kihordták a ládákat. Mihály ki akarta őket fizetni: nem fogadtak el tőle egy garast sem; csak a kezét szorongatták meg: „Zbogom!"

Ő ott maradt a szigeten, a halászok visszatértek.

Szép holdvilágos éjszaka volt, a fülemile énekelt fészke fölött.

Mihály a parton végighaladt, hogy a házhoz vezető ösvényre rátaláljon. Rábukkant az ácstanyára, hol az ősszel félbenhagyta a munkáját. A faragott fák be voltak takargatva gondosan nádkévékkel, hogy a téli nedvesség meg ne rongálja azokat.

Innen a rózsaligethez vezetett az út. A rózsák rég elnyíltak már, azt az időt Mihály a monostori lakban tölté, s később a tengeri fürdőn Timéával. Ez idén elkésett a rózsaszüretről. Pedig bizonyosan szívszakadva vártak reá! De hát először meg kellett neki csinálni azt, hogy „köd előttem, köd utánam!".

Lábhegyen közeledett a kis lak felé. Hogy semmi neszt nem hallott, azt jó jelnek vette. Hogy Almira nem ugat, ennek az oka az, hogy benn hál a konyhában, s ez ismét azt jelenti, hogy gond van rá, nehogy az alvó gyermeket éjszaka felköltse. És eszerint mindenki él és egészséges a háznál.

Óh! Mennyiszer álmodta ő meg ezt a házat! Mennyiszer képzelte maga elé ébren! Mennyiszer látta magát a tanyához közelíteni.

Majd úgy látta, hogy a ház leégett, a kormos gerendák hevernek a küszöbben, s a falakon kizöldült a dudva; lakói hová lettek, nem mondja meg senki. Majd meg azt látta, hogy amint annak ajtaján belép, fegyveres marcona alakok ugranak eléje, torkon ragadják; „éppen terád vártunk!", megkötözik, száját betömik, s ledobják a pinceodúba. Majd meg az a rémlátása volt, hogy mikor a kunyhóba lép, kedveseinek véres hulláit látja maga előtt, Noémi hosszú aranyhaja elterülve a földön, keblén a szétzúzott fejű gyermek. Óh! milyen kínt gyűjtött magának, mikor ezeket az alakokat szívének megszerezte, akiket olyan hosszú időre magukra kellett hagynia. Néha meg az a kép állt előtte talán álmodva, talán kigondolva, hogy mikor Noémi elé fog lépni, a szelíd, mosolygó arc helyett itt is egy hideg alabástromarcot fog maga előtt találni, aki azt fogja tőle kérdezni: „Hol volt ön oly sokáig - Levetinczy úr?"

Most aztán, hogy a kis lak előtt állt, minden rémképe elmúlt. Itt most is minden úgy van, ahogy máskor volt; itt most is azok laknak, akik őt szeretik. Hogy tudassa velük megérkeztét? Hogy lepje meg őket?

Megállt a kis, alacsony ablak előtt, melyet a felfutó rózsa indái fedtek félig, s elkezdé dalolni az ismeretes nótát:

> Az én rózsám kis kunyhója
> Többet ér, mint Buda vára!...

Jól sejtett; egy pillanat múlva fel volt nyitva a kis ablak, s azon Noémi örömtől, boldogságtól sugárzó arca tekintett ki.

- Mihályom! - rebegé szegény.

- A tied! - súgá Timár, s két kezébe fogta az ablakon kitekintő kedves főt. - Hát Dódi? - Ez volt a másik szava.

- Ő alszik.

- Csendesen! Föl ne keltsük.

És azután, amit ajkaik egymásnak mondtak, az nagyon csendesen volt mondva.

- De jöjj be hát!

- Fel találjuk őt költeni, s majd sírni fog.

- Óh! már nem olyan síró gyermek. Hiszen elmúlt egyéves.

- Egy egész éves? Hiszen már nagy ember!

- Már a nevedet ki tudja mondani.

- Hogyan? Hát már beszél!

- Már lépni is tanul.

- Tehát már fut!

- Mindent eszik már.

- Az lehetetlen! Az még korán van.

- Mit értesz te ahhoz? Ha látnád!

- Húzd félre a függönyt; hadd süssön rá a holdvilág, hadd lássak rá.

- Nem, a holdvilág rossz, ha az alvó gyermekre süt: attól beteg lesz.

- Bohó vagy!

- A gyermekkel sok babona jár. Azt mind el kell hinni. Azért vannak ők asszonyokra bízva, akik hisznek mindent. Jöjj be, és nézd meg idebenn.

- Nem megyek be, míg alszik; felkölteném. Jöjj inkább te ki énhozzám.

- Az nem lehet. Ő mindjárt felébredne, ha én kimennék, s anyám mélyen alszik.

- No hát eredj vissza hozzá; én idekinn maradok addig.

- Nem akarsz lefeküdni?

- Hiszen mindjárt reggel lesz. Eredj hozzá vissza; de hagyd nyitva az ablakot.

És aztán ott maradt a nyitott ablaknál, beleskelődve a kis szobába, melynek padlatára ezüstkockákat rajzolt a holdvilág, s iparkodott elfogni a neszt, ami a csendes tanyából kihangzik; egy-egy rövid, nyüzsgő nyöszörgés, minő az ébredező gyermeké, azután halkan dúdoló hang, mely a kedvenc dajkadanát hangoztatja, csendesen, mint egy álom: „az én babám kis kunyhója", azután egy csókcuppanás, aminőt jutalmul kap az a jó gyermek, ki a danára szépen elalszik.

És azután úgy virradt meg Timár, a nyitott ablakban könyökölve s az alvók suttogásait hallgatva, míg a hajnal világossá nem kezdte tenni a kis alvószobát.

A hajnalsugárra aztán a gyermek volt a legelső, aki fölébredt, világra visszakerültét hangos kacagással adva tudtul, melytől azután senkinek sem lehetett tovább alva maradni. A gyermek lármázott, fecsegett: hogy mit? azt csak ők értették ketten: ő maga és Noémi.

Mikor aztán ölébe kaphatta a gyermeket, azt mondá neki:

- Most már aztán itt maradok, amíg fölépítem neked azt a házat. Mi az, Dódi?

A gyermek mondott rá valamit, ami Noémi tolmácslata szerint annyit jelentett, hogy „nagyon jól van".

NOÉMI

Timár legboldogabb napjait tölté kettős életének.

Semmi sem zavarta boldogsága teljességét, csak az az egy, hogy még egy másik élete is van, amibe mindig vissza kell térnie.

Ha tudna rá valami utat-módot, hogy ettől a másik élettől el tudja szakítani magát, milyen békében élhetne itten.

Pedig azt igen egyszerűen elérhetné. Csak nem kellene innen többet eltávoznia. Keresnék egy évig, gyászolnák két évig, emlegetnék három évig, azután elfeledné a világ, ő is a világot, s megmaradna neki Noémi.

És Noémi kincs!

A nőiségből mindaz egyesülve van benne, ami kedves, és hiányzik nála mindaz, ami bántó. Szépsége nem az az egyhangú szépség, amit a tetszelgés oly hamar megunottá tesz; ez minden kedélyváltozatnál új varázsban tűnik fel. Gyöngédség, szelídség és hév egyesült kedélyében. Együtt és összhangzatban él benne a szűz, a tündér és a nő. Szerelmének semmi önzése nincs; egész lénye el van veszve, át van olvadva abban, akit szeret. Nincs külön búja, külön öröme, csupán az övé. Otthon aprólékos figyelmével minden kényelméről gondoskodik; munkájában segít neki fáradhatatlan kézzel. Mindig derült, mindig friss, s ha valami betegség kerülgeti, egy csók a fájó homlokra meggyógyítja őt. Alázatos az iránt, akiről tudja, hogy őt imádja. És midőn azt a gyermeket ölébe veszi, s vele játszik, akkor meg kell őrülnie annak, aki őt magáévá tette, és mégsem tette azzá.

De Timár még nem volt egészen megőrülve.

Még alkudozott a sorssal.

Az ár igen nagy! Még ehhez a kincshez mérve is nagy.

„Egy ifjú nő egy mosolygó gyermekkel az ölében."

De az ár egy egész világ! Otthagyni abban milliókra menő vagyont, társadalmi állást, magas rangot, főúri barátokat; megkezdett nagy vállalatokat, mik világra szólanak, miknek eredményétől nagy hazai iparágak jövendője függ. És ráadásul még Timéát!

Tán azzal a gondolattal még meg tudott volna barátkozni, hogy kincseit odavesse a világnak; a víz fenekéről jöttek, menjenek a víz fenekére vissza megint! De azzal a gondolattal nem tudott kibékülni hiúsága, hogy ez a fehér arcú nő, ki az ő hitvesi lángjától nem tudott felmelegedni, még ez életben boldog legyen - egy más ember által.

Maga sem tudta tán, milyen ördögöt rejteget szívében.

A nő, ki szeretni nem tud, elhervad szeme láttára.

Ő pedig éli a boldog napokat ott, ahol szeretni tudnak.

263

S a boldog napok alatt egyre emelkedett a ház, amit a kitanult pallér most már gyakorlott kézzel illesztett eresztékeibe. Már fel voltak emelve a falak, szép simára gyalult diófa derekakból, olyan szépen összeillesztve, hogy azokat a szél sem járhatta. Fel lett rakva a tetőzet is, s befödelezve székely módra halpikkely alakúra faragott széles zsindelyekkel. Az ácsmunka egészen elkészült. Következett az asztalosmunka. Ezt már egészen egyedül végezte Mihály, s napestig lehetett hallani danáját a műhelyül használt új házban a gyalulás, fűrészelés közben.

Mint a legszorgalmasabb kézművest, csak a sötét est szólította el műhelyéből. Akkor aztán megtért a kunyhóhoz, hol ízletes estebéd várta, s vacsora után kiült a kunyhó előtti kis padra, rágyújtott a cseréppipára, Noémi mellé ült, felállította térdeire a kis Dódit, és iparkodott vele előadatni, hogy mit tanult ma megint. Egy szót.

A világ minden bölcsességénél nem nagyobb tudomány-e az az egy szó?

- Mennyiért adnád oda Dódit? - kérdezé egyszer tréfás enyelgéssel Noémi. - Ezért az egész földért, tele gyémántokkal?

- Nem, ezért az égért, tele angyalokkal.

A kis Dódi pedig nagyon jó kedvében volt akkor, pajkos kézzel megfogta Mihály szájában a pipát, és addig rángatta a száránál fogva, míg kivette a fogai közül, s akkor aztán nagyhamar eldobta a kezéből. A pipa bizony cserépből volt, és eltörött.

Timár hirtelenkedett az igazságszolgáltatásban, ráütött könnyedén a kárt tevő gyermek kezére, amitől az szörnyen rábámult, s aztán elbújt Noémi keblére, és elkezdett pityeregni.

- Látod - szólt Noémi szomorúan -, egy pipáért is odaadnád; pedig az csak cserépből volt...

Mihály nagyon megbánta, hogy ráütött a Dódi kezére. Kérlelte is aztán hízelkedő szóval, meg is csókolta azt a megütött kis kezet; de a gyermek csak egyre szepegett, s eltakarta az arcát Noémi mellkendőjébe.

A gyerek aztán egész éjjel rossz volt. Nem akart aludni; sírt. Timár megharagudott rá; azt mondta: akaratos rossz természet lesz benne, amit idejekorán ki kell belőle irtani. Noémi oly szelíd feddő tekintetet tudott azért a szóért rá vetni.

Másnap szokottnál korábban elhagyta a tanyát Timár, s ment a műhelyébe, de dalolni nem hallották egész nap. A munkát is félbehagyta kora délután, s mikor a tanyára érkezett, láthatá Noémi tekintetén, hogy az egészen meg van rémülve láttára. Timár arca egészen ki volt kelve színéből, alakjából.

- Valami bajom van! - monda Noéminak. - A fejem olyan nehéz, a lábaim alig bírnak; minden tagomban valami fájást érzek. Le kell feküdnöm.

Noémi sietett a belső szobában ágyat vetni Mihálynak, s segített neki a levetkőzésnél. Aggódva vette észre, hogy Mihály kezei oly hidegek, és lélegzete oly forró.

Teréza asszony odasietett, megtapintá homlokát, kezeit, s azt tanácsolá neki, hogy csak takarózzék be erősen, mert hideglelést fog kapni.

Mihály pedig úgy érzé, hogy annál valami rosszabb közelít rá. Azon a vidéken akkor nagyon dühöngött a hagymáz: a Duna nyári kiöntései terjeszték azt szokatlan mérvben.

Még mikor a fejét letette a vánkosra, annyira eszméleténél volt, hogy elgondolja, mi lesz abból, ha ő most itt a forrólázt megkapja; orvos nincs közel, ki rendszeres segélyt tudjon nyújtani, itt meghalhat. Sohasem tudják meg, hová lett. Mi lesz Timéából? De mi lesz Noémiból?

Ki fogja majd pártját az elhagyott Noéminak, ki özvegy lesz, mielőtt asszony lett volna? Ki neveli fel majd a kis Dódit? Mi sors vár rá, ha megnő, ha Mihály a földben lesz már?

Hát Timéának ki mondja meg, mikor tegye fel, mikor vesse le az özvegyi fátyolt? Halála napjáig várjon-e az ő visszatértére?

Hogy fog két asszony holtig boldogtalan lenni őmiatta!

És azután még arra is tudott eszmélni, hogy majd ha ő hagymázos önkívületbe jut: miket fog ő akkor kibeszélni ezen nők előtt, kik éjjel-nappal virrasztanak majd fölötte? Hogy fog előttük rémledezni kincseinek számáról, hivatalnokairól, palotáiról; halavány arcú feleségéről, hogy fogja Timéát látni, maga előtt, őt néven szólítani, feleségének nevezni! És Noémi ezt a nevet ismeri már.

Irtózat volt Timárra nézve még tiszta ésszel arra gondolni, hogy majd nemsokára fog rá jőni olyan állapot, amiben akarata ellen minden titok elhagyja szíve rejtekhelyét, s mást uraló ajka el fogja mondani lázrohamában, hogy ő kicsoda.

A testi fájdalmakon kívül még egy bántotta: az, hogy Dódit miért ütötte meg tegnap. Ez a csekélység most, mint egy bűnsúly nehezedett lelkére.

Mikor lefeküdt, oda akarta magához vitetni a gyermeket, hogy megcsókolja.

- Noémi! - rebegé forró lélegzettel.

- Mit kívánsz? - suttogá Noémi.

De már akkor nem tudta, hogy mit akar.

Amint az ágyba feküdt Mihály, rögtön teljes erejével kitört rajta a láz. Erős testalkata volt, az ilyent leghamarább ledönti, s legjobban megkínozza ez a hóhérlegénye a csontembernek.

Ettől a perctől kezdve szüntelen félrebeszélt.

És minden szót, amit beszélt, hallani kellett Noéminak.

A kór maga nem tudott magáról semmit.

Az, aki ajkával beszélt, az az idegen ember volt, az az igazi ember volt, akinek nincsenek titkai; aki azt beszéli ki, amit tud.

A hagymázbeteg álomlátásainak van valami hasonlatosságuk az őrültség képzelgéseihez. Makacsul forognak egy rögeszme körül; akárhogy változnak az álomképek, az az egy központot képező alak mindig újra előjön képleteikből.

Timár lázálmainak is volt egy ilyen uralgó alakja: egy nő. De az a nő nem Timéa volt, hanem Noémi. Őróla beszélt mindig. Timéa nevét ki nem mondá soha. Az nem foglalta el lelkét.

És lázszavait borzalom és gyönyör volt Noéminak hallani.

Borzalom, mert oly idegen dolgokat beszélt, oly ismeretlen világokban hordta magával, hogy rettegnie kellett a láztól, mely ily csodákat látni késztet; de gyönyör volt azokat hallani mégis, mert örökké és örökké csak őróla beszélt.

Egyszer excellenciás urak palotájában járt, s beszélt egy nagy úrhoz.

„Kinek adja excellenciád ezt az érdemkeresztet? Én ismerek a senki szigetén egy leányt, senki sem érdemli meg úgy, mint ő. Adja annak. Noéminek híják. Hát a másik neve micsoda? Másik neve? Hát szokott a királynéknak másik nevük is lenni?"

„Első Noémi: Isten kegyelméből a senki szigetének s a rózsák berkének királynéja."

Aztán tovább alakította az eszme képét:

„Ha én király leszek a senki szigetén, minisztériumot alakítok; a húsra felügyelőnek megteszem Almirát; a tejre felügyelőnek megteszem Narcisszát. Sohasem kérek tőlük számot, s úgy fogom őket nevezni, hogy »híveim«."

Azután meg palotáiról kezdett beszélni:

„Hogy tetszenek teneked, Noémi, ezek a tervek? Ez az aranyozás a padmalyon? az aranylapra festett táncoló gyermekek? olyanok, mint a kis Dódi. Ugye, olyanok? Kár, hogy olyan magasan vannak. Te fázol ebben a nagy teremben? Én is. Ugye, mennyivel jobb abban a mi kis kunyhónkban a tűzhely mellett? Jere, menjünk oda! Én nem szeretem ezeket a magas palotákat. Ezt a várost a földindulás szokta látogatni. Félek, hogy ránk szakad a boltozat. Onnan a kisajtóból valaki leskelődik ránk. Egy irigy nőarc van ott. Ne nézz rá, Noémi. Megver a szemével. Valaha övé volt e ház, s most ide jár kísérteni. Nézd, gyilok van a kezében, téged akar megölni vele. Siessünk innen!"

De a sietésnek ott volt az akadálya; a roppant sok pénz.

„Nem tudok felkelni! Agyonnyom ez a sok arany. Mind itt fekszik a mellemen. Vegyétek el rólam. Ah! besüllyedek az aranyba. A tető beszakadt, s a padlásról mind rám ömlik az arany. Megfulladok. Noémi, nyújtsd kezedet; húzz ki ez iszonyú aranyhalom közül!"

Keze akkor is Noémi kezében volt, s Noémi rettegve gondolta el, minő szörnyű hatalom lehet az, mely a *szegény* hajóst ily kínzó aranyálmokba erőszakolja!

Azután megint csak Noémi jött elő.

„Te nem szereted, Noémi, a gyémántokat? Bohó vagy. Azt hiszed, hogy az, ami a gyémántokban tűz, az éget? Ne félj tőle! Hah! Igazad van. Valóban éget. Ezt én eddig nem tudtam. Hisz ez a pokol tüze. A neveik is rokonok: diamant, diabolus! Beledobjuk őket a vízbe, ugye? Rakd le magadról. Beledobjuk a vízbe, ugye? Én tudom, honnan kerültek elő. Visszaviszem oda. Ne félj, nem maradok a víz alatt. Fojtsd vissza a lélegzetedet, és imádkozzál. Amíg kibírod, hogy újra lélegzetet végy, én is kibírom oda alant. Csak az elsüllyedt hajóba megyek, annak a kabinjába. - Hah, ki fekszik itt ezen az ágyon?"

Akkor olyan rettegés fogta elő, hogy felugrott fekhelyéről, és futni akart. Noémi alig bírta őt visszaerőszakolni fekhelyére.

„Valaki fekszik ott azon az ágyon!"

„De nem szabad a nevét kimondani."

„Nézd, hogy süt be az ablakon a vörös hold! Csukd ki innen a holdvilágot. Nem akarom, hogy szemembe nézzen. Hogy közelít egyre felénk! Húzz függönyt az ablak elé!"

Pedig úgyis le volt függönyözve az ablak, s ott künn sötét az éjszaka.

Azután, mikor enyhült az agy forrósága, akkor azt mondá Noéminek:

„Óh, milyen szép vagy gyémántok nélkül, Noémi!"

Majd megint másfelé tért rémlátása.

„*Az az ember* talppal áll felénk a föld másik oldalán. Ha a föld üvegből volna, éppen idelátna reánk. De ahogy én látom őtet, úgy lát ő is engem. Mit csinál odaát? Csörgőkígyókat szed. Minek szedi a csörgőkígyókat? Hogy majd mikor visszajön, itt ezen a szigeten eleregesse. Ne eresszétek ide! Ne hagyjátok visszajönni. Almira, Almira! Ébredj! Tépd össze! Aha! Most egy óriáskígyóra bukkant, az megkapja őt, elnyeli. Huh! milyen borzasztó az arca! Csak ne látnám, mikor a kígyó elnyeli! Csak ne nézne rám így! Már csak a feje van kinn, és mégis egyre rám néz. Óh! Noémi, takard el az arcomat, hogy ne lássam!"

Újra változott a rémlátvány.

„Egy egész flotta úszik a tengeren. Mivel van tele? Liszttel. Most jön a forgószél, a tornádó, megkapja a hajókat, felragadja a felhőkbe, összetöri pozdorjává. A liszt mind szétömlik. Az egész világ fehér lesz tőle. Fehér a tenger, fehér az ég, fehér a szél; a hold kibukkan a felhők közül, s nézd, hogy festi be vörös pofáját a szél egyszerre liszttel. Nézd, olyan mint egy rezes képű vén banya, aki hajporozza az arcát. Noémi, nevess."

Noémi pedig kezeit tördelte, és reszketett.

Óh! a szegény teremtés éjjel-nappal ott volt Mihály ágya mellett. Nappal ott ült mellette egy széken; éjszakára a hárságyat odahúzta az ő fekhelye mellé, s ott hált a közelében, nem gondolva arra, hogy a hagymáz ragályos. Gyakran odatette a fejét Mihály vánkosára, annak izzó homlokát arcához szorítva és száraz ajkairól lecsókolva a forró lázsóhajtást.

Teréza asszony ártatlan háziszerekkel igyekezett a lázat enyhíteni, s az ablakokat leszedé, hogy a szabad lég járhassa a kis szobát: a hagymáznak legjobb gyógyítója.

Megmondá Noéminek, hogy a láz emberi számítás szerint tizenharmadik napon eléri válságát, akkor fordul meg vagy életre vagy halálra.

Óh! mennyit térdelt e napokon, e hosszú éjszakákon át Noémi a beteg ágya előtt, imádkozva a látogató Istenhez, hogy legyen irgalommal szegény szíve iránt! Adja vissza az életnek Mihályt; inkább ha áldozat kell a sírnak, itt van ő, vegye őtet el cserébe. Hadd haljon ő meg Mihály helyett.

S a sorsnak tetszik néha az irónia!

Noémi az egész világot kínálta cserébe a rettenetes halálnak, saját magát is beletudva, hogy Mihály megmaradjon. Azt hitte, jó emberrel van dolga, aki alkudni enged magával.

Hát a rettenetes angyal elfogadta az alkut.

A tizenharmadik napon Mihálynak elmúltak a lázálomlátásai, fejének forrósága; az eddigi ideges felmagasztaltság helyet adott a bágyadt kimerülésnek: a betegség jobbra fordultának kórjele; ami jelentheti az életre térést, gondos ápolás mellett, ha a betegre jól és szeretetteljesen ügyelnek, ha kedélyét fel tudják vidítani, ha bánattól, indulatrohamoktól megőrzik; s a beteg ilyenkor oly ingerlékeny. Pedig felgyógyulása attól függ, hogy kedélye nyugton maradjon; egy felgerjedés halála lehet.

A tizennegyedik nap egész éjjelén ébren virrasztott Noémi Timár kórágya mellett; még a kis Dódihoz sem ment ki, hogy egyszer megtekintse. Az ott aludt ez idő alatt Teréza asszony mellett.

A tizennegyedik nap reggelén azt súgá Teréza Noémi fülébe, mikor Mihály mély álomba szenderült, hogy „a kis Dódi nagyon beteg".

Most meg a gyermek is!

Szegény Noémi!

A kis Dódinak torokgyíkja kezdődött. A legveszélyesebb betegségük a gyermekeknek, amelyből az orvosi tudomány is keveset tud megmenteni.

Mihály éppen aludt, mikor Teréza ezt megmondta Noéminek.

Noémi rémülten sietett ki a gyermekhez. A kis ártatlan teremtés arca egészen el volt változva. Nem sírt az; ennek a betegségnek nincsen panaszhangja, de annál rettenetesebbek a kínjai!

Óh! az borzasztó, egy gyermek, aki panaszkodni nem tud, s akin az emberek segíteni nem tudnak!

Noémi elmerevült tekintettel bámult anyjára; mintha kérdezné: „Hát itt nincsenek szereid?"

Teréza nem állhatta ki ezt a tekintetet.

„Annyi nyomorulton, szenvedőn, haldoklón tudtál segíteni; egyedül ennek a számára nincsen semmi tudományod?"

Nincsen.

Noémi leborult a gyermek ágyacskája mellé, odaérteté ajkát ajkához, s suttogva rebegé:

- Mi bajod, kedvesem? parányim? angyalkám? Nézz rám a te szép szemeiddel!

A gyermek pedig nem akart a szép szemeivel nézni. És mikor aztán a sok csókra, könyörgésre feltekintett, valami oly ijesztő volt e szemsugárban. Egy gyermek nézése, aki már megtanult a haláltól félni.

- Óh! ne nézz rám így, ne nézz rám.

A gyermek nem sírt, csak rekedten köhögött.

Jaj, csak az a másik beteg odabenn meg ne hallja ezt!

Noémi reszketve tartá karjai közt a gyermeket, s aközben arra hallgatott, hogy a másik szobában alvó nem ébredt-e még fel.

Mikor maghallá a szavát, akkor otthagyta a gyermekét, és átment Mihályhoz.

Mihály az idegláz forró rohamának elmúltával a visszahatás lankadtsága alatt szenvedt. Ingerlékeny volt és haragos.

- Hol jártál? - förmedt Noémire. - Egészen magamra hagysz. Sohasem vagy itt, mikor valamire szükségem van.

- Óh! ne neheztelj! - kérlelé őt Noémi. - Friss vízért voltam neked.

- Mért nem megy Teréza? Egyéb dolga sincsen. Itt nyitva az ablak; valami patkány bejöhet, mikor alszom. Nem látsz valahol egy patkányt?

Az ideglázasnak olyan megrögzött réme a patkánylátás.

- Nem jöhet be, kedvesem, szúnyogháló van az ablakon.

- Úgy? Hát hol van az a friss víz?

Noémi adott neki vizet. Azért megint megharagudott: hisz ez nem friss víz, ez már meleg. Hát meg akarsz szomjan ölni?

Noémi tűrte szelíden a szidást.

És aztán, mikor Mihály elaludt, ismét kiszökött Dódihoz.

Úgy váltották fel egymást, hogy amíg aludt Mihály, addig Teréza ült az ágya mellett, s mikor ébredezni kezdett, akkor neszt adott Noéminek, hogy mire felébredt, már ismét otthagyhatta Noémi a beteg gyermeket, s ott lehetett Mihály mellett.

Ez így ment aztán a hosszú éjszakán keresztül. Noémi untalan költözött egyik beteg ágyától a másikéhoz.

És Mihályt folyton hazugságokkal kellett tartania, hogy hol járt most.

Mert a betegek oly gyanakodók! Meg vannak felőle győződve, hogy az egész környezetük össze van esküdve, hogy valami hallatlan, égrekiáltó csalást kövessen el ellenük.

Mentül gyöngébbek az idegeik, annál indulatosabbak. S egy kitörése a szenvedélynek, egy ijedség, egy felgerjedés elég a meghalásra.

Aki velük bánik, el kell szánva lennie, hogy mártír legyen.

Noémi az volt.

A gyermek egyre rosszabbul lett. Teréza nem tudott segíteni rajta. És Noéminek nem volt szabad sírnia.

Nem volt szabad sírnia, hogy Mihály a szemein meg ne lássa, hogy sírt, s azt ne kérdezze tőle: miért sírtál?

Másnap reggel Timár már könnyebbülten érezte magát; azt mondta, hogy valami húslevest szeretne enni.

Noémi sietett neki előhozni; készen volt tartva. A beteg felszürcsölte azt, s azt mondá, hogy jólesett.

Noémi mutatta, hogy örül.

Akkor aztán Mihály azt kérdezte tőle: „Hát a kis Dódi mit csinál?"

Noémi megijedt: azt hitte, Timár észre fogja venni, hogy a szíve milyen nagyot dobbant erre a szóra.

- Alszik - felelé Mihálynak.

- Alszik? De hát miért alszik ilyenkor? Talán beteg.

- Óh nem. Ő jól van.

- Hát mért nem hozod ide hozzám, mikor ébren van?

- Mert olyankor meg te alszol.

- Igaz. Hát majd egyszer, mikor én is ébren leszek, meg ő is, akkor hozd ide, hadd lássam.

- Jó lesz, Mihály!

És a gyermek egyre rosszabbul lett.

És Noéminek folyvást el kellett titkolnia Mihály előtt, hogy Dódi beteg, s hazudozni neki a gyermekről mindenféle meséket; mert Mihály folyvást csak róla tudakozódott.

- Játszik-e Dódi azzal a kis faemberrel?

- Óh nagyon játszik (...azzal a szörnyű csontemberrel!).

- Beszél-e rólam?

- Igen sokat beszél (...nemsokára odafenn az Istennel!).

- Vidd oda neki tőlem ezt a csókot.

S Noémi elvitte neki a búcsúcsókot.

Megint egy nap telt.

Reggel az ébredő beteg ismét egyedül találta magát szobájában.

Noémi azt az éjszakát a gyermek mellett virrasztá át. És nézte annak halálküzdelmét, és visszafojtotta a könnyeit szívébe. Hogy nem szakadt meg bele a szíve?

Mikor Mihályhoz belépett, ismét mosolygott.

- A kis Dódinál voltál? - kérdezé a beteg.

- Őnála voltam.

- Most is alszik?

- Igen, alszik.

- Óh! nem igaz.

- Igazán mondom, alszik.

...Óh, hiszen éppen akkor fogta be Noémi a szemeit az örök álomra!

És nem volt neki szabad a fájdalmat elárulnia. Mosolyognia kellett a beteg előtt.

Délután ismét érzékeny kedélyben volt Mihály; amint a nap lefelé haladt, idegbántalmai súlyosbodtak. Noémit szólítá, ki a másik szobában volt.

Noémi sietett be hozzá, s szeretetteljes arccal tekinte reá.

Hanem a beteg rosszkedvű volt és gyanakodó.

Észrevette, hogy Noémi ruhájába elöl egy varrótű van tűzve, belefűzött selyemszállal.

- Ah! te már varrsz is? Ráérsz most? Miféle piperét varrsz magadnak?

Noémi rátekintett, és gondolá magában:

(„A kis Dódi halotti ingecskéjét varrom.")

És aztán azt mondá neki:

- Magamnak varrok ingfodrot.

Mihály ízetlen fanyalgással monda rá:

- Hiúság, asszony a neved!

És Noémi mosolyra vonta arcát, s azt felelé rá: „Igaz!"

Ismét új reggel virradt.

Mihályt most már az álmatlanság kezdte el gyötörni. Nem bírta szemeit álomra erőszakolni. És ezalatt folyvást azzal vesződött, hogy mit csinál a kis Dódi. És egyre küldözte ki hozzá Noémit, hogy nincs-e valami baja.

És Noémi valahányszor kiment; megcsókolá ravatalon fekvő kis halottját, és beszélt hozzá nyájas, hízelgő szavakat, hogy Mihályt elámítsa velük: „Kis Dódim, kedves Dódim! Alszol-e még? Szeretsz-e még?"

S aztán visszajött Mihálynak mondani, hogy nincs a kis Dódinak semmi baja.

- Olyan sokat alszik az a gyermek! - monda Mihály. - Mért nem költöd fel?

- Majd felköltöm! - szólt Noémi szelíden.

Azután egy percre elszunnyadt Mihály, csak egy percnyi álom volt az, melyből hirtelen felriadt. Azt sem tudta, hogy aludt volt.

- Te Noémi - monda -, a Dódi énekelt! Én hallottam, hogy ő énekelt. De milyen szépen tud énekelni.

Noémi szívére szorítá két kezét, s emberfölötti erővel fojtá el fájdalma kitörését.

Az égben énekel ő már, az angyalok kardalában, a milliónyi szeráfimok között, ott hallottad őt énekelni!

Estefelé kiküldte Mihály Noémit.

- Eredj, fektesd le a Dódit. Csókold meg helyettem is.

Noémi úgyis azt tette.

- Mit mondott Dódi? - kérdezé a visszatérőtől.

Noémi nem tudott neki felelni, csak odaborult rá, és ajkaira nyomta csókját.

- Ezt mondta? - szólt Mihály. - A kedves! - S ettől a csóktól aztán elaludt. A maga álmából küldött neki a gyermek.

Másnap reggel megint csak a gyermekről beszélt Mihály.

- Vigyétek ki a kis Dódit a szabadba; nem jó neki a szobában lenni mindig. Vigyétek ki a kertbe.

Hiszen éppen ahhoz készültek.

Teréza még az éjjel megásta a sírt egy szomorúfűzfa tövében.

- Eredj ki te is vele; maradj odakinn vele! - biztatá Mihály Noémit. - Én majd addig szendergek itt benn. Olyan jól érzem már magamat.

Noémi kiment a beteg szobájából, ráfordítva a kulcsot az ajtóra, s azután kivitték a kis hazatért angyalt, és átadták az ő örök anyjának, a földnek.

Noémi nem akarta, hogy dombot emeljenek föléje. Ha azt Mihály meglátja, mindig ott fog fölötte búslakodni, s azzal egészségének árt majd. A sírhalom helyett sima virágágyat körített a fa tövében, s annak a közepébe odaültetett egy rózsafát, egyet azok közül, miket Mihály maga oltott, tiszta fehér virágú rózsát, amibe semmi más szín nem vegyült.

Azután visszament a beteghez.

Mihálynak az volt az első szava hozzá: „Hol hagytad Dódit?"

- Kinn a kertben.

- Mi van rajta?

- Kis fehér zubbonykája kék szalagokkal.

- Az nagyon jól illik neki. Jól be van takarva?

- Igen, jól.

(Háromlábnyi földdel.)

- Hozd ide azután, ha ismét kimégy.

Ennél a szónál nem todott Noémi tovább a szobában maradni, kiment az udvarra, Teréza nyakába borult, hevesen magához szorítá anyját, de mégsem sírt. Nem volt szabad.

Azután tovább ődöngött. Elment *ahhoz* a szomorúfűzfához, leszakított egy félig nyílt bimbót *arról* a fehér rózsáról, s visszatért Mihályhoz. Teréza követte.

- Nos, hát hol van Dódi? - kérdé Mihály türelmetlenül.

Noémi pedig odatérdelt az ágyához, s negédesen, mosolyogva nyújtá oda neki - azt a fehér rózsát.

Mihály elvette a rózsát, s szagolni kezdé.

- Milyen különös! - mondá. - Ennek a rózsának semmi szaga nincsen; olyan, mintha valami halottnak a sírján termett volna.

Noémi fölkelt az ágy mellől, és kiment.

- Nos? - szólt Timár Terézához fordulva.

- Ne nehezteljen rá! - szólt Teréza nyugodt, engesztelő hangon. - Ön veszélyes beteg volt; hála az égnek, már túl van rajta; de betegsége ragályos, s leginkább az, mikor múlófélben van. Én mondottam azt Noéminek, hogy amíg fel nem gyógyul ön, a gyermeket ne hozza az ön közelébe. Hibáztam, de jót akartam.

Mihály megszorítá Teréza kezét.

- Nagyon jól tette ön. - És lám, én olyan ostoba voltam, hogy ez magamtól nem jutott eszembe! - Ez igazán okos gondolat volt. Talán nincsen is itt a mellékszobában.

- Nincsen. A kertben csináltunk neki egy kis lakást.

Nem is hazudott - szegény.

- Ön nagyon jó, Teréza. Hát menjen ki a gyermekhez most, s küldje vissza Noémit. Nem fogom tőle kívánni többé, hogy hozza ide Dódit. Szegény Noémi! De mihelyt felkelhetek, mihelyt járhatok, odavezetnek hozzá, ugye?

- Oda, Mihály!

Ezzel a kegyes ámítással aztán el hagyta magát csendesíteni Mihály mindaddig, míg végre fölkelhetett a kórágyból, mikor már betegségén egészen átesett.

De még nagyon gyönge volt akkor is; alig volt jártányi ereje.

Noémi segített neki a felöltözésnél. Az ő vállára támaszkodva hagyta el a szobát, s azután Noémi odavezette a ház előtti kis padhoz, oda leülteté, és maga is mellé ült, karjával átszorította Mihály karját, és fejét odanyugtatva vállára.

Szép, meleg nyári délután volt. Mihály úgy érzé mindig, mintha minden falevél susogna, zúgna, beszélne a fülébe, mintha a döngő méhek tudósításokat hoznának felé, mintha a fűszálak zengenének lába előtt; minden úgy zúgott az agyában.

Egy gondolat zúgott legjobban.

Amint Noémi arcára tekintett; egy fájó sejtelem kezdett lelkében támadni. Mi van Noémi arcában, ami oly érthetetlen?

Meg akarta azt tudni.

- Noémi!

- Mit kívánsz, Mihályom?

274

- Kedves Noémi, nézz reám!

Noémi felemelte hozzá szemeit.

- Hol van a kis Dódi?

A szegény teremtés ennél a szónál nem bírta tovább szenvedéseit, fölemelé mártírarcát az égre, s két kezét a magas menny felé terjesztve, rebegé:

- Ott van... ott van!...

- Meghalt! - suttogá Mihály.

Erre a szóra odaborult keblére Noémi, s nem bírta többé könnyeit visszatartani, zokogott hevesen, végeszakadatlan.

Mihály odaölelte őt magához, és hagyta sírni.

Szentségtörés lett volna e könnyekből csak egyet is ki nem hagyni hullani.

Ő maga nem sírt; nem: meg volt rettenve.

Meg volt rettenve attól a léleknagyságtól, ami e nyomorult, elvetett teremtést oly végtelen magasba emelé föléje.

Hogy ez el tudott titkolni akkora fájdalmat azért, akit szeret!

Milyen nagynak kell lenni akkor ennek a szeretetnek?!

Mikor aztán kisírta magát szegény teremtés, akkor mosolyogva tekinte fel Timárra, mint a napsugár a szivárványból.

- S te el tudtad ezt előttem titkolni?

- Féltettelek.

- Te nem mertél könnyezni, hogy meg ne lássam, ha sírtál!

- Vártam, míg szabad lesz.

- Mikor nálam nem voltál, akkor őt ápoltad, s én szidtalak érte!

- Nem szóltál semmi rosszat, Mihály.

- Mikor átadtad neki a csókomat, tudtad, hogy a búcsúcsók volt. Mikor azt mondtad, hogy piperét varrsz magadnak, az ő halottruháját varrtad! S mikor szemembe mosolyogtál, akkor az istenanya hét tőre volt a szívedbe verve! Óh! Noémi, mennyire imádlak én téged!

Pedig szegény teremtés csak azt kívánta tőle, hogy szeresse.

Mihály odavonta őt az ölébe.

A falevelek, a fűszálak, a dongó méhek már nem susogtak olyan értelmetlenül agyában: kezdett érteni feje zúgásából.

Hosszú, méla hallgatás után megszólalt újra:

- Hová tettétek őt? Vezess el hozzá.

- Ma még nem - monda Noémi -, az még messze út volna neked; majd holnap.

És másnap és harmadnap és sohasem vezette el Noémi oda Mihályt, ahol a kis Dódi fekszik.

- Mindig ott laknál a sírja mellett; újra beteg lennél bele. Azért nem is emeltem neki halmot, sem fejfát nem tettem a fejéhez, hogy te ne járj oda hozzá szomorkodni.

Pedig Timár azért csak szomorú maradt.

Mikor már annyira erejéhez tért, hogy magában elsétálhatott a szigeten, folyvást azt kutatta, amit nem akartak neki megmondani.

Egyszer aztán derült arccal tért vissza a kunyhóhoz. Egy félig nyílt rózsabimbó volt a kezében abból a tiszta fehér rózsából, aminek semmi illata nincs.

- Ez az? - mondá kérdve Noéminek.

Noémi bámulva inte fejével. Hogy nem lehetett azt előle eltitkolni! A fehér rózsa rávezette. Rájött, hogy ezt most ültették oda.

És akkor aztán meg volt nyugodva, mint aki mindent elvégzett, ami az életben kitűzött feladata volt.

Egész naphosszant elüldögélt a kis padon a ház előtt, és pálcájával a sima kavicsok közt turkált, és suttogta magában:

„Nem adnád oda egy egész földért tele gyémántokkal; nem egy egész égért tele angyalokkal: hanem egy rossz cseréppipáért ráütöttél a kezére."

Ott állhatott már félig készen a szép diófa kastély, a nagy nárdus virágok körülnőtték mind a négy oldalát; Mihály feléje sem ment többé.

Aki lábadozó életerejét, megtört kedélyét fel tudta még tartani az összeroskadástól, az csak egyedül Noémi volt.

MELANKÓLIA

Egyik bimbó a másik után nyílt a fehér rózsatőn. Timár egész nap azt tette, hogy e rózsabimbók kifejlését és kinyílását leste. Mikor egy kinyílt, azt leszakította, és eltette tárcájába, ott szárította meg a keblén.

Szomorú időtöltés volt ez.

Noéminek minden gyöngédsége, amivel Mihályt elhalmozta, nem bírta őt búskomor kedélyéből kigyógyítani. Terhére volt a női édes hízelgés.

Pedig Noémi tudta volna őt megvigasztalni; csak egy szavába került volna az. Hanem ezt a szót a szemérem tiltotta kimondani. S Mihálynak nem jutott eszébe, hogy kérdezzen.

A kedélybetegségnek az a jelleme, hogy csak a múltat látja; és azt mindig látja.

Egyszer azt mondá Noémi Timárnak:

- Mihály, neked jó lenne innen elmenni.

- Hová?

- Ki a világba. Téged bánt itt minden. Eredj innen meggyógyulni. Én ma összekeresem útiszereidet; a gyümölcsárusok holnap átvisznek.

Mihály nem felelt semmit, csak a fejével inté a jóváhagyást.

A kiállt nagy betegség idegeit túlizgatottakká tette, s a helyzet, amit szerzett magának, a csapás, ami érte, ez izgatott idegekre oly kínzólag hatott, hogy maga is átlátta, ha itt marad, vagy megőrül, vagy öngyilkos lesz.

Öngyilkosság? Nincs is annál könnyebb mód egy balhelyzetből kiszabadulni. A balsors, a szorongattatás, a kétségbeesés, a lélekküzdelem, az emberek üldözése, az igaztalanság, a csalódások, a tört remények, a szívfájdalmak, a testi szenvedések, a lélek rémei, a veszteség emléke, a kedves halottak visszatérő arca - ez mind csak egy rossz *álom;* - egy nyomás a pisztoly ravaszán, s megvan a *fölébredés.* Aki itt marad, folytassa az álmot!

Az utolsó estén Mihály, Noémi és Teréza kiültek a kunyhó elé estebéd után; mind a hárman arra a kis padra, és Mihály arra gondolt, hogy ültek már azon egyszer *négyen* is!

A hold teljes gömbalakja ott bujkált az ezüstfelhők között.

Noémi Timár kezét ölébe vonva tartá két keze közt.

- Vajon mi lehet ez a hold? - kérdezé Noémi.

Mihály keze görcsösen szorult ökölre Noémi két kezében. Mondá magában: „Az én rossz csillagzatom! Bár soha ne láttam volna azt a vörös félholdat!"

Teréza felelt leánya kérdésére.

- Az egy kiégett, kihűlt földgömb, amin nincs se fa, se virág, se állat, se lég, se hang, se szín.

- Semmi sincs? - ismétlé Noémi. - Hát ez a nagy csillag maga van egészen? Senki sem lakja?

- Azt senki sem tudja! - felelt Teréza. - Leány koromban a növeldében sokszor néztük ezt távcsővel, csupa üregekből áll; azt mondják, azok tűzhányók voltak, most már azok is hidegek. Olyan nagy távcsövek nincsenek, hogy élő alakot lehessen rajta észrevenni; de a tudományos emberek már annyit bizonyosan tudnak felőle, hogy sem víz, sem levegő nincsen rajta: anélkül pedig testtel bíró állat nem élhet, és így ember sem lakhatik ott.

- Hátha mégis lakik valami? - monda Noémi.

- Ugyan mit gondolsz?

- Elmondom, hogy mit gondolok. Sokszor, régebben, mikor egyedül voltam, úgy elfogott valami nehéz gondolat; kivált mikor a parton ültem, s a vízbe néztem. Úgy hívogatott: milyen jó lehet odalenn! Milyen csendesen lehetne nyugodni ottan. No ne félj, Mihály! régen volt; még „azelőtt". Hanem aztán azt a kérdést tettem magamhoz: „Jól van; a tested odalenn fog feküdni a Duna fenekén; de hát a lelked hová lesz? annak valahová menni kell." S akkor aztán arra a gondolatra jöttem, hogy az a lélek, ami így erőszakosan hagyja el önkényt földi testét, nem mehet máshová, mint a holdba. Most aztán még jobban hiszem azt. Ha ott nincs se fa, se virág, se lég, se víz, se hang, se szín: akkor az a hely azoknak a számára van rendelve, akiknek nem tetszett az, hogy testük van; ott azután találnak egy világot, ahol nincs semmi, ahol nem bántja őket semmi, de nincs is örömük semmi!

Teréza és Mihály egyszerre keltek fel háborodottan Noémi mellől, ki nem értette, miért indultak fel ezek az ő szavára így. Ő nem tudta, hogy saját atyja is öngyilkos volt, s az, akinek kezét fogja, közel van ahhoz, hogy azzá legyen.

Mihály azt mondta, hogy hűvös az éj, menjenek be a házba.

Most még eggyel több rémgondolatja volt a hold felől.

Egyet Timéától örökölt, a másikat Noémitől.

Rettenetes bűnhődés, hogy az ember mindig ott lásson az égen egy fénylő jelt, mely örökkön-örökké első bűnét, elhibázott életének első végzetteljes botlását juttassa eszébe!

Másnap elment Mihály a szigetről.

Úgy haladt el a félbenhagyott diófa ház mellett, hogy egy tekintetet sem vetett rá.

- Aztán tavasszal eljöjj ismét - súgá fülébe gyöngéden Noémi.

Szegény teremtés, olyan természetesnek találta már, hogy az esztendő egyik felében Mihály ne legyen az övé!

(„De hát kié olyankor", erre a kérdésre nem jött soha.)

Mire Komáromba visszakerült Mihály, a hosszú út még jobban megviselte.

Timéa megrettent tőle, mikor meglátta. Alig ismerhetett rá.

Még Athalie is megijedt. Volt oka rá.

- Ön beteg volt? - kérdezé Timéa férje keblére simulva.

- Nagy beteg voltam.

- Valahol az utazásban?

- Igen! - felelt Timár, akinek a kikérdezés úgy tetszett, mintha vallatás volna. Vigyáznia kellett minden feleletére.

- Hosszasan feküdt?

- Hetekig.

- Istenem! És volt, aki önt ápolja az idegenek közt?

Timárnak majd kiszaladt az ajkán: „Óh! az egy angyal volt!"

Hamar észrevette magát, s ahelyett ezt felelte:

- Pénzért mindent kap az ember.

Timéa nem tudta mutatni, ha valamin szomorkodik; s Mihálynak nem volt semmi oka változást találni ez örökké szenvtelen arcon. Hiszen máskor is csak ilyen volt ő.

A viszontlátás hideg csókja nem hozta őket közelebb.

Athalie odasúgott Mihály fülébe:

- Az istenért, uram, vigyázzon ön az életére!

Timár elértette a gúnyos jókívánságot. Neki élni kell azért, hogy Timéa szenvedjen; mert ha Timéa özveggyé találna lenni, akkor nem állna boldogsága előtt semmi. S az volna Athalie-ra nézve a pokol.

Timár eddigi nézeteit ehhez a gyűlölt élethez szaporította most még az a gondolat, hogy ez a démon, aki mindkettőjüket úgy gyűlöli, most az ő életéért imádkozik, hogy az sokáig tartson, hogy mind a kettőjük szenvedése sokáig tartson!

Mindenki észrevehette Timáron a nagy változást, melyen tavasztól őszig keresztülment. Akkor életerős, vidám tekintetű jelenség volt, most egy összeesett, hallgatag árnyék.

Otthon megérkezése első napját írószobájába vonulva töltötte. És délután a titkárja ugyanazon a lapon találta felütve a főkönyvet íróasztalán, amelyen délelőtt elkezdé. Bele se nézett abba.

Biztosai, megtudva honnlétét, siettek hozzá egész nyaláb értesítésekkel; mindenre azt mondta, hogy „jól van"; aláírta, amit eléje tettek, némelyiket rossz helyen; másikat meg kétszer is.

Utoljára kicsukott minden embert a szobájából, azt mondta, hogy aludni akar, s aztán mindenki hallotta, hogy óra hosszant szakadatlanul járt fel s alá a szobájában.

Mikor az étkezésnél összekerült az asszonyokkal, oly komor tekintete volt, hogy senki nem merte megszólítani. Hallgatva költék el az étkeket. Ő alig nyúlt azokhoz, s bort nem is ízlelt.

Egy óra múlva az ebéd után pedig inasát sürgette, hogy miért nem ebédelnek már. Elfeledte, hogy már délután van, s hogy már el is mosogatták a tányérokat.

Este nem tudott fennmaradni, olyan bágyadt volt; ha leült, rögtön elaludt; mikor levetkőzött és ágyba feküdt, akkor meg egyszerre kiment minden álom a szeméből.

„Óh! milyen hideg ez az ágy!"

Minden olyan hideg itthon! Minden bútordarab, minden kép a falon, maguk a régi freskófestmények a padmalyon mind azt mondják neki: „Mit jössz te ide? Nem vagy te itthon. Idegen ember!"

Óh! milyen hideg ez az ágy!

A cseléd, ki vacsorára hívni jött az urat, már fekve találta őt. Annak a hírére Timéa is bejött hozzá, s megkérdezé tőle, hogy valami baja van tán?

- Nincsen semmi - felelt Mihály -, csak fáradt vagyok az úttól.

- Hívassam az orvost?

- Ne tegye, kérem. Nem vagyok beteg.

Timéa aztán jó éjt kívánt neki, s eltávozott, anélkül, hogy kezét homlokára tette volna.

Timár aztán akkor, mikor lefeküdt, nem tudott aludni. Minden neszt hallott a háznál. Hallotta, hogy mindenki suttogva beszél, csoszogva jár, ha ajtaja előtt elmegy; nem akarják felébreszteni.

Ő pedig azon gondolkodott, hogy hová lehetne az embernek saját maga elől elfutni. Az álmok országába. Az jó volna; csak olyan könnyen lehetne abba is átlépni az embernek, mint a halál országába. De az álomvilágba nem lehet erőszakkal bejutni.

Mákony? Ez jó szer. Az álom öngyilkossága.

És azután leste, hogyan sötétül el szobája lassankint, az est árnyai behomályosítanak minden tárgyat; az éj egyre feketébb lesz; utoljára olyan sötétség van körül, aminő a sűrű lomha köd, a föld alatti mélység s a megvakulás sötétsége; ilyen sötétet már csak álmában „lát" az ember.

És Mihály tudta azt, hogy ő most aluszik, s ez a vakság, ami szemeit meglepte, ez az álom vaksága.

És teljes tudatával bírt annak, hogy ő hol álmodik most. Itt fekszik az ágyában komáromi lakásán - ágya mellett az éjszekrény, azon a kínai antik bronz mécstartó, porcelán festett fényernyővel, ágya fölött a falon egy nagy óra zenélőművel; a selyemfüggönyök földig eresztve. A nehéz, ódon készítésű ágynak van egy kihúzható fiókja, egy másik ágy. Remekműnek készült ez, minőt még most is látni régi házaknál, hogy egy ágyban egész család ellakhatott éjszakára.

Timár azt is jól tudta, hogy a szobája ajtaját nem zárta be, bejöhet hozzá akárki. Ha most valaki bejönne azért, hogy megölje? És aztán mi különbség volna a között, hogy alszik vagy meghalt?

Ezt meg akarta tudni álmában.

Egyszer aztán úgy álmodá, hogy az ajtaját csendesen felnyitják, valaki bejő; női léptek. Ágyfüggönye halkan suhog; valaki odahajol föléje. Egy női arc.

Te vagy az Noémi? - gondolja álmában Mihály, s aztán megretten. - Hogy jössz te ide. Ha valaki meglátna!

Sötét van, nem láthat semmit, de azt hallja, hogy valaki leült az ágya szélére, és hallgatja lélegzetvételét.

Így hallgatta azt Noémi hosszú éjszakákon keresztül a kis kunyhóban.

Hát ide is eljöttél utánam, hogy ápolj? Az nagyon szép tőled, Noémi. De reggelre megint visszamenj, a napvilág itt ne találjon.

A nagy óra üt; mély harangzengésű ütése késő éjszakát jelez. Az ágy szélén ülő alak feláll, hogy az óra ingáját megállítsa, nehogy felébressze az óraütés és zenemű az alvót, s eközben keresztül kell hajolnia az ágyon, úgy, hogy Mihály a hozzáérő alaknak a szívverését hallhatja.

„Milyen halkan ver most a szíved!" - mondja álmában.

Azután úgy tetszik, mintha egy kéz hálószekrényén a vegytani gyújtószert keresné.

„Csak nem akarsz tán világot gyújtani? Az nagy gondatlanság volna! Valaki a folyosóról benézhetne az ablakon, s meglátna itt."

A gyújtó platinatapló izzásba jött, egy szál forgáccsal az éji lámpa meg lett gyújtva. Egy nőalak volt ott.

Az arcát nem látta Mihály; de tudta jól, hogy az Noémi. Ki lehetne őmellette más?

A nőalak óvatosan fordítja a fényernyőt Mihály arca felé, hogy az éji lámpa szemébe ne süssön.

„Óh! Noémi, hát te megint át akarod virrasztani az éjszakát? Hát magad mikor alszol?"

A nőalak mintha válaszolna a kérdésre, letérdel az ágy mellé, s az alsó ágyfiókot kihúzza.

Mihály gyönyört és rettegést érez egyszerre szívében.

„Te itt akarsz lefeküdni ágyam mellé? Óh! mint szeretlek! óh! mint rettegek!"

És aztán a nőalak megveti magának az ágyat a kihúzó fiókban, s oda lefekszik.

A gyönyör és rettegés folyvást küzd az álmodó lelkében.

Szeretne odahajolni hozzá, hogy megölelje, megcsókolja, szeretne rákiáltani: „eredj innen, meglátnak!" De minden tagja, nyelve ólom.

És aztán a nőalak is elalszik.

S azzal Mihály álma még mélyebb lesz. Álomlátásai végigjárnak a múltban, a jövőben, a képtelenségek országában, s mindannyiszor visszatérnek oda, ahhoz az alvó nőalakhoz. Többször álmodja azt, hogy fölébredett, s a fantom még mindig ott van.

Egyszer aztán hajnalodik már, a nap besüt az ablakon. Olyan csodálatos fénnyel süt, mint még soha.

„Ébredj már, ébredj már!" suttogja álmában Mihály. „Eredj már haza. A napvilág itt ne találjon. Hagyj el már!"

Küzd az álommal.

„Hiszen nem vagy te itt! mert ez csak álom!"

S azzal erőszakot téve idegein, széttépi az álom bilincseit, s valóban fölébred.

Csakugyan reggel van, a napsugár az ablakfüggönyökön átszűrődik; a meggyújtott mécs még pislog a színes ernyő mögött: a kihúzó ágyfiókban ott fekszik egy alvó nő, karjára nyugtatott arccal.

- Noémi! - sikolt fel Mihály.

A kiáltásra felébred az alvó nő, s feltekint.

Timéa az...

- Kíván ön valamit? - kérdezé a nő, fektéből gyorsan fölemelkedve.

Csak a *hangra* ébredt fel, nem a *névre*.

Mihály még mindig az álom benyomása alatt volt. Bámulva nézte e csodálatos átváltozást: Noémiről Timéára.

- Timéa! - hebegé álomittasan.

- Én vagyok itt! - monda a nő, kezét ágya szélére téve.

- Hogy lehet az? - monda Mihály, takaróját ijedten rántva álláig, mintha rettegne az arctól, mely előtte felemelkedik.

Timéa pedig a legnagyobb nyugalommal felelt neki:

- Aggódtam ön miatt; féltem, hogy valami baja lesz az éjjel: itt akartam lenni az ön közelében.

Timéa hangjában, tekintetében valami oly gyanútlan, őszinte gyöngédség tanúskodott, aminőt nem lehet tettetni. A nőnek ösztöne a hűség.

Mihály magához tért. Első érzelme volt a rémület, második az önvád.

Ez a szegény asszony itt fekszik az ő ágya mellett; özvegye egy élő férjnek! Soha semmi öröme nem volt, mely férjével közös lett volna; most, hogy a férj szenved, ezt a szenvedést eljön vele megosztani.

És aztán következett az örök hazugság. Ezt a gyöngédséget nem szabad elfogadni; vissza kell azt utasítani.

Mihály nyugodt tekintetet erőltetett.

- Timéa, kérem, ne tegye ön ezt többet. Ne jöjjön ide fekhelyem mellé. Én ragályos betegségben szenvedtem: a keleti pestis lepett meg utazásomban. Én féltem önt magamtól. Maradjon tőlem távol, kérem. Én egyedül akarok lenni - éjjel, nappal. Nincs már semmi bajom. De azt hiszem, hogy kerülnöm kell azokat, akik hozzám ragaszkodnak. Azért nagyon kérem önt, ne tegye ezt többet, ne tegye ezt!

Timéa nagyot sóhajtott, lesüté szemeit, s aztán fölkelt az ágyból, és elhagyta a szobát. Le sem volt vetkőzve: öltözetestül feküdt férje lábainál.

Amint kiment a szobából, Mihály is felkelt, felöltözött. Egész lelke fel volt háborodva. Minél tovább haladt e kettős életben, annál jobban érezte a kettős kötelesség ellenmondásokkal terhes zűrzavarát. Egyszerre két nemes, önfeláldozó lélek sorsáért tette magát felelőssé. Szerencsétlenné tette mind a kettőt, s önmagát a legszerencsétlenebbé a kettő között. Hová meneküljön?

Ha egyik a kettő közül valami mindennapi lélek volna, hogy azt gyűlölni, megvetni, pénzzel kifizetni lehetne! De egyik magasabb, nemesebb lélek, mint a másik, s a kettőnek sorsa együtt egy olyan súlyos vád annak okozója ellen, amelyre nincsen védelem.

Hogy mondja meg Timéának, hogy ki az a Noémi? s hogy mondja meg Noéminek, hogy ki az a Timéa?

Ha minden kincseit feloszthatná a kettő között? Vagy ha az egyiknek odaadhatná minden kincseit, a másiknak a szívét?

De mikor mind a kettő lehetetlen!

Mért nem hűtelen, mért nem megvetésre méltó az egyik, hogy eltaszíthatná magától? Mért olyan nemes, olyan szép lélek mind a kettő?

Mihályt még betegebbé tette az itthonlét.

Egész nap nem hagyta el szobáját, nem szólt senkihez, s aztán elült napestig egy helyben, anélkül hogy valamivel foglalkozott volna.

Nem lehetett kitudni, mi baja van.

Ha kérdezte valaki, miért oly szomorú, azt felelte; a keleti pestis utóhatása ez.

Végre Timéa orvoshoz folyamodott.

Az orvosi tanácskozmány eredménye az volt, hogy Mihálynak el kell menni valahová tengeri fürdőkre, hogy a hullám adja neki vissza, amit a szárazföld elvett tőle.

Ez orvosi tanácsra azt mondta Mihály: „nem szeretek embereket látni".

Ekkor aztán azt tanácsolták neki, hogy válasszon valami olyan hideg fürdőt, ahol már vége az idénynek, a vendégek eloszlottak: Tátrafüredet, Előpatakot vagy Balaton-Füredet, ott elég magányt fog találni. Fődolog a hideg hab.

Arra eszébe jutott, hogy hiszen van neki egy kis nyári kastélya a Balaton melletti völgyek egyikében; ezt akkor szerezte, mikor évek előtt kibérlette a balatoni halászatot, de alig volt benne kétszer-háromszor azóta. Most hát azt mondá, hogy majd ott fogja tölteni a késő őszt.

Orvosai helyeselték a választást. A Balaton veszprém-zalai partja valóságos Tempe vidéke, egy tizennégy mértföldnyi szakadatlan kertláncolat, egymást érő boldog falvakkal, elszórt úri lakházakkal, a méltóságteljes tó maga egy barátságos tenger, kisszerű zivatarával, de nagyszerű andalgásával; levegője olaszországi, népe szívélyes, forrásai gyógyerejűek; ott legjobb lesz a búskomor szenvedőnek az őszi hónapokat eltölteni. Ilyenkor már néhány köhögős professzoron és gyomorhurutos plébánoson kívül úgy sincs Füreden más vendég, aki a sötétkedélyű ember magányvágyát megháborítsa. Helyettük ott van a dicső természet; a Balaton mellett ősz táján második tavasz van.

Tehát elküldték Mihályt a Balatonhoz.

Hanem egyet nem tudtak az orvosok, ennek elfeledtek utánajárni: - azt, hogy a nyár végén az egész Balaton környékét elverte a jég.

És aztán az ilyen jégverte vidéknél nincs melankolikusabb látvány.

A szőlők, miket máskor szüret táján a szőlőszedők vidám zaja vesz föl, magukra vannak hagyva, az új hajtású indák összegubancolódva tüskés, rőt folyondárokkal, mik bűzterjesztő bozótot képeznek a bezárt kolnák körül. A gyümölcsfák másodlombja rézzöld vagy rozsdavörös; búcsúzik a jövő kikelettől. A szántóföldeken a lepaskolt kalászok helyét felverte az irthatlan burján; minden tövis, lapu, bojtorján, iszalag odatelepedett az aranykalász helyébe, és senki nem jön azt onnan lekaszálni. Csendes és szomorú minden. A szekérutakat belepte a porcsfű: nem jár azokon senki.

Ilyen időben jött kastélyába a Balaton mellett Mihály.

Az a kastély egy régi épület volt. Valami előkelő uraság építtette saját gyönyörűségére, akinek megtetszett a szép kilátás, s pénze is volt elég, hogy tetszését kielégítse. Kis emeletre volt véve az épület tömör falakkal, a Balatonra néző verandával, nagy fügefákkal és törökszederfákkal lépcsőzete alatt, és erősen körülrakva szent szobrokkal.

Az első építtető örökösei később potom áron adtak túl a magányos kastélyon, melynek csak arra nézve van értéke, aki történetesen annyira megbolondul, hogy oda megy lakni.

Negyedórányi távolban nincs hozzá közel emberi lak.

És amik közel vannak is hozzá, azok is lakatlanok. A kolnák, a pinceházak az idén fel sem fognak nyílni, mert szüret nem lesz, s a balaton-füredi nagy épületekben már csukva vannak mind a redőnyök: az utolsó vendég is elköltözött; ez idő szerint még gőzhajó sincs ott; a savanyúvíz-forrás oszlopcsarnoka látogatatlanul áll, s a sétányon a platánlevelek zörögnek a végighaladó lába alatt, senki sem söpri már azokat el onnan.

Se ember, se gólya nincs már a vidéken; csak a méltóságos Balaton mormog titokteljes szavakat, mikor felháborodik; és azt sem tudja senki, hogy miért.

S a Balaton közepén ott áll egy kopár hegy, és azon egy kéttornyú kolostor, amelyben hét szerzetes lakik. Felül és alant fejedelmi csontok kriptája.

Erre a helyre jött meggyógyulni Timár.

Mihály a Balaton melletti lakba csak egy férficselédet vitt magával, néhány nap múlva azt is hazaküldte, azon ürügy alatt, hogy elég neki szolgálattételre a házra felügyelő vincellér. Az pedig vén ember volt, és hozzá még süket is.

Valami kevés emberi nesz még maradt a közeli fürdő vidékén. Az ottani egyetlen nagy bérház tulajdonosa ott lakott családostul, azonkívül néhány uradalmi hivatalnoknak volt ott állandó lakhelye, s a kápolnában minden reggel beharangoztak a misére. Egy este aztán a bérház tulajdonosa leánya névnapján nagy dáridót csapott, sütöttek, főztek, a zsírláng kicsapott a kéményen, a bérház kigyulladt, fürdőház, uradalmi tiszti lak, kápolna, minden leégett; úgy is maradt aztán egész tavaszig; a füstös romok közül minden ember elköltözött.

Most azután nem hallatszott a völgyi lak körül emberhang sem, harangszó sem, csak a roppant tó titokteljes mormogása.

Timár naphosszant elült e tó partján, hallgatva annak rejtelmes beszédét; néha a legcsöndesebb időben elkezd az zajlani, színe smaragdzöldre változik egész a végtelen messzeségig olyankor, s a méla zöld hullámszín fölött egyetlen vitorla nem jár; semmi hajó, komp, dereglye: mintha ő volna a holt tenger.

Csodálatos kettős ereje van e tónak: a testet megedzi, s a lelket elkomorítja. A mell felszabadul, az étvágy kegyetlenül követelő lesz; hanem amellett valami méla, bánatos érzés lepi meg a kedélyt, mely a regevilágba andalít vissza.

A festői hegycsoportok a tó partján még koronázva vannak a közelmúlt hőskor várromjaival; Szigliget, Csobánc várkertjeiben még zöldül a zsálya és levendula, miket az elmúlt családok asszonyai ültettek oda; de a falak évről évre roskadoznak, egy-egy torony meredek fala dacol még csoda módon a zivatarral. És amit élők laknak, az is a mulandósághoz közelít. Maga a tihanyi hegyoldal folyton omladozik keleti oldalán, vén emberek még arra emlékeznek, hogy a kolostort társzekerekkel lehetett körülkerülni; később már csak gyalogút járt el fala mellett; ma már éppen a meredély szélén áll, s a görgeteg kő egyre hull alá Endre király tömör épülete alul. A hegytetőn fenn két tengerszem volt: már az is elenyészett; az út mellett puszta templom düledez; a falu helyén legelő van. S a nagy tó a belehulló kövekért özönvíz előtti csigakövületekkel fizet; kecskeköröm alakú kagylókat hányt ki a partjaira; és minden, ami benne lakik, oly idegen, oly különböző más vizek lakóitól, mintha ez a tó csakugyan egy elmaradt leánya volna az egykor itt úrkodott tengernek, s még most is tartogatná emlékeit messze távozott anyja, a tenger után. Halai, csigái, kígyói, még rákjai közt is uralkodó szín a fehér: azok más vízben nem laknak, iszapja kristálytűkkel van tele, miknek érintése éget és gyógyít; spongyája hólyagot húz a bőrön, s egész vize édes és iható. Sok embert ismerek, aki valósággal szerelmes a Balatonba.

Timár is az volt.

Óra hosszant elúszkált a csendesen ringató hullámban, s fél napon át járta alá s fel a partjait, s este későn alig tudott megválni tőle.

Nem kereste mulatságát se vadászatban, se halászatban. Egyszer magával vitte a fegyverét, s ott felejtette valami fára felakasztva, másszor meg a horogjára akadt fogas elvitte a horgot pálcástól együtt. Nem volt figyelmes a közel levő tárgyak iránt. Lelke és szemei a messzeséget járták.

A hosszú ősz is vége felé járt már; a víz nagyon áthűlt a hosszú éjszakákon, a fürdést rövidebbre kellett szabni; hanem a hosszú éjszakáknak is megvoltak a saját méla gyönyöreik: a csillagos ég, a hullócsillagok, a hold.

Timár egy hatalmas refraktort hozatott magának, s éjféleken túl elnézegette az ég csodáit, a bolygókat, mik holdakat, gyűrűket hordanak maguk körül, miken látható fehér foltokat támaszt a tél, miket vörös fénybe borít a nyár; és azután azt a nagy égi talányt, a változatlan holdat, mely a távcsövön át mint egy fénylő lávadarab tűnik elő, szétsugárzó hegygerinceivel, mély körszikláival, fényes mezőivel és sötét árnyaival. Egy egész világ, amelyen semmi sincs!

Csak azoknak a lelkei, akik erőszakkal eldobták maguktól a testet, hogy ne legyen rajtuk semmi.

Azok vannak odaküldve a semmibe.

Ott nem bántja őket semmi, nem éreznek semmit, nem tehetnek semmit, nem fáj nekik, nem gyönyör nekik semmi, nincs nyereség, nincs veszteség semmi; ott nincs hang, nincs lég, nincs víz, nincs szél, nincs vihar, nincs virág, nincs élő állat, nincs harc, nincs csók, nincs szívverés, nincs születés, nincs halál: csak a semmi az, aki van, és tán az emlékezet?!

Az rettenetesebb volna a pokolnál: ott élni a holdban, mint testtelen lélek a semmi világában, s emlékezni a földre, ahol van zöld fű és piros vér, villámcsattogás és csókcsattanás, van élet, van halál.

Mit mondott Noémi?

És Mihálynak valami untalan azt súgá, hogy neki mégis oda kell menni a semmi világának lakói közé.

Ebből az ő szerencsétlen életéből nincs más kijárás.

Maga szerezte magának azt.

Két egymásnak ellenmondó életet. Két nőt, akik közül egyiket sem tudja elhagyni, egyiktől sem tudja magát elszakítani.

Ilyenkor, mikor mind a kettőtől egyformán távol van, mikor egészen egyedül van, érzi csak egész rettenetes nagyságában balhelyzete súlyát.

Hisz ő Timéát imádja!

És Noémi egész lelke.

Azzal együtt szenved, ezzel együtt örül.

Az egy valódi szent, ez egy valódi nő.

Vissza-visszagondolt elmúlt életére: hol hibázta azt el?

Mikor Timéa kincseit megtartotta magának?

Vagy mikor nőül vette Timéát?

Vagy mikor kétségbeesetten elhagyta őt, s ily szétzúzott kedéllyel talált Noémire, és ott lelt boldogságot?

Az első vád nem terhelé.

Timéa úrnője már az egész vagyonnak, mit Timár a Duna fenekéről mentett meg, vissza van az neki adva.

A második vádnak is van mentsége.

Ő szerelemből vette el Timéát, s Timéa önkényt ment hozzá, forró kézszorítással fogadta el ajánlatát. Mint férfi, ki egy nőt megérdemel, úgy lépett eléje Mihály. Azt nem tudhatta, hogy Timéa mást szeret. Azt nem tudhatta, hogy annyira szeret, hogy a szerelmet megismerni sem akarja!

Hanem a harmadik vád alul nem talált menekülést.

Mikor megtudtad, hogy nem szeret a nő, mert egy harmadik alak áll kettőtök szíve között, nem kellett volna gyáván elfutnod, hanem oda kellett volna menned ahhoz a harmadik emberhez, és azt mondanod neki: „Barátom, ifjúkori bajtársam, kettőnk közül egyikünknek ezen a világon nincs helye; szeretlek, ölellek, hanem mármost jerünk ki egy szép csendes szigetre, s ott lövöldözzünk egymásra addig, amíg egyikünk halva nem marad."

Ez lett volna a dolgod.

Majd akkor a nő megismerte volna benned a férfit.

Azt a másikat az tette eszményképpé a nő előtt, hogy bátor, férfias alaknak tűnik fel; miért nem mutattad meg, hogy te is az vagy? Egy éles kard a kezedben jobban megnyerte volna őt számodra, mint minden aranyad és gyémántod. A nő szerelmét nem szokás koldulni, hanem meghódítani.

És aztán lettél volna rajta, hogy kiérdemeld, kivívd, s ha kell, kierőszakold ezt a szerelmet. Tudtál volna zsarnok lenni, lettél volna szultánja a nőnek, kit rabul megvettél, verted volna végig korbáccsal, míg meg nem szelídül, most mégis ura volnál, bírnád, tied volna; így pedig áldozatoddá tetted, és mindennapi kísérteted lett belőle, ki a sírból jár fel élő arccal, hogy tégedet vádoljon.

És te nem tudsz tőle megválni!

Csak volna hát annyi bátorságod, hogy most eléje lépj, és azt mondd neki: „Timéa, én önnek rossz angyala vagyok, oldjuk fel frigyünket."

De te félsz valamitől.

Attól, hogy Timéa így fog felelni:

„Én nem válok el öntől. Én nem szenvedek. Én megesküdtem, hogy önhöz hű maradok. Én vissza nem esküszöm."

Az őszi éjszakák egyre hosszabbak, a napok rövidebbek kezdtek lenni, s a rövidülő napokkal a tó is lassanként áthűlt. Hanem Timárnak még annál inkább tetszett a fürdés. Aki úszik, az nem fázik. Teste egészen visszanyerte elébbi edzett ruganyosságát, betegségének minden nyoma elmúlt már, idegei, izmai acéllá lettek. És ekkor volt legbetegebb.

Mert a lépkóros, a spleenes embernek a hipochondriája még kigyógyítható: ha a testi baj szűnik, a lélek sem szenved többé. De mikor az ép, edzett férfi lelkét lepi meg a búskomorság - az már halálos baj.

A hipochondria betege meleg kabátot húz; fejétől sarkáig betakarja magát; ablakait beragasztja a szél ellen; ételét latszámra veszi, orvosi tanács szerint válogatja; nyűgösködik az orvosok nyakán, s titokban kuruzslószereket használ, és orvosi könyveket olvas; hévmérő után fűti szobáját, s érverését órája szerint számítgatja; fél a haláltól. A melankólia betege pedig széttárja keblét a viharnak, s födetlen fővel megy vele szemközt, kitárt ablaknál alszik, s nem keresi az élet hosszabbítását.

Az őszi éjszakák folyvást derültek voltak, ilyenkor olyan gazdag az ég csillagokban; Timár egész éjeken át ott ült szobája nyitott ablakánál, a távcsővel sorra járta a végtelen űr fénylő pontjait. Mihelyt a hold lement, azonnal távcsöve elé ült. A holdat gyűlölte már, mint ahogy tud az ember gyűlölni egy az unalomig megismert vidéket, aminek lassankint minden lakosával haragba jött már; mint ahogy tud gyűlölni egy képviselőjelölt egy választókerületet, amelyben ezerféle ok miatt megbukott, s amiről tudja, hogy mégis ott kell neki lakni.

Ez égvizsgálás alatt azon rendkívüli szerencsében részesült, hogy tanúja lehetett egy égi jelenetnek, ami a csillagászok évkönyveiben mint egyedülálló van följegyezve.

Egyike a rendes időközökben visszatérő üstökösöknek jelent meg az égen.

Timár azt mondta magában: „Ez az én csillagom. Éppen olyan elszórt csillag, mint az én lelkem; éppen oly céltalan járása-kelése, mint az enyim, éppen olyan látszat az egész létele, mint az enyim, semmi valóság!"

És azután egész éjszakákon át kísérte a csodafény járását.

Az üstökössel egyenlő irányban haladt a Jupiter, a maga négy holdjával; útjaiknak át kellett szelni egymást.

Amint az üstökös a nagy bolygó közelébe jutott, egyszerre csak a fény sörénye elkezdett kétfelé válni. A Jupiter vonzereje gyakorolt rá hatást. A nagy csillag merészkedett az ő urától, a naptól elvitatni a lángcsillagot.

A földlakók szeme láttára ment ez végbe.

A következő éjjel már kétfelé volt válva az üstökös fénykévéje, s két irány felé meredt szét.

Ekkor a Jupiternek legnagyobb s legtávolabb eső holdja közeledett gyorsan felé.

„Mi lesz az én csillagomból?" - kérdezé Timár.

A harmadik éjjel az üstökös fejét képező fénymag homályosodni és szétterülni kezdett. A Jupiter holdja ekkor legközelebb állt hozzá.

A negyedik éjjel kétfelé volt szakítva az üstökös; két külön fényfarkkal és világló fővel, s a két csillagrém éles szöget képző két külön parabolában kezdette el céltalan futását a végtelenben. Hát még az égben is megtörténhetik „ez"?!

Timár kísérte a csodalátványt távcsövével, míg el nem veszett az az áttörhetetlen űrben.

Ez a látvány gyakorolt lelkére legmélyebb benyomást.

Most már egészen készen volt a világgal.

Százféle indoka van az öngyilkosságnak, azok között a legmakacsabb, a leggyőzhetlenebb az, mely a hosszas világnézetből ered. Vigyázzatok arra, aki nem tudományos szakértelemből vizsgálja az eget, búvárkodja a természet titkait; az elől tegyétek el éjszakánkint az éles kést meg a pisztolyt, s kutassátok ki öltönye zugait, nem rejteget-e bennük mérget?

Igen, Timár el volt rá szánva, hogy megöli magát. Nem jön az a gondolat erős jellemeknél egyszerre, hanem megérik. Évekkel előre tudják ők azt már, s nagy furfanggal mesterkedik ki a módjait a kivitelnek.

Timárnál meg volt érve a gondolat.

Egész rendszerrel fogott hozzá.

Amint a zord napok beálltak a Balaton vidékén, hazament Komáromba. Minden ember, aki először találkozott vele, azzal fogadta, hogy mennyire magához jött, milyen jó színben van.

És Timár jókedvet is mutatott hozzá.

Csak Timéa szemei vették észre arcán azt a rejtegetett mély elhatározást, csak Timéa kérdezé tőle aggódva: „Mi bajod, férjem?"

Nagy betegsége óta csupa gyöngédség volt iránta a nő. Mihályt csak sietteté ez a gyöngédség az éles kés hegye felé.

Minden öngyilkosság őrültség, s minden őrültségben van valami, ami elárulja magát. Sok ember tudja már, hogy ő őrült, az öngyilkos is tudja azt mind. Takargatni akarja a titkát, hogy meg ne tudják. Éppen azzal árulja el. Fölteszi magában, hogy okos dolgokat fog beszélni, hogy meg ne tudja senki, hogy ő bolond; de azok az okos beszédek mind nincsenek rendes helyen és időben alkalmazva, s felköltik a gyanút; túlságos jókedvet mutat, vigad, tréfál; de vígsága oly aggasztó, oly rendkívüli, hogy aki látja, borzadva mondja magában: „Ez vesztit érzi!"

Úgy csinálta ki Timár, hogy nem fog „az" itthon végbemenni.

Megírta végrendeletét.

Minden vagyonát Timéának és a szegényeknek hagyta; és még olyan gyöngédséggel és előrelátó furfanggal bírt, hogy egy külön alapítványt tett, mely arra való volt, hogy ha Timéa az ő holta után férjhez fog menni, s ha Timéa utódai egykor szegénységre jutnának, az alapítványból ezer forint évdíj legyen számukra biztosítva.

És azután ez volt a terve:

Amint az évszak engedi, el fog utazni - híresztelés szerint Egyiptomba - voltaképpen pedig a senki szigetére.

Ott akar meghalni.

Ha Noémit is rábírhatja, hogy haljon meg vele, akkor ketten együtt.

Óh! Noémi bizonyosan rá fog arra állni. Hiszen mit csinálna ezen a világon Mihály nélkül?

Mit ér ez az egész világ már így, ahogy van?

Mind a ketten oda Dódi mellé.

A telet hol Komáromban, hol Győrben, hol Bécsben töltötte Timár;

mindenütt terhére volt a világ.

A búkórban szenvedő embernek legnagyobb szerencsétlensége az, hogy mindenki arcáról azt véli leolvasni, hogy az most ezt gondolja magában: „ni! egy búkóros ember!". Észreveszi minden ismerőse arcán és szavain, hogy valami változást sejtenek őrajta magán; hallja, hogy suttognak a háta mögött, hogy integetnek titkos jelekkel, mikor valahol megjelen; hogy remegnek tőle az asszonyok; hogy iparkodnak nyugalmat erőtetni a férfiak; és aztán megtörténik vele, hogy szórakozottságában olyan dolgokat tesz, mond, amik lelke bomlottságáról tanúskodnak, nevetséges dolgokat, s bosszantja végtelenül, hogy miért nem nevetnek hát azon az emberek. - Már félnek nevetni.

Pedig hiszen ne féljenek tőle. Még nincsen annyira, hogy felugorjék a helyéből, s a paprikát a szemközt ülők szeme közé szórja; ámbár valóban egyszer-egyszer előveszik olyanforma vágyak, hogy mikor például Fabula János uram meglátogatja, s mint egyházi vicekurátor komoly dolgokról kezd el perorálni előtte, mereven állva, mintha nyársat nyelt volna, olyankor úgy csiklandja valami Timárt, alig bír a vágynak ellenállni, hogy a két kezét hirtelen a vicekurátor úr vállára téve, annak a fején keresztülugorjék!

Volt a tekintetében valami, amitől az ember háta végigborzongott.

Ezzel a tekintettel találkozott Athalie is.

Gyakran, midőn szemközt ültek a családi asztalnál, Timár szemei folyvást Athalie arcára és termetére voltak éhezve.

Az ilyen kedélybeteg emberek tekintete úgy ki tudja fejezni az éhszomjat a női bájak iránt.

S Athalie rendkívüli szépség volt. Igazi Ariadne-nyak és -kebel. Mihály szemei e szép hófehér nyaktól meg nem tudtak válni, úgyhogy Athalie nyugtalanítva érezé magát e kecseinek tett néma hódolat által.

Igen, Mihály arra gondolt, hogy csak egyetlenegyszer lehetnél birtokomban te szép hófehér nyak, te bársonysima gyönyörű kebel - hogy egy szorításával acélmarkomnak beléd fojthatnám a lelket!

Ez a vágya volt, mikor Athalie bacchánsnői szép termetére bámult.

Csak Timéa nem félt tőle.

Timéa nem félt soha, mert nem volt semmije, amit féltsen.

Timár megunta végre a késedelmes tavaszt várni. Mi szüksége van a virágnyílásra annak, aki a fű gyökere alatt akar aludni?

Elindulása napján nagy dáridót csapott.

Összehítt magához boldogot-boldogtalant, akinek csak valaha hírét hallotta; egész háza megtelt vendégekkel.

A dínomdánom kezdete előtt azt mondá Fabula Jánosnak:

- Atyámfia az Úrban. Legyen itt mellettem, s majd ha reggel felé teljesen eláztam, s öntudaton kívül leszek, vitessen le a szekerembe, fektessenek az ülésbe, s aztán fogják be a lovakat, s hajtsanak el velem.

Úgy akart öntudatlanul eltávozni házától, szülővárosától.

Aztán reggel valamennyi vendég ki erre, ki arra dűlt el, Fabula János uram is horkolt édesdeden hátraszegett fejjel egy karszékben ülve, csak Timár maga maradt elázatlan.

A lélekkór úgy van a borral, mint Mithridat volt a méreggel: nem tudja magát megölni vele.

Csak magának kellett megindulnia, hogy szekerét fölkeresse, és útra keljen.

Fejében össze volt zavarva az élet és az álom; a képzelet és a mámor; az emlékezet és a hallucináció.

Úgy tetszék, mintha egy alvó, fehér arcú szent fekhelye előtt állt volna meg. Úgy tetszék, mintha e fehér szobor ajkát megcsókolta volna, s a szobor e csókra sem ébredt volna fel.

Talán csak mámor vagy képzelet volt az is.

Azután az a jelenet is jött eléje, hogy egy sötét folyosón egy ajtó mögött egy szép maenade-arc, buján göndörített hajfürtökkel, leskelődött elé; olyan ragyogó szemei voltak, piros ajkai közül tündökölt a gyöngy fogsor, amint az égő viasztekercset feje fölé tartá, s azt kérdezé a tántorgótól: „Hová készül ön, uram?"

S erre ő ezt súgá a bűbájos tündéralak fülébe:

- Megyek, Timéából boldog nőt csinálni...

Erre a tündérarc egyszerre Medúza-fővé torzult el, a göndör hajfürtök, hah! hogy alakultak át kígyókká!

Talán ez is csak hallucináció volt.

Timár csak délfelé ébredt fel szekerén, mikor új lovakat fogott be a gyorsparaszt. Már akkor messze volt Komáromtól.

Elhatározását mi sem változtatá meg.

Késő éjjel érkezett meg az Al-Dunára, hol a halásztanyán az előre megrendelt csempészbárka várt reá. Még éjjel átkelt a szigetre.

Egy gondolat kecsegtette. Hátha Noémi meghalt ezalatt!

Miért ne tehette volna azt? Most milyen tehertől volna ő megszabadítva. A szörnyű rábeszéléstől!

Ami az embernek kedvenc rögeszméje lesz, azt követeli a sorstól, hogy ne is lehessen másképp: annak már úgy kell történni, ahogy ő gondolta.

A fehér rózsabokor mellett már ezóta van egy másik rózsabokor, mely tavasszal pirosat fog virágzani: az Noémi. Most még egy harmadik jön a kettő mellé: az lesz sárga rózsa, az arany ember virága.

Ezzel az ábránddal szállt ki a sziget partjára.

Még éjjel volt, mikor megérkezett; a holdvilág sütött.

A félbenhagyott ház, mint egy kripta, állt a fűvel benőtt téren, ajtaja-ablakai be voltak takarva gyékénnyel, hogy hó, eső be ne verjen.

Mihály sietett a kis lak felé. Almira eléje jött, megnyalta a kezét, és nem ugatta meg, hanem megfogta a köpenye szárnyát, s odavezette az ablakhoz.

A kis lak ablakán besütött a holdvilág. Mihály benézett: a szoba egészen világos volt.

Láthatta jól, hogy csak egy ágy van a szobában, a másik hiányzik onnan. Azon az ágyon alszik Teréza.

Úgy van, ahogy ő kigondolta. Noémi a rózsafa alatt van már. Így van az jól.

Bezörgetett az ablakon.

- Én vagyok itt, Teréza!

A hívásra előjött a nő a veranda alá.

- Egyedül alszik ön, Teréza? - monda neki Timár.

- Egyedül.

- Noémi felment Dódihoz?

- Nem. Dódi jött le Noémihez.

Timár bámulva tekinte Teréza arcába.

Erre a nő megfogta a kezét, s ravasz komolykodással elvezeté a ház háta mögé, hol a kis lak másik szobájának ablaka volt.

Ez a szoba is világos volt; éji mécs égett benne.

Timár benézett az ablakon, s a fehér ágyon látta Noémit feküdni, fél karjával egy kebléhez simuló aranyhajú angyalfőt ölelve.

- Ki ez? - szólt Timár egyszerre suttogássá lenyomott kiáltó hangon.

Teréza szelíden mosolygott.

- Hát nem látja ön? A kis Dódi. Visszakívánkozott hozzánk. Azt mondta, hogy jobb itt, mint az égben. Azt mondta az Úrnak: „Neked úgyis sok angyalkád van; eressz vissza azokhoz, akiknek csak egy volt." S az Úr visszabocsátá.

- Hogyan?

- Hm, hm! Hát a régi történet. Egy szegény csempésznő ismét meghalt, a gyermeke árván maradt, s mi magunkhoz fogadtuk. Hát bánja ön azt?

Timárnak egész teste úgy reszketett, mintha forrólázban volna.

- Ne költse őket fel reggelig! - monda Teréza. - A gyermeknek árt az, ha álmát félbeszakítják; s a gyermekéletnek sok titka van. Legyen ön türelemmel. Nemde?

Dehogy szólt Timár egy szót is. Elhajította süvegét, leveté köpenyét, felsőkabátját, egy ingre vetkőzött, ingujjait felgyűrte karjairól. Teréza azt hitte róla, hogy megőrült. Óh! dehogy őrült meg! Odarohant a diófából épített házhoz, letépte annak ajtajáról, ablakáról a gyékényt, előrántotta asztalosműhelyét, odaszorítá a csavar közé a félbenhagyott ajtó deszkáját, felvette a gyalut, s elkezdett dolgozni.

Éppen hajnalodott.

Noémi azt álmodta, hogy valaki az új házban asztalosmunkát dolgozik, a gyalu harsog a keményfa deszkán, s a jókedvű dolgozó danája hangzik pihenés közben: „Az én babám kis kunyhója Többet ér, mint Buda vára!"

És mikor felnyitotta a szemeit, akkor is hangzott a gyaluharsogás és a dal.

TERÉZA

Timárnak sikerült már meglopni az egész világot.

Ellopta Timéától apja millióját, azután ellopta tőle szíve férfiideálját, végre ellopta tőle hitvesi hűségét.

Ellopta Noémitől szíve szerelmét, női gyöngédségét, ellopta őt magát egészen.

Ellopta Teréza bizalmát, az embergyűlölő utolsó hitét az egyetlen igaz emberben, ellopta tőle a senki szigetét, hogy azt megint visszaadja neki, s azzal ellopja háladatosságát.

Ellopta Krisztyán Tódortól az egész óvilágot, száműzve őt ravaszul a másik hemisphaeriumra.

Ellopta Athalie-tól apját, anyját, házát, vőlegényét, égi, földi üdvösségét.

Ellopta Kacsukától a boldoggá létel reményét.

Lopta a tiszteletet, mellyel az egész ismerős világ környezé; a szegény könnyeit, az árva gyermekek kézcsókjait, a királytól az érdemrendet, ez mind lopott jószág volt. Lopta a csempészektől a titoktartó hűségét, a tolvajokat meglopta!

Meglopta az Istent magát, lelopott tőle az égből egy kis angyalt.

A lelke sem volt már az övé: azt is elzálogosította már a holdnak, ezt is megcsalta vele: nem adta át, amit ígért. Meglopta a holdat!

Már el volt készítve a méreg, mely elszállítsa őt a semmi csillagába; hah, hogy örült, hogy vigyorgott minden ördög, hogy tartotta a lehulló elé a körmeit. Aztán bolonddá tette azokat is, nem ölte meg magát. - Meglopta magát az ördögöt.

Kilopott a világ közepéből magának egy paradicsomot, s e paradicsom tiltott fájáról lelopta a gyümölcsöket, míg az őriző arkangyal hátat fordított; s a rejtett édenben kijátszott mindent, ami emberi törvény: papot, királyt, bírót, hadparancsnokot, adószedőt, rendőrt. Ezek mind meg voltak általa lopva.

És minden sikerült neki.

De vajon meddig tart ez a siker?

Mindenkit meg tudott csalni, csak egyet nem: saját magát.

A mosolytól ragyogó arc belül olyan szomorú volt mindig.

Ő tudta jól, hogy mi az ő neve!

És szeretett volna az lenni, aminek látszik.

És az lehetetlenség volt.

A végtelen gazdagság... az általános tisztelet... a boldogító szerelem... bárcsak egy volna ezek közől megérdemlett, igaz keresmény! Lelkületének alapja, életlevegője volt az őszinteség, becsületesség, emberszeretet, szigor, önfeláldozás; rendkívüli, szokatlan nagyságú kísértetek azzal merőben ellenkező áramlatba ragadták; s most itt áll előtte egy ember, akit mindenki szeret, becsül, tisztel, csak ő egyedül gyűlöli, vádolja magát.

S még hozzá a sors legutóbbi betegsége óta oly vasegészséggel áldotta meg, hogy semmi meg nem ártott neki. Ahelyett hogy vénült volna, fiatalodott. Nyaranta sok kézmunkával volt elfoglalva.

Azt a kis házat, amit a múlt évben összeácsolt, mint asztalos egészen fölszerelte; azután következett az esztergályos, a képfaragó; még a múzsákat is meglopta, alakító tehetséget orozott tőlük. Gyönyörűség volt a kis faházat látni, amely vésője alatt lassankint műremekké alakult át. Timárban egy művész veszett el.

A kis ház tornácát emelő oszlopok mindegyike más alakot mutatott: az egyik két összefonódott kígyó volt, fejeik az oszlopfő; a másik egy pálmatörzs, melyet folyondár körít, a harmadik összetekergőzött szőlővenyigéket mutatott leskelődő gyíkokkal, mókusokkal, a negyedik volt egy levelei közül kiemelkedő nádcsoport.

És belül is a falak táblázata csupa eszményi faragvány, tarka mozaik;

asztalok, székek művészi összeállítással készültek, a hófehér gyertyán, a habos gyökérfa, mikből szekrény, óratok lett faragva, a barna diófa alapot barátságosan igyekezett tarkítani; a mennyezetes nyoszolya kirakott superlátjával művészi ízlést árult el. És azonkívül ajtók és ablaktáblák nyitja eredeti ötletekről tanúskodott. Azok mind a falba tűntek el, ki oldalt, ki fölfelé volt tolható, furfangos fakilincsekkel zárható, nyitható, miután azt előre kimondta Timár, hogy ezen a házon egyetlenegy szegnek sem szabad lenni, amit nem maga készített; nem is volt benne egy vasdarab sem. Egészen a maga erejéből, egészen e sziget terményéből akarta azt kiállítani. Csak az ablakokkal volt még megakadva; mivel pótolja az üveget? Eleintén szúnyoghálót feszített ki a rámákba; hanem így a ház csak nyári laknak volt használható, az eső is beleesett, ha a táblákat be nem tették; aztán hólyagból készített ablaktáblákat, mint az eszkimók; az meg nem illett a többi pompához. Végre addig kutatott, míg a téveteg szikla egyik oldalában fölfedezett egy réteg macskaezüstöt, amit csillámnak, „Mária-üveg"-nek is neveznek. Azt nagy gonddal kiemelte a kőből; a finom, átlátszó ásványt széthasogatta vékony rétegeire, s azután vékony finom lécecskékből valami rostélyt állított össze, aminek a közeit az istenadta üveggel kitöltögeté. Már az rabnak való munka volt. És a hatalmas, gazdag úrnak volt türelme vesződni vele.

Az volt aztán az öröm, mikor készen volt a ház, mikor belevezethette kedveseit. Nézzétek, ez mind az én kezeim munkája. Ilyet nem adhat a király sem a királynénak!

Dódi (a második) már akkor négyéves volt, mikor ez a ház elkészült. „Dódi háza!"

Azontúl más dolog várt Mihályra. Dódit olvasni tanítani.

Dódi eleven fiú volt. Egészséges, eszes, jókedvű gyermek. Timár azt mondta, hogy maga fogja őt mindenre megtanítani. Olvasni, írni, aztán úszni, tornázni; majd kertészkedni, gyalut, vésüt kezelni. A faragó embernek akárhol a világon mindig van kenyere. Dódi mindent meg fog tanulni.

Timár azt hitte már, hogy ez mindig így fog menni, hogy az egészen így van rendén; s hogy ezt az életet csak folytatni kell a napok végeig.

Egyszer aztán a sors azt mondta neki: „Megállj!"

Nem is a sors volt az, aki ezt mondta, hanem Teréza.

Nyolc éve múlt már annak, hogy Timár legelőször a kis szigetre vetődött. Noémi és Timéa még akkor gyermekek voltak; most Noémi huszonkét, Timéa huszonegy esztendős; Athalie huszonötben jár; Teréza negyvenöt évet haladt meg; Timár maga negyvenkettő, a kis Dódi az ötödikbe lépett.

Ezek közül egynek el kell már menni haza: mert kitöltötte az idejét. Igazán kitöltötte egy egész hosszú életre való szenvedéssel - ez Teréza.

Teréza egy nyári délután, mikor Noémi odakünn járt a gyermekkel, így szólt

Timárhoz:

- Mihály, én mondok neked valamit. Engemet ez az ősz elvisz magával. Én tudom, hogy meghalok. Húsz éve már, hogy szenvedek abban a bajban, ami elvisz: a szívem beteg. Nem szólásmód ez tőlem. Halálos baj ez. Titkoltam mindig, nem panaszkodtam soha. Gyógyítottam türelemmel, gyógyítottátok ti szeretettel és örömekkel. Ha azt nem tettétek volna, rég a földben volnék. De már nem vihetem sokáig. Egy egész éve már, hogy nem alszom; semmit sem. A szememet le nem hunyom éjjel: ahogy lefekszem, úgy virradok fel. Úgy hiszem, erre hosszú álom következik - és nagyon csendes álom. Meg van szolgálva. Egész nap a szívem dobogását hallgatom. Sebesen üt hármat, négyet, mintha megrettent volna, azután egy felet; azután elhallgat, mintha meghalt volna, azután várakozva egyet-egyet dobban, megint sebesen rákezdi, ismét hosszú csend. Ez már a vége felé közelít. Gyakran szédülök, csak az erős akarat tart, hogy le nem roskadok. Ezen a nyáron túl nem fog ez tartani. Nem bánom, megnyugszom benne. Semmi sem nyugtalanít. Noéminek van már, akit helyettem szeressen. Nem kérdezek tőled semmit, Mihály. Nem kívánok tőled semmi fogadást. A mondott szó üres beszéd; az érzett szó az igazi. Te érzed, hogy mi vagy Noéminek, s hogy Noémi rád nézve kicsoda. Mi nyugtalaníthatna engem? Meghalhatok anélkül, hogy imádsággal alkalmatlankodnám a bölcs mindenhatónak. Hisz amit kérhetnék tőle, azt már megadta. Ugye igaz ez, Mihály?

Mihály lecsüggeszté fejét. Ez volt az a gondolat, ami az ő álmait háborította mindig. Ő látta, hogy Teréza egészsége hanyatlik. Észrevette arcáról, mint küzd egy eltitkolt szörnyű bajjal, mely az embert ott támadja meg, ahol legközelebb van a test a lélekhez, a szívében, s rettegve gondolt arra a lehetségre, hogy ha egyszer Teréza meg találna halni, mi lenne akkor Noémiből?

Hogy hagyná akkor itt, mint szokta, egész hosszú télen át ezt a gyönge leányt egyes-egyedül a vadonban, azzal a kicsiny gyermekkel?

Ki védi, ki biztatja, ki segíti meg akkor őket?

Mindig kerülte ezt a gondolatot. Most azután előtte állt: nem térhetett félre neki.

Teréza igazat mondott. Még aznap délután egy ismerős gyümölcsvásárló kofa érkezett a szigetre, s mikor Teréza annak a barackkal rakott kosarakat átszámlálta, egyszerre csak ájultan esett le a földre.

Akkor fölélesztették. Harmadnap a kofa visszajött. Teréza erőtetni akarta a dolgot, s ismét elájult. A kofa sopánkodott azon nagyon.

Pár nap múlva ismét visszajött a kofa gyümölcsért. Akkor már Mihály és Noémi nem eresztették ki Terézát, maguk adták át a gyümölcsöt.

A kofa azt az észrevételt tette, hogy bizony talán jó volna annak a szegény asszonynak, ha már olyan nagyon beteg - meggyónni.

Mihály mélyen elgondolkozott azon, amit Terézától hallott.

Nemcsak arra gondolt, hogy ez a nő Noémi anyja, s egyedüli gyámola, mikor ő távol van; hanem arra is, hogy az a nő egy nagy lélek volt, kit a sors kiválasztott magának, hogy mint Jób prófétán, gyötrelmeinek egész fegyvertárát kipróbálja rajta, s akinek lelke annyi szenvedés alatt meg nem törött, aki nem esett kétségbe, nem alázta meg magát; tűrt, hallgatott és tett.

Élete és halála bizonyítja, hogy mit tett, és mit szenvedett.

És azután arra a gondolatra jött Timár, hogy talán azért hozta őt össze e nővel a sors, hogy kárpótolja azt nagy szenvedéseiért éppen őáltala, és hogy mindazon nagy botlásainak, gyötrelmeinek, bűneinek tömege, ami a nagyvilágban oly fényes hazugságok pyramidjai alá van eltemetve, itt e kis szigeten találja vezeklését: ami erény, ami igazság, ami maradandó jótett volt életében, ezen a kis folton van az.

Amint Teréza, fájdalmait némán tűrve, roskadozott előtte, az intő szó annál erősebben hangzott lelkében, mely azt mondá, hogy egy nagy örökség száll reá e nőnek halálával: a terhek, amiket e nő viselt, s a lélekerő, amivel azokat viselte.

Noémi még nem tudta, hogy anyja halálos beteg. Teréza ájulásaiért a meleg napokat okolták. Teréza azt mondá neki, hogy szokott baj ez nőknél, kik a fiatalság korából a hajlott korba lépnek.

Timár annál gyöngédebb volt ez idő óta Terézához. Nem engedte munka után látni, óvta nyugalmát, csitította a gyermeket, ha fecsegett, pedig Teréza még mindig nem tudott aludni.

Így telt el a nyár, a meleg napok enyhülést látszottak hozni, hanem az csak látszat volt; az ősz kezdetén ismét előjöttek az ájulási rohamok, s a gyümölcskufárnő nem győzött sóhajtani, hogy már csak ideje volna igazán meggyónni s az utolsó szentségek felvételéről gondoskodni.

Egyszer ismét ebédnél ültek mind a négyen a külső szobában, midőn Almira ugatása jelenté, hogy idegen közeledik. Teréza kitekintett az ablakon, s azzal ijedten szólt Mihálynak: „Siess a benyílóba, ez ne lásson téged itt!"

Timár is kinézett az ablakon, s ő is úgy találta a maga részéről, hogy azzal, aki most jön, neki éppen nem lesz jó találkoznia, mert az Sándorovics úr, az érdemrendes esperes, aki őbenne rögtön megismerné Levetinczy urat, és azzal együtt szép dolgokat fedezhetne aztán itt fel.

- Takarítsátok félre az asztalt, s hagyjatok mind magamra! - monda Teréza, Noémit és Dódit is felköltve; s mintha egyszerre visszatért volna minden ereje, ő segített legjobban az asztalt áttolni a másik szobába; úgy, hogy mire a főtisztelendő úr kopogtatása hangzott az ajtón, már Teréza egyedül volt a szobában. Nyoszolyáját odavoná keresztbe a benyíló ajtaja elé, s annak szélére leült. Ezzel a benyíló be volt zárva.

A derék főpapnak azóta még hosszabb lett a szakálla, és szürkével volt már erősen vegyülve; de orcái pirosak voltak, s a termete sámsoni.

A ministráns fiú és a sekrestyés, kik idáig kísérték, odakinn maradtak a veranda alatt, s a nagy kutyával eredtek barátságos beszélgetésbe; a nagytiszteletű úr egyedül lépett be a házba, kezét olyanformán emelve előre, mintha alkalmat akarna valakinek nyújtani, hogy azt megcsókolja. Teréza bizony felhasználatlanul hagyta ezt az alkalmat elveszni, ami az érkezőt nem hozta kedvezőbb hangulatba.

- No hát nem ismersz talán, te bűnös asszony?

- Ismerlek, jó uram, s hogy bűnös vagyok, azt is tudom. Mi hozott e helyre?

- Mi hozott e helyre, te fecsegő vén banya? Azt kérded, hogy mi hozott e helyre? Te Istentől elvetemedett pogány némber. Hát nem ismersz?

- Mondtam már, hogy ismerlek. Te vagy az a pap, ki megholt férjemet nem akartad eltemetni.

- Igen, mert gonosz módon halt meg, gyónatlan és bűnbánatlan. Azért érte a sors, hogy halála után, mint a kutya, úgy temettétek el; ha tehát azt nem akarod, hogy téged is, mint a kutyát, úgy temessenek el, térj meg, bánd meg a te bűneidet, és gyónjál meg, míg időd van rá. Maholnap meg kell halnod. Kegyes asszonyi állatok hozták hírül hozzám, hogy halálodon vagy, könyörögtek, hogy jöjjek ide, oldjalak fel; azoknak köszönheted.

- Halkan beszélj, uram, a mellékszobában van leányom; ne szomorítsd meg.

- A lányod, ugye? Aztán meg egy férfi, meg egy gyermek?

- Úgy van!

- S ez a férfi hitvese a te leányodnak?

- Az!

- Ki kötötte őket össze?

- Az, aki Ádámot és Évát, az Isten.

- Bolond vagy, asszony! Az egyszer történt meg a világon. Akkor még nem volt se pap, se oltár. De most már nem megy az olyan könnyen. Annak törvénye van.

- Tudom. Hisz az a törvény kergetett ide e puszta szigetre. De itt nem parancsol az a törvény.

- Hát pogány vagy?

- Békében élek, békében halok meg.

- Erre tanítottad egyetlen leányodat, hogy gyalázatban éljen?

- Mi az a gyalázat?

- Mi a gyalázat? Minden becsületes embereknek megvetése.

- Hideget okoz-e az nekem vagy meleget?

- Érzéketlen sáralkotmány! Hát neked csak a testi fájdalom okoz szenvedést? Hát lelked üdvösségére mit sem gondolsz? Én meg akarom neked mutatni az utat a mennyek országába, s te önkényt a pokolra akarsz jutni? Hiszed-e a feltámadást? Hiszed-e a mennyországot?

- Nem hiszem. Nem is kívánom. Nem akarok újra élni. Akarok csendesen aludni a falevél alatt. Porrá fogok válni, s a fa gyökere fölszíja poromat, lesz belőlem falevél; más életmódot nem óhajtok. A zöld fa ereiben akarok élni, melyet magam ültettem. Nem is hiszek olyan kegyetlen Istent, aki nyomorult teremtéseit még az életen túl is szenvedni parancsolja. Az én Istenem kegyelmes úr, aki a halálban fűnek, fának, embernek pihenést ád.

- De nem az olyan megátalkodott gonosznak, aminő te vagy! Te poklok tüzére jutsz, az ördög marcangoló fogai közé.

- Mutasd meg nekem a szentírásból, hogy az Isten mikor teremtett poklot és ördögöt, akkor elhiszem.

- Óh! te istenkáromló asszony! Tüzet a nyelvedre! Hát még az ördögöt is el akarod tagadni?

- El is tagadom. Sohasem teremtett az Isten ödögöt. Ti teremtettétek azt magatok, akik ijesztgettek vele. De az ördögöt is rosszul alkottátok meg. Két szarvval és hasított patákkal. Hisz az ilyen állat fűvel él: az embert nem eszik soha.

- Uram, ne vígy a kísértetbe! Most mindjárt megreped alattunk a föld, s elnyeli ezt a szitkozódót, mint Dáthánt és Abirámot. Ilyen hitre tanítod te azt a kisgyermeket is?

- Azt tanítja az, aki fiának fogadta.

- Kicsoda?

- Az, akit a gyermek atyjának nevez.

- S hogy híják azt az embert?

- Mihálynak.

- De hát a másik neve?

- Azt nem kérdeztem tőle soha.

- Nem kérdezted a nevét? Hát mit tudsz felőle?

- Azt tudom, hogy becsületes ember, és Noémit szereti.

- De micsoda? úr? paraszt? mesterember? hajóslegény? vagy dugárus?

- Hozzánk illő szegény ember.

- Hát aztán? Nekem mindent tudnom kell, mert ez énrám tartozik. Micsoda az az ember? Pápista, kálvinista, lutheránus, socinianus, unitus, disunitus vagy zsidó?

- Arra semmi gondom sem volt.

- Szoktál böjtöt tartani?

- Egyszer két esztendeig nem ettem húst, mert nem volt.

- Hát a gyermeket ki keresztelte meg?

- Az Isten. Mikor nagy zápor volt, s ő ott ült a szivárvány közepett.

- Óh! ti pogányok!

- Pogányok? - szólt keserűn Teréza. - Miért pogányok? hisz nem vagyunk sem bálványimádók, sem istentagadók. Ezen a szigeten még csak pénzre nyomtatott képet sem találsz, amit másutt a világban imádnak. Ugye, te is imádod a kétfejű sast, csak ezüstre vagy aranyra legyen nyomtatva? Nem úgy hívja-e minden ember a pénzt, hogy „Krisztus"; ha elfogyott a pénz, nincs „Krisztus!".

- Isten nélkül való boszorkány, még tréfálni mersz ilyen szent dolgokkal?

- Igen komolyan beszélek. Engem Istennek legnagyobb csapásai értek, a legnagyobb boldogságból a legnagyobb ínségbe estem. Özvegy lettem és koldus egy napon. Nem tagadtam meg az Istent; nem dobtam el magamtól, amit ő adott, az életet. Eljöttem a pusztába, itt kerestem fel az Istent, és megtaláltam. Az én Istenem nem kíván cifra imádságot, énekszót, áldozatot, templomot harangokkal; csupán rendeleteiben megnyugvó szívet. Az én penitenciám nem az olvasóforgatás hanem a munka. Úgy maradtam a földön, hogy semmit sem hagytak számomra az emberek, s én azért nem mentem a föld alá erőszakkal, hanem csináltam a semmi földéből virányt. Minden ember megcsalt, kirabolt, kinevetett; kifosztott a törvényhatóság, megloptak a jó barátok, kinevettek a lelkipásztorok, és én azért nem gyűlöltem meg az embereket; itt élek idegenek, bujdosók útjában, s ápolom, táplálom, gyógyítom, aki hozzám folyamodik, s alszom nyitott ajtók mellett télen-nyáron; nem félek rossz emberektől. Óh, uram! én nem vagyok pogány.

- Jaj de sok hiábavalóságot össze tudsz darálni, te nyelves asszony. Nem kérdezem én ezt tőled, hanem azt kérdezem, hogy ki az az ember, aki itt lakik a kunyhódban, igazhívő-e vagy eretnek, s miért nincs megkeresztelve az a gyermek? Lehetetlen, hogy ne tudnád annak az embernek a nevét.

- Igen. Legyen! Nem akarok hazudni. Tudom a nevét, de egyebet semmit. Azt sem mondom meg senkinek. Az ő életének is lehetnek titkai, mint voltak az enyimnek. Az enyéimet elmondtam őelőtte, az övéi után nem fürkésztem soha. Nagy okai lehetnek rá, hogy azokat őrizze. De én őt jószívű, becsületes embernek ismerem, s nem gyanakodom benne. Emberek, jó barátok voltak, kik mindenemet elvették, nemesemberek és előkelő urak, csak a kis síró gyermekemet hagyták meg nekem. Én azt a kisgyermeket fölneveltem, s mikor ő volt az egyedüli kincsem, drágaságom, életem világa, akkor el hagytam őt venni egy embernek, akiről nem tudok egyebet, mint hogy szeret, és szerettetik. Hát nincs-e énnekem erős hitem az Istenben?

- Ne papolj te énnekem minduntalan a te hitedről. Az ilyen hitért a régi időkben ciherre vetették a boszorkányokat, s úgy égették meg az egész keresztyén világban.

- Jó szerencse, hogy ezt a szigetet a *török szultán* fermánjánál fogva bírom.

- A török szultán fermánjánál fogva? - kiálta föl elbámulva az esperes. - S ki hozta neked ide helyedbe azt a fermánt?

- Ez a férfi, akinek a nevét nem fogod megtudni.

- De meg fogom tudni azonnal, mégpedig igen rövid úton. Beszólítom a sekrestyést meg a templomszolgát, félrelöketem velük innen a nyoszolyádat veled együtt, s bemegyek az ajtón; hiszen zár sincs rajta.

Timár a mellékszobában minden szót hallott. A vér zúgott agyában annál a gondolatnál, hogy ez a főpap eléje fog lépni, s azt fogja mondani: „Ah! ön az, nagyságos Levetinczy Mihály, királyi tanácsos úr!"

Az esperes kinyitotta a külső ajtót, s beszólította a két szolgálattevő markos legényt.

Teréza szorongatott helyzetében azt a török szövetű tarka gyapotszőnyeget vonta keblére, mely ágytakarójául szolgált.

- Uram! - szólt kérlelő hangon az espereshez. - Hallgass meg még egy szót, hogy meggyőzzelek, mennyire erős az én hitem az Istenben, hogy nem vagyok pogány; nézzed: e gyapotszőnyeg, mellyel takarózom, Brussából való. Most hozta azt egy átutazó palikár, s nekem ajándékozta. Lásd, énnekem olyan nagy a hitem az Istenben, hogy éjente ezzel a szőnyeggel takarózom; pedig tudva van, hogy Brussában négy hét óta dühöng a keleti dögvész. Vajon közületek van-e valakinek ilyen erős hite? Ki mer hozzányúlni ehhez a nyoszolyához?

De már erre a kérdésre nem volt, aki válaszoljon. Arra a felfedezésre, hogy az a gyapotszőnyeg Brussából való, ahol a pestis pusztít, egymás hátán rohant ki a kunyhóból a három istenfélő ember, otthagyva a pokolnak és az ördögnek martalékul az egész puszta szigetet és veszendő lakóit. Az elátkozott helynek egy rossz hírével több akadt, ami a sokáig élni akaró embereket távol tartsa tőle.

Teréza kibocsátá a mellékszobából elrejtett családját.

Timár megcsókolá a kezét, s azt mondá neki: „Anyám!"

Teréza halkan suttogá: „Fiam", és mélyen a szemébe nézett. E szemek azt mondák: „Ráemlékezzél arra, amit ebben az órában hallottál!"

És mármost készüljünk a mi utunkra!

Teréza úgy beszélt közelgő haláláról, mint egy elutazásról.

„A szép október hónapban fogok elköltözni, abban a kedves időben, amit úgy hínak, hogy »vénasszonyok nyara«. A bogarak is akkor mennek aludni téli álmukat, a fák is akkor hullatják le leveleiket."

Kiválasztotta magának az öltönyt, amiben eltemessék, s a szemfödelet, amiben eltakarják. Koporsó nem kell neki. Közelebb éri az édes anyaföld.

Kivezetteté magát Timár és Noémi karjába kapaszkodva a szép sík mezőre, s kiválasztotta magának a helyet, ahova eltemessék.

- Ide a sík róna közepére! - monda Timárnak, s kivette kezéből az ásót, s maga kihantolta előtte a négyszögű helyet. - Dódi házát már elkészítetted, most készítsd el az enyimet. Aztán ne rakjatok fölém dombot, ne tegyetek oda fejfát: se zöld fát, se bokrot ne ültessetek fölém. Szépen azt a helyet takarjátok be eleven pázsittal újra. Legyen a többi mezővel egyenlő. Én úgy kívánom. Én nem akarom, hogy mikor valakinek öröme van, belébotoljék a síromba, s elszomorodjék."

S Timár elkészítette Teréza házát.

És Teréza sohasem kérdezte tőle: „De hát ki vagy te mégis? Én már rövid napok múlva megválok ettől a világtól, s még nem tudom, hogy Noémit kire hagytam itt."

Egy este aztán elaludt örökre.

Úgy temették el, ahogy ő kívánta.

Szép fehér gyolcsba takarva, ágyát ott lenn megvetve illatos diófalevelekből.

És azután betakarták a helyet zöld pázsittal simára, ahogy elébb volt.

Mikor másnap reggel Timár és Noémi a kis Dódit kézen fogva kimentek a mezőre, a sík rónán nem látszott semmi jel. Az őszi pókfonál mint egy ezüst szemfödél vonta be azt egyformán mindenütt. S az ezüst szemfödélen milliárd gyémántként ragyogott a napban az őszi harmat.

De az ezüstös zöld róna közepén mégis rátaláltak arra a helyre.

Elöl ment Almira. Egy helyen lefeküdt, s fejét a földre letette. Ott volt a hely.

Timár azon gondolkozott, hogy most már ezzel a sírral őelőtte is be van zárva a világ. Neki is készülni kell az útra. Vagy „ide", vagy „oda"!

ATHALIE

A KETTÉTÖRT KARD

Timár ott várta meg a szigeten, amíg a zöld mezőt belepte a dér, azután még azt is, amíg lehullottak a falevelek, amíg fülemülék, rigók mind elköltöztek fészkeikről.

Akkor határozta el rá magát, hogy visszatérjen a világba. Az igazi világba.

És Noémit itt hagyja egyedül a senki szigetén. Egyedül egy kisgyermekkel.

„De visszatérek még a télen."

E szóval vált meg tőle.

Noémi nem is tudta, hogy mi az a tél abban a hazában, ahol Mihály lakik. A sziget körül ritkán fagy be már a Duna; délszaki enyhe tél van ott, két fok a legnagyobb hideg; a borostyán, a babérfa a szabadban zöldül egész télen.

Hanem Mihálynak zord útja volt. A Duna mellékén már havazott, s egész hétbe telt, míg a hófuvatos utakon Komáromig el tudott vergődni. Ott megint egy napot kellett időznie Új-Szőnynél. A Duna úgy zajlott, hogy nem lehetett rajta átkelni.

Hajh, egykor a kiáradt Dunán egyedül át mert hatolni egy kis csónakon! Hanem a parton Noémi várt akkor. Most pedig csak Timéához siet.

Hiszen őhozzá is „siet". Amint beáll a jég a Dunán, ő a legelső, aki gyalog átmegy rajta.

Hiszen Timéához siet. Azért, hogy elváljék tőle.

El van határozva. Nekik el kell válniok. Noémi nem maradhat többé egyedül az emberlakatlan szigeten. E nőnek igazságot kell szolgáltatni hűségeért s szerelmeért, átkozott volna, aki őt martalékul hagyná ott a rémek pusztájában, miután testét-lelkét sajátjává tette.

És azután Timéa is hadd legyen boldog.

Ez a gondolat bántotta mégis nagyon. Hogy Timéa boldog legyen.

Bár tudná őt gyűlölni; bár tudna ellene valami vádat felhozni, hogy úgy taszíthatná el magától, mint akit megvetett, akit el tud felejteni.

Kocsiját kénytelen volt Új-Szőnyön hagyni, mert szekeret még nem bocsátottak a jégre; gyalog érkezett haza.

Mikor házába belépett, úgy tetszett neki, mintha láttára Timéa megijedt volna. Mintha keze reszketett volna, midőn azt eléje nyújtá. A hangja is reszketett, midőn köszöntését fogadta. Nem nyújtá eléje fehér arcát, hogy csókolja meg.

Timár azzal szobájába sietett, hogy úti köntöseit felcserélje.

Ah! ha ez ijedtségnek valami oka volna!

Még más jelenséget is látott Mihály, Athalie arcát.

E nő szemeiben valami démoni diadal tüze ragyogott: a káröröm lidércfénye volt az.

Ha Athalie tudna valamit!

Ebédnél ismét összejött a két nővel. Szótlanul ültek egymás mellett, egymással szemben. Három egymást találgató tekintet.

Ebéd végével csak annyit mondott Timéa Mihálynak:

- Ön nagyon sokáig oda volt most...

Timár nem akarta neki azt mondani: „még majd örökre is eltávozom tőled!", de azt gondolta.

Ügyvédével akart elébb tanácskozni, hogy miként kezdhessen válópert neje ellen. Semmi indokot nem bírt rá fölfedezni.

Marad egyedül „az engesztelhetlen gyűlölet".

Csakhogy ebbe mind a két félnek bele kell egyezni: akár igaz, akár nem.

De vajon fog-e a nő is beleegyezni? Minden őtőle függ.

Timár egész délután ez eszmével tépelődött. Meghagyta cselédeinek, hogy mindenki előtt tartsák titokban hazaérkeztét, ma nem akar senkivel semmiről értekezni.

Estefelé mégis rányitotta valaki az ajtót.

Bosszús arccal tekintett oda, s már fogta a kilincset, hogy akárki jön, azt még az ajtóból elutasítja; hanem aztán megdöbbenve hátrált vissza: Athalie állt előtte.

Ugyanaz a kárörvendő villogás szemeiben, az a diadalmas gúnymosoly ajkain.

Megdöbbenve húzódott hátra Mihály e megigéző tekintet elől.

- Mit akar ön, Athalie? - kérdé tőle zavarodottan.

- Hm, Levetinczy úr. Mit gondol ön, mit akarok?

- Azt nem tudhatom.

- Én pedig tudom, hogy ön mit akar.

- Én?

- Nem akar ön tőlem valamit megtudni?

- Mit? - suttogá hevesen Mihály, betéve az ajtót s kerekre felnyílt szemekkel tekintve Athalie arcába.

- Hogy mit akar ön tőlem megtudni, Levetinczy úr? - szólt folyvást mosolyogva a szép hölgy. - Ugyan nehéz kitalálni. Hány éve már annak, hogy az ön házánál vagyok?

- Az én házamnál?

- No igen. Amióta ez a ház az öné. Hat esztendeje annak. Minden évben láttam önt hazatérni. Minden évben más kifejezést láttam az arcán. Az első évben a kínzó féltést, azután a könnyelmű jókedvet, majd meg a tettetett nyugalmat: egyszer éppen a bárgyú filiszteri elfoglaltságot! - mindez tanulmányom volt nekem. Most egy éve már azt hittem, hogy a szomorújátéknak vége. S ez engem megijesztett. Ön úgy tudott maga elé nézni, mint aki a sírja fenekére néz le folyvást. S ön tudhatja jól, hogy senki a kerek földön nem imádkozik oly igazán az ön életéért, mint én!

Mihály összeráncolta e szóra a homlokát, s Athalie talán olvasni tudott e homlokredőkből.

- Nem! - ismétlé szenvedélyesen. - Mert ha van a világon *valaki*, aki önt *szereti*, az nem kívánhatja úgy, hogy ön sokáig éljen, miként én. Most ismét azt a tekintetet látom önnek az arcán, amit a legelső évben. Ez az igazi. Szeretne ön tőlem valamit megtudni Timéa felől, ugye?

- Tud ön valamit? - kérdé hevesen Timár, hátát szobája ajtajának vetve, mintha foglyul akarná tartani Athalie-t.

Athalie gúnyosan nevetett. Hiszen Mihály volt az ő foglya.

- Sokat. Mindent - felelt rá.

- Mindent?

- Igen. Eleget arra, hogy elkárhozzunk mind a hárman; én is, ő is, ön is!

Mihály ereiben forrni kezdett a vér.

- Elmondhat ön nekem mindent?

- Hiszen azért jöttem ide. Hanem hallgasson ön mindent végig nyugodtan, mint ahogy én nyugodtan fogok önnek elmondani oly dolgokat, amiknek végiggondolása is őrültté tesz, ha meg nem fog ölni.

- Kérem önt. Csak egy szót előbb - Timéa hűtlen-e?

- Az.

- Ah!

- Még egyszer mondom: az! S ön meg fog győződni felőle bizonnyal.

Timár szívében egy nemesebb érzés tiltakozott e gyanú ellen.

- De kisasszony, gondolja ön meg jól, amit kimond.

- Csak tényeket fogok önnek elmondani, s ha azután látni akar ön, látni fog saját szemeivel, s azután civakodhatik majd a saját öt érzékeivel, hogy minek rágalmazzák az oltári szentképet.

- Hallgatok, de nem hiszek.

- S én mégis beszélni fogok. Az ön szentképe mégiscsak leszállt végre az oltárrámából a földre, hogy meghallgasson egy városi mendemondát, mely azt kürtölé, hogy a délceg őrnagy párbajt vívott őmiatta egy idegen katonatiszttel: azt kegyetlenül megsebesítette, a kardja is kettétörött ellenfele fején. A szentkép meghallgatta ezt a mesét. Zófi asszony maga mondta el azt neki, s a szentkép szemei könnyeztek a hír hallatára. Eh, mit? Hisz ön eretnek, aki nem hiszen a könnyező szentképekben. Hanem ez már mégis igaz, és Zófi asszony másnap elmondta ezt a délceg őrnagynak. Zófi asszony szereti a hírhordást, a hízelkedést, a cselszövést, Zófi asszonynak kedves mulatság a titkon szerető szíveket összehozni, békés családtagokat meg összeveszíteni, valakinek úgy szerezni örömet, hogy abból másnak nagy keserűsége legyen; másnak a titkaiba beleásni magát, s azután kínozni őt bizalmasságával. Zófi asszony az én anyám.

Athalie megtörülte az ajkát a szó után: „anyám", mintha valami keserűséget törülne le onnan.

- A besúgott könnyeknek az lett a következése, hogy Zófi asszony egy skatulyát hozott az őrnagytól a szentképnek, és egy levelet.

- Mi volt a dobozban?

- Hogy mi volt a dobozban, az nem olyan érdekes önre nézve, mint hogy mi lehetett a levélben. A dobozban volt annak az eltört kardnak a féldarabja a markolattal együtt, mellyel az őrnagy vívott. Ez egy emlék.

- Jó - monda Mihály, nyugalmat erőtetve. - Ebben semmi rossz nincs.

- Nincs. De a levél?

- Olvasta ön azt?

- Nem. De tudom, mi volt benne.

- Hogy tudja ön?

- Mert a szent alak válaszolt reá; s levelét megint Zófi asszony vitte el.

- Az a válasz lehetett visszautasítás is.

- De nem volt visszautasítás. Zófi asszony nekem mindent elmond - mert tudja jól, hogy azzal, amit nekem elmond, nekem pokolbeli kínokat okoz.

Aztán ő nekem nem cselédem, csak anyám. Szolgálni a szent asszonynak tartozik; nekem pedig, cselédtársának, elmondani, hogy mi rosszat mível az asszonya. A cselédszobában nincs anya és leány, csak szolgálók vannak, egymásra irigykedők, asszonyukat elárulók. Nem szégyenli ön még magát, uram, hogy velem itt suttog?

- Szóljon tovább!

- Igen. Tovább, mert hiszen még vége nincs a történetnek. A küldött levél nem volt sem illatos, sem rózsaszínű, itt lett az megírva önnek a saját íróasztalán, saját pecsétjével lezárva; s tartalma az is lehetett, hogy a kérdező örökre elutasíttatik. De nem az volt.

- Ki tudhatja azt?

- Zófi asszony és én. S ön lesz mindjárt a harmadik. Ahogy ön ma véletlenül megérkezett... Ejh, de hogy is jöhetett ily alkalmatlan időben? Körös-körül a Dunának minden ága zajlik; jég tolul jég hátára; élő teremtés nem mer egyik partról a másikra menni. Az ember azt hihetné, hogy egy ilyen napon olyan biztosan el van zárolva a város, hogy abba még egy nyughatatlan férj sem képes behatolni, aki egyszer kívül rekedt. Hogy tudott ön éppen ma általjönni?

- Ne kínozzon, Athalie!

- Nem vette ön észre a megdöbbenést a szentkép arcán, mikor őt meglepte? Nem érezte, hogy reszkettek a kezei az ön kezeiben? Ön nagyon rossz időben talált érkezni. Zófi asszony megint elvándorolt a délceg őrnagyhoz ezzel a rövid üzenettel: „ma nem lehet!".

Timár arcát a harag és ijedtség rossz indulatai torzíták el e szóknál.

Azután csüggedten rogyott karszékébe, s azt mondá: „nem hiszek önnek".

- Nem is kívánom - szólt vállvonva Athalie. - De adok önnek egy rossz tanácsot, hogy hihessen majd saját szemeinek. Ma nem lehet, mert ön hazaérkezett. De ami ma nem lehet, az lehetne holnap, ha ön eltávoznék. Ön minden évben le szokott rándulni télen a Balatonra, mikor a tó befagy, s a jég alatti halászat megkezdődik. Az érdekes sport. Ön holnap azt mondhatná: „amíg a hideg tart, elutazom Füredre, megnézem, mit csinálnak a fogasaim?" s azután bezárkóznék Rác utcai házába, és ott várna csendesen, mindaddig, míg valaki megzörgetné az ablakát, s azt mondaná: „már lehet!". Akkor visszatérne ide.

- Én tegyem azt? - szörnyedt fel iszonyodva Timár.

Athalie megvetően nézett végig rajta.

- Azt hittem, hogy ön férfi. S mikor önnek valaki azt mondja: nézd, itt fog lenni ma az a másik férfi, akit feleséged szeret, akiért hozzád jéghideg, akiben meg vagy alázva, akkor ön a legelső vas után fog kapni, s nem kérdezi, ki az; hanem megöli elébb, ha testvére volt is! Csalódtam. Ön megrémült

308

szavaimtól. Bocsásson meg, ha rossz helyen szóltam. Nem fogom többet tenni. Kérem, ne áruljon el asszonyomnak. Nem rágalmazom őt ön előtt többet. Mindig csak jót fogok felőle mondani. Most is csak hazudtam. Nem igaz. Ő nem hűtlen önhöz.

Athalie egyszerre oly alázatos arccal, oly könyörgő szavakkal fordult Timárhoz, hogy az már kételkedni kezdett benne, s kezdte hinni, hogy amit hallott, az csak mese; de alig árulta el bámuló arcával hiszékenységét, midőn Athalie a szeme közé nevetett, s arcába vágta ezt a szót:

- Ön gyáva!

S azzal indulni készült.

De Mihály utánaszökött, és megfogta a kezét.

- Maradjon ön. Én megfogadom az ön tanácsát, és mindent úgy teszek, ahogy ön mondja.

- Akkor hallgasson rám - monda Athalie, s olyan közel simult Mihályhoz, hogy keble annak vállát érte, s ajkai olyan közel voltak arcához, hogy lélegzete forróságát érezheté; aki távolból leste volna őket, azt hitte volna, suttogó szerelmesek.

Amit pedig Athalie suttogott Timárnak, ez volt:

- Mikor Brazovics úr ezt a házat építette, akkor ez a szoba, mely most Timéáé, volt a vendégek szobája. Kik voltak Brazovics úr szokott vendégei? Üzértársak, ügyfelek, alkuvó kereskedők és termelők. Annak a szobának a lépcső felőli falában egy üreg van, ahol a csigalépcső fala gömbölyűen hajlik, a belső fal pedig szögletet képez. Ebbe az üregbe a folyosó felől lehet bejutni. Egy faliszekrény van ott, melyben régi, megcsorbult edények állanak, ritkán van az nyitva. De ha mindig tárva állana is, akkor sem jutna eszébe senkinek, hogy a szekrény polcai alá illesztett csavarokat sorba próbálgassa. A harmadik polc középső csavarja pedig kijár. Még ha azt kihúzza is valaki, nem tud meg belőle semmit. Egyszerű szeg az, semmi más. Hanem aki birtokában van egy sajátszerű kulcsnak, mely e szeg helyébe illeszthető, annak a kulcs fejét meg kell nyomni, s akkor abból egy toll kiugrik; a kulcsnak egy fordítására aztán az egész szekrény nesztelenül félretolható lesz. Onnan abba a rejtekbe lehet jutni, mely világosságot és levegőt a háztetőn kijáró kürtőn keresztül kap. Ez a falban járó üreg egész addig a szobáig vezet, mely most Timéa belső szobája, s melyben azelőtt Brazovics úr vendégei voltak elszállásolva. E rejtett folyosó egy ajtóüregen végződik. Belül azt egy kép takarja, gyöngyház mozaik. Szent Györgyöt ábrázolja a sárkánnyal. Úgy látszik, mintha fogadalmi kép volna, a falba illesztve. Ön sokszor el akarta távolíttatni onnan azt a képet, de Timéa nem engedte, s ott maradt. Ennek a képnek egyik mozaikdarabja félrefordítható, s akkor a támadt résen keresztül mindent lehet látni és hallani, ami a szobában történik, amit ott beszélnek.

- Mire való volt e rejtek az ön atyjának?

- Úgy hiszem, ez üzletéhez tartozott. Neki sok dolga volt ügyfelekkel, versenytársakkal, hivatalos ügyvezetőkkel. Jó konyhát tartott és jó borokat. Mikor aztán vendégeit jó kedvbe hozta, magukra hagyta őket; nesztelenül ide került e titkos lesbe, s kihallgatta, hogy mit beszélnek azok egymás között. Ezen az úton igen egyszerűn és biztosan megtudta mindig, a termelők mit határoztak egymás között utolsó árnak, a versenyzők mit tartanak maguk részéről legmagasabb ajánlatnak? Az élelmezési kormánybiztosok, a várerődítés vezetői minő vállalatokat terveznek? A borozó emberek nyelve eljár, s azt nem tudhatták, hogy titkaikat az érdekelt fél olyan közelről hallhatja. Ezen az úton Brazovics úr sok, üzletéhez szükséges adat birtokába jutott, s azoknak tudta hasznát venni. Egyszer ő maga nagyon elgyöngült az asztal áldásai alatt, s akkor engemet küldött hallgatózni a rejtekbe, onnan ismerem e titkot. A rejtek kulcsa most is nálam van. Íme lássa ön! Ha akartam volna, mikor Brazovics úr vagyonát hivatalosan lefoglalták, szobáit lezárolták, ezen a rejteken keresztül sok mindent elhordhattam volna a szobából. De én kevély voltam arra, hogy lopjak!

- Tehát abból a rejtekből a szobába is be lehet jutni?

- A Szent György-képnek sarkai vannak; a rejtek felől, mint az ajtószárny, kinyílik.

- Tehát ön bármikor Timéa hálószobájába juthat ez úton? - kérdé Mihály valami leküzdhetlen borzadállyal.

Athalie büszkén mosolygott.

- Nem volt rá szükségem soha, hogy rejtekúton lépjek be hozzá. Timéa nyitott ajtóknál aluszik, s ön tudja jól, hogy én keresztüljárhatok a szobáján. S ő mélyen alszik.

- Adja ön ide nekem azt a kulcsot.

Athalie kivette zsebéből a titkos zárószert, melynek vége olyan volt, mint egy csavar, s csak a fogantyú megnyomására ugrott ki belőle a toll. Megmagyarázta Timárnak, hogyan kell vele bánni.

Timárnak úgy súgta valami, tán védangyala, hogy ezt a kulcsot dobja bele az udvaron a mély kútba. Nem hallgatott rá; arra figyelt, amit Athalie suttogott fülébe.

- Ha ön holnap eltávozik hazulról, s aztán mikor a jeladást meghallja, visszajön, s rejtekhelyét elfoglalja, mindent meg fog ön tudni, amit tudni akart. Eljön-e?

- Itt leszek.

- Szokott ön magával fegyvert hordani? Pisztolyt vagy tőrbotot? Ön nem tudhatja, hogy mi fog történni. A Szent György-kép jobb kézről gömbölyű fogantyú nyomására nyílik fel. S mikor kinyílik, Timéa ágyát eltakarja. Ért ön

310

engem?

A hölgy szenvedélyesen szorítá meg Mihály kezét, kárhozatos dühvel tekintve szemébe; s azután még valamit beszélt hozzá, de az nem volt hallható beszéd, csak az ajkai mozogtak, csak a fogai verődtek össze, csak a szemei forogtak; szavak voltak azok hang nélkül. Vajon mit mondhatott?

Timár maga elé merengett elkábultan, mint egy álomjáró: egyszer aztán felveté a fejét, hogy még valamit kérdezzen Athalie-tól.

Egyedül volt, nem állt előtte senki. Csak a kezébe szorított rejtélyes kulcs bizonyítá, hogy nem álmodott.

Ilyen kínt még nem állt ki Timár soha, mint e hosszú idő alatt, mely a másnap estétől elválasztá.

Úgy tett, ahogy Athalie tanácsolá. Otthon maradt délig; ebéd után azt mondta, hogy a Balatonra megy le, a halászatot, melyet bérben tartott, megtekinteni. Ahogy gyalog jött át a Duna jegén, úti poggyász nélkül, úgy vissza is mehetett. Utazókocsija ott várt a túlparton, azt még nem eresztették át a jégen; előbb a szekérútnak el kell készülni.

Szóba sem állt ügynökeivel; bele sem tekintett üzleti könyveibe. Pénztárából kivett egy csomó bankjegyet találomra, azt tárcájába tette, s azzal szökött hazulról.

Még mikor a lépcsőn lejött, a postakihordó elfogta az úton. Levelet hozott neki, melynek vevényét alá kellett írnia. Annak a kedveért sem tért vissza a szobájába. Mindig hordott a zsebében egy mesterséges szerkezetű tollat, melynek szára egyúttal tintatartó is volt; azt elővette, a recepissét a postás hátára tette, s úgy írta alá a nevét.

Aztán megnézte a levelet. Tengerentúlról jött az, rio-janeirói ügynöke küldé. Fel sem bontotta, eltette a zsebébe olvasatlanul. Mit gondolt ő most az egész világ lisztkereskedésével!

Rác utcai házában is volt egy külön szoba fenntartva a számára, melyet, amint a hideg napok beálltak, folytonosan fűtve tartottak. Ebbe a szobába külön, elzárt folyosóról volt a bejárás, s azt több üres szoba választotta el az üzleti irodának és hivatalnoki termeknek használt többi lakosztálytól.

Timár észrevétlenül jutott el az utcai szobába, s aztán leült az ablak elé, és várakozott.

A hideg téli szél, mely odakünn végigsüvöltött, cifra jégvirágokat rajzolt az üvegtáblákra, se ki, se be nem lehetett rajtuk látni.

Előtte volt tehát, amit keresett, Timéa hűtlenségének bizonyítványa. Rég kívánta azt. Hogy lelkét megnyugtassa, hogy elmondhassa: most már kölcsönösen vétettünk egymás ellen, most már nem tartozunk egymásnak semmivel! Hogy meg tudja vetni, utálni, gyűlölni azt a nőt, kinek eddig a tisztelet homágiumával kellett adóznia, mint ahogy adózik a jobbágy az uralkodójának. Most már elűzheti őt e trónról, amelyről egy nő csak egyszer szállhat le. És azután, ha ily erős indoknál fogva elvált tőle, akkor magához emelheti Noémit, megadhatja neki azt a rangot, mely őt megilleti: boldog nővé, asszonnyá teheti őt, ahogy érdemes rá.

És mégis - és mégis úgy kínozta ez a gondolat!

Ha kiszínezte képzeletében az első, tanútalan találkozást e nő és a férfi között, vérének minden salakja felszínre került, s elhomályosította lelke világát.

A szégyen, a bosszúvágy, az irigység pokolbeli szomja epeszté.

A gyalázatot, a megcsalatást nehéz tűrni még a hasznáért is.

Most kezdte érezni, hogy Timéa milyen nagy kincs. E kincsről önkényt lemondani, azt visszaajándékozni önmagának, ehhez volt kedve; de ellopatni hagyni! ez fellázítá.

Mit fog tenni, azon tusakodott.

Ha Athalie mérge szívéig hatott volna, akkor annál a gondolatnál állapodnék meg, hogy gyilokkal kezében, orozva lépjen ki a szentkép mögül, s a hűtlen nőt a legforróbb csók közepett gyilkolja le kedvese karjai közt. Athalie-nak Timéa vére kell.

Hanem aztán a sértett férfi bosszúja mást beszél. Annak férfivér kell. Nem orozva, hanem szemtől szembe kiontott vér. Kard mind a kettő kezében, s aztán életre és halálra!

Mikor pedig a nyugodtan számító ember, a hidegvérű bölcs kerül felül, az azt mondja: „Minek volna itt bármi vérontás? Neked nem a bosszúra van szükséged, hanem botrányra. Előrohansz a rejtekből, összekiáltod cselédeidet, kiűzöd a házból a házasságtörő asszonyt csábítójával együtt. Ez az okos ember eljárása. Nem vagy te katona, aki karddal egyenlítse ki sérelmeit. Ott a bíró, ott a törvény!"

Hanem azért mégsem tagadhatta meg magától, hogy azt a tőrbotot meg azt a zsebpisztolyt, amit Athalie ajánlott, készen ne tartsa az asztalán. Ki tudja, mire kerülhet a dolog? A pillanat hevélye határozza majd el azt, melyik kerül felül; az orgyilkos bosszúálló-e, vagy a büszke férj, vagy a bölcs üzér, ki a „soll" rubrikába hidegvérrel jegyzi be a botrányos gyalázatot, ha a „haben" rovatába annak megfelelő nyereséget róhat?

Eközben beesteledett.

A sötét utcák lámpái megszaporodtak már. Levetinczy úr saját költségén tartotta fenn utcájában a világosságot. A jövő-menők árnyékai rajzolódtak futólag a jeges ablakon.

Egyszer egy ilyen árnyék megállt az ablak előtt, s halk kopogtatás hangzott az ablaktáblán.

Timárnak úgy tetszék, mintha a jégvirágok, amik a zörgetésre megrázkódnak, a tündérerdő zengő fái volnának, amik azt mondják: „ne menj!"

Gondolkozott. A kopogtatás ismétlődött. „Megyek", suttogá az ablak felé, s pisztolyát és tőrbotját magához véve, kiosont a házból.

Csak egy futamodás a másik házig, amelyben fény és gazdagság van felhalmozva, s annak közepette a szép, halavány asszony.

Az egész úton nem talált szembe senkit. Üres volt már az utca.

De egy sötét árnyat vett néha észre, mintha előtte futna, el-eltűnve a félhomályban, s végre az utcaszegletnél besuhanva. Azt követte.

Nyitva talált maga előtt minden ajtót. Valami segítő kéz kinyitogatott előtte utcaajtót, lépcsőrácsot, még a falszekrény szőnyegajtóját is.

Legkisebb nesz nélkül jöhetett be.

Megtalálta a kihúzható csavart a polc alatt, helyébe tolta a kulcsot, a rejtélyes ajtó felnyílt előtte, becsukódott mögötte. Timár ott volt a rejtett üregben. Kém a saját házában.

Tehát még „kém" is!

Micsoda alacsonyság van még, amit el nem követett?

És mindezt azért, „mert a szegény ember komisz ember, a gazdag ember pedig oly dicső ember". Itt volt a dicsősége.

Jó, hogy föld alatti sötétség van ezen a helyen.

Botorkázva, tapogatózva haladt fal mentében, míg egy helyre talált, ahol vékony világosság szűrődött valahonnan keresztül. Ott volt a Szent György-kép. A lámpafény rémlett át a szobából a mozaik üvegragasztékain.

Megtalálta a félretolható kagylókockát; annak a helyén egy vékony üveglemez maradt.

Betekintett a szobába.

A tejüveggel födött lámpa az asztalon állt; Timéa a szobájában járt alá s fel.

Fehér, hímzett öltöny hullámzott alá termetéről, kezei összekulcsolva csüggtek alá ölébe.

A folyosó felőli ajtó nyílt, Zófi asszony lépett be rajta. Valamit súgott Timéának.

De Timár még ezt a súgást is maghallá. Az a fülke ott a szögletben olyan volt, mint „Dionysius kőfüle" minden hangot fölfogott.

- Jöhet-e már? - kérdezé Zófi asszony.

- Várok rá - monda Timéa.

Azután Zófi asszony elment.

Timéa pedig kihúzott szekrényéből egy fiókot, s abból egy dobozt vett elő.

Odalépett vele a lámpa elé. Úgy állt Timárral szemközt, hogy a lámpa teljes fényét arcára vetette; a lesben ülő minden változását megfigyelhette e vonásoknak.

Timéa felnyitotta a dobozt. Mi volt abban? Egy kardmarkolat, az eltört pengével.

Az első tekintetre összerázkódott a nő, szemöldei összehúzódása az iszonyt fejezte ki. Azután lassan kiderült az arca, s ismét olyan lett az, összeérő két vékony, fekete szemöldével, mint egy szentkép, fekete glóriával homloka körül.

Majd édes gyöngédség derengett át méla vonásain, felvette a dobozt, s olyan közel emelte ajkaihoz a kardot, hogy Timár rettegni kezdett: most mindjárt megcsókolja!

Az a kard is vetélytársa volt már.

S mentül tovább nézte a tört kardot Timéa, szemei annál élénkebb ragyogásra nyíltak; egyszer aztán annyira vitte a bátorságot, hogy meg merte fogni e kard markolatát, kivette a tört fegyvert a dobozból, s férfi módjára próbált vele a levegőben védni, vágni... Ah! ha tudta volna, hogy valaki van itt a közelben, akinek halálkínokat kell szenvednie minden ily vágás után!

Most kopogtattak az ajtón, Timéa ijedten helyezé vissza a tört kardot a dobozba, s azután tétovázva rebegé: „szabad!". De elébb öltönye hosszú ujjfodrait, mik fel voltak csúszva, végigsimítá keze csuklójáig.

Ő jött be. Az őrnagy.

Délceg férfi volt. Szép, daliás arc.

Timéa nem ment eléje, még mindig a lámpa előtt állt. Timár őreá figyelt.

Pokol! Mit kellett látnia?

Amint az őrnagy belépett a szobába, Timéa arca mélyen *elpirult*.

Igen, az alabástromszobor tudott hajnalfényt ragyogni, a szentkép arca megmozdult, és a szűzfehérség rózsákkal párosult.

A fehér arc megtalálta azt, aki előtt lángba boruljon.

Kell-e még több bizonyság is, kellenek-e még szavak is ezentúl?

Timár közel volt hozzá, hogy kirúgja maga elől a szentképet, s mint a felül került sárkány, aki legázolta Szent György angyalt, odarohanjon közéjük, mielőtt Timéának az ajkai is mondhatták volna azt, amit az arca elárult...

De nem. Talán csak álom volt, amit láttál. Nézz oda ismét. Timéa arca oly

314

fehér, mint máskor. Hideg méltósággal int az őrnagynak, hogy foglaljon helyet egy széken. Ő maga tőle távol ül le a pamlagra, s tekintete oly szigorú, oly hideg, oly tiszteletparancsoló.

Az őrnagy egyik kezében tartá aranypaszomántos csákóját, a másikban arany fegyverbojtos kardját, s feszesen ült, mintha tábornoka előtt volna.

Sokáig hallgatva néztek egymásra. Szorongó érzésekkel küzdött nő és férfi.

Timéa szólalt meg elébb:

- Uram! Ön egy rejtélyes levelet küldött nekem, még megdöbbentőbb ajándék kíséretében. Ez ajándék egy kettétört kard.

Timéa ezzel levevé a dobozról a födélt, s kivette abból az odarejtette levelét.

- Önnek a levele így szól: „Asszonyom! Én ma egy emberrel párbajt vívtam, s csak kardom kettétörésén múlt, hogy ezt meg nem öltem. E párbajnak oly rejtélyes körülményei vannak, melyek egyenesen önt, és még inkább *önnek a férjét* érdeklik. Engedjen ön nekem néhány percnyi találkozást, hogy önnek mindent elmondhassak, amit önnek tudnia szükséges." E levélben kétszer is alá van húzva *„önnek a férjét".* Ez volt az az ok, uram, mely engemet rábírt arra, hogy önnek alkalmat adjak vélem beszélhetni. Szóljon ön; mi összefüggése van az ön párbajának Levetinczy úr személyes ügyével? Hallgatni fogok önre, amíg Levetinczy úrról beszél: amint másra tér át, eltávozom.

Az őrnagy meghajtá magát gondolatteljes komolysággal.

- Tehát ott kezdem, asszonyom, hogy néhány nap óta jár itt a városban egy ismeretlen ember, aki tengerésztiszti egyenruhát visel, s egyenruhája előjogánál fogva mindenüvé bejáratos, ahol katonatisztek vannak. Úgy látszik, hogy nagy világfi s mulatságos társalgó. Hogy ki ez ember, azt közelebbről nem tudom, mert kémkedni nem szokásom. Nem tűnt fel önnek is ez ember, asszonyom? Láthatta őt néhányszor a színházban, zöld egyenruha, arany és vörös hajtókával.

- Láttam.

- S nem emlékszik rá, hogy valaha azelőtt látta volna valahol?

- Nem figyeltem az arcára.

- Igaz, hisz ön nem néz idegen férfi arcába soha.

- Tovább, uram. Rólam ne beszéljünk.

- Ez az ember együtt szokott mulatni velünk már hetek óta. Pénze, úgy látszott, hogy volt elég. Ittlétének indokát elmondta mindenkinek. Levetinczy úrra vár. Hozzá van küldetése, személyesen elintézendő igen fontos ügy. A dolog kezdett előttünk lassankint unalmassá válni. Az ember mindennap tudakozódott Levetinczy úr felől, s hozzá a legtitkolózóbb pofákat vágta, míg utóbb mindenki arra a gyanúra kezdett jönni, hogy ez egy kalandor. Egy este sarokba szorítottuk ezt az embert. Meg kellett tudnunk, hogy egy ember, aki társaságunkba jár, mi járatban van itt. Én vettem őt kérdőre. Ismét a szokott mondatával állt elő, hogy őneki Levetinczy úrral vannak elintézendő ügyei. - Miért nem fordul azokkal Levetinczy úr ügyvezetőjéhez? - Mert azok nagyon kényes természetű ügyek, miket csak személyesen lehet elintézni. - Erre a válaszra én arra szántam magamat, hogy egészen kíméletlenül fogok az emberemmel bánni. - Hallja ön, mondám neki, én nem hiszem, és itt mi valamennyien kétkedünk benne méltán, hogy Levetinczy úrnak önnel bármi személyes ügyei lehetnének, amik kényes természetűek. Hogy ön kicsoda, azt nem tudjuk; hanem az bizonyos, hogy Levetinczy úr egy derék, jellemteljes ember, akinek vagyona, jó híre, esze, világi állása elismert nagyság mind. Aki azonfelül mint családfő feddhetlen életet él, mint honpolgár fejedelméhez hűséges; akinek tehát semmi oka sem lehet titokteljes összeköttetésekre olyan emberekkel, aminőnek ön látszik.

Ezen szavak alatt Timéa lassan felkelt helyéről, odalépett az őrnagyhoz, és kezét nyújtá neki:

- Köszönöm!

És Timár újra látta a fehér arcon fellobogni amaz ismeretlen rózsapírt, és most már tartósan ott maradt az. A nő úgy hevült annál a gondolatnál, hogy íme a férfi, kit szíve imád, úgy védi azt a másik férfit, ki neki esküdt férje, ki szíveik között áll.

Az őrnagy folytatá, ki hogy Timéa arcát ne sértse tekintetével, valami más tárgyat keresett ki a szobában, melyre szemeit függessze, ahogy szoktak egy álló pontot kiválasztani azok, kik egy indulatfeszítő elbeszélésbe vannak elmélyedve. Ez a tárgy éppen a Szent György képen levő sárkány feje volt. E sárkányfő szeme volt a les, melyen keresztül Timár a szobába kémlelt, s aztán úgy tetszék neki, mintha az az ember minden szót egyenesen őhozzá intézne.

Pedig hiszen ott sötét volt, ahol állt, oda nem láthatott senki.

- Ekkor egészen átváltozott annak az embernek az arca, mint mikor az ember egy hunyászkodó ebnek hirtelen a farkára tapos. „Mit? - kiálta fel mindnyájunk hallatára -, hát önök azt hiszik Levetinczyről, hogy az egy gazdag ember, hogy híre nagy, esze csodálatos, hogy boldog családapa, hogy hű alattvaló? No hát én megmutatom önöknek, hogy ez az ember, ez a Levetinczy, harmadnapra, amikor én rátalálok, szökni fog innen, szökni fog a házától, a szép feleségétől, szökni az országától, szökni fog Európából, és soha hírét nem fogják hallani többet!"

Timéa keze akaratlanul a törött kard markolatára tévedt.

- Én válasz helyett azt az embert pofon ütöttem.

Timár félrekapta a fejét a leslyuktól; azt hitte, az ő arca kapja meg az ütést.

- Mindjárt láttam, hogy ez az ember megbánta, amit beszélt, s szeretett volna

316

a pofon következménye elől akárhova elmenekülni; de nem bocsátottam. Elálltam az útját. - Ön katona, kard van az oldalán, tudja, hogy mit szokás egy ilyen találkozás után kezdeni. Odafenn a vendéglőben a tágas táncterem, meggyújtatjuk a gyertyákat, s aztán választ ön magának közülünk két segédet, én is kettőt, s elvégezzük a dolgunkat. - Egy percnyi haladékot sem engedtünk neki. A párbaj megkezdődött. Az ember úgy vívott, mint egy pirata egypárszor el akarta kapni a kardomat a bal kezével, akkor aztán megharagudtam, s olyat vágtam a fejére, hogy összerogyott. Szerencséjére a kardom lapjára fordult csapás közben, s ez okozta, hogy eltörött. Másnap, mint orvosunktól megtudtam, az ember elhagyta a várost; sebe nem lehetett veszélyes.

Timéa ismét fölvette a törött kardot, s megnézte annak lapjait; azután visszatette azt az asztalra, s némán nyújtá kezét az őrnagynak.

Az őrnagy gyöngéden fogta két kezébe, s ajkához emelte azt; alig volt észrevehető, hogy megcsókolta. Timéa nem vonta vissza kezét.

- Köszönöm! - suttogá halkan az őrnagy. Timár talán nem is hallá a szót rejtekodújában, de a nedves szemek is ugyanazt mondák: „köszönöm!".

Azután hosszú percei következtek a hallgatásnak. Timéa visszaült kerevetére, s fejét tenyerébe hajtá.

Az őrnagy megszólalt:

- De én nem azért kértem öntől e találkozást, asszonyom, hogy itt ön előtt eldicsekedjem egy hőstettel, mely önre nézve kellemetlen, rám nézve pedig csak baráti kötelesség; nem is azért, hogy jutalmamat kérjem, amit ön oly jó volt nekem egy kézszorításban megadni. Ez sok volt, ez nekem igen nagy jutalom. De nem azért kerestem ily szokatlan módon, ezzel a törött kard küldésével, ami határos a nevetségessel, az önnel való beszélhetést, hanem egy igen komoly kérdés miatt. Asszonyom! Lehető-e, hogy abban, amit amaz ember mondott, valami igaz legyen?

Timéa mint egy villanyütésre rezzent fel erre a szóra. És azt a villanyütést megérezte Timár is, őbenne is összerándult minden ideg erre a kérdésre.

- Mit gondol ön, uram? - szólt Timéa indulatosan.

- Kimondtam, és feleletet akarok rá öntől nyerni, asszonyom! - szólt az őrnagy, felállva helyéből. - Ha ez az ember egyben hazudott, úgy mindenben hazudott; de ha egy igaz lehet szavaiból, akkor minden igaz lehet. Ezért jöttem önhöz. Őszintén, egyenesen, nyílt arccal intézem önhöz a kérdést, lehető-e az, hogy csak egy igaz szó is volt ebben a rágalomban? Nem mondtam el mindent, amit az az ember Levetinczyre szórt, minden cím benne volt abban, ami férfira nézve sértő. Van ezekben valami lehetőség? Hogy Timár élete azt a rettenetes fordulatot vehesse, amelyet e szerencsétlen ház egykori tulajdonosa halálával előzött meg? Mert ha az lehető, akkor nem tarthat vissza semmi tekintet, hogy az Isten irgalmára ne kérjem önt, siessen az összeomló ház alul menekülni, asszonyom! Hisz én nem engedhetem azt, hogy ön megsemmisüljön, én nem nézhetem azt hidegvérrel, hogy önt magával ragadja együtt az örvénybe valaki!

A forró szavak Timéa keblét is áthevíték. Timár sóváran leste a nő lelki küzdelmét. Timéa győztes maradt. Összeszedte lelkierejét, s nyugalommal felelt:

- Ne legyen önnek aggodalma, uram! Én biztosíthatom önt róla, hogy az az ember, akárki volt, akárhonnan jött, hazudott, és rágalmainak semmi alapja nincs. Levetinczy úrnak vagyoni állását én alaposan ismerem, mert távollétében magam vezetem ügyeit, s minden iránt teljes felvilágosítással bírok. Vagyona rendben van; amit kockáztat belőle, az, ha mind elveszne is bármi véletlen baleset miatt, az házának egy oszlopát sem döntené ki. Azt is nyugodt lélekkel mondhatom önnek, hogy Levetinczy úr vagyona között nincs egy fillér, mely igaz úton ne lett volna szerezve; senki vagyonát el nem vette soha, hogy valakinek szemrehányásától rettegni legyen kénytelen valaha, hogy valami szerzeményének eredetét titkolni legyen kénytelen Isten és emberek előtt. Levetinczy úr gazdag ember, ki gazdagságáért nem tartozik pirulni...

Ah! mint égett Timárnak az arca ott a sötétben!

Az őrnagy felsóhajtott.

- Ön mindenről meggyőzött engem, asszonyom. Ezt hittem is. Amaz ismeretlen ember minden szava rágalom volt, mellyel Timárt mint üzlet emberét vádolá. De ő olyan szókat is ejtett ki, melyek önnek férjét mint családfőt gyanúsíták. Egy szót engedjen ön kérdenem: boldog ön?

Timéa mondhatlan fájdalommal tekinte rá, s tekintetében e válasz szólt: „Látsz, és mégis kérdezesz?"

- Kényelem, fény, gazdagság veszi önt körül - folytatá merész hangon az őrnagy -; de ha való az, amit én, becsületemre mondom, nem kérdeztem soha senkitől, de amit hívatlanul mondtak ki előttem, amire azt mondtam: „hazudsz", s amiért a kimondón bosszút álltam: ha való volna az, hogy ön szenved, hogy ön nem boldog, akkor nem volnék férfi, ha bátorságom nem lenne önhöz így szólani: „Asszonyom, van még egy ember a világon, aki éppen úgy szenved, éppen oly boldogtalan, mint ön; - dobja el ön magától e szerencsétlen gazdagságot, s szüntesse meg *két ember* szenvedését, oly szenvedést, mely egy harmadikat, ennek okozóját, még a másvilágon is vádolni fogja az Isten előtt. Váljék el!"

Timéa keblére szorítá kezeit, s szemeivel, mint egy kínhalálra menő mártír, fájdalommal tekinte fel a magasba. Szívének minden fájdalma felébredt ebben a pillanatban.

Timár, midőn így látta őt, csüggedten üté homlokát öklével, s elfordítá arcát a Júdás-lyuktól, melyen leselődött.

Nehány percig nem látott és nem hallott semmit.

Midőn a kínzó tudvágy újra visszavonta őt a sötétbe bevilágló fénysugárhoz, s a szobába áttekintett: már akkor nem látta maga előtt a mártírt; Timéa arca ismét nyugodt volt.

- Uram - szólt szelíd, lágy hangon az őrnagyhoz -, hogy önnek szavait végighallgatám, bizonyítja azt, hogy önt tisztelem. Hagyja meg nálam ezt az érzést, és ne kérdje tőlem soha azt, amit ma kérdezett. Fölhívom az egész világot, tudja-e valaki, hogy egy szavam, egy könnyem valaha panaszt árult volna el? Ki ellen? Férjem ellen, aki a legjobb, a legnemesebb ember a világon? Ő engem mint idegent, mint gyermeket megszabadított a haláltól; háromszor járta meg a vizek mélyét, a halál országát, hogy engem megmentsen. Mint bohó, mindenkitől kigúnyolt teremtést, ő védelmezett; miattam halálos ellensége házához naponkint eljárt, féltett, vigyázott rám. Mikor koldussá, földönfutóvá lettem, mint szolgálóleányt kezével, vagyonával megajándékozott, házában úrnővé tett. És midőn kezét nyújtotta, ezt komolyan tette, nem játszott velem.

Timéa ezzel egy faliszekrényhez sietett, s annak ajtaját hevesen felszakította.

- Nézzen ön ide, uram! - szólt az őrnagyhoz, egy szekrénybe felakasztott öltöny hímzett uszályát terjesztve szét előtte. - Ismeri ön ezt az öltönyt? Ez azon köntös, melyet én hímeztem. Ön látta azt hosszú heteken át, midőn a hímzés mellett ültem; minden öltés rajta egy eltemetett ábránd, egy szomorú emlék énnekem. Azt hitették el velem, ez az én menyasszonyi köntösöm lesz. S mikor elkészült, azt mondták: „Mármost vesd le, ez más menyasszonynak készült!" Ah! uram, ez a tőrdöfés halálos volt az én szívemen. Ezzel a gyógyíthatatlan sebbel a lelkemben kínlódom azóta éveken keresztül. És most váljak meg attól a nemes, nagy jellemtől, ki nem jött elém hízelegve, csábítgatva, hanem megvárta, míg más eltép, elgázol, a földön fekve hagy, s akkor jött oda, hogy fölvegyen, keblére tűzzön; ki azóta nem tett egyebet, mint emberfölötti, angyalhoz méltó türelemmel törekedett gyógyítani halálos bajomat, és osztozott szenvedéseimben. Én váljak meg attól az embertől, akinek rajtam kívül nincs senkije, akit szeressen; akire nézve egy egész világ vagyok, az egyetlen lény, mely őt az élethez köti; az egyetlen arc, melynek láttára búskomor arca felderül? Én váljak meg attól az embertől, akit mindenki tisztel, szeret? Én mondjam azt, hogy gyűlölöm? Én, aki mindenemet neki köszönöm, s aki nászhozományul nem hoztam mást, mint egy szeretet nélküli beteg szívet?

Az őrnagy eltakarta kezével arcát ez indulat sugallta szavára az asszonynak. Hát az a másik férfi ott a Szent György-kép háta mögött, hát az nem érezte-e magát úgy, mint az a sárkány, melynek az arkangyal dárdáját torkába verve tartja?

És még nem volt elég a torkába vert dárda, még ki is rántották a sebből a beleakadt szigonyvéget.

- De uram - folytatá Timéa a női méltóság ellenállhatlan varázsával tiszta arcán -, ha mindannak ellenkezője állna is, amit Timárról tart a világ; ha ő bukott ember volna is, ha koldussá lenne, én el nem hagynám őt akkor sem. Akkor éppen nem. És ha gyalázat tetézné nevét, én el nem dobnám magamtól ezt a nevet, osztoznám a szennyében, mint osztoztam a ragyogásában. Ha megvetné az egész világ, én örök tisztelettel tartoznám neki. Ha földönfutóvá lenne, kísérő társa lennék. Ha rabló volna, az erdőn laknám vele. Ha meg akarna halni, vele együtt ölném meg magamat...

(Mi az? Sír az a sárkány ott azon a képen!?)

Timéa még mindig tudott mit mondani.

- És végül, uram, ha azt tudnám meg, ami minden nőre nézve a legérzékenyebb, a legkeserítőbb bántalom, hogy férjem hozzám hűtelen volt, hogy mást szeretett, azt mondanám: „az Isten áldja meg azt, aki őneki megadta azt a boldogságot, amitől én őt megfosztottam!", és nem válnék el tőle. Nem válnék el tőle, még ha ő maga kívánná is; nem válnék el tőle soha; mert én tudom, hogy mivel tartozom esküvésemnek, és mivel tartozom saját lelkemnek idebenn.

Az őrnagy „is" zokogott.

Timéa elhallgatott, hogy nyugalmát visszanyerhesse. Akkor aztán ismét halk, szelíd hangon szólt hozzá:

- És most hagyjon ön el engemet örökre. A tőrdöfést, mit ön lelkemen ejtett évek előtt, ez a kardcsapás kiegyenlítette; azért ezt a tört kardot emlékül megtartom. Valahányszor rátekintek, azt fogom gondolni, hogy ön nemes lélek, s gyógyulni fogok általa. Hogy ön hosszú évek óta nem szólt, s nem közelített hozzám, azzal kiengesztelte azt, hogy egykor miért szólt, miért közelített.

(A Szent György lovag-kép mintha távozó dobogást hangoztatna!)

Timár, midőn a szekrényes rejtekajtón a folyosóra kirohant, valami sötét alak állotta útját. Árnyék a sötétségben? fantom? vagy rossz lélek?

- Mit hallott? Mit látott ön?

Athalie volt az.

Timár félretolta a sötét alakot maga elől, s fél kezével vállánál fogva a falhoz szorítva, ezt súgá fülébe:

- Legyen ön átkozott! És átkozott legyen ez a ház! És átkozott legyen annak a hamva, aki ezt építette!

Azzal, mint egy őrült rohant le a lépcsőn.

Timéa ajtaja nyílt, a belső szobából világosság derengett elő. A távozó őrnagy alakja tűnt ki e világban. Timéa csengetett. Zófi asszony sikoltozó szava hangzott, szitkozódva, hogy ki oltotta el a lépcsőházban a lámpást? Aztán egy gyertyával a lépcsőn levilágított a távozó őrnagynak. Athalie a rejtett fülke ajtaja mellé húzódott. S midőn mindenki eltávozott, és ismét sötét lett, sokáig beszélt még hang nélküli szavakat; csak ajkai mozogtak, csak fogai verődtek össze, csak szemei forogtak, és összeszorított öklei fenyegetőztek.

Ki tudja, mit mondhatott?

AZ ELSŐ VESZTESÉG

Futni, de hová? Ez most a kérdés.

Az órák tízet vernek a városban, a sorompók le vannak már eresztve a dobogó híd előtt, mely a Duna keskenyebb ágán a szigetbe vezet, ahonnan azután a szélesebb Duna-ágon a jég háta most a híd. De most oda el nem lehet jutni anélkül, hogy az ember valamennyi jegyszedőt a hídon s egypár drabantot a parton fel ne lármázzon, akiknek mind szigorúan meg van parancsolva a városkapitánytól, hogy este nyolc órától reggeli hétig még magát a szentséges római pápát se eresszék át a jégen.

Az ugyan meglehet, hogy amit amaz egyházfejedelem bullái ki nem vinnének, azt egypár vörös szemű bankó Levetinczy úr tárcájából kieszközölné; de másnap aztán el is volna terjedve a városban, hogy az arany ember késő éjjel egyedül, nagy sietve szökött ki a városból a veszedelmes jégen keresztül. Ez éppen jó illusztráció volna ahhoz a mendemondához, amiből ama párbaj eredt. Minden ember azt mondaná: kezd már szökni Amerikába. Timéa is megtudná ezt.

Timéa!

Óh! milyen nehéz ez elől a név elől elmenekülni! Mindenütt utána hangzik.

Nem lehet egyebet tenni, mint visszatérni a Rác utcai házba, s ott bevárni, míg megvirrad.

Ez kínos éjszaka lesz.

Mint a tolvaj, oly vigyázva nyitogatta fel a szobájához vezető ajtókat. A ház többi lakói alusznak már ilyenkor.

Szobájába érve, nem gyújtott gyertyát. Ledűlt a pamlagra. Pedig a sötétben még jobban rátalálnak az üldöző rémek.

Hogy elpirult az alabástromarc!

Tehát mégis van ott a jég alatt élet, csak napja hiányzik.

A házasság az örök tél rá nézve, az örök éjsarki tél.

És e szerencsétlen jégországból nincsen menekülés. A nő hű.

És a vetélytárs is hű barát, aki kardját összetöri annak a fején, ki az imádott nő férjét rágalmazni merte.

Még ez előtt is meg kell hajolnia. Még odáig le kell aláznia fejét, hogy azt az embert, kit gyűlölt mint szerencsés vetélytársat, kit lenézett mint szerencsétlen éhenkórászt, aki felszedegeti az élelmezési ügyekben elhullott morzsákat, most mint nagy jellemet lássa maga fölött. Maga fölött! Anélkül, hogy az emelkedett volna.

És Timéa szereti ezt az embert, és boldogtalan az is, ő is.

Mind a kettőjük boldogtalanságának egy oka van: az, hogy Timár „arany ember".

Bálványozzák, akik nem szeretik.

Nem tud senki arra gondolni, hogy őt megcsalja, meglopja, meggyalázza, hogy becsülete gyémántjából egy darabot letörjön, úgy őrzik azt, mint valami ereklyét.

S ha valaki azt mondaná nekik: mindez nem igaz!

Mily hévvel magasztalá őt a feleség!

„Szolgálóleányból úrnővé tett engem."

Nem igaz! Te voltál az úrnő, ő volt a szolga. A te vagyonoddal tette magát úrrá, azt adta neked.

„Nincs senkije rajtam kívül! Én vagyok az egyedüli arc, melynek láttára búskomor arca felderül."

Nem igaz! Szerelme, boldogsága van neki a világ rejtett zugában, hol téged megcsal, esküjét megszegi, hűségedet kigúnyolja!

„Én vessem meg azt, kit mindenki tisztel?"

De hát miért tiszteli mindenki? Mert nem ismeri!

Ha megismerné, ha felfedezné, mi lakik benne belül, mondaná-e ismét a nő: „Én viselném neve gyalázatát, mint viseltem ragyogását?"

Mondaná.

Timéa nem válik el soha.

Azt mondaná: „Ha boldogtalanná tettél, mármost szenvedj együtt velem!" Ez az angyalok kegyetlensége.

S ha valaki felfedezné előtte a senki szigetének titkát! Noémi történetét!

Azt mondaná rá: „Isten áldja meg, ki megadta neki azt a boldogságot, melytől én őt megfosztottam."

Ez Timéa.

De hát Noémi!

Mit csinál most az a puszta, lakatlan szigeten, ahonnan nem lehet neki eljönni Timéa nagylelkűsége miatt? Egyedül a hangtalan téli kietlenben, egy kis félénk gyermekkel az ölében, miről gondolkozik az most? Nincs, aki egy vigasztaló szót szóljon hozzá; mint retteghet a sivár magányban rossz emberektől, rémektől, vadállatoktól! Mily szívnyomást kell éreznie, ha távol kedvesére gondol, és találgatja magában, hol jár ő most?

Óh! ha tudná!

Óh! ha tudná mind a két nő, mily átkozottul bűnös az, aki mindkettőjüknek ily szenvedést okozott!

Ha volna valaki, aki ezt nekik megmondaná.

Igaz!

Ki lehetett amaz idegen, aki mondott is ilyeneket már, akit az őrnagy ezért arcul ütött, főbe vágott? Idegen tengerésztiszt? Ki lehet ez az ő ellensége? Nem lehet megtudni, mert a kapott sebbel együtt eltűnt a városból.

Valami azt súgja neki, hogy ez elől az ember elől jó volna elfutni.

Futni! Hiszen ez az ő folytonos ösztöne. Nincs kényelmetlenebb érzés rá nézve, mint egy helyben maradni. Amint a senki szigetét elhagyja, azontúl nincs sehol maradása. Mikor utazás közben delelőre megállapodik, nem bír a vendéglőben várni, míg a lovakat etetik, elindul gyalog előre az országúton. Úgy sarkantyúzza valami.

Majd arra gondol, hogy elviszi Noémit Dódival együtt, fölül velük egy tengeri hajóra, s körülhajókázza a világot. El együtt minden ismeretlen világrészbe!

De hát Timéa!

Ez a név a hajótörés rá nézve.

Az óceánban egy meleg folyamár tódul fel az egyenlítőtől a sarkvidékig, s a sarkvidéktől jéghegyek úsznak alá az egyenlítőig: Timár arra gondolt, hogy nagy őrültség volt tőle egy ilyen óceánt fogadni be a keblébe.

És álom nem jött szemére. Zsebórája tizenkettőt vert. Még hét hosszú óra van reggelig. Azt végigtöprenkedni!

Mégis rátért, hogy gyertyát fog gyújtani. A szívháborgásnak van egy csillapító szere. Hatályosabb a mákony, a gyűszűvirág kivonatainál: a prózai elfoglaltság.

Akinek sok dolga van, annak nem ér rá a szíve fájni.

Kereskedők ritkán lesznek öngyilkosok szerelmi bú miatt. Az üzleti gond az az áldott lábvíz; mely elvonja a vért a nemesebb részektől.

Timár elővette a leveleket, mik asztalán egy bronzsárkány által lefoglalva álltak. Ide szokta főügynöke mindazon leveleket felhalmozni, melyek vagy tudomásul veendők voltak, vagy személyes elintézést igényeltek Timár részéről. Némelyike e leveleknek beutazta már Baját, Levetincet, Bécset, Triesztet, minden telepén megkeresvén a gazdáját, s úgy került megint vissza komáromi fő lakhelyére; tanúskodva afelől; hogy Timár fél év alatt egyik telepén sem fordult meg.

Ha csupa merő becsületes emberekkel nem lett volna körülvéve, keservesen meglophatták, megcsalhatták volna mindenütt. Némely levélre Timéa írta fel, hogy ő már intézkedett e tárgyban.

Ismét Timéa!

Mihály egymás után bontogatta fel és olvasta végig az üzleti leveleket. Mind szerencsés tudósításokat tartalmaztak. Eszébe jutott Polycrates, aki nem tud veszíteni, s végre rettegni kezd nagy szerencséjétől.

Gazdagsága folyvást növekedőben. Kezd terméketlenül heverni a megtorlott pénztömeg. A jótékonysági rovatok nem merítik ki a várakozáson fölüli túlnyereményt.

Minden, amihez kezd, sikerül. Minden, amire a nevét odaadja, arannyá válik. Az üres papiros értékessé lesz, ha cége rá van nyomtatva.

És mindennek a roppant sikernek mi az alapja?

Egy titok, amiről nem tud senki, egyedül ő!

Ki látta Ali Csorbadzsi kincseit a sötét kabinban szétomlani?

Csak ő maga - és a hold. Ez pedig jó cimbora. Látott az egyebet is.

Tehát a világrendnek az a hypomocliona, hogy az elkövetett bűn ne legyen tudva. Akkor aztán ami következik belőle, lehet mind fény, nagyság, erény.

Lehetetlen az!

Mihály érezte azt, mert mélyen gondolkodó, gyöngéd alapú kedély volt, hogy e túlságos szerencséjének, melynek magva oly rohadt, hamuvá kell lenni, mert ez az igazság a nap alatt! És örömest látta volna kincsei felét semmivé lenni; odaadta volna az egészet, azért, hogy azt hihesse, hogy számadása a sorssal be van fejezve. De érezte, hogy bűnhődése éppen abban áll, hogy ennyi gazdagság, hatalom, nagy hír és látszatos családi boldogság csak kegyetlen iróniája a sorsnak. El van ő azok alá temetve, hogy fel ne bírjon kelni arra az egyedül boldogító életre, melynek célja Noémi - és a kis Dódi. Mikor az első kis Dódi meghalt, akkor megtudta, hogy mi volt az rá nézve. Most a másodiknál még jobban érzi azt. És nem teheti őket magáévá. El van temetve egy aranyhalom alá, mely alul nem tud szabadulni; érzi azt ébren, amit a szigeten, mikor hagymázban volt, lázálmában látott; hogy elevenen eltemetve fekszik egy sírban, mely arannyal van megtöltve, a sír fejénél egy márvány, mely nagy tetteit hirdeti; a márványon egy alabástromszobor, mely nem mozdul onnan, az Timéa. Koldusasszony kisgyermekével jön a thymiánvirágot tépni a sírról: ez Noémi. Az élve eltemetett úgy erőlködik, és nem tudja e kiáltást hangoztatni: „Noémi, add kezedet, s vonj ki ez aranysírból engem!"

Timár folytatta a levelezések áttekintését.

Egy levél volt ottan brazíliai ügynökétől is. Kedvenc eszméje, a magyarhoni lisztipar, fényesen valósult meg. Becsület és gazdagság alapja lett az is.

Most jutott eszébe, hogy mikor a lépcsőn lejött, a postakihordó egy levelet adott kezébe, tengerentúli kelettel. Azt ő akkor zsebébe tette; egészen más gondolatok főttek akkor agyában. Most előkereste oldalzsebéből e levelet.

Ugyanazon brazíliai üzletfőnök írta azt is, ki az elébbi kedvező tudósítást.

A levélben ez volt:

> Uram!
>
> Legutóbbi levelem óta egy igen súlyos balvégzet érte üzletünket. Önnek pártfogoltja, Krisztyán Tódor galádul megcsalt és megkárosított bennünket. Nem tehetünk róla. Az ember éveken át oly hűségesnek, okosnak, szorgalmasnak mutatta magát, hogy a legnagyobb bizalmat kellett iránta gyakorolnunk. Fizetése és tantičme-je is oly nagy volt, hogy abból nemcsak megélhetett, sőt félre is tett belőle, s tőkéjét nálunk hagyta kamatoztatni. Ez ez az ember a legnagyobb csaló és veszedelmes imposztor, aki csak valaha a világon létezett. Amíg nálunk látszólagos megtakarításból apró tőkéket hevertetett, addig üzletünket borzasztóan meglopta, pénzküldeményeket elsikkasztott, a számlákat meghamisította, nagyszámú váltókat hamisított cégünkre, ön által fel levén hatalmazva a prokuravezetéssel, úgyhogy az eddig kiderült kár felmegy tízmillió reisre.

Timár kiejté kezéből a levelet.

Tízmillió reis! Ez mintegy százezer forint.

Íme a Polycrates gyűrűje, amit a tengerbe hajított.

Tovább olvasá a levelet:

> De ami a veszteségnél sokkal érzékenyebb, az azon általa elkövetett csalás, hogy az utóbbi években az ön által küldött lisztet a sokkal könnyebb louisianai liszttel hamisította meg, hogy a forgalmat ezáltal nagyobbítsa, s e yankeetrickkel évekre megrontotta a magyarországi lisztiparnak a hitelét, úgyhogy nem tudom, hogyan fogjuk azt még valaha visszaszerezni.

Ez hát az első csapás, gondolá magában Timár. És a legérzékenyebb az üzletek nagy emberére nézve. Éppen ott töretett meg, ahol legbüszkébb volt!

Amiben igazán kevélykedett. Amiért királyi tanácsosi rangját kapta.

Az a fényes épület omlott össze, amit Timéa épített.

Ismét Timéa!

Timár sietett tovább olvasni a levelet:

> *A fiatal gonosztevőt könnyelmű asszonyokkal való ismeretség vitte erre az útra. Idegenekre nézve ez a legveszélyesebb betegség a mi éghajlatunkban. Mi rögtön elfogattuk őt, azonban az ellopott pénzből semmit sem találtunk nála; annak egy része a kártyabarlangokban veszett el, más része a kreolnőkre lett elpazarolva; valószínűleg egy csomót el is rejtett belőle a gonosztevő, remélve, hogy kiszabadulásakor majd előveszi: - amire ugyan sokáig fog várhatni; mert az itteni törvényszék tizenöt évi gályarabságra ítélte őt.*

Timár nem bírta tovább olvasni a levelet; ledobta az asztalára. S aztán felkelt, s elkezdett nyugtalanul alá s fel járni szobájában.

„Tizenöt évi gályarabság!" Tizenöt évig oda lenni láncolva a gályapadhoz, és azalatt nem látni egyebet, mint eget és vizet! Reménytelenül, vigasztalanul tűrni tizenöt évig az égető örök napot, és szidalmazni a háborgó örök tengert, és átkozni a kegyetlen örök emberiséget! Vén ember lesz, mire megszabadul! És miért kell ennek így lenni? Azért, hogy Levetinczy Timár Mihály úr ne legyen háborítva a senki szigetén tiltott örömei közepett. Hogy ne legyen egy ember, aki elárulhatja Timéának Noémit, és Noéminek Timéát.

Nem gondoltál arra, mikor Tódort elküldted Brazíliába, hogy ez így fog következni? De igen! Számítottál rá, hogy ezt az embert az alkalom gonosztevővé fogja tenni.

Nem ölted őt meg rögtön egy golyóval, ahogy igazi férfi megöli párbajban ellenfelét, ki szerelme útjában áll; atyai gondoskodást hazudtál neki, elküldted háromezer mértföldnyi útra, s most tizenöt évig fogod látni, hogy haldoklik előtted. Mert látni fogod őt a földön és annak minden tengerein keresztül!

Nem volt az a szoba éjszakára fűtve: hideg volt benne, az ablakokon zúzmarás jégvirág, és Timár mégis nehéz verítéket törült homlokáról, mikor végigjárta szobája szűk terét.

Tehát minden ember szerencsétlenné lesz, aki felé ő kinyújtja kezét.

Ez a kéz meg van átkozva!

Egyszer azzal áltatá magát, tetsző önhízelgéssel, hogy akihez ő hozzáér, az mind boldoggá lesz: még a bűnösök is megjavulnak.

És most jön a rettenetes cáfolat.

Átok és szenvedés terem az ő öt ujjának a helyén!

Szerencsétlenné lesz miatta a nő, akit imádott, és ennek szenvedéseiben osztozik a barát, kitől őt elragadta csalárdul.

Szenved és nyomorult az a másik nő, kinek szerelmét meglopta, s kinek számára most nem tud helyet találni a világon.

És ez az ember tizenöt évig fogja bilincsei csörgését hallgatni!

Óh! milyen rémekkel teljes éjszaka ez!

Hát nem fog-e már soha megvirradni?

Ő maga is úgy érezte magát a szobában, mintha börtönben, mintha kriptában volna.

De ama szomorú levélnek még utóirata is van.

Timár visszatért asztalához, hogy végigolvassa a tudósítást.

Az utóirat egy nappal későbbi kelettel így szólt:

> *Éppen most kapok egy levelet Port-au-Prince-ből, melyben arról tudósítanak, hogy azon gályáról, melyen fegyencünk volt, három gályarab a múlt éjjel megszökött, egy csónakot magukkal vittek. A hatóság üldözi őket. Tartok tőle, hogy a mi emberünk is közöttük volt.*

Timárt e sorok olvasása után egyszerre valami névtelen ijedtség szállta meg. Eddig izzadt, most reszketni kezdett; a visszafordított láz ez!

Félve tekintett maga körül. Mitől félt?

Egyedül volt a szobában, és félt, mint egy gyermek, kinek zsiványkalandokat meséltek.

Nem volt maradása szobájában többé.

Előkereste zsebpisztolyait bekecse zsebéből; megnézte, fel vannak-e porozva? Megpróbálta tőrbotját, könnyen jár-e benne a gyilok?

El innen!

Még éjszaka van, az éji őr odakinn egy órát kiált éjfél után. Nem lehet itt a reggelt megvárni.

Hiszen át lehet menni a szőnyi partra híd nélkül is; a szigeten fölül egészen be van fagyva a Duna. Csak egy olyan ember kell hozzá, aki nem fél úgy a sötét éjszakától és az ismeretlen jéghídtól, mint ettől a lobogó gyertyától s ettől a kísértő levéltől itten!

A levelet a gyertya fölé tartja, s elégeti. Azután elfújja a gyertyát.

Azok se rémítsék többé.

Azután kibotorkázik szobájából.

Mikor ajtaját becsukja, akkor eszébe jut, hogy nem gyújtott-e meg valamit az eldobott levéllel. Visszatér. A nagy sötétségben a hamvadó levélpapíron fénylő szikrák mint rémgondolatok járnak alá s fel kígyózó bolygással. Megvárja, míg a legutolsó is eltűnik, s egészen sötét lesz. Akkor indul neki az éjszakának. Míg előszobáján, míg folyosóján végigmegy, az a névtelen rém jár előtte, körüle. Bal kezét feje elé tartja, jobbjában a kivont tőrt szorítja. Pedig senki sem jő rá szemközt, senki sem lappang nyomában.

Csak akkor érzi keblét könnyebbülve, mikor az utcára kijutott.

Itt visszatér férfias bátorsága.

Friss hó esett azalatt. Léptei alatt csikorog az, amint a Duna-part felé siet, végig a Rác utcán, ki a malomrév felé.

A JÉG

A Duna be volt fagyva egész fel Pozsonyig, át lehetett mindenütt kelni rajta. Hogy Komáromból Új-Szőnyre át lehessen jutni, fel kellett messze kerülni a sziget orrán felül, mert ott zátonyok vannak, mikben nyáron aranyat mosnak, s a felturkált zátonyokon rendesen megtorlik a jég, s a torlaszokon nehéz áthatolni.

Timár úgy számította ki az átkelési tervét, hogy amint a Monostort megpillantja, annak a tetején meglátszik az ő nyaralója; egyenesen annak veszi az irányát.

Csakhogy jött valaki, aki ezt a számítását megrontotta: az volt a köd. Ő csillagos éjre számított, s mire a Dunához ért, köd ereszkedett alá. Még akkor csak vékony átlátszó párázat, de amint a jégen elindult utat keresni, oly sűrű lett az, hogy nem látott háromlépésnyire.

Ha józan eszének csak egy szavára hallgatott volna még, hát rögtön visszafordul, s igyekszik az elhagyott partot újra megtalálni; de már azzal a józan ésszel ő végleg leszámolt, nem volt vele semmi dolga többé: át akart jutni a túlsó partra.

Az éj különben is sötét volt; a Duna pedig a szigeten fölül legszélesebb, s ott a jég legkevésbé járni való. Egymás hátára tolt jéghasábok hosszú torlaszokat képeznek keresztben-hosszában, egy-egy helyen szeszélyes hegylánc alakot ölt a jég, öles táblákban meredezve fel a hátahoporjás alapból.

Amint ezeket a torlaszokat kerülgette Timár, azon vette észre magát, hogy a ködben eltévedt. Már több egy órájánál, hogy jár; zsebórája háromnegyedet üt háromra; rég a túlsó parton kellene lennie: bizonyosan irányt tévesztett.

Hallgatózott. Semmi neszt nem vehetett ki az éjszakában. Kétségtelen volt, hogy nemhogy közeledett volna a túlparti faluhoz, sőt eltávozott tőle.

Még kutyaugatást sem hallott.

Azt hitte, hogy ő most ahelyett, hogy a Dunán keresztbe haladna, hosszában jár rajta végig, s arra határozta magát, hogy félirányt fog változtatni. A Duna kétezer lépésnél sehol sem szélesebb, valahol csak partra kell akadnia, ha folytonosan egy irányba megy.

Csakhogy a sötétben és a ködben az ember éppen azt nem tudja, hogy egy irányban megy-e. Egy jégtorlasz, melyet ki kell kerülnie, minden kiszámítása dacára félretéríti az egyenes vonalból, zeg-zug utat csinál, visszakerül arra a helyre, amelyen már egyszer áthaladt; egyszer-egyszer eltalálja a jó irányt, s csak még pár száz lépésig kellene kitartania, s partot érne, akkor megint mást gondol, s eltér ferde irányban, s újra beletéved a megboszorkányozott jéglabyrinthba.

Már öt óra is elmúlt: négy órája, hogy folytonosan a Duna fölött jár. Érzi, hogy fárad. Az éjjel nem aludt, s egész nap nem evett; ahelyett idegrontó gyötrelmekkel kínozta agyon magát.

Megáll hallgatózni. Ez idő tájon rorátéra szoktak harangozni. Vagy a városból, vagy a faluból kell, hogy harangszót halljon.

Szép irónia az is a sorstól, hogy az istenes harangszó, amely szól az igazhívőknek, még a pogány és eretnek számára is kívánatos, s a szökevény, az istenkerülő úgy hallgatózik utána vágyakozva.

Végre meghallotta, amire várt. A komáromi harangok voltak azok.

A harangszó egészen a háta mögül jött.

Eszerint a leghelyesebb kiszámítás, hogy féljobbot csinálva folytassa az előrehaladást, mert akkor szemközt kell lenni a szőnyi partnak.

Hanem a harangok ezúttal megtréfálták. Még beljebb küldték a Duna hosszában. Beletévedt egy oly jégmezőbe, mely csupa egymásra tolt jégtáblákból állott, mik ferdén, egyenesen meredeztek elő; azok között bukdácsolva, kapaszkodva, iszamodva, néhol négykézláb mászva kellett előretörtetnie, s partot csak nem talált sehol.

Kiáltani nem mert.

Kiáltást nem hallott egyebet, mint a varjakét, mik látatlanul röpködtek el fölötte.

Az volt az utolsó reménysége, hogy majd ha megvirrad, akkor csak megtudja a napról, hogy merre van kelet. Arról azután hajós létére majd tájékozza magát, hogy merre van a Duna folyása.

Ha valahol léket talált volna a jégen, akkor a víz folyásáról is megtudhatta volna, merre menjen; de a jégkéreg szilárd volt mindenütt, s áttörni fejsze nélkül nem lehetett.

Meg is virradt, legalább világos kezdett lenni, de a sűrű ködön át napot nem lehetett látni.

Menni pedig kellett, mert a pihenés a jégen veszedelmes.

Kilenc óra is elmúlt; még mindig nem talált partot.

Akkor egy pillanatra ritkulni kezdett a köd; a nap fénytányérja láthatóvá lett, mint egy fehér, fénytelen arc az égen, mint a nap árnyéka. A lég mintha számtalan ragyogó jégtűkkel volna tele, amik szikrázva gomolyognak össze egy szemvakító homállyá.

Most tehát tájékozhatja magát.

Ámde a nap magasan áll már, nem mutatja a keletet.

Hanem mutat valami mást.

Amint Timár a szikrázó köd félhomályában széttekintett, úgy tetszett neki, mintha jobbra a távolban egy háztető körrajzait engedné láttatni a félig átlátszó köd.

Ahol ház van, ott föld van. Elindult arra.

Hanem a derű csak pillanatokig tartott; újabb sűrű ködgomoly szállt alá a jégre, s Timár újra vak volt.

De most már nagyon jól vigyázott, hogy el ne tévessze a kitűzött irányt. Haladt egyenesen. S ezúttal jól számította ki az irányt; nemsokára a sűrű ködfátyolon keresztül újra megjelent előtte a háztető. Alig volt már tőle harminclépésnyire. Végre megtalálta hát a házat.

Mikor aztán tízlépésnyire ért hozzá, akkor látta, hogy az egy malom.

A jégtorlasz valahonnan elszakította téli menedékéből, vagy ott lepte a láncon a késlekedőt, s aztán lehozta magával idáig. A hajóoldal olyan szépen el volt fűrészelve a jég éles lapjai által, mintha ácsremekben vágták volna ketté, a kerekek forgáccsá törve s a malomház odaékelve egy jégsánc közé, melynek táblái mint mellvédek foglalták körül.

Timár megriadva állt meg a malom előtt. Feje kábult volt már, ahogy a kísértetlátóknál szokott lenni.

A perigradai örvénybe elsüllyesztett malom jutott egyszerre eszébe.

Nem annak a malomnak a kísértete ez, mely őt futása végén ijeszteni s tán elfogadni jő?

Elfogadni? Magába fogadni? Egy pusztulásnak induló ház, egy malomroncs a jég közepén?

Timárt valami kínzó ösztön arra vette, hogy menjen be ebbe a malomba. Az ajtaján fel volt pattanva a zár, bizonyosan a jégtorlat rázkódásától, s az ajtó tárva-nyitva állt. Belépett rajta. A malomgép olyan épen állt még, hogy Timár minden percben azt várta, hogy előlép egy fehér molnárkísértet, s felönti a garatra a gabonát.

A malom tetejét, gerendát, minden kis párkányát teleülték a varjak, egy-egy tovalebbent a közeledő alak láttára, s rögtön más ült a helyébe. A többi tudomást sem vett róla.

Timár el volt fáradva halálba. Nyolc óra folyásán keresztül jár folyvást a jégen, fáradságát szaporították az út akadályai; gyomra üres, idegei felzaklatva, a kemény hideg zsibbasztja tagjait.

Fáradtan ül le a malomban egy gerendára.

És amint leül, azonnal lezáródnak a szemei.

És amint szemeit lezárja, ott áll a Szent Borbála hajóorrán, kezében a csáklyával; mellette áll a fehér arcú leány. „El innen!", kiált neki; a hajó a zuhatagba rohan alá, a habtorlat jön szemközt, „be a kabinba!". De a leány nem mozdul. Most alárohan a hajó mindenestől.

Timár leesett a földre, arra ébredt föl.

Csak most kezdett eszmélni a veszedelemre, melyben forog.

Ha ő itt most elalszik, bizonyosan meg fog fagyni.

Kétségtelenül a legkényelmesebb neme az öngyilkosságnak. De neki még tennivalója van ezen a világon. Még az ő órája nem jöhetett el.

Mit mondanának az emberek, ha másnap itt találnák Levetinczy Timár Mihályt megfagyva a jég közé szorult malomban? Hogy jött ide? Minő rejtély maradna utána!

Nem, ilyen ostoba halállal nem akart meghalni.

Kijött a malomból.

A köd olyan sűrű volt, hogy nem látott semmit. Nem volt ez nappal, hanem éjszaka. A sóhajt, mely az égre szállna, elnyeli a nehéz, sötét felleg, s nem bocsátja odább.

Az ember el van hagyatva minden élőlénytől; el van temetve - a felhőben.

Hát nincs semmi élő közel, ki őt megszabadítsa?

Van.

A malomban egerek is voltak, mikor a jég elragadta; azok megvárták, míg a jég megáll, akkor kiszöktek a malomból, s ők kitaláltak a partra. Apró lábnyomaik hosszú vonalai meglátszanak a vékony hóesésben.

Ezek a nyomokat észrevette Timár. Az emlősök legparányibbja kivezette a bölcs, hatalmas embert a partra.

Félórányi távolban Új-Szőny fölött jutott ki a partra.

Ott azután rátalált az országútra, s azon át a fogadóra, ahol szekerét elhagyta. Köd előtte, köd utána: senki sem látta, merről jött.

A vendéglőben megevett egy tál, kocsisok számára készült, marhalábkocsonyát, megivott rá egy kupa bort, azzal befogatott, lefeküdt a szekerébe, s aludt egész estig, folyvást a jégen álmodva magát, s ha nagyot zökkent a kocsi, arra ébredve, hogy beszakadt alatta a jég, s ő hull alá a végtelenbe.

Későn indulva Szőnyről, csak másnap éjszaka jutott el füredi kastélyába.

A köd egészen idáig kísérte, a Balatont sem láthatta tőle.

Még éjszaka felhívatta halászait magához, s azoktól megtudta, hogy éppen másnap reggelre készülnek az első fogáshoz a jégen. Vincellérjét utasította, hogy bort, törkölypálinkát, amennyi kell, tartson készen.

Galambos, az öreg halászmester igen jó fogással biztatott. Timár azt kérdezte tőle, hogy mi előjele van e kecsegtetésnek?

Az egyik jó jel az volt, hogy a Balaton korán befagyott, ilyenkor az ívás előtti időkben a halak nagy tömeggel jönnek az öbölbe. A még jobb jel pedig az, hogy Levetinczy úr maga is megérkezett. Hisz ővele a szerencse jár.

„A szerencse jár velem!...", ismétlé magában Timár, nagyot sóhajtva.

- Mernék rá fogadni - monda Galambos -, hogy holnap kifogjuk magát a fogaskirályt is.

- Mi az a fogaskirály?

- Az egy vén fogas, amit minden halász ismer már a Balatonon; mert akárhánynak volt a hálójában, de senki sem bírja kihúzni; mert amint veszi észre, hogy a pirityébe került, egyszerre elkezd a Balaton fenekén a homokban farkával lyukat ásni, abba belehúzza magát, s a háló alatt kicsúszik. Iszonyú kitanult gonosztevő. Pedig jutalmat is tűztünk már a fejére, mert egymaga annyi fiatal halat elpusztít, mint három halász. Iszonyú nagy állat. Mikor a víz színén úszik, az ember azt gondolná, hogy viza. Ezt is megfogjuk holnap.

Timár ráhagyta. Aztán hazaküldött minden embert, és lefeküdt.

Most érezte még csak, mennyire ki van fáradva.

És aztán aludt hosszú, egészséges álmot, álomlátások nélkül. Mikor fölébredt, egészen kiépülve érzé magát. Még lelke gondjai is mintha egy évet vénültek volna már. Végtelen időnek látszott a tegnapelőtt és a ma közötti haladék.

Még nem volt reggel: de meglepé, hogy a jégvirágos ablakokon besüt a hold. Tehát az idő kitisztult.

Gyorsan fölkelt, szokása szerint a jéghideg vízben egész testét megmosta, azzal felöltözött, s kisietett a Balatont meglátni.

A befagyott Balaton megragadó látvány, kivált az első napokban.

Az óriási tó nem úgy szokott befagyni, mint a folyamok, miken töredékes jégtorlaszok csoportosulnak össze; ez egy csendes pillanatában a víztükörnek egyszerre áll meg, mint a kristály, s reggelre ott van az egész vízen a sima, tündöklő tükör.

Ezüsttükör, mikor a hold fénye bevilágítja. Nincs rajta semmi törés: egy darabból van öntve.

Csak a szekérutak látszanak meg rajta, amint a két part sűrűn fekvő falvaiból átvonulnak, egymást keresztezik, mintha mértani vonalak volnának egy nagy üvegtáblán.

A tihanyi hegyfok kettős tornyú templomával oly tisztán látszik most meg a tükörben, tornyaival lefelé fordítva, mint maga a valóság.

Timár oly hosszan el tudott andalogni e csodaszép látvány előtt.

Mélázásából a közelgő halászok verték ki; azok jöttek hálóikkal, rúdjaikkal, jégvágó eszközeikkel; azt mondták, hogy napfölkeltekor kell megkezdeni a fogást.

Mikor egy csoportban voltak, körbe álltak, az öreg halászmester rákezdé a kegyes éneket: „Uram, ki légyen lakója a te szentséges hajlékodnak?", a többiek utána énekelték. Timár elment tőlük messze; ő nem tudott Istenhez fohászkodni. Hogy énekeljen ő annak, aki mindent tud, akit nem lehet énekszóval megcsalni?

Pedig az az ének kétmértföldnyire is elhallik a sima jégen; s a parti visszhang visszazengi a zsoltárokat.

Timár messze behaladt a jégtükrön.

Most virradni kezdett, a hold elsápadt, s az ég egész hosszában rózsaszínűvé kezdett lenni, mire az óriási jégtükör is csodálatos színt változtatott, mintha élesen kétfelé volna osztva, az egyik része violaszín és rézvörös fényt vesz fel, míg a napkelet felé eső, tehát a rózsaszín éggel érintkező fele azúrkék marad.

A tünemény pompája növekedik, amíg az ég egyre világosul; a skarlát, az arany az égen megkétszereződik a tiszta tükörben, s mikor a nap fénytelen izzó gömbje feljön a látkör violabarna ködei közül, tűzszínű páráktól körülragyogva, s letekint e ragyogó jéglapra, ilyen varázsképet semmi tenger nem mutat, semmi mozgó hullámtükör; mert az olyan, mintha két igazi nap kelne fel egyszerre két igazi égen.

Egyszerre szétlövelli a nap sugárait, amint a barna ködök közül kiemelkedett.

Galambos halászmester a távolból odakiált Timárra:

- Most mindjárt fogunk valamit hallani, de meg nem kell ijedni tőle! hahó!

„Megijedni?", mondá magában Timár, s hitetlenül vállat vont.

Mi ijesztené őt meg már a világon?

Megtudta nemsokára.

Mikor a beállott Balaton jegére legelőszőr rásüt a nap, előszőr valami csodálatos zengés támad a jégben: mintha ezer meg ezernyi érchúrok pattognának le egy tündéri hárfáról; emlékeztet az a Memnon-szobrok zengő sziklájára, csakhogy ez nem hagyja abba. A titkos zing-zöngés egyre hangosabb lesz, a tündérek ott a víz alatt már tele marokkal ragadnak hárfáik húrjaiba, éles pattanások kezdenek hangzani, mik folyvást emelkedő erővel a lövések hangjáig fokozódnak; és minden pattanásnál, minden durranásnál egy-egy csillámló repedés támad az eddig üveg módra átlátszó jég tömegében; minden irányban összevissza pattog az egész óriási jégtábla, míg utóbb olyanná válik, mintha apró kockák, ötszegek s minden alakú prizmák milliárdjaiból volna egy óriási mozaikká összetömörítve, melynek felszíne tükör.

Ez okozza ama hangokat.

Aki azokat először hallja, a szíve bizony hevesen kezd dobogni.

Az egész jéglap szól, beszél, zeng lábai alatt. Mennydörgést és citerapengést hall összekeverve. Egy-egy pattanás az ágyúdörejhez hasonlít, s mértföldekre elhangzik.

S a halászok nyugodtan látnak hálóik szétbontásához a mennydörgő jég hátán; s a távolban szénásszekereket látni, amint a jégen csendesen végighaladnak négy ökörrel. Itt már ember és állat megbarátkozott a jég haragos perlekedésével, mely azután folytonosan tart, míg a nap ismét le nem áldozik.

Mihály kedélyére különösen hatott ez ismeretlen tünemény.

Mindig sejtette, mindig imádta azt, ami „nagy élet" a természetben. Érzelgő kedélyében helyet talált az a gondolat, hogy ami él, az öntudattal is bír. A szél, a vihar, a villám, maga a föld, hold, a csillagok. Ha volna, aki értené, hogy mit beszél most ez a jéglap itt a lábaink alatt!

Most egyszerre egy olyan rettentő dördülés hangzik, mintha száz ágyút sütöttek volna el egyszerre, vagy mintha föld alatti tűzaknát vetettek volna fel. Az egész jégtábla megrendül és összerázkódik. S a dördülés munkája iszonyú; a füredi parttól rézsút egész Tihanyig, háromezer lépésnyi hosszúságban végigrepedt a jégtábla, s a kétfelé nyílt tömeg között egy ölnyi széles tátongó nyílás maradt.

„A rianás! A rianás!", kiáltoznak a halászok, s otthagyva hálóikat, szaladnak arrafelé.

Timár alig kétölnyi távolban állt a rianástól. Látta azt, mikor támadt. Térdeit megreszketteté a szörnyű erőhatalom, mely a jégtömeget kétfelé hasítani bírta. Megbénultan állt ott a hatalmas természettünemény kábító hatása alatt.

Az odaérkező halászok zavarták fel néma elmerengéséből.

Azok magyarázták meg neki, hogy ennek a támadt résnek a neve a nép ajkán „rianás", ami szót sehol másutt nem ismernek; hogy ez nagy veszedelem a keresztülutazókra nézve, mert messziről nem veszik észre, s ez be nem fagy soha, mert a víz szüntelen hullámzik közte; azért a legelső dolguk volt a jó embereknek azokra a helyekre, ahol útnyomok szelték át a rianást, a két veszélyes partra póznákat tűzni ki a jégbe, azokra szalmacsutakot téve keresztbe, hogy a jövő-menők jókor meglássák a veszélyt.

- De még veszélyesebb lesz ez - magyarázá a vén halász Timárnak -, ha egyszer egy szélnyomásra a kétfelé vált jég megint összecsukódik. Az is éppen ilyen zengéssel, ropogással megy végbe. De gyakran olyan nagy a szél ereje, hogy az elvált jég két szélét harántosan feltolja, s akkor a fölemelt jég alatt üresség támad. Aki aztán azt észre nem veszi, s szekérrel ráhajt, Isten legyen irgalmas szegény lelkének; leszakad alatta a jég, amely nem éri a víz színét.

Délre járt az idő, mire a halászathoz hozzáfogtak.

A halászat a Balaton jege alatt igen tiszta munka.

Először is abban az öbölben, melybe a halászok tapasztalatai nyomán a halak ez idő tájon seregestül össze szoktak gyűlni, kivágnak egymástól ötvenölnyi távolban két, ölnyi átmérőjű léket, s azután egy négyszögöt alakítanak apróbb, két láb átmérőjű lyukakból úgy, hogy a két nagy nyílás a trapezium két átellenes szögletét képezi.

Minden jéglapot, melyet e négyszöglyukakból kivágtak, oda támasztanak fel élével a lyuk elé, hogy a jégen járók észrevegyék azt, s bele ne botoljanak a veszedelembe.

Mikor aztán a nap rásüt ezekre a nagy jégtükrön mindenfelé elszórt jégkockákra, az olyan, mintha ezernyi gyémántóriás ragyogna szét a messze távolba.

A halászok a hosszú, erős hálót a tó belseje felé eső öreg lékhez viszik, s akkor a két végét szétbontva, rákötik azokat két hosszú póznára. Mindkét pózna harmadfél öles. Egy halászlegény elkezdi azt a jég alatt előbbre tolni a rákötött hálóval együtt, a másik ott várja azt a kisebb léknél, s amint a pózna vége odaérkezik, megint odább tolja azt a harmadik lékhez, ahol a harmadik legény áll, s ugyanezt az utat teszi meg a négyszög másik oldalán a másik rúd a háló túlsó szárnyaival, míg mind a két rúd s mind a két hálóvég összeérkezik a part felőli nagy léknél.

Ekkor a háló, melyet az alsó végén levő ónsúlyok a fenékre húzva, s a felső pirítye a jég lapjáig emelve tart, egy tökéletes börtön mindazokra nézve, akik e négyszögben bennszorultak.

Pedig ilyenkor sokan szoktak ott lenni. A fogas, a süllő, a harcsa elhagyja mély iszaplakását, s feljön a vágott lékhez levegőt színi; ilyenkor családi ünnepjük van a halaknak: ilyenkor van a hidegvérűeknél a szerelem bűbájos korszaka; hisz a kemény jégboltozat most tartja őket elzárva az idegen elemtől, de nem annak lakóitól, az emberektől.

A jég csak vesztükre szolgál most.

Mikor észreveszik, hogy a háló összébb szorítja őket, nincs hova menekülniök. Kiugrani nem lehet, mert a jég nem engedi. A megszorult fogasnak nincs módja többé szokott ravaszságával befúrni magát izmos farkával az iszapba, hogy a háló alatt elosonhasson, mert társainak vickándó tömege magával sodorja.

A halászok pedig odafenn húszan belekapaszkodva a háló kötelébe, csendesen vontatják azt kifelé.

Húsz embernek megfeszített erőködése mutatja, minő terhet vontatnak fel onnan alulról. Súlyáról ítélve, több száz mázsára lehet azt becsülni.

A nagy lék szája lassankint megelevenül.

A nyugtalanított, összeszorított haltömeg törekszik az egyedüli nyílás felé. Az a halála.

Mindenféle alakú szájak és fejek bukdácsolnak fel a vízből, átlátszó úszszárnyak, halfarkak, pikkelyes, kék, zöld, ezüst színű hátak merülnek fel egymást törtetve, s közülök ki-kibámul egyszer-egyszer a Balaton cápája, a mázsányi harcsa, tátogó nagy szájával, patkányfark-bajuszával, s megint visszairamodik fejtetővel lefelé, mintha volna odalenn menekülés.

Három halászlegény az öreg halászmesterrel nagy merítő szákkal lapátolja ki a lék szájára tolt eleven tömeget, kihányva azt egyenesen a jégre, ahol egymás hegyén-hátán fickándozva táncol örege-apraja. Onnan nincs hova menekülni, mert a lékek mind be vannak már téve a beleillő jégkockákkal. Ez aztán a boszorkánytánc!

Tátott szájú pontyok féløles szökéssel peckelik magukat szerteszét, a kétségbeesett csuka kígyóként kúszik a sügérek, kárászok bizsergő tömege közepett. Egy-egy hatalmas harcsát rántanak ki kopoltyújánál fogva, s kilökik a jégre, ahol aztán az idomtalan test meztelen fejét lomhán lefektetve, izmos farkcsapással söpri maga körül szét fogolytársait.

A jéglap a négyszeg körül már messze terítve van halakkal. A potyka úgy nyargal azon, mint a cickány. Senki sem kergeti; nem szökhetik el. A lomhább halak egész határral hevernek a lék két oldalán.

- Mondtam, hogy nagy fogás lesz ma! - dörmögi a vén halász. - Ahová a nagyságos úr lép, szerencsének kell ott lenni. Csak még a fogaskirályt megcsíphetnők.

- Pedig aligha benne nincs - mond a szélső legény, ki a vízhez legközelebb húzza a pirityét. - Valami nagy állat akkorákat lök a hálón, hogy mind a két karom megérzi.

- Ahol van ni! - kiált a másik legény, akinek éppen tele volt a merítő szákja hallal, amint egy roppant nagyságú fő, mint egy ezüst krokodil nyomult fel a vízből; tiszta ezüstfehér az egész, szétnyitott torkában két sor éles fog, mint a kajmánnak, de azonkívül négy egymásba fogódó görbe agyar, minő a tigrisé. Tiszteletparancsoló egy fej. Méltán királynak nevezhető abban a tóban, ahol nincs olyan állat, mely vele megmérkőzzék; még saját fajából sem.

- Ott van ni! - kiálták egyszerre hárman is; hanem a nagy állat a másik percben már újra lebukott a víz alá, s akkor kezdődött aztán a küzdelme a halásznak.

Mintha a tőrbe jutott fejedelem egyszerre kiadta volna oda alant a rendeletet maradék testőrseregének, hogy a végső tusában keresztül kell magukat törniök, oly veszedelmes rugdalózás keletkezett a hálóban. Csukák, potykák, harcsák voltigeur csapatja rohant fejjel a feszes hálónak, a felmerülő góliátokat bunkóval kellett agyba-főbe verni, hogy leküzdessenek. A hal tűzbe jött, a hidegvér hősi gerjedelemre lett képes, s fellázadt a bitorló ellenség ellen, s valóságos ütközetet harcolt vele. Az ütközet ugyan mind a hal veszedelmével végződött. A harcsák főbe veretten rántattak ki a jégre, a háló öntötte a felszínre szorított szép fehér fogasokat, süllőket; hanem a fogaskirály nem akart előkerülni.

- Már megint megmenekült! - dörmögé a vén halász.

- Még a hálóban van - monda fogait összeszorítva a kötélhúzó. - Érzi a kezem a rángatását; hacsak keresztül nem töri a hálót.

Tömérdek volt a préda, ami szerteszét hevert már; nem lehetett hova állni tőle, hogy az ember el ne csússzék bennük.

- No most kiszakadt a háló! - riadt fel a halászlegény. - Érzem a roppanásáról.

Csak a közepe volt még lenn.

- Húzd rá! - ordíta a vén halász, s azzal teljes erejéből rárántotta a legénység a kötelet. A hátramaradt haltömeg csak kifordult a hálóval együtt. Ott volt a fogaskirály is. Gyönyörű példánya fajának. Több volt negyvenfontosnál, aminőt minden húsz évben fogtak egyszer, azt is csak régen. Erős fejével csakugyan keresztülszakította a hálót; hanem tüskés úszszárnyaival beleakadt a bogokba, s nem tudott elmenekülni. Mikor kirántották, pofon vágta a farkával azt az egyik legényt úgy, hogy hanyatt esett a jégen; hanem ez volt aztán utolsó hőstette. A másik percben már halva volt. Eleven fogast még nem tartott senki a kezében. Azt tartják, hogy amint a vízből kiveszik, a léghólyagja megreped, s akkor megszűnt élni.

Ennek az egynek a kézre kerítése nagyobb öröm volt a halászok közt, mint az egész gazdag fogás. Régen üldözték már. Ismerőse volt mindegyiknek s gonosz halpusztító. Az a rossz szokása, hogy csak a saját nemzetbelit szereti megenni. Azért ő fogaskirály. Mikor felbontották, akkor is két szép nagy fogast találtak a gyomrában, amiket nemrég nyelhetett le. Olyan vastag hája volt, mint a süldőnek; gyönyörű arany színű, s a húsa fehér, mint a gyolcs.

- No, nagyságos uram, ezt az egyet elküldjük a nagyságos asszonynak! - monda a vén halász. - Becsomagoljuk egy ládába jég közé. Egymaga lesz egy szekérrel. Nagyságos uram ír hozzá egy levelet, s megírja benne, hogy ez volt a fogaskirály. Aki ebből eszik, királyhúst eszik.

Mihály megdicsérte az ötletet, s biztatást adott, hogy meglesz érte az áldomás.

Mire a fogással készen voltak, a rövid téli napnak is vége volt már, de csak az égen, de nem a jégen.

A jégen most kezdődött még az élet.

A szomszéd falvakból, Siófokból, Szántódról, Zamárdiból, Füredről, Arácsról, Csopakról jött a népség szekerekkel a jégre, kosárral, tarisznyával, kulaccsal; a kulacsban bor, a tarisznyában malacpecsenye, a kosár halat vinni való.

Mire a halászok hozzákezdtek a kifogott zsákmány osztályozásához, egész sokadalom támadt körülöttük.

Ha lement a nap, nádból fáklyát csináltak, tüzet raktak a jégen; vásárt ütöttek a halra. Potyka, csuka, harcsa, kárász mind szegény embernek való. Bécsbe, Pestre csak a fogast meg a süllőt viszik, amit drágán megfizetnek; a többit potom áron adják. Még így is nyereségük van. Ezzel az egy húzással valami háromszáz mázsa halat rántottak ki. Ez a Timár igazán szerencse fia.

Ami halat most el nem hordanak, azt kosarakba garmadolva beviszik a raktárba, s onnan hordják el majd szekereken a veszprémi vásárba.

Timár egy jó estét akart szerezni az összegyűlt népségnek. Lehozatott egy tízakós hordót a jégre, azt csapra üttette, s felszólította a halászmestert, hogy csináljon halászlevet, amihez csak a mestere ért.

Egy roppant, akónyi bográcsba beleaprítják a kiválogatott halat, aminek nem szabad sem kövérnek, sem szálkásnak lenni; nem jön abba egyéb, mint a halnak a saját vére, paprika marokszámra, meg vöröshagyma. Hanem aztán van annak a keverésmódjában valami mesterség, amit csak az ért, akinek tudománya van hozzá, hogy azt utánacsinálni sem lehet.

Ebből a jóból még Timár úr is bámulatos sokat elfogyasztott.

S ahol jó bor foly, és halászlé készül, ugyan a cigány hogy maradna el onnan?

Egyszer csak ott terem egy barna sereg, helyet csinál egy kosár tetején a cimbalmának, s rárántja az uraság nótáját:

> *„Jaj, de szakad ez a húr!*
> *Majd megfizet ez az úr?"*

S ahol cigány van, virgonc menyecske és tüzes legények, a tánc hogy maradna el onnan? A jég hátán egyszerre csak olyan dáridó támad, hogy hét falura szól. A nádtüzek mellett nyalka párok rikkontgatva járják a Szent Dávid táncát. Egyszer Timár azon veszi észre, hogy őtet is elkapja egy kackiás menyecske, beviszi a táncba, s úgy megforgatja, ahogy csak illik.

Timár táncolt.

A szép téli éjben messze világlottak a jégtükrön az örömtüzek.

A mulatság a jég hátán majd éjfélig tartott.

A halászok akkorra lettek készen a fogott hal behordásával a raktárba.

Akkor aztán a jókedvű népség is hazaoszlott, sűrű rikoltozással éltetve a mulatság gazdáját, a bőkezű Levetinczy urat.

Timár még azután is fennmaradt addig, míg Galambos a fogaskirályt becsomagolta a deszkaládába jég és széna közé, s a ládát leszegezte. Azt feltették a szekérre, melyen Timár idejött, s a kocsisnak meg lett mondva, hogy legyen készen, mert rögtön indulni fog haza Komáromba; a halküldeménnyel sietni kell.

Ő maga azalatt levelet írt Timéának; a levél gyöngéd, sőt itt-ott kedélyes hangon volt tartva. Kedves feleségének nevezte Timéát. Leírta előtte a nagyszerű látványt a Balaton jegén, a megrendítő jégropogást; elhallgatta, hogy milyen közel történt hozzá a rianás; elregélte a mai nap történt fogást minden apró részletével együtt; végezte az esti mulatság leírásával; elmondta, hogy milyen jól mulatott, hogy milyen kedvére „kivolt". Még azt is megírta neki, hogy egy szép parasztmenyecske megtáncoltatta a jégen.

Ilyen vidám leveleket szoktak azok írni, akik az öngyilkosság tervével vajúdoznak.

Mikor a levél készen volt, levitte azt a kocsisnak.

Az öreg halász még akkor is ott volt.

- Menjen már haza, Galambos - küldé őt Mihály. - El lehet fáradva.

- De bizony még egyszer megrakom a jégen a tüzeket - monda az öreg, pipáját meggyújtva -, mert most erre a nagy halszagra ami csak róka van a berekben, de még a csúnya toportyánféreg is, mind előjön, s körülhasalja az öreg lékünket, s ott halászik a maga szakállára, lesi a felvetődő halat, s kikapja a vízből; azzal meg mind elriasztja előlünk a többit.

- Sose csináljon már több tüzet! - monda neki Mihály. - Majd kivigyázok én, éjjel úgyis sokszor felébredek. Olyankor majd kilépek az erkélyre, s kilövöm a puskámat; a lövésre majd hazaszaladnak a mi négylábú halászaink.

Ebben hát megnyugodott a halász is, s istennek ajánlva az urat, hazakullogott.

A süket vincellér, Timáron kívül az egyedüli élőlény e háznál, rég aludt már. Azonfelül, hogy süket volt, most még a jó borból annyit be talált venni, hogy egészen biztosítva volt ez éjszakai nyugalmának megháboríthatlansága felől.

Timár is felment a szobájába, s megrakta a tüzet a kandallóban.

Ő éppen nem volt álmos.

Izgatott lelkének nem kellett a lomha nyugalom.

Másforma pihenést keresett.

Hisz az is pihenés, ha az ember téli hideg éjszakán kiül a nyitott erkélyre nyitva hagyott ajtónál, s aztán a hallgató világot nézi.

A hold még nem jött fel; csak a csillagok ragyognak, s minden csillagnak a fénye ott tündöklik a sima jégtükrön is, mint egy nagy acéllapra elszórt karbunkulusok, mint azok a gyertyák halottak napján a temetőben. Ott a Saturnus, a Vega, a Hattyú, a korona Arcturus, a Kalászos Szűz és Berenice, a hű feleség!

Az ember bámul, és nem gondolkozik. Lát, és nem érez. Sem hideget, sem szívdobbanást, sem kül-, sem belvilágot. Csak bámul. Úgy pihen.

A RÉM

A csillagok ragyogtak az égen, a csillagok ragyogtak a jégtükörben, szellő sem zavarta a csendet.

Ekkor Timár Mihályt egy hang üdvözli a háta mögül.

- Jó estét, uram!

A hang, a véletlen szó felriasztja tompa merengéséből, a nyitott erkélyről visszatér szobájába, hol lámpáját égve s a kandallót felszítva hagyta. A lámpa és a tűz még világítanak ott benn.

A terem lépcsőre nyíló ajtaja előtt a kettős világításban egy alak áll, melynek láttára Timárnak minden idege elzsibbad.

Nem ismeri az előtte álló alakot...

...És mégis tudja, hogy ki az.

Hideg éjszakán, a vak köd közepett, a Duna jegén keresztül szökött ő e rémalak elől...

Egy tengerészruhába öltözött férfi. A tengerészöltönyt a tél és a zivatarok ugyan erősen megviselték. A gallér aranyszegélyzete kibomladozott, mintha nem valami tisztességes kormány parancsára, hanem csak valami színpadi látvány kedvéért lett volna az odavarrva. A posztó zöld színe a vállakon megfakult, s egypár gomb le volt róla már szakadva. A jobb karján pedig egy jókora szakadás fehér cérnával volt összevarrva. A tengerészcipők sem voltak jobb állapotban. Elöl az orraiknál szétvált a varrás, s a meztelen lábujjakat engedte láttatni; egyik éppen valami pokróccal volt bekötve.

A rongyos hüvelyhez éppen hozzá való volt a gazdája is.

Naptól rezesült arc, elhanyagolt szakállal, leborotvált bajusz helyén feltarlózott borosta, aztán egy fekete selyemkendő keresztülkötve a fél homlokon, mely a fél szemet eltakarja.

Ez az alak mondta Timárnak azt, hogy: „Jó estét, uram!".

- Ki az? - kiálta rá Timár.

- Ej, ej, édes apuska, hát nem ismer ön már rám? - szólt gúnyos nyájaskodással az idegen.

- Krisztyán! -, suttogá Timár.

- Az, az! A maga kedves Tódorkája. Az egyetlenegy Krisztyán Tódor. A maga kedves kis fogadott fia. Mégis hogy rám ismert szépen.

- Mit akarsz?

- Amit leghamarább akarok - szólt az ágrólszakadt -, ezt a dupla puskát a kezembe keríteni. Mert nehogy eszébe jusson önnek az a szavam, amivel legutolsó találkozásunkkor elváltunk: „ha még egyszer ön elé lépek, lőjön keresztül!". Mivelhogy megmásítottam már a véleményemet.

Ezzel a jövevény felvette Timárnak a fegyverét, mely a szögletbe volt támasztva, s annak mind a két sárkányát felhúzva, leveté magát a kandalló elé egy karszékbe, a fegyvert lövésre készen fektetve végig a térdein.

- Így ni! Mármost beszélhetünk egymással nyugodtan. Átkozottul elfáradtam, s messziről jövök. Az ekvipázsom cserbenhagyott, s egy részét az útnak gyalog kellett hátrahagynom.

- Mit akar ön itt? - szólt hozzá Timár.

- Legelőször is - egy tisztességes öltöző ruhát; mert ez a mostani már nagyon magán viseli az időjárás viszontagságainak nyomait.

Timár odalépett a szekrényhez, kivette onnan saját asztrakánprémes bekecsét, és a hozzá tartozó egyéb öltönydarabokat, s mindazokat lerakva a padlóra kettőjük közé, némán rámutatott.

A csavargó fél kezében tartotta a puskát, ujját szüntelen annak ravaszán nyugtatva, másik kezével egyenkint fölemelgeté az öltönydarabokat, s műbíráló arcfintorgatással vizsgálta azokat sorba.

- Jó, jó, hanem ebből a kabátból még valami hiányzik. Mit gondol ön? Mi szokott vele együtt járni? A pénztárca. No hát nem igaz?

Timár szótlanul kivette fiókjából oda eltett tárcáját, s azt is odaveté neki.

Az országkerülő elkapta azt fél kézzel; fel is nyitá a fogai segélyével, s aztán végigszámlálta a benne levő pénzt, ezreseket és százasokat.

- No, ez is csak valami! - szólt, odadugva a tárcát a bekecs zsebébe. - Szabad még egy kis fehérneműt is kérnem? Mert biz a mostanit már két hét óta viselem, s attól tartok, hogy már majd nem lesz szalonképes.

Timár adott neki szekrényéből fehér alsóruhákat.

- No mármost el vagyok annyira látva, hogy hozzákezdhetek a toalettemhez! - monda cinikus enyelgéssel. - Hanem elébb egy kis magyarázatot kell önnek adnom, hogy majd egyet-mást, amit meg fog ön látni, mikor levetkőzöm, érthetővé tegyek nagyságod előtt. De hát mi az ördögért nagyságoljuk mi egymást, mikor olyan régi jó cimborák vagyunk? Legyünk pertu!

Timár szótlanul ült le asztala mellé.

- Hát kedves pajtásom - kezdé a szökevény, szemére kötött kendőjét megigazítva -, emlékezel rá, ugye, hogy te engemet néhány esztendő előtt elküldtél Brazíliába, ugye? Ej, hogy el voltam lágyulva akkor, akár egy szivacs! Édesapámnak fogadtalak, s felfogadtam, hogy ezentúl becsületes ember leszek. De te nem azért küldtél engemet Brazíliába, hogy én ott becsületes emberré legyek, hanem azért, hogy ne legyek utadban ezen a hemisphaeriumon. Nagyon bölcsen kiszámítottad, hogy ha egy ilyen romlott vérű fickó, akiben nincs már egy csepp jóindulat, elmegy oda abba a világrészbe, ahonnan az „asszonymérget" idehozták Európába, s beójtották a fehér bőrűekbe, hát okvetlen el kell neki pusztulni. Vagy eldöglik, vagy zsivány lesz belőle; vagy a tenger elnyeli, vagy agyonütik; valahogy csak el lesz téve az útból.

Timár csüggedten hajtotta tenyerébe a fejét, s nem tudott a rémnek arcába nézni, hogy ellentmondjon neki.

Az a felülkerült gonosztevő dölyfös gúnyjával folytatá:

- Hát ugye: rám bíztad a sok pénzedet? Mi volt az neked? Polyva! Számítottál rá, hogy majd lopni fogok belőle, akkor megfogatsz, becsukatsz? Egészen úgy történt, ahogy akartad. Egypárszor ugyan megtehettem volna azt is a kedvedért, hogy meggebedjek azokban a drága betegségekben, amiket az Indiákon a fájáról lehet szedni; de csak kilábaltam belőlük - a te örömödre. Egyszer aztán hozzáláttam teljes erővel a szolgálattételhez; elloptam a pénztáradból tízmillió reist. Hahaha! Tízmillió reis! Azok a tolvaj spanyolok félkrajcárokban beszélnek, hogy annál nagyobbnak lássék az összeg. Az egész alig tesz százezer forintot. Hüh, ha tudnád, minő szép szemeik vannak ott az asszonyoknak, nem is sokallnád értük. Azok nem is akarnak viselni egyebet, mint igazgyöngyöt. De illik is a nyakukra! Hanem hát már ennek vége van. Most itthon vagyunk, s be kell érnünk olyannal, amilyen van. Ha nincs ananász, jó a krumpli.

A fickó még érzékeny ömledezésekhez kezdett.

- Hanem hát az a te ostoba ügynököd odaát, a spanyol, más szempontból fogta fel a dolgot, s engem elcsípetett, a gaz törvénybírák elé állíttatott, s ezek a gézengúzok elítéltek engem ezért az ifjúkori botlásomért, képzeld, tizenöt esztendei gályarabságra. No már mondjad, nem barbarizmus ez?

Timár reszketett.

- Azt tették velem, hogy levetkőztettek szép gavallér ruháimból, s nehogy el találjak tőlük valahogy veszni, egy tüzes vassal a lapockámra sütötték az akasztófa bélyegét.

A szökevény e szónál leveté tengerészkabátját, s szennyes ingét lerántva bal válláról, megmutatá Timárnak a még égő vörös bélyegnyomot lapockáján, keserű humorral nevetve hozzá.

- Látod, elbillogoztak a számodra, mintha csikód vagy tinód volnék, hogy el ne veszhessek tőled. Pedig hiszen én úgysem szököm el tőled, ne félj!

Timár lélekkínzó kíváncsisággal nézte az égetett bélyegnyomot a nyomorult vállán, s nem bírta szemeit elfordítani róla.

- No, ez is megvolt. Akkor odavittek a nyakamnál fogva a gályára, s egy tízfontos vassal a lábamat odavasalták a gályapadhoz. Nézd csak, annak is itt van a helye.

Ezzel lerúgta lábáról a rongyos bakancsot, s megmutatta Timárnak a bokáján támadt véres törést, mely hegedő sebbé mérgesült el.

- Ezt is tőled kapott emlékül viselem - kötekedék a szökött fegyenc.

Timár szemei oda voltak bűvölve a seb rongálta lábhoz.

- De hát képzeld, kedves cimborám, milyen jó a sors! Micsoda csodálatosak a mennyei gondviselés utai! Hogy vezeti a szegény szerencsétlen szenvedőt véletlenül a nem várt boldogság örömei közé. Éppen arra a padra, ahova engem ilyen kegyesen kipányváztak, volt egy öreg, tüskés szakállú érdemes férfiú szintén levasalva. Ez lett volna nekem tizenöt esztendőre való hálótársam. Csak illő, hogy az ember ilyen hosszú időre eljegyzett mátkájának jól a szeme közé nézzen. Rábámulok, s azt mondom neki spanyolul: „Seńor! Nekem úgy tetszik, mintha én uraságodat láttam volna már valaha."

„Láthattál biz engem, vakulj meg!", felelt rá az öreg.

Ekkor megszólítom törökül:

„Effendim. Nem kószáltál te Törökországban valaha?"

„Voltam én ott is. Hát mi bajod vele?"

Ekkor szólok hozzá magyarul:

„Nem úgy híttak téged eredetileg, hogy Krisztyán?"

Az öreg rám bámult iszonyúan, s azt mondá: „Igen!"

„Akkor én vagyok a te fiad, Tódor! A te kedves kis Tódorkád, a te egyetlen magzatod!"

- Hahaha! Képzeld, cimborám! Feltaláltam az apámat, az én rég elveszett apámat a föld túlsó oldalán, a gályarabpadon! A mennyei gondviselés ily csodálatos utakon vezérelte az egymástól rég elszakított apát és fiút egymás ölelő karjaiba vissza. Hahaha! Hanem kérlek, adj egy kancsó bort meg valami harapnivalót, mert éhes és szomjas vagyok, s még igen sok érdekes történetet kell elmondanom, ami téged mind nagyon fog mulattatni.

Timár teljesítette a kívánságát, adott neki sonkát, kenyeret és bort.

A vendég odaült az asztalhoz, térdei közé fogta a puskát, s elkezdett falatozni. Oly mohón evett, mint egy kiéhezett kutya, s nagyokat ivott rá, pattintva a szájával az ivás után, mint ínyencek szokták, kiknek nagyon jólesett az a korty. És aztán beszélt teletömött pofával:

- Hát mikor így átélveztük a viszonttalálkozás örömeit, azt kérdé tőlem a kedves papa, gyöngéden fejemre ütve az öklével: „Hát te, akasztófáravaló, hogy kerülsz ide?" Nekem, természetesen, tiltotta a fiúi tisztelet, hogy hasonló kérdést intézzek az én életem okozójához. Mondám neki, hogy elvettem tízmillió reist egy Timár nevű uraság pénzéből. „Hát az hol lopta ezt a sok pénzt?", volt rá az öregem megjegyzése. Mondám neki, hogy az nem lopja a pénzét, mert az igen derék, nagy birtokú uraság, kereskedő, földesúr, hajótulajdonos. Az öregem nézete e tárgyban javíthatatlan maradt. „Az mindegy! Akinek pénze van, az azt mind lopta. Akinek sok van, sokat lopott, akinek kevés van, keveset lopott; aki nem maga lopta, annak az apja, a nagyapja lopott. Éppen százharminchárom neme van a lopásnak, s azok közül csak huszonhárom olyan, amiért az ember a gályára kerül." Látva, hogy az öregemet nem bírom jobb nézetekre vezérelni, nem vitatkoztam vele e tárgy fölött tovább. Akkor aztán ő kérdezte:

„De hát hogy hozott téged az ördög össze ezzel a Timárral?"

Elbeszéltem neki a dolgot.

„Ismertem ezt az urat, mikor még szegény hajóbiztos volt, s maga hámozta a burgonyát a hajókonyha előtt a gulyáshúshoz. Egyszer egy szökevény basát kellett felszaglásznom a török rendőrség megbízásából, s az éppen Timár hajóján szökött Magyarországba."

Ennél a szónál az öregem felhúzta a koponyája bőrét. Hahaha! Olyan mozgékony fejbőre volt, csupa nevetség volt nézni, mikor alá s fel mozgatta; mikor felhúzta, a rövidre vágott serték úgy álltak az ég felé, mint a majom szőre.

„Hogy hítták azt a basát?", mordult rám az öreg.

„Ali Csorbadzsinak."

„Ali Csorbadzsi!", ordított fel, nagyot ütve az öklével a térdemre: azt hittem, erre a szóra beleugrik a tengerbe. - Hahaha! Nem lehetett ám a vastól.

„Te is ismered őt talán?"

Erre megrázta az öreg a fejét haragosan, lehúzta a feje bőrét a homlokára, s azt mondta, hogy „folytasd, mi lett Ali Csorbadzsiból?".

Elmondtam neki a dolgot.

„Az ogradinai szigetnél ráakadtam; akkor egy vargabetűvel eléje kerültem a hajónak, s Pancsovánál készen vártuk, hogy elcsípjük; hanem a hajó basa nélkül érkezett meg. Az útközben hirtelen meghalt, s mert sehol a parton nem engedték eltemetni, utoljára is a vízbe temették el. Ezt mind okmányokkal bizonyította be Timár."

„S az a Timár akkor szegény ember volt?", kérdezé az öregem.

„Akár magam."

„Mostan pedig milliói vannak?"

„Azokból voltam én szerencsés tízmillió reist elkölthetni."

„No hát lásd, te ostoba, hogy igazat mondtam; lopta a kincseit. Kitől lopta? Ali Csorbadzsitól. Megölte a basát az úton, s eldugta magának a kincseit."

Nekem csak szemem-szám elállt erre a szóra. Olyan sápadt lettem - mint amilyen te vagy most, kedves cimborám.

„No nézd, én erre a gondolatra sohase jöttem volna!"

„Hát ide hallgass - dörmögött az öreg; s azzal a fejét a két térdére fektette; mintha most is látnám, hogy sandított felém azokkal a hiúzszemeivel. - Mármost majd én mesélek neked valamit. Én ismertem Ali Csorbadzsit. Nagyon ismertem. Tolvaj volt az is, mint minden ember, természetesen, akinek sok pénze van. Százhuszonkettedik és százhuszonharmadik tolvaj volt. Ezen sorszám alatt jönnek a kormányzók és kincstárőrök. Rá voltak bízva egy másik tolvajnak a kincsei. Ez a Nro százharminchárom, a szultán. Egyszer én megtudtam, hogy a Nro százharminckettedik tolvaj: a nagyvezér, ki akarja tekerni a nyakát a khazniárnak, hogy amit az innen-onnan összelopott, ő visszalopja magának. Én is a török titkosrendőrségnél voltam. Csak olyan Nro tíz, bukott, szökött kalmár. Valami jó gondolatom támadt. Ha én egyszerre a Nro ötvenig fel tudnék avandzsírozni! Odamentem a basához, fölfedeztem neki a titkot, hogy ő is benne van már a lajstromban, ami egy csoport gazdag embert foglalt magában, akiket a miniszterek mint összeesküvőket meg fognak zsinegeltetni, s aztán a pénzeiket beseprik szépen; hanem hát mit adsz, ha megmentelek kincseiddel együtt? Ali Csorbadzsi azt mondta, hogy minden kincseinek odaadja egy negyedrészét, ha egyszer biztos helyen leszünk. „Hja, mondtam neki, én szeretném tudni, hogy mi az a »minden«, mert én bekötött szemmel nem alkuszom. Én családapa vagyok, nekem fiam van, annak a sorsát akarom biztosítani."

Hahaha! Az öreg olyan komolyan mondta azt, hogy még most is nevetnem kell rajta.

„Fiad van? - kérdé akkor a basa apámtól. - No jó; ha megmenekülök, neki adom az egyetlen leányomat, s akkor minden vagyonom a családban marad. Még ma küldd el hozzám a fiadat, hadd ismerem meg. (Teringettét, ha én azt akkor tudtam volna, hogy az a gyönyörű szép fehér arcú hölgy, azokkal az egymást érő szemöldökkel nekem van szánva! Hallod ezt, cimbora? De már erre innom kell egyet bú-elfelejtésül. Megengeded, hogy ezt a poharat őnagysága, a legbájosabb úrhölgy tiszteletére ürítsem ki.)

A martalóc zsivány udvariassággal hörpenté ki poharát, felállva.

Azután ismét visszahelyezkedett a karszékbe, s közbe a fogait szívogatta cuppanós hanggal, mint aki már jóllakott.

- Hát az én apám szépen ráállt erre az alkura. „Abban egyeztünk meg, mondta az öreg, hogy Ali Csorbadzsi legdrágább értékeit berakjuk egy bőrzsákba, azt én magammal viszem egy angol hajóra, s mint gyanútalan ember a málhával együtt akadálytalanul eljutok Máltáig, ott bevárom Ali Csorbadzsit, ki leányával együtt minden málha nélkül távozik el Sztambulból, mintha sétakocsizásra menne, s majd aztán álutakon a pyraeusi öbölben a hidrioták hajóin elmenekül Máltába. A basa legnagyobb bizalmát ruházta rám. Odaeresztett a kincstárába, egyedül, hogy fel ne tűnjék, ha ő maga megy oda, s rám bízta, hogy válogassam ki, amiket legértékesebbeknek tartok, s azokat rakjam a zsákba. Még most is el tudnám számlálni sorba azokat a drágaságokat, amik kezem alatt lettek kiválogatva. A drága kaméák, az igazgyöngysorok, a gyűrűk és boglárok: egy achátszelence, csupa merő solitair gyémántokkal tele!"

„Nem tudtál magadnak egyet eldugni belőlük?", mondám az öregnek.

„Te marha! - förmedt rám -; minek loptam volna el egy gyémántot, Nro tizennyolc tolvaj: mikor az egészet módomban volt ellopni?"

„Ahá! Derék gyerek voltál, öreg."

„Voltam ördögöt! Marha voltam. Úgy kellett volna tennem, ahogy te mondod. Bár legalább azt az egy klenódiumot zsebre dugtam volna, ami legjobban megtetszett valamennyi között; a basa feleségének az arcképe, két sor brilliánt közé keretezve..."

...Timárnak az arca a hyppocratesi halálmerevedést fejezte ki e szavak hallatára. A senkitől nem ismert titok egy embernek mégis kezébe jutott. S ettől az embertől nem várhatni irgalmat...

Apám folytatá az elbeszélést.

„Én megtömtem a bőrzsákot, s kihoztam a basához, anélkül, hogy gyanút költöttem volna. Ő még nehány louis d'or-tekercset tett a kincsek közé. Azután egy mesterséges zárral belakatolta az egészet, a zsák négy szegletét pedig ólompecsétekkel foglalá össze. Engem azután elküldött egy gyaloghintóért, hogy látatlanul távozhassam el a bőrzsákkal. Nem telt bele egy negyedóra, hogy visszatértem hozzá. Akkor átadta a zsákot a mesterséges angol acéllakattal, négy ólompecséttel, én köpenyem alá vettem azt, s a kertajtón át kiosontam vele a hordszékig. Még útközben is megtapogattam kezemmel a zsák tartalmát, s jól éreztem benne a boglárokat, a gyöngysorokat, az achátszelencét s a louis d'or-os tekercseket. Egy óra múlva az angol hajón voltam, s aztán felszedtük a horgonyt, és indultunk ki az Aranyszarv-öbölbül."

„És engemet nem vittél magaddal Máltába - feddém én fiúi elkeseredéssel az öreget. - Hát aztán a basa szép leányát ki vette volna el?"

„Eredj, bolond! - kiálta az öreg -, kellettél is nekem, akár a basád meg a szép leánya! Nem akartalak én benneteket megvárni Máltában; hanem azzal az útiköltséggel, amit a basától kaptam, áthajóztam egyenesen Amerikába, s a bőrtarisznya is velem jött. De képzeld: az átkozott! Mikor már biztos helyre értem vele, ahol senki az ördög rám nem találhatott, s ott fogom a bicsakot, s kihasítom a bőrzsák oldalát, hát mi dől ki belőle? rézgombok, rozsdás vaspatkók! az achátszelence helyett, tele gyémántokkal, egy cserép tintatartó, s a louis d'or-tekercsek mind megannyi rézpara-göngyölegek voltak, amilyenekkel a káplároknak fizetik a közkatonák számára való heti pénzt. A gazember tolvaj még engem is meglopott. Ez nem fordult még elő a rubrikámban a Nro százharminchárom között. Ennek még numerusa sincs."

- Az öreg dühös volt, csaknem sírt!

„Így rá hagyni magamat szedni a töröktől! A tolvaj azalatt, míg én a gyaloghintóért jártam, egy egészen hasonló zsákot tömött meg mindenféle kacattal, azzal eresztett engem a tengerre. Ő meg azalatt elfutott másfelé az igazi kincseivel, s elvitte a tőlem nyert titkot ingyen. De lám, hogy van igazság nemcsak a földön, hanem még a vízen is; mert a nagy tolvaj egy magánál még nagyobb tolvajra akadt, aki őt útközben megölte és kifosztotta!"

- S ez a rendkívüli ember, a nagy tolvajtól kergetett, kis tolvajt meglopott főtolvajnak agyontolvajlója, te vagy, az „arany ember", Levetinczy Timár Mihály, kedves cimborám! - szólt a szökevény felállva és gúnyosan meghajtva magát.

Timár nem mondott neki ellent.

- És mármost beszéljünk egymással más hangon! - szólt Krisztyán Tódor; - de mindig háromlépésnyi távolból; és meggondolva részedről, hogy a puska csöve feléd van irányozva.

Timár hidegvérrel nézett a cső űrébe. Ő maga töltötte meg azt golyóra.

- Ez a fölfedezés egészen elvette a kedvemet a gályarabságtól - folytatá a kalandor. - Sehogy sem tudtam megbékülni azzal a gondolattal, hogy mi joga van a nagy tolvajnak ideláncoltatni a gályapadhoz a kis tolvajt. Lám, ha Ali Csorbadzsi kincseit nem Timár Mihály, hanem az én apám kaparinthatja el, most én gazdag gentleman vagyok, egyetlen majoresco, s a kutya sem ugat rám azért, hogy az őseim hogy szerezték a nagy vagyont. Csak úgy, mint a mostani bárók, grófok ősei, a raubritterek. És ahelyett most nekem itt kell megveszekednem a büdös tengervízen. És mindezt miért? Azért, mert Timár Mihály nemcsak azokat a kincseket kapta el az orrom elől, amik nekem voltak szánva, hanem még azt a leányt is, akit nekem kellett volna elvennem: azt a kis pöszke, vad teremtést, aki a puszta szigeten nevelkedett a számomra. Még ezt is Timárnak kellett elkapni előlem, akinek szüksége volt egy szeretőre; mert hiszen azzal a feleséggel csak nem lehetett boldog, akinek az apját megölte, tehát kellett neki mellette szerető. Nehogy arany hírének megártson vele, mert az egész világ tiszteli benne az erény mintaképét: hát nem választott magának barátnőt a balett, a cirkusz szépségei közül, amiket magamforma jó ízlésű ember az ő helyzetében praeferálna, hanem kikeresett magának egy olyan szegény leányt, aki nem tud semmit a világról, aki nem jön soha az emberek közé, akiről ki nem sül soha, hogy Timár úr örömeit osztja. Pfuj, Timár úr! És ezért kellett engem tizenöt esztendőre a gályapadhoz láncoltatni?

Csapás csapásra hullott Timár megalázott fejére.

A vádnak sújtó pontjai hiszen egyenkint nem voltak igazak: ő nem „ölte meg" Timéa apját, nem „lopta el" kincseit, nem „csábította el" Noémit, nem „láncoltatta meg" Tódort... és az egész vád a maga összességében mégis oly elbírhatatlan!

Ő álszínt játszott. S most minden bűnbe belekeveredett emiatt.

A szökevény tovább beszélt.

- Mikor a Barra do Rio do Grande do Sul öblében időztünk, kiütött a hajónkon a sárgaláz. Az apám is megkapta. Ott halódott mellettem a padon; nem vitték el. Az nem szokás. A gályarabnak ott kell meghalni, ahova levasalták. Az nekem nagyon kellemetlen helyzet volt. Az öreget egész nap rázta a hideg, káromkodott, s a fogai vacogtak hozzá. Kiállhatatlan volt az öreg a maga káromkodásával, mindig a Szűz Máriát szidta, és magyarul káromkodott. Már miért nem káromkodott spanyolul, az is igen szépen hangzik, hogy a többi társak is érthették volna? S miért szidta a Madonnát? Azt én nem tűrhetem; hiszen vannak férfi szentek elegen, szidja azokat; de egy hölgyet megsérteni jó nevelésben részesült embertől nem gentlemanhez illő magaviselet. Emiatt egészen meghasonlottam az öreggel. Nem azért, mintha azt resteltem volna nézni, hogy haldoklik ott mellettem sárgalázban, ami holnap rám ragadhat róla, s ami nem tartozik a legkellemesebb megdöglési módok közé, de egyenesen csúf szitkozódásai miatt elhatároztam, hogy megszököm tőle. Bárha oly erős kötelékek kapcsolnak is bennünket egymáshoz, mint minket, apát és fiút, én azokat el fogom szakítani. El is szakítottam szerencsésen, három más társammal összebeszélve. Csak azt az időt kellett bevárnunk, mikor az öregem már a halálos agónia félrebeszélési időszakába esik, mert különben azzal fenyegetőzött, hogy ha meg akarok szökni mellőle, hát fellármázza az őröket. Akkor lefűrészeltük éjszaka a láncainkat; a porkolábot, aki észrevette szökésünket, mielőtt kiálthatott volna, beledobtuk a vízbe; azzal eloldtuk a kis csónakot, s nekiereszkedtünk a tengernek. A hullám nagyon magasan járt, a parthoz közel felfordította a csónakunkat. Az egyik társam nem tudott úszni, ez belefulladt a vízbe; a másik tudott úszni, de nem olyan jól, mint a cápa, mely utánaúszott. Annak csak a halálordítását hallottam még, amint a „tengeri angyal" egy kapással derékig feltolta a vízből. Magam kiúsztam a partra. Ebből is láthatod, hogy énnekem még van valami dolgom a világon. Te, mint jó kálvinista, én, mint jó müzülmán, mind a ketten hiszünk a predesztinációban. Nem volt kevesebb szándékom, mint hogy visszakerüljek Európába. Tégedet akartalak látni. Most már te vagy az egyedüli apám; a másikat ezóta elnyelte a cápa, s legalább annak a hasában biztosítva van, hogy nem jut a pokolba, mert onnan nem veheti ki az ördög. - Hogy mint jutottam ehhez a tengerészgúnyához, azután meg mindenféle útlevélhez, útiköltséghez, ami mind szükséges az óceánon járáshoz? azt majd elmesélem neked egyszer egy pohár bor mellett, ha ráérünk, hanem elébb végezzük el az üzletünket. Mert hiszen tudod, számadásunk van egymással.

A kalandor megtapogatta a bal szemére kötött selyemkendőt. A rosszul hegedő seb kellemetlen emlék lehetett rá nézve. A nagy hidegben nem volt jó azzal ennyit járni odakinn.

- Tehát én legegyenesebben ide jöttem Komáromba, ahol rendes lakásodat tudtam, hogy majd ott fölkereslek. Nem jöttél még meg a „külföldről", mondák ügynökeid. Hogy melyik pontján járhatsz a külföldnek, azt nem tudta megmondani senki. Jó, megvárlak, míg hazajössz. S hogy az idő ne teljék hiába, eljártam a kávéházakba, ott megismerkedtem a katonatisztekkel, akiknél egyenruhámnál fogva rögtön kész volt a barátság: aztán eljártam a színházba. Ott megláttam azt a gyönyörű szép úrhölgyet azzal az alabástrom fehérségű arccal, azzal a szenvedő, méla tekintettel: talán kitalálod, hogy kicsoda? Társaságában egy másik szép hölgy szokott mindig lenni. Huh, be gyilkos szemei vannak! Valóságos tengeri kalóz, szoknyában. Ajh, de szeretnék egy olyan zsiványbandának a tagja lenni, amelyiknek ő volna a kapitánya, s nem bánnám, ha vagy öt évre egymás mellé láncolnának bennünket a gályapadra. No de félre az érzelgéssel! Beszéljünk üzletünkről. Én hozzáfogtam a „terrenum sondirozásához". Egyszer kicsináltam, hogy az öldöklő angyal mellé jussak a zártszéken. Udvaroltam neki, szívesen vette. Kértem, hogy legyen szabad látogatást tennem; akkor úrnőjére utalt, attól függ minden. Én nagy magasztalással szóltam a tiszteletgerjesztő madonnáról, s megemlítém, hogy volt szerencsém családját ismerni Törökországban, s hogy meglepően hasonlít az anyjához.

„Hogyan? - kérdé a szép kisasszony -, ön ismerte az asszonyság anyját? Az nagyon fiatalon halt meg."

„Csak arcképét láttam - felelém - édesatyjánál, ki nekem igen jó emberem volt. Egy csaknem ily halavány, mélázó arc, két sor brilliántból alakított kerettel, ami megért százezeret."

„Ah! ön is látta e szép ékszert? - monda a szép kisasszony. - Nekem is megmutatá azt úrnőm, mikor Levetinczy úrtól ajándékba kapta..."

Timár ökleit szorítá össze tehetlen dühében.

- Ahá! Tehát mármost itthon vagyunk! - folytatá a kalandor, kegyetlen mosolygással fordulva a kínzott férfihoz. - Tehát te ajándékba adtad neki, Ali Csorbadzsi leányának az apjától lopott ékszert!... Akkor a többi is a te kezedbe jutott, mert egy helyen voltak. Akkor nem tagadhatsz semmit... És mármost tehát egyenlő rangunk van, s ha tetszik, tegezzük, ha tetszik, nagyságoljuk egymást; de semmi esetre ne zsenírozzuk magunkat úgy beszélni egymással, ahogy illik!

Timár egész testében bénultan ült ez ember előtt, kinek kezébe adta a sors. Nem volt annak szükség a fegyvert rászegezve tartani: nem volt Timárnak a székről felkelni való ereje sem.

- Hanem te sokáig várattál magadra, barátom - s én kezdtem nyugtalan lenni miattad. A költségem is elfogyott. Pénzesleveleim, miket gazdag nagynénémtől, az admiralitástól, jószágigazgatómtól és bankáraimtól mindennap kerestem a postán, megfogható okoknál fogva csak nem akartak megérkezni. S amellett akárhová mentem, mindenütt téged magasztaltak. Lángeszű kereskedő, óriási talentum, szegények jóltevője volt a neved. Arról is hírhedett voltál, hogy milyen példás családi életet élsz. Mustrája vagy a férjeknek, akit halála után megégetnek az asszonyok, s porodból minden férjnek adnak be egy szemérnyit... Hahaha!

Timár elfordította arcát a világosságtól.

- De talán untatlak is már? No hiszen mindjárt rátérek az üzletünkre. Egy napon nagyon rossz kedvem volt, amiatt, hogy mégsem jöttél haza, s a tiszti kávéházban, hol valaki előhozta a nevedet, bátor voltam némi szerény kétkedésemet fejezni ki az iránt, hogy egy emberben ennyi tökéletesség lehessen felhalmozva. Erre egy goromba fickó pofon ütött. Megvallom, erre az egyre nem számítottam. Úgy kellett a pofámnak, minek járt el a szám? Meg is bántam, mint a kutya, hogy felőled egy tiszteletlen szót ejtettem, s a kapott leckét meg fogom becsülni. Többé nem rágalmazlak. Hanem hát jó lett volna, ha csak a pofon mellett maradunk; azt én nem szoktam magamnak feljegyezni. Hanem a goromba fickó még azon felül arra is kényszerített, hogy verekedjem meg vele, a te megsértett jó hírnevedért. Mint megtudtam, ez a bolond ember éppen a fehér arcú madonna imádója volt leány korában, s most az verekszik meg a madonna férjének becsületeért. Ez is olyan ritka szerencse, ami csak teveled történhetik meg az életben, arany ember. Hanem én köszönöm a szerencsédet. Annak megint csak én adtam meg az árát, kaptam a fejemre egy vágást, végig egész le a szemöldökömig. Tessék megnézni.

A szökevény felhúzta a homlokáról a fekete selyemköteléket, mely alatt egy hosszú sebhely látszott meg, elpiszkult tapasszal összefoglalva. A tapasz szélein túlterjedő mérges vörösség mutatta, hogy a seb most is gyulladásban van. Timár borzadva nézett rá.

Krisztyán Tódor újra szemére húzta a takaró kendőt, s cinikus humorral mondá:

- Ez az emlék a Nro három, amit a bőrömön viselek a te barátságodért. No de jól van. Annál több áll a tabella „Haben"-en a számomra. Komáromban ez eset után többé nem maradhattam. A dolog feltűnést okozott, s én könnyen kellemetlen kérdezősködéseknek lehettem volna kitéve, ámbár a mi becsületes táblabíráink felől világ végeig ellappanghat az ember ez országban, amire élő példák vagyunk - mi ketten.

A szökevény büszke volt erre a jó ötletére.

- De hát különben is el akartam menni Komáromból, mert már meguntam, hogy hazavárjalak. Megállj, mondám, tudom én, hogy hol vagy te! Én tudom azt, hogy miféle külföld az, ahol te az ország sorsát intézed. Nincs az semmi ismeretes világrészben, mert az a senki szigetén van. Megyek utánad oda.

Timár ennél a szónál indulatosan kiáltott fel:

- Te ott voltál a szigeten!

Reszketett a haragtól és az ijedelemtől.

- Ne ugrálj, barátom! - csitítá őt a kalandor. - Ez a fegyver meg van töltve, s ha mozdulsz, el talál sülni, és aztán nem leszek az oka. Különben is nyugtasd meg magadat. Az én bajom lett az is, nem a tied, hogy odamentem. Óh! mindig én fizetem meg helyetted a táncmulatságban a belépti díjat. Ez már olyan, mint a tízparancsolat. Te táncolsz, én meg fizetek. Te lefekszel énhelyettem az ágyra, engem meg kidobnak tehelyetted az ajtón. Hogy minek mentem én a senki szigetére? Hát annak, hogy téged ott találjalak. Te pedig már akkor eljöttél onnan. Én nem találtam ott egyebet, mint Noémit - meg egy kis porontyot. Ej, ej, Mihály barátom, ki nézné ki belőled ezt a hamisságot? De csitt! Ne szóljunk felőle senkinek. Dódikának híják, ugye? Kedves kis okos gyermek. Hogy félt tőlem azért, hogy a fél szemem így be van kötve. Noémi is nagyon megijedt tőlem, az igaz. Csak kettecskén voltak az egész szigeten. Mennyire sajnáltam, mikor megtudtam, hogy a jó Teréza mama meghalt. Áldott jó teremtés volt. Bezzeg, ha ő még otthon lett volna, majd engemet is másképpen fogadtak volna. De képzeld, az a Noémi még csak le sem engedett ülni a háznál. Azt mondta, hogy fél tőlem ő is, és Dódi még jobban: csak ketten vannak ez egész tanyán. „No hisz éppen azért jöttem én, hogy legyen valaki, aki megőriz benneteket, egy férfi a háznál."

Közbevetőleg mondva, mit adtál te ennek a leánynak inni, hogy olyan szép lett? Igazán olyan gyönyörű teremtés lett belőle, hogy az embernek a szíve megmozdul rá. Ezt nem is késtem neki megmondani. Ekkor aztán igyekezett csúnya képet csinálni. Én tréfálni akartam vele. Azt mondtam neki, hogy illik-e a vőlegényére ilyen vasvillaszemeket vetni? Akkor csavargónak nevezett, s azt mondta, hogy takarodjam a házából. Én azt mondtam neki, hogy elmegyek, de ekkor őt is magammal viszem, s valahogy át találtam karolni a derekát.

Timár szemei szikrákat szórtak.

- Csak maradj ülve, pajtás: nem a te bajod ez, hanem az enyém; akkor ez a leány egy akkora pofont adott az ábrázatomra, hogy az őrnagytól kapottal kétszer felért; de a históriai igazság kedvéért meg kell mondanom, hogy a másik pofámra adott, mint az őrnagy, s így a szimmetria helyre lett ütve.

Timár arca nem bírta megtagadni valami derengését az örömnek.

- Ago gratias! Ez is az enyim volt. Hanem ekkor komolyan megharagudtam ám. Asszonyokkal verekedni nem szokásom. El van ismerve felőlem, hogy a nőnemnek feltétlen tisztelője vagyok. De bosszú és elégtétel után vágytam. „No hát megmutatom, hogy azért is velem fogsz jönni, ha itt nem engedsz maradni; majd követni fogod ezt." Azzal megkaptam a kis Dódit kezénél fogva, hogy magammal viszem.

- Átkozott! - kiálta fel Timár.

- Nonono, barátom! Egyszerre csak egyikünk beszéljen! Majd mindjárt rád kerül a sor, s akkor beszélhetsz még sokat is; de elébb hallgasd végig, amit én mondok. Nem jól adtam elő, hogy csak ketten voltak a háznál, mert hárman voltak; az az átkozott fenevad, az Almira is ott volt, ott feküdt az ágy alatt, s az egész idő alatt úgy tett, mintha rám sem ügyelne. Mikor a gyermek sikoltani kezdett, a cudar dög egyszerre előrohant az ágy alul, anélkül, hogy valaki hívta volna, s nekem ugrott. Hanem én is szemmel tartottam a fickót, s kirántva zsebemből a pisztolyomat, keresztüllőttem ő nagy kutyaságát.

- Gyilkos! - hörgé Timár.

- Hjaj, pajtás! Ha csak ez az egy kutyavér terhelné a lelkemet. Aztán a gaz szelindek nem döglött ám meg rögtön attól az egy golyótól. Fel sem vette. Annál dühösebben ugrott rám, keresztülharapta a bal karomat, lerántott a földre, s akkor leszorított, hogy nem bírtam moccanni alóla. Hasztalan igyekeztem a másik pisztolyomhoz hozzájutni; úgy tartott a fogai közt, mint egy tigris. Utoljára Noéminek kezdtem könyörögni, hogy szabadítson meg. Noémi megszánt, el akarta rólam vonni a fenevadat. Az annál dühösebben szorította a karomat fogai közé. Végre azt mondta Noémi: könyörögj a gyermeknek, őrá hallgat az eb. Én aztán Dódinak könyörögtem. A gyermek jószívű, megszánt, odajött, átölelte Almira nyakát karjaival. Arra a kutya föleresztett, s engedte magát a gyermektől csókoltatni.

Timár szemeit elfutotta a könny.

- Én tehát itt is meg lettem csúfolva! - szólt Krisztyán Tódor, s azzal felgyűrte szennyes, véres ingujját bal karjáról. - Nézd, itt a kutyaharapás sebei a karomon. Mind a négy kutyafog, ahogy keresztülharapta az izmaimat a csontig. Ez a Numero negyedik emlék tetőled. Egy eleven album az én bőröm, tele a teérted kapott sebekkel; bélyegsütés, lánctörés, kardvágás, kutyaharapás, mind, mind a te baráti emlékjeleid a testemen. Most mondd, hogy mit csináljak én teveled, hogy ki legyünk egymással egyenlítve?

Mikor azt mondta a szökött fegyenc Timárnak: „mármost mondd meg, mit csináljak én most teveled?" akkor egészen le volt vetkőzve előtte. És Timárnak látnia kellett őt azokkal a borzasztó sebekkel, mikkel fejétől bokájáig meg volt bélyegezve. Ezeket a sebeket őmiatta hordja.

És a lelke is éppen olyan meztelenül állt előtte, az is tele utálatos sebhelyekkel, és azokat is az ő keze verte rajta.

Ez az ember tudja azt jól, hogy Timár ővele csak játszott, mikor Brazíliába oly nagylelkű ajánlattal elküldé; - hogy számított az ő rossz hajlamaira, mikor pénzében sáfárrá tette; - hogy csak el akarta őt tenni lába alul. Ez az ember tudja azt, hogy Timár hogyan gazdagodott meg, s irigy rá érte. Ez az ember tudja azt, hogy Timár megcsalta Noémit, s megcsalta Timéát, elvette mind a kettőt, s ez az ember most féltékeny és dühös mind a kettő miatt. Minden emberi rossz indulat elmérgesült kelevényként rágódik lelkén. És most ő ennek az embernek a kezében van, kényre-kegyre. Még csak anyagi, testi védelemre sem érzi magát képesnek vele szemben. Olyan gyöngeség állta el tagjait, mint egy álmában üldözöttét. Ez összesebzett alaknak látása varázsló rontást követett el rajta.

A kalandor tudja ezt jól. Már nem is használja ellenében óvakodó rendszabályait. Felkel, a puskát odatámasztja a kandallóhoz, s félvállról beszél Timárhoz, visszafordított arccal.

- No, most toalettemhez fogok látni. Amíg ezzel elkészülök, addig gondolkozzál felőle, hogy mit felelj nekem arra a kérdésre, hogy mit csináljak én most teveled?

Azzal magával hozott kopott öltönydarabjait egyenkint behajigálta a kandallóba, azok süstörögve lobogtak fel, lángot vetve a kürtőbe, s azután felöltögette egész kényelemmel a Timártól kapottakat. A kandalló párkányán megtalálta Timár óráját, azt a mellényzsebébe tette, s inggombját az ingelőbe kapcsolgatta. Még arra is ráért, hogy a szakállát megfésülje, a tükör elé állva. S amint készen volt, úgy felvágta a fejét, mint aki meg van vele elégedve, hogy no most már egész gentlemannek néz ki.

S azután két lábát szétvetve s karjait mellén összefonva, a kandalló elé állt.

- Nos, barátom, cimborám?

Timár megszólalt:

- Mit kíván ön?

- Ahán, megszólalsz már! Furcsa volna ugye, ha azt mondanám, hogy „fogat fogért, szemet szemért"! Eredj oda, süttesd a hátadra te is az akasztófajegyet, vasaltasd oda magadat a gályapadhoz, kergettesd magadat földön, vízen, erdőn, városon keresztül: menekülve cápák elől, indiánok, jaguárok, csörgőkígyók elől, rendőrök elől; aztán vágasd magadat fejbe a feleséged imádója által karddal párbajban; aztán haraptasd keresztül a karodat a szeretőd kutyája által; akkor aztán - osztozzunk meg a maradékon. No látod, én nem vagyok ilyen kegyetlen. Nem beszélek többet előtted a sebeimről: ebcsont beforr! Kegyelmesebb akarok hozzád lenni. Alkudjunk meg.

- Kell pénz? - kérdé Timár.

- Az is kell; de arról majd később szóljunk. Egyelőre beszéljünk arról, ami neked is, nekem is közös érdekem. Nekem szükséges egy időre eltűnnöm az ismeretes világból; mert most már nem azért üldöznek, hogy a te pénzedet elköltöttem. A gályapadról való elszökésemet nem engedik ám el, sem, vízbe dobott porkolábot. Azért most engemet egy ideig a te pénzed nem üdvözít, míg a hátamról ezt a bélyeget s a bokámról ezt a békótörést valahogy el nem pusztítom. Az elsőt majd föletetem kis-sár-fűvel, az utolsón segítenek ásványos lábvizek. Attól nem félek, hogy te üldözőimet nyomomba igazítsd. Annál több eszed van. Sőt szívesen rejtegetnél, eltagadnál, ha keresnének; kiadnál legközelebbi rokonodnak, ha nálad találnának. Ismerlek. Arany ember vagy. Hanem kötve hiszek a kománk. Az mégis megeshetnék rajtam minden jó barátságunk mellett, hogy egyszer véletlenül valaki főbe kólint az utcán, vagy az útfélen holmi jószívű zsiványok agyonlőnek, vagy egy barátságos pohár borral arra az útra küld el valaki - amelyen Ali Csorbadzsi eltávozott. Nem, kedves barátom, én nem mernélek felkérni, hogy tölsd meg még egyszer a számomra ezt a kancsót, még ha magad innál is belőle elébb. Nagyon fogok magamra vigyázni.

- Tehát mi kell önnek?

- „Önnek", ugye? Csak nem akarsz velem pertu lenni? Derogál a társaság! Hogy mi kell nekem? Kérdezzük elébb, hogy mi kell a nagyságos úrnak? Tehát a nagyságos úrnak az kell, ugyebár, hogy én hallgassak el mindazokkal a titkokkal, amiket megtudtam? Képes volna nekem ezért százezer frank rente-ot biztosítani francia állampapírokban.

Timár nem is gondolkozott a feleleten.

- Igen.

A kalandor nevetett.

- Nekem nem kell ilyen nagy áldozat, nagyságos úr! Mondtam már, hogy pusztán pénzzel énrajtam segítve nincs. Ilyen bélyegzett embert, ilyen rossz szokásokkal akárhol elcsípnek, s akkor mit ér nekem a százezer franknyi apanázs? Nekem, mint mondám, nyugalom kell és búvóhely, mégpedig jó hosszú időre, s ott kényelmes és gondatlan élet. No hát, nem olcsó kívánság ez?

- Végezze ön, mit akar?

- No hát, elvégzem. Látom, hogy a nagyságos úr türelmetlen. Talán aludni is mehetnék már?

E szónál ismét kezébe vette a puskát a kalandor, s a székbe leülve, úgy fogta a fegyvert két kezébe, mintha minden percre készen akarna lenni vele a lövésre.

- Tehát nem kérek én most a nagyságos úrtól százezer frank rente-ot, hanem kérem a nagyságos úrtól - a senki szigetét.

Timárt mintha villanyütés érte volna. Ez a szó felzavarta kedélytompulását.

- Mit akar ön azzal?

- Legelőször is egy menedéket, ahova énnekem semmiféle nemzet szaglászó kopói nem járhatnak. Azután természetesen azt, hogy nagyságod engemet azon a szigeten mindaddig az ideig, amíg nekem is, nagyságodnak is kívánatosnak látszik, ott időzésem alatt ellásson mindennel, amit a testem megkíván; mindennel, ami drága és jó.

Timárt most már bosszantotta ez az ízetlen kívánság.

- Ah! ne ügyetlenkedjék ön velem. Kérjen tőlem összeget, bármilyen nagyot. Menjen vele, ahová akar. Használja fel, ahogy tetszik. De azt a szigetet nem adom. Az ostoba kívánság.

- Nem ostoba kívánság az, méltóságos uram. Lássa, annak a szigetnek olyan kiváló jó levegője van, s ez az én Dél-Amerikában megrongált egészségemnek annyira kívánatos. A kedves megboldogult Teréza mamától hallottam, hogy ott olyan füvek teremnek, amik minden sebet begyógyítanak. Diószegi füvészkönyvében olvastam, hogy még a fazékban fövő húst is képesek összeforrasztani! Aztán nekem a sok izgalom után csendes, kontemplatív életre van szükségem. A szibarita életmód után az aranykorbeli ruralis élvezetek után vágyom. Adja ön nekem, excellenciás úr, a senki szigetét. Kegyelmes úr! Serenissime!

A kalandor a felvont puskával a kezében olyan gúnyosan könyörgött.

- Ejh, ön bolond! - monda Timár, kit bosszantott az ingerkedés, s egyet taszítva a székén, hátat fordított Krisztyán Tódornak.

- Ah! ne fordítson ön nekem hátat, kegyelmes uram. Seńor! Eccelenza, Mylord, Durchlauchtigster Herr, Pan welkomozsnye, Mynheer, Monseigneur, Goszpodine! Effendim! Micsoda nyelven hajlandó ön meghallgatni egy szegény földönfutó instantiáját?

Ez az ízetlen gúnyolódás nem volt előnyére a támadónak. Kisebbítette a rossz igézet benyomását Timárra. Ez kezdett felocsúdni kábulatából. Ahhoz a gondolathoz menekült, hogy itt egy megfélemlett emberrel van dolga, aki csakugyan félti a saját bőrét. Bosszúsan szólt oda neki:

- Végezze ön. Nem akarok önnel hosszasan értekezni. Mondjon valami összeget, megkapja. Ha sziget kell önnek, vegyen magának egyet a görög archipelagusban vagy Kínában. Ha üldözéstől fél, menjen Rómába, Nápolyba, Szicíliába, adja ki magát márkinak, legyen jól a Camorrával, s nem fogja bántani senki. Pénzt adok önnek. A szigetet nem adom.

- Úgy? Hát már olyan büszkén beszél velem, kegyelmes úr? A vízbe bukott cimbora kezd magához térni az első ijedtségből, s ki akar úszni. No megállj, hát majd még egyszer lebuktatlak. Azt gondolod magadban, ugye: „hát csak eredj, te rongyos; keress magadnak valakit, akinek elmondd, amit rólam megtudtál. A legelső tréfa az lesz, hogy elcsípnek, becsuknak, ott felejtenek a kutyalyukban; úgy megnémítanak, hogy senkivel sem beszélsz többet. Más emberi dolog is történhetik rajtad. Ki fog róla tehetni, ha az útban valaki hátba lő, mikor ártatlanul ballagsz? Ki keresi, ha a kadáveredet kivetette a Duna, magad ugrottál a vízbe, vagy úgy taszítottak bele? És a legrosszabb esetben ki fogja a te mesédet elhinni, te ágrólszakadt, ha én, az arany ember, magasra emelt arccal azt mondom: »nem igaz!« Nekem van pénzem sok. Ha a tanú, ha a vádló olyan bolond, hogy pénzért meg nem engedi magát vásároltatni, majd a bíró, a törvényszék okosabb lesz. Az aranyat a sárból is fölveszik." - Te ilyesmit gondolsz, látom. De hát hallgasd meg, hogy milyen furfangos emberrel van dolgod! Értsd meg végig jól, hogy tetőtől talpig meg vagy kötözve, s tehetetlenül heversz előttem, mint a zsiványoktól megkötözött fösvény, akinek tűrnie kell, hogy töviseket vernek a körmei alá, kitépik szálankint a szakállát, forró faggyút csepegtetnek a bőrére, míg előadja eldugott kincseit. Én is így fogok veled tenni. Majd ha nem állhatod, hát ordíts fel, hogy „elég!".

Timár a kínzott ember halálos kíváncsiságával figyelt a fegyenc szavaira.

- Én még eddig senkinek egy szót sem szóltam afelől, amit rólad megtudtam. Becsületemre mondhatom. Azon a kis pletykálkodáson kívül, amit Komáromban kiszalasztottam a számon, semmit sem beszéltem felőled, annak meg nem volt se húsa, se csontja. Hanem mindazt, amit felőled tudok, megírtam, s itt van a zsebemben, mégpedig négy különböző cím alatt s négyféleképp fogalmazva. Az egyik denunciatio a török kormányhoz van címezve, melyben fölfedezem előtte, hogy Ali Csorbadzsi miket hozott magával Sztambulból, ami egy összeesküvő konfiskálásra szánt vagyona, a szultán khaznéját illeti, sőt talán onnan is való; s hogy ezek a kincsek, apám leírása nyomán darabról darabra megnevezve, kinél kaphatók, s hogy jutottak annak a kezébe. A második levélben följelentelek a bécsi kormánynak mint Ali Csorbadzsi gyilkosát és kincseinek elrablóját. Ne felejtsd el, hogy hirtelen meggazdagult embernek mindig sok ellensége van. A harmadik iratom szól Levetinczyné asszonyságnak Komáromba. Őneki is megírom, mit tettél az apjával, hogy jutottál anyjának gyémántos keretű arcképéhez és a többi drágaságokhoz, miket neki ajándékoztál. De neki egyúttal még többet is megírtam. Azt, hogy hol vagy te olyankor, mikor otthon nem vagy. A senki szigetének titkos örömeit. A másik nővel folytatott szerelmedet. A csalást, amit rajta elkövetsz. Beszélek neki Noémiról és Dódiról. - Nos, verjek még több tövist a körmeid alá?

Timár melle nyugtalanul zihált.

- No hát, ha nem szólsz, folytassuk! - szólt kegyetlenül a szökevény. - A negyedik levél pedig szól Noéminek. Ebben aztán el van mondva minden, amit ő még felőled nem tud; hogy itt a világban nőd van, hogy te előkelő úr vagy. Hogy őt meggyaláztad, hogy soha övé nem lehetsz, hogy csak kéjeidnek áldozod őt fel, és gonosztevő vagy. Hát mégsem ordítasz kegyelemért? No hát vegyük elő a forró faggyút. Én olyan bolond nem vagyok, hogy ezeket a leveleket a zsebemben hordozzam, s azokat teneked valami brávód, ha egyszer lekólinthatott valami félreeső helyen, elvegye, és kezedbe adja. Amint te azt mondod, hogy nem alkuszol, azt mondom: „Alászolgája, örülök, hogy volt szerencsém, ajánlom magamat!", s itt hagylak egész tisztelettel. Hanem innen egyenesen megyek át oda, ni! Látod azt a kettős tornyot. Az ott Tihany. Ott becsületes barátok laknak. Az egy konvent. Ott leteszem biztos és hiteles helyre a leveleket, s arra fogom kérni a perjelt, hogy ha én egy hét múlva e levelekért vissza nem jönnék, juttassa el őket címzeteik helyére. Eszerint engemet hiába tennél el láb alul: a levelek eljutnak rendeltetésük helyére. S akkor azután neked nincs többé maradásod ebben az országban. Haza nem mehetsz, mert feleséged, még ha az apja haláláért megbocsátana is, nem bocsátana meg Noémiért. A törvényszék vizsgálatot fog ellened rendelni, s elő kell állanod rejtelmes gazdagságod keletkezésének történetével. A török kormány is be fog perelni, az osztrák kormány is. Az egész világ megismer. Amilyen arany ember voltál eddig, olyan sár ember fogsz lenni ezentúl. És nem menekülhetsz a senki szigetére sem, mert ott meg Noémi fog előtted ajtót zárni. Ez a nő büszke, és hamar átváltozik nála a szerelem gyűlöletté. - Nem, nem! Semmi sem marad fenn számodra más, mint szökni az ismerős világból úgy, miként én; eltagadni a nevedet, úgy, miként én; lappangva bujdokolni városról városra, úgy, miként én, és rettegni az ajtóhoz közelítő lépések zajától, úgy, miként nekem! - Nos, hát menjek, vagy itt maradjak?

- Maradj! - nyögé a kínzott ember.

- Ahán, előadod már! - szólt a fegyenc. - No hát üljünk le még egyszer. S kezdjük megint elöl. Tehát legelőször is ideadod a senki szigetét.

Timárnak egy gyönge ellenérve akadt, melyet oltalmára fordított.

- De hiszen a senki szigete nem az enyim, hanem Noémié!

- Nagyon helyes az észrevétel. Hanem az én kívánságom megint egészen alapos. A sziget Noémié, hanem Noémi meg a tied.

- Mi akarsz? - kérdé vadul rátekintve Timár.

- No, no, csak ne forgasd a szemeidet olyan nagyon! Hát nem tudod, hogy meg vagy kötözve? Menjünk rendében és sorjában. A dolog így lesz: te egy levelet írsz Noéminek, amit én magam viszek el neki. Ezóta az a csúf fekete dög meggebedt már, s bátran járhatok a szigetre. A levélben szépen elbúcsúzol tőle: elmondod neki, hogy el nem veheted, mert tégedet már korábbi családi viszony kötelez felbonthatatlanul; feleséged van, a szép Timéa, akire Noémi bizonyosan emlékezni fog. De megírod neki, hogy sorsáról tisztességesen gondoskodtál, visszahozattad messze más világból egykori eljegyzett vőlegényét, aki igen derék, kitűnő és szép deli ifjú, s aki őt most is kész elvenni, szemet hunyva az eddig történtek fölött. Minden jóval el fogod őket ezentúl is látni; rájuk adod áldásodat, éljenek egymással boldogul.

- Mit? Te Noémit is akarod?

- Hát mi az ördög? Csak nem gondoltad tán, hogy Robinsonnak akarok beállni a te rongyos szigetedre? Nekem kell valaki abban a magányban, aki az életemet megédesítse. Odaát a csömörig jóllaktam a fekete szemű, fekete hajú asszonyokkal: most, hogy Noémi aranyhaját, kék szemeit megláttam, egészen bele vagyok bolondulva. Aztán ő engem pofon ütött, kikergetett: nekem ezt meg kell torolnom. Hát lehet nemesebb viszontorlás, mint csókkal bosszulni meg a pofont? Én ura akarok lenni ennek a makrancos tündérnek! Ez a caprice-om most. S hát aztán te mi jogon tagadhatnád meg őt tőlem? Nem vagyok-e én eljegyzett vőlegénye Noéminek, aki őt törvényes nőmmé tehetem, aki becsületét visszaadhatom; míg te el nem veheted őt soha, csak szerencsétlenné teszed.

Óh! ez az ember egyenesen a szívére csepegtette Timárnak a forró faggyút!

- Kívánd tőlem minden vagyonomat! - rebegé könyörgő szóval a kalandornak.

- Hagyjuk azt későbbre. Még rákerülhet a sor. De most legelőször ezt kívánom. Semmit egyebet, csupán Noémit. Nem is a tiedet kívánom, csupán a magamét.

Timár a kezeit tördelte kínjában.

- No hát írod azt a levelet Noémihez? vagy elmenjek Tihanyba ezzel a négy levéllel?

Timárnak a fájdalom e szót hozta ajkára:

- Óh! a kis Dódi!...

A szökevény hetyke gúnnyal nevetett rá.

- Leszek neki apja; nagyon jó apja fogok lenni!...

...Abban a percben Timár Mihály egy ülő helyéből, mint a jaguár, egy szökéssel odaveté magát a kalandorra, s mielőtt az a fegyvert használhatta volna, megragadta őt a két karjánál fogva, egyet rántott rajta előre, egyet taszított rajta hátra, s ettől a lódítástól az ember kirepült a nyitott ajtón keresztül a folyosóra, ott hanyatt vágta magát; feltápászkodott, s mintha még mindig ama veszedelmes lökés mozdereje alatt tántorogna, elbotlott a legelső lépcsőben, s úgy kalimpázott alá hörögve és káromkodva a lépcső aljáig.

Odalenn sötét volt, és csendes éjszaka. Az egyetlen ember, aki kettőjükön kívül még e téli kastélyban lakott, süket volt, és részegen aludt.

MIT BESZÉL A HOLD? MIT BESZÉL A JÉG?

Timár megölhette volna ezt az embert. Keze között volt. És kezeinek izmaiban az őrültek erejét érzé. Megfojthatta volna, a puska agyával szétzúzhatta volna fejét; ha már sajnálta rá vesztegetni a nemes ólmot. De Timár nem öl embert. Nem öli meg még gyilkosát sem, hogy önmagát védelmezze. Timár Mihály „most már" az igaz arany ember, midőn mindene veszendőben, midőn vagyona, becsülete, mint a polyva, a szélbe van szórva.

Ő futni hagyja azt az embert, aki őt semmivé teheti, aki semmivé fogja tenni.

Még megölhetné. Hiszen másik töltött fegyver is van hálószobájában, ablakából lelőhetné, mikor a kastély ajtaján kijön, mikor a nagy udvaron végigmegy. Zsivány volt, szökött gályarab volt; ki venné tőle számon ezt a kioltott életet? Még vérdíjt kapna tán érte a brazíliai kormánytól.

De Timár nem öli meg ezt az embert. Timár azt mondja: ennek az embernek igaza van! S a sorsnak be kell teljesülni. Timár nem gonosztevő, ki egy bűnét a másikkal takarja el, hanem nagy jellem. Ki, ha vétett, azért bűnhődni kész.

Kimegy a kastély erkélyére, s karjait mellén összefonva nézi, mikor az az ember kijön a kastély ajtaján, s végigmegy a kapuig.

A hold akkor jön fel a somogyi partok mögül, s odavilágít a kastély falára. Egy sötét alak ott az erkélyen igen jó célpont valakire nézve, aki őt le akarja lőni.

Krisztyán Tódor ott halad el az erkély alatt, s feltekint rá.

A bukfencezéstől felszakadt a hegedés homlokán, s egész arca véres tőle.

Timár tán azért állt oda, hogy tán majd ez a dühös ember most bosszúból meg fogja őt lőni?

De az megáll előtte, és elkezd hozzá hang nélküli szavakat beszélni. Éppen mint Athalie. Hogy illenék egymáshoz e két alak! Csak taglejtéssel beszél. Egyik lába sántít az eséstől. Bal kezével ráütöget a jobbjában tartott puskára, s aztán tagadólag rázza a fegyvert, s öklével sújt Timár felé, s mutatóujjával fenyeget. E néma beszéd azt mondja: „Nem így öllek meg! Más halált tartottam fenn a számodra. Elvárj!"

Timár elnézi, hogy távozik ez ember udvaráról. Elkíséri őt szemeivel a hólepte úton egész a nagy tó jégtükréig. Utánabámul, mikor már csak egy fekete pontot lát előrehaladni az ezüst jéglapon a magas hegyorom kettős tornya irányában.

Észre sem veszi a vihart, mely a zalai hegyek felől jő.

Gyakran a Balaton vidékén, mikor legcsendesebb a lég, minden előjel nélkül felzúdul ez a sajátszerű orkán; a halászoknak, kik meghallják a fák zúgását a távolban, már nincs annyi idejük, hogy a zalai partra visszasiessenek; a szélcsapás egyszerre felforgatja a hullámot, s a csónakokat beragadja a Balatonba, s kihányja a túlsó partra. S néha félóra múlva már vége van a viharnak; a szélmenyasszony csak egy fordulót akart táncolni. S azután ismét csendes lesz minden.

A hegyek mögül rohanó zivatar egy hófelhőt korbácsolt előre. Abból olyan élesen, mint a tű hegye, vágott alá a szitáló hókristály. A felhő maga sem volt nagyobb, mint hogy a nagy panoráma felét eltakarja, sötétségbe burkolva a tihanyi tájképet, sziklafoltos félszigetével, komor templomával, míg a keleti agyagpartok tündököltek a holdvilágban.

A vihar harsogva üvöltött alá az arácsi völgy ős fáinak sudarai között. Az ódon nyári kastély szélvitorlái nyikorogtak, mintha elkárhozott szellemek sírnának földi emlékeikért, s mikor az erős szél végigsöpört a Balaton jegén, az ott felállított jéglapokon valami olyan túlvilági zenehangot idézett elő, hogy az ember látni vélte a szellemeket, akik így sírnak, egymást kergetik, s röptükben nagyokat sikoltanak. Egy-egy haragosan bömböl közöttük. Az űzi tán a többit?

E rémséges éjjeli zene közepett úgy tetszik Timárnak, mintha a távolból egy ijedelmes ordítás üvöltene a szélzúgás közé. Olyan ordítás, amilyenre csak emberajk képes: kétségbeesés, vészkiáltás, istenkáromlás hangja, az éjszakát felverő, alvókat felébresztő, csillagokat megreszkettető kiáltás. Néhány pillanat múlva a kiáltás újra rémlik, de rövidebb, halkabb már, s azután újra csak a vihar zenéje szól.

Az is tovaenyészik. A fergeteg csak végigfutott a tájon. Csupán azt az egy hófelhőt kergette. Az arácsi völgy fái nem zúgnak többé, s a jéglapon s a jégtáblákon fütyölő szél hangja egy enyészetes harmóniában vész el a távolban. Az ég kitisztul, és csendes lesz minden.

Timár szívében is csendes volt már minden.

Itt a vég. Tovább nincs hová menni. Sem előre, sem hátrafelé.

Futott, amíg futhatott; most már a mélység előtt áll, melynek túlpartja nincsen.

Egész élete végigfutott előtte, mint egy álom, s tudta, hogy most már fel fog ébredni belőle.

Az első vágy: *a csodaszép, a gazdag úrleányt* elérhetni, volt balsorsának alapja. Erre épített egész életpályája olyan, mint a szfinx rejtélye, amint ki van találva, meghal az...

Hogyan élhessen tovább, fölfedezve a világ előtt, fölfedezve Timéa előtt - és Noémi előtt!

Letaszítva arról a magaslatról, hol bel- és külföld látta éveken át, uralkodója kegyétől s honfitársai tiszteletétől körülragyogva.

Hogy lássa még egyszer azt a nőt, ki őt vetélytársa előtt oly szent fájdalommal felmagasztalá, azon pillanaton túl, amelyben az a nő megtudja, hogy ő ellenkezője volt mindannak, amit férjében tisztelt? Hogy egész élete egy nagy hazugság volt?

S hogy lássa még egyszer Noémit, mikor az már tudni fogja azt, hogy ő Timéának férje? Hogy vegye ölébe még valaha Dódit?

Nincs, nincs neki az egész világon hová menekülni! Úgy van, ahogy az az ember mondá: szökni az ismerős világból, miként ő; eltagadni nevét, miként ő; lappangva bujdokolni városról városra, miként ő! Körülfutni a földet.

De Timár tudott még egy más helyet is. Itt van a hold. Ez a hideg csillag. Hogyan is mondta Noémi? Oda mennek lakni majd azok, akik erőszakkal dobták el maguktól az életet; kiknek nem kell többé semmi. Oda mennek, ahol nincsen semmi! És ha majd ez az ember fel fogja keresni a senki szigetét, s az egyedül maradt nőt üldözésével kétségbe fogja ejteni, akkor bizonyosan Noémi is utána fog jönni oda, erre a hideg csillagra.

Timár olyan nyugodt volt ebben a gondolatban, hogy képes volt távcsövét a fogytán levő holdra irányozni, melyben fényes pontok s nagy kerek üröségek váltogatják egymást, s kiválasztott magának egyet e rengeteg sírhegyek közül: „Ott fogok én majd lakni, ott várom majd Noémit!"

Azután visszatért szobájába, hol az imént a kalandorral beszélt.

A kandalló még tartogatta annak elégett öltönymaradványait, a kiégett szövet alakja hamvában is megmaradt. Timár új hasábokat rakott a tűzre, hogy e maradványokat elrombolja. Azután fölvette köpenyét, és kiment a házból.

A Balaton felé vette útját.

A félhold bevilágította az óriási jégtükröt. A jégmezőre sütő jégnap...

„Jövök, jövök! - mondta Timár. - Nemsokára megtudom, mit beszéltél hozzám. Ha hívtál, ott leszek."

Egyenesen a rianás felé vette útját.

Könnyen rátalálhatott a távolból. A jószívű halászok által felállított jelek, a

361

póznák a szalmacsutakokkal messziről figyelmeztettek rá minden jámbor lelket, hogy ezt a helyet *kerülje.* Timár ezt *kereste.*

Mikor egyikéhez e vészt jelző szalmacsutakoknak eljutott, ott megállt, és kalapját levéve; feltekintett az égre.

Évek múltak, hogy nem imádkozott. Ez órában eszébe jutott az a nagy lény, aki a csillagokat forgatja, s a férgeket kikölti; s aki egy lényt teremtett, mely vele dacol: embert.

Ez órában eszébe jutott, hogy lelkét fölemelje hozzá.

„Örök hatalom! Előled futok, s tehozzád jutok ez órában én. Nem panaszkodom előtted. Te vezettél, de én másfelé mentem; te intettél, de én mást akartam; s most ide juték. Vak engedelmességgel megyek át a túlvilágba. Hideg lesz a lelkem, s tűrni fog ott. Bűnhődöm azért, mert annyit boldogtalanná tettem, akik engem szerettek, s akiket én enyéimmé tettem. Vedd őket a te oltalmadba, örök igazság! Én vétkeztem, én haljak meg, én kárhozzam el! Senki sem oka az ő szenvedéseiknek: egyedül én. Te örök igazság, ki engem ide hoztál, légy igaz őhozzájuk is. Védelmezd, vigasztald meg a gyönge nőket, a gyönge gyermeket. Engem pedig adj át a te bosszúálló angyalaidnak. Én elkárhozom, és elhallgatok!"

Letérdelt.

A Balaton élő hulláma zajlott a rianás partjai között. A mélázó tó sokszor fel szokott riadni szélcsendben is, s mikor a jég borítja felszínét, olyankor is felháborog, és zajlik a rianások közt, mint a tenger.

Timár lehajolt a hullámhoz, hogy megcsókolja azt, mint ahogy megcsókolja az ember édesanyját, mikor hosszú útra készül - mint ahogy megcsókolja a puska csövét, mielőtt fejét szétzúzná véle.

S amint a hullámhoz lehajol, íme, egy emberfő emelkedik ki eléje a hab közül.

Egy emberfő arccal fölfelé fordulva...

A fölfelé fordult arcnak homlokán, a jobb szemen keresztül egy fekete kendő volt átkötve, a másik szem vérszínűen, mereven, kőhidegen bámult maga elé; a nyitott szájon ki- s bejárt a hullám.

A fantom ismét visszasüllyedt a víz alá.

Két perc múlva újra feldagadt a hullám, s a rémséges arc újra felmerült a hab közül, véres kőszemével Timárra meredezve.

Azután még egyszer föltetszett a rianás széléhez közel, s akkor végképpen eltűnt a jég alá a fő, s akkor egy halott kéz görcsösen begörbült ujjakkal merült föl egy percre a víz alul.

Timár félőrülten szökött föl térdéről, a rémlátás után bámulva.

Úgy tetszett neki, mintha az maga után hívná!

A rianás két partja közt harsogott az élő hullám.

És ismét hangzott a kísértetiesen harsogó orgonaszó, amit az éjjeli futó vihar küld maga előtt, mikor az erdők sudarai fölött végigrohan; a süvöltő vihadarban, mely a jéglapokon megtörik, úgy sírnak, sikoltanak azok a láthatatlan szellemek, úgy zúg közöttük némelyik; a kísértetek énekkara folyvást magasabbra emeli hangját.

És újra hangzik az egész jégegyetemen végig az a túlvilági zöngés, mintha ezernyi hárfa húrja szakadna szét ott alant, míg a zöngés fokozatosan átmegy a rivalgó harsogásba; még feljebb, mintha villámok száguldanának oda alant a vizekben, bűbájos kábító melódiát keltve a hangadó hullámban; a jég alatt a mennydörgés orgonaszava bömböl felségesen, s az istenkiáltás rettentő roppanása közben reszketve mozdul meg az álló jégegyetem, s a szörnyű légnyomásra a rianás hasadéka ismét összecsukódik.

Timár reszketve omol arcra a rengő jégtükör fölött.

KI JÖN?

A zúzmaráz ezüsterdőt csinált a senki szigetéből. A tartós köd minden gallyra hóvirágokat fűzött; azután jöttek a verőfényes napok, azok meg jéggé olvaszták a fákon a zúzt, minden gally kristályborítékba szorult, mintha az egész liget üvegből volna; a gallyakat, mint a szomorúfűz ágait, aláhúzta a jégdíszítmény, s ha a szellő végigfuvall a kristályerdőn, az összevert ágak úgy csilingelnek, mint a tündérmesék üvegkertje.

A vastag dérlepte pázsiton keresztül csak egy útnyom vezet a kunyhótól. Az is oda vezet, ahol Teréza nyugszik. Ez Noéminek mindennapi útja a kis Dódival.

Csak ketten járnak már oda. A harmadik, Almira, a kunyhóban fekszik, s haldoklik. A golyó nemes részbe hatolt, s el kell bele vesznie.

Este van. Noémi meggyújtja a szövétneket, előveszi kerekes guzsalyát, és fonni kezd. Kis Dódi odaül mellé, s szalmaszálat tartva a rokka orsószárnyára, szélkeleplőt játszik. Almira a szögletben fekszik, s nyög, mint egy ember.

- Anyám - szól egyszer a gyermek -, hajtsd ide a fejedet, súgni akarok valamit, hogy Almira meg ne hallja.

- Nem érti az azt, Dódikám.

- Óh, megérti bizony. Mindent megért. Hát mondd csak, meg fog Almira halni?

- Bizony meg, kedves kicsikém.

- Hát aztán, ha Almira meghal, ki védelmez meg bennünket?

- Az Isten.

- Erős az az Isten?

- Mindenkinél erősebb.

- Még apánál is?

- Apának is ő adja az erőt.

- Meg annak a rossz embernek is, azzal a bekötött szemmel? Minek adott annak erőt az Isten? Én félek attól az embertől, ha vissza talál jönni. El akar vinni magával.

- Ne félj, én nem engedlek elvinni.

- Hátha megöl mind a kettőnket?

- Akkor mind a ketten a mennyországba jutunk.

- Almira is?

- Az nem.

- Miért nem?

- Mert ő állat.

- Hát az én kis pacsirtám?

- Az sem.

- Ah, ne mondd! Hisz az jobban tud repülni az ég felé, mint mi.

- De a mennyország magasabb, mint ahová ő tud repülni.

- Hát ott nincsenek se állatok, se madarak? Akkor én inkább idelenn maradok az apánál, meg a pacsirtámnál.

- Maradj, szívem, maradj.

- Ugye, ha apa itt volna, azt a rossz embert majd megverné?

- A rossz ember elfutna őelőle.

- De hát mikor jön vissza apa?

- Még a télen.

- Honnan tudod?

- Ő mondta.

- S amit apa mond, az mind igaz? Apa nem hazudik soha?

- Nem, fiam, az mind igaz, amit ő mond.

- De hiszen már itt van a tél.

- Ő el is fog jönni nemsokára.

- Óh! csak Almira meg ne halna addig!

A gyermek fölkelt a kis zsámolyról, s odament a nyögő ebhez.

- Kedves Almira, ne halj meg, ne hagyj itt minket. Látod, a mennyországba nem jöhetsz velünk; te csak itt lehetsz a mienk. Maradj itt. Csinálok neked majd szép házat a nyáron diófából; amilyet apa csinált minekünk. Minden ételből, amit kapok, meghagyom a felét neked. Tedd ide a fejedet az ölembe, aztán nézz rám szépen. Ne félj, nem eresztem be többet azt a rossz embert, aki téged meglőtt. Ha hallom, hogy jön, bekötözöm a kilincset zsineggel; ha benyúl a kezével, elvágom a kezét a kis baltámmal. Megvédelmezlek én téged, Almira.

Az okos állat fölemelé szép szemeit a gyermekhez, s farkával csendesen verte a földet. Aztán egy nagyot sóhajtott, mintha mindazt jól értette volna, amit hozzá beszéltek.

Noémi abbahagyta a fonást, s tenyerébe hajtva fejét, a mécsvilágba mélázott.

Az a rettenetes ember, mikor dühösen eltávozott innen, még e szókat kiáltá be ablakán:

„Még egyszer visszajövök, s majd akkor megmondom neked, hogy ki az az ember, akit te szeretsz!"

Az, hogy még egyszer visszajön, magában is elég fenyegetés; de mit jelentsen az, hogy majd megmondja, ki az az ember, akit ő szeret?

Hát ki lehet Mihály? Lehet-e ő más, mint aminek látszik? Mit fog felőle mondhatni amaz ijesztő kísértet, aki előkerült a föld túlsó oldaláról? Ah! miért nem tett vele úgy Mihály inkább, ahogy Noémi mondá: „Jobb szeretném, ha *háromlábnyi* föld volna közöttük!"

Noémi nem gyönge szívű. Vadonban növekedett, önerejében bízni megszoktatott. A világi kényeskedés nem rontotta meg idegeit. Holofernesnek, Siserának jó lett volna azt tudni, hogy az asszony kezében veszedelmes a vas!

A nőfarkas meg fogja tudni védelmezni fészkét a berekben - a kutya ellen! Van körme, van foga hozzá.

Noémi ama rémletes találkozás óta mindig ott viseli mellkendője alatt Mihály asztali kését, s a kés ki van köszörülve élesre!

Éjszakára pedig az ajtót egy erős keresztrúddal szokta elzárni, s a rúd kötéllel van az ajtófélhez hurkolva.

Ahogy a sors akarja!

Ha az egyik fog hamarább érkezni: lesz belőle boldog asszony, idvezült nő;

ha a másik jő előbb: lesz belőle gyilkos, elkárhozott lélek!

- Almira, mért nyögsz oly nagyon?

A szegény haldokló állat kínlódva emelte föl fejét a gyermek öléből, s nyakát felnyújtva, szimatolni kezdett; nyugtalanul szűkölt, nyihogott, s körmeivel kaparta a földet; de ami hangot tudott adni, az csak egy rekedt hörgés volt már: örömnek vagy haragnak hangja-e?

Az állat valakinek közeledtét érzi.

Ki jön?

A jó ember-e, vagy a rossz ember? Az életadó, vagy a gyilkos?

Künn az éji csendben a deres füvet taposó léptek hangzanak. Erre közelednek.

Ki jön?

Almira kínosan hörög; fel akar állni lábaira, de visszaesik; ugatni akar, de nem bír; Noémi felszökik a lócáról, jobbjával mellkendője alá nyúl, s a kés markolatát kezébe szorítja.

Ki jön?

Mind a hárman némán hallgatóznak: Noémi, Dódi és az eb.

Most a lépések gyorsan közelítenek. Ah, a léptek hangját most már megismeri mind a három. „Apa!" kiált fel Dódi kacagva. Noémi az éles késsel kettévágja sietve az ajtót elzáró kötelet, s Almira feláll két lábára, és üdvözlő ugatása hangját hallatja még egyszer.

A jövő percben egymás ölében vannak.

Mihály, Noémi, Dódi.

Almira odavánszorog kedves gazdájához, fölemeli még egyszer a fejét hozzá, megnyalja a kezét, s aztán összerogyik, és meghal.

- Nem hagysz el bennünket többé! - rebegi Noémi.

- Ne hagyj itt bennünket többé! - könyörög a kis Dódi.

Mihály odaszorítja mindkettőt szívéhez, s könnyei csorognak a szeretett arcokra.

- Soha - soha - soha!...

A HULLA

A késő márciusi napok vetették végit ez évben a szigorú télnek. Egy meleg, esős déli szél felporhanyította a Balaton jegét, s azután egy erős északi szél felszaggatta azt, és áttorlasztotta a somogyi partokra.

Az olvadó jég között a halászok egy hullát találtak.

Az egész a legnagyobb mértékben feloszlásnak indult már, arcvonásokat nem lehetett már rajta megkülönböztetni, hanem azért a legnagyobb biztossággal lehetett következtetni kilétére.

Ez a Levetinczy Timár Mihály földi maradványa, ki amaz emlékezetes balatoni halászat óta, melyen a fogaskirályt is kifogták, oly rögtön eltűnt, s akinek visszatértére oly régen vártak már odahaza.

A hullán megismerhetők az eltűnt úr öltönyei, asztrakánprémes bekecse: inggombjai s a névelőbetűk az ingbe hímezve. Ismétlőórája ott van mellénye zsebében; azon egész neve van zománccal beégetve. De ami legjobban bizonyít azonossága felől, tárcája is ott van belső zsebében; a tárcában százas és ezeres bankjegyek, ahogy egy csomóban voltak, még jól felismerhető rajtuk a nyomtatás, s belsejében a gyöngyös hímzés: hit, remény, szeretet, Timéa saját kézmunkája.

Még négy levél is van egyik oldalzsebében, szalaggal összekötve; hanem azokról már lemosott minden írást a víz. Hiszen négy hónap óta volt a vizek alatt.

Egyidejűleg megtalálták a füredi révben a halászok Levetinczy úr kétcsövű fegyverét is, ami hálójukba beléakadt. S ez azután tökéletesen kimagyarázta az egész esetet.

Az öreg Galambos jól emlékezett már most mindenre.

Őneki magának mondta a nagyságos úr, hogy majd mikor éjjel a rókák és farkasok előjönnek a berekből a lékre, akkor ő a puskával kimegy, és meglő közülök egynehányat.

Most már arra is emlékeztek többen igen jól, hogy azon az éjszakán egy rövid ideig tartó havas zivatar vonult át a Balatonon; kétségtelenül ez volt az oka a nemes úr balesetének; a hó arcába vert, nem vette észre a rianást, s szerencsétlenül belebukott.

Az öreg Galambos, ki keveset alszik éjjel, azt is mondá, hogy ő hallotta is azt a rémséges halálordítást e vihar közepett, kétszer egymás után.

Hogy ilyen véletlenül kellett elveszni olyan derék, nevezetes embernek!

Timéa, amint az első hírt vette ez esetről, azonnal leutazott személyesen Siófokra, s jelen volt a hivatalos tárgyalásnál.

Mikor férje öltönyeit meglátta, kétszer elájult, alig bírták magához téríteni. Azért mégis helytállt. Jelen volt, mikor a roncsolt maradványokat az ón koporsóba beletették, s sokat tudakozódott jegygyűrűje felől, hanem azt nem tudták neki előadni. Ujjai hiányzottak a tetemnek.

Timéa Komáromba vitette a drága maradványokat, s ott temették el azokat a pompás családi sírboltba, minthogy protestáns volt, minden, a felekezettől kitelő egyházi pompával. Mind a négy egyházkerület képviselve volt küldöttségek által, a dunántúli superintendens tartotta az egyházi szónoklatot, a komáromi lelkész a búcsúztatót a fekete posztóval bevont s a címerekkel ékesített templomban. A pápai főtanoda énekkara zengé a halotti dalokat. A fekete bársonnyal bevont koporsóra ezüstszegekkel volt kiverve az évszám és a név. A koporsót városi szenátorok és megyei táblabírák emelték a gyászszekérig. Felül rá volt téve a nemesi kard és babérkoszorú, a magyar Szent István-rend, az olasz Szent Móric-rend s a brazíliai Annunziata-rend jelkeresztjei. A szemfödél ezüstbojtjait az alispánok vitték, a címeres fáklyákat a gyászszekér két oldalán előkelő uraságok, a koporsó előtt vonult az összes iskolai fiatalság, a papok és teológusok, a céhek zászlóikkal, a magyar és német egyenruhás polgárság, fegyverben, letakart dobok tompa dübörgésére lépve; a koporsót pedig követték a város minden úrasszonyai feketében, közöttük a gyászoló özvegy fehér arcával, kisírt szemeivel, az országbeli és bécsi celebritások, katonai méltóságok, még őfelsége is küldött egy megbízottat, ki a nevezetes halott utolsó kíséretében részt vegyen. És azután a végeláthatatlan népség. A menet végigvonult a városon, valamennyi egyház harangjainak zúgása mellett. És minden harang és minden embercsoport azt zúgta felőle, hogy most egy olyan nagy embert temetnek el ebben a városban, amilyen nem fog itten születni tán soha több: jóltevője a népnek, dicsője nemzetének, hű férje nejének, alapítója sok nagy intézetnek.

Az „arany ember" száll alá a földbe.

Végig a városon a távol temetőig gyalog kíséri őt ki asszony, férfi, gyermek.

Athalie is ott van a kíséretben.

Mikor a koporsót a nyitott kriptaajtón leviszik, a legközelebbi jó barátok, rokonok, tisztelők oda is lemennek a megsiratott férfi után.

Ott van Kacsuka úr is, az őrnagy.

A szűk lépcsőn olyan közel szorul össze Timéával és - Athalie-val.

Mikor a kísérők visszatérnek a sírboltlépcsőn, Athalie leveti magát a koporsót rejtő fülke elé, és azt kívánja, hogy temessék el most már őtet is.

Szerencsére ott van Fabula János uram is, aki felkarolja a földről a szép hölgyet, s felviszi az ölében a napvilágra, s aztán megmagyarázza a bámuló népségnek, hogy nagyon szerette ám a kisasszony a megboldogult urat, az ő valóságos második édesatyját.

Fél év múlva elkészül a pompás síremlék, gránittalapzattal, melyre aranybetűkkel van felvésve az emlékirat: „Itt nyugszik. Nagyságos. nemes. és. vitézlett. Levetinczy. Timár. Mihály. úr. kir. tanácsos. több. tek. vármegyék. táblabírája. a. Sz. István. Sz. Móric. és. Annunziata. rendek.

lovagja. a. nagy. hazafi. igaz. keresztyén. példás. erényű. férj. szegények. atyja. árvák. gyámola. iskolák. fenntartója. egyház. oszlopa. siratják. mind. kik. ismerték. gyászolja. örökké. hű. hitvese. Zsuzsánna..."

A gránittalapon áll egy alabástromszobor, egy nő, ki egy hamvvedert ölel át karjával. Mindenki azt mondja rá, hogy az a szobor Timéa hasonmása.

És Timéa mindennap kijár a temetőbe, friss koszorút akasztani a sírkő párkányára, s saját maga öntözi meg a virágokat, mik a sírkő rácsozatán belül oly szépen illatoznak. - Megöntözi permeteg hűs vízzel - megöntözi forró könnyeivel...

....

Krisztyán Tódor sem hitte volna, hogy valaha ilyen nagy tisztesség éri holta után...

....

ZÓFI ASSZONY

A szép özvegy nagyon komolyan vette a gyászt. Nem ment sehova társaságokba, s nem fogadott házánál társaságot. Csak fekete öltönyben lehetett látni az utcán, sűrű fátyollal az arca előtt.

A komáromi közvélemény kiszámította, meddig kell ennek tartani. Mely napon volt Timár úr szerencsétlen halála? Onnantul egy esztendeig. Az éppen télre esik. Aztán jön a farsang. De bizony Timéa csak azután is megtartotta a gyászt, s nem ment el a táncvigalmakba. Ekkor azután más évfordulót tűzött ki a komáromi közvélemény. Bizonyosan Timár úr temetése napjától számítja Timéa a gyászévet, mert hiszen akkor kezdődött özvegysége. Ez a határidő is elmúlt; már a tavasz is eljött, és Timéa még mindig nem tette le a gyászruhát, és nem fogadott magánál társaságot.

A közvélemény ekkor aztán türelmetlenkedett: hát meddig fog ez már így tartani?

Legnagyobb botrány volt az, hogy férfilátogatókat éppen nem fogad el.

Egyszer korán reggel a hetivásáros néptömeg közt Zófi asszony őgyeleg alá s fel, karján egy nagy füles kosárral, s csirkére alkuszik a kofákkal. Azaz, hogy úgy tesz, mintha csirkére alkudnék, voltaképpen pedig nem vásárol semmit, nagyon drágáll mindent; hanem azon mesterkedik, hogy a nagy alkudozás közben hogyan osonhasson be az Angliába észrevétetés nélkül. Az Angliából azután, a barátságos lyciumkerítés oltalma alatt egy nagyot kerül, folyvást szanaszét tekingetve, ha nem látja-e meg valaki, míg végre egyik kijárónál hirtelen átsurran, s besompolyodik egy kis magánosan álló háznak a kapuján, amire nagy kétfejű sas van festve.

Ott még mindig Kacsuka úr lakik. Őrnagy korában sem hagyta el hadnagykori szállását: nem volt nagyobbra szüksége.

A kapu is nyitva van, a kis szoba ajtaja, ablaka mind nyitva van. A katonatisztek nem szoktak félni a tolvajoktól, amire két okuk van.

Zófi asszony egyedül találja Kacsuka urat, ki éppen nagyszerű erődítvényi munkálatok átvizsgálásával foglalkozik.

- Szerencsés jó reggelt kívánok a major úrnak. Engedelmet kérek, hogy olyan goromba voltam, hogy bejöttem. Véletlenül ezen jártam: láttam, hogy nyitva van ajtó, ablak; ejnye, mondok, még valami tolvaj bejön; beszólok a privatdinernek, hogy zárja be az ajtót, hát a major urat találom. Köszönöm a szívességit: hát hiszen, hogy el ne vigyem az álmát, egy kicsit leülök. Úgyis ezer esztendeje már, hogy beszéltünk a major úrral. Óh, a major úr nagyon kegyes! Hogy ide üljek a pamlagra, maga mellé? Csak ezt a kosarat leteszem elébb. Nincs benne semmi, csak egy kis tojás; magam vásárolok be mindent, mert ha cselédre bízza az ember, mindent drágábbra számít. Aztán ezek a mai világbeli cselédek olyan rátartiak! egy sem akarja a kosarat vinni az asszony után. Ez már derogál nekik. Hát azért csak magam viszem a kosarat, s megyek bevásárolni. Nem szégyenlem én azt. Azért aki ismer, tudja, hogy ki vagyok! Ugye major úr sem szól meg érte? Dehogy szól, hiszen mink olyan régen ismerjük már egymást. Emlékezik még rá, mikor a konyhában ott ült a major úr a vizeskannán, aztán főtt kukoricát evett a sipkájából? Mikor annak a bohó leánynak arról beszéltem, hogy milyen lesz az a keresztelés? De nem arról beszéltünk ám, hanem egészen másról, mikor az őrnagy úr, még akkor csak hadnagy úr, betoppant. Hej, ha tudná, hogy miről beszéltünk! Hanem annak már éppen egyezeregyszáz esztendeje, s azóta sok nagy dolog történt a világban! No már micsoda nagy rettenetes eset volt ennek a Levetinczy úrnak a halála! Szegény Timéának azóta se éjjele, se nappala. Én azt hiszem, ez az asszony utána megy a férjének; pedig de kár érte, de áldott jó teremtés. Nem fogad el semmi férfilátogatót. Napjában százszor is odaáll Levetinczy úr nagy arcképe elé, s elnézi sokáig; azután meg előveszi a legutolsó levelét, amit azzal a nagy hallal küldött, s végigolvassa. Néha nekem is elolvassa. S aztán azt kérdezi tőlem: „Te Zófi mama, nem találsz te abban valami különöst, hogy ez a levél olyan víg hangon van írva? Még azt is megírja, hogy táncolt!" Jaj, szegény szép fiatal asszony, de sokat töprenkedik miatta. Úgy szánom szegény asszonykát, úgy kívánnám neki, hogy szánná el magát valami jó, becsületes férjnek kezét adni. Tessék elhinni, magamnak is van egy kis érdekem benne. Tudja, major úr, az Athalie leányom mindig azt mondja, hogy ha Timéa ahhoz az emberhez találna férjhez menni, akit ő gondol, hát ő akkor egy napig sem maradna ennél a háznál, hanem férjhez menne a legelső emberhez, aki megkéri. Nem nézné, úr-e vagy paraszt? fiatal-e vagy vén? nyalka-e vagy ripacsos? Egyszerre hozzámenne. Jaj, de senki se kívánná azt jobban, mint én! Nem azért, mintha akkor én is elmennék a leányommal, nem én, mert én akkor is Timéával maradnék. És ha Athalie lenne még egyszer valaha gazdag, és Timéa lenne szegény, én még akkor is Timéával maradnék. Mert tessék elhinni, nem tudom már kiállni tovább a leányommal az együttlételt. Nem szép ugyan, hogy egy anya panaszkodik a tulajdon leányára, de én tudom, hogy ki előtt beszélek. Igaz, hogy én vagyok az anyja, én hoztam őt a világra. Jó gyerek is volt, míg a kezemből ki nem vették, míg az apja el nem kényeztette, míg a világ el nem forgatta a fejét. De most már csak olyan az életem vele, mintha a pokolban volnék. Minthogy senkije sincsen a világon rajtam kívül, akin a mérgét kiönthesse, engem üldöz egész nap. Csíp, rúg, üt, ahol rám talál, alig merek már a konyhából előjönni miatta. Ha szólok hozzá akármilyen szépen, úgy tesz, mintha nem hallaná. Az asztalnál kinézi a számból a falatot, úgyhogy leejtem a villáról az ételt, mikor a szemét rám veti. Egész nap varrnom kell, amit a ruháin készakarva eltép, hogy rongyosnak lássék. Éjjel meg nem hagy aludni. Odateszi a szemembe a gyertyát, s reggelig olvas. Aztán nem hogy egyszerre kimetélné a könyvet, hanem minden lapot külön vág ki, úgyhogy ha én százszor elszundítok, százszor fölébredek a papirossercegésre. S ha könyörgök neki, még kiölti rám a nyelvét. Egyszer aztán bedugtam a fülemet pamukkal, hogy alhassam tőle; akkor meg kapta magát, s a reszelt tormát, amit magának csináltatott a migrén ellen, ahelyett, hogy a saját nyakára tette volna, felkötötte az én talpamra, úgyhogy csupa hólyag lett, mire felébredtem rá. De még mást is tett velem. Reggelre hol az egyik, hol a másik cipőmnek az orrába egy csomó csepűt dugott, úgyhogy estére már majd a körmöm esett le, csak úgy sántítottam. El nem tudtam gondolni, hogy vándorol a sántítás az egyik lábamból a másikba, míg rájöttem az okára. Ő meg csak nevetett. Aztán tudja jól, hogy én félek a kísértetektől; azért este felöltözteti a porolófát, a seprőnyelet ijesztő alakoknak, odaállítja az ajtó mögé, hogy engem majd a nyavalya tör ki, mikor benyitok. A cselédek előtt úgy bánik velem, hogy azoknak semmi respektusok nem lehet irányomban. Mindig a szakácsnénak fogja pártját ellenemben. Óh, mennyi mindent kell nekem kiállanom! Legkeservesebben esik, mikor egy-egy nagy ünnepnapon előveszem az imádságoskönyvemet, hogy majd imádkozom belőle; ő meg aztán odaül az asztalhoz átellenben, felteszi a két könyökét, s az imádkozásom közé ilyeneket mond: „Ördög, pokoltűz, gyehenna, döghalál, mirigy, pokolvar, rákfene, tűzvész, orgyilok, méreg, pusztulás, gyalázat, veszedelem, kárhozat, éjjeli kísértet szálljon le erre a házra, ámen!" Ez az ő imádsága az ő jótevőiért. És azután mikor szemben van Timéával, akkor meg olyan édes, olyan hízelkedő, úgy selypít, mikor vele beszél, olyan alázatos. Uram, én félek már Athalie-val egy szobában aludni. Szeretném már, ha beteljesülne egyszer az, hogy férjhez megy a legelső emberhez, aki megkéri. S most éppen volna neki egy szerencséje. Biz az csak Fabula János uram, akinek tavaly meghalt a felesége, s most özvegyember. Biz az már nem valami fiatal ember, de derék, jómódú férfi, most vicecurator lett; van negyvenezer forint értéke, el tud tartani egy asszonyt tisztességesen; a gyerekei mind nagyok már, egy sincs a háznál. Azzal bizony meglehetne Athalie nagyon jól; olyan szép háza van a Megyercsi utcán, mint akárkinek. Aztán esztendőn át nyolc hónapig nincsen odahaza. Bizonyos vagyok felőle, hogy Athalie rögtön hozzámenne csak bosszúból is, ha Timéa ahhoz menne, akit én gondolok. Hej, de megnyugodnám akkor magam is! Én Timéánál maradnék. Hanem hát ebből persze nem lesz semmi, ha az „egyik" nem jön ki a házból, a „másik" meg nem jön oda a házhoz; az egyik ott szomorkodik, a másik itt búslakodik. No már hiszen én nem azért jöttem ide, hogy hírt hordjak, Isten mentsen, az nekem nem szokásom. De valamit, amit a napokban megtudtam, mégsem hallgathatok el. Tetszik tudni, én vetem meg minden reggel Timéának az ágyát. Ezt nem engedem másnak, azokat a szép, csipkés vánkosokat dehogy engedném cselédkéznek érinteni. Hát valamelyik nap reggel, mikor a legalsó vánkost felemelem, mit találok alatta? Egy kardmarkolatot, az eltört pengével. Timéa ezúttal bizonyosan ottfeledte azt. Bizonyosan minden éjjel ott van az az eltört kard a feje alatt. Ott aluszik vele. Mikor Athalie-nak ezt elbeszéltem, olyat csípett a karomon, hogy most is kék a helye, s azt mondta, hogy megöl, ha ezt valakinek elmondom. Dehogy is mondom el, nem mondom én ezt senkinek. Hanem csak annyit mondok, hogy héj, ha annak a kardnak a volt tulajdonosa tudná, hogy mit kellene most neki tennie!

Ezt a hosszú magánybeszédet Zófi asszony végig elmondta, anélkül hogy megpihent volna közben, vagy az őrnagy által félbe hagyta volna magát szakítani.

Kacsuka úr végighallgatá a mondottakat, s akkor így szólt Zófi asszonynak:

- Zófi mama, annak a kardnak a hajdani gazdája tudja, hogy mit kell neki tenni. Ha Levetinczyné asszony férjétől elvált volna, s szegényül, vagyontalanul maradt volna a világon, annak a kardnak a volt gazdája sietett volna neki kezét *nyújtani*. Most azonban Levetinczyné asszony gazdag özvegy, férje után milliókat örökölt, most annak a kardnak a volt gazdája, aki szegény ember, nem mehet oda a gazdag hölgy kezét *megkérni*.

- Hej, de megváltozott hát akkor annak az úrnak a természete! - sóhajta fel Zófi asszony. - Mikor Athalieval járt jegyben, addig meg sem akart esküdni, amíg a százezer forint le nincs számlálva az asztalára.

- Hm! Nem Athalie-nak az anyja volt-e az, ki azt mondta, ha Timéa szegénnyé lenne, Athalie pedig dúsgazdaggá, akkor is Timéával maradnék? Pedig ő Athalie anyja!

- Igaz. Én az anyja vagyok, mégis azt mondtam. Igaza van a major úrnak. No de hát, ha a kard hajdani gazdája nem tudja, hogy mit kell neki tennie, majd tudni fogja a mostani tulajdonosa.

Azzal Zófi asszony ezer bocsánatot kért, hogy ilyen sokáig itt alkalmatlankodott, s másik ezeret azért, hogy tovább nem maradhat itten, mert még százfélét kell bevásárolnia a piacon.

Aztán vette a kosarát, kiosont a sasos kapun, s egyfélét sem vásárolt a piacon, hanem egyenesen hazasietett.

DÓDI LEVELE

Másfél év tölt már bele, hogy Mihály otthon volt a senki szigetén. Egy napra sem távozott el onnan.

Nagy dolga volt másfél év alatt. Dódit megtanította írni.

Gyönyörűségteljes munka az. Mikor a kis tudatlan a legelső ákombákot krétával a padlóra írja; diktálják neki a betűket: „Írj egy L-et, aztán egy Ó-t, olvasd össze!" Milyet bámul rajta, hogy ebből ki lehet találni azt, hogy „ló", pedig ő nem rajzolt oda semmi lovat! És aztán mikor másfél év múlva már egy szépen meglineázott papíron egymásra dűlő betűkkel írt névnapi köszöntőt nyújt át az anyjának.

Nagyobb mű ez, mint Kleopátra obeliszkje, teleírva hieroglifokkal.

Mikor az első névnapi köszöntője Dódinak ott remegett Noémi kezében, Noémi szemében könny csillogott; azt mondta Mihálynak:

- Éppen olyan írása lesz, mint neked.

- Hol láttad te az írásomat? - kérdé bámulva Mihály.

- Először is a Dódi elé írt mintákon. Azután meg a nekünk adott engedélylevelen, melyben a szigetet nekünk adtad; már elfeledéd?

- Igaz; hisz oly régen volt.

- És te most nem írsz levelet senkinek?

- Senkinek.

- Már másfél év óta nem voltál ki a szigetből. Nincs semmi dolgod ott künn a világban?

- Nincs; és nem is lesz.

- Hát ami dolgaid eddig voltak, azokkal mi lett?

- Meg akarod tudni?

- Szeretném tudni. Elszomorít az a gondolat, hogy ilyen eszes ember, aminő te vagy, itt van most bezárva e szűk helyre, e szigetbe, csak azért, mert minket szeret. Ha neked csak az az okod van, mindig itt lenni a szigeten, hogy minket nagyon szeretsz, úgy nekem fáj a te szerelmed.

- Jól van, Noémi. Én tehát el fogom neked mondani, hogy ki voltam én odakinn a világban; mit tettem ott; s miért akarok itt lenni. Tudj meg mindent. Majd ha a gyermeket lefektetéd, jöjj ki hozzám a veranda alá: ott el fogok mindent mondani. Fogsz borzadni is, fogsz ámulni azokon, amiket hallani fogsz. De végül mégis meg fogsz bocsátani nekem, mint ahogy megbocsátott Isten, midőn ideküldött.

Noémi az estebéd után lefektette Dódit, s aztán kijött Mihályhoz, és leült melléje a nyírfából tákolt lócára, kezét Mihály karjába akasztva.

A telehold odavilágított a lugas levelei közül reájuk: most már nem a kísértő csillag, nem az öngyilkosok jégparadicsoma, hanem egy ismerős jó barát.

És azután Mihály elmondott mindent Noéminek, ami vele történt a világban.

A rejtélyes vendég hirtelen halálát a hajón: a hajó elsüllyedését, a megtalált kincseket.

Elmondá neki, mily végtelen gazdag ember, mily hatalmas úr lett ő a világban; hogy hordták kincseit a hajók a föld egyik oldaláról a másikra! Hány hajója, hány háza volt, milyen nagyra volt becsülve!

Hogyan vette el Timéát?

Lerajzolá azután előtte Timéa szenvedéseit s a bánatot, mik e szenvedésékért az ő osztályrészeül jutottak. Úgy szólt Noémi előtt Timéáról, mint egy szentről. És mikor elmondta előtte igaz őszinteséggel azt az esteli jelenetet, amelyen ő Timéára a házi rejtekből rálesett, hogy védte férjét a nő a rágalom ellen, hogy védte kedvese ellen, hogy védte saját szíve ellen: ah! akkor Noémi úgy zokogott, úgy siratta Timéát...

És azután elmondta neki Mihály, miket kellett szenvednie önmagának e szörnyű helyzetben, melytől nem tudott szabadulni, leláncolva egy helyen világi állása, vagyona, Timéa hűsége által; vonzatva máshova szerelme, boldogsága, lelke ábrándjai által, ah, akkor úgy vigasztalta őt Noémi szelíd csókjaival.

És végül mikor elbeszélte előtte azt a rettenetes éjszakát, melyen a kalandor megjelent puszta kastélyában, egész odáig, ahol a kétségbeesés a sír partjára vitte, amidőn már lenézett a hullámba, s amidőn a víztükörből egyszerre saját képe helyett üldözője halott arca tekintett rá szemközt, s az istenkéz egyszerre összecsukta előtte a nagy jégsír nyílását, ah, akkor Noémi oly erőszakkal ölelte őt keblére, mintha vissza akarná őt tartani, hogy a sírba bele ne essék...

- Tudod már most, hogy mit hagytam ott a világban, s mit találtam itt? Megbocsáthatsz-e nekem azért, amit szenvedtél miattam, amit vétettem ellened?

Noémi csókjai, könnyei feleltek.

Az elbeszélés sokáig tartott, a rövid nyári éj el is múlt azalatt, egészen megvirradt, midőn Mihály elvégzé élte történetének meggyónását.

Feloldoztatott!

- Ezzel kifizettem minden adósságomat! - monda Mihály. - Timéa megkapta birtokomat, s megkapta szabadságát. A kalandor az én öltönyeimet viselte, tárcám is nála volt; azt helyettem fogják eltemetni, s Timéa özvegy lesz. Tehozzád pedig elhoztam a lelkemet, s te elfogadtad azt. Most már ki van egyenlítve minden.

Noémi karját Mihály karjába öltve, bevitte őt a szobába, s odavezette az alvó gyermekhez.

A gyermek felébredt a csókokra, felnyitá a szemeit, s amint azt látta, hogy reggel van, első dolga az volt, hogy térdre állt, s kezeit összetéve elkezdé reggeli imáját:

„Isten, áldd meg jó apát, jó anyát!"

...Minden ki van már fizetve, Mihály!...

Egyik angyal a sírod fölött, másik angyal az ágyad fölött imádkozik, hogy boldog légy...

Noémi felöltöztette a kis Dódit, s aztán hosszasan mélázva tekinte Mihályra. Idő kell ahhoz, amíg azt fel bírja fogni, amiket tőle hallott.

Pedig a nőknek olyan gyors elméjük van.

Egyszer azt mondá Noémi - férjének:

- Mihály! te eggyel mégis adós maradtál a világban.

- Mivel? És kinek?

- Timéának maradtál adósa azzal a titokkal, amit az a másik nő fedezett föl előtted.

- Minő titokkal?

- Azzal, hogy az ő szobájába egy rejtekajtó nyílik. Ezt tudatnod kellett volna vele. Hisz azon a rejteken akárki bejuthat hozzá - mikor alszik, mikor egyedül van.

- De hisz azt a rejteket nem ismeri senki Athalie-n kívül.

- Hát nem elég az?

- Mire gondolsz?

- Mihály! Te nem ismersz minket. Te nem tudod, hogy ki az az Athalie; de én tudom. Most megsirattam Timéát, mert szenved; mert téged nem szeret; mert te az enyim vagy; de ha azt érezné irántad, amit ama másik férfi iránt, s ha te engem megvetnél őmiatta, mint az a férfi azt a másik leányt: óh! akkor az Isten őrizzen attól a gondolattól, hogy valaha alva lássam őt magam előtt.

- Noémi, te engem megrettentesz.

- Ilyenek vagyunk. Hát te ezt nem tudtad? Siess tudósítani Timéát erről a titokról. Én azt akarom, hogy Timéa boldog legyen.

Mihály megcsókolta Noémi homlokát.

- Kedves jó gyermek te! Én nem írhatok Timéának, hisz írásom megismerné, s akkor ő nem lehet az én özvegyem, s én nem lehetek a te feltámadott halottad, a te paradicsomod üdvözültje.

- Megírom neki én.

- Nem! Nem! Nem! A te írásod nem megy őhozzá. Arannyal, gyémánttal elárasztottam őt; de tetőled egy betűt sem szabad neki kapni. Azok már az én drágaságaim. Timéától nem hoztam el Noéminek semmit. Noémitől sem adok Timéának semmit. Te nem szólíthatod meg ezt az asszonyt.

- Jól van - szólt Noémi mosolyogva. - Tudok én még egy harmadik embert, aki írhat Timéának. Megírja a levelet Dódi.

Timárt elővette a nevetés erre a szóra.

Annyi tréfa, annyi gyönyör, annyi gyermekes bohóság, annyi fennkölt dicsekedés, annyi komoly, méla gondolat volt ebben a szóban: írja meg a kis Dódi Timéának, hogy őrizze magát a veszélytől!

A kis Dódi... Timéának!

Timár nevet; a könnyei csorognak.

S Noémi komolyan vette a dolgot. Ő maga eléje írta Dódinak a lemásolandó levelet, s a komoly sorokat szépen leírta a gyermek a vonalazott papírra, egy hibát nem ejtett benne. A tartalmát nem is értette még.

Noémi szép sötét violaszín tintát adott neki a levéíráshoz: fekete mályvalevélből volt az főzve, s a levelet lepecsételte fehér szűzviasszal, s minthogy címeres pecsétnyomó nincsen a háznál, sem pénz, amivel a viaszt lenyomtassák, Dódi fogott egy szép aranyzöld bogárkát, azt ragasztá oda a viasz közepébe: ez volt a címer.

A levelet rábízták a gyümölcsárusra, hogy tegye postára.

A kis Dódi levele elment Timéához.

TE ÜGYETLEN!...

Timéának még egy másik naptári neve is volt: Zsuzsánna. Az elsőt anyjától kapta, ki görög nő volt, a másodikat a keresztségben nyerte. Ezt használta hivatalos okmányokon mint névaláírást, s ezt tartotta fel mint neve napját.

Vidéki városainkban a névnapokat meg szokták ünnepelni. Rokonok, ismerősök hívatlanul, sőt kötelességszerűen sereglenek a megtisztelt névünneplő házához, ahol kész vendégség vár mindenkire. Néhány előkelőbb ház azonban azt a szokást hozta be, hogy a megünnepelt családi névnapok estélyeire nyomtatott meghívókat küldözött szét. Ez már egy kis arisztokrácia; mert ezáltal ki volt mondva az, hogy akik meghívót nem kaptak, azok a jókívánságaikat tartsák meg maguknak.

Zsuzsánna napja kétszer is esik egy esztendőben; Timéa a télit tartotta fel, mert akkor férje is otthon volt. A meghívók előtte egy héttel szétküldettek.

A másik nevének a napjára senki sem tartott számot. „Timéa" benne sincs a komáromi naptárban, sem a Trattner-Károlyi nemzeti kalendáriumában, egyéb naptár pedig abban az időben még nem termett ezen a vidéken. Nagyon utána kellett annak járni, aki meg akarta tudni, micsoda napjára esik az évnek „Timéa".

A szép május hóban esett az. Mikor már Mihály úr régen távol volt.

És Timéa azért mégis minden májusban kapott egy szép virágbokrétát csupa fehér rózsákból Szent Timéa napján. Ki küldte azt, nem volt mondva. A postán érkezett, katulyába pakolva.

A Zsuzsánna-napi estélyekre, míg Timár „élt", Kacsuka úr is rendesen kapott meghívót, amit ő azután rendesen a kapusnál átadott névjegyével szokott viszonozni. Az estélyre nem ment soha.

Ebben az évben a Zsuzsánna-napi estély is elmaradt. A hű Zsuzsánna gyászolt.

Hanem azon a szép májusi nap reggelén, amelyen Timéa fehér rózsái meg szoktak érkezni, a Levetinczyek talpig gyászba öltözött inasa egy levélkét hozott Kacsuka úrnak, melyet az őrnagy felbontva, a szokott fényes papírra nyomtatott meghívót találta benne; de nagy bámulatára nem Levetinczy Zsuzsánna, hanem Levetinczy Timéa volt a meghívóra felülírva, s a névnapi meghívás a mai napi estélyre szólt.

Kacsuka úr nem értette ezt a dolgot. Micsoda ötlet ez Timéától? Az egész komáromi világot felháborítani azzal, hogy a jó kálvinista Zsuzsánna helyett a régi görög Timéát ünnepli meg ez idén, de még sokkal inkább azzal, hogy az ünnepély reggelén hívja meg magához aznap estére az egész társaságot. Hisz ez minden civilizált fogalommal diametraliter ellenkezik.

Kacsuka úr úgy vélekedett, hogy ezúttal erre a meghívásra el kell menni.

Este úgy intézte a dolgot, hogy ne legyen a legelső vendégek között, fél kilencre volt híva, fél tízig várt; akkor ment oda.

Mikor az előszobában az inasnak átadta a kardját és köpenyét, azt kérdezte tőle, hogy vannak-e már itt sokan? Az inas azt felelte rá, hogy senki sincs.

Az őrnagy megdöbbent. A többi meghívott vendégek bizonyosan megnehezteltek, összebeszéltek, hogy senki se jöjjön el.

Ezt az aggodalmát még jobban megerősítette az, hogy mikor az előszobából a terembe belépett, a csillárokat mind meggyújtva találta, minden szobát végig ünnepélyesen kivilágítva, mint mikor nagy társaságot várnak.

A szemközt jövő komorna utasítá, hogy úrnője legbelső szobájában van.

- Ki van nála?

- Egyedül van. Athalie kisasszony mamájával mai nap kikocsikázott Fabula úr jószágára, az most nagy halebédet ád.

Most meg már éppen nem értette, hányadán van Kacsuka úr. A névestélyen nemhogy vendégek volnának, de még a háziak is itt hagyták az úrnőt.

De még több talányon is keresztül kellett mennie.

Timéa elfogadó-szobájában várt reá. S ehhez a vidám estélyhez, ehhez a körülvevő pompához Timéa most is feketébe volt öltözve.

Gyászol, és névestélyét üli. Fekete ruha, aranyos csillárok, ezüst kargyertyatartók fénye közepette.

Hanem az úrnő arca ismét nem felelt meg a gyászruhának. Timéa arcán üde mosoly volt és halvány pír. Nyájasan fogadá egyetlen vendégét.

- Ah! ön ugyan soká váratott magára! - szólt kezét nyújtva.

Az őrnagy hódolattal csókolá meg e kezet.

- Én ellenkezőleg attól tartok; hogy első vendég vagyok.

- Ah, dehogy! Mindenki itt van már, akit meghívtam.

- Hol? - kérdé az őrnagy elámulva.

- Itt az étteremben; már mind az asztalnál vannak, csupán önre vártak.

Azzal a bámuló férfi karjába akasztva kezét, odavezette őt az étterem szárnyajtajához, s felnyitá az ajtót előtte.

Most azután igazán nem tudta az őrnagy, hogy mit gondoljon.

Az étterem is ragyogott az asztalon meggyújtott viaszgyertyáktól, mik pompás ezüst ágbogas tartókban égtek, s egy hosszú asztal végig meg volt terítve, tizenegy teríték ugyanannyi rokokó támlás székkel; hanem az asztalnál nem ült senki.

Egy ember sem.

Hanem amint az őrnagy az asztalon végignézett - akkor aztán értett mindent, s mentül jobban megértette a rejtélyt, szemeit annál jobban ellepte a könny.

Kilenc teríték előtt a pompásan feldíszített asztalon egy-egy fehér rózsabokréta állt, üvegharanggal letakarva; a legutolsó még friss, ma szakított virág, a többiek aszú, halavány, száraz rózsacsokrok.

- Íme itt vannak azok mind, akik engem Timéa napján meg szoktak köszönteni, évről évre; ezek az én Timéa-napi vendégeim. Kilencen vannak. Akar ön tizedik lenni közöttük? Akkor mind együtt lesznek, akiket erre a napra meghívtam.

Az őrnagy szótlan boldogsággal szorítá a szép kezet ajkaihoz. Aztán eltakarta kezével szemeit.

- Az én szegény rózsáim!...

Timéa nem tiltotta neki, hogy ismételve megcsókolja kezét: tán többet is engedett volna. De az a gyászfőkötő olyan nagy akadály. Timéa vette azt észre.

- Akarja ön, hogy ezt a gyászfőkötőt felcseréljem mással?

- Attól a naptól kezdjek el élni.

- Mondjuk, hogy majd igazi névnapomon, amit mindenki tud.

- Ah! az végtelen messzeség.

- Ne ijedjen meg. Van nyáron is Zsuzsánna-nap; azt fogjuk megtartani.

- Még az is távol van.

- De nem örökkévalóság már. Nem tanult ön tűrni? Lássa, nekem idő kell rá, hogy hozzá tudjak szokni az örömhöz. Az nem megy egyszerre. Elébb meg kell tanulnom, hogyan kell a boldogságot reményleni. Elébb álmodnom kell róla. Addig is mindennap láthatjuk egymást; elébb csak egy percre, azután kettőre, végül örökké. Ugye, jól lesz így?

Az őrnagy nem mondhatott ellent, olyan szépen kérték.

- No és most vége van a vendégségnek - súgá Timéa. - Ugye, meg van ön elégedve? A többi vendégek már aludni akarnak menni. Térjen ön is haza. De várjon elébb. Utolsó névnapi köszöntőjéből egy szót visszaadok.

Azzal leszakított az üde rózsabokrétából egy félig nyílt virágot, azt alig láttatva, ajkaihoz érinté, s az imádott férfi gomblyukába tűzte. Hanem az elébb odaszorítá ajkaihoz azt a rózsát, azt az egy szót, s hogy rím legyen belőle, ő is megcsókolta azt...

Mikor az őrnagy eltávozott, s visszatekintett az utcáról a Levetinczy-ház ablakaira, már akkor azok mind sötétek voltak. Ő volt az utolsó vendég...

....

Timéa tanulta lassan azt a nagy tudományt, hozzászokni a boldogság reményéhez.

Jó tanítója volt. E naptól fogva Kacsuka úr mindennapos volt a háznál; de biz az őrnagy nemigen tartotta meg a rendeletet az először egy perc, azután két perc számtani haladásáról.

A menyegző napja augusztus havi Zsuzsánna-napra volt kitűzve.

Athalie is úgy látszott, hogy megnyugodott már sorsában; elfogadta Fabula uram jegygyűrűjét. Hát biz az nem első eset, hogy derék özvegyemberek szép fiatal leányt kapnak feleségül. Sőt inkább az ilyenről már be van bizonyítva, hogy jó „asszonytartó" ember, s inkább nőül lehet hozzá menni, mint holmi incifinci ifjú gavallérhoz, aki még nem tette le a rigorosumot.

Áldás legyen a frigyükön!

Timéa föltette magában, hogy Athalie-nak nászhozományul azt az összeget fogja adni, amit Mihály kínált neki, s amit az akkor visszautasított.

Zófi asszony nagyon meg volt elégedve az életpályáknak ilyetén találkozásával. „Ki-ki párjával." Azt hitte, hogy ez az ő munkája volt. Igyekezett is a kötelékeket majd szorítani, majd tágítani ott, ahol kellett.

Timéa előtt magasztalta az őrnagyot, Athalie előtt pedig leszólta.

Mikor Athalie elfogadta Fabula János uram jegygyűrűjét, az ugyan csak olyan ujjra való abroncs volt, mint minden más karikagyűrű, de Zófi asszony azt állította, hogy ő annál szebb jegygyűrűt soha nem látott életében.

Meg is cirógatta Athalie-t szépen.

- Ez bizony elég szép szerencse teneked, kedves leányom. Bizony jobban jártál vele, mint ha az a másik vett volna el, akinek egyebe sincs, mint egy rozsdás kardja meg egy rozsdás cirkalma. Fogadom, hogy most is kontóra hordatja az ételt a vendégfogadóból. Énelőttem bizony még embernek is sokkal különb Fabula uram, mint a másik. Mikor ő azt a szép hosszú bajuszát kipödri, s aztán az ezüstláncos mentéjét felölti! Ugye, hát pödörje ki a bajuszát a major, ha tudja! Ugye, de nincs neki. No én meg nem tudnék csókolni egy ilyen nyúzott pofájú embert, akinek bajusza, szakálla mind le van borotválva. Biz az nem is valami fiatal ember már; tán nem észrevenni, hogy húzza át a haját egyik oldalról a másikra, hogy azt a terjedő holdvilágot ott a feje tetején eltakargassa vele? Aztán micsoda tiszteletben részesül Fabula uram a városban! Minden ember köszön neki az utcán. A papok is megsüvegelik. Vicecurator! Levetinczy úr volt a fűcurator. Úgy állt a rangjuk, mint a főispán meg a vicispán egymás mellett. Levetinczy úr volt a „Nádasdy", Fabula úr volt a „Kürthy". Igaz, hogy nem nemesember, de „hatvan személy", és csak a kisujját mozdítsa, hát megválasztják „kamarásnak", s te kamarásné asszony fogsz lenni! „Nagyasszony" lesz a neved, mint az enyim.

Hatvan személy, kamarás pedig akkoriban nevezetes méltóságok voltak Komáromban: az egyik a külső tanács tagja, a másik a város minden ökreinek és lovainak teljhatalmú parancsnoka.

Athalie engedte magát ilyen gyámoltalan vigasztalásokkal dédelgettetni. Mióta Kacsuka úr a házhoz járt, annyira tudta erőszakolni a természetét, hogy még az anyjával is nyájasan bánt. Minden este teát főzött neki, amit Zófi asszony nagyon rumosan szeretett. Athalie maga készítette el azt a számára. A cselédekhez is igen jó volt, azokat is traktálta teával, ami a férficselédeknél, inasnál, kocsisnál, kapusnál a puncs kategóriájáig erősödött. A cselédek (Zófi asszony legelöl) nem győzték a kisasszony jóvoltát magasztalni.

Zófi asszony ennek a nagy nyájasságnak is kitalálta az okát. Az olyan cselédtermészet mindig keresni szokta az okát, ha a háziak kedveznek neki, s gyanakodással fizet érte.

„Ez az én leányom azért kedvez most úgy énnekem, hogy majd mikor férjhez megy, én is menjek el vele, mert ő maga nem ért a gazdasághoz; egy rántást sem tud megcsinálni. Azért vagyok most neki olyan kedves mama. Azért van tea minden este. Hej, tudom én jól, hogy mi lakik az én Athalie leányom szívében!"

...Hiszen majd nemsokára meg fogja tudni még jobban.

Timéa és az őrnagy irányában pedig egész a cselédi szolgálatkészségig vitte Athalie az alázatosságot. Nem árult el se arca, se magaviselete régi igényeket. Az érkező őrnagynak mosolyogva nyitott ajtót, nyájasan vezette be Timéához, részt vett a társalgásban, s ha elhagyta a szobát, vidám dúdolása hangzott a mellékszobákban.

Azt a szolgálós modort, amit affektált, művészileg el bírta sajátítani. Egyszer Timéa arra szólította fel, hogy zongorázzék vele négykézre, mire Athalie naiv szégyenkedéssel mondá az őrnagy hallatára, hogy ő már egészen elfelejtett zongorázni; az egyedüli hangszer, amin még játszik, a „Hackbrett", tudniillik nem az, amit magyarul cimbalomnak hínak, hanem amin a kolbásztölteléket aprítják. Athalie a nagy átváltozás óta csak olyankor zongorázott, ha senki sem hallhatta.

Mindenki azt hitte, hogy készül Fabula uramhoz méltó és hozzáillő feleséggé átalakulni.

Csak Kacsuka urat nem csalta meg. Az ő szemei beleláttak Athalie lelkének sötétségeibe. Ő tudta, hogy mivel adósa ő Athalie-nak. Ő tudta, hogy mi számadása van Athalie-nak Timéával.

S az adósságokat nem szokta a sors elengedni.

Vajon? Te szép, fehér arcú asszony, nem gondolsz arra, hogy mielőtt te ehhez a házhoz jöttél, ez a másik leány úrnő volt ebben a házban: gazdag volt, ragyogott, menyasszony volt, szeretve a férfitól és irigyelve a nőktől? És attól a perctől kezdve, amikor téged a víz kidobott ide a partra, elkezdődött teveled az ő balsorsa? Koldus lett, megvetésbe, gyalázatba süllyedt, vőlegényétől elhagyatott, kicsúfoltatott?

Nem a te *bűnöd,* hogy így történt, de *miattad* történt; magaddal hoztad ezt a balsorsot. Ott ül a fehér arcodon, egymást csókoló fekete szemöldeiden; s elsüllyed hajó és ház, amelybe lépsz. Nem tehetsz róla: de veled hordod. Elvész, aki üldöz, s elvész, aki megszabadít. Nem vagy oka, hogy úgy szeretnek; s nem vagy oka, hogy úgy gyűlölnek; de bírod mind a kettőt...

S te mersz egy födél alatt aludni Athalie-val! „Ez alatt" a födél alatt!

Nem borzad össze minden ideged, mikor ezt a leányt szemedbe mosolyogni látod? nem érzesz jéghidegséget végigfutni ereidben, mikor ez lehajol, hogy a kezedet megcsókolja? Mikor a cipőszalagot összefonja lábaidon, nem érzed-e, mintha kígyó tekergőznék fel azokon hideg gyűrűivel? s mikor poharadat teletölti, nem jut-e eszedbe, hogy a pohár fenekére tekints?

Nem, nem! Timéa nem gyanakodik. Hisz ő olyan jó. Athalie-val úgy bánik, mint édes testvérével. Nászhozományul százezer forintot tart készen a számára. Ezt Athalie-nak megmondta. Ennyit szánt neki Mihály is. Ő meg akarja alapítani Athalie szerencséjét. Azt hiszi, hogy az elvesztett vőlegénynek az árát ki lehet fizetni! És hogyne hinné? Hisz Athalie maga mondott le önkényt róla. Ő szólt így, mikor Timár a nászhozománnyal megkínálta: *„Nekem ez az ember sem ezen a világon, sem a másvilágon nem kell többé!"* Timéa nem tud arról az éjjeli jelenetről semmit, amikor Athalie titokban látogatta meg elvált vőlegényét, s egyedül, szerettelenül lett tőle elbocsátva. És Timéa nem tudja azt, hogy a férfit, akit gyűlöl a nő, még kevésbé engedi oda másnak, mint azt, akit szeret. Hogy a nő gyűlölete csak a méreggé vált szerelem; de még akkor is szerelem.

Hanem Kacsuka úr jól emlékezik arra az éji találkozásra, azért retteg Timéa miatt, és nem meri azt neki megmondani.

Csak egy nap volt még a nyári Zsuzsánna-nap előtt. Timéa ezalatt apródonkint hagyogatta el a gyászt; mintha rosszulesnék attól egyszerre megválnia, mintha lassan akarná magát hozzászoktatni az örömhöz. Elébb a fekete öltönyhöz fehér csipkefodrokat engedett meg magának; azután felváltotta a feketét a hamuszín, a szőrkelmét a fényes selyem; utóbb a szürke színbe fehér kockák vegyültek; végre nem maradt más, csak a fekete csipkefőkötő, mely még Levetinczy Timár Mihályt gyászolta.

Zsuzsánna napján ennek is az ereklyék tárába kell vándorolni majd. A szép új főkötő, drága valenciennes csipkéből, itthon is van már, s csak fel kellene azt próbálni.

Valami szerencsétlen hiúság azt sugallta Timéának, hogy az új főkötő felpróbálásával várja meg az őrnagyot. Hisz a fehér csipkefőkötő az ifjú özvegyre nézve az, ami a hajadonnak a menyasszonykoszorú.

Az őrnagy pedig sokáig váratott magára e napon. Oka volt rá. A Bécsből megrendelt fehér rózsacsokor későn érkezett meg. Ez évben már a második névnapi bokréta. Hisz most már Zsuzsánna napján is szabad neki üdvözölnie Timéát.

A névnapot megelőző napon pedig özönlenek levelek és levélkék Timéához. Tömérdek az ismerős távol és közel: hivatalos és önkéntes tisztelők. Azon levelek közül egyet sem bont fel most Timéa, mind egy ezüstkosárkába halmoztatnak azok fel az asztalon.

A levelek közt sok gyermekírás szemlélhető. Timéának százhuszonnégy keresztfia, leánya van a városban és a vidéken. Azoknak a primitív gratulációi ezek. Máskor mulatta is magát a naiv köszöntőkön, gyönyörködött bennük. De most minden gondolatját lefoglalja az, aki még hátravan.

- Nézd; milyen furcsa levél ez! - mond Athalie, egyikét az érkezett leveleknek kezébe véve. - A pecsétjére címer helyett egy aranyos bogár van ragasztva.

- És milyen különös színű tintával van írva a címzet - szól Timéa. - Tedd a többi közé, majd holnap elolvassuk.

Pedig valami úgy súgta Timéának, hogy azt a levelet jó lenne még ma elolvasni!

A kis Dódi levele volt az.

Odadobták a többi közé.

De ím az őrnagy érkezik, s azzal mind a százhuszonnégy keresztgyermek köszöntője azonnal feledve van. Timéa eléje siet.

A boldog vőlegény ezelőtt kilenc évvel tán éppen ebben a szobában nyújtott át egy díszbokrétát, égő piros rózsákból egy másik menyasszonynak.

És az is jelen van most.

S tán éppen ott állt a nagy oszlopos tükör, amelyben Athalie még egyszer körülnézte magát, hogy jól áll-e rajta a menyasszonyöltöny, ahol most.

Timéa a szép fehér rózsabokrétát elvéve az őrnagytól, beilleszti azt a pompás sčvres-i porcelánvázába, s aztán azt súgja neki:

- És mármost én is fogok önnek ajándékozni valamit, ami nem lesz az öné soha, hanem az enyim, és mégis az öné lesz.

A kedves talány előkerült a rejtő dobozból: az új főkötő volt az.

- Ah! minő kedves! - szólt az őrnagy, kezébe véve a főkötőt.

- Akarja ön, hogy felpróbáljam?

Az őrnagy ajkán megfagyott a szó. Athalie-ra nézett.

Timéa gyermeteg jókedvvel állt a tükör elé, s levette fejéről a gyászfőkötőt; aztán megint elkomorodott, ajkához emelte a gyászcsipkéket, s csendesen megcsókolta azt, halkan rebegve: „Szegény Mihályom!..."

S azzal letette özvegysége utolsó jelvényét.

Kacsuka úr még mindig kezében tartotta a fehér főkötőt.

- Nos, adja ide, hadd próbáljam fel.

- Nem segíthetnék én?...

Timéának az akkori magas hajfonadékú divat mellett szüksége volt a segítségre.

- Ah! ön ahhoz nem ért. Majd Athalie lesz olyan jó.

Timéa egész gyanútalanul ejtette ki ezt a szót; de az őrnagy megdöbbent attól a halaványságtól, ami e szónál Athalie arcán megjelent, s eszébe jutott, hogy valaha éppen így mondta Athalie Timéának: *"Jer, tűzd fejemre menyasszonyfátyolomat."* És talán Athalie sem gondolt akkor arra, hogy minő vérfagylaló méreg van szavaiban.

Athalie odalépett Timéához, hogy magas kontyára felillessze a fehér főkötőt.

Azt meg kellett tűzni jobbról-balról mindenféle hajtűkkel.

Athalie keze reszketett. Az egyik hajtűvel érzékenyen megszúrta Timéa fejét.

- *„Ah, te ügyetlen!"* - kiálta Timéa, fejét hirtelen félrekapva.

Ugyanaz a szó... Ugyanazon ember előtt...

Timéa nem látta, de Kacsuka látta jól azt a villámot, mely e szónál Athalie arcát bevilágította.

A pokoli düh vulkánkitörése, az elkeseredés vésztűzfénye, a szégyen felhőpirulása volt az!

Minden vonása vonaglott, mintha egy kígyófészek volna ez arc, melyet vesszővel megütöttek. Minő öldöklő szemek! Minő összeszorított ajkak! Mily feneketlen mélysége az örvénylő indulatnak ez egyetlen ránézésben!...

Timéa, amint kimondta ezt a szót, már megbánta azt; sietett az engeszteléssel. Visszafordult Athalie-hez, megölelte őt, és megcsókolá.

- Ne haragudjál, kedves Tálim; elfelejtkeztem magamról. Megbocsátasz, ugye? Nem haragszol rám?

Már abban a percben Athalie ismét alázatos volt, mint egy kárt tett cseléd, s elkezdett hízelegve és selypítve beszélni.

- Óh! kedves sép Timéa, csak te ne nehestelj rám. Nem akartam a kisz fejecskéd megsúrni. Óh! be sép vagy ezzsel a főkötővel. Mint egy tündér!

És csókolta Timéának a vállait.

Az őrnagy idegein valami borzadály reszketett végig...

ATHALJA

A névnap előestéje egyszersmind a mennyegző előestéje is volt.

Izgalmas éj.

A vőlegény és a menyasszony a legbenső szobában ülnek együtt. Annyi elmondanivalójuk lehet egymásnak!

Ki tudja, mi?

A virágok beszédét csak a virágok értik, a szférák beszédét csak a csillagok, az egyik Memnon-szobor beszédét csak a társszobor, a valkűrok beszédét csak az üdvözültek, a hold beszédét csak az álomjárók - s a szerelem beszédét csak a szerelmesek. S aki hallott, aki értett valaha e szentséges szent suttogásokból, az nem fogja azokat profanálni, megőrzi, mint a gyónás titkát. Nincsenek azok elmondva bölcs Salamon Énekek Énekében, nincsenek elmondva Ovid Amorum Liberében, sem Hafiz énekeiben, sem Heine költeményeiben, sem Petőfi „Szerelem gyöngyei"-ben, azok titkok örökkön-örökké.

A ház túlsó részében pedig zajos társaság mulat. A házi cselédek.

Nagy munkanap volt ez a mai! Konyhai előkészület a holnapi nagy ünnepélyhez. Az egy hadjárat.

Zófi asszony volt a vezér. Nem engedett sem cifra szakácsot, sem cukrászt hívatni a házhoz; ő jobban érti azt a tudományt valamennyinél. Büszke rá, hogy olyan sütő-főzőt nem találni messze földön, mint ő. Még az anyjától örökölte ő is ezt a tudományt, aki nélkül nem történhetett meg a környékben lakodalom, úri mulatság.

A konyha mellékszobái, a pincék, az éléskamrák mind rakva vannak már elkészített tortákkal, cukorsüteményekkel, mandulahajtás, spanyolszél, krisztuslába, marcafánk, töltött csók, apácaposz, tálszámra felhalmozva, mint ágyútelepek, a tátongó üregű dorongos fánkok, ostromra váró pástétomok bástyái közelében. Míg a jégveremmel ellátott pincébe áldozatul esett szelíd és vad pecsenyék vándorolnak alá, szalonnával kizsinórozva a mellényük.

A sürgős munka késő tizenegy óráig eltart; akkor aztán, mikor már aminek sülni kellett, az megsült, aminek fagyni kellett, az megfagyott, Zófi asszony is idején látja nagylelkűséget gyakorolni; összehívja a cselédszobába az egész jól iparkodott táborkart, s megvendégeli őket azzal a sok drágasággal, ami így előkészület közben valahogy kárba ment. Mert biz az megtörténik. Aminek fel kellett volna fúvódnia, az lepénnyé lapul össze, aminek meg kellett volna kocsonyává aludni, az lének maradt; más meg odapörkölődött a rézmintához, nem lehetett kivenni egy darabban; itt is, ott is elmaradt egy kis vakarcs, egy kis körömfaladék, felszeletelt sonkák konca, nyulak eleje, fácánok hátulja, mind drága gyönyörűség az a cselédnépnek, azért ha az úri asztalra fel nem adható is, még a papirost is elviszik megnyalni, amire a sütemények önnyomatú képmása odasült, s büszkék rá, hogy ők elébb ettek mindenből, mint az uraságok.

Zófi asszony ma nagyon bőkezű. Nemcsak bőkezű, de bőbeszédű is. Van publikuma, aki hallgatja, és háladatos érte. Kivált miután veszett bor is akad a lakomához. Valami pépfélét elébb asztalkendőbe téve vörösborban kellett kifőzni: most az a vörösbor is elpocsékolni való. Annál jobbat képzelni sem lehet. Zófi asszony szerecsendió-virágot, gyömbért, fahéjat és cukrot is tesz bele, úgy szürcsöli; ami felséges. Inas, házmester leveseskanállal habzsolja a vaníliás cukorlevet, s a kocsis kenyérrel mártogatja a csokoládéhabot. Hiszen lakodalom előestéje van ma!

Hát Athalie hol van?

Sem itt, sem ott.

A suttogó szeretők azt hiszik, tán ő is anyjánál van, s *mulatja* magát az asszonyi gyönyörűséggel a konyhán. A konyhán pedig azt hiszik, tán ő is a szerető pár mellett van, s élvezi azt a gyönyört, hogy harmadik lehessen két epedő szerelmes között. Vagy tán nem gondol rá senki, sem itt, sem ott? Azt sem tudja senki, hogy van-e ő a világon?

Pedig jó volna, ha egy percre félbeszakítaná a beszédet mindenki itt és amott, és azt kérdezné: „Hol van Athalie?"

Athalie egyedül van abban a teremben, amelyben legelőször megpillantotta Timéát. A hajdani bútorzat rég újnak adott már helyet, csak egy hímzett tabourette maradt meg a régiek közül emlékül; Athalie azon ült akkor, mikor a fehér arcú leány Timár kíséretében e szobába lépett. Ezen a széken ülve festette őt le Kacsuka úr, mikor a kezében hordott pasztellel olyan nagy tévvonást rántott a regálpapíron Timéára elbámulva.

Athalie most is ezen a széken ül.

Az arckép régen a lomtárba vándorolt már, de Athalie most is ott látja maga előtt a fiatal hadnagyot, hízelgő arcával, amint könyörögve kéri, hogy legyen egy kissé mosolygós, ne nézzen rá olyan büszkén...

A teremben sötét van; senki sem gyújtott gyertyát; csak a holdvilág süt be az ablakon, az is nemsokára el fog tűnni a Szent András komor födélorma mögött.

Athalie itt a sötétben végigálmodja azt a rettenetes álmot, aminek neve élet.

Fény, boldogság, büszkeség lakik idebenn. A legszebb hölgyet királynénak csúfolják a hízelgők, s elhitetik vele, hogy imádják.

Akkor egy gyermek vetődik a házhoz. Egy ágrólszakadt, nevetséges váz; egy élettelen kísértet; egy hideg béka! Feltréfálni, kigúnyolni, csúffá tenni, ideoda rugdalni való tárgy.

S két év múlva ez a lidérc, ez a fehér árnyék, ez a hüllő! úrnője lesz e háznak! és elfoglalja magának a szíveket; csinál igéző fehér arca varázslatával egy szolgájából az úri családnak hatalmas ellenséget, milliomost, s csinál a menyasszony vőlegényéből egy hitszegőt!

Minő menyegzői nap volt az!

Hogy találta magát egyedül az ájultából felocsúdó menyasszony, a földön fekve. Senki sem volt mellette.

S ha vége volt a fénynek, az imádtatásnak, legalább szeretve akart lenni: szerettetve titokban, homályban, elrejtőzve. Attól is el lett utasítva. Minő emlék volt az az út, amit egykori vőlegénye lakáig tett amaz éjszakán, s onnan vissza, kétszer végig-végig a félelmetes sötét utcán!

Hogy várt a férfira másnap hasztalanul! Hogy számlálta az óraütéseket, mik közben a kótyavetyélés dobpergése hangzott! S ő nem jött el!

És aztán a hosszú évei a kínos tettetésnek, az eltitkolt megaláztatásnak!

Egyetlen ember volt a világon, aki őt megértette; aki tudta, hogy e szívnek egyetlen gyönyöre az, hogy vágytársnőjét szenvedni, elhervadni látja. S az az egy ember, aki őt szívének irtózatában kellő értékére becsülni tudta: a boldogság egyedüli akadálya, a minden szerencsétlenséget előidéző bölcsek kövének feltalálója, elmegy a jég alá, egy ostoba félrelépéssel! És most hazajön a boldogság ez alá a tető alá, s nem marad itt szerencsétlennek senki más, egyedül ő!

Óh! sok álmatlan éjszakán csepegett teli e keserű pohár!

Csak az utolsó csepp kellett hozzá, hogy kiömöljön.

Ez az utolsó csepp volt a mostani megalázó szó:

„Ah, te ügyetlen!"

Mikor menyasszonyi főkötőjét tűzte fel fejére, vonagló ujjaival!

Megszidatni, mint egy cseléd! Megaláztatni azon ember előtt!

Athalie tagjai reszketnek a láztól!

Mit csinálnak most ennél a háznál?

A holnapi menyegzőre készülnek.

A budoárban a jegyesek suttognak, a konyhából a viháncoló cselédhang rikoltozása hangzik át annyi hajón keresztül.

De Athalie nem hallja azt a víg rikongatást; Athalie csak azt a suttogást hallja...

És neki is van valami dolga erre az éjre...

A szoba sötét; hanem a holdvilág besüt.

A holdvilág elég fényes arra, hogy egy szelencét felnyisson Athalie, s az abból kiszedegetett mérgek neveit elolvashassa nála.

Kitűnő szerek!

Keleti vegyész csalhatlan arcanumai.

Athalie válogat közöttük.

Egyet nevet magában.

Haha! Milyen mulatság lenne az, ha holnap, mikor a legnagyobb áldomásra emelik a poharakat, a vidám lakmározó sereg ajkán egyszerre csak elfagyna a szó: minden ember zöldnek látná szomszédjai arcát; a vendégek segélyt ordítva ugrálnának fel az asztaloktól, s kezdenének egy olyan pokoli táncot, hogy az ördög maga megveszne nevettében; a szép menyasszony arca hogy válna igazi márvánnyá, s a büszke vőlegény hogy fintorgatna torzképet a halál csontpofájával versenyt!

„Dzinnnn!"

Egy húr pattant le a zongoráról.

Athalie úgy összerezzent, hogy mindent kihullatott a kezéből, s elkezdettek a kezei görcsösen reszketni.

Csak egy húr volt az, te gyáva szív!

Még nem vagy erős?

Ismét beletömte a szelencébe a mérgeket. Csak egyet hagyott kinn. De az nem halálos méreg: az csak álompor.

Ez a gondolat nem töltötte be az ő lelkét. Ez nem elég diadal. Ez nem elég bosszú azért a szóért, hogy „te ügyetlen!" - A tigris nem tépi meg a hullát: annak meleg vér kell.

Valakit meg kell mérgeznie. De az saját maga. Azt a mérget pedig nem árulják a vegyészeknél. Az ő halálos mérge ott van a Szent György lovag sárkánya szemében!

Nesztelenül kioson, hogy a rejteket fölkeresse, melyből Timéa hálószobájába lehet látni.

Azok az édes suttogások, azok az epedő pillantások, azok lesznek az a méreg, amit még szívébe kell szívnia, hogy el legyen készülve.

Az őrnagy búcsúzni készül már: Timéa kezét kezében tartja.

És Timéa arca olyan *piros!*

Ah! kell-e még gyilkolóbb méreg?

Nem beszélnek szerelemről, de mégsem volna szabad azt hallani másnak.

A vőlegény kérdéseket tesz, mik csak neki vannak megengedve.

- Ön egyedül alszik itt? - kérdi, édes kíváncsisággal lebbentve meg a mennyezetes ágy brokátfüggönyét.

- Mióta özvegy vagyok.

(„És azelőtt is!" - súgja a sárkány mögött Athalie.)

A vőlegény tovább megy a szabadalmas kutatással menyasszonya hálószobájában.

- Hová vezet ez az ajtó itt az ágy mögött?

- Az egy előszobába, hol nővendégeim felső öltönyeiket le szokták vetni. Ezen át jött be ön hozzám, mikor legelőször meglátogatott.

- És az a másik kis ajtó?

- Azt hagyja ön! Az egy kis kabin ajtaja, mosdókészletekkel.

- S abból hova van kijárás?

- Sehova. A vizet egy csapon eresztik le a földszintre, s egy rézcsövön hajtják fel a konyhából.

- Hát az a harmadik ajtó?

- Hiszen jól ismeri ön, ez ruhatárszobámba vezet, s innen a látogatóterembe, a fő bejáráshoz.

- Hát cselédei hol vannak éjjel?

- A nőcselédek a konyha melletti szobában, a férfi cselédek földszint. Két csengettyűszalag van ágyam mellett, egyik a nők, másik a férfiak szobájába szolgál, ha fel akarom őket kelteni.

- Hát itt a mellékszobában senki sem szokott lenni?

- De igen, Athalie néném alszik ott Zófi mamával.

- Zófi asszony is?

- No igen. Ejh, de mindent meg akar ön tudni. Holnap már másképpen lesz rendezve minden.

(„...Holnap!...?”)

- S be szokta ön zárni az ajtajait, mikor aludni megy?

- Sohasem. Ki elől zárnám? Minden cselédem szeret, és hűséges hozzám. Az utcakapu jól be van zárva; idebenn bizton vagyunk.

- És nincsen ebbe a szobába sehonnan másvalami titkos bejárás?

- Haha! ön az én házamat valami rejtélyes velencei kastélynak nézi!

(„...Hát a te házad ez?... Te építtetted?”)

- De hát tegye meg az én kedvemért, hogy ezen az éjszakán zárja be minden ajtaját, mikor aludni megy.

(Mi az? - Kacag az a sárkány ott az angyal lába alatt?)

(„...Hahaha!... Ez sejti, miről fogunk az éjszaka álmodni ennél a háznál!”)

Timéa mosolygott, s megsimogatá vőlegénye komor arcát.

- Jól van. Az ön kedvéért megteszem, hogy az éjjel bezárom minden ajtómat.

(„...Csak zárd be jól! ..." - suttogá a sárkány.)

Most egy gyöngéd ölelés következik - s még egy suttogó szó.

- Szoktál-e imádkozni, kedvesem?

- Soha.

- Ah! Miért soha?

- Az az Isten, akiben én hiszek, mindig ébren van...

(„...Hátha ma alszik...?")

- Bocsásson meg, kedves Timéa, a nőt nem ékesíti a filozófia. Mienk a szkepszisz, önöké a pietász. Imádkozzék ön ez éjszakán!

- Tudja ön, hogy én mohamedán nő voltam, akiket nem tanítanak imádkozni.

- De most már keresztyén ön, s a keresztyén imák nagyon szépek. Vegye ön elő az éjjel imakönyvét.

- Jó. Önért megtanulok imádkozni.

Az őrnagy aztán előkereste Timéa imakönyvéből, melyet Timár ajándékozott neki egykor *újév* napján, a „férjhezmenendő hölgyek imáját".

- Jó. Meg fogom azt tanulni az éjjel könyv nélkül.

- Úgy, úgy. Tegye azt: tegye azt!

Timéa végigolvasta az imát fennhangon.

(„...Ördög, pokoltűz, földrengés, méreg, orgyilok, fekély, dögvész, pokolvar, kétségbeesés, őrjöngés, nyavalyatörés, tűzvész, gyalázat, hazajáró kísértő lélek szállja meg ezt a házat... Ámen!")

A sárkány ott az angyal dárdájával a torkában, mondta ezt az ima alatt...

Athalie a pokol dühét érezte szívében.

Ez az ember kitalálja a kővel lenyomtatott titkot. Ráveszi Timéát, hogy az reggelig ébren maradjon az imakönyv mellett!

Átok, átok! Még az imakönyvre is!

Mikor az őrnagy az előszobába kijött, már akkor Athalie is ott volt.

A hálószobából Timéa parancsoló hangja szólt:

- Világítsanak a folyosón az őrnagy úrnak.

Azt hitte, hogy egy cselédje csak lesz ott, hisz oly hűségesek mind. Azok bizony valamennyien a holnapi vendégség előkóstolásában voltak éppen.

Athalie fogta az előszoba asztalán levő gyertyatartót, s elővilágított vele a sötét folyosón az őrnagynak.

A boldog vőlegénynek nem volt ezúttal szeme más női arc számára; csak Timéát látta. Azt hitte, hogy a szobaleány az, ki az ajtót nyitja, s eléje világít. Nagylelkű akart lenni, s egy szép ezüsttallért nyomott Athalie markába.

Csak akkor riadt aztán fel, mikor megismeré a suttogó hangot.

- Csókolom a kezeit, nagyságos úr!...

- Ah! Az istenért, kisasszony! Bocsásson meg. Nem ismertem meg a félhomályban.

- Nem tesz semmit, őrnagy úr.

- Bocsásson meg vakságomért, s adja vissza, kérem, sértő ajándékomat.

Athalie gúnyos bókolással húzódott hátra, eldugva kezét a kapott tallérral háta mögé.

- Majd holnap visszaadom, őrnagy úr; addig hadd legyen az enyim; hiszen megszolgáltam.

Kacsuka úr átkozta az ügyetlenségét, s úgy érzé, hogy az a megmagyarázhatatlan alpes-nehézség; amit keblén visel, ezzel az egy tallérral még egyszer oly súlyossá növekedett.

Amint kiért az utcára, nem bírt lakására menni, félrekanyarodot a főőrhelyre; ott a szolgálattevő főhadnagynak azt mondá:

- Te, bajtárs, én téged meghívlak a holnapi menyegzőmre; hanem te meg ezért oszd meg velem e ma éjszakai mulatságodat, hadd járjam veled együtt az éjjeli körjáratot.

A cselédszobában nagyon vígan voltak már.

Mikor az eltávozó őrnagy csengetett a kapusnak, arról megtudták, hogy az úrnő egyedül maradt; akkor a szobaleány bement hozzá megtudni, hogy nem parancsol-e valamit.

Timéa azt hitte, ez a szobaleány volt az, aki az őrnagynak világított a folyosón. Azt mondta neki, hogy menjen aludni, ő egyedül fog levetkőzni.

A szobaleány aztán visszatért a cselédtársakhoz.

- „Urak a papok!" - kiálta jókedvében az inas.

- „Hal szamár, hal barát, változik az apátúrság!" - viszonza rá a kapus, zsebébe dugva a kapukulcsot.

- Minden jó volna már, csak egy kis puncsot kapnánk még! - hencegett a kocsis.

Mint a kívánság, nyílt az ajtó, s jött Athalie kisasszony, kezében egy tálcával, melyen párolgó puncsos poharak csörömpöltek egymáshoz verődve, mint egy kísértetes harangjáték.

A mindennapi kedvezés ez, mely különösen a mai örvendetes estére nagyon fölillik.

„Éljen a mi drágalátos kisasszonyunk!" - rivall a cselédsereg.

Athalie mosolyogva helyezi le az asztalra a puncsost. A tálcán egy porcelánvederkében felhalmozott cukor van, mely túlságos gyöngédségből narancshéjhoz dörzsöltetett, attól olyan sárga és illatos.

Zófi asszony így szereti a teát legjobban. Sok rumot hozzá, és még több narancshéj látta cukrot.

- Hát te nem tartasz velünk? - kérdi leányától.

- Köszönöm; én már teáztam az urasággal. A fejem fáj, megyek lefeküdni.

Azzal jó éjt kívánt anyjának, s a cselédeknek meghagyta, hogy jókor lefeküdjenek, mert holnap korán kelnek.

Azok mohón estek neki a puncsnak meg a cukornak, s pompásnak találták az éjt berekesztő nektárt.

Csak Zófi asszony nem találta olyannak.

Amint a legelső kávéskanállal megízlelt belőle, elfintorította az orrát.

„Ennek a puncsnak valami olyan szaga van, mint annak az italnak szokott lenni, amit nyűgös gyermekek számára bosszankodó anyák szoktak főzni - *mákhéjakból.*"

Ilyen szagot érzett rajta.

S úgy megundorodott tőle, hogy nem bírta a poharat többé ajkához közel vinni. Odaadta a kuktának, az még sohasem ivott ilyet, annak jólesett.

Maga pedig azt mondá, hogy nagyon el van törődve az egész napi fáradságtól, s ő is lelkére kötötte a cselédségnek, hogy korán lefeküdjék minden ember, s jól körülnézzék a kamrát, hogy macska ne lopózzék be a drága sültek közé, azzal Athalie után sietett.

Mikor közös hálószobájukba érkezett, Athalie már feküdt. Az ágyfüggönyök szét voltak húzva: láthatta őt, háttal kifelé fordulva s fejéig betakarózva.

Ő is sietett lefeküdni. De annak az egykanálnyi puncsnak a szaga még itt is üldözte; azt hitte, az egész mai vacsora kárba vesz miatta.

Mikor lefeküdt, s eloltotta a gyertyát, még sokáig könyökére támaszkodva nézte azt a fekvő alakot. És addig nézte, míg szempillái leragadtak, s elaludt.

S amint elaludt, odaálmodta magát vissza a cselédszobába. Mindenki alszik. A kocsis a hosszú lócán hanyatt fekve, az inas az asztalra leborulva, a házmester a padlón elnyúlva a fejét egy feldöntött szék támlájára nyugtatva, a szakácsnő a cselédágyon, a szobaleány a tűzhelyen, a feje alácsügg a tűzhely széléről, s a kukta az asztal alatt. És mindenik előtt ott hever az üres puncsospohár. Csak ő nem itta még ki a magáét.

S azt álmodja, hogy Athalie mezítláb, egy hálóingben odalopódzik a háta mögé, s azt súgja fülébe: „Hát te miért nem iszod ki a puncsot, kedves mama? kell bele több cukor még? Nesze cukor!" S színültig rakja poharát cukorral. És ő folyvást érzi azt az undorító bűzt rajta.

„Nem kell, nem kell!" - mondja álmában Zófi asszony; de Athalie odaérteti ajkaihoz a párolgó poharat, melynek illatától borzad, émelyeg. Küzd, nem akarja meginni, végre erőszakkal eltaszítja magától a puncsos serleget, s azzal az ütéssel leveri az éji szekrényről az odakészített vizespoharat, az egész vizet magára öntve.

Erre aztán felébred.

Még ébren is maga előtt véli látni Athalie-t azokkal a fenyegető szép szemeivel.

- Athalie, ébren vagy? - szól nyugtalankodva.

Nem hall választ.

Hallgatózik; nem hallja az alvó lélegzetvételét a másik ágyban.

Fölkel remegve, s odamegy Athalie ágyához. Az ágy üres.

Nem hisz a sötétségben szemeinek, kezeivel tapogatja végig az ágyat. Nincs ott senki.

- Athalie, Athalie, hol vagy? - suttogja félelmesen. S azután, hogy nem kap választ, valami névtelen borzalom állja el tagjait. Úgy tetszik, mintha megvakult és megmeredett volna. Nem tud mozdulni, nem tud kiáltani. Csak hallgat, s akkor meg úgy érzi, mintha megsüketült volna. Sem a házban, sem az utcán semmi nesz.

Hol van Athalie?

....

Athalie ott van a leskelődés rejtekében.

Már hosszú ideje, hogy ott van.

Hogy ez az asszony olyan sokáig tudja azt az imádságot könyv nélkül megtanulni!

Végre beteszi Timéa a könyvet, s nagyot fohászkodik. Azután felveszi kézi gyertyatartóját, s megvizsgálja az ajtókat, ha jól vannak-e bezárva? A leeresztett ablakfüggönyök mögé is betekint. Vőlegénye szavai már szívébe oltották a félelmet.

A gyertyát fölemelve, körülnéz a falakon: nem lehet-e itt valahol bejönni?

Nem lát senkit. Pedig éppen a szeme közé néz annak, aki rá leskelődik...

Most a pipereasztalához megy, s hajfonadékait lebontva, azokat feje körül csavarja, s egy recés főkötővel leszorítja, hogy fel ne bomoljanak.

Egy kis hiúság is van a nőben. Hogy kezei és karjai fehérek és gyöngédek maradjanak, bekeni azokat illatos kenőccsel, s azután könyökig érő szarvasbőr kesztyűket húz fel rájuk.

Akkor levetkőzik, s hálóöltönyét felveszi. De még mielőtt lefeküdnék, ágya mögé lép, ott egy szekrénykét fölnyit, s annak fiókjából elővesz egy kardmarkolatot, ami egy eltört pengét tart. Azt gyöngéden megnézi. Odaszorítja kebléhez. Aztán megcsókolja. Végre odadugja vánkosa alá. Azzal szokott aludni.

Athalie látja ezt mind!

Azután eloltja Timéa a gyertyát, s Athalie nem lát többé semmit.

Csak az óra ütését hallgatja még.

Egy órát üt ez és háromnegyedet.

Van türelme várni.

Kiszámítja, mikor jő a szemekre az előálom; akkor van itt az ideje!... Pedig egy óranegyed most egy örökkévalóság.

Végre üti az óra a kettőt éjfél után...

A Szent György-kép elmozdul helyéből sárkányával együtt (ki soha sincs megölve!). Athalie kilép rejtekéből. Mezítláb jár, nem hallja lépteit a föld sem.

A szobában sötét van, ablaktáblák zárva, függönyök leeresztve.

Lassan, tapogatózva jő előre.

Timéa mély álomlélegzete vezeti el az ágyig.

Tapogatózó keze megtalálja a vánkost, melyen Timéa fekszik.

A vánkos alá nyúl, ott egy hideg tárgy akad kezébe: a kardmarkolat.

Ah! de e hideg vastól pokoli hőség lobog át erein. Öklébe szorítja azt.

Végighúzza az ajkai közt a kardnak az élét. Érzi, hogy ki van az fenve.

Hanem sötét van, az alvót nem látni.

Most oly nesztelenül alszik, hogy lélegzetét sem hallani.

Pedig a csapásnak jól kell kimérve lenni...

Athalie odatartja közel hozzá a fejét, úgy hallgatózik.

Most egyet mozdul az alvó, s álmában felsóhajt:

„Óh! édes Istenem..."

Akkor lecsap a kardvas oda, ahonnan ez a sóhajtás jött.

De a csapás nem volt halálos, Timéa jobb karjával fejét eltakarta álmában, s a kardcsapás keze fejét érte.

Az éles vas a szarvasbőr kesztyűn keresztülvágott, és Timéa kezét megsebesíté.

E vágásra felriadt az alvó, s térdre emelkedett ágyában.

Most egy másik csapás érte a fejét, hanem a vastag hajtekercsek felfogták azt, s a lecsúszó kard csak a homlokát sebzé végig a halántékáig.

Ekkor megkapta Timéa bal kezével a kardvasat.

- Gyilkos! - kiálta, ágyából kiszökve, s amíg az éles kardvas tenyerét metélte össze, addig sebesült jobbjával ellenfele hajába markolt.

Érzé, hogy azok egy nő hajfürtei.

Akkor aztán tudta, hogy ki az.

Vannak olyan veszélyes pillanatok, amikben a lélek villámgyorsasággal fut végig a gondolatok láncán.

Ez itt Athalie. A másik szobában Athalie anyja. Bosszú, szerelemféltés, amiért meg akarják ölni. Hasztalan segélyért kiáltani. Itt küzdeni kell.

Timéa nem kiáltott többet, hanem egész erejét összeszedte, hogy sebzett kezével ellenfele fejét a földre húzza, s a megmarkolt gyilkos vasat kicsavarja kezéből.

Timéa erős volt, s a gyilkos mindig fél erővel küzd.

Szótlanul tusakodtak a sötétben, a padló szőnyege tompította dobogásaik zaját.

Most egy rémséges sikoltás hangzik a mellékszobában.

„Gyilkos!" - ordítja egy rikácsoló hang kétségbeesetten.

Zófi asszony hangja az.

E kiáltásra Athalie tagjait tompa zsibbadás állja el.

Áldozatának meleg vérét érzi arcára ömleni.

A mellékszobában ablakcsörömpölés hallik, s a kitört ablakon át Zófi asszony rikács hangja sikolt végig a csendes utcán.

- Gyilkos! Gyilkos!

Athalie ijedten ereszti el a kardot e rémhangra, s mindkét kezét arra fordítja, hogy Timéa kezéből kiszabadítsa hajzatát: most már ő a megtámadott, most már ő van megrémülve. Amint Timéa kezéből kiszabadul, félretaszítja őt maga elől, s visszafut a rejtek nyílásához, s csendesen behúzza maga után a szentképes rámát.

Timéa még néhány lépést tántorog előre a kezében maradt karddal, aztán ő is kiejti azt kezéből, s ájultan rogy le a szőnyegre.

....

Zófi asszony rémkiáltására rohanó léptek hangzanak az utcán.

Az őrjárat közelít.

Az őrnagy az első, ki a ház elé ér. Zófi asszony megismeri őt, s lekiált rá:

- Siessen ön, Timéát meggyilkolják.

Az őrnagy csenget, dörömböz az ajtón, de senki sem jön azt kinyitni. A katonák be akarják azt törni; de az ajtó nagyon erős, nem enged.

- Asszonyom! - kiált fel az őrnagy -, költse ön fel a cselédeket, s nyittassa ki az ajtót.

Zófi asszony azzal a merészséggel, melyet a nagy rémület szokott felkölteni, rohant végig a sötét szobákon, az ablaktalan folyosókon, bútorokba, ajtófelekbe verve magát, míg a cselédszobába kitalált.

Ott volt megint az elébbi álma. A cselédek ott aludtak mind szanaszét eldülöngélve: a kocsis a lócán hanyatt, az inas az asztalra borulva, a házmester elnyúlva a padlón, a szobaleány a tűzhelyen, fejével alácsüggve. Egy csonkig leégett gyertya lobogott a tartóban, rémséges világot lüktetve a groteszk alvó csoportra.

„Gyilkos van a háznál" - kiálta reszketéstől didergő hangon Zófi asszony az alvók közé. Csak egy félemlítő álomhorkolás felelt szavaira.

Felráncigálta az egyes alvókat, neveiket kiáltá füleikbe; azok visszaestek a helyeikre megint, s nem ébredtek föl.

Az utcaajtón pedig hangzott az erőszakos dörömbözés.

A házmester sem volt felkölthető.

De zsebében volt a kapukulcs.

Zófi asszony összeszedte minden lélekerejét, s elvette tőle a kulcsot, s elindult vele a sötét folyosón, a sötét lépcsőn, a sötét kaputornácon keresztül, hogy az utcaajtót felnyissa, folyvást azon borzasztó gondolattal szeme előtt, hogy ha most a gyilkossal összetalálkoznék a sötétben! S egy még borzasztóbb kérdéstől üldözve: és ha ráismerne a gyilkosra: „Óh, ki lehet az?"

Végre rátalált az utcaajtóra, meglelé a zárt is, felnyitá az ajtót.

Künn világosság volt, őrjárat, városi drabantok voltak ott lámpásokkal. Megérkezett a városkapitány is, s a legközelebb lakó katonaorvos, ki-ki félig öltözötten, hirtelen felkapkodott ruhákban, fokossal, meztelen karddal kezében.

Kacsuka úr rohant fel a lépcsőkön, ahhoz az ajtóhoz, mely az előszobából egyenesen Timéa hálótermébe szolgált. Az zárva volt belülről. Nekifeszíté a vállát, s kiszakította azt a zárából.

Timéa ott feküdt előtte a földön, vérétől ellepve, eszméletlenül.

Az őrnagy felvette őt karjaira, s ágyára fekteté.

A tábori orvos megvizsgálta a sebeket, s azt mondá, hogy egy sem életveszélyes; a nő csak el van ájulva.

Ekkor aztán, mikor a kedveseérti aggodalom csillapult, felébredt az őrnagyban a bosszúvágy. De hát hol van a gyilkos?

„Különös ez! - monda a városkapitány. - Itt minden ajtó belülről zárva volt; hol jöhetett be ide valaki, s hol mehetett ki innen?"

Semmi áruló nyom. Maga a gyilkoló eszköz, a kettétört kard, Timéának saját őrizte ereklyéje, mely bársonytokban szokott állni, most ott hever véresen a földön.

Ekkor a városi orvos is megérkezett.

„Lássuk a házi cselédséget!"

Azok mind felzavarhatlan álomban alusznak.

Az orvosok megvizsgálják őket. Egy sem tetteti az álmot; mind mákonyitallal vannak elkábítva.

Ki van még ennél a háznál? Ki tette ezt?

- Hol van Athalie? - kérdi az őrnagy Zófi asszonytól.

Az anya rábámul némán, és nem tud felelni.

Hisz ezt ő sem tudja.

A városkapitány felnyitja az Athalie hálószobájához vezető ajtót, s belépnek rajta. Zófi asszony ájuldozva követi őket. Hisz ő tudja, hogy Athalie ágya üres.

Athalie ott fekszik az ágyán - és alszik.

Szép, fehér patyolat hálóköntösének fodrai egész nyakáig begombolva, haja hímzett hálófőkötőbe szorítva, s szép „fehér" kezei, miket csuklóig takar az ingujjak fodra, kirakva a takaróra.

Arca, kezei tiszták - és ő alszik.

Zófi asszony zsibbadtan támaszkodik a falnak, mikor Athalie-t meglátja.

„Ez is mélyen alszik", mondja a városi orvos. „Ennek is mákonyt adtak!"

A tábori orvos is odalép, az is megtapintja Athalie üterét.

Nyugodtan ver az.

„Mélyen alszik!"

Egy vonás nem mozdul arcán, midőn érütését vizsgálják. Egy reszketés nem árulja el, hogy tudja, mi történik körülötte.

Mindenkit meg tud csalni bámulatos önuralkodásával.

Csak egy embert nem. Azt a férfit, akinek a kedvesét meg akarta ölni.

„De valóban alszik-e?" - kérdi az őrnagy.

„Tapintsa ön meg a kezét - szól az orvos -, egészen hideg az és nyugodt."

Athalie érzi, hogy most kezét az őrnagy fogja meg.

„De nézze ön, orvos úr - szól az őrnagy -, ha közelről vizsgáljuk, e szép fehér kéznek körmei alatt - *friss vér* van..."

Erre a szóra görcsösen rándulnak össze Athalie ujjai, s az őrnagy úgy érzi, mintha egy sas körmei mélyednének egyszerre a kezébe.

Akkor felkacag a leány, ledobja magáról a takarót; fel van öltözve egészen; kiszáll ágyából, és végignéz démoni daccal, kevélységgel a bámuló férfiakon, diadalmas dühvel tekint az őrnagy szemébe, és aztán szemrehányó haraggal anyjára. A jámbor nő nem bírja el e tekintetet, ájultan esik le lábairól.

AZ UTOLSÓ TŐRDÖFÉS

Komárom megye levéltárában egyike a legérdekesebb bűnvádi pereknek az, melynek hősnője Brazovics *Athalja.*

Ez a nő mesterileg védte magát.

Mindent tagadott, mindent meg tudott cáfolni, s mikor utolérni vélték, olyan homályt tudott maga körül támasztani, hogy a bírák nem bírtak kiigazodni belőle.

Miért akarta volna ő Timéát megölni? Hisz ő maga is menyasszony, kire tisztességes házasság vár; s Timéa neki jóltevője, ki gazdag nászhozományáról gondoskodik.

Aztán a gyilkosságnak semmi nyoma nem látszott Timéa szobáján kívül. Egy véres rongydarab, egy törülköző nem volt található sehol; sem a tűzhelyen valami öltöny hamva, amit elégettek volna.

Ki altatta el a cselédeket álomporral?, az sem volt kideríthető. Aznap este a cselédség mindenfélét összeevett-ivott, a sok festett cukornemű között, a sok idegen fűszer között olyan is lehetett, ami altató. A cselédszobában a gyanús puncsból egy csepp sem volt található; még a poharak is ki voltak öblítve, amikből a cselédek ittak, mikor az őrök rájuk törtek; minden el volt téve kéz alul. Athalie azt állítá, hogy ő maga is ízlelt azon este valami gyanús szert, s attól aludt olyan mélyen, hogy sem Zófi asszony sikoltozásaira, sem a későbbi lármára nem ébredt fel; csupán arra, mikor az őrnagy megszorította a kezét.

Az egyetlen élő lény, ki látta az ágyát félórával előbb üresen, az anyja volt, az nem tanúskodhatott ellene.

Ami legerősebb védelme volt, az, hogy Timéának minden ajtaját zárva találták, s őt magát eszméletlenül. Hogy juthatott be ebbe a szobába, s hogy juthatott ki ebből a szobából a gyilkos?

Ha mégis megtörtént a merénylet, miért keresik annak a rejtélyét éppen őnála, miért nem a többi háziakon?

Az őrnagy volt késő éjszakáig Timéánál.

Nem lopózhatott-e valaki a szobába akkor, mikor ő eltávozott?

Hiszen azt sem tudja még senki bizonyosan, hogy férfi volt-e az orgyilkos, vagy nő.

Aki bizonyosan tudja azt; Timéa, nem árulja el senkinek.

Állhatatosan megmarad annál a nyilatkozatánál, hogy nem emlékezik semmire, ami vele történt. Oly nagy volt a borzalma, hogy elfelejtett mindent, mint egy álmot.

Ő nem jő Athalie-t vádolni.

Még nem is szembesítették vele.

Timéa még mindig fekszik sebei miatt, és nehezen gyógyul.

A lelki rázkódás még súlyosabban gyötri, mint a kapott sebek.

Retteg Athalie sorsa miatt.

E rémeset óta sohasem hagyják egyedül; egy orvos, egy ápolónő mindig ott van szobájában felváltva; nappal az őrnagy is ott időz mellette, s gyakran az alispán is meglátogatja, hogy beszéd közben kérdezősködjék tőle; de Timéa, amint észreveszi, hogy Athalie-ra tér át a beszéd, elhallgat, és többet egy szót sem lehet belőle kivenni.

Egyszer az orvos azt tanácsolja, hogy valami felderítő olvasmányról kellene gondoskodni Timéa számára.

Timéa már akkor elhagyta az ágyat, s karszékben ülve fogadja látogatóit.

Kacsuka úr azt indítványozta, hogy „olvassuk fel a névnapi köszöntőket, amik amaz emlékezetes napon érkeztek".

Ez legjobb is lesz; e keresztgyermekek ártatlan, naiv jókívánatai, egy a haláltól csoda módon megmenekültnek. Hogy mégis van, aki azokat a gyermeki jókívánatokat meghallgatja!

Timéa kezei még mindig be vannak kötve; Kacsuka úrnak kell a levelkéket felbontogatni: ő olvassa fel azokat Timéa előtt. Az alispán is jelen van.

A beteg arca felderül az olvasmányon. Olyan jólesik az most neki!

- Minő furcsa pecsét ez! - szól egyszer az őrnagy, mikor egy levél akad kezébe, melynek címere egy aranyos bogár.

- Az ám - mond Timéa -, nekem is feltűnt az.

Az őrnagy felbontja, s amint az első sort olvassa:

„Asszonyom, önnek a szobájában van egy Szent György-kép a falon", elhal ajkán a szó, szemei vadul kimerednek, amint tovább olvas, most már csak magának; ajkai elkékülnek, homlokán veríték tör ki; egyszerre eldobja a levelet magától, s mint egy őrült, rohan a Szent György-képnek, betöri azt az öklével, s aztán megragadva két kézzel, kiszakítja azt a falból, nehéz rámájával együtt.

Ott sötétlik a rejtek.

Az őrnagy berohan a sötétbe, s perc múlva megjelen, kezében tartva a gyilkosság tanújeleit, Athalie véres öltönyeit.

Timéa iszonyodva takarja el arcát karjai közé.

Az alispán felveszi az eldobott levelet, s ráteszi kezét a tanújelekre.

Az a rejtek még mást is előád: a mérgekkel tölt szelencét s Athalie naplóját, a szörnyű önvallomásokat, mik lelke örvényeibe levilágítanak, mint a villó-puhányok a tenger korallerdejei közé. Minő szörnyek laknak ott!...

És Timéa elfelejti, hogy kezei össze vannak vagdalva; könyörögve kulcsolja össze ujjait, úgy kéri az urakat, az orvost, az alispánt és vőlegényét, hogy ne szóljanak erről senkinek, tartsák ezt titokban...

Az lehetetlen.

Bíró kezében vannak a tanújelek, s Athalie-nak nincs többé kegyelem, csak az Istennél.

És Timéának is be kell tölteni a törvény parancsolatát, hogy amint lábain állni bír, megjelenjék a törvényszék előtt személyesen, s Athalie-val szembesíttesse magát.

Óh! ez kegyetlen kényszerítés reá nézve!

Hisz ő most sem mondhat egyebet, mint amit eddig, hogy nem emlékezik semmire, ami a gyilkos merénylet alatt történt.

Most már azután siettetnie kell az összekelést az őrnaggyal; a törvényszék előtt Timéa a perben csak mint Kacsuka neje jelenhet meg.

Amint Timéa annyira felüdül, végbemegy az esküvő, egész csendben ott a háznál, minden énekszó, pompa, vendégsereg, lakmározás nélkül. Csak a pap meg a két násznagy van jelen. Egyik az alispán, másik a háziorvos. Más még nem is látogatja Timéát.

Mihelyt azután annyira képes a nő, hogy a vármegyeházáig kocsin elmehet, most már férje kíséretében hívatik fel a törvényszékhez, hogy Athalie-val szembesíttessék.

Az emberi igazság nem engedi el neki azt a kínos jelenetet, hogy gyilkosával szemtől szembe álljon még egyszer.

Óh, Athalie nem retteg e pillanattól! Ő türelmetlenül várja már, hogy mikor hozzák eléje áldozatát. Ha mással nem, szemeinek tekintetével óhajt a szívébe szúrni még egyszer!

Athalie egész gyászban jelent meg a törvényszék előtt; arca halovány, de szemeiben dacoló tűz lobog. Gúnyosan nézi végig bíráinak arcait.

De akkor mégis összerezzen, mikor az elnök azt mondja:

- Hívják be Kacsuka Imréné asszonyságot!

Kacsuka Imréné asszony! Tehát mégis az ő neje már!

Hanem aztán rejthetlen elégültség árulja el magát vonásain, mikor belép Timéa, és Athalie látja ezt az arcot, szoborfehéren, mint valaha, és e fehér homlokon a halántékig egy piros vonalat, a gyilkos vágás sebhelyét. Ez az ő emléke.

És akkor is gyönyörtől dagad büszke, szép keble, mikor az elnök felszólítja Timéát, hogy esküdjék meg az élő Istenre, hogy a bírák kérdéseire igazat fog mondani, s amit eddig mondott, igazak voltak: s midőn ekkor Timéa lehúzza kesztyűjét, s égre emeli kezét, melyet egy szörnyű vágás összeforrt hege éktelenít. Ez is Athalie menyegzői ajándéka.

És Timéa ezzel a reszkető, sebzett kézzel esküszik az élő Istenre, hogy *elfelejtett mindent,* nem emlékezik arra sem, hogy férfi volt-e vagy nő, akivel küzdött.

„Nyomorult!" suttogja fogait összeszorítva Athalie. (Hiszen test testhez érve küzdöttek egymással.) „Te vádolni sem mersz azzal, amit én meg mertem tenni!"

- Erről nem kérdezősködtünk most! - szól az elnök. - Csupán azokat a kérdéseket intézzük önhöz: vajon ez a gyermekkéz által írott levél, ezzel a rovaros pecséttel, valóban postán érkezett-e önhöz a merénylet napján? Nem volt-e felbontva addig? Nem volt-e senkinek tudomása ennek tartalmáról?

Timéa mindenik kérdésre nyugodtan felel: igen vagy nemet.

Akkor az elnök Athalie-hoz fordul.

- S mármost hallgassa meg, Brazovics Athalie kisasszony, mi van ebben a levélben írva.

Asszonyom. Önnek a szobájában van egy Szent György-kép a falon. Ez a kép egy rejteküreget takar el, melybe az edényes szekrényből van bejárás. Falaztassa ön be azt az üreget, s vigyázzon kedves életére, amit az Isten tegyen hosszúvá és boldoggá! Dódi.

S azzal egy szőnyeget emel fel az asztalról az elnök; az alatt vannak Athalie vádolói: a véres hálóöltöny, a méregszelence, a napló.

Athalie felsikolt erre, mint egy halálra sebzett keselyű, s két kezével eltakarja arcát.

És amidőn kezeit leveszi arcáról, ez arc nem halavány többé, hanem tűzpiros.

Nyakán egy széles fekete szalag van csokorra kötve, ezt a csokrot letépi két kezével, s a földre dobja: mintha a hóhér számára akarná már lemezteleníteni szép fehér nyakát, vagy talán azért, hogy szabadabban mondhassa el azt, ami most szívéből kitör.

- Igen! Úgy van! Én voltam az, aki meg akartalak ölni! S bánom csak azt, hogy mért nem találtalak jobban! Te voltál életemnek átka - te fehér arcú kísértet! Miattad lettem nyomorult, elkárhozott. Meg akartalak ölni! Tartoztam vele a sorsnak. Nem volna nyugtom a másvilágon, ha ezt meg nem kísérlettem volna. Nézd, ott van méreg elég, hogy akár egész nászseregedet megölhettem volna vele. De énnekem a véred kellett. Nem haltál meg, de én szomjamat kielégítettem, s mármost meghalok én! De még mielőtt a pallos lecsapna a fejemre, adok a szívednek egy tőrdöfést, ami soha meg nem gyógyul; aminek a sebe kínozni fog a legboldogabb ölelés közben is! Most én esküszöm! Ide hallgass, Isten! Szentek, angyalok, ördögök, akik vagytok az égben és a pokolban! Úgy legyetek irgalommal hozzám, ahogy igaz az, amit mondok.

Az őrjöngő némber térdre bocsátkozék, s két kezét úgy rázta feje fölött, tanúnak híva az égieket és a föld alattiakat:

- Esküszöm! Esküszöm, hogy azt a titkot, a rejtekajtó titkát rajtam kívül csak egy ember tudta még: az az ember volt *Levetinczy Timár Mihály.* Másnap, ahogy ezt a titkot megtudta tőlem, eltűnt. Ha tehát neked e titkot most valaki megírta, akkor Levetinczy Timár Mihály *nem halhatott meg másnap.* Akkor Levetinczy Timár Mihály él, és te várhatod első férjed visszatértét. Úgy legyen nekem irgalmas az Isten, amilyen igaz, hogy Timár most is él! s akit eltemettél, az egy tolvaj volt, ki Timár ruháit ellopta!... Mármost élj ezzel a döféssel a szívedben tovább!

. . . .

A MÁRIANOSTRAI NŐ

Athalie-t a törvényszék halálra ítélte hétszeres mérgezési kísérlet s kiszámított orgyilkos merénylet miatt. A király kegyelme élethosszú fogságra változtatta e büntetést.

Athalie még most is él.

Csak negyven év múlt el azóta, s ő most hatvanhét éves lehet.

Még most sem tört meg a lelke.

Keményszívű, hallgatag, bűnbánatlan.

Mikor a többi nőfoglyok a templomba mennek vasárnaponkint, ezt a nőt azalatt magánbörtönbe zárják, mert képes a többiek ájtatosságát megzavarni.

Midőn eleinte kényszerítették a templombajárásra, belekiáltott a pap ájtatos szónoklata közepébe: „hazudsz!", s odaköpött az oltár elé.

Többször volt ez idő alatt nagy kegyelemosztás. Országos öröm napján százával bocsátá szabadon az uralkodói kegyelem a börtönök lakóit. De ezt az egyet sohasem ajánlották a felügyelők a szabadon bocsáttatásra.

Akik megtérésre inték, hogy kegyelmet nyerjenek, azoknak megmondta:

„Engem úgy bocsássanak el innen, hogy amint én kiszabadulok, megölöm azt az asszonyt!"

Még most is ezt mondja...

Pedig az az asszony régen porrá lett már, miután sok évig szenvedett az utolsó tőrdöfés miatt szegény beteg szívével.

Nem tudott igazán boldog lenni soha ettől a szótól: „Timár most is él!" Mint hideg kísértet állt ez mindig örömei mögött. Meg volt vele mérgezve örökre a hitvesi csók. S mikor halálát közelegni érzé, levitteté magát Levetincre, nehogy ha meghal, ama sírboltba temessék, ahol ki tudja, ki porladozik Timár címere alatt. Ott keresett ki magának egy csendes fűzfás partot a Duna mellett, azon a tájon, ahol atyját elveszté, ahol Ali Csorbadzsi a Duna fenekén nyugszik; olyan közel a „senki szigetéhez", mintha vonzotta volna őt oda valami titkos sejtés... Az ő sírköve s a sziget téveteg sziklája láthatják egymást szemközt.

És a kincseken, miket Timár neki hagyott, nem volt áldás. Egyetlen fia volt Timéának második férjétől, az nagy tékozló lett; a roppant birtok épp olyan mesésen elpusztult a keze alatt, mint ahogy előtámadt. Timéa unokája már abból a kegyadományból él, amit Timár alapítványul hagyott elszegényült rokonok számára. Ez az egy maradt meg utána.

A komáromi palota helyén is más épület van már; a Levetinczy-sírbolt helyén erődítményeket hánytak fel. Semmi nyoma a hajdani fénynek, gazdagságnak.

Hát a „senki szigetén" mit csinálnak most?!

A „SENKI"

Negyven év múlt el azóta, hogy Timár eltűnt Komáromból. Ábécetanuló gyermek voltam akkor, mikor annak a gazdag úrnak a temetésére kirukkoltattak bennünket, akiről később azt beszélték, hogy talán nem is halt meg, csak elbujdosott; a nép azt hitte erősen, hogy Timár még él, és valamikor ismét elő fog jönni. Talán Athalie-nak a fenyegető szavai költötték ezt a hitet. A közvélemény ragaszkodott hozzá.

A csodaszép úrhölgy arca is előttem van még, akit minden vasárnap reggel bámultam az orgona melletti karzatról. Ő a szószékhez közeli padsor elején ült: olyan ragyogó volt, és olyan szelíd.

Emlékszem a nagy rémületre, mely mint egy lázroham futott végig az egész városon, mikor azt a szép hölgyet meg akarta gyilkolni éjjel a társalkodónője; minő nagy esemény volt az!

Láttam azt is, mikor halálra ítélt gyilkosát nyitott szekéren vitték a vesztőhelyre; azt mondták, hogy lefejezik. Szürke öltöny volt rajta fekete szalagokkal. Ő háttal ült a szekérben a kocsis felé, s vele szemközt a pópa, kezében a feszülettel. A kofák a piacon végig szidták, s ujjaikkal a nyálat hányták feléje; ő pedig hidegen nézett maga elé, s nem ügyelt semmire.

A nép törte magát a kocsija után, pákosz gyermekek csoportostól siettek megnézni a véres színjátékot, hol egy ilyen szép fej legördül. Én a becsukott ablakon át néztem utána félve. Hah! ha rám találna nézni!

Egy óra múlva aztán zúgolódva jött vissza a népség. Nem volt megelégedve, hogy a szép elítélt kegyelmet kapott. Csak a vérpadig vitték, ott tudatták vele a kegyelmet.

Azt beszélték róla, hogy mikor a kegyelem kihirdetésekor a pópa odatartá ajkaihoz a feszületet, a dühös némber csók helyett beleharapott a szent jelvénybe, úgyhogy a mi urunk, megváltónk orcáján kétfelől ott maradtak a foga helyei.

S még azután sokáig láttam azt a másik szép, halavány úrhölgyet vasárnaponkint a templomban; most már vörös vonallal a homlokán, és évről évre szomorúbb, halaványabb arccal.

Beszéltek róla sok mindenféle mondát; a gyermekek meghallják az ilyet otthon anyjaiktól, s az iskolában elbeszélik egymásnak.

Azután - elmosták az idők az egész történet emlékét.

A múlt években egy öreg természettudós barátom, ki füvészi és rovargyűjtői nevezetesség volt nemcsak hazánkban, de az egész tudós világban, beszélt előttem azokról a kivételes földterületekről, amik a magyar és török birodalmak között találhatók meg, s minthogy egyik félhez sem tartoznak, magántulajdont sem képeznek; és emiatt valóságos Kaliforniái a szenvedélyes természetbúvárnak, ki ott a legritkább flórát és faunát találja együtt. Az én öreg barátom minden évben meg szokta e helyeket látogatni, s heteket tölt ott szenvedélyes búvárlatai közt.

Egy ősszel rábeszélt, hogy menjek el vele én is. Magam is műkedvelő vagyok e szakban. Üres időm volt, elkísértem az öreg tudóst az Al-Dunára.

Ő vezetett el a senki szigetére.

Tudós barátom már huszonöt év óta ismerte e helyet, mikor még az nagy részben vadon volt, s benne minden kezdetleges.

Most már, leszámítva a nádast, mely azt most is körülfogja s elrejtve tartja, azon helyen egy valódi mintagazdaság van.

Maga a sziget cölöpös töltéssel körülvéve, most egészen meg van védve az árvizektől s amellett vízcsatornákkal átszelve, miket lóerővel hajtott gép lát el öntöző vízzel.

Ha egy igazi kertész meglátja ezt a helyet, alig tud megválni tőle: Gyümölcsfáin, dísznövényein, haszonhajtó terményein paradicsomi áldás látszik. Minden kis darab föld hasznot hajt vagy gyönyört ád. A muskotály dohány, amit itt termesztenek, a legzamatosabb, s a hozzáértő kezelés mellett elsőrendű árucikk. A sziget méhese messziről olyannak látszik, mint egy kis város, mely liliputi lakók számára épült, mindenféle alakú kunyhóival, emeletes házaival. Egy elrekesztett pagonyban a nemes háziszárnyasok legritkább fajai vannak együtt; irigység tárgyai a tyúkbarátra nézve: azok a pompás houdamok, fejeiket elborító tollbokrétáikkal, a hófehér kokinkínaiak, az ördögi szép fekete crčve coeurök kettős tarajaikkal, a bagolyszínű prince Albertek, s falkái az ezüstszín pulykáknak, az aranyos és fehér pávák, s a mesterséges tóban egymást kerülgető tarka kácsák, ludak, hattyúk válogatott ritka példányai. A buja mezőkön szarv nélküli tehenek, angórakecskék, hosszú fényes fekete szőrű lámák.

Az egész szigeten meglátszik, hogy itt egy úr lakik, aki ismeri a fényűzést.

Pedig ennek az úrnak egy fillérje sincs soha.

Pénz nem jön erre a szigetre.

Akiknek szükségük van e sziget terményeire, azok tudják már, hogy viszont mire van szükségük a sziget lakóinak, s azt hoznak nekik cserébe: gabonát, ruhakelmét, szerszámokat, festett fonalat.

Az én tudós barátom kertészeti újdonságok magvait, új házi madarak tojásait szokta idehozni, s azért cserébe ritka rovarokat és szárított növények példányait nyerte, amiket ő azután ismét külföldi múzeumoknak és természettani gyűjteményeknek adott el, s volt tisztességes haszna rajta; mert a tudomány nemcsak szenvedélynek való, hanem életmódnak is.

Ami legkedvesebben lepett meg e szigeten, az, hogy lakóitól magyar szót hallani, ami a végvidéken bizony már ritkaság.

Egyetlen család képezi az egész telepet, s annálfogva ott az embereknek csak keresztneveik vannak. Az első foglalónak hat fia a környékből hozott magának nőt, s az unokák száma a dédunokákkal együtt már negyven körül jár.

És mind valamennyit eltartja ez a sziget, s itt nem tudja senki, hogy mi a szükség. Fölöslegük van.

Mindenki tud valami munkát tenni, s ha még tízannyian lesznek is, mint most, a munka eltartja valamennyit.

A szépapó és a szépanyó tanítja most is a munkára utódait: az a férfiakat, ez a nőket.

A férfiak tanulnak kertészkedni, faragni, edényeket csinálni, dohányt tenyészteni, barmot nevelni; belőlük telik ki ács és molnár; a nők török szőnyegeket szőnek és festenek, hímeznek, csipkét kötnek, mézzel, sajttal, rózsavízzel bánnak. És minden munka úgy megy, hogy azt senkinek sem kell mondani, hogy mit tegyen. Ki-ki tudja a maga teendőjét, s utánalát szólongatás nélkül, és öröme van abban, amit dolgozik.

Egész házsort képeznek már a lakások, mikben a szaporodó családok letelepedtek. Minden házikót egyesült erővel építenek fel, s az új házasokról gondoskodnak az öregek.

A szigetre jövő idegeneket a család jelenlegi feje szokta fogadni, kit a többiek mind „apá"-nak neveznek; a jövevények Deodát néven ismerik. Erőteljes testalkatú, szép, nemes arcvonású férfi, a negyvenes években. Ez szokta a cserealkukat megkötni s az idegeneknek a telepet megmutogatni.

Odaérkeztünkkor Deodát azzal a nyájas szívességgel fogadott bennünket, amivel régi jó ismerősök szoktak találkozni; természettudós barátom évenkinti rendes látogató volt itt.

Beszédünk tárgya volt a pomologia, oinologia, horticultura, botanica, entomologia, mikben Deodát mind alapos ismeretekkel látszott bírni. A kertmívelés, állattenyésztés dolgában a legelőhaladottabb álláspontot foglalta el. Én nem bírtam elrejteni efölötti csodálkozásomat. Hol tanulta ezeket?

- Az öregünktől! - felelte Deodát, kegyeletteljes főhajtással.

- Ki az?

- Majd meglátja ön, ha este összejövünk.

Akkor éppen almaszüret volt: az egész népség apraja s az asszonyféle a gyönyörű aranyszín, bőrbarna, karmazsinpiros gyümölcsök szedésével volt elfoglalva; mint ágyúgolyó-piramidok a várlakok udvarain, úgy voltak a szép gyümölcsök felgarmadolva a zöld pázsiton. Vidám zsivaj hangzott az egész szigetben.

Mikor aztán az őszi nap leáldozott, a sziget orma felől csengettyűhang jelenté, hogy vége van a munkának. Arra aztán sietett mindenki a szedett gyümölcsöt, ami még hátravolt, kosaraiba rakni, s ketten belekapaszkodva, vitték azokat a tanya felé.

Mi is arra tartottunk Deodáttal, ahonnan a csengettyűszó hangzott.

Egy kis faépület tornyocskájában volt ez a csengettyű. Házat, tornyot mind befutotta már a repkény, de a tornác oszlopain, mik képzelmes alakokat mutogattak, ki lehetett venni, hogy aki azt a házat építette, sok ábrándos vágyát, örömét, gondolatát belefaraghatta ezekbe a fákba.

Ez előtt a kis ház előtt volt egy kerek tér, s azon asztalok és lócák. Ide igyekezett mindenki a munka végezte után.

- Itt laknak az öregeink! - súgá Deodát.

Nemsokára előjöttek a házból. Szép pár volt.

A nő lehetett hatvanéves, a férj nyolcvan.

A szépapó azon jellemtartó arckifejezéssel bírt, mely még negyven év után is visszaemlékeztet valami rég látott képre. Én megdöbbentem tőle. Feje kopasz volt már, de kevés haja és bajusza alig látszott ősznek, és vonásaiban valami vasnyugalom tartá fenn a változatlanságot. A mérsékletes élet, a jó kedély tartja el ily épen az arcvonásokat.

A szépanya tekintete pedig valóban vonzó látvány volt. Hajdani aranyhaja közé most már ezüst is szövődött, de szemei még most is egy hajadon szemei, és arca elpirul, midőn öregének csókja éri, miként egy menyasszonyé.

S mind a kettőnek arcán a boldogság sugárzik, midőn előttük látják az egész nagy családot; s egyenkint neveiken szólítva, sorba csókolják őket.

Ez az ő boldogságuk, ez az ő imádkozásuk, ez az ő hálaadásuk.

Csak azután került ránk a sor. Deodát, a legidősb fiú volt a legutolsó, kit az öregek megöleltek.

Velünk is kezet szorítottak mind a ketten, s azután meghívtak estebédjükhöz.

A szépanyó még most is fenntartja magának azt a hivatalt, hogy a konyhára ő ügyel fel, s ő tálal ily nagy családnak; hanem a szépapó a maga szabadságára hagy mindenkit, hogy azokkal, akiket legjobban szeret, az asztalok egyikénél helyet foglaljon, s ott étkezzék. Ő maga velünk ült le egy asztalhoz, meg Deodáttal; egy kis szöszke, göndör fürtű, angyalfejű leányka kéredzkedett fel az ölébe, akit Noéminek híttak, annak volt szabadalma a komoly beszédeket bámulva hallgatni, amiket mi folytattunk.

Mikor a szépapónak megmondták a nevemet, rám nézett sokáig, és arcát észrevehető pír futotta el.

Tudós barátom azt kérdé tőle, hogy talán hallotta is már valaha a nevemet. Az öreg hallgatott.

Deodát sietett megmondani, hogy az öreg negyven év óta nem olvasott semmit azokból, amik a világon történnek, egyedüli olvasmánya gazdasági, kertészeti könyvek.

Én tehát azon emberek szokása szerint, kik sokáig foglalkoztak azzal a hivatással, hogy amit maguk megtudtak, siessenek azonnal minél több emberrel tudatni, kaptam az alkalmon, hogy tudományomat kellő helyen értékesíthessem, s beszéltem neki a világban történtekről.

Elmondtam neki a hazai eseményeket, hogyan lett Magyarország Ausztriával egy „és" szócska segélyével összekötve.

Nagy füstfelleget fújt pipájából; a füst azt mondta: „Az én szigetem nem tartozik oda!"

Beszéltem neki a terhekről, amik bennünket nyomnak.

A füstfelleg azt mondta rá: „Az én szigetemen nem fizetnek adót!"

Elmondtam neki, mily óriási harcok folytak le azóta hazánkban és a széles világon.

A füstfelleg azt veté rá: „Mi nem harcolunk senki ellen."

Éppen akkor nagy romlás volt nálunk a pénzpiacon; előkelő házak buktak rendre; azt is érthetővé igyekeztem előtte tenni.

Az ő füstgomolya azt felelte erre: „Lám, minálunk nincsen pénz!"

Azután megmagyaráztam neki, minő keserves tusákat küzdenek most nálunk a pártok egymással!, vallás, nemzetiség, hatalomvágy mennyi keserűséget okoz.

Az öreg kiverte pipájából a hamvat: „Nálunk nincs se püspök, se kortes, se miniszter."

És végül elmondtam neki, hogy milyen hatalmas lesz egykor ez a mi országunk, ha az mind valósul, amit mi óhajtunk.

...A kis Noémi elaludt szépapja ölében, azt be kellett vinni és lefektetni. Nagyobb dolog volt ez azoknál, amikről én beszéltem. Az alvó gyermek szépapja öléből szépanyjáéba vándorolt. Mikor a nő elhagyott bennünket, az öreg azt kérdé tőlem:

- Hol született ön?

Megmondtam neki.

- Mi az ön mestersége vagy hivatala?

Mondtam neki, hogy regényíró vagyok.

- Mi az?

- Az egy olyan ember, aki egy történetnek a végéből ki tudja találni annak a történetnek az egész összességét.

- No hát találja ön ki az én történetemet! - szólt, megragadva kezemet. - Volt egyszer egy ember, aki odahagyta a világot, amelyben bámulták, és csinált magának egy másik világot, ahol szeretik.

- Szabad a nevét kérdenem?

Az aggastyán e szóra egy fejjel magasabbra látszott kiegyenesedni; reszkető kezét fölemelte, és a fejemre tevé. És nekem e percben úgy tetszett, mintha valaha, régen, régen, már lett volna egyszer ez a kéz az én fejemre téve, mikor azt még gyermeki szőke lenhaj födte, s láttam volna ez arcot valahol.

A kérdésre pedig ezt felelé:

- Az én nevem a „Senki!"

Azzal megfordult, nem szólt többet, bement a lakába, és egész ottlétünk alatt nem jött elő.

....

Ez a senki szigetének a jelen állapotja.

A két országtól adott szabadalom, mely e folt földecskét minden határon kívül létezni engedi, még ötven évig tart.

S ötven év alatt - ki tudja, mi lesz a világból?!

UTÓHANGOK AZ „ARANY EMBER"-HEZ

Be kell vallanom, hogy nekem magamnak ez a legkedvesebb regényem. Az olvasóközönségnél is ez van legjobban elterjedve: ezt fordították le a legtöbb nyelvre: angolul két kiadásban is megjelent: a londoni fordításban mint „Timars two worlds" (Timár két világa), a New York-iban mint „Modern Midas". (Az a Midás, akinek a kezében minden arannyá válik.) Németországban pör is folyt miatta két kiadó cég között a tulajdonjog miatt. Színdarabot is írtam belőle, s ez az egyetlen színművem, mely húsz éven át fenntartotta magát, s német színpadokon is sikert aratott. De egyéb is van, amiért szeretem ezt a művemet. Ennek az alakjai mind olyan jó ismerőseim nekem: ki korábbrul, ki későbbrül.

Rokonságomnál fogva nagy összeköttetéssel bírtam.

A Jókay családnak a birtokviszonyait a múlt századnak az elején külön törvénycikk rendezte, deputációt küldve ki annak a Maholányi bárókkal folytatott perében az eldöntésre. Egyszer megkérdeztem a Károly bátyámtól, aki maga egy élő krónika, hogyan történhetett az, hogy amíg a dédapáink olyan nagy urak voltak, mink már, az apánkon elkezdve, olyan kis urakká lettünk, akik munkájuk után élnek?

A bátyám aztán megmagyarázta.

- Megvan az a nagy birtok most is. Vedd a kezedbe a krétát, és számíts utána. A szépapánknak volt egy fia és öt leánya. Az öt leánynak a virtualitását felvásárolta a híres pécsi püspök, aki szintén családunkhoz tartozott, s az iskolákra, jótékony alapítványokra fordította. Nagyapánk már csak egy hatodrészt örökölt. Annak megint volt két fia és két leánya. És így édesapánkra már csak egy huszonnegyedrésze jutott az ősi birtoknak. Mi pedig hárman vagyunk testvérek: mindegyikünkre jutott az ősbirtokbul egy hetvenkettedrész. Azt megkaptad: most is megvan nálad.

Az anyai ágról való dédapám már nem volt olyan gazdag; de annál híresebb: ő volt II. Rákóczi Ferenc fejedelemnek titoknoka, Pulay, ki a külhatalmasságokkal fenntartá az összeköttetést a fejedelem részéről.

De nagyanyai ágról ismét egy nagy vagyonú családból volt közös eredetünk: a *Szűcsök*-éből.

Szűcs Lajosné még a hetvenes években mindenkitől ismert alakja volt a budapesti társaságnak. Nagy háza volt a Múzeum körúton, villája Balaton-Füreden: az idény alatt minden este ott lehetett látni a Nemzeti Színházban, szögletpáholyában. Jótékonyságáról beszélt minden közintézet. Szép öregasszony volt.

Én is kaptam tőle valamit: ennek a regénynek az alapeszméjét.

Egy délután összehozott vele a véletlen. Együtt utaztunk át a Kisfaludy gőzösön Balaton-Füredről Siófokig.

A feleútban kegyetlen nagy vihar fogta elő a hajót: a veszedelmes Bakony szele egyszerre háborgó tengert alakított a kedves tóbul: az utazók férfia, nője mind tengeribetegséget kapott, s menekült a kabinokba. Csak mi ketten: nagynéném és én maradtunk a födélzeten, föl sem véve az egész hajótáncoltató zivatart.

- *Csak fenntartja mibennünk az erejét az ősi Szűcs vér* - mondá a nagynéném; ki maga is Szűcs családból született: nagyanyámnak nővére volt: férje után lett gazdag.

S aztán odaültetett maga mellé, s azalatt, amíg a hullám dobálta a hajót, hogy annak az egyik lapátkereke folyvást a levegőben kalimpált, elregélte nekem azt a történetet, ami az „Arany ember" regényemnek a végét képezi, a fiatal özvegy, annak a vőlegénye: a katonatiszt, társalkodónője, a tiszt korábbi kedvese és annak az anyja között, kiket ő mind személyesen ismert. Ez volt az alapeszme, a végkatasztrófa, amihez aztán nekem a megelőző történetet, mely e végzethez elvezet, hozzá kellett építenem, s a szereplő alakokat, helyzeteket mind összeválogatnom: hihetővé tennem. De azok az alakok és helyzetek mind megvoltak valósággal.

A „Senki szigetének" a létezéséről pedig Frivaldszky Imre nagynevű természettudósunk által értesültem, s az a hatvanas években még a maga kivételes állapotában megvolt, mint egy se Magyar-, se Törökországhoz nem tartozó új alkotású terület.

Ennyit jónak láttam elmondani.

Dr. Jókai Mór

Printed in Great Britain
by Amazon.co.uk, Ltd.,
Marston Gate.